악 령 Ⅰ
도스토예프스키

일신서적출판사

차 례

제 1 부

제 1 장 서문에 대신하여
　　　　── 베르호벤스키 선생의 이야기 • 7
제 2 장 해리 왕자의 혼담 • 47
제 3 장 타인의 죄업 • 96
제 4 장 절름발이 여자 • 152
제 5 장 간사한 뱀 • 193

제 2 부

제 1 장 밤 • 253
제 2 장 밤(계속) • 315
제 3 장 결투 • 346
제 4 장 모든 사람들의 기대 • 362
제 5 장 축제를 앞두고 • 390
제 6 장 표트르의 동분서주 • 420

── II권으로 계속 ──

□ 주요인물

브세볼로드 니콜라예비치 스타브로긴 자아사상의 창조자로 바르바라 부인의 외아들. 명철한 두뇌와 수려한 이목구비의 미남 청년으로 뭇 여성들의 선망을 한몸에 받지만 빈곤과 어둠, 죄악, 음란, 황폐에 휩싸인 뒷골목에 몸을 던지는 등 정신분열증을 일으킨다.

스체판 트로피모비치 베르호벤스키 옛 세대의 대표적인 지성인이긴 하나 현대의 생동하는 맥박에 대해서는 한없이 무지하고 무감각한 공상적 이상주의자. 스타브로긴에게는 정신적인 아버지나 다름없는 그는 러시아의 사회적 공산주의의 모태가 된 러시아적 배경이다.

표트르 스체파노비치 베르호벤스키 스체판 선생의 외아들. 비밀 결사의 우두머리로 파괴의 화신이자 광신적으로 혁명 사상의 실현에 광분하며 스타브로긴에게 메피스토펠레스적인 역할을 한다.

샤토프 소작인의 아들, 메시아 사상의 사도로 자기 신념을 다하다 표트르의 마수에 쓰러진다.

키릴로프 인신 사상가. 자신의 의지력의 한계를 뛰어넘기 위해 권총으로 자살함으로써 스스로를 자멸시키는 과격한 사상을 지녔음에도 불구하고 그 자신은 삶과 인생을 무한히 사랑하는 유리알처럼 투명한 맑은 영혼의 소유자이다.

리자베타 니콜라예브나 귀족의 영양으로 명석한 두뇌와 미모의 소유자이나 병적일 만큼 강한 자존심과 불 같은 성격 때문에 스스로 파멸해 버리는 슬픈 운명의 여인.

바르바라 페트로브나 스타브로기나 부유한 장군의 미망인. 삶의 유일한 빛인 아들이 파멸됨으로써 허무하게 쓰러져 버리는 부인의 최후는 어머니로서의 인생을 느끼게 한다.

죽인다 해도 그 흔적은 찾을 길 없고
우리는 마침내 길을 잃었으니 어떻게 하면 좋을까?
악령은 우리를 광야로 이끌어
마구 끌고다닐 것이니

수없이 많은 악령들은 어디로 물러가는 것일까?
왜들 저렇게 슬픈 노래를 부를까?
아궁이 속 귀신의 장례일까,
아니면 마녀의 결혼식일까?

푸시킨

  마침 그곳 산에서 많은 돼지 떼가 먹고 있는지라, 악령들이 그 돼지에게로 들어가게 허하심을 간구하니 예수께서 허하시니라. 이에 악령들이 사람에게서 나와 돼지에게로 들어가니, 그 떼가 절벽으로 내달아 호수에 빠져 몰사하거늘, 목자들이 그 일을 보고 도망하여 성내와 촌에 고하니라. 사람들이 그 된 것을 보러 나와서 예수께 이르러 악령 나간 사람이 옷을 입고 정신이 온전하여 예수의 발 아래 앉은 것을 보고 두려워하니라, 악령에 씌웠던 사람이 이렇게 구원받은 것을 본 자들이 저희에게 이르매……

『누가 복음』제8장 32~36절

제 1 부

……최고의 자유를 원하는 사람이면, 누구든 자기를 죽일 만한 용기를 갖지 않으면 안 됩니다. 그리고 자기를 죽일 만한 용기가 있는 사람은 기만의 비밀을 간파한 사람입니다. 그 이상 자유는 없습니다.……

제 1 장　　서문에 대신하여
―― 베르호벤스키 선생의 이야기

1

 아직까지 아무 특기할 만한 일도 없었던 이 도시에서 잇따라 일어난 아주 기이한 사건을 서술함에 있어서 나의 서툰 재주 때문에 이야기를 약간 돌려서 하지 않으면 안 되겠다. 즉, 훌륭한 재능을 지녔으며 세상 사람들의 존경을 받고 있는 스체판 트로피모비치 베르호벤스키 선생의 상세한 신변 이야기부터 시작하겠다. 이 신변 이야기는 하나의 전주곡 같은 것으로서 정작 내가 쓰려는 사건은 훨씬 뒤에 나올 것이다.
 스체판 트로피모비치 베르호벤스키 선생은 우리들 사이에서 조금 특별한, 말하자면 시민적인 역할을 맡아온 사람으로서, 자기 자신도 이 역할을 이상할 만큼 좋아하고 있었다. 적어도 내가 보기엔 그는 그것 없이는 살아갈 수 없었던 것처럼 생각될 정도였다.
 그렇다고 해서 나는 그를 무슨 배우에다 비기려는 것은 결코 아니다. 오히려 나 자신이 그를 존경하고 있었으니까. 그런 것들은 모두가 습관 탓이라기보다는 오히려 어렸을 적부터 그가 훌륭한 시민으로서의 자신의 모습을 마음에 그려 보고 스스로 기꺼워하는, 고결한 마음씨를 간직해왔기 때문일 것이다.
 가령 그는 『추방된 사람』 또는 『유형수(流刑囚)』라고도 불리는 자기 경우를 몹시 흡족하게 여기고 있었다. 이 두 말 속에 숨어 있는 제법 고전적인 광채가 그를 완전히 사로잡았기 때문에, 그는 제멋대로 자기 자신을 평가해온 나머지 많은 세월이 흐르는 동안 자기 자존심을 만족시키는 아주 높은 자리에까지 스스로를 끌어올리고 말았던 것이다.

전세기(18세기)의 어떤 영국 풍자 소설에 걸리버라는 사내가 있어, 모든 사람의 키가 불과 십 센티미터밖에 안 되는 소인국에서 돌아오자, 자기를 거인이라고 여기던 습관 때문에 런던 거리를 걸으면서도 저도 모르게 혹시나 사람을 밟아 죽이지나 않을까 하고, 행인이나 마차를 향해 비켜서라는 둥 조심하라고 소리를 지르곤 했다는 이야기가 있다. 그의 생각엔 자기는 아직도 거인이고 사람들은 모두 쇼인이라고 여겨졌던 모양이지만, 오히려 사람들은 그를 조롱하거나 욕설을 퍼붓거나 했고, 어느 성미 급한 마부는 심지어 이 거인을 채찍으로 후려갈기기까지 했던 것이다. 이처럼 습관은 사람을 전혀 엉뚱하게 만들 수도 있는 법이다. 습관은 스체판 선생을 이와 꼭같은 결과로 이끌어갔다. 그러나 그는 비할 데 없이 선량한 사람이었으므로 한결 사심 없고 무해무익한(이렇게 표현해도 좋다면) 태도로 지내고 있었다.

나의 생각으로는 그는 만년에 와서는 거의 모든 사람에게 까맣게 잊혀져 버린 존재였던 것 같다. 그러나 그렇다고 해서, 그 옛날에도 사람들이 그를 알아 주지 않았다는 말은 결코 아니다. 아니 오히려 그는 한 세대 전의 명사(名士)들의 빛나는 성좌 속에 나란히 끼워서, 아주 짧은 동안이긴 했지만, 그의 이름도 차다예프(농노제를 공격한 러시아 사상가)니, 벨린스키(러시아의 문예 비평가)니, 그라노프스키(러시아의 역사가)니, 또는 그때 외국에서 한창 활약하던 게르첸(러시아의 혁명 사상가)이니 하는 이름들과 나란히 당시의 성급한 많은 사람들의 입에 오르내렸던 것만은 의심할 바 없는 사실이다. 그런데 스체판 선생의 활동은 이른바 『회오리바람 같은 사정들』 때문에 시작하자마자 금방 끝나고 말았다. 이건 도대체 어떻게 된 일이었을까? 나중에 밝혀진 바에 의하면, 적어도 그 일에 관한 한 『회오리바람』은커녕 『사정』 따위도 없었다는 것이다. 최근에 나는 스체판 선생이 우리 현(縣)에서 그 동안 우리들과 함께 살아온 것이 결코 우리들 생각처럼 유형 생활이 아닐 뿐더러, 당국의 감시 따위는 받아 본 적도 없었다는 사실을 알고는 그만 깜짝 놀랐다. 이쯤 되면 사람의 상상력의 힘이란 정말 대단한 것이 아닌가! 사실 그는 평생 동안 진심으로 이렇게 믿어왔던 것이다. 즉, 자기는 어느 사회 계층으로부터 줄곧 위험시되어 왔으며, 자기의 일거일동은 낱낱이 탐지되고 있고, 근 이십 년 동안 교체된 세 사람의 현지사들도 새로 임명되어올 때마다 현의 행정에 관한 사무 인계뿐 아니라 자기에 대한 어떤 불길한 상관의 명령을 가지고 왔음에 틀림없다고 생각했던 것이다. 이런 정도니까, 만약 누가 스체판 선생에게 그렇게 겁을 먹을 필요가 없다는 사실을 확고한 증거를 가지고 설복하려 든다면, 필시 그는 펄쩍 뛰었으리라. 어쨌든 그는 퍽 총명하고 재주 있는 사람이며 학자라 해도 좋을 것이다……. 그러나, 실은 그가 학문에 남긴 업적은 그리 크지 않았고, 어쩌면 전혀 없었는지도 모른다. 하기야 러시아의 학자들이란 으레 그런 것이 아닐까.

그가 외국에서 돌아와서 대학의 강단에서 멋진 솜씨를 발휘한 것은 사십 년대(1840년대)도 마지막 무렵이었다. 그것은 어떤 아라비아 인 문제에 관한 강의로써 모두 몇 번밖에는 하지 않았다. 그리고 1413년부터 1428년 사이에 독일의 『하나우』라는 작은 도시에서 있었던 시민사회적 상업 동맹의 의의와 그 의의가 열매맺지 못한 어떤 막연하고도 특수한 사정들에 관한 논문을 발표하기도 했다. 그런데 이 논문이 당시의 슬라브주의자들의 약점을 교묘하고 따끔하게 찔렀기 때문에 그는 대번에 격분한 수많은 적들을 갖게 되었다.

그 뒤 이것은 이미 대학 강좌를 잃은 다음의 일이지만──그는 그들이 쫓아낸 인물이 과연 얼마나 뛰어난 사람이었는가를 과시해 볼 셈으로, 디킨즈를 번역하든가 조르즈 상드의 사상을 선전하기도 하는 어느 진보파 잡지에 한 심오한 연구 논문의 첫부분을 발표했다. 그 논문의 주제는 어느 시대의 기사들이 매우 고결한 정신을 가졌던 원인에 관한 것으로서 더할 바 없이 고상하고 훌륭한 사상으로 가득차 있었다. 그 뒤에 들은 바에 의하면 그 논문의 속편은 즉시 발표 금지가 되었고, 논문의 전반부를 게재하였다는 이유로 그 진보파 잡지마저 박해를 받았다고 한다. 하기야 별의별 일이 다 있던 시대의 일이니까 혹시 그 비슷한 사건이 있었을는지도 모르겠다. 그러나 이 경우에 있어서는 십중팔구 아무 사고도 일어나지 않았고, 필자 자신이 논문을 완결짓는 데 게을렀던 것이라고 보는 게 옳을 것이다.

그리고 그가 아라비아 인에 관한 강의를 그만두게 된 것도, 누군가가(그의 적인 보수파의 한 사람이겠지만) 어떤 사람에게 보낸 그의 편지를 가로챘기 때문이었다. 그 편지에는 어떤 일의 사정에 관한 내용이 씌어 있었으므로,

그 때문에 그는 이에 대해 해명을 하도록 요구받았다. 정말인지 어쩐지는 몰라도, 바로 그때 공교롭게도 페체르부르그에서 반국가적인 엄청난 결사가 적발되었다고 한다. 사람수는 열세 명이지만 사회 체제의 근본을 뒤흔들려는 것이었던 모양이다. 그들은 대담하게도 푸리에(프랑스의 공상적 사회주의자)의 번역을 계획하고 있었다는 소문이었다. 그런데 바로 이 무렵에 재수없게도 모스크바에서 스체판 트로피모비치 선생의 극시(劇詩) 한 편이 압수되었다. 그것은 육 년 전 그가 아직 젊었던 시절에 베를린에서 쓴 것으로서 두 사람의 문학 애호가가 필사해 가지고 다니다가 한 대학생의 손으로 넘어갔다. 이 극시의 일부는 지금도 나의 서랍 속에 소중하게 간직되어 있는데, 이것은 작년인가 필자인 스체판 선생 자신이 직접 필사해서 나에게 선사한 것이다. 빨간 모로코 가죽으로 장정한 것으로 그의 사인이 들어 있다. 그런데 이 극시는 시적인 요소나 재치가 아주 없는 것은 아니었으나 기묘한 물건임에는 틀림없었다. 그러나 당시, 좀더 정확히 말해서 1830년대에는 이런 투의 글을 곧잘 쓰곤 했었다. 이런 시들은 도대체 뭐가 뭔지 애매모호하기 때문에 그 주제를 이해하는 데에도 퍽 힘이 든다. 그것은 극시의 형식을 빈 일종의 알레고리〔諷諭〕로서, 마치 《파우스트》의 제2부를 연상케 한다.

먼저 여성 합창으로 막이 오르면, 그 다음 남성 합창, 다음에 무슨 정령들의 합창, 그리고 마지막에는 여태껏 삶을 누려 보지 못해 애타게 삶을 갈구하는 영혼들의 합창이 있다. 합창의 가사는 대부분 애매모호하고 무엇인가에 대한 저주가 깃든 것들이지만, 한결같이 고차원적인 유머를 지니고 있다. 그 다음 무대가 바뀌어 무슨 『삶의 향연』이 시작되는데, 여기서는 곤충들까지 노래를 부르고, 거북이가 라틴 어로 인사 말씀을 올리고 내 기억이 틀림없다면, 심지어 광석, 그러니까 무생물들까지도 노래를 부른다. 요컨대 무엇이든지 모두 노래를 부르는 것이다. 대화가 나오면 서로가 뜻모를 욕설을 주고받는데, 여기에도 고매한 의미가 담겨져 있다. 무대는 다시 바뀌어져 황량한 광경이 나타나며, 문명의 세례를 받은 한 젊은이가 절벽 틈에서 풀을 뜯어 그 즙을 빨고 있다.『너는 왜 풀의 즙을 빨고 있느냐?』라는 마녀의 질문에 대한 그의 대답은 이렇다. 즉,『나는 몸 속에 생명의 과잉을 느끼고 망각의 방법을 구하던 중, 이 풀의 즙에서 그것을 찾아냈다. 그러나 나의 가장 큰 소원──아마도 지나친 소원이겠지만──은 한시라도 빨리 지혜를 잃어버리고 싶다』는 것이다. 그러자 갑자기 검정 말을 탄 미모의 청년이 등장하고, 그 뒤를 무수한 잡다한 군중들이 뒤따르고 있다. 이 청년은 작품에서 죽음의 상징으로서, 모든 군중들은 죽음을 갈망하고 있는 것이다. 마침내 최후의 장면이 되면 불쑥 바빌론의 탑이 나타난다. 많은 용사들이 새 희망의 노래를 부르며 탑의 완성을 서두른다. 이윽고 탑이 꼭대기까지 완성되자, 탑의 주인――아마도 올림피아의 주신(主神)은 우스꽝스러운 모습으로 도망쳐 버린다. 이에 크게 깨달은 인류는 그 자리를 빼앗고, 새로운 통찰력과 함께 곧 새로운 생활을 시작한다는 것이다.

그런데 이 시를 당시에는 무척 위험시했다는 것이다. 작년에 나는 스체판 선생에게 요즘엔 이 시가 전혀 혐의가 없고 또 소박한 것이니까 한번 출판해 보지 않겠느냐고 권해 보았으나, 그는 시무룩한 표정을 짓고 대뜸 거절해 버렸다. 아마도 『혐의가 없다』는 내 말에 몹시 기분을 상한 모양이었다. 그 뒤 두 달 동안 내내 나에게 다소 냉정하게 대한 것도 아마 그것 때문이었으리라. 그런데 이것은 또 어찌된 일일까? 여기서 내가 그 시를 출판하라고 권했던 때와 같은 시기에, 스체판 선생에게는 아무 연락도 없이 갑자기 외국의 어떤 혁명적인 문제지에 이 시가 게재되었던 것이다. 처음에 그는 깜짝 놀라서 현지사에게 달려가기도 하고, 페체르부르그에 보낼 고상한 자기 변명서를 써서 두 번이나 나에게 읽어 주기도 했지만, 막상 누구에게 보내야 좋을지 몰라 결국은 부치지 못하고 말았다. 요컨대 그는 한 달 동안이나 불안해서 어쩔 줄 몰라했으나 그와 동시에 마음속으로는 무척 대견스럽게 생각하고 있었다. 그는 밤중에도 자기에게 보내온 그 잡지를 가슴에 안은 채 잠을 이루지 못했으며, 낮에는 침구 밑에 깊숙이 넣어 두고 하녀가 이부자리에 손도 대지 못하게 했다. 그리고 겉으로는 태연한 체하고 있었지만, 매일처럼 어디선가 무슨 전보가 오기만을 기다리고 있었다. 그러나 끝내 전보 같은 것은 오지 않았다. 따라서 그는 나에게도 다시 친절히 대하게 되었으며, 그것 하나만으로도 그의 온화하고 악의 없는 인품과 선량하기 짝이 없는 마음씨를 알 수 있을 것이다.

2

 나는 그가 조금도 박해받지 않은 사람이라고 단언하는 것은 아니다. 아니 요즘에 와서야 알게 된 일이지만 그 아라비아 인에 관한 강의만 하더라도 그저 필요한 해명만 했더라면 지금까지도 그것을 계속할 수 있었을 것이라고 생각한다. 그렇지만 그 당시 그는 성급한 야심을 일으켜서, 자기의 인생 행로는 『회오리바람 같은 사정들』 때문에 여지없이 망쳐지고 말았다는 생각을 아주 굳게 가지고 있었던 것이다. 그러나 정작 그의 인생 행로에 변화를 가져오게 한 원인은, 육군 중장의 미망인이며, 부유한 재산가인 바르바라 페트로브나 스타브로기나 부인이, 훨씬 전에 두 번씩이나 그에게 간곡하게 부탁한 어떤 미묘한 제의 때문이었다. 그것은 부인의 외동아들의 교육과 지적 계발을 위해 훌륭한 선생님 겸 친구가 되어 달라는 부탁이었다.
 여기에 상당히 많은 보수가 약속되어 있었음은 말할 필요도 없다. 이 제의를 처음으로 받은 것은 그가 아직 베를린에 있을 무렵, 그러니까 그의 첫 부인이 죽었을 때였다. 그는 아직 분별력이 없었던 청년 시대의 초기에 바로 우리 현 출신의 어느 경박한 처녀와 첫 결혼을 했었다. 그런데 그 여자는 미인이기는 했지만 지나치게 사치스럽고 고집불통이었기 때문에, 그는 그로 인한 생활비의 쪼들림과 그 밖의 어떤 묘한 이유로 해서 어지간히 괴로움을 당했다. 결국 여자는 삼 년 동안 그와 별거한 끝에, 언젠가 그가 불쑥 토해낸 푸념처럼 『구김살 없고 황홀하기만 했던 첫사랑의 결실』인 다섯 살짜리 아들을 그에게 남겨 놓은 채, 파리에서 죽어 버리고 말았던 것이다. 이 병아리(아들)는 곧 러시아로 돌려보내져서, 어느 시골에 있는 아주머니 뻘 되는 먼 친척의 손에 맡겨져 자라게 되었다. 한편 스체판 선생은 그때 위에서 말한 바르바라 페트로브나 부인의 부탁을 사절하고, 상처한 지 채 일 년도 못 되어 베를린 출신의 어느 말없는 독일 처녀와 재혼했다. 그러나 그 결혼도 특별한 이유가 있어서 한 것은 아니었고, 또 결혼 이외에도 그가 이 가정교사의 직책을 사절한 데에는 여러 가지 이유가 있었다. 그는 당시에 일세를 풍미하는 모 명교수의 명성에 마음이 쏠리게 되어 자기도 다시 대학의 강의를 맡아 독수리의 날개를 펼쳐 보려는 야심에 가득차 있었던 것이다. 그러나 그 날개가 결국 꺾여 버리고 말자, 그전에 그의 결심을 망설이게 했던 바르바라 부인의 부탁을 다시 상기하게 된 것은 아주 자연스러운 결과라 하겠다. 게다가 재혼한 지 채 일 년도 못 되어 후처 역시 갑자기 세상을 떠났다는 사실이 모든 것을 결정짓게 했다. 아니, 보다 솔직히 말하자면, 바르바라 부인의 열성과 그에 대한 정중하고도 고전적인 우정(우정에 관해 이런 표현을 쓸 수 있다면) 덕분에 만사가 원만하게 해결되었던 것이다. 그는 기꺼이 이 우정의 포옹에 몸을 던졌으며, 이로써 그 뒤 이십 년 이상이나 계속된 두 사람의 굳은 관계가 맺어지게 되었다. 독자들은 이『포옹에 몸을 던졌다』는 표현에 대해서 함부로 쓸데없는 상상을 덧붙이지 말기 바란다. 이 말은 가장 고상한 의미로만 해석되어야 하니까. 이렇게 해서 가장 섬세하고도 가장 미묘한 한 관계가 이 경탄할 만한 두 사람을 영원히 결합시켰던 것이다.

교육자로서의 직책을 수락한 또 하나의 이유는, 스체판 선생의 전처가 남긴 유산인 작은 영지가 스타브로긴 집안의 스크보레쉬니키(이것은 우리 현에 있는 광대하고 훌륭한 영지로서 교외에 자리잡고 있다)에 바로 인접해 있었기 때문이다. 그 밖에도 늘 골치 아픈 대학 사무에 몰두하지 않고 조용한 서재 안에 틀어박혀 있으면서도, 스스로를 완전히 학문에 바침으로써 조국의 문학을 살찌게 할 수 있다는 생각도 있었다. 연구 실적은 별로 없었으나 그 대신 그는 그 뒤 일생을 통해 이십여 년 동안을 저 국민 시인(네크라소프를 뜻함)이 표현한 대로 이른바『살아 있는 양심』으로서 조국 앞에 설 수 있었던 것이다.

    자유주의 이상가여
    그대는 살아 있는 양심으로서
    ....
    조국 앞에 섰노라.
                     (네크라소프의 시《곰사냥》의 한 구절)

그러나 우리 국민 시인이 노래한 이 인물은 자기가 그럴 생각만 있었다면 일생 동안 그와 같은 태도를 견지할 권리가 있었겠지만(실제로는 무척 따분한 일일게다), 스체판 선생으로 말하자면 이런 인물들과 비교할 때 한낱 모방자에 불과했으므로, 이런 자세를 계속해서 취하고 있다가는 힘에 겨워 그만 모로 쓰러져 버리고 마는 그런 사람이었다. 그러나 그는 비록 모로 쓰러지기는 했지만 살아 있는 양심가로서의 자질만큼은 끝까지 지키고 있었다. 이런 점은 크게 인정해 주어야 마땅한 것으로서, 우리 시골에서는 이미 그것만으로도 충분했다. 예를 들어서 그가 이곳의 클럽에서 카드 놀이를 하기 위해 자리에 앉는 것을 한 번 보자. 그의 온몸은 마치 이렇게 말하고 있는 것 같다. 『카드라고! 그래 내가 자네들의 예랄라쉬(카드 놀이의 일종.『무의미』의 뜻) 노름 상대란 말이냐! 이럴 수가 있나. 도대체 이 책임은 누구에게 있느냐? 내 생애의 사업을 모두 망쳐 놓고 이 따위 바보 놀이나 하게 만든 자가 대체 누구란 말이냐! 에이, 러시아 따위는 어서 망해 버려라!』이런 식으로 그는 엄숙하게 하트 패부터 쪾혀나가는 것이다.

사실 그는 카드 놀이로 도박하는 것을 무척 즐겼다. 그 때문에 바르바라 부인과 종종 불쾌한 충돌을 일으켰고 나중에는 그 충돌이 더욱 잦아졌다. 그도 그럴 것이, 그는 노름을 해서 늘 지기만 했기 때문이다. 그러나 여기에 대한 이야기는 나중에 하기로 하자. 다만 여기서 한 가지 말해 둘 것은 그는 몹시 양심적인 사람이었으므로(이런 일이 때때로 일어났기 때문에) 곧잘 우울증에 빠진다는 것이다. 이십여 년에 걸친 바르바라 부인과의 교우를 통하여 그는 매년 서너 번씩 정기적으로 우리들이 이른바『시민적 우수』라고 부르는 병에 걸리곤 했다. 그것은 보통 우울증에 지나지 않았지만 그 표현이 저 바르바라 부인의 마음에 꼭 들었던 것이다. 그 뒤 그는 이『시민적 우수』뿐 아니라 나중에는 샴페인 병까지 곁들이게 되었다. 그러나 민감한 바르바라 부인은 그가 속된 경향에 빠지지 않도록 세심한 배려를 아끼지 않았다. 사실 그는 보호자를 필요로 하고 있었다. 그에게는 가끔 이상한 감정의 발작을 일으키는 버릇이 있어서, 어느 때는 극히 고결한 비애 속에 잠겨 있다가 갑자기 허탈한 농부처럼 껄껄대고 웃어대기도 했다. 때로는 자기 자신에 대해서까지 몹시 비꼬는 투로 말할 때도 있었다. 그러나 바르바라 부인에게는 그의 이 자조적인 말투처럼 두려운 것이 없었다. 부인은 고상한 사색밖에는 할 줄 몰랐으며 고전주의자인 동시에 예술의 보호자였기 때문이다. 이 고결한 귀부인이 그의 가련한 벗에게 준 이십여 년에 걸친 감화는 그야말로 결정적인 것이었다. 부인에 대해서는 별도로 이야기해 둘 필요가 있으므로, 여기에서 몇 마디 덧붙여 두려고 한다.

3

　세상에는 기묘한 우정도 있다. 서로가 상대편을 잡아먹을 듯이 으르렁거리면서도, 일생을 헤어지지 못한 채로 살아가니 말이다. 아니, 헤어진다는 것은 있을 수 없는 일로서, 만일 한쪽에서 일방적으로 절교를 했다고 하더라도, 절교를 선언한 당사자 자신이 병에라도 걸려 먼저 죽어 버리고 말 것이다. 내가 분명히 알고 있기로는, 스체판 선생은 바르바라 부인과 아주 정답게 소곤거리다가도, 부인이 떠나간 다음에는 갑자기 소파에서 벌떡 일어나 두 주먹으로 벽을 쾅쾅 치는 경우가 여러 번이나 있었다.
　그러나 그가 별다른 의도가 있어서 그렇게 하는 것은 아니며, 한 번은 벽의 회칠을 벗겨 놓은 적까지 있었다. 내가 어떻게 그렇게 자세한 일까지 알고 있느냐고 의심하는 사람들도 있으리라. 그러나 나 자신이 그 장면을 직접 목격했으니 어쩌겠는가. 그리고 스체판 선생 자신이 내 어깨에 얼굴을 파묻고 홀쩍홀쩍 흐느껴 울면서, 자기 속마음을 죄다 털어놓은 적이 한두 번이 아니었으니 말이다.(그리고 그런 경우에 그가 무슨 말인들 털어놓지 않았으랴!) 그러나 그렇게 흐느껴 울고 나서는 그 다음 날이면 당장 자기의 이런 배은망덕한 행위를 후회하고, 스스로 십자가에 못박혀 죽고 싶은 심정이 되는 것이다. 그리고는 바르바라 부인이 『고결하기 짝이 없는 천사 같은 사람인데 반하여, 자기는 그 반대의 존재다』라는 사실을 한시바삐 알리기 위해서 나를 부르러 사람을 보내곤 했다. 내가 달려가 보면, 그는 자기의 모든 행동을 남김없이 고백하는 정중한 문장의 편지를 부인 앞으로 써서, 깨끗이 서명까지 한 다음 나에게 보여 주는 것이다. 그 편지의 내용은 대개 일정했다. 즉 어제 나는 그만 다른 사람 앞에서 이런 말을 했다——당신이 나를 돌보아 주는 것은 주로 허영심, 그러니까 나의 학식과 재능을 부러워하기 때문이다. 당신은 속으로는 내가 미워서 죽을 지경이지만, 만일 내가 부인 곁을 떠나기라도 하면 부인이 여태까지 쌓아올린 문학 보호자로서의 명성이 손상될까 봐, 미워도 겉으로는 드러내지 못하고 있는 것이다……. 내가 이런 소릴 했다고 생각하니 나 자신이 더없이 옹졸한 인간으로 여겨져서 그만 수치감에 못 견뎌 자살하려고 결심했다. 그러나 부인의 마지막 처분을 기다리는 바이며, 그 결과에 따라 모든 것을 결정짓기로 하겠다는 식이었다. 위의 글로써 세상에는 나이가 쉰 살씩이나 되었어도 여전히 어린애 같은 사람이 적지 않다는 것을 알 수 있으리라. 그리고 특히 우리 스체판 선생의 히스테리 발작이 때로는 어느 정도 극단에까지 도달하는가를 충분히 상상할 수 있을 것이다. 언젠가 나는 이런 종류의 편지를 읽고 깜짝 놀란 적이 있다. 별로 하잘것 없는 일에서 발단된 것이었으나, 그 결과는 아주 험악한 것이었다. 나는 너무도 놀란 나머지 제발 그 편지를 부치지 말라고 간청했다.

「안돼……. 떳떳해야만 하니까……. 이건 의무일세, 모든 걸 고백할 수 없다면, 난 죽어 버리고 말겠어!」그는 열에 들떠서 말하고는 결국 그 편지를 부치고 말았다.

바로 이런 점이 두 사람의 서로 다른 점이었다. 바르바라 부인의 경우라면 결코 이 따위 편지는 보내지 않았을 것이다. 사실이지 그는 지나칠 정도로 편지 쓰기를 좋아했다. 부인과 한집에서 살면서도 그는 뻔질나게 편지를 쓰곤 했다. 히스테리가 발작할 때는 하루에 두 통의 편지를 써보냈다. 한편 부인은, 내가 확실히 알고 있기로는 이런 편지를 주의깊게 통독한 다음(하루에 두 통이 오는 경우에도 마찬가지이다), 연필로 표를 하고 분류한 뒤에, 자기만 쓰는 작은 상자 속에 집어넣는다. 아니, 그냥 상자 속에 간수할 뿐 아니라, 자기 마음속에도 깊숙이 새겨 두는 것이다. 그리고는 온종일 아무 회답도 보내지 않고 내버려 두었다가, 그 이튿날이 되면 마치 아무 일도 없었다는 듯한 얼굴로 태연하게 그를 만난다. 그리고는 다른 일로써 그를 조금씩 끈덕지게 괴롭히기 때문에, 그는 마침내 어제의 일 따위는 전혀 생각지도 못하게 되고 마는 것이다. 이렇게 되면 스체판 선생은 그저 어리둥절한 채 멀거니 부인의 얼굴만 쳐다볼 수밖에 없는 것이다. 사실 부인이 모든 일을 하나도 빠짐없이 죄다 잊지 않고 있는 것과는 정반대로, 그는 만사를 지나칠 정도로 쉽게 잊어버렸다. 그리고는 부인의 그런 온화한 태도에 원기를 회복하여, 어쩌다 친구라도 찾아오는 경우에는 그날로 당장 샴페인 잔을 기울이며 희희낙락하는 것도 그리 드문 일이 아니었다. 그럴 때마다 부인은 표독스런 눈초리로 그를 흘겨보지만 그는 아무것도 눈치채지 못하는 것이다. 한 주일이나 한 달, 아니 때로는 반 년쯤 지나서, 우연히 자기 편지의 어떤 문구가 떠오르게 되고, 뒤이어 그 편지의 내용과 당시 자기가 저지른 일이 떠오르게 되면, 갑자기 수치심에 못 견뎌 마치 콜레라라도 걸린 듯이 온몸을 뒤틀면서 괴로워하는 것이었다. 마치 유사(類似) 콜레라의 증상과도 같은 이런 특유한 발작은 보통 신경에 강한 충격을 받았을 때 일어나는 것으로서, 아마도 그의 체질이 다른 사람과는 조금 다르기 때문에 생기는 것일게다.

바르바라 부인이 여러 번이나 그에 대해 증오감을 가졌던 것은 사실이었다. 그러나 그는 끝내 그것을 눈치채지 못하고 있었다. 왜냐하면 그라는 존재는 부인의 친자식, 아니 창조물, 나아가서는 그 여자의 발명품이라 해도 좋을 정도가 되어 있었기 때문이다. 실제로 그는 부인의 몸에서 떨어져 나온 살덩이와 마찬가지로서, 부인이 그를 돌보아 주고 또 앞으로도 그의 시중을 들어 주려는 것은 결코『그의 재능에 대한 부러움』때문에서가 아니었다. 따라서 부인이 이런 억측을 귀에 담는 사람이었다면, 벌써 일찍이 모욕감에 분통을 터뜨리고 말았으리라! 부인의 마음속에는 끊임없는 증오와 질투, 그리고 경멸감과 함께 그에 대한 걷잡을 수 없는 애정이 한데 숨겨져 있었다. 부인은 스물두 해에 걸친 긴 세월을 마치 유모처럼 먼지라도 묻을세라 그를 알뜰하게 돌봐 주었다. 시인으로서, 학자로서, 또는 시민적 활동가로서의 그의 명성에 조금이라도 얼룩이 지지나 않을까 걱정한 나머지, 아마도 부인은 밤잠도 제대로 이루지 못했을 것이다. 말하자면 부인은 자기 머릿속에서 그를 만들어내었고, 그 공상의 산물을 자기 스스로가 먼저 믿어 버리고 말았던 것이다. 그는 부인에게 있어 하나의 꿈이었다. 하지만 그 대신 부인은 그에게서 꽤 많은 것을 기대하고 있었다. 심지어는 노예와 같은 복종도 요구했다. 더욱이 부인은 상상할 수 없을 정도로 집념이 강한 성격이었다. 말이 나온 김에 두 가지의 일화를 더 얘기하기로 하겠다.

4

농노 해방의 첫 소문이 떠돌아서 러시아 전체가 기쁨에 들떠 갑자기 새로운 활기에 가득 찼을 무렵, 페체르부르그의 고위층에 유력한 연고자를 가지고 있으며 농노 해방과도 밀접한 관련이 있는 남작 한 사람이, 우리 현을 지나는 길에 바르바라 부인을 방문한 적이 있었다. 남편이 작고한 뒤, 바르바라 부인은 상류 사회와의 인연이 차차 희미해지다가 끝내는 아주 끊어져 버리고 만 터였으므로, 이런 사람의 방문을 아주 고맙게 여겼다. 남작은 약 한 시간쯤 부인의 집에서 차를 마시고 있었다. 그 자리에는 스체판 선생이 부인의 부탁으로 같이 합석한 이외에 다른 사람은 아무도 없었다. 남작은 전부터 스체판 선생에 관해 가끔 들은 바가 있다는 태도였으나(혹은 그런 체만 했는지도 모른다), 차를 마실 동안 그에게 별로 말을 걸지는 않았다. 스체판 선생도 물론 체신은 지킬 줄 아는 사람이었고, 더욱 그의 태도에는 아주 품위가 있었다. 그는 비록 명문 집안의 태생은 아니었으나, 어릴 때부터 모스크바의 어느 유서 깊은 가정에서 교육받았기 때문에, 더없이 깔끔한 몸가짐을 취했고, 프랑스 어만 하더라도 진짜 파리 사람 못지않게 유창했다. 이렇게 보면 남작은 바르바라 부인이 비록 이런 시골에서나마 꽤 훌륭한 사람들에게 둘러싸여 살고 있음을 필시 첫눈에 알아보았을 것이다. 그러나 만사는 그렇게 순탄하지만은 않았다. 남작이 확고한 어조로 지금 떠돌고 있는 대개혁의 소문이 매우 신빙성 있는 것이라고 말했을 때, 스체판 선생은 그만 참지를 못하고「만세!」하고 소리치고는, 기쁨을 못 이기겠다는 듯이 한 팔을 내젓기까지 했던 것이다. 그 소리는 그다지 높지 않았고, 오히려 우아하다고 할 정도였으며, 그 기쁨의 몸짓도 아마 반 시간쯤 전에 미리 거울 앞에서 연습을 해둔 것처럼 자연스러웠다. 그럼에도 불구하고 그는 무엇인가 실수를 한 것이 분명했다. 남작은 보일까말까한 미소를 살짝 입가에 띠었다. 그러나 이내 은근한 태도로, 이 위대한 사건을 눈앞에 두고 전 러시아에서 환호성이 터져나오는 것은 지극히 당연한 일이라고 말하고는 곧 자리를 떴다. 그러나 헤어질 때에는 스체판 선생에게 손가락 두 개를 내밀고 악수를 청하는 것을 잊지 않았다. 객실로 돌아온 바르바라 부인은 처음 한 삼 분 동안 책상 뒤에서 무엇을 찾기라도 하는 듯이 말없이 서 있더니, 갑자기 스체판 선생 쪽으로 홱 돌아서면서 새파랗게 질린 얼굴로 눈을 번쩍거리며 이렇게 나직이 내뱉었다.
「나는 이번 일을 결코 잊지 않겠어요!」
 이튿날이 되자 부인은 아무 일도 없었다는 듯이 태연히 친구를 대하고 어제 있었던 일은 까맣게 잊은 듯이 다시는 입에 올리지 않았다. 그러나 그로부터 십삼 년 뒤 어떤 비극적인 충돌이 일어났을 때, 바르바라 부인은 대뜸 이 일부터 끄집어내어, 십삼 년 전에 했던 것과 마찬가지로 얼굴이 새하얗게 질려서 그를 힐책했던 것이다. 『나는 이번 일을 결코 잊지 않겠어요!』라는 말을 부인이 그에게 한 것은 일생 동안 단 두 번밖에는 없었다. 남작 방문시의 사건은 실은 두 번째의 일이었다. 그러나 첫번째의 경우도 그 나름대로 부인의 개성을 뚜렷이 알 수 있고, 스체판 선생의 운명에도 중대한 의미를 갖고 있는 일이므로, 내친 김에 그 사건에 대한 것도 회상해 보기로 하겠다.
 그것은 1855년 봄 오월, 스타브로긴 중장의 사망 통지가 스크보레쉬니키에 전해진 직후의 일이었다. 이 경박한 노인은 근무 소집 명령을 받고 크리미아에 있는 자기 부대로 서둘러 가던 도중 위장병으로 그만 죽어 버렸던 것이다. 바르바라 부인은 미망인이 되어 검은 상복을 입고 있었으나 그리 애통해 하지는 않았다. 부인은 남편과의 성격 차이로 말미암아 벌써 사 년 동안이나 별거를 해왔기 때문이었다. 따라서 남편을 위해 부인이 하는 일은 그 동안 해마다 돈을 부쳐 주는 것밖에 없었다(중장 자신의 몫으로는 백오십 명의 농노 이외에는 명성이나 친지 또는 봉급 따위밖에 없었고, 스크보레쉬니키의 영지를 포함한 재산 전부가 부유한 상인의 외동딸인 바르바라 부인의 소유였다). 그래도 부인은 이 뜻하지 않은 소식을 전해 듣고 어지간히 충격을 받았는지, 사람들을 멀리한 채 집안에만 틀어박혀서 고독을 지키고 있었다. 여기에 스체판 선생이 시종 부인의 곁을 지키고 있었음은 물론이다.
 봄꽃이 무르익는 오월, 밤경치가 말할 수 없이 훌륭한 계절이었다. 들벚꽃이 막 피기 시작할 무렵, 두 사람의 친구는 매일 저녁 정원에서 만나 밤이 깊도록 정자에 앉아서 서로의 가슴속을 털어놓곤 했다. 때때로 그들의 감정은 시적인 정서로 가득 차기도 했다. 바르바라 부인은 자기 운명의 변화에서 오는 영향 때문인지, 수다스럽다고 할 만큼 말을 많이 했다. 그러다가 때로는 벗의 가슴에 얼굴을 파묻으려는 듯이 바싹 다가서기도 했다. 이런 상태가 며칠 밤이나 계속되었다. 그러자 스체판 선생의 머릿속에는 갑자기 어떤 기묘한 생각이 불쑥 떠올랐다.『혹시 이 의지할 데 없는 미망인은 나에게 무슨 희망을 품고 있는 것이 아닐까? 그래서 자기가 일 년 뒤 상복을 벗게 되면 곧 내가 청혼해 주기를 기대하고 있는 것은 아닐까?』

이런 염치 없는 생각이 그와 같은 사람에게 떠올랐다는 것은 아무래도 어이없는 일이지만, 높은 교양과 고결한 소질을 가진 사람일수록 때로는 쉽사리 뻔뻔스런 생각에 빠지는 일도 허다하다. 그는 조심스럽게 관찰한 결과, 마침내 자기의 추측이 틀림없다는 결론을 내렸다.『엄청난 재산을 가지고 있는 것은 사실이지만, 그러나……』 사실 바르바라 부인이 미인이랄 수 있는 곳은 한 군데도 없었다. 키가 홀쭉 크고, 누런 피부빛에, 골격이 굵고, 얼굴은 말상이랄까 꽤 길었다. 스체판 선생은 어쩔 줄 몰라 갈팡질팡하면서, 온갖 잡념과 의혹에 괴로워했고, 끝내 자기의 우유부단한 성격 때문에 두 번이나 울기까지 했다. 그는 걸핏하면 울음을 터뜨렸다. 그러나 다시 저녁이 되어 정자로 나갔을 때, 그의 얼굴은 약간 부자연스러우면서도 어딘가 사람을 깔보는 듯한 데가 있었다. 무언가 아첨하는 듯하면서도 동시에 거드름을 피우고 있는 표정이었다. 이런 표정이나 태도는 자기도 의식하지 못하고 이루어지는 것이며, 그가 정직하면 정직할수록 더욱더 두드러져 보이게 마련인 것이다. 사실이 어떤 것이었는지는 누구도 판단할 수 없는 일이겠지만, 아마도 바르바라 부인의 가슴속에는 스체판 선생이 지레 짐작했던 것 같은 그런 생각은 싹트지 않았었다고 보는 것이 옳을 것이다. 더욱이 부인으로서는 스타브로긴이라는 자기의 성을, 설령 그것이 아무리 유명한 것이라 해도 베르호벤스키(스체판 선생의 성, 아버지의 이름은 트로피모비치)로 바꾸고 싶은 생각은 추호도 없었으리라. 결국 부인 쪽에서 보자면 이번 일은 한갓 여자다운 감상과 무의식적인 여성 본능의 발로에 불과했던 것이 아닐까. 하지만 나는 꼭 그렇다고 단정하는 것은 아니다. 여자의 마음이란 오늘날까지도 아직 다 밝혀지지 않은 하나의 심연이니까! 그렇지만 이야기는 계속하기로 하겠다.

부인은 친구의 이런 얄궂은 표정이 무엇을 의미하는지 당장 알아챘음에 틀림없다. 왜냐하면 부인이 몹시 민감하고 관찰력이 예리한 사람이었음에 반하여, 그는 때때로 지나치게 순진하고 꾸밈이 없었기 때문이다. 그러나 두 친구는 여전히 저녁마다 만났고, 그들의 대화도 그전처럼 시적이고 홍미진진한 것이었다. 그러던 어느 날 밤도 깊었을 무렵, 두 사람은 활기와 시정으로 가득찬 대화를 나눈 끝에 스체판 선생의 거처인 별채의 현관 앞에서 뜨겁게 손을 잡고 나서 아쉬운 이별을 나누었다. 그는 해마다 여름철이 되면, 스크보레쉬니키 지주의 저택에서 나와, 이 정원 한가운데 있는 별채로 옮겨 지내고 있었던 터였다. 스체판 선생은 자기 거실로 들어와 착잡한 생각에 잠기면서 막 담배를 집으려다 말고, 열려진 창으로 밝은 달 언저리를 미끄러지듯 흘러가는 새털같이 가볍고 부드러운 구름을 피곤한 듯이 쳐다보고 있었다. 바로 그때, 그는 가볍게 옷자락이 스치는 소리에 놀라 뒤를 돌아보았다. 그의 앞에는 방금 사 분 전에 헤어진 바르바라 부인이 꼼짝도 하지 않고 서 있었다. 부인의 누런 얼굴은 새파랗게 질려 있었고, 꽉 다문 입술 언저리가 파르르 떨리고 있었다. 한 십 초 가량 부인은 아무 말 없이 날카롭고 매정한 눈길로 그를 노려보고 있더니, 갑자기 빠른 말투로 이렇게 내뱉었다.

「나는 이번 일을 결코 잊지 않겠어요!」

스체판 선생은 이 이야기를 그로부터 십 년이 지나서야(그것도 방문을 걸어 잠그고 목소리를 낮춘 채), 내게 말해 주었다. 그때 그는 부인이 어떻게 자기 앞에서 사라졌는지 전혀 깨닫지 못할 정도로 어리둥절해 있었다는 것이다. 그러나 부인은 그 뒤 한 번도 이 일에 대해서 말하지 않았을 뿐더러, 아무 일도 없었던 것처럼 태연히 지나쳐 버렸으므로, 그는 이 모든 일을 병에 걸리기 전에 흔히 경험하는 하나의 환각이라고 생각하고 있는 모양이었다. 그는 정말로 바로 그날 밤부터 병이 몹시 나서 꼬박 두 주일 동안이나 앓아눕게 되었다. 따라서 정자 안에서의 밀회도 자연히 중단되고 말았다. 그러나 그것이 환각에 지나지 않는다고 생각하면서도 그는 죽을 때까지 이 사건의 속편(續篇), 즉 결말을 기다리고 있었다. 도저히 이 일이 이대로 끝나 버렸다고는 믿을 수가 없었던 것이다! 만일 이미 끝나 버린 일이라는 것을 그가 알았었다면, 벗의 얼굴을 바라볼 때 이따금 더욱 창피한 생각에 사로잡히지 않을 수 없었을 것이다.

5

　부인은 그를 위해 옷까지도 손수 디자인해 주었고 그는 그 옷을 평생 동안 입고 다녔다. 그 옷은 우아하고 독특한 스타일이었다. 목 부분까지 단추가 달려 있고 몸에 꼭 맞게 재단된 검정빛 프록코트에다가, 널따란 차양이 달린 부드러운 중절모자(여름에는 파나마 모자), 양쪽 끝에 커다란 매듭이 달린 최고급 아마천의 넥타이, 은제 손잡이가 달린 스틱, 그리고 그의 긴 머리카락은 어깨 위로 가볍게 흘러내려져 있어 한층 더 그럴싸했다. 원래 그의 머리털은 암갈색이지만, 최근에 와서는 흰머리가 나서 희끗희끗하게 보였다. 콧수염과 턱수염은 말끔히 면도를 하고 있었다. 젊은 시절에는 대단한 호남이었던 모양으로, 내가 보기에는 노년에 와서도 그는 의젓한 풍채를 지니고 있었다. 덕분에 쉰세 살이나 된 사람치고는 그리 나이들어 보이지 않았다. 그러나 그는 이른바 시민적 포즈를 견지하기 위해서 결코 젊은 체하려 하지 않았고, 오히려 불혹(不惑)의 연배에 든 것을 약간 뽐내는 태도였다. 앞에 말한 그 옷을 입고 머리를 어깨까지 길게 드리운 채 서 있는 그의 약간 수척하면서도 후리후리한 자태는 마치 엄숙한 대주교를 연상케 했다. 아니, 그보다도 삼십 년대에 출판된 어느 책에 실린 쿠콜리니크(종교 군주제를 옹호한 러시아의 시인·극작가)의 석판 초상화를 닮았다고 하는 편이 더욱 어울릴 게다. 특히 어느 여름 날 정원에 나가, 라일락 꽃으로 그늘진 벤치에 앉아서, 읽던 책을 무릎 위에 놓아 둔 채 두 손으로 단장을 짚고, 석양을 향해 깊은 시적 명상에 잠겨 있는 그의 모습은 더욱 쿠콜리니크를 닮았다는 느낌을 주는 것이었다.
　책에 관해 한 마디 하자면 만년에 와서 그는 독서에서 약간 멀어진 것도 사실이었다. 그러나 여기서 만년이라고 한 것은 그의 임종 무렵의 일이며, 그전까지 그는 바르바라 부인이 주문해온 많은 신문과 잡지를 빼놓지 않고 읽고 있었다. 특히 러시아 문학의 최근 동향에 대해서는 시종 많은 관심을 가지고 대했으나, 끝내 자기의 견해를 굽히려 들지는 않았다. 한때는 러시아의 내외 정책에 관한 연구에 몰두하기도 했지만, 이내 집어치우고 말았다. 드 토크빌(《프랑스 혁명사》를 저작한 프랑스의 역사가)의 책을 정원으로 들고 나오기도 했고, 폴 드 콕크(프랑스의 대중 작가)의 책을 주머니에 넣어 가지고 다니기도 했지만, 이런 것들은 모두 사소한 일이다.

애기가 나온 김에 쿠콜리니크의 초상화에 대해서도 몇 마디 덧붙여 두어야겠다. 바르바라 부인이 이 그림을 처음 본 것은 아직 소녀 때인 모스크바에 있는 여학교 기숙사 시절이었다. 이 소녀는 첫눈에 이 그림에 홀딱 반해 버리고 말았다. 기숙사 안의 소녀들이란 닥치는 대로 아무것에나 곧잘 사랑에 빠지는 경향이 있어서, 선생들도 그 예외가 될 수 없으며, 서예와 미술 선생은 특히 그 대상이 되는데 그녀도 예외일 순 없었다. 그러나 흥미 있는 사실은, 바르바라 부인이 한낱 어린 소녀 시절의 꿈으로 그치지 않고, 쉰 살이 넘은 지금까지도 이 그림을 아주 소중히 간직하고 있다는 점이다. 그렇다면 스체판 선생에게 만들어 준 옷도 그 초상화에 나오는 옷을 그대로 흉내낸 것은 아닐까? 그러나 이것 역시 사소한 일이다.

바르바라 부인의 집에서 보낸 몇 년 동안(보다 정확히 말해서 그 전반기 동안), 스체판 선생은 시종 무슨 저술을 해볼 생각으로, 매일처럼 진지한 태도로 집필에 착수──하려고 했다. 그러나 후반기로 접어들면서부터 저작에 관한 생각은 아예 단념해 버린 것 같았다. 「집필에 대한 준비도 그만하면 됐고, 자료도 대충 수집이 된 셈인데, 왜 그런지 손에 잡히지를 않거든! 아무 일도 할 수가 없단 말야!」 침통하게 고개를 떨어뜨리고, 우리들을 향해 이런 넋두리를 늘어놓기도 했다. 사실 이 말 한 마디는 우리가 학문에의 순교자로서의 그의 위대함을 새삼 느끼게 하는 데 충분한 것이었다. 그러나 그 자신은 전혀 다른 것을 원하고 있었다. 「나는 이미 잊혀져 버린 존재야. 나는 이제 아무 짝에도 쓸모가 없는 사람이란 말일세!」 이런 말이 그의 입에서 불쑥 튀어나온 적도 한두 번이 아니었다. 그의 이런 의기소침한 경향은 점점 심해져서 오십 년대의 마지막 무렵에 이르러서는, 마침내 바르바라 부인도 사태의 심각성을 깨닫게 되었다. 더욱이 자기의 친구가 세상에서 잊혀지고 필요없는 인간이 되어 버린다는 생각은 부인으로서는 참을 수가 없었다. 그의 원기를 북돋아 주고, 동시에 땅에 떨어진 그의 명성을 회복시키기 위해, 부인은 자기와 안면이 있는 문학가나 학자들이 아직도 많이 살고 있는 모스크바로 그를 데리고 갔다. 그러나 이 모스크바 여행도 결과적으로는 신통치가 않았다.

그때는 일종의 특별한 시대였다. 여태까지의 평온과는 전혀 다른 어딘가 새로운 사태, 무언가 기묘한 일들이 막 벌어지기라도 할 듯한 공기였다. 이런 들뜬 분위기는 전국 방방곡곡에, 심지어는 스크보레쉬니키 같은 우리 시골에까지 가득차 있었다. 어수선한 소문들이 꼬리를 물고 들려왔다. 사건 하나하나가 모두 믿을 만한 것은 아니었으나, 이들 사건들 뒤에서 새로운 사상들이 점차 그 모습을 뚜렷하게 드러내기 시작했다. 더욱 중요한 것은, 이 사상들의 수효가 엄청나게 많다는 사실이다. 이 사상들은 너무나 뒤죽박죽이어서, 어디에 적용할 수도 없고, 또 그 사상이 의미하는 바를 정확히 알아내기도 어려운 것들이었다. 바르바라 부인은 여성 특유의 성격으로서 여기에는 반드시 무슨 비밀이 있을 것이라고 생각하고, 그것을 알아내기 위해서, 갖은 애를 썼다. 부인은 신문·잡지는 물론 외국에서 출판된 금지서적이나, 당시 나돌기 시작한 격문까지도(이런 삐라 종류도 부인의 손에 들어왔다) 샅샅이 읽어 보았지만, 눈만 어지러웠을 뿐, 도대체 뭐가 뭔지 하나도 이해할 수가 없었다. 그래서 이번에는 편지를 써보내기 시작했지만, 대부분 답장도 오지 않았고, 간혹 답장이 오는 경우에도 모두 요령부득한 것들뿐이었다. 결국은 스체판 선생이 불려가서 이런 사상들을 명쾌히 설명하도록 요청받았으나, 그의 설명으로도 부인을 만족시킬 수는 없었다. 이러한 동태 전반에 관한 스체판 선생의 견해란 지나치게 거만스러운 것이었기 때문이다. 그의 이야기는 요컨대 자기는 이 세상에서 잊혀진 불필요한 사람이라는 점에 귀결되는 것이었다.
 그러나 드디어 그의 이름이 사람들의 입에 다시 오르내리게 될 때가 왔다. 처음에는 외국에서 출판되는 몇 가지 간행물이 그를 유배된 수난자라고 평했고, 잇따라 페체르부르그에서 그가 한때 빛나는 성좌의 일원이었다는 사실이 화제가 되었다. 그 가운데는 무슨 영문인지 그를 라지시체프(러시아의 문학가, 농노제 비판의 선구자)에 비견하는 사람들도 있었다. 마침내 어느 잡지에서는 그가 죽었다고 공고하고, 가까운 시기에 그의 일대기를 게재하겠다고 예고하기에 이르렀다. 스체판 트로피모비치 베르호벤스키는 갑자기 소생하였다. 그는 아주 거드름을 피우기 시작했던 것이다. 현대인들에 대한 그의 경멸감은 씻은 듯이 사라지고, 이번에는 오히려 자기도 현대 운동에 뛰어들어 마음껏 역량을 발휘해 보겠다는 꿈이 불타올랐다. 바르바라 부인은 새삼스레 친구의 꿈을 신용하고 일을 서두르기 시작했다. 지체없이 페체르부르그로 달려가서 모든 사정을 직접 조사해 본 뒤에, 경우에 따라서는 새로운 사업에 직접 투신하겠다고 결심했던 것이다. 부인은 그때, 잡지 하나를 새로 창간하여, 남은 여생을 그 일을 위해 바치겠다고 말했다. 일이 이렇게 되어가는 것을 보고 스체판 선생은 점점 더 콧대가 세어져서, 페체르부르그로 가는 도중에는 자기가 오히려 바르바라 부인의 보호자인 체하는 태도를 취하기까지 했다. 부인은 이 일도 마음속에 깊이 새겨 두었다. 그러나 부인의 입장으로서는 이번 여행에는 어떤 지극히 중요한 목적이 따로 있었다. 그것은 상류 사회와의 인연을 회복하는 일이었다. 즉 사교계에서 자기의 옛날 위치를 되살려 보려고 생각했던 것이다. 결과야 어쨌든 그런 시도를 해볼 필요는 있었다. 그러나 뭐니뭐니해도 이 여행의 표면적인 구실은 그때 페체르부르그의 귀족 학교에서 대학 과정을 마치려는 자기의 외아들을 만나 보려는 데 있었다.

6

페체르부르그에 도착한 두 사람은 그곳에서 한겨울을 지냈다. 그러나 대재기(大齋期——부활제 전의 사십 일 간의 정진기)가 가까워질 무렵, 만사는 무지개 빛의 비누 방울처럼 허무하게 깨져 버리고 말았다. 가뜩이나 알쏭달쏭한 일들이 더 흐리멍덩해져서 나중에는 혐오감만 더욱 커졌다. 우선 상류 사회로의 복귀는 거의 실패로 끝났을 뿐 아니라, 굴욕적인 무리한 운동 끝에 겨우 한 가닥의 희미한 관계를 맺은 데 불과했다. 여기에 자존심을 상한 바르바라 부인은 이번에는 무턱대고 『새 사상』에 덤벼들었다. 문학자들 사이에서 인기를 얻어 대세를 뒤집어 보려고 생각하고, 야회를 열어 문인들을 불러들이기 시작했다. 이들은 초청받기가 무섭게 떼를 지어 몰려왔으며, 나중에는 초대받지 않은 자들까지도 어슬렁 나타났다. 게다가 제각기 자기 친구들을 한두 명씩 제멋대로 끌어들이기 시작했다. 부인은 이런 종류의 문학가들을 한 번도 본 일이 없었다. 그들은 제멋에 겨워 거드름을 피우고 안하무인격으로 행동했으며, 마치 그것이 자기들의 의무라고 생각하는 투였다. 전부가 그렇지는 않았지만 그 중에는 잔뜩 술이 취해 나타나서 방금 자기가 발견한 독특한 아름다움에 심취한 듯한 얼굴을 하고 있는 자들도 있었다. 그들은 예외없이 기묘한 자신감에 넘친 표정들을 하고 있었으며, 어떤 사람의 얼굴에는 자기는 방금 어떤 중대한 비밀을 발견했다고 씌어 있는 것 같았다. 게다가 그들은 서로가 상대편에게 욕설을 퍼부으면서, 그것을 자랑으로 여기고 있었다. 그들이 무슨 글을 썼는지는 알아내기 힘든 일이었지만, 그 중에는 비평가·소설가·극작가·풍자소설가, 그리고 폭로 문학을 전문으로 하는 사람들도 섞여 있었다.

한편 스체판 선생은 자기대로 그 운동을 지도하고 있는 수뇌급 그룹과 관계를 텄다. 그 지도자들은 구름 위에 있을 만큼 동떨어진 존재였으나, 그래도 스체판 선생을 쾌히 맞아 주었다. 그들은 스체판 선생이 어떤 사상을 대표하고 있는 사람이라는 것 이외에는 아무것도 모르고 있었다. 스체판 선생은 능동적으로 그들에게 접근하고, 마치 올림푸스의 신들과도 같이 고고한 이 사람들을 두 번이나 바르바라 부인의 살롱에 초대하기까지 했다. 이들은 매우 겸손하고 예의바른 태도를 취하고 있었으며, 다른 패들은 이들을 두려워하고 있는 것 같았으나 아무리 봐도 긴밀한 관계를 맺기는 어려운 것 같았다. 바르바라 부인이 옛날부터 우아한 관계를 유지하고 있던 왕년의 문학 대가들 가운데 마침 페체르부르그에 와 있던 두세 명의 지기(知己)들도 찾아왔다. 그러나 놀라운 것은 이들 진정한 대가들은 말이 없는데, 지금 한참 판을 치고 있는 패들과 부화뇌동하며 갖은 아첨을 다하는 몇몇 사람이 끼여 있다는 점이었다. 이럭저럭 처음에는 스체판 선생의 일도 잘 되어갔다. 그는 각 방면의 모임에 초대받아서 공개적인 문학집회에 끌려 다녔다. 그가 어느 문학강연회 단상에 강사의 한 사람으로서 처음 나타났을 때, 약 오 분 동안이나 장내가 떠나갈 듯한 열광적인 박수가 계속되었다. 그로부터 구 년 뒤, 그는 이 사실을 눈물을 글썽거리며(그것은 감격의 눈물이라기보다는 오히려 타고난 예술적 감수성에 의한 눈물이었다) 이렇게 회상했다. 『정말 맹세해도 좋지만』 하고 그는 나에게 말했다(이것은 나 한 사람에게만 털어놓은 비밀이다). 『그때 청중들 가운데 나에 관해서 조금이라도 알고 있는 사람이라곤 한 사람도 없었단 말일세!』

이 고백은 주목할 만한 것이었다. 만일 그때 연단에 선 순간, 감격에 겨워 몹시 흥분했었음에도 불구하고 자기의 위치를 그토록 뚜렷이 의식할 수 있었다면, 그는 대단히 날카로운 이지(理知)를 지닌 사람임이 틀림없다. 그러나 구 년이 지난 뒤에 이 일을 회상함에 있어, 어떤 치욕감을 느끼지 못했다면, 그는 그리 날카로운 이지의 소유자라고는 말할 수 없을 것이다.

 그는 두세 가지 항의 연판장에 서명해 달라는 부탁을 받고(무엇에 대한 항의인지는 자기도 몰랐지만) 서명을 했다. 또 바르바라 부인도 어떤 『추악한 행위』의 고발장에 서명토록 강요를 받아 역시 서명했다. 그런데 이들 새 인물들의 대부분은 바르바라 부인의 집에 출입하면서도, 왜 그런지 경멸과 조소를 노골적으로 드러내는 것을 의무처럼 여기고 있었다. 그 뒤 스체판 선생이 기분이 울적한 순간에 나에게 슬쩍 비친 말에 의하면, 부인이 그를 질투하기 시작한 것은 바로 이때부터였던 것 같다. 부인으로서도 이런 작자들과 상종하는 것이 백해무익하다는 것을 잘 알고 있었지만, 여성 특유의 히스테리컬한 초조감과 고집 때문에 여전히 이런 패들을 맞아들이곤 했다. 그 무엇인가를 꾸준히 기다리는 심정 때문이었을 것이다. 밤의 모임에서도 부인은 별로 입을 열지 않았다. 때로 기분이 내킬 때면 더러 이야기에 끼여들기도 했지만, 대체로 남들의 이야기를 경청하는 편이었다. 그들의 화제는 검열 제도 철폐, 경음부(硬音符)의 폐지, 러시아 글자를 없애고 로마 알파벳으로 대체하자는 주장, 어제 아무개가 추방되었다는 이야기, 어떤 파사즈(페체르부르그 청년들의 집회소. 공장 노동자 대합실의 뜻)에서 일어났던 추문들, 러시아를 자유로운 연방 결합체로서 제민족으로 분립케 하는 제도의 이점, 육군과 해군의 폐지, 드네프르 강 유역 폴란드 영토의 실지 회복, 농민 개혁과 격문의 유포에 관한 얘기, 상속 제도나 가족 제도·친자 관계·승려 제도의 전폐(全廢), 여권(女權) 문제, 모든 사람의 비난의 대상이 되고 있는 크라예프스키(러시아의 출판업자)의 호화 주택에 관한 얘기 등등…… 대개 이런 것들이었다.

 이런 신인들 중에는 진짜 사기꾼들도 많이 섞여 있었지만, 반면에 무척 정직하고 선량한 사람들도 많이 있었다. 이들 정직한 사람들은(어딘가 이상한 점이 아주 없는 것은 아니었으나) 사기꾼들보다도 이해하기 힘든 점이 더 많기 때문에, 어떻게 보면 누가 누구 손에서 놀아나는지 전혀 짐작할 수가 없었다. 바르바라 부인이 잡지를 창간하겠다는 구상을 발표하자, 전보다도 더 많은 사람들이 모여들었다. 그러자 이번에는 부인 자신에게 자본가라는 둥 남의 노력을 착취하려는 자라는 둥 온갖 비난이 퍼부어지기 시작했다. 이런 종류의 비난은 당돌할 뿐 아니라, 무례하기 짝이 없는 것이었다.

고(故) 스타브로긴 장군의 옛 친구 중에 군대의 동료였던 이반 이바노비치 드로즈도프라는 늙은 장군이 있었다. 그는 대단히 훌륭한(독특한 의미에서) 사람이었다. 우리들에게 알려지기로는, 그는 지극히 완고하고 격분하기 잘 하는 성격인데다가 굉장한 대식가로서 무신론을 몹시 싫어하는 인물이었는데, 그가 어느 날 바르바라 부인의 야회석상에서 어떤 유명한 청년 비평가와 언쟁을 하게 되었다. 그 젊은 비평가는 대뜸 「만일 당신이 그렇게 말씀하신다면, 당신은 장군이라고 불려도 어쩔 수 없을 겁니다.」하고 말했다. 말하자면 장군이라는 말 이상으로 모욕적인 단어는 없다는 투의 의미였다. 드로즈도프 장군은 벌컥 화를 냈다. 「그렇다. 나는 틀림없는 장군이다, 육군 중장이다. 황제 폐하를 위해 봉사해온 사람이야! 그런데 자넨 뭔가, 기껏해야 젖비린내 나는 무신론자가 아닌가!」이렇게 해서 도저히 용납할 수 없는 추태가 벌어졌다. 이튿날 이 사건은 즉시 신문에 공개되었고, 그때 바르바라 부인이 즉석에서 장군을 쫓아내지 않았다고 해서, 부인의 『불순한 행위』를 규탄하는 연판장을 돌리기 시작했다. 또 어떤 삽화 잡지에서는 바르바라 부인, 장군, 그리고 스체판 선생 세 사람을 반동 보수주의 삼인조라고 나란히 그려 놓은 만화를 게재했다. 이 만화 옆에는 일부러 이 사건을 위해 쓴 어느 민중 시인의 시 한 편까지 실려 있었다. 이것은 내 나름의 생각이지만, 실제로 장군 계급에 속해 있는 많은 사람들은 『나는 황제 폐하를 위해 봉사한 사람이다 운운』하는 묘한 말버릇을 가지고 있는 것 같다. 이런 말투는 마치 그들만이 일반 평민과는 다른 특별한 황제 폐하를 가지고 있다는 것처럼 들린다.

이렇게 되니 더 이상 페체르부르그에 머문다는 것이 불가능했음은 말할 필요도 없다. 게다가 스체판 선생은 결정적인 추태를 벌이고 말았다. 그는 그만 참지 못한 나머지, 예술의 권리를 주장하기 시작했기 때문에 사람들은 더욱 그를 비웃고 놀려대게 되었던 것이다. 마지막으로 참석한 강연회에서 그는 청중들의 심금을 울림으로써 자기의 『추방된』 사상에 존경심을 불러 일으키겠다는 생각으로, 시민으로서의 당당한 웅변을 토했다. 그는 『조국』

이란 말이 무익하고도 우스꽝스러운 것이라는 데 이의없이 동의하였고, 종교가 해로운 것이라는 생각에도 찬성했지만, 다만 장화는 푸시킨보다 가치가 없을 뿐더러(비평가인 피사로프가 당시에 『푸시킨은 장화보다 쓸모가 없다』라고 주장한 데 대한 반론), 그보다 훨씬 못한 것이라고 외쳤던 것이다. 그러자 청중들이 일제히 휘파람을 불고 야유와 욕설을 퍼부었으므로, 그는 연단에서 내려올 생각도 못 한 채, 그 자리에서 그만 엉엉 울어 버리고 말았다. 바르바라 부인은 기진맥진한 그를 끌고 집으로 돌아왔다. 『그들은 나를 무슨 헌 종이모자처럼 취급했어!』하고 그는 헛소리하듯 중얼거렸다.

 부인은 밤새도록 그의 곁을 떠나지 않고 월계수 즙을 먹여 주면서 날이 밝을 때까지 몇 번이고 이렇게 말해 주었다.

 「당신은 아직도 능력 있는 사람입니다. 당신은 정당한 평가를 받게 될 거예요. 어딘가 다른 곳으로 가기만 한다면…….」

 이튿날 아침 일찍 다섯 명의 문학자가 바르바라 부인을 찾아왔다. 그 중 세 명은 한 번도 만나 본 적이 없는 사람들이었다. 그들은 엄숙한 태도로, 자기들은 부인의 잡지에 관한 일을 상의하기 위해 어떤 결정을 가지고 왔다고 밝혔다. 바르바라 부인은 아직까지 잡지 일에 관해서 누구에게 상의를 해 달라거나, 무슨 결정을 해달라고 부탁했던 적은 한 번도 없었다. 그들이 결정했다는 내용은 요컨대 잡지가 창간되면 부인은 자유 조합 체제를 갖추어 자본과 운영권을 모두 자기네들에게 넘겨 주고, 저 『낡아빠진』스체판 선생을 데리고 스크보레스니키로 돌아가라는 것이었다. 단 소유권은 부인에게 있으며, 해마다 순이익의 육분의 일을 부쳐드리는 것만큼은 예의상 수락하겠다는 이야기였다. 그런데 무엇보다도 기가 찬 일은, 이들 다섯 명 중 네 사람까지는 확실히 눈꼽만큼의 이기적인 목적도 없이 오로지 『공공 사업』을 위해 뛰어다니고 있다는 사실이었다.

 「우리는 완전히 넋이 빠져서 도망쳐 나오고 말았지.」하고 스체판 선생은 가끔 말했다. 「나는 아무것도 생각해낼 수가 없었어. 다만 기차 바퀴 소리에 맞추어 모스크바에 도착할 때까지, 『베크 이 베크 이 레프 깜베크, 레프 깜베크 이 베크 이 베크……』(《베크》는 세기 또는 시대의 뜻으로 당시 페체르부르그에서 발행되던 주간지 이름. 『레프 캄베크』는 당시의 저널리스트)하고 뜻도 모를 소리를 중얼거리던 일만 기억하고 있을 따름이었지. 모스크바에 도착해서야 겨우 정신이 들더군. 여기에서는 정말 뭔가 다른 것을 찾아낼 것 같은 기분이 든 탓일까. 아아, 제군!」하고 그는 가끔 감격에 겨워 부르짖곤 했다.「자네들은 아마 상상도 못 할 거야. 사람이란 슬픔과 분노의 감정이 가슴에 북받쳐 올라 어쩔 줄 모를 때가 있는 법이라네. 내가 여지껏 신성한 것으로 여겨온 위대한 사상을 그 몰지각한 녀석들이 다른 바보들에게 보여 주기 위해 거리로 끌어내어, 균형도 조화도 없이 어리석은 철부지들의 노리개감으로 진구렁에 처박아 둔 것을 지나가다 우연히 보았을 때 내 기분이 어땠겠는가! 이건 있을 수 없는 일이지! 암, 있을 수 없는 일이고말고! 우리들 시대엔 그렇지는 않았다네. 우리가 그런 것을 위해 노력한 것은 아니잖나. 아니지, 아니야. 전혀 달랐었어. 난 도대체 뭐가 뭔지 모르겠네. 다시 한 번 우리들의 시대가 와서, 지금의 이 불안과 어수선한 일들을 확고한 길로 인도해 주게 될걸세. 꼭 그럴 거야. 그렇게 되지 않는다면 대체 앞으로 무슨 일이 일어난다는 말인가?……」

7

바르바라 부인은 페체르부르그에서 돌아오자 곧 자기의 친구를 『좀 쉬게 하려고』외국으로 보냈다. 두 사람이 잠시 떨어져 있을 필요가 있다는 것을 부인도 느끼고 있었던 것이다. 스체판 선생은 기쁨에 가득 차서 출발했다.「그곳에 가면 나는 새로운 삶을 시작할 겁니다!」하고 그는 외쳤다.「그곳에 가면, 이번엔 정말 학문 연구에 몰두하렵니다!」그러나, 베를린에서 보낸 그의 첫 편지는 벌써부터 상투적인 문구를 늘어놓기 시작하고 있었다.『새삼스럽게 마음의 상처가 되살아나는군요.』하고 그는 바르바라 부인에게 써보냈다.

모든 일을 잊어버릴 수가 없습니다! 이곳 베를린에 와보니, 나의 지나간 젊은 시절, 그대의 고뇌와 감격이 죄다 생각나는군요. 아아, 그 여자는 지금 어디에 있을까? 그들 두 여자는 지금 어디에 있는 것일까? 나에게는 더없이 귀중한 존재였던 그 천사 같은 두 사람은? 그리고 내 아들은,

세상에서 가장 사랑하는 내 아들은 지금 어디에 있단 말인가? 그리고 나 자신은, 강철 같은 의지력과 바위 같은 힘을 간직했던 옛날의 나는 지금 도대체 어디에 있는가? 아아, 지금은 한낱 정교(正敎) 신자에 불과한 털보인 저 안드레예프 따위조차도 내 존재를 반쪽으로 갈라 놓겠다고 말할 정도이니…… 운운.

스체판 선생의 아들에 관해서 말하자면, 그는 여태까지 아들을 꼭 두 번 보았을 뿐이었다. 첫번째는 아들이 태어났을 때였고, 두 번째는 최근에 이미 청년이 된 아들이 페체르부르그에서 대학에 들어갈 수험 준비를 하고 있을 때였다. 이미 앞에서 얘기했지만, 아들은 어렸을 때부터 줄곧 스크보레쉬니키에서 칠백 킬로미터쯤 떨어진 아주머니 집에서 자랐다. 이것은 바르바라 부인이 부탁한 일로서 모든 비용도 부인이 보내 주고 있었다. 안드레예프라는 사람은 우리 마을에서 가게를 내고 있는 장사꾼인데, 독학으로 고고학을 연구한 괴짜로서 골동품 따위를 열심히 수집하고 있었으며, 스체판 선생과는 서로의 지식 때문이라기보다는 사물에 대한 관점의 차이 때문에 늘 사이가 나쁜 처지였다. 그런데 흰 수염에 커다란 은테 안경을 쓴 이 풍채 좋은 상인이, 스크보레쉬니키 바로 옆에 있는 스체판 선생의 작은 영지의 삼림 벌채권을 몇 정보에 걸쳐 사들이고서도 그 대금 사백 루블리를 여태까지 지불하지 않고 있었던 것이다. 바르바라 부인이 친구를 베를린으로 보낼 때 지나칠 정도로 많은 여비를 주었는데도, 스체판 선생은 이 사백 루블리를 자기의 별도 비밀 용돈으로 생각하고 있었으므로, 출발 직전에 안드레예프가 지불을 한 달 연기해 달라고 말했을 때 그는 거의 울상이 되었었다. 그러나 안드레예프로서는 약 반 년 전에 스체판 선생이 특별한 용도가 있다고 해서 미리 전도금을 준 일이 있기 때문에, 지불 연기를 주장할 당연한 권리를 가지고 있었던 것이다.

바르바라 부인은 그의 처음 편지를 열심히 읽었다. 그리고『그 두 여자는 지금 어디에 있을까?』라고 탄식한 부분 밑에 연필로 줄을 긋고 날짜를 써넣은 다음, 손금고 속에 넣고 열쇠를 채웠다. 그가 여기서 말한 두 여자란 죽어간 아내들을 뜻함은 말할 나위도 없다. 두 번째로 베를린에서 보내온 그의 편지는 가락이 조금 변해 있었다.

요즘엔 하루 열두 시간씩 일하고 있습니다(열한 시간 정도로 좀 해두면 어때, 하고 바르바라 부인은 중얼거렸다). 도서관에 가서 자료를 뒤져 메모를 하거나 바쁘게 돌아다니며 교수들을 찾아보는 것이 나의 일과입니다. 저 둔다소프 댁과의 옛 교분도 더욱 두텁게 한 바 있습니다. 나제즈다 니콜라예브나의 미모는 아직도 여전하시더군요! 부인에게 안부를 전해 달라는 부탁이 있었습니다. 나제즈다 부인의 젊은 남편과 세 명의 조카들도 모두 베를린에 있었습니다. 나는 매일 밤 젊은이들과 이야기로 밤을 새우는데, 그 대화의 세련되고 우아함이란 저 아테네의 밤(플라톤의 《향연》 심포지움)을 연상케 합니다. 고상한 스페인 풍의 음악 소리에 귀를 기울이고 전 인류의 새 삶을 꿈꾸면서, 영원한 아름다움을 동경하고, 시스티나의 마돈나(라파엘로의 그림)를 이야기하며, 어둠을 꿰뚫는 광명에 대하여 논하곤 합니다……. 그러나 태양 속에도 흑점이 있음을 어찌 숨길 수 있으리까? 오오, 나의 고귀하고도 진실한 벗이여! 나의 마음은 항상 부인을 생각하며 부인 곁에서 떠날 수가 없습니다. 부인에게서는 언제, 어느 곳에서도 떨어져 있을 수가 없습니다. 비록 우리가 페체르부르그를 떠날 무렵 가슴 두근거리며 자주 이야기하던 『마카르와 그 송아지들의 나라』에 있어서도 결코 다름이 없습니다. 나는 지금 즐거운 기분으로 돌이켜봅니다. 국경을 넘고 나서, 나는 정말 오랫만에 내 신변이 안전하다는 것을 실감할 수 있었으며, 야릇한 새로운 감정을 느낄 수 있었던 것입니다…… 운운.

「이건 모두 잠꼬대구나!」바르바라 부인은 이렇게 딱 잘라 말하고 편지를 접었다.「아테네의 밤처럼 새벽녘까지 이야기를 즐긴다면서, 하루에 열두 시간씩 책을 읽는다니. 혹시 술에 취해서 이 편지를 쓴 게 아닐까? 흥, 저 둔다소프 따위가 감히 나에게 안부를 전하더라고? 하지만 저 사람도 잠시 머리를 식히는 것도 나쁘진 않을 거야……」

『마카르와 그 송아지들의 나라』라는 말은,『마카르가 송아지를 몰고 가지 않는 나라』, 즉 새도 날아다니지 않는 나라라는 뜻의 러시아 속담을 직역한 것이다. 스체판 선생은 가끔 러시아 고유의 속담이나 격언을 일부러 엉뚱한 프랑스 어로 직역하는 때가 있었다. 이것은 그가 그 뜻을 정확히 옮길 수 있는 능력이 없어서가 아니라, 이런 데서 자기의 특별한 취향을 발휘함으로써 자기의 머리가 아직도 제법 쓸 만하다는 데 스스로 만족을 느끼는 모양이었다.

그러나 그의 이러한 기분풀이 행각도 그리 오래 가지 않아서, 넉 달이 채 못 되어 그는 스크보레쉬니키로 훌쩍 다시 돌아오고 말았다. 귀국하기 직전에 보낸 그의 몇 통의 편지는 멀리 떨어져 있는 벗에 대한 감상적인 사랑의 고백으로 일관되어 있었고, 이별의 눈물에 젖어 있었다.

세상에는 마치 집에서 기르는 강아지처럼 유난히 집을 그리워하는 성격을 지닌 사람들이 있다. 이 두 친구의 재회는 환희에 가득찬 것이었다. 그러나 다시 만난 지 이틀이 채 못 되어 모든 것은 옛날과 똑같이, 아니 옛날보다도 더욱 단조로운 생활로 되돌아가고 말았다.「여보게, 자네」하고 스체판 선생은 약 두 주일쯤 지난 뒤에 대단한 비밀이라도 털어놓는다는 듯이 나에게 말했다. 「나는 그만 나 자신에 대해서 무섭고도 새로운 사실을 알아내고 말았다네. 나는 한낱…… 그저 한낱 식객에 지나지 않는다는 사실이지. 또 그 이상 아무것도 아니거든! 정말 그 아무것도 아니란 말이야!」

8

그 뒤 우리 고장은 아무 일도 없이 조용해졌고, 그러한 세월이 구 년 동안 지금까지 계속되었다. 정기적으로 되풀이되는 그의 히스테리 발작도, 내 어깨에 얼굴을 묻고 흐느껴 우는 일도 우리의 태평한 생활을 어지럽게 하지는 않았다. 이 동안 스체판 선생이 별로 살찌지 않은 것은 조금 뜻밖의 일이다. 그 대신 코가 약간 붉어져서 그의 사람 좋아 보이는 모습을 더욱 두드러지게 했을 뿐이었다.

그를 중심으로 하여 하나의 서클이 형성되었다. 바르바라 부인은 이 서클에 관계하지 않았지만, 우리들은 제 나름대로 부인을 후원자로 여기고 있었다. 부인은 지난번 페체르부르그에서 혼이 난 이후 우리 고장에 아주 눌러앉고 말았으며, 겨울에는 시내의 자택에서 살고 여름이 되면 교외에 있는 영지에서 지내곤 했다.

지금의 현지사가 부임해 오기 직전까지 최근 칠 년 동안 부인은 우리 고장의 사교계에서 절대적인 명성과 세력을 누려왔다.

전 현지사인 이반 오시포비치는 지금도 이 고장 사람들이 잊지 못할 만큼 유순한 지사였는데 그는 바르바라 부인의 가까운 친척으로서 옛날에는 부인의 신세를 진 일도 있었기 때문에, 지사 부인도 항상 부인의 기분이나 상하지 않을까 하고 눈치를 살필 정도였다. 바르바라 부인에 대한 우리 현 전체의 숭배는 정말 보기에도 딱할 정도로 대단한 것이었다. 따라서 스체판 선생에 대해서도 은근한 경의를 표한다는 것은 당연한 일이었다. 그는 클럽의 일원으로서 위엄있는 태도로 카드놀이를 해서 밤낮 지기는 했지만, 그래도 사람들은 그를 『학자』로 생각하고 존경하고 있었다. 그 뒤 바르바라 부인이 그에게 따로 살 수 있도록 허락했기 때문에 우리들의 모임은 좀더 자유스럽게 되었다. 우리들은 일주일에 두세 번씩 그의 집에서 모이곤 했으며, 그것은 무척 유쾌한 일이었다. 특히 스체판 선생이 기분좋게 샴페인을 한턱 낼 때는 더욱 그러했다. 술은 앞서 말한 안드레예프 네 가게에서 대놓고 갖다 마셨다. 바르바라 부인은 반 년마다 술값을 계산해서 갚아 주었는데, 그날이 되면 스체판 선생은 거의 틀림없이 히스테리 발작을 일으키곤 했다.

우리 클럽에서 제일 오래된 사람은 리푸친이라는 중년의 현청 관리인데, 대단한 자유주의자이며 거리에서는 무신론자로 통하고 있었다. 그는 젊고 아름다운 아내와 재혼했으나, 그것은 지참금을 노려서였고, 전처 소생으로 이미 장성한 딸이 셋이나 있었다. 그는 온 가족을 자기 앞에서 꼼짝달싹 못 하게 엄하게 다루었고, 마음대로 외출도 못 하게 했다. 게다가 그는 지독한 노랭이로서 푼푼이 봉급을 모아 집 한 채까지 마련했고 재산도 꽤 모았다. 그러나 약간 덜렁거리는 성격에다가 관등(官等)도 대단치 않았으므로, 마을 사람들에게서 그다지 존경을 받지 못했고, 더욱 상류 사회에서는 아예 상대도 해주지 않았다. 그는 중상 모략꾼으로 악명이 높았으며, 입 때문에 혼이 난 적도 몇 차례나 되었다. 한 번은 어느 장교로부터였고, 또 한 번은 한 가정의 주인인 어느 존경받는 지주에게서였다. 그러나 우리들은 그의 날카로운 두뇌와 호기심 많은 버릇과 항상 쾌활한 태도를 좋아했다. 바르바라 부인은 그를 싫어했으나, 그는 무슨 재주를 가졌는지 늘 부인의 기분을 잘 맞추었기 때문에 그럭저럭 무난히 지내올 수 있었.

부인은 또 일 년 전에 클럽의 회원이 된 샤토프도 싫어했다. 그는 옛날에는 학생이었지만 어떤 학생운동 때문에 대학에서 쫓겨난 사람이었다. 원래는 바르바라 부인의 소작인이며 머슴이었던 고(故) 파벨 표도로프의 아들로서, 어렸을 적에는 스체판 선생에게서 배운 적도 있으며, 여러 가지로 바르바라 부인의 신세를 많이 지고 있었다. 그럼에도 불구하고, 그는 대학에서 퇴학 처분을 받은 뒤 곧장 고향으로 돌아오기는커녕 부인이 모처럼 보낸 편지에 답장도 하지 않고 개화주의자인 어느 상인의 집에 가정교사로 들어가 버렸기 때문에, 부인은 그의 배은망덕을 결코 용서하려 하지 않았다. 그는 그 뒤 이 상인의 가족과 함께 가정교사 겸 비서의 자격으로 외국에 갔다. 아무튼 당시의 그는 외국에 가는 것이 최대의 소원이었다. 이 밖에 여자 가정교사가 한 명 따라갔는데, 이 여자는 말괄량이 아가씨로서 단지 보수를 싸게 준다는 조건으로 출발 직전에 채용되었던 것이다. 그러나 상인은 채 두 달도 못 되어 이 처녀가 『방종한 사상』을 가졌다는 이유로 해고해 버리고 말았다. 샤토프는 이 아가씨의 뒤를 따라 그 집을 뛰쳐나와 주네브에서 결혼했다. 그러나 두 사람은 겨우 삼 주일 동안을 같이 살았을 뿐, 서로 아무 구속도 받지 않는 자유인으로서 미련없이 헤어졌다. 하긴 가난이 원인이었던 것도 사실이다. 그는 그 뒤 오랫동안 혼자서 유럽 일대를 떠돌아다녔다. 그 동안 그가 어떻게 살아왔는지 아무도 모르지만, 거리에서 구두닦기도 했고 부두에서 인부 노릇도 했다는 소문이었다. 그는 결국 일 년 전에 우리들이 있는 『옛 보금자리』로 돌아와 늙은 친척 아주머니 집에서 지내게 되었는데, 그 아주머니도 한 달 전에 죽어 버리고 말았다.

  여태까지 바르바라 부인의 손에서 키워져 부인의 귀염을 받고 있는 누이동생 다샤와도 거의 왕래를 하지 않고 있었다. 그는 우리들 사이에서도 늘 침울하고 말이 없었다. 그러나 일단 누가 그의 신념을 건드리게 되는 경우에는 갑자기 병적으로 흥분하여 과격한 말투로 덤벼들곤 했다. 그래서 스체판 선생도「저 샤토프란 친구는 먼저 꽁꽁 묶어 놓고 나서 토론을 시작해야 되거든.」하고 가끔 농담을 하기도 했으나, 실은 그를 좋아하고 있었다. 외국에 있는 동안 샤토프는 옛날에 가지고 있던 사회주의적인 신념의 일부를 근본적으로 바꾸어, 그 정반대의 극단으로 치닫게 되었다. 그는 어떤 거센 사상에 사로잡히면 그것에 완전히 짓눌려서 영원히 그 사상의 영향에서 벗어나지 못하는 그런 순수한 러시아 사람의 하나였다. 이런 사람들은 어떤 사상을 자기 나름대로 소화할 능력도 없이 그저 무작정 빠져들고 말기 때문에 그들의 온 생애는 마치 커다란 바윗돌에 몸의 반쪽이 짓눌린 채 숨이 끊어지듯이 마지막 몸부림을 계속하는 그러한 꼴이 되는 것이다.

샤토프는 또한 자기의 사상에 아주 어울리는 용모를 가지고 있었다. 빈약한 몸집, 희끗희끗한 머리, 털이 많고 작달막한 키에 떡 벌어진 어깨, 두툼한 입술, 드리워진 흰 눈썹, 늘 찌푸리고 있는 이마, 그리고 무언가 수줍은 듯하면서도 반항적인 눈길은 늘 내리깔고 있었다. 머리 위에는 한 줌의 머리카락이 늘 뻣뻣하게 곤두서 있어서 여간해서는 옆으로 누워 있을 때가 없었다. 나이는 이십칠팔 세 정도였다.

「오죽하면 여편네가 도망을 다 갔겠나.」하고 언젠가 바르바라 부인은 그의 모습을 유심히 살펴보고 나서 말한 적이 있다. 그러나 그는 지독히 구차한 형편이었음에도 불구하고 옷차림만큼은 단정하게 하려고 애를 쓰고 있었다. 이번에 다시 돌아와서도 바르바라 부인의 신세를 지지 않고 그럭저럭 하루살이로 입에 풀칠하고 있었다. 상인의 집에서 가정교사를 하기도 했고 점원 노릇도 했으며, 또 한 번은 어느 상인의 조수가 되어 기선을 타고 행상을 떠나려고 한 적도 있었다. 그때는 그만 갑자기 병에 걸려 출발 직전에 단념하고 말았지만 실제로 그가 어느 정도로 빈곤에 견디고 또한 그것에 전혀 개의치 않고 있을 수 있느냐는 것은 쉽게 헤아릴 수 없을 정도였다.

그가 병에 걸렸을 때 바르바라 부인은 이름을 감추고 그에게 일백 루블리를 보내 주었다. 그는 이 사실을 알고 오랫동안 생각한 끝에 그 돈을 받기로 하고, 부인에게 인사를 하러 갔다. 바르바라 부인은 반갑게 그를 맞아 주었으나, 그는 이번에도 부인의 기대를 저버리고 말았다. 그는 한 오 분쯤 얼간이처럼 땅만 내려다보고 희쭉희쭉 웃고 있다가 부인의 이야기가 중요한 대목에 이르렀을 때 갑자기 일어나 벽 쪽에 대고 꾸벅 절을 하고는 그대로 꽁무니를 빼려고 했다. 그러나 너무 허둥거린 나머지 부인이 애지중지하는 값비싼 탁자에 걸려 넘어져 그것을 부숴 놓고는 그만 얼굴이 빨갛게 되어 정신없이 도망쳐 버리고 말았던 것이다. 나중에 리푸친은, 샤토프가 옛 상전이었던 여지주가 주는 일백 루블리를 딱 잘라 거절하지 않고 그대로 받아넣었을 뿐 아니라, 사례차 인사까지 하러 갔었다고 해서 그를 호되게 몰아세우기까지 했다. 샤토프는 마을 변두리 한구석에 틀어박혀 혼자서 살고 있었으며, 우리 친구들뿐 아니라 어떤 사람이 찾아가더라도 조금도 반가워하지 않았다. 그러나 스체판 선생의 집에서 열리는 저녁 모임에는 곧잘 나타났으며, 신문이나 책을 빌어가곤 했다.

스체판 선생 댁의 저녁 모임에는 비르긴스키라는 젊은이도 출입했다. 그는 이곳의 관리로서 어떤 점에서는 샤토프와 비슷한 사람이었다. 그러나 겉으로는 정반대처럼 보이기도 했다. 그 역시 가정을 거느린 한 사람의 『가장』이었다. 초라하고 말수가 적은 이 젊은이(라고는 하지만 이미 서른 살이 넘었다)는 비록 독학으로 공부하긴 했지만 상당한 교양을 지니고 있었다. 그는 가난하고 처자까지 있었지만 관청에 다니면서 처가집 큰어머니와 처제까지 부양하고 있었다. 그의 처를 비롯한 집안 부인들은 모두 제 나름대로의 『새 사상』을 갖고 있었으나, 속된 형태로 표현할 재주밖에 없는 부인네들이었으므로, 언젠가 스체판 선생이 다른 일에 대해 평한 것처럼 『길거리에 떨어져 있는 사상』이란 느낌을 갖게 했다. 이 부인네들은 이런 사상들을 주로 책에서 주워 읽었으며, 수도의 진보파들의 소굴에서 나온 말이라면 가령 그 소문이 『손에 잡히는 대로 모두 창 밖으로 내던져라』라는 의미의 것이라도 무작정 실천에 옮기려 드는 축이었다. 비르긴스카야 부인은 우리 마을에서 산파 노릇을 하고 있었는데 처녀 시절에는 꽤 오랫동안 페체르부르그에서 산 적도 있었다. 비르긴스키 자신은 보기 드물게 청순한 마음을 지닌 사람으로, 나는 그처럼 순수한 정신적 정열을 가진 사람을 결코 본 적이 없다.

「나는 이 밝은 희망을 결코 언제까지나 버리지 않으렵니다.」 하고 그는 곧잘 눈동자를 빛내며 나에게 속삭이곤 했다. 그는 그 『밝은 희망』에 대해 말할 때면 언제나 무슨 비밀 이야기라도 하듯이 나지막한 소리로 자못 기쁜 표정을 짓는 것이었다. 그는 무척 키가 크고 여위었으며 빈약한 어깨에 숱이 적은 붉은색 머리를 갖고 있었다. 그의 견해 중 어떤 것에 대하여 스체판 선생은 조롱을 퍼붓기도 했지만, 그는 순수한 태도로 묵묵히 귀를 기울였고, 때로는 몹시 진지하게 반문해서 상대편을 난처하게 만들기도 했다. 스체판 선생은 그에게 무척 다정하게 굴었으며, 우리들 모두에 대해서도 대체로 아버지와 같은 태도를 취하고 있었다.

「자네들은 죄다 『덜 떨어진』 친구들이야.」 하고 그는 비르긴스키를 가리

컸다.「자네 같은 사람은 모두, 비르긴스키 군! 자네도 마찬가지야. 나는 자네가 페체르부르그의『신학생들처럼』우물 안『개구리』라고 생각하지는 않지만 어쨌든 자네는『팔삭동이』란 말일세. 샤토프 군도 달이 차서 태어난 패들 속에 끼여 보려고 바둥거리고 있긴 하지만 그도 역시『팔삭동이』라네.」

「저는 어때요?」하고 옆에서 리푸친이 물었다.

「뭐 자네야 그야말로 중용을 이루고 있지. 어디가나 그저 둥글둥글 살아가는 …… 자네의 그 독특한 수단으로 말일세.」

이 말에 리푸친은 무지무지하게 골을 냈다.

비르긴스키에 대해서는 유감스럽게도 다음과 같은 확실한 소문이 있었다. 즉 정식으로 결혼한 그의 아내가, 같이 산 지 일 년도 채 못 되어 불쑥 그에게 당신과는 같이 살 수 없으며 나는 레뱌드킨을 더 좋아한다고 선언했다는 것이다. 이 레뱌드킨이란 사내는 다른 지방에서 굴러들어온 꽤 수상쩍은 자로서 나중에 드러난 일이지만 자기가 떠벌이고 다닌 퇴역 이등 대위도 아무것도 아니었다. 그는 콧수염이나 매만지면서 술이나 마시고 머리에 떠오른 대로 그저 바보 같은 소리나 지껄이는 이외에는 아무 재주도 없는 친구였다. 그런데 이 사내가 제멋대로 비르긴스키네 집으로 옮겨와서 식객만큼 편한 직업은 없다는 태도로 매일같이 무위도식하면서 마침내는 집주인을 마냥 깔보고 지냈다. 또 다른 소문에 의하면 비르긴스키는 아내가 자기를 차버리겠다고 선언했을 때「여보, 여태껏 나는 당신을 사랑해왔지만 지금부터는 당신을 존경하오.」라고 말했다는 것이다. 그러나 정말 그가 이런 고대 로마의 연극 대사 같은 소리를 늘어놓았는지는 적지않이 의심스럽다. 왜냐하면 그가 엉엉 소리내어 울었다는 다른 소문도 있었으니 말이다. 어쨌든 그가 내소박을 맞은 지 두 주일이 지난 어느 날 이 세 사람 즉 가족이 모두 친지들과 함께 교외의 숲으로 차를 마실 겸 소풍을 간 적이 있었다. 비르긴스키는 마치 열에 들뜬 사람처럼 명랑한 태도로 춤추는 사람들 틈에 어울려 있다가, 갑자기, 무슨 언쟁 같은 것도 없었는데, 혼자서 캉캉 춤을 추고 있는 거인 같은 레뱌드킨의 머리털을 다짜고짜로 손으로 움켜잡고는, 밑으로 짓누르기도 하고 고래고래 악을 쓰면서 이리저리 끌고다니기 시작했다. 거인은 갑자기 당한 일이라 별로 반항도 하지 못하고 그가 하는 대로 질질 끌려다니기만 했다. 그러나 일이 끝난 뒤 그는 명예를 소중히 여기는 사람으로서 모욕을 당했다고 굉장히 화를 내었다. 비르긴스키는 그날 밤 꼬박 아내 앞에 무릎을 꿇고 앉아서 용서를 빌었으나, 그가 레뱌드킨에게 직접 사과하기를 거절했기 때문에 끝내 용서받지 못했다. 게다가 그는 신념이 굳지 못하고 칠칠치 못한 사내라고 해서 호되게 야단을 맞았다. 그것은 세상에 여자 앞에서 무릎을 꿇는 남자가 어디 있느냐 하는 이유에서였다.

퇴역 이등 대위는 그 뒤 곧 사라졌다가 아주 최근에야 어떤 새로운 목적을 가지고 자기 누이동생과 함께 다시 우리 마을에 나타났지만, 여기에 대해서는 나중에 얘기하기로 하겠다. 다만 이 가련한 『가장』이 우리들과 어울려 자기의 울적한 심경을 위로받고 싶어한 것도 그리 이상한 일은 아니었다. 그러나 그는 막상 자기 집안 일에 대해서는 한 번도 입 밖에 낸 적이 없었다. 아니, 꼭 한 번 있긴 했는데, 언젠가 나와 함께 스체판 선생 집에서 돌아오는 도중 자기 처지에 관해 잠깐 이야기한 다음, 이내 내 손을 움켜잡고 열띤 소리로 이렇게 말했던 것이다. 「이건 아무것도 아닙니다. 이건 그냥 개인적인 사정에 지나지 않거든요. 이런 일이 『공동사업』에 방해가 되어서는 결코 안 됩니다!」

우리 클럽에는 정회원이 아닌 사람들도 찾아오곤 했다. 럄신이라는 유대인과 카르투조프란 대위도 한때 출입했다. 또 한때는 무척 호기심이 강한 어느 노인도 곧잘 드나들었으나 지금은 이미 죽어 버렸다. 리푸친이 슬로니체프스키라는 폴란드 신부 출신의 유형수를 데리고 왔기에, 얼마 동안 우리와 주의(主義)가 같다고 해서 출입을 묵인했으나 그것도 나중에는 흐지부지되고 말았다.

9

이 고장에서는 어느새 우리들의 클럽이 자유 사상과 방종과 무신론의 온상이라는 소문이 퍼져서, 나중에는 이것이 아주 확고한 평판이 되고 말았다. 그렇지만 실제로 우리들은 지극히 소박하고 온건한 순 러시아 식의 유쾌하고 자유스런 한담을 즐긴 데 지나지 않았다.

『고급 자유주의』 및 『고급 자유주의자』 즉 아무 목적도 가지지 않는 자유주의자란 오직 러시아 안에서만 존재할 수 있는 법이다. 모든 날카로운 감수성을 가진 사람들이 대개 그렇듯이 스체판 선생에게도 이야기를 들어 줄 사람이 필요했으며, 자기가 이상(理想)의 전도라는 고귀한 의무를 수행하고 있다는 자의식도 필요했던 것이다. 또 가끔 누구와 샴페인 술잔을 나누는 가운데에서 러시아니 러시아 식『정신』이니, 일반적인 신(神), 특히『러시아의 신』이니 하는 것에 대해 잡담을 나누거나, 이미 모든 사람이 알고 있는 케케묵은 러시아의 추잡한 이야기를 백 번이고 되풀이해야 할 필요도 있었던 것이다. 우리는 거리의 애깃거리나 소문까지도 도마 위에 올려 놓고, 최고의 도덕론자로서의 준엄한 판결을 내리기도 했다. 때로는 인류의 장래를 진지하게 논하기도 했다. 가령 제정(帝政) 이후의 프랑스는 대번에 제이류의 국가로 전락할 것이 분명하다, 더구나 굉장히 갑자기 쉽게 실현될 것이 틀림없다고 극히 권위있게 예언하는가 하면, 통일된 이탈리아에 있어서 교황의 지위란 한낱 대주교에 불과한 것이라고 오래 전부터 규정해 버렸던 것이다. 또 일천여 년에 걸친 큰 문제도 휴머니즘과 공업과 철도의 시대인 지금에 와서는 일고의 가치도 없는 것이라고 우리들은 확신하고 있었다. 하긴 『러시아의 고급 자유주의자』들에게 있어서 그와 다른 입장을 취한다는 것은 불가능한 일이기도 했다.

스체판 선생은 이따금 예술에 관해서 말하곤 했는데, 그 솜씨는 아주 훌륭했으나 다소 추상적인 데로 흐르는 감도 없지 않았다. 그가 젊었을 때의 친구들(모두 우리나라 발전사에 기여한 대가들이었다)에 대해 이야기할 때, 그의 태도는 감동과 엄숙한 어조로 일관했지만, 속으로는 어딘가 부러워하는 기색이었다. 이야깃거리가 떨어져 따분할 때에는 피아노의 명수인 유대인 람신(키 작은 우체국원)이 한 곡조 탔고, 그 연주 사이사이에는 돼지 멱따는 소리라든가 천둥 소리라든가 심지어는 애기가 태어날 때 우는 소리를 흉내내곤 했다. 그는 이 일을 위해 불려온 친구였다. 또 그리 자주 있는 일은 아니었으나, 모두 술에 취했을 때에는 기분이 아주 좋아서 마구 떠들어대면서 람신의 반주로『라 마르세예즈』(프랑스의 국가)를 합창하기도 했다. 그러나 노래 솜씨는 아무도 장담할 수 없었다.

저 위대한 날인 이월 십구일(1861년 알렉산드르 2세가『농노 해방령』을 반포한 날)을 우리 일동은 열광적인 환희로 맞이했다. 아니, 이미 전부터 우리는 벌써 이 날을 위해 축배를 들어왔던 터였다. 그러나 이것은 아주 오래 전의 일로서 그때는 아직 샤토프나 비르긴스키도 없었고, 스체판 선생 자신만 해도 아직 바르바라 부인 집에서 함께 살고 있을 때였다. 그런데 이 위대한 날을 맞기 전 얼마 동안 스체판 선생은 어느 자유주의자인 구지주가 지었다는 약간 부자연스러우면서도 널리 알려진 시 한 구절을 흥얼흥얼 읊고 다녔다.

농민들이 간다, 도끼를 들고
무슨 끔찍한 일이 벌어지려나.

정확한 문구를 기억할 수는 없지만 대강 이런 내용의 시였던 것 같다. 바르바라 부인은 어쩌다가 이 소리를 듣고「바보 같은 소리!」하고 꽥 소리치고는 화가 잔뜩 나서 나가 버리고 말았다. 마침 그 자리에 있던 리푸친이 이 장면을 보고 스체판 선생을 향해 짓궂게 말했다.
「옛날 농노들이 기분에 들뜬 나머지 혹시 지주들에게 무슨 행패라도 하게 되면 정말 큰일이겠군요.」
그러고 나서는 집게 손가락을 자기 목에 갖다대고 싹뚝 자르는 시늉을 해보였다.
「여보게」하고 스체판 선생은 자못 은근하게 말을 받았다.「사실, 이건(그도 역시 목을 자르는 시늉을 했다) 지주에게나 또한 일반 민중에게나 조금도 이익이 되지 않는다는 걸 알아 주게. 사람의 머리가 정확한 판단력을 방해하는 존재라는 것은 틀림없지만, 그래도 머리가 없으면 아무것도 할 수가 없지 않겠나?」
사실 많은 사람들이 이 칙령이 선포된 날, 리푸친의 말처럼 무슨 불상사가 일어나지 않을까 하고 은근히 기대하고 있었다. 이들은 모두 민중이나 국가에 대해 일가견을 갖고 있다고 자부하고 있는 사람들이었다. 아마 스체판 선생도 이런 생각을 가지고 있었던 것 같다. 그는 이『위대한 날』의 전날 밤 갑자기 바르바라 부인에게 달려가 당장 외국으로 보내 달라고 졸라댔다. 몹시 불안했던 모양이었다. 그러나『위대한 날』은 그냥 아무 일도 없이 지나가 버렸고, 얼마 안 되어 스체판 선생의 입가에는 예의 그 거드름스런 미소가 다시 떠오르게 되었다. 그는 우리들 앞에서 러시아 사람 일반 특히 농민들의 특성에 대해 자기의 경청할 만한 견해를 토로했다.

「우리는 지나치게 성급히 우리 농민들에 대해 결론을 내려왔네.」하고 그는 자기 회심의 견해에 결론을 내렸다. 「우리는 그들을 시대의 유행아로 만들고 말았지. 모든 문학자와 비평가들이 요 몇 해 동안 그들을 마치 새로 발굴해 낸 문화재처럼 대해왔거든. 말하자면 서캐가 들끓는 머리 위에 월계관을 씌워 준 격이야. 지난 천 년 동안 러시아의 농촌이 우리에게 남겨 준 것이란 고작해야 코마린스키 춤(세속적인 농촌 무용) 정도겠지. 러시아의 유명한 시인이며 풍부한 예지를 갖춘 사나이가, 처음 무대 위에 선 대 라셸리(프랑스의 비극 여배우)를 한 번 보자마자 『난 저 라셸리를 한 사람의 농부와도 바꾸지 않으리라!』하고 외쳤거든. 나는 한술 더 떠서, 러시아의 농민 전부를 내주고라도 라셸리 한 사람과 바꾸겠노라고 말하겠어. 지금이야말로 보다 냉철한 머리를 가지고 우리나라 특유의 타르 냄새와 저『황후의 꽃다발』(프랑스 향수의 하나)을 혼동하지 않도록 정신을 바짝 차려야 하네!」

리푸친은 곧 이에 동의했으나, 시대의 풍조에 발맞추기 위해서는 싫더라도 농민을 찬양해야 한다고 덧붙였다. 그는 상류 사회의 귀부인들까지도 《안톤고레프이카》(그리고로비치가 쓴 농촌 소설)를 읽고 눈물을 흘리고 있으며, 외국에 있는 귀부인 중에는 파리에서 일부러 자기 관리인에게 편지를 보내어 앞으로는 농부들을 보다 인간적으로 대우하라고 당부하는 사람도 있다고 말했다.

한 번은 마치 누가 꾸민 것처럼, 이런 일이 일어났다. 저 안톤 페트로프 (본명은 시도로프, 1861년 농민 폭동을 일으켰다가 총살됨)에 대한 소문이 퍼진 직후, 우리 현 스크보레쉬니키에서 불과 십오 킬로미터밖에 떨어지지 않은 곳에서 불미한 사건이 발생해서, 당국에서는 황급히 군대까지 파견한 일이 있었다. 이때 스체판 선생의 불안은 대단한 것이어서 우리들까지 겁이 날 정도였다. 그는 클럽에 나와서도, 군대가 더 필요하니 인접 군에 전보를 쳐야 한다고 고함을 치는가 하면, 지사에게 달려가 자기는 이 일에 전혀 무관하다고 변명을 늘어놓고, 옛날의 활동 때문에 자기를 이 사건과 관련짓지 말라고 애원을 하기도 했으며, 자기의 청원을 당장 페체르부르그의 관계 당국에 보고해 달라고 부탁하기도 했다. 이 사건은 결국 아무일 없이 수습이 되긴 했지만, 나는 그때 스체판 선생이 날뛰는 것을 보고 아주 질려 버리고 말았다.

그 뒤 삼 년쯤 지나서, 잘 아는 바와 같이 저마다 국민성을 이야기하게 되고 소위 『여론』이란 것이 생겨났을 때, 스체판 선생은 냉소를 퍼부었다. 「이 사람들아!」하고 그는 우리에게 한바탕 늘어놓았다. 「우리의 국민성이 가령 지금 신문에서 떠드는 것처럼 『정말』 생겨난 것이라고 해도, 아직은 국민학생 시절에 불과한 거야. 그 페체르 슐레(표드르 대제가 서구식 교육을 위해 설립한 학교)에선 독일어 책을 펴놓고 변함없이 독일어 학과를 암송하고 있을 뿐이지, 거기엔 독일인 선생이 버티고 서서, 필요에 따라 벌을 주기 위하여 무릎을 꿇게 하는 일도 있다네. 그 독일인 선생은 아마 칭찬을 해줘야 할 거야. 그렇지만 실제로는 아무 일도 일어나지 않았고, 아무것도 생겨나지 않았고, 만사가 신의 가호 아래 무사태평하게 살고 있지 않은가? 나는 러시아를 위해서는, 우리의 신성한 러시아를 위해선 그것으로 이미 충분하다고 생각하네. 슬라브주의니, 국민성이니 하는 따위는 사실 별로 새로운 것도 아니잖나. 아직도 국민성을 운운한다면 그건 모스크바의 지주들 클럽에서 만들어낸 것에 지나지 않아. 그렇다고 내가 지금 이골리 공(公) 시대 (1185년 이골리 공의 원정 당시를 뜻함)의 얘기를 하고 있는 건 아니야. 그리고 마지막으로 주의해 두지만 모든 것은 무사안일주의에서 생겨난다는 것일세. 러시아에 있어서는 선이나 악이나 모두 여기서 생겨나거든. 이것도 저것도 죄다 이 러시아 특유의 지주적이고, 교양있고, 우아하고, 다정하고, 또한 변덕스러운 이 안일 속에서 생겨났다네! 나는 삼만 년 동안이라도 이렇게 단언하기를 사양치 않겠어. 요컨대 우리 러시아 국민은 자기의 힘으로 살아갈 수 없는 족속이니까. 그런데 저 친구들은 대체 무엇 때문에 갑자기 홍두깨처럼 『생겨난』 여론이라는 걸 짊어지고 낑낑대고 있지? 하나의 견해를 갖기 위해서는 무엇보다도 노력이, 자기 자신의 노동과 창의와 경험이 필요하다는 것을 전혀 모르고 있거든! 세상에 공짜로 얻어지는 건 하나도 없어. 자기가 애쓰고 노력하는 가운데 자기의 견해라는 것도 얻어지게 되는 법이야. 그런데 우리가 죽자 하고 노력을 하지 않으니까, 우리 대신 노력한 자들이 자기네 견해를 우리에게 가져다 주는 거라네. 그들은 다름 아니라 지난 이백 년간 우리의 선생 노릇을 해온 유럽 인, 독일인 들이지. 정말 러시아란 나라는 스스로 노력하지 않는 한, 독일인의 도움이라도 없이는 도저히 손댈 수 없는 존재거든! 나는 벌써 이십 년 동안이나 여기에 대해 경종을 울려왔다네! 나는 어리석게도 일을 위해 내 전 생애를 바쳐왔고, 또 이 일에서 보람을 찾으려고 했지! 나도 지금은 내 노력의 보람을 믿지 않지만, 그래도 나는 아직까지 경종을 울리고 있고 또 앞으로도 끝까지, 죽는 그날까지 울릴 작정이야. 사람들이 나를 위해 조종(吊鐘)을 울릴 때까지 나는 경종을 치는 줄을 붙들고 있겠네!」

아아, 우리는 그저 고개를 끄떡일 따름이었다! 우리의 선생의 말씀에 우리는 열광적인 박수 갈채를 보냈다. 독자 여러분, 혹시 지금까지도 이런 『사랑스럽고』,『총명하고』,『자유주의적』인 푸념 소리가 우리 주위에서 울리고 있는 것은 아닐까?

우리의 선생께서는 신을 믿고 있었다.「왜 여기서는 나를 무신론자로 여기고 있는지 모르겠단 말야!」하고 그는 이따금 말했다.「나는 신을 믿고 있다네. 그러나 미리 말해 두지만, 나는 나의 안에서 자기를 의식하는 존재로서의 신만을 믿고 있다네. 우리 집 나스타샤(하녀)나 어느 지주처럼 『만일의 경우를 위해』믿을 수야 없지. 또 친애하는 샤토프 군처럼 믿을 수도 없고. 아니, 샤토프는 좀 다르지. 그는 모스크바의 슬라브주의자들처럼 『마지못해』믿고 있는 거니까. 기독교에 대해 말하자면, 나는 충심으로 기독교를 존경하고 있어. 물론 나는 기독교도는 아니야. 오히려 저 위대한 괴테나 고대 그리스 사람처럼 고대 이교도에 가깝다고 할 수 있지. 기독교가 여자를 이해하지 못했다는 점만으로도 충분한 이유가 되거든. 그것은 조르즈 상드가 그녀의 훌륭한 소설에서 그려낸 바로 그대로야. 또 예배니 금욕이니 뭐니 해서 사소한 구석까지 간섭받고 골치를 앓을 필요도 없잖은가. 이 고장 밀고자들이 무슨 소리를 일러바치더라도 난 제수이트 교도가 될 생각은 조금도 없으니까. 47년(1847)에 외국에 있던 벨린스키가 고골리에게 저 유명한 편지를 보내어, 고골리가『신인가 뭔가 하는 묘한 것』을 믿고 있다고 맹렬히 비난한 적이 있었네. 우리들끼리 얘기지만 고골리가(그때의 고골리 말일세!) 이 구절을 읽고…… 또 편지 전부를 읽고 났을 때의 그 순간이란! 난 그 순간보다 더 우스꽝스런 장면을 상상할 수가 없다네! 어쨌든 나는 두 사람의 본질을 이해하니까. 농담은 이쯤 해두고, 이렇게 강조하고 싶어.

이런 사람들일수록 참된 사람이었다고. 그들이야말로 자기 국민을 사랑할 줄 알았고, 국민을 위해 괴로워하고 모든 것을 희생할 줄 알았다고 말일세. 그들은 경우에 따라서는 스스로 국민을 멀리하기도 했고, 어떤 종류의 관념에 대해서는 가차없이 배척하기도 했거든. 그러나 실제로 벨린스키는 피마자 기름과 무와 완두콩 삶은 것(러시아의 정진기의 요리) 같은 것에서 구원을 찾을 수는 없었을 거야!」

그러자 샤토프가 불쑥 끼여들었다.

「천만에. 그 사람들은 한 번도 국민을 사랑하지 않았습니다. 국민을 위해 괴로워한 적도 없고, 또 희생한 것도 없어요. 만일 그들이 그 비슷한 것을 했다고 생각한다면, 그건 자기 양심을 속이는 것이지요!」그는 울분을 참을 수 없다는 듯이 몸을 뒤틀며 눈을 내리깔고 중얼거렸다.

「뭐, 그들이 국민을 사랑하지 않았다구!」하고 스체판 선생은 소리쳤다. 「아아, 그들이 러시아를 얼마나 사랑했었는지 아나!」

「아니, 러시아도 국민도 사랑하지 않았습니다!」하고 샤토프는 눈을 번뜩이며 소리를 높였다.「그 누구도 자기가 모르는 것을 사랑할 수는 없어요. 그들은 러시아 국민에 대해서 아무것도 모르고 있습니다! 아무것도 이해하지 못한 것입니다. 그들은 모두, 선생님을 포함해서, 러시아 국민을 그저 자기들의 편견으로 내다본 것에 지나지 않아요. 특히 벨린스키가 그렇습니다. 고골리에게 보낸 그 편지가 그걸 똑똑히 증명하고 있으니까요. 벨린스키는 마치 저 키릴로프(러시아의 우화작가)의 얘기에 나오는 『호기심 많은 사람』처럼, 동물원에 가서 코끼리를 보는 게 아니라 벌레와 같은 프랑스 사회주의자에게만 한눈을 판 겁니다. 그래서 나중엔 그걸 짊어지는 데서 끝나 버렸지요. 그래도 벨린스키는 선생님들 중에선 가장 똑똑한 축이 아니었습니까! 선생님들 세대는 국민을 전혀 관찰하지도 않았고, 오히려 경멸감을 가지고 대해왔지요. 그것은 『국민』이란 말을 단순히 프랑스 국민, 그것도 파리의 시민들뿐이라고 생각하고, 러시아 국민이 파리장 같지 않다고 부끄럽게 여겼기 때문입니다! 이건 사실입니다! 그러나 국민을 갖지 못한 사람은 신도 가질 수가 없는 법이지요! 나는 감히 단언하거니와, 자기 국민을 이해하지 못하고 국민과의 접촉이 끊어진 사람은 이미 국민적 신앙을 잃어버리고 무신론자나 무관심한 사람으로 타락하고 마는 것입니다. 그렇고 말고요, 이 사실은 꼭 증명되고야 말 것입니다! 이것이 바로 선생님들이나 우리가 다같이 비열한 무신론자가 아니면 타락한 쓰레기에 불과하다는 증거입니다! 스체판 선생님, 당신도 마찬가지입니다. 나는 선생님을 그 예외로 여기기는커녕 오히려 선생님을 염두에 두고 말한 것입니다. 아시겠어요!」
 샤토프는 대개 이런 투의 독백을 늘어놓고 나서(그는 곧잘 이런 짓을 했다) 불쑥 모자를 집어들고 문 앞으로 달려갔다. 그는 이제 만사가 끝장나서 스체판 선생과의 교우도 아주 끝나 버렸다고 믿는 것이었다. 그러나 그럴 때마다 이쪽에서는 아주 적당한 때에 그를 멈춰 세우곤 했다.
 「자, 샤토프 군, 이젠 우리 그만 화해를 하세, 그만하면 자네도 속마음을 후련히 털어놓은 셈이니까.」 하고 그는 의자에 앉은 채 자못 은근한 태도로 샤토프에게 손을 내미는 것이었다.
 수줍음을 잘 타는 샤토프는 상대방의 부드러운 말투에는 꼼짝도 하지 못했다. 그는 겉으로는 무뚝뚝한 사내처럼 보였지만 감정은 여간 섬세한 것이 아니어서, 곧잘 과격한 행동을 저지르고 나서 속으로는 여간 괴로워하지 않았다. 스체판 선생이 이렇게 느긋하게 나오게 되면, 그는 입속으로 뭐라고 중얼거리면서 곰처럼 두 발을 뭉개다가, 그만 히쭉 웃고는 모자를 슬그머니 옆에 내려 놓고 자기 자리에 다시 가서 앉는 것이다. 그런 다음에는 으레 술이 나오게 마련이며, 스체판 선생은 과거에 활동한 아무개를 기념하자든가 적당한 구실을 붙여서 술잔을 높이 들어올리는 것이었다.

제 2 장   해리 왕자의 혼담

1

바르바라 부인이 이 세상에서 스체판 선생 못지않게 마음을 쏟고 있는 또 하나의 대상은 부인의 외아들인 니콜라이 브세볼로도비치 스타브로긴이었다. 스체판 선생이 교육자로서 이 집에 초빙되어온 것도 이 아들을 위해서였다. 소년은 그때 여덟 살이었다. 그의 아버지인 바람둥이 스타브로긴 장군은 당시에 이미 부인과 별거하고 있었으므로, 소년은 오직 어머니의 손에서 자라게 되었다. 우리는 스체판 선생이 교육자로서의 소질을 여기서 유감없이 발휘했음을 인정해야 하겠다. 그는 이 소년으로 하여금 대번에 그를 몹시 따르도록 만들었던 것이다. 더욱이 그 비결은 자기 자신이 어린애라는 점에 있었다. 당시엔 나도 아직 이곳에 없었기 때문에 그는 줄곧 진실한 친구를 아쉬워하고 있던 터였으므로 당장에 이 꼬마를 친구로 삼아 버렸던 것이다. 이런 식으로 출발한 두 사람의 관계는 그야말로 아무 간격도 없는 것이 되었다. 그는 아직 열 살이나 열한 살 정도밖에 안된 이 친구를 한밤중에 깨워 일으켜 놓고, 자기의 상처받은 마음을 눈물을 흘려가며 호소하거나 자기 집안의 비밀을 털어놓은 적이 한두 번이 아니었다. 그들은 그때마다 이런 일을 해서는 안 된다는 것도 잊고, 서로가 상대편의 가슴에 몸을 던지고 흐느껴 울었다. 소년은 어머니가 자기를 몹시 사랑한다는 것을 알고 있었으나 자기도 어머니를 그만큼 사랑하는지 어쩐지는 미심쩍게 여기고 있었다. 어머니가 아들과 별로 말을 주고받거나 간섭하는 일은 드물었으나, 소년은 어머니의 시선이 항상 자기를 집요하게 뒤쫓고 있다는 것을 지나치게 예민할 정도로 느끼고 있었다. 바르바라 부인은 이 아들의 교육과 지적 발달에 관해서 모든 것을 스체판 선생에게 일임했다. 그때만 해도 부인은 그를 절대적으로 믿고 있었던 것이다. 그러나 이 교육자가 자기 제자의 신경을 어느 정도 혼란시켜 놓았음은 분명했다. 니콜라이는 열여섯 살이 되어 학습원에 들어 갔는데, 이때의 그는 허약한 체질에 창백한 얼굴을 하고, 이상할 정도로 말이 없고, 늘 생각에 잠겨 있는 소년이었다(나중에 그는 대단한 완력을 지닌 청년이 되었다). 이 두 친구가 한밤중에 서로 껴안고 눈물을 흘렸다는 것을 대체 어떻게 생각해야 할까? 그것은 가정 안의 한낱 일화라기보다, 스체판 선생이 소년의 가슴 깊숙한 곳의 줄을 퉁기어, 막연하나마 저 영원하고도 신성한 우수의 감각을 처음으로 싹트게 했다고 보아야 하겠다. 뛰어난 영혼을 지닌 사람은 이 우수를 한번 맛보게 되면, 다시는 값싼 만족감과 바꾸려 들지 않는 법이다. 아니, 이 세상에 그 어떤 만족이 있다 하더라도 오히려 이 우수 쪽을 택하는 사람도 있다. 그러나 그야 어떻든, 다소 늦긴 했으나마 이 어린 제자와 선생을 따로 떼어 놓은 것은 정말 잘한 일이었다.

　귀족 학교에 들어가 처음 이 년간 소년은 방학에 고향으로 돌아와 지냈다. 그 뒤 바르바라 부인과 스체판 선생이 페체르부르그에 임시로 머물게 되자, 그는 가끔 어머니가 베푸는 문학회에 나와 사람들의 얘기를 듣기도 하고 구경을 하기도 했다. 말수는 여전히 적었고, 옛날보다도 더욱 내성적인 청년이 되어 있었다. 스체판 선생에게는 옛날처럼 다정하게 대하면서도 무언가 조심하는 듯한 태도였으며 되도록이면 고상한 이야기나 어릴 때의 추억담 같은 것은 피하려는 눈치였다. 그는 학교를 졸업하자 어머니의 희망에 따라 군대에 들어가서 동경의 대상인 근위 기병 연대의 장교가 되었다. 그러나 그는 자기의 군복 입은 모습을 어머니에게 보여 주기 위해 고향에 들르지도 않았고, 페체르부르그에서 집으로 편지를 보내오는 일도 드물었다. 바르바라 부인은 농노 해방 이후 영지에서의 수입이 해마다 점점 줄어서 옛날의 반 정도밖에 안 되었음에도 불구하고 아들에게의 송금은 조금도 아끼지 않았다. 오랫동안 몸소 검소한 생활을 해서 적지않은 돈을 저축했던 것이다. 부인은 아들이 페체르부르그의 사교계에서 눈부신 성공을 거두기만을 기원하고 있었다. 자기 자신이 이루지 못한 것을 이 장래가 유망하고 부유한 청년 장교가 반드시 이뤄 주리라고 확신하고 있었던 것이다. 사실 그는 어머니가 감히 엄두도 못 낼 사람들과 사귀게 되었고 가는 곳마다 대단한 환영을 받았다. 그러나 그 뒤 얼마 안 되어 바르바라 부인의 귀에는 아주 기괴망측한 소문이 들려오기 시작했다. 그것은 이 청년이 갑자기 정신이 이상해져서 걷잡을 수 없이 방탕한 생활을 시작했다는 소문이었다. 그것도 무슨 도박을 한다든가 술에 빠져 있다든가 하는 것이 아니라, 마치 야수와도 같이 난폭해졌다는 것이었다. 경마용 말을 타고 길거리를 달리다가 지나가는 사람을 차버리고 그냥 지나가 버렸다느니, 자기와 관계를 맺고 있는 어느 귀부인을 대중 앞에서 공공연히 모욕했다느니 하는 그의 야만적 행위에 대한 소문들이 꼬리를 물고 날아들었다. 이런 사건들 속에는 어딘가 추악한 점이 있었다. 그뿐 아니라, 그는 몹시 포악해져서 닥치는 대로 싸움을 걸고, 단순히 쾌감을 맛보기 위해 남을 모욕한다는 것이었다. 바르바라 부인은 걱정과 슬픔 때문에 가슴이 찢어질 것만 같았다. 스체판 선생은 이것이 지나치게 풍부한 육체 조직이 갑자기 팽창하는 데서 오는 일시적 현상에 불과한 것이니까 곧 다시 잠잠하게 될 것이라고 부인을 위로했다. 즉 셰익스피어의 작품에 나오는 해리 왕자(《헨리 4세》의 주인공)가 폴스타프나 포인스나 퀴클리 부인 등과 어울려 잠시 방탕한 생활에 빠지는 것과 같은 이치라는 것이었다. 이번에는 바르바라 부인도 스체판 선생에게 늘 하던 대로「바보 같은 소리!」하고 소리를 치지 않았을 뿐 아니라, 오히려 열심히 경청한 끝에 좀더 자세히 설명해 달라고 부탁하기까지 했다. 그것으로도 모자랐던지 이 셰익스피어의 불후의 명작을 꺼내다가 온 정신을 집중해서 읽었다. 그러나 이것도 부인의 마음을 진정시키지는 못했다. 책 속의 이야기에서 별로 닮은 것을 찾아내지 못했기 때문이었다. 부인은 어디론가 몇 통의 편지를 써보내고 그 회답이 오기를 초조하게 기다렸다. 답장은 곧 왔다. 그리하여 무서운 소식이 마침내 알려지게 된 것이다. 즉 우리의 해리 왕자는 한꺼번에 두 개의 결투를 해치웠는데, 그것도 두 번 다 그에게 잘못이 있기 때문이라는 것이었다. 그는 상대자 한 사람을 그 자리에서 죽여 버리고, 또 한 사람은 영영 불구자로 만들어 놓았기 때문에 재판에 회부되었다. 그 결과, 그는 모든 권리를 박탈당하고 졸병으로 강등되어 유형지의 보병 연대에 전속됨으로써 사건은 일단 수습되었으나, 그것도 특별히 관대한 조처였다고 한다.

1863년 그는 빛나는 전공을 세워 십자 훈장을 수여받고 하사관으로 승진되었다가 금방 다시 장교로 임명되었다. 이동안 바르바라 부인이 수도의 각 방면에 보낸 탄원서와 애원의 편지는 수백 통이 되었을 것이다. 부인은 이런 기막힌 경우를 당하자, 자기의 자존심을 다소 굽히고 나서는 데 서슴지 않았다. 복관(復官)된 뒤 청년은 갑자기 사표를 내고 군에서 물러났으나, 스크보레쉬니키로 돌아오지도 않고, 어머니에게 보내던 편지도 뚝 끊어져 버리고 말았다. 여기저기 수소문한 결과, 드디어 그가 다시 페체르부르그에 와 있긴 하지만, 상류 사회와는 아주 발을 끊고 어디엔가 숨어 있다는 소식을 알아냈다. 그는 어떤 이상한 사회 속에서 생활하고 있으며, 페체르부르그의 쓰레기 같은 패들과 사귀고 있다는 것이었다. 제대로 장화도 사 신지 못하는 하급 관리나 구걸을 전문으로 하는 제대 군인 또는 술주정뱅이 따위와 어울려 다니면서, 이런 친구들의 집을 찾아가기도 하고, 밤낮 어두컴컴한 빈민굴에 틀어박혀 있거나 아니면 떨어진 옷을 걸치고 으슥한 뒷골목을 어슬렁거린다고 했다. 더욱이 그는 스스로 원해서 이런 생활을 하고 있다는 것이었다. 어머니에게 돈을 부쳐 달라고 청하는 일도 없었다. 그는 옛날 스타브로긴 장군의 땅이었던 자기 몫의 조그만 영지를 하나 가지고 있어서 그것을, 작센 출신의 어느 독일 사람에게 빌려 주고 있다는 소문이었다. 거듭되는 어머니의 애원과 간청에 따라 우리의 해리 왕자는 마침내 우리 작은 도시에 모습을 나타냈다. 내가 그를 본 것은 이때가 처음이었고, 그전에는 그를 만나 볼 기회가 한 번도 없었던 것이다. 그는 스물다섯 살 가량 된 뛰어나게 아름다운 청년으로서, 솔직히 말하자면 나는 그의 용모에 깜짝 놀라고 말았다. 처음에 나는 그가 방탕에 몸을 망친 나머지 옆에만 가도 보드카 냄새를 물씬물씬 풍기는 그런 사내인 줄로 생각했었다. 그러나 놀랍게도 그는 내가 여태껏 만나 본 그 누구보다도 우아하고 훌륭한 신사였다. 그는 아주 단정한 옷차림에다가, 예의범절에 익숙한 사람이 아니면 도저히 흉내낼 수 없는 세련된 몸가짐을 하고 있었다. 놀란 것은 나 혼자뿐이 아니라 온 시내가 마찬가지였다. 모두가 스타브로긴의 내력에 대해 상세하게 알고 있었음은 물론이었다. 그러나 제일 놀라운 일은 그에 관해 떠도는 소문 가운데 반쯤은 사실이었다는 점이다. 시내의 귀부인들은 이 새로운 손님 때문에 모두 제정신이 아니었다. 그들은 대번에 두 패로 싹 갈라져서, 한 편은 그를 신처럼 숭배했고 다른 편은 그를 원수처럼 미워했다. 그러나 두 편 다 그 때문에 열을 올리기는 마찬가지였다. 그의 마음속엔 어떤 숙명적인 비밀이 숨겨져 있을 것이라고 혼자서 좋아하는 여자가 있는가 하면, 그가 살인했다는 것을 다시 없는 매력으로 여기고 있는 여자도 있었다. 그가 고등 교육을 받았으며 대단한 학식을 가진 사람이라는 것도 모두 알고 있었다. 하기야 우리 도시에 사는 사람들을 경탄케 하는 데는 그리 많은 학식이 필요한 것도 아니었지만, 어쨌든 그는 시사적인 화제나 흥미있는 일에 대해서 독자적인 의견을 말할 줄 알고 있었다. 그리고 무엇보다도 두드러진 것은 그의 이야기가 매우 조리정연하다는 점이었다. 여기서 한 가지 이해 못 할 일은, 무엇 때문인지 사람들은 그가 우리 도시에 온 첫날부터 매우 치밀한 두뇌를 가진 사람이라고 여기고 있었다는 사실이다. 그는 별로 말이 없고, 품위가 있으면서도 놀랄 만큼 겸손했으며, 그 반면에 이 고장 사람 그 누구도 따를 수 없을 만큼 대담하고 자신감 넘치는 태도를 지니고 있었다. 시내의 멋쟁이들은 선망의 눈초리로 그를 쳐다보았으며 그 앞에서는 완전히 콧대가 꺾이고 마는 것 같았다. 그의 얼굴 모습 또한 나에게 깊은 인상을 주었다. 새까만 머리칼, 침착하고 맑은 두 눈동자, 어딘가 부드럽고도 하얀 얼굴빛, 유난히 눈에 띄는 깨끗한 두 볼의 홍조, 진주알처럼 가지런한 잇몸, 산호 같은 입술, 한 마디로 말해서 마치 그림 속에 있는 미남자같이 보였지만, 그와 동시에 어딘가 혐오감을 불러일으키는 듯한 얼굴 같기도 했다. 그의 얼굴은 마치 가면 같은 인상을 준다는 평판도 있었다. 그러나 이런 평판도 그가 비할 바 없이 무서운 힘을 지니고 있다는 사실 앞에 자연히 스러져 버리고 말았다. 키는 큰 편이었다. 바르바라 부인은 아들을 자랑스러운 태도로 바라보고 있었으나, 마음속으로는 어떤 불안감을 감추고 있는 듯싶었다. 그는 이 도시에서 한 반 년쯤 조용하고 침울한 세월을 보냈다. 그러나 항상 우울한 가운데서도 가끔 사교계에 얼굴을 내밀기도 했고, 우리 현의 모든 예의를 지키는 데 주의를 소홀히하지는 않았다. 그는 현지사와 아버지 쪽으로 친척이 되기 때문에 지사 집안에서 가까운 친척 대접을 받았다. 그러나 몇 달이 지난 후 이 맹수는 갑자기 발톱을 드러내고 말았던 것이다.

   여기서 잠깐 언급해 두지만, 온화한 성품을 지닌 우리의 전(前) 현지사 이반 오시포비치란 사람은 어딘가 촌색시와 비슷한 점이 있었다(하긴 촌

색시치고는 제법 훌륭한 집안과 친척을 가진 셈이다). 이런 사실은 그가 별로 일다운 일을 하지 않고서도 우리 현에서 꽤 오랫동안 지사 노릇을 했다는 사실에 대한 설명이 되기도 한다. 손님을 좋아하고 손님 접대 솜씨가 뛰어난 점으로 보자면, 그는 요즘 같은 때 현지사 노릇을 하기보다는 옛날에 태어나 귀족단장을 하는 편이 더 어울렸으리라. 마을에서는 현을 통치하는 사람은 그가 아니라 실제로는 바르바라 부인이라고 쑥덕거리고 있었으나 물론 이것은 빈정대기 위한 전혀 터무니없는 헛소문이었다. 마을 사람들은 열심히 이런 종류의 소문을 퍼뜨리고 다녔지만, 사실은 그와 정반대였다. 바르바라 부인은 사교계 전체로부터 깊은 존경을 받고 있었음에도 불구하고, 최근 몇 해 동안은 일부러 오해받을 만한 일을 피하고, 자기의 행동을 엄격히 제한하고 있었던 것이다. 부인은 고상한 사회사업 대신에 집안 일에 손을 대기 시작해서, 영지에서의 수입을 이삼 년 동안에 거의 옛날과 같은 정도로 만들어 놓았다. 옛날의 시적인 충동(페체르부르그 여행이나 잡지 발간 계획 따위)은 자취를 감추고 그 대신 부인은 저축을 시작하여 몹시 인색하게 되었다. 스체판 선생에게조차 다른 집에서 살도록 허락함으로써 자기 옆에서 멀리했다(이것은 오래 전부터 스체판 선생 자신이 원해왔던 바로서 온갖 구실을 붙여 부인을 졸라댔던 터였다). 스체판 선생은 점점더 부인을 산문적 여자라느니, 약간 빈정대어 『나의 산문적 친구』라느니 하고 부르기 시작했다. 물론 아주 적당한 때에 한하여 극히 조심스러운 태도로 이런 농담을 말했음은 더 설명할 필요도 없다.

　지금 부인에게 있어서 아들이 돌아온 사실이 새로운 희망, 아니 어떤 새로운 공상의 출현으로 여겨지고 있음을 우리들은 잘 알고 있었다. 이 점을 가장 감상적으로 생각한 사람은 스체판 선생이었다. 아들에 대한 부인의 정열은 그가 페체르부르그의 사교계에서 성공을 거두었을 때부터 비롯하여, 그가 병졸로 강등되었다는 소식을 들었을 때는 특히 더욱 격하게 되었다. 그러면서도 부인은 그를 분명히 두려워하고 있었으며, 아들 앞에 나서면 마치 노예와도 같은 태도를 취했다. 자기 자신도 잘 모르는 어떤 막연하고 신비스러운 것을 무서워하고 있는 모습이 역력했다. 부인은 여러 번이나 눈치채지 않게 아들 니콜라스(니콜라이의 프랑스 식 명칭)를 집요하게 응시했다. 마치 무엇인가를 상상하고 수수께끼를 풀어 보려는 듯이……. 그러자, 갑자기

맹수는 그 발톱을 드러냈던 것이다.

2

우리 왕자는 별로 이렇다 할 이유도 없이 갑자기 여러 사람에게 대해서 두세 가지 용서받지 못할 폭행을 저질렀다. 게다가 그 방법도 여태까지 들어보지 못한, 흔히 있는 경우와 다른, 무어라 말할 수 없이 괴상하고 어린애 같은 짓이었기 때문에 도대체 왜 그랬는지 영문을 모를 정도였다. 이 마을 클럽의 고참 회원 가운데 표트르 파블로비치 가가노프라는, 나이도 지긋하고 공로도 있는 노인이 있었는데, 그는 말끝마다 「천만에, 내 코를 잡아뗄 순 없을걸!」하고 말하는 순진한 버릇을 가지고 있었다. 이런 것은 얼마든지 있을 수 있는 버릇이요, 별로 대수로운 일은 아니었다. 그런데 어느 날 클럽에서 어떤 문제를 토의하느라고 열을 올리고 있을 때, 그는 거기 모여 있던 일단의 클럽 회원들(모두가 상당한 신분을 가진 사람들이었다)을 향해 그만 예의 그 상투적 말버릇을 입밖에 내고 말았다. 이 말에 아무도 대꾸를 하지 않았으나 그때 갑자기 옆에 서 있던 니콜라이가 성큼 가가노프 씨에게로 다가가서 두 손가락으로 그의 코를 잡고서는 방안을 두세 걸음 질질 끌고 다녔다. 니콜라이가 가가노프 씨에게 무슨 앙심을 품고 있었을 리는 없으므로, 이것은 순전히 어린애 같은 심술궂은 장난이었다고도 하겠으나, 어쨌든 용서받지 못할 무례한 짓이었음에는 틀림없었다. 나중에 사람들의 이야기에 의하면 그는 그런 짓을 한 바로 그 순간 마치 『실성한 사람처럼』 멍청한 표정을 하고 있었다는 것이다. 그러나 이것은 한참 뒤에야 여러 사람에게 떠오른 생각이었고, 그 순간에는 모두가 격분해 있었으므로 바로 그 다음에 일어난 일만을 염두에 두고 있었다. 이때 그는 모든 사정을 분명히 깨닫고 있었음에도 불구하고 태연한 태도로 후회하는 기색은커녕 입가에 심술궂은 미소를 띠고 있었다. 무서운 소동이 벌어지고 사람들은 그를 뺑 둘러쌌다. 니콜라이는 아무에게도 대꾸하지 않고 고함을 치고 있는 사람들의 얼굴을 재미있다는 듯이 바라보더니 갑자기 몸을 홱 돌려 이쪽저쪽을 노려보기 시작했다. 이윽고 그는 문득 무슨 생각이 떠올랐다는 듯이(적어도 그렇게들 말하고 있었다) 눈살을 찌푸리고 나서, 자기가 모욕을 준 가가노프 씨에게로 성큼 걸어가서 유감스러운 태도로 이렇게 재빨리 속삭였다.
「물론 용서해 주시겠지요……. 갑자기 왜 그런 충동을 느꼈는지 저도 잘 모르겠군요……. 하여튼 바보 같은 짓을 했습니다…….」이런 뻔뻔스런 사과의 말은 또다시 새로운 모욕이 되었다. 아우성 소리는 더욱 커졌다. 니콜라이는 할 수 없다는 듯이 어깨를 으쓱해 보이고는 밖으로 나가 버리고 말았다.
이러한 모든 일은 어처구니없기 짝이 없는 일로서, 사건의 성격이 해괴망측하다는 것은 새삼 말할 필요도 없었다. 더욱이 언뜻 보기엔 미리부터 준비했던 고의적인 사건처럼 생각되기도 했다. 따라서 사람들은 그가 이 마을 사교계 전체를 모욕하기 위해서 일부러 그런 행동을 저질렀다고 받아들이게 되었다. 그래서 무엇보다도 먼저 회원들은 스타브로긴을 클럽에서 제명해 버렸다. 다음에는 회원 전체의 이름으로 현지사에게 청원서를 제출하기로 결의했다. 그것은 『지사에게 위임된 행정상의 권한으로 지체없이(즉 공식 재판을 기다리기 전에) 이 반(反) 사회적인 난폭자, 수도에서 굴러먹던 깡패를 제재함으로써 이런 종류의 폭행을 미연에 방지하고 마을의 신분 있는 계급의 평안을 지켜주도록』 촉구하는 내용이었다. 어떤 사람들은 어린애 같은 분노를 터뜨려 『스타브로긴을 법의 심판을 받게 해야 한다』는 말을 덧붙여야 한다고 주장하기도 했다. 일동은 지사가 바르바라 부인의 치맛바람에 꼼짝 못 하는 사실을 꼬집어 뜯기 위해서도 일종의 쾌감을 느끼면서 여러 가지 과장된 표현을 덧붙이기도 했다. 그러나 마침 지사는 일부러 그러기라도 한 것처럼 그때 마을에 없었다. 그는 그리 멀지 않은 곳에서 살고 있는 어느 과부의 집으로 어린애에게 세례를 주기 위해 출타했던 것이다(그녀는 얼마 전 임신중에 남편과 사별했다). 그렇지만 지사가 곧 돌아오리라는 것은 모두들 알았다. 지사가 돌아오기를 기다리는 동안, 사람들은 모욕당한 인물 가가노프 씨를 위해서 마치 개선식을 벌이듯이 수선을 떨었다. 그를 끌어안고 입을 맞추는가 하면, 온 마을 사람들이 앞을 다투어 그를 방문했다. 나중에는 뜻있는 사람들이 모여 그의 명예를 위한 오찬회를 열자는 계획까지 했지만, 그것만은 제발 그만둬 달라는 본인의 애원으로 중지하고 말았다. 그는 뒤늦게나마, 남에게 코를 잡혀 끌려다닌 일이 별로 축하받을 일은 못 된다는 것을 깨달았던 것이리라.

　그런데 도대체 이런 일이 왜 일어나게 되었을까? 과연 있을 수 있는 일이었을까? 마을의 누구 한 사람도 이 기괴한 행위를 정신착란에 의한 발작 행위와 관련시켜 생각해 보지 않았다는 것은 주목할 만한 사실이다. 그렇다고 하면, 니콜라이처럼 뛰어난 사람에게서 그런 행위가 있었으면 하고 은근히 바라는 심정이 모든 사람들의 마음속에 도사리고 있었다고 볼 수밖에 없다. 이런 점에 대해서는 아직까지 나 자신도 어떻게 설명해야 할지 잘 모르고 있다. 그런데 그 뒤 얼마 안 되어 이와 비슷한 또 다른 사건이 일어나 모든 사정을 설명할 수 있게 됨으로써 사람들의 마음도 어느 정도 가라앉게 되었던 것이다.

　한 가지 더 덧붙여 두겠다. 사 년이 지난 뒤, 이번 사건에 대한 나의 조심스런 질문에 대해서, 니콜라이는 이마를 찌푸리며 이렇게 대답했던 것이다. 「아, 그때 나는 건강이 몹시 나빴었지요.」 그러나 이야기를 너무 앞질러 갈 필요는 없을 것 같다.

　어쨌든 그 당시에 우리 모두가 이 『수도에서 굴러먹던 깡패』에 대해서 일제히 증오심을 폭발시켰다는 사실 역시 흥미있는 일이다. 일동은 그 사건을 통해서 그가 사교계 전체를 대번에 깔아뭉개 버리겠다는 속셈으로 미리부터 그런 계획을 꾸몄다는 증거를 몹시도 잡고 싶어했다. 그렇게 보자면 사실 그는 누구에게도 특별히 친절한 태도를 보이지 않았고, 그 결과 모든 사람을 단합시켜서 자기와 대결하도록 만들었던 것이다. 이 사건이 일어나기 전까지는 그는 한 번도 누구와 언쟁을 한 일도, 더욱이 모욕을 준 적도 없었다. 그의 우아한 태도는 마치 그림 속에서 방금 빠져나온 기사(만일 그림의 주인공이 말을 할 수만 있다면)와도 같았다. 이러한 그의 고고한 태도가 오히려 반발을 사게 된 것은 아닐까? 처음에는 그를 우상처럼 떠받들던 부인들도 이제는 남자들보다 더욱 그를 헐뜯기 시작했다.

　바르바라 부인은 놀라움을 금할 수 없었다. 부인이 나중에 스체판 선생에게 고백한 바에 의하면, 자기는 벌써 반 년 전부터 매일처럼 혹시나 그가 이런 일을 저지르지나 않을까 하고 불안하게 여겨왔다는 것이다. 이것은 어머니의 고백으로서 주목할 만한 말이었다. 부인은 소식을 전해 듣고 「마침내 왔구나!」 하고 몸을 부르르 떨면서 생각에 잠겼다. 클럽에서 그 운명적인 사건이 벌어진 다음 날, 부인은 조심스럽고도 단호한 태도로 아들에게 자초지종을 설명해 달라고 말했다. 그러나 굳은 결심을 하고 있었음에도 불구하고, 가련한 어머니의 얼굴은 새파랗게 질리고 줄곧 몸을 떨고 있었다. 그날 밤을 꼬빡 뜬눈으로 새운 부인은, 새벽 일찍이 의논을 하기 위해 스체판 선생에게로 달려갔으나 그만 엉엉 울어 버리고 말았다. 일찍이 부인이 남들 앞에서 눈물을 보인 적은 한 번도 없던 일이었다. 부인은 니콜라스가 제대로 설명은 안 해주더라도 무슨 다른 말이라도 하기를 바라고 있었다. 항상 어머니에게 공손한 니콜라스는 어머니의 물음에 약간 이마를 찌푸렸으나, 매우 진지하고 은근한 태도로 끝까지 들은 다음, 한 마디 대답도 하지 않고 어머니의 손등에 입을 맞추고 나서 휙 나가 버리고 말았던 것이다. 그런데 바로 그날 저녁에 그는 마치 고의적으로 꾸민 것처럼 새로운 추문을 빚어내고 말았다. 이번 사건은 먼저에 비해 그리 대수로운 것은 아니었지만 그래도 때가 때인만큼 일반 시민들의 분노를 극도로 자극시키는 결과를 가져왔다.

이번 일의 희생자는 다름아닌 우리의 친구 리푸친이었다. 그는 니콜라이가 어머니에게서 설명을 요구받은 직후에 집으로 찾아와서, 오늘이 자기 처의 생일이므로 저녁 식사에 꼭 참석해 주십사고 간청했다. 바르바라 부인은 벌써부터 니콜라이가 이런 저속한 사람들과 교제하고 있는 것을 못마땅하게 여기고 있었으나, 그렇다고 감히 주의를 줄 생각은 못 하고 있었다. 그렇지 않아도 니콜라이는 벌써부터 이 마을의 삼류 계급, 아니 그보다 더 낮은 부류의 패들과도 사귀고 있었으나, 그것은 이전부터 그에게 있던 경향이었으므로 어쩔 수 없는 일이었다. 그는 리푸친을 여러 번 만나왔지만, 막상 그의 집을 방문하는 것은 이번이 처음이었다. 그는 리푸친이 자기를 초대하는 의도가 며칠 전 클럽에서 일어난 일 때문이라는 것을 알고 있었다. 리푸친은 이 고장의 자유주의자로 자처하는 만큼 요전번 일에 아주 만족해서, 클럽의 케케묵은 영감들에게는 그런 대접을 하는 것이 당연한 일이며, 아주 잘한 일이라고 진심으로 생각하고 있었던 것이다. 니콜라이는 껄껄 웃으면서 참석하겠다고 약속했다.

손님은 꽤 많았다. 보기에는 누추했으나 제법 요란스런 친구들이었다. 자존심이 강하고 샘이 많은 리푸친은 일 년 동안에 겨우 두 번밖에 손님을 초대하지 않았지만, 그 대신 일을 벌일 때는 돈을 아끼지 않았다. 주빈격인 스체판 선생은 병으로 여기 나오지 못했다. 차가 나오고, 잇따라 안주와 보드카 술병이 나왔다. 세 탁자 위에는 카드 놀이가 벌어지고, 젊은 패들은 식사를 기다리는 동안 피아노 반주에 맞추어 춤을 추기 시작했다. 니콜라이는 리푸친 부인(아주 예쁘장하고 조그만 여자로서 그의 앞에서 몹시 수줍음을 타고 있었다)의 상대가 되어 두어 곡 춤을 추고 나서, 의자에 나란히 앉아 재미있는 얘기로 그 여자를 웃겼다. 그러다가, 그녀의 웃는 얼굴이 아주 예쁘다는 것을 깨닫자, 그는 여러 사람이 보는 가운데서 덥석 그녀의 허리를 껴안더니, 마치 입술에서 단물이라도 빨아내듯이 세 번이나 쪽쪽 정열적인 키스를 했던 것이다. 여자는 불쌍하게도 깜짝 놀라 기절을 해버렸다. 니콜라이는 모자를 집어들고, 아우성치는 사람들 가운데 멍한 채 서 있는 그녀의 남편에게 다가가서 똑바로 얼굴을 들여다보며, 자기도 당황한 듯이「화내지 말게.」하고 빠른 속도로 중얼거리고는 밖으로 홱 나가 버렸다. 리푸친은 그 뒤를 쫓아 현관으로 나와서 그의 외투를 집어 주고 층계 중간까지 따라나와서 정중한 태도로 그를 배웅했다. 그런데 별로 특별한 악의는 없어 보이는 이 사건에 그 다음날 하나의 삽화가 부가됨으로써, 사람들은 리푸친을 존경하게까지 되었다. 그가 이 일을 얼마나 교묘히 이용했는지 알 수 있는 일이었다.

　이튿날 아침 열 시쯤, 바르바라 부인 댁에 아가피아라고 하는 리푸친 네 하녀가 찾아왔다. 그녀는 서른 살 가량 된 원기왕성하고 혈색 좋은 시골 여자인데, 니콜라이 도련님에게 용무가 있으니 꼭『직접 만나야겠다』고 졸라댔다. 니콜라이는 골치가 몹시 아팠으나 나가서 만나기로 했다. 바르바라 부인은 용케 이 말을 전하는 자리에 끼였다.

　「세르게이 바실리치(즉 리푸친)께서」하고 아가피아는 거침없이 지껄였다.「무엇보다도 먼저 도련님 건강이 어떠신지 안부를 전하라고 하셨어요. 간밤에는 어떻게 주무셨는지, 또 지금의 기분은 어떠신지……」

　니콜라이는 실쭉 웃었다.

　「아, 그래? 고맙다고 전해 주렴. 그리고 아가피아, 돌아가거든 그가 이 마을에선 가장 영리한 사람이라고 내가 말하더라고 말씀드려 줘.」

　「그 말씀에 대해선 이렇게 대답하라고 하시더군요.」아가피아는 더욱 신이 나서 지껄여댔다.「주인님께선 도련님에게 그런 말씀을 듣지 않아도 그 사실을 잘 알고 계시다고요. 그리고 도련님께서도 그러시기를 바란다고 하셨답니다.」
「뭐? 어떻게 그 사람은 내가 할 말을 미리 알 수 있었지?」
「그건 잘 모르겠지만, 제가 집을 나와 막 골목을 빠져나오려는데, 주인님이 뒤에서 쫓아오시더군요.『저, 아가피아, 혹시 그분이 널더러 네 주인은 이 마을에서 가장 영리한 분이라고 전해라.』하고 말씀하시거든, 꼭 이렇게 대답해야 한다.『그 점은 스스로 잘 알고 있습니다. 그리고 도련님도 그러시기를 바라신답니다.』하시더군요……」

3

드디어 현지사와의 대면이 이루어졌다. 우리의 온순하고 마음씨 좋은 이반 오시포비치 지사는 돌아오자마자 격분한 클럽 회원들의 진정을 듣게 되었다. 무슨 수습책을 마련해야 한다는 것은 분명했으나 어떻게 해야 좋을지 몰라 고민했다. 손님 다루는 데에 있어서는 훌륭한 솜씨를 지닌 이 노인네도 이 젊은 친척만큼은 조금 두려워하고 있는 듯 싶었다. 어쨌든 그는 니콜라이가 클럽과 모욕을 당한 당사자 앞에서 그들이 만족할 만큼 사과하게 하든지, 아니면 사과문이라도 쓰도록 해야겠다고 작정했다. 그 다음에는 그를 잘 달래 가지고 잠시 이 도시를 떠나게 하여 견문도 넓힐 겸 이탈리아나 어디 다른 나라로 보내야겠다고 결심했다. 그가 니콜라이와 대면하기로 한 집무실 안에는(다른 때는 친척이기 때문에 집안 아무 곳에서나 만났지만) 어려서부터 키워 준 알료샤 첼랴트니코프라는 지사의 집안 식구 겸 관리인인 사내가 구석 탁자에서 소포 꾸러미를 풀고 있었고, 그 다음 방 문턱의 의자에 그의 옛 동료이며 친구인 다른 지방에서 찾아온 뚱뚱한 대령이 창가에서 〈골로스〉 신문을 읽고 있었다. 대령은 방 안에서 무슨 일이 일어나든 전혀 아랑곳하지 않을 듯한 모습으로 등을 이쪽으로 돌린 채 앉아 있었다. 지사는 직접 용건을 꺼내지 못하고 낮은 목소리로 우물쭈물 이야기하기 시작했다. 니콜라이는 친척답지 않은 냉정한 태도로 얼굴이 창백해져서 마치 심한 고통을 참고 있는 사람처럼 눈살을 찌푸리고 눈을 감은 채 묵묵히 얘기를 듣고 있었다.

「니콜라스, 자네는 선량하고 고결한 마음씨를 가지고 있어.」하고 노인은 겨우 말문을 열었다.「자네는 교양도 풍부하고 줄곧 상류 사회에 출입했으며, 또 여기 와서도 모범적인 행동으로 우리 모두가 경애해 마지않는 자네 모친의 마음을 안심시켜 드려왔네……. 그런데 갑자기 그런 망측한, 남들이 보기에 위험하기 짝이 없는 일을 저지르다니! 나는 단지 자네의 친척으로서 뿐만 아니라 진심으로 자네를 아끼는 노인으로서 얘기하는 것이니까 너무 섭섭히 여기지 말게……. 그런데 대체 어떻게 해서 자네가 사회적인 규칙과 습관을 무시하는 그런 난폭한 행동을 하게 되었나? 제 정신이 아닌 듯한 그런 당돌한 행위에는 대체 무슨 뜻이 있다는 거지?」

니콜라스는 괴로운 듯이 초조하게 말을 듣고 있었다. 그러자 그의 눈에는 갑자기 무언가 교활하고 남을 깔보는 듯한 기색이 떠올랐다.

「그럼, 그 원인을 말씀드릴까요.」하고 그는 음울하게 말하면서 주위를 한 번 돌아보고 나서 지사의 한쪽 귀에다 몸을 굽혔다. 알료샤 첼랴뜨니코프는 창문 쪽으로 서너 걸음 걸어가고 있었고, 대령은 〈골로스〉를 읽다가 기침을 했다. 불쌍한 지사는 호기심을 이기지 못해 순진하게도 성큼 귀를 내밀었다. 바로 그 순간 도저히 있을 수 없는 일이, 아니 어떤 의미에선 지극히 뻔한 일이 일어났던 것이다. 노인은 무슨 엉뚱한 비밀을 들려 줄 때만 기다리고 있는 참인데, 갑자기 니콜라스가 자기의 귓바퀴 위쪽을 이빨로 꽉 깨무는 것이 아닌가! 그는 온몸이 와들와들 떨리고 숨이 막히는 것만 같았다.

「아니, 니콜라스, 대체 이게 무슨 짓인가!」하고 그는 딴 사람 같은 목소리로 허겁지겁 이렇게 내뱉었다.

알료샤와 대령은 아직 눈치채지 못하고 있었다. 두 사람 다 아무것도 보지 못했으므로 아마 주객(主客)이 무슨 밀담이라도 하고 있는 줄 알고 있었다. 그러나 어쩌다가 노인의 무섭게 일그러진 얼굴을 발견하고, 두 사람은 불안해서 어쩔 줄을 몰라했다. 당장 뛰어들어 거들어야 할지, 아니면 더 기다려야 할지 몰라, 두 사람은 그저 눈만 마주보고 멀거니 서 있었다. 니콜라스도 이것을 눈치챘음인지 좀더 아프게 깨물었다.

「니콜라스, 이봐, 니콜라스!」불쌍한 희생자는 또다시 신음했다.「여보게, 제발 장난은 그만둬!」

아마 일 초만 더 계속되었더라면 이 불쌍한 노인은 놀란 나머지 그만 숨이 넘어가 버렸을는지도 모른다. 마침내 이 무뢰한도 노인이 너무 불쌍하다고 생각했는지 물었던 귀를 놓아 주었다. 노인은 이 뜻하지 않은 죽을 듯한 공포가 거의 일 분 동안이나 계속되었으므로, 귀를 놓아 주자마자 금방 발작을 일으키고 말았다. 그 반 시간 뒤, 니콜라스는 체포되어 영창으로 옮겨졌다. 그리고 그를 독방에 감금하고 특별 보초까지 세웠다. 이것은 과격한 처분이었으나, 우리의 유순한 지사께서도 이번만큼은 여간 화가 난 것이 아니었다. 그는 모든 책임, 즉 바르바라 부인으로부터의 추궁까지도 자기가 책임지겠다고 굳게 결심했다. 그래서 부인이 경위를 알아보기 위해 황급히 달려갔을 때에도, 그는 현관에서 면회를 거절해 버렸다. 이 일은 마을 전체를 완전히 충격 속에 빠뜨리고 말았다. 부인은 마차에서 내리지도 못한 채, 방금 일어난 사실을 의심하면서 그대로 집으로 돌아오고 말았다.

그러나 마침내 모든 일은 밝혀지고 말았다! 새벽 두 시쯤, 여태껏 고요히 잠자고 있던 수인(囚人)은 갑자기 고함을 치면서 감방 문을 두들겨대더니, 도저히 믿어지지 않는 무서운 힘으로 감방 창살을 뽑아내고 유리창을 때려부숴 손목에 상처까지 났던 것이다. 당직 장교가 이 난폭한 광인을 제지하기 위해 열쇠 꾸러미를 들고 부하들과 함께 현장으로 달려갔을 때, 그는 심한 정신적 열병 상태에 빠져 있는 것으로 판명되었다. 그는 곧 어머니 집으로 옮겨졌고, 이로써 지금까지의 모든 사건은 그 원인이 밝혀지고 말았다. 마을의 의사 세 사람 모두가 이 병자는 사흘 전에도 이와 똑같은 정신착란 상태에 빠져 있었을 가능성이 충분히 있다는 의견을 진술했다. 겉으로는 의식도 뚜렷하고, 지혜도 갖고 있는 것처럼 보였지만, 이미 판단력도 의지도 건전치 못했었다는 것이 사실로써 증명된 것이다. 결국 모든 일은 리푸친이 미리 짐작했던 대로 된 셈이었다. 감수성이 예민하고 섬세한 신경을 지닌 이반 오시포비치(지사)는 무척 당황해했다. 지사까지도 니콜라스가 온전한 정신 상태에서 온갖 미치광이 짓을 저지를 수 있었다고 생각했다는 것은 자못 흥미있는 일이었다. 클럽 회원들도 모두 어쩌면 한결같이 이러한 중대 사실을 눈치채지 못하고, 그 기괴한 일에 대한 유일한 해명을 간파하지 못했을까 하고 스스로들 부끄러워했다. 물론 다소 미심쩍게 생각하는 사람들도 있었으나, 이들의 주장은 곧 사라지고 말았다.

니콜라스는 꼬빡 두 달 동안 자리에 누워 있었다. 보다 권위 있는 진단을 하기 위해 모스크바로부터 유명한 의사가 초빙되어 왔고, 모든 마을 사람들은 바르바라 부인 댁으로 병문안을 왔다. 부인의 노여움도 가라앉았다. 봄이 가까워올 무렵 니콜라스는 완전히 건강을 회복하고, 이탈리아로라도 여행을 떠나는 게 어떻겠느냐는 어머니의 권고를 선뜻 받아들였다. 부인은 그에게 마을 사람들에게 작별 인사도 나눌 겸, 또 필요한 사람에게는 사과라도 하라고 열심히 간청했다. 니콜라스는 이것도 쾌히 승낙했다. 클럽 회원들의 얘기에 의하면, 그는 곧 가가노프 씨 댁으로 찾아가 얘기를 나누었으며, 가가노프도 그 결과에 대해 몹시 흡족하게 여겼다는 것이다. 니콜라스는 이렇게 인사차 남을 찾아다니는 동안, 약간 침울한 기색이 있긴 했으나, 무척 진지한 태도였다. 사람들은 깊은 동정심을 가지고 그를 맞았다. 그러나 한편으로는 은근히 그의 이탈리아 여행을 기뻐하는 듯한 눈치였다. 이반 오시포비치는 그를 맞아 눈물까지 흘렸지만, 헤어질 때는 웬지 선뜻 그를 포옹할 기분이 내키지 않는 것 같았다. 하기는 우리들 가운데 몇몇은 마지막까지도 「흥, 저 악당 녀석은 우릴 바보 취급하려는 거야. 병이라고? 글쎄, 병이라는 데야 할 말이 없지!」하고 있었다. 그는 리푸친에게도 작별 인사를 하러 갔다.

「한 가지 묻고 싶은데.」하고 그는 말했다. 「어떻게 자네는 내가 할 말을 미리 알고서 아가피아에게 그런 대답을 해서 보냈나?」

「아, 그 일 말씀입니까?」하고 리푸친은 웃었다. 「저 자신도 당신을 현명한 분이라고 여기고 있었기 때문이죠. 그래서 무슨 얘길 하실지 말씀을 미리 짐작할 수 있었습니다.」

「그건 조금 묘한 얘기로군. 그래 자네는 아가피아를 보낼 때 정말 내가 제정신을 가진 현명한 사람이라고 생각했다는 말인가?」

「그야 물론이죠. 누구보다도 현명하고 사리에 밝은 분이라고 믿고 있었으니까요. 그렇지만 그때 당신께서 사리를 제대로 판단할 수 없는 상태에 있었다는 걸 진심으로 믿은 것은 아닙니다. 그저 믿는 체했을 뿐이지요……. 그래서 당신께서도 그때 제가 할 말을 당장 알아채고, 아가피아를 통해 제가 영리한 사람이란 허가장을 보내 주신 게 아닙니까?」

「흠, 그건 조금 잘못 안 것 같은데. 그때 난 정말로 몸이 좋지 않아서…….」하고 니콜라이는 이마를 찌푸리며 중얼거렸다. 「아, 참. 그래, 자넨 내가 제정신을 가지고도 남에게 덤벼들 수 있는 사람이라고 생각했었다는 건가?

그렇다면 그 이유는?」하고 소리쳤다.
 리푸친은 입을 묘하게 씰그러뜨린 채 아무 대답도 하지 않았다. 니콜라이의 얼굴은 약간 창백해졌다. 아니, 그건 리푸친에게만 그렇게 보였는지도 모른다. 「어쨌든 자넨 무척 재미있는 생각을 가진 사람이로군.」하고 니콜라이는 말을 이었다. 「그러나 아가피아를 나에게 보낸 의도는 나도 알고 있어. 자넨 나에게 창피를 줄 작정이었지?」
 「그렇지만 제가 당신에게 결투를 신청한 건 아니지 않습니까?」
 「하긴 그렇군, 나도 자네가 결투를 싫어한다는 소리는 들은 적이 있지……」
 「뭐, 그렇게 프랑스 식 말투를 옮겨 놓으실 것까진 없지 않습니까!」리푸친은 다시 입술을 씰그러뜨렸다.
 「그럼 자네는 소위 군민 주체 사상이란 걸 주장하나?」
 리푸친은 점점더 입술을 삐주룩이 내밀었다.
 「허어, 이건 또 묘한 게 있군!」하고 니콜라이는 탁자 위 얼른 눈에 띄는 곳에 콘시데랑(1808~93, 프랑스 공상적 사회주의자, 푸리에의 제자)의 저서가 놓여 있는 것을 발견하고 소리쳤다. 「이제 보니 자넨 공상적 사회주의자로군! 이건, 참 멋있는데……. 그렇지만 이 책도 역시 프랑스 말의 번역이 아닌가?」
 「아니, 이건 그냥 프랑스 말 번역이 아닙니다!」하고 리푸친은 사나운 태도로 벌떡 자리에서 일어났다. 「이것은 전 인류의 말을 번역한 것이지 프랑스 말 번역이 아닙니다! 전 세계 인류의 사회주의 공화국, 그 사회적 조화의 말을 옮긴 것입니다. 프랑스 말 한 가지만 번역한 게 아닙니다!」
 「원, 세상에 그런 말이 어디 있다는 건가!」니콜라이는 껄껄대고 웃었다.
 때로는 아주 하찮은 일이 꽤 오랫동안 주의를 끄는 법이다. 스타브로긴에 대한 보다 중대한 사건은 나중으로 미루겠지만, 여기서는 그저 이 점만을 얘기해 두어야겠다. 그가 우리 마을에 있는 동안에 얻은 여러 인상 가운데에서 가장 기억에 깊이 새겨진 것은, 이 추악하고 너절한 현청 관리의 모습이었다. 그는 집안에서는 사나운 폭군으로서, 식사 찌꺼기와 타다남은 초 도막까지 벽장에 넣고 열쇠로 잠가 두는 지독한 노랭이이고 고리 대금이나 하는 주제에 도무지 정체를 알 수 없는『사회 조화』를 맹신하여 밤마다 미래의 팔란스체르 (푸리에가 생각한 이상적 공상 단체의 집)를 꿈꾸며 환호에 도취하고 그것이 가까운 장래에 러시아뿐만 아니라 우리 현에서도 실현된다는 것을 굳게 믿고 있는 것이었다. 더욱이 그 이상촌을 실현할 땅은 자기가 푼푼히 고린내 나는 돈을 모아 간신히 『오막살이』를 마련한 고장이며, 지참금을 탐내어 두 번째로 결혼을 한 바로 그 마을, 『전세계 인류의 사회적 조화의 나라』 백성과 비슷한 사람은 당사자인 자기를 비롯해서 사방 백 킬로미터 안에 한 사람도 있을 것 같지 않은 고장이었다. 『어째서 이런 작자들이 생겨난 것일까?』 하고 니콜라스는 가끔 이 엉뚱한 공상적 사회주의자를 상기하고 의아하게 생각하곤 했다.

4

우리의 왕자는 삼 년 이상 여행을 계속했으므로, 마을에서는 그의 일을 거의 잊고 있었다. 그렇지만 우리 일동만은 스체판 선생을 통하여 늘 그의 동정을 듣고 있었다. 그는 유럽의 전지역을 두루 돌아보고 나서, 이집트에도 갔었고, 예루살렘에도 잠깐 들른 적이 있었으며, 그 다음에는 아이슬란드 학술 조사단의 일원이 되어 실제로 아이슬란드에도 갔었다고 했다. 그리고 한겨울 동안 독일의 어느 대학에서 강의를 들었다는 소리도 들려왔다. 그는 어머니에게 별로 편지를 쓰지 않는 편이었다. 반 년에 한 장 아니면 그보다 더 사이가 뜰 때도 있었다. 그러나 바르바라 부인은 화를 내지도 않았고, 아들을 원망하지도 않았다. 부인은 아들과의 관계에 있어서 일단 서로의 태도가 결정되자, 아무 불평없이 정성껏 아들을 뒷바라지하면서 오직 귀중한 니콜라스를 그리워하며 줄곧 공상에 잠겨 있었다. 부인은 그러한 자신의 공상이나 외로움을 아무에게도 알리려 하지 않았다. 심지어는 스체판 선생까지도 웬지 멀리하려는 것 같이 보였다. 부인은 혼자서 무슨 계획인가 세운 모양으로 전보다 무척 인색해졌다. 그리고 점점 더 저축 제일주의로 기울어져서, 스체판 선생이 카드 노름을 해서 지는 경우에는 사정없이 그를 꾸짖고 나무랐다.

금년 사월 초순경, 마침내 부인은 파리에 있는 옛 친구 드로즈도프 장군 부인 프라스코비야 이바노브나 드로즈도바로부터 편지를 받았다. 바르바라 부인은 벌써 팔 년째나 이 옛 친구를 만나지 못했고 편지 왕래도 없었던 터였다. 그 편지 속에는 니콜라이가 자기네 집안과 아주 가깝게 지내고 있으며, 특히 외동딸 리자와는 각별히 사이가 좋아서, 올 여름에는 그들 모녀와 함께 스위스의 베르네 몬트리오(산악 지방)로 떠날 예정이라는 것과, 또한 K백작(지금 파리에 체재하고 있는 페체르부르그의 유력 인물)네 집안에서 역시 마치 친아들 같은 대우를 받으면서 노상 백작네 집에서 지내고 있다는 사연이 적혀 있었다. 이 간단한 편지 속에는 아무 암시나 제안도 없었으나, 그 속에 감춰진 목적은 명백한 것이었다. 바르바라 부인은 오래 생각하지 않고 당장에 결단을 내려 자기의 양녀인 다샤(샤토프의 누이동생)를 데리고 사월 중순경 파리를 거쳐 곧장 스위스로 갔다. 칠월이 되자 부인은 다샤를 드로즈도바 부인 모녀에게 남겨 둔 채 혼자서 마을로 돌아왔다. 부인이 전하는 말에 의하면 드로즈도바 모녀도 팔월 하순경이면 이곳으로 오기로 약속했다는 것이었다.

드로즈도프 집안 역시 우리 현의 지주였지만, 드로즈도프 장군(바르바라 부인과 친분이 있으며 그 남편의 옛 동료이기도 한)의 근무처가 멀리 떨어져 있었기 때문에 이 훌륭한 영지를 보살필 여유가 없었다. 그러다가 작년에 장군이 죽자, 드로즈도바 부인은 슬픔을 달랠 길이 없어 딸을 데리고 외국으로 떠났다. 그 목적은 자기의 신경통에 포도 요법을 시험해 보겠다는 것으로서 장소는 산악 지방인 베르네 몬트리오를 택하여 한여름 동안 머무를 작정이었다. 귀국해서는 아주 우리 현에 영주할 예정으로 되어 있었다. 마을에는 벌써 몇 년 동안이나 창문에 못질을 한 채 비워 둔 커다란 저택이 있었다. 이 집안은 아주 대단한 부자였다. 첫번째 결혼에서 투시나 부인으로 통했던 드로즈도바 부인은, 여학교 시절의 친구인 바르바라 부인의 경우와 같이 아버지 대의 호상(豪商)의 딸로서, 엄청난 지참금을 가지고 시집을 갔었다. 퇴역 기병 대위인 투신 자신 역시 부인 못지않은 재산을 가지고 있었고, 상당한 재능도 지니고 있었다. 그는 임종시에 유언을 통해 당시 일곱 살 된 외딸 리자에게 상당한 재산을 남겨 주었다. 그래서 지금 스물두 살이 된 리자베타 니콜라예브나에게는 자기 개인의 몫만 해도 이만 루블이나 되는 재산이 있었다. 게다가 두 번째 결혼을 해서 자식을 낳지 못한 어머니마저 임종한다면, 당연히 그녀의 차지가 될 재산에 관하여는 그 액수를 따질 정도가 아니었다. 바르바라 부인은 이번 여행의 결과에 대해서 매우 흡족해하는 것 같았다. 아마 드로즈도바 부인과의 사이에 만사가 순조롭게 잘 이야기가 된 모양이었다. 부인은 여행에서 돌아오자마자 곧 스체판 선생에게 모든 것을 털어놓았다. 부인은 그를 상대로 꽤 오랫동안 마음을 털어놓고 이 일 저 일 이야기를 나누었다. 이것은 오랫동안 없었던 일이다.

「만세!」하고 소리치면서 스체판 선생은 두 손가락 끝으로 딱 소리를 냈다. 그는 진심으로 즐거워했다. 친구와 헤어져 있는 동안에 줄곧 우울하게 지냈던 만큼 더욱 즐거웠던 것이다. 부인은 외국으로 떠날 때 그에게 작별 인사도 제대로 하지 않았으며, 자기의 속셈에 관해서는 마치 『여자처럼』입이 가벼운 이 영감을 경계한 나머지 일언반구도 알리지 않았던 터였다. 필경 그가 아무에게나 이야기를 누설시킬까 봐 조심하기 위해서였을 것이다. 더욱이 그 무렵 부인은 새삼 드러난 스체판 선생의 많은 노름 빚에 대하여 그를 몹시 나무란 일도 있었다. 그러나 부인은 아직 스위스에 있을 적부터 『돌아가면 그동안 소홀하게 대해왔던 친구에 대해 좀더 잘 해주어야겠어. 여태까지는 사실 너무 매정하게만 대해왔으니까.』하고 진심으로 느끼고 있었던 것이다. 아닌게아니라 갑작스럽고도 비밀리에 행해진 부인의 출발은 겁많은 스체판 선생의 마음을 어지간히도 불안하게 하고 괴롭혔던 모양이었다. 더욱이 마치 일부러이기나 한 것처럼 갑자기 골치 아픈 일들이 한꺼번에 그에게 들이닥쳤다. 그는 전부터 상당히 많은 빚 때문에 괴로움을 받아왔었는데, 그것은 바르바라 부인의 도움 없이는 도저히 해결할 수가 없는 것이었다. 그 일 말고도 우리의 선량한 이반 오시포비치가 이 현의 지사로 근무하는 것도 금년 오월이 마지막으로서, 마침내 전속 발령이 내려왔던 것이다. 이 일에는 적지않게 불쾌한 일이 따르고 있었던 것이다.

부인이 없는 사이에 신임 지사 안드레이 안토노비치 폰 렘브케가 부임해 왔고, 여기에 장단을 맞추듯이 사교계 전체의 바르바라 부인에 대한 태도, 나아가 스체판 선생에 대한 태도가 싹 달라지기 시작했던 것이다. 스체판 선생은 벌써부터 적어도 몇 가지 중대한, 그리고 불쾌한 사실들을 관찰하고 바르바라 부인이 없는 동안 불안해서 전전긍긍하고 있었던 모양이었다. 그는 벌써 누군가가 새 지사에게 자기를 위험 인물이라고 고해 바치지나 않았을까 하고 내심 앓고 있었다. 또한 귀부인들 중의 일부가 앞으로는 바르바라 부인을 방문하지 않기로 작정했다는 사실도 그는 분명히 알고 있었다. 장차 보게 될 지사 부인은(그녀는 가을에나 이곳에 오기로 되어 있었다) 조금 거만한 여자라고 알려져 있었지만 그 대신 진짜 귀부인이어서 『저 불쌍한』 바르바라 부인과는 비교도 되지 않는다고 되풀이해서 지껄여대고 있었다. 또 사람들은 어디서 들은 얘긴지는 몰라도 이런 일까지도 똑똑히 알고 있었다. 즉 바르바라 부인과 새 지사 부인은 옛 사교계에서 만난 일이 있었는데 서로가 앙심을 품고 헤어졌기 때문에, 바르바라 부인은 폰 렘브케 부인의 이름을 듣기만 해도 병적인 반응을 일으킨다는 것이었다. 그러나 스체판 선생은, 바르바라 부인이 이곳 부인들의 쑥덕거림과 사교계의 동정을 죄다 듣고 나서 경멸하듯이 자신만만한 태도를 취하는 것을 보자, 그동안 의기소침했던 기분이 싹 가시고 대번에 명랑해지고 말았다. 그는 유난히 들뜬 기분으로 상대의 비위를 맞추는 유머를 섞어가면서 새 지사의 동태에 관해 설명하기 시작했다.

「『훌륭하신 벗이여』, 당신도 잘 알고 계시겠지만.」 하고 그는 아첨하듯이 말꼬리를 길게 끌었다. 「일반적으로 말해서 러시아의 행정관이란 무엇을 뜻하는지, 더욱이 새로운 행정관, 즉 새로 만들어지고 새로 임명된…… 러시아 말이란 정말 무궁무진하구나! 좌우간 이런 행정관이 과연 무엇을 의미하는지 당신은 물론 알고 계시겠지요? 하지만 당신이 이 행정적 감흥이란 것이 실제로 뜻하는 바를 깨달으실 수 있을는지요. 이건 정말 의심스러운 것이랍니다.」

「행정적 감흥이라? 그게 대체 무슨 소립니까?」

「다시 말해서…… 우리 나라에서는…… 요컨대 말이죠, 가령 어떤 보잘것 없는 친구들을 어느 시골 역에 앉혀 놓고 표를 팔도록 해보십시오. 당장에 그는 임금님이나 된 듯이 우쭐거리면서『자기 권력을 과시하기 위해』표를 사러 온 사람들을 아래로 내려다보지요.『두고 봐라, 네 녀석들에게 내 권력을 한 번 과시해 주마…….』이 정도에 이르면 어느 정도 행정적 감흥에 도달한 셈입니다……. 요컨대 나는 이런 이야기를 책에서 읽은 적이 있습니다. 외국에 있는 어느 러시아 교회에서 일개 보좌 신부가 말이지요, 하지만 재미있는 얘깁니다……, 어느 고귀한 영국인 가족을 교회 밖으로 내쫓아 버렸답니다. 글자 그대로 쫓아내 버린 거지요.『그 고귀한 귀부인들을』사순제 기도가 시작되기 바로 직전에 말입니다……. 당신은 그『시편』과『욥기』안에 있는 말을 아십니까……. 쫓아낸 이유는 『외국 사람 따위가 러시아 교회 안에서 서성거리는 건 볼 수 없으니 나중에 다시 오라.』는 것이었지요. 결국은 기절까지 하는 소동이 벌어졌습니다. 이 보좌 신부는 행정적 감흥의 발작에 못 이겨 자기의 권력을 과시한 겁니다……」

「좀 간단하게 말씀해 주세요, 스체판 트로피모비치!」

「폰 렘브케는 지금 현내를 순시하고 있지요. 요컨대 이 사람은 정교를 믿고 있는 러시아 태생의 독일 사람으로서, 사십 대의 뛰어난 미남이라고도 할 수 있지요……」

「뭐라구요? 어째서 당신은 그 사람을 미남이라고 합니까? 그 사람의 눈은 양의 눈처럼 생겼을 텐데……」

「그렇지요, 나는 다만 이곳 부인네들의 의견을 따랐을 뿐입니다. 할 수 없는 일이었으니까요……」

「이젠 그만 다른 이야기로 화제를 돌립시다. 스체판 트로피모비치, 제발 그만둬요! 그런데 참, 당신은 빨강 넥타이를 매고 있군요. 오래 전부터 매셨었나요?」

「이건…… 오늘 처음 맸습니다.」

「도대체『운동』은 하고 있나요? 의사 선생의 지시대로 매일 육 킬로미터씩 걷는 운동을 하고 있습니까?」

「아니…… 늘 하는 것은 아닙니다.」

「그럴 줄 알았다니까요! 나는 스위스에 있을 때부터 벌써 환히 알고 있었지요!」하고 부인은 화가 나서 소리쳤다.「당신은 지금부터 육 킬로미터가 아니라 십 킬로미터씩 걷도록 하세요! 당신은 정말 놀랄 만큼 게을러지셨군요, 정말 무섭도록! 당신은 늙은 것이 아니라 시들어 버린 겁니다……. 아까 당신을 보았을 때는 정말 깜짝 놀랐었다니까요……. 비록 넥타이를 매고는 있지만……. 대체 무슨 맘을 먹고 빨간 걸 매고 있지요! 이젠 폰 렘브케의 얘기나 계속해 주세요. 정말 무슨 얘깃거리가 있다면 말이지요……. 그리고 제발 너무 얘기를 길게 하지 말아 주세요, 난 피곤하니까……」

「요컨대 나는 이렇게 말씀드리고 싶을 뿐입니다. 그 사람은 마흔이 넘어서야 비로소 처음으로 행정관의 지위에 오른 사람이라는 것입니다. 그전에는 보잘것없는 세계에서 헤매고 있다가 갑자기 굴러들어온 마누라의 덕분이 아니면 자기가 무던히도 고생한 보람으로 겨우 점잖은 사람들 축에 끼게 된 그런 친구라는 말이죠……. 지금은 초도 순시중에 있습니다만…… 즉, 내가 말하고 싶은 것은, 그가 부임하자마자 내가 바로 젊은이들을 타락시키는 유혹자라느니 이 지방 무신론의 온상이라느니 하는 소리를 그의 귀에다 들려 주는 녀석들이 있다는 것입니다……. 그래서 그는 당장 조사에 착수했거든요…….」

「그게 정말이에요?」

「정말입니다, 나는 결국 대비책까지 세워 둘 수밖에 없었지요. 그리고 그 녀석들은 당신에 대해서도 당신이 이 현을 실제로 『지배』해왔다고 고해 바쳤거든요. 그러자 그 사내는 아시겠어요?……『앞으로는 절대로 그런 일은 없을 거요.』라고 말했다는 겁니다.」

「그런 말도 했다구요?」

「그럼요, 『앞으로는 절대로 그런 일은 없을 거요.』라고 말입니다. 더욱이…… 오만불손한 태도로 말이지요……. 그의 부인인 율리아 미하일로브나는 팔월 말경에 페체르부르그에서 곧장 여기로 오기로 했답니다.」

「아마 외국에서겠죠? 우린 거기서 만났으니까…….」

「참말입니까?」

「파리에서, 그리고 스위스에서도 만났어요. 그 여자는 드로즈도프 집안의 친척이지요.」

「친척이라구? 이건 정말 묘한 일치로군요? 그 여자는 공명심이 강한 편이고…… 또 유력자들과도 상당히 많은 교분을 맺고 있다면서요?」

「거짓말이에요, 죄다 시시한 사람들뿐이지요! 마흔다섯 살이 될 때까지는 동전 한 푼 없는 노처녀로 굴러다니다가 지금은 저 폰 렘브케를 물어서 팔자를 고친 셈이지 뭐예요. 하기야 그 여자의 목적은 물론 남편을 사람들과 교분을 갖게 갖도록 해서 출세시켜 보자는 것이지요. 둘 다 권모술수가 대단하거든요.」

「그 여자는 남편보다도 나이가 두 살 위라면서요?」

「다섯 살 위예요. 그 여자 어머니는 모스크바에 있을 때 우리집 문턱에서 꼬리를 살살 흔들어댔죠. 브세볼로드 니콜라예비치(스타브로긴 장군)가 살아 계실 땐, 나에게 제발 우리 집 무도회에 초대해 달라고 동냥하듯이 애걸하곤 했답니다. 그 여자는 춤도 추지 않고 파리〔蠅〕처럼 생긴 터키 구슬을 이마에 붙인 채, 밤새도록 한구석에 우두커니 앉아 있곤 했죠. 그래서 보기에 하도 딱해서 새벽 두 시나 넘어서 내가 파트너를 한 사람 보내 줬지요. 그때 그 여자는 벌써 스물여섯 살이었는데도, 여전히 계집애들처럼 소매가 짧은 옷을 입고 이리저리 끌려서 돌아다녔지요. 어쩌면 그런 사람을 출입시킨 것이 꺼림칙해졌을 정도였죠.」

「그 파리같이 생긴 터키 구슬이 이마에 붙어 있는 꼴이 눈에 선하게 보이는군요.」

「그런데 나는 여기 오자마자 곧장 술책에 빠지고 말았어요. 방금 드로즈도바의 편지를 읽어서 아시겠지만, 이보다 더 분명한 일이 어디 있겠어요? 내가 무엇을 알아내었다고 생각하십니까? 그 바보 같은 드로즈도바는, 그 여자는 늘 바보였지요, 갑자기 왜 왔느냐는 듯한 얼굴로 나를 멍청히 쳐다보고 있지 않겠어요! 내가 얼마나 놀랐겠는지 좀 상상을 해보세요! 가만히 보니까 이 렘브케의 마누라가 잔재주를 부리고 있는 거예요. 드로즈도프 영감의 조카 뻘이 되고 나한테는 사촌이 되는 사람도 그 여자 옆에 붙어 있었다니까요. 모든 것이 빤한 일이었죠! 물론 나는 대번에 사태를 뒤집어 놓고 말았지요. 그렇게 되니까 드로즈도바도 다시 내 편에 달라붙었지만, 이건 음모였다니까요. 진짜 음모 말이에요!」

「하지만 당신은 그 강적들을 물리치지 않았습니까? 아, 당신은 비스마르크입니다!」

「내가 뭐 비스마르크는 아니지만, 가짜와 멍청이 짓만큼은 당장에 알아낼 줄 알아야지요. 렘브케 마누라는 가짜, 드로즈도바는 멍청이…… 난 정말 드로즈도바처럼 멍청한 여편네는 만나 본 적이 드물다구요. 두 다리는 밤낮 퉁퉁 부어 있는 주제에 또 여간 호인이 아니거든요. 어수룩한 호인인 바보보다 더한 바보가 세상에 또 어디 있겠어요?」

「심술궂은 바보라는 게 있습니다. 선량하신 친구여, 심술궂은 바보가 더 바보이지요.」

「그 말도 일리는 있어요. 그런데 당신은 리자를 기억하고 있나요?」

「귀여운 아이지요!」

「그렇지만 지금은 아이가 아니라 어엿한 숙녀지요, 뚜렷한 개성도 지니고 있고. 그애는 고결한 정열을 지니고 있더군요. 난 그애가 바보 같은 자기 어머니의 말에 따르지 않는 게 마음에 들었어요. 그런데 그애의 사촌 때문에 하마터면 큰일이 날 뻔했었지요.」

「저런, 그 사촌이란 사람은 실제로 리자베타 니콜라예브나의 친척은 아닌 줄로 알고 있습니다만…… 아니면 정말 친척이라는 말씀인가요?」

「이거 보세요, 그 젊은 장교는 무척 말이 없고 겸손한 사람이지요. 나는 언제나 모든 일을 공정하게 판단하고 싶어요. 내가 보기엔 그 사람은 이 모든 음모에 반대하고 아무 일도 하고 싶지 않은 것 같거든요. 그저 그 렘브케의 마누라가 혼자서 잔꾀를 부리고 있는 것이라니까요. 그 장교는 니콜라스를 무척 존경하고 있었지요. 모든 일이 리자에게 달려 있다는 걸 당신도 아시겠지요? 어쨌든 내가 여기로 돌아올 무렵에는 그애와 니콜라스는 아주 가까운 사이였죠. 니콜라스는 십일월에는 꼭 집으로 돌아오겠다고 내게 약속했어요. 그러고 보니까 렘브케 마누라 혼자서 음모를 꾸미고 있었고, 드로즈도바는 그저 장님 노릇만 하고 있는 게 분명했지요. 그 여자는 당돌하게도, 내가 의심하고 있는 것은 모두 환상이라고 말하지 않겠어요? 그래서 나는 그 여자 면전에서 『당신은 바보요.』하고 대답해 주었죠. 나는 최후의 심판날에라도 그렇게 잘라서 말해 줄 거예요. 사실 니콜라스가 부탁하지만 않았더라면, 난 기어코 그 거짓말쟁이 마누라의 정체를 밝히기 전에는 절대로 그곳을 떠나지 않았을 거예요. 그 여편네는 니콜라스를 통해 K백작네 집안에 접근할 기회를 잡으려고 무진 애를 쓰고 있으면서, 우리 모자 사이를 떼어 놓으려 하고 있었거든요. 하지만 리자까지도 우리편이고 해서, 프라스코비야 여편네하고는 원만하게 타협을 했지요. 당신은 저 카르마지노프가 그 여자의 친척이 된다는 걸 알고 있나요?」

「뭐라구요? 폰 렘브케 부인의 친척이 된다구요?」

「그렇죠, 그 여자와는 먼 친척이 되지요.」

「저 소설가인 카르마지노프 말씀인가요?」

「글쎄 그렇대두요. 그 사람은 작가랍니다. 아니, 왜 그렇게 깜짝 놀라십니까? 그 사람은 자기가 무슨 위대한 사람인 줄 알고 있어요. 어지간히 거만한 사람이죠! 렘브케 부인은 여기 올 때 그이를 데리고 오기로 되어 있어요. 아마 지금쯤은 둘이서 한패가 되어서 돌아다니고 있을걸요. 그 여자는 이번에 여기서 무슨 문학회 같은 것을 만들 모양이더군요. 그런데 그 소설가는 한 달 예정으로 이곳에 와서, 여기 남아 있는 자기 땅을 마저 팔아 버릴 생각이랍니다. 나는 스위스에 있을 때, 그 사람과 만나게 될 뻔한 적이 있었는데 꽤 마음이 쓰이더군요. 아마 그 사람 쪽에서 먼저 나를 알아볼 것이 확실해요. 옛날에는 내게 편지를 보내기도 했고, 집에 놀러오기도 했었으니까요. 그런데 스체판 선생님, 당신도 옷차림을 좀더 산뜻하게 하시는 게 어떨까요. 당신은 날이 갈수록 점점더 단정치 못해가고 있으니…… 아아, 당신은 정말 골치로군! 요즘엔 무슨 책을 읽고 있지요?」

「저…… 나는…….」

「알 만해요. 여전히 친구타령에, 술타령에, 게다가 클럽에 나가 카드놀이나 하고, 뭐 무신론이 어쨌다느니 하고 입방아나 찧고 있겠죠, 스체판 선생님? 난 누가 무신론자라고 하는 게 질색입니다. 나는 당신이 무신론자라는 소리를 듣는 걸 원치 않아요. 특히 지금은 더욱 그렇죠. 물론 예전에도 싫어했지만 말이지요. 그런 건 죄다 쓸데없는 잡담에 지나지 않으니까 말이지요. 언젠가는 한 번 얘기해 두어야겠다고 생각했었기 때문에 내친 김에 말씀드리는 겁니다.」

「하지만, 저…….」

「가만히 계세요. 스체판 선생님, 나는 학식 면에서는 당신과 비교도 안 되겠지만, 이리로 오면서 줄곧 생각한 것이 있거든요. 나는 마침내 어떤 결론에 도달했지요.」

「어떤 결론입니까?」

「그건, 세상에는 당신과 나만 현명한 것이 아니라, 우리보다 더 현명한 사람들도 있다는 거지요.」

「날카롭고도 정확하신 말씀입니다. 우리보다 더 현명한 사람들이 있다는 거죠……. 다시 말해서 우리보다 더 정당한 사람들도 있다는 뜻이고, 결국 우리도 과오를 범할 수 있다는 얘기지요. 그렇지 않습니까? 『그러나, 나의 선량한 벗이여』, 나에게 설령 과오가 있다고 하더라도 나도 내 나름대로 권리…… 전 인류에게 공통된, 영원하고도 자유로운 최고 양심의 권리를 가지고 있지 않나요? 나는 내가 원하지 않는다면 위선자나 광신도가 되지 않을 권리를 가지고 있으니까요. 그것 때문에 나는 세기의 종말까지 여러 사람들에게서 미움을 받게 되겠지만 말입니다. 더욱이 도리(道理)보다는 떠벌이중(위선)이 더 많은 법이지요……. 나는 이 말에 전적으로 동의하는 바입니다.」

「뭐, 뭐라고 했죠?」

「사람은 언제나 자기의 이성에 따라 행동할 수만은 없으며, 나는 이 말에 동의한다…….」

「그건 당신 말이 아닌 게 분명해요. 대체 어디서 끌어온 말이죠?」

「파스칼이 한 말입니다.」

「그러면 그렇죠……. 당신이 한 말은 절대 아니지요! 당신은 왜 그렇게 간결하고 정확한 말은 쓰지 못하고 밤낮 기다랗게 늘어만 놓는 거죠? 지금 그 말은 아까 당신이 말한 행정적 감흥이니 뭐니 하는 말보다 얼마나 귀에 쏙 들어옵니까…….」

「『진정한 나의 벗이여…….』 사실 그렇습니다. 그건 왜일까요? 첫째 나는 어느 면으로 보나 파스칼이 아니고, 게다가…… 둘째로 우리 러시아 사람들은 제나라 말로는 무어 하나라도 제대로 얘기할 줄 모르기 때문입니다. 적어도 아직까지는 신통한 얘기 하나 해놓은 것이 없죠…….」

「흠! 그건 그럴는지도 몰라요. 당신은 어쨌든 그런 말들을 적어 두었다가 이야기할 때 요긴하게 사용하는 게 좋을 거예요……. 그런데 스체판 선생님, 나는 당신과 진심으로 상의하고 싶어서 온 거예요! 진심으로 말이에요!」

「진정 친애하는 벗이여!」

「이제 저 렘브케니 카르마지노프니 하는 패들이 오게 되면 말이죠……. 아아, 당신은 정말 내 마음을 얼마나 괴롭히고 있는지! 나는 그들이 당신에게 존경하는 마음을 갖도록 하고 싶은 거예요. 사실 그들은 당신의 손가락 하나, 아니 새끼손가락 하나만큼의 가치도 없는 사람들이니까 말이지요. 그런데 지금 당신의 꼴이 그게 뭡니까? 그들이 보면 과연 뭐라고 하겠어요? 나는 그 패들에게 무엇인가 보여 줘야만 하겠어요. 시대의 경박한 풍조에 물들지 않고 꿋꿋이 고결한 삶을 살아간다는 증거로서, 당신은 다른 사람의 모범이 되는 생활은 하려 들지 않고 점점 늙어서 시들어 빠져가고만 있지 않아요? 밤낮 너절한 친구들과 어울려서 못된 버릇만 익히고, 술과 카드 없이는 아무 일도 못 하고 있지 않습니까! 모두들 서로 다투어 글을 발표하고 있는 이 시기에 글 한 줄도 쓰지 않고, 밤낮 그 폴 드 콕크 하나에만 매달려 읽고 있지 않으냐 말예요. 당신의 모든 시간은 잡담이나 하는 데 죄다 빼앗기고 있는 형편이 아닙니까……. 글쎄, 당신이 저 너절한 리푸친 같은 녀석들을 밤낮 끼고 돌다니, 그게 어디 말이나 됩니까?」

「어째서 내가 그를 끼고 돈다는 말입니까?」 스체판 선생은 우물우물 항의했다.

「그 사람 지금 어디 있죠?」 바르바라 부인은 날카롭게 캐물었다.

「그 친구는…… 부인을 더없이 존경하고 있습니다. 지금 그 사람은 어머니의 유산을 받으려고 S시에 갔지요.」

「그 사람은 그저 돈 받는 일만 하고 다니는군요. 또 샤토프는 뭘 하고 있지요? 여전합니까?」

「약간 다혈질이지만 좋은 친구지요.」

「나는 당신의 그 알량한 샤토프는 정말 참을 수가 없어요. 그 사람은 심통이 나쁘고 이기주의자거든요.」

「다리아 파블로브나는 그래 어떻게 지내고 있습니까?」

「다샤 말입니까? 왜 갑자기 그애 생각이 나셨죠?」

바르바라 부인은 이상하다는 듯이 그의 얼굴을 주의깊게 바라보았다.

「잘 있지요. 드로즈도바네 집에 남겨 두고 왔어요……. 그런데 스위스에서 당신의 아들에 관한 소문을 들었는데 별로 좋지 않은 이야기더군요.」

「오, 그건 당치도 않은 소립니다. 나의 벗이여, 나는 그 이야기를 하려고 줄곧 당신을 기다리고 있었습니다…….」

「이젠 그만하세요. 스체판 트로피모비치, 좀 쉬게 해주세요. 난 아주 지쳐 버렸으니까……. 얘기는 이따가 하기로 해요. 특히 그게 나쁜 얘기라면 더욱 그렇죠……. 그런데 당신은 웃을 때 침을 튕기는군요. 정말 늙어 버렸군! 웃는 모습도 아주 얄궂게 되고 당신은 정말 나쁜 버릇이 한두 가지 생긴 게 아니에요! 그런 상태로는 아마 카르마지노프도 당신을 방문하지 않으려고 할걸요! 모두들 당신의 그런 꼴을 보고 수군거리고 있는 판이니까! 당신은 아주 찌그러져 버리고 말았군요. 자, 이제 됐어요. 너무 지껄였군! 이젠 그만 실례토록 『허락』해 주셔도 되겠죠?」

스체판 선생은 『허락』을 했다. 그러나 부인 곁을 떠나 물러나온 그의 모습은 몹시 어리둥절해하는 것 같았다.

5

우리의 친구인 스체판 선생에게 여러 가지 좋지 않은 습관이 생긴 것은 사실이며, 특히 최근에 와서는 그것이 더욱 두드러졌다. 그는 눈에 뜨일 정도로 급속히 맥이 빠진 듯이 보였다. 그리고 실제로 지저분해지기도 했다. 주량은 더욱 늘었고 신경은 쇠약해져서 곧잘 눈물을 찔끔거렸다. 나중에는 우아한 것에 대한 감수성이 극도로 예민해졌다. 그의 얼굴 표정은 변화가 심한 특징을 나타내기 시작했다. 가령 지극히 엄숙하던 얼굴이 갑자기 우스꽝스럽고 멍청한 표정으로 돌변해 버리는 것이었다. 그는 마치 고독을 견디다 못해 누구라도 좋으니 조금이라도 빨리 그의 기분을 즐겁게 해줬으면 하는 갈망이 마음속에서 떠나지 않는 것 같았다. 그 때문에 끊임없이 무슨 뒷소문이라든가 거리의 화제 또는 매일 일어나는 토픽 따위를 얘기해 주지 않으면 못내 섭섭해했다. 어쩌다가 한동안 아무도 그를 찾아 주지 않으면 그는 답답해서 못 참겠다는 듯이 방안을 서성거리며 창가로 다가가 밖을 내다보기도 하고, 생각에 잠겨 마른 입술을 깨물기도 하다가 마침내는 금방 울음이라도 터뜨릴 것 같은 얼굴이 되어 버리는 것이었다. 그는 끊임없이 무엇인가를 예감하고 있었다. 도저히 피할 수 없는 그 무엇이 갑자기 닥쳐오지나 않을까 하고 늘 겁을 먹고 있는 것 같았다. 마침내 그는 심한 소심증에 걸려, 꿈에 무척 신경을 쓰게 되었다.

그는 이날 하루를 종일 침울하게 지내고 나서 마침내 사람을 보내어 나를 불러다 놓고, 몹시 흥분한 상태로 한참 동안 횡설수설했다. 그가 나에게만은 모든 것을 숨기지 않고 털어놓는다는 사실은 바르바라 부인도 벌써부터 알고 있었다. 드디어 나는 스체판 선생이 어떤 특별한, 자기 자신도 상상할 수 없는 일 때문에 괴로워하고 있음을 알아챘다. 이전의 경우, 우리 두 사람이 만나서 한바탕 하소연이 끝난 다음에 곧 술병이 나오고, 그것으로 위안을 삼는 것이 상례(常例)였으나, 이번에는 술이 나오지 않았다. 아마도 그는 몇 번이고 술을 가지러 보내고 싶은 줄기찬 욕망을 억지로 누르고 있는 것 같았다.
「그 여자는 왜 밤낮 화만 내는지 몰라!」 그는 어린애처럼 하소연을 늘어놓았다.
「러시아의 모든 천재와 진보적인 사람들은 하나같이 노름꾼에다가 술고래들이었지. 아마 앞으로도 마찬가지일 거야……. 하지만 나로 말하면 아직 그런 노름꾼이나 술꾼은 아니지 않은가……. 그 여자는 내가 아무것도 쓰지 않는다고 구박인데, 정말 갑자기 무슨 묘한 생각을 해낸 모양이야! 또 뭐 왜 밤낮 누워만 있느냐고?『당신은 세상 사람들의 모범으로서, 그리고 조국에 대한 양심의 상징으로서 의연히 서 있지 않으면 안 된다』는 거야. 그러나 우리들끼리 얘기지만 양심의 상징으로서 서 있어야 한다는 사명을 받은 인간이 지금 할 수 있는 일이라면, 이렇게 누워 있는 수밖에 별 도리가 없지 않은가? 그 여자는 그 점을 알고나 있는지 모르겠네.」
. 그러다가 나는 마침내 오늘밤에 그토록 그를 괴롭힌 중요하고도 특별한 우울증의 원인을 알아냈다. 그는 이날 밤 몇 번이나 거울 앞으로 다가가서 오랫동안 서 있었다. 이윽고 거울에서 눈을 떼고 내 쪽으로 돌아선 그는, 어딘가 이상한 절망의 빛을 띠고 이렇게 말했다.
「여보게, 나는 하나의 낡은 무용지물이 되고 말았다네!」
그렇다! 분명히 지금 바로 이날까지 그는 바르바라 부인이 아무리『새로운 견해』를 가지거나 그에게『사상의 변화』가 있다고 하더라도, 한 가지 사실만은 굳게 믿는 바가 있었던 것이다. 그것은 다름 아니라, 자기는 아무리 뭐라 해도 역시 여자임이 분명한 부인의 마음에 한 사람의 매력적인 남성이라는 신념이었다. 그것도 단지 박해받은 사람이나 훌륭한 학자로서의 자격이 아니라 미남자로서도 매력있는 인간이라는 확신이다. 이 달콤한 위안의 신념은 벌써 이십 년 동안이나 줄곧 그의 마음속 깊이 뿌리박혀 있었으므로, 그는 자기의 어떤 다른 신념보다도 이 신념과 헤어지는 것이 가장 괴로웠을 것이 틀림없다. 그는 이날 밤 자기도 모르는 사이에, 어떤 커다란 시련이 아주 가까운 장래에 일어나리라는 것을 예감하고 있었는지도 모른다.

6

 이제 나는 우리가 한동안 잊고 있던 이야기, 그러나 실제로 이 소설의 발단이 되는 사건에 대해 이야기하기로 하겠다.
 팔월 하순경 드디어 드로즈도바 모녀가 이 도시로 돌아왔다. 그들의 도착은 온 마을 사람들이 오래 전부터 고대하고 있던 새 지사 부인(그들의 친척)의 도착 직전에 이루어졌으므로, 사교계에 매우 기이한 인상을 주었다. 그러나 이것에 관한 모든 흥미있는 이야기는 뒤로 미루기로 하고, 지금은 다만 바르바라 부인이 그토록 고대하던 프라스코비야 부인이 아주 골치 아픈 문제를 가지고 왔다는 것을 이야기하는 정도로 그치겠다. 그 문제란 다름이 아니라 니콜라이가 벌써 칠월경부터 그들 가족과 헤어져서 라인 강 근방에서 K백작과 만났으며, K백작 및 그 가족과 함께 페체르부르그로 떠났다는 사실이다(K백작에게는 혼기를 맞은 딸이 셋이나 있음을 주의시켜 둔다).
 「리자베타는 어찌나 거만하고 고집쟁이인지, 나는 그애에게서 아무것도 알아내지 못했지요.」 프라스코비야 부인은 말을 꺼냈다. 「하지만 내가 보기엔 그애와 니콜라이 사이에 무슨 일이 있었던 것 같았어요, 무엇 때문인지는 잘 모르지만. 이유 같은 건 당신이 다리야에게 물어 보세요. 내 생각으로는 아마 리자가 모욕을 당한 것 같아요. 어쨌든 당신의 귀염둥이 아가씨(다샤)를 이렇게 데려다가 분명히 넘겨 드리니까 기쁘기 한량없어요. 어깨가 한결 가벼워진 것 같은 기분이군요.」
 이 독기어린 말은 몹시 흥분된 어조였다. 아마도 이『굼벵이』같이 멋없는 여자는 벌써부터 이런 말들을 준비하고, 그 효과를 즐겨 볼 생각이었던 것 같다. 그러나 바르바라 부인은 결코 그따위 감상적인 효과나, 아리송한 말로 호락호락 넘어갈 여자는 아니었으므로, 엄격한 태도로 그 말에 대한 해명을 요구했다. 프라스코비야 부인은 기어들어가는 목소리로 뭐라고 중얼거리다가 그만 울음을 터뜨리고 말았다. 그리고는 가장 가까운 친구로서의 하소연을 털어놓았다. 곧잘 흥분하면서도 무척 감상적인 이 부인은 꼭 스체판 선생처럼 끊임없이 친구를 갈망하고 있었다. 자기의 딸인 리자베타에 대한 그 여자의 가장 큰 불만도『딸이 친구가 되어 주지 않는다』는 데 있었다.

부인이 털어놓은 여러 가지 설명과 하소연 가운데서 사실이라고 생각된 것은 리자와 니콜라스 사이에 실제로 어떤 충돌이 있었으리라는 점이었다. 그러나 그것이 대체 어떤 충돌이었는지는 프라스코비야 부인도 똑똑히 모르고 있음이 분명했다. 다리야에 대한 험구는 완전히 취소했을 뿐 아니라, 여태까지의 얘기는 모두 『얼떨결에』 흥분해서 한 말이니까 절대로 마음에 두지 말아 달라고 신신당부하기까지 했다.

 요컨대 그 여자의 말은 모두가 애매모호해서 새로운 의심을 불러일으킬 정도였다. 그 여자의 말에 의하면 충돌이 일어난 것은 리자의 『고집이 세고 남을 비웃는』 성격 때문이라는 것이다. 즉 니콜라이는 리자를 무척 사랑하고 있었지만, 그 자신 비할 수 없이 자존심이 강한 사람이었으므로, 리자의 비웃는 듯한 태도에 대해 자연 냉소적인 태도를 취하게 되었다는 것이다.

 「그 뒤 얼마 안 되어 우리는 어느 젊은 사람과 알게 되었는데, 당신네 『선생님』의 조카인가 되는 것 같더군요. 성도 같고……」

 「조카가 아니라 아들입니다.」 바르바라 부인이 정정했다. 프라스코비아 부인은 전부터 스체판 선생의 성을 외지 못해서 늘 그를 『선생님』이라 부르고 있었다.

 「아, 아드님이셨군요. 그럼 아들이라고 하지요. 그러는 편이 더 좋으니까. 나에겐 아무래도 좋아요. 그 사람은 그저 보통 청년이지만 아주 활기있고 격식을 차리지 않는 편으로, 특별히 이렇다 할 점은 없었죠, 그런데 리자가 좀 어수룩한 짓을 했거든요. 즉 니콜라이에게 질투심을 일으키게 할 속셈으로 이 젊은이에게 접근을 했거든요. 그렇지만 나는 이 일을 그리 나쁘다고는 생각하지 않아요. 흔히 있는 처녀다운 일로서 귀엽게 보아 줄 수도 있는 문제니까요. 그런데 니콜라이는 질투는커녕 마음대로 해보라는 식으로 자기부터 이 젊은이와 친구가 되어 버렸답니다. 이 일이 리자의 마음을 토라지게 만든 겁니다. 그 청년이 어디론가 훌쩍 떠나 버리고 나서(무척 서두르더군요), 리자는 사사건건 니콜라이에게 트집을 부렸어요. 더욱이 니콜라이가 가끔 다샤와 이야기를 나누는 것을 눈치채고는 제정신이 아니었답니다. 정말 어미인 나까지도 살고 싶은 생각이 없어지더군요. 절대로 흥분하면 안 된다고 의사 선생님이 말씀하셨지만, 나는 남들이 모두 좋다고 하는 그 호수도 귀찮아지고, 덕분에 치통이 도진데다가 류머티즘까지 걸렸지 뭐예요. 주네브의 호수가 치통을 악화시킨다는 건 신문에도 난 적이 있었어요. 그런 성분의 호수라더군요. 그러다가 니콜라이는 백작 부인으로부터 편지를 받았지요. 그는 하루 동안 대강 짐을 꾸려가지고 우리 곁을 훌쩍 떠나 버리고 말았지요. 그러나 헤어질 때 그 둘은 정답게 화해했고, 리자도 그를 떠나 보내면서 매우 명랑해져서 줄곧 웃었지요. 그런데 그가 떠나 버리자 그애는 갑자기 침울해져서 그에 관한 얘기를 일체 입에 올리지 않았고, 내게도 역시 말을 하지 않았죠. 바르바라 부인, 당신도 이번 일에 대해서는 리자에게 아무 말도 하지 말아 주세요. 그러면 일을 더욱 악화시킬 따름이니까. 아무 소리 않고 있으면 그애가 먼저 당신에게 얘기를 꺼내게 될 테고, 그러면 당신도 더욱 잘 알 수가 있을 거예요. 내 생각에는 니콜라이도 약속대로 하루빨리 이리로 와준다면, 모든 일이 다시 처음처럼 수습될 것 같군요.」

「그애에게 당장 편지를 쓰겠어요. 정말 그것뿐이라면, 하찮은 오해로 생긴 충돌이었군요. 그리고 다리야에 관해서는 내가 지나칠 만큼 잘 알고 있지만, 모두가 헛소리 거예요.」

「다셴카에 대한 일은 지금도 후회하고 있어요. 아마 내가 잘못한 것 같군요. 험담을 늘어놓고 아무렇지도 않은 흔한 일을 가지고 언성을 높이다니……. 여봐요, 아까는 내가 그 일로 머리가 이상했었나 봐요. 내가 보기엔 리자도 옛날처럼 다샤와 다정하게 지내고 있는 것 같아요…….」

바르바라 부인은 그날로 즉시 니콜라이에게 편지를 보내어, 예정보다 단 한 달만이라도 일찍 와달라고 당부했다. 그렇지만 부인의 마음속에는 아직도 어딘가 납득되지 않는 미심쩍은 구석이 있었다. 부인은 초저녁부터 밤이 새도록 이 일에 관해 몰두했다. 프라스코비야 부인의 생각은 아무래도 너무 유치하고 감상적인 것 같았다.

『프라스코비야는 기숙학교 시절부터 지나치게 감상적이었거든.』 하고 부인은 생각했다. 『니콜라스는 절대로 계집애 따위의 조롱이 무서워서 꽁무니를 뺄 아이가 아니다. 정말 충돌이 있었다면 뭔가 다른 원인이 있겠지. 그런데 엉뚱한 장교를 이리로 데리고 와서 같은 집에 친척처럼 같이 묵고 있게 하다니……. 그리고 다리야에 대해서도 프라스코비야가 너무 서둘러 사과를 했거든. 무언가 자기 혼자만 알고서 내게는 얘기하지 않은 게 틀림없이 있어…….』

새벽녘이 되어서야, 바르바라 부인의 머릿속에 어떤 계획이 떠올랐다. 그 계획대로 한다면 적어도 한 가지 커다란 의혹에 대해서 만큼은 대번에 밝힐 수가 있는 것이었다. 더욱이 그것은 그 당돌함으로 보아 확실히 주목할 만한 계획이었다. 그 계획이 머리에 떠올랐을 때 부인의 마음에 어떤 의도가 있었는지는 쉽사리 알아낼 수 없다. 더욱이 그 계획으로 인해 빚어진 모든 모순에 관해서, 나는 지금부터 미리 밝히지는 않겠다. 나는 단지 이 이야기의 서술자로서, 일어난 모든 사건을 사실 그대로 묘사하는 데 그치려 한다. 그러므로 그 사건이 아무리 기괴한 일로 생각된다고 하더라도 나로서는 할 수 없는 일이다. 이 기회에 다시 한 번 확실히 해두지만, 이튿날 아침이 되자 부인의 마음속에는 다샤에 대한 의심은 이미 깨끗이 사라져 버렸던 것이다. 뿐만 아니라, 사실 그런 의심을 일으켰던 적은 한 번도 없었다고 하는 편이 더 옳을 것이다. 그만큼 부인은 다샤를 믿고 있었다. 더욱이 니콜라스가 자기 집안에 있는 다리아에게 열중한다는 것은 상상도 할 수 없는 일이었다.

그날 아침, 다리아가 식탁 앞에 서서 차를 따르고 있을 때 바르바라 부인은 오랫동안 유심히 그녀의 모습을 지켜보았다. 그리고는 확신을 얻은 듯이 마음속에서『모두 헛소리야!』하고 단정했다. 이 말을 부인은 엊저녁부터 아마 스무 번은 되뇌었을 것이다.

다만 부인이 느낀 것은 다샤가 웬지 좀 피로해 보였으며, 말이 없고, 보다 더 둔감해진 것 같다는 정도였다. 차를 마시고 나서 두 사람은 한 번도 어긴 일이 없는 이전 습관대로 수(繡) 감을 가지고 마주앉았다. 바르바라 부인은 다샤가 외국에서 받은 인상, 특히 자연·주민·풍습·예술·산업 등을 비롯하여 다샤의 눈에 유다르게 보였던 모든 일에 대해 낱낱이 말해 보라고 명령했다. 드로즈도프의 친척과 그 가족들과의 생활에 관해서는 한 마디도 묻지 않았다. 다샤는 자수 책상 앞에 부인과 나란히 앉아 바느질을 거들면서, 반 시간 이상이나 단조롭고 낮은 목소리로 이야기를 계속했다.

「다리아.」하고 바르바라 부인은 갑자기 이야기를 중단시켰다.「그런데 너 내게 무슨 특별히 하고 싶은 말은 없니?」

「없어요.」다샤는 잠시 생각하고 나서 맑은 눈으로 바르바라 부인을 쳐다보았다.

「너의 영혼에, 마음에, 그리고 양심에도 없단 말이지?」

「없어요.」
 다샤는 낮게 되풀이했으나, 목소리에는 약간 어색한 기색이 섞여 있었다.
「나도 그러리라고 생각하고 있었다! 그렇지, 다리아, 난 너를 여태껏 한 번도 의심해 본 적이 없었으니까. 내 얘기를 좀 들어 보겠니. 이 의자로 와서 나를 마주보고 앉으렴. 난 네 얼굴을 보면서 얘기하고 싶으니……. 이젠 됐어. 그런데, 너 시집가고 싶은 생각은 없니?」
 다샤는 대답 대신 수상쩍은 듯이 부인의 얼굴을 물끄러미 쳐다보았으나 그리 놀라는 것 같지는 않았다.
「가만 있거라. 하긴 나이 차이가 꽤 있는 편이지만, 나이 따위는 아무것도 아니라는 건 네가 더 잘 알고 있겠지? 너는 분별이 있는 애니까, 네 일생에 절대로 착오가 있어서는 안 되는 거야. 하지만 그 사람은 아직도 미남자지……. 잘라서 말하면, 네가 항상 존경하고 있는 스체판 선생님 말이다. 어때?」
 다샤는 더욱더 수상쩍게 부인을 바라보았다. 그러나 이번에는 놀랐다는 것뿐 아니라 얼굴까지 확 붉혔다.
「가만 있어, 서두를 건 없으니까! 너는 나의 유언으로 돈은 있는 셈이지만 그러나 내가 죽은 다음에 너는 어떻게 되지? 돈은 있다고 하더라도, 만일 사람들이 너를 속여서 돈을 빼앗아 버리면 어떻게 하겠니? 그렇지만 그 사람과 결혼을 하게 되면 너는 명사의 부인이 되는 거야. 또 이런 점도 생각해 보려무나. 내가 지금 당장 죽게 된다면(하기야 나도 그이를 군색하게 내버려 두진 않겠지만) 그이는 당장 어떻게 될 것 같으냐? 내가 너에게 희망을 걸고 있는 것도 당연하지. 가만 있어, 얘기가 아직 안 끝났으니까. 물론 그 사람은 경솔하고, 미련하고, 고집불통이고, 제 생각만 할 줄 알고, 게다가 좋지 않은 버릇을 가진 것은 사실이야. 그렇지만 다샤야, 이 세상엔 그보다 훨씬 더 나쁜 사람도 얼마든지 있다는 걸 생각하면 너도 그분의 좋은 점을 높이 사주어야 하지 않겠니……. 나는 너를 아무 녀석에게나 그냥 떠맡기고 손을 떼겠다는 것은 결코 아니야. 너도 그렇게 생각하지는 않지? 무엇보다도 내가 이렇게 부탁하니까, 너도 그분을 아껴 줄 테지?」
 부인은 갑자기 초조한 듯이 말을 멈췄다. 「너 듣고 있니? 왜 아무 말도 안 하는 거지?」

다샤는 여전히 묵묵히 듣고만 있었다.
「그래, 그 사람은 확실히 시골 아낙네 같은 사람이라고 할 수 있겠지. 그렇지만 너에겐 그런 편이 더 좋을 거야, 아낙네라고 하더라도 무척 불쌍한 아낙네니까. 어떻게 보면 여자로서 사랑을 해줄 만한 가치가 하나도 없는 사람인지도 몰라. 그렇지만 아무 곳에도 의지할 데 없는 그의 신세를 생각하면 위해 줄 수도 있을 거야. 너도 외로운 그 사람을 한껏 사랑해 주어라. 너, 내 말을 알아듣겠지? 응?」
다샤는 순종하겠다는 듯이 고개를 끄덕였다.
「그럴 줄 알았다. 암 그렇게 해야지. 그이도 너를 사랑하게 될 거야. 그건 당연한 의무니까. 그 사람은 너를 끔찍하게 위해 주지 않으면 안돼.」바르바라 부인은 흥분이 절정에 달해서 소리쳤다.「아니지, 의무를 제쳐놓고라도 그인 너에게 홀딱 반할 거야. 난 그 사람을 잘 알고 있거든. 게다가 나도 네 옆에 있을 테니까 걱정할 건 조금도 없다. 난 언제나 네 곁에 붙어 있겠어. 그 사람은 네게 불평을 털어놓기도 하고, 비방도 할 테고, 또 처음 만나는 사람마다 네 험담을 하겠지. 그이는 한평생 엄살을 부려왔단다. 그리고 한집에 살면서도 하루에 두 통씩이나 편지질도 할 거야. 하지만 그야 아무튼 그 사람은 너 없이는 하루도 살 수 없게 되고 말 거야, 바로 이 점이 중요하거든, 네 말을 잘 따르도록 길을 잘 들여 놓아야 한다. 그렇지 않으면 너는 바보가 되고 마니까 말이다. 목을 매겠다고 위협도 하겠지만 그건 믿지 말아라! 괜히 그래 보는 거니까. 그러나 어쨌든 조심해서 관찰은 해야지. 그러다가 정말로 목을 매면 큰일이니까! 그런 사람들은 가끔 엉뚱한 짓을 저지르는 수도 있단다. 그건 힘이 넘쳐서 하는 짓이 아니라, 힘이 모자라서 목을 매고 마는 거야. 그러니까 항상 모든 걸 최후의 선까지 끌고가서는 안 된다. 그것이 부부 생활의 제일 큰 비결이다. 또 그이가 시인이라는 점도 머리에 넣어 두어라. 잘 들어라, 다리야, 자기 희생보다 더 큰 행복이란 없다. 이건 무엇보다도 중요한 일이다. 지금 내가 허풍을 떤다고 생각하지 말아라. 난 내가 지금 하는 말을 죄다 이해하고 있으니까. 물론 나는 이기주의자지. 너도 이기주의자가 되어야 해. 그렇지만 난 강요할 생각은 조금도 없어. 모두가 네 마음 하나에 달린 거니까 네 대답으로 만사가 결정되는 거다. 그런데 왜 넌 그냥 앉아만 있니? 무슨 말이라도 해야 할 게 아니냐?」

「제겐 아무래도 마찬가지예요, 마님. 제가 꼭 시집을 가야만 한다면 말이죠…….」 하고 다샤는 확고한 태도로 대답했다.
「꼭 가야만 한다면이라니? 그게 대체 무슨 소리냐?」 바르바라 부인은 엄격한 눈으로 뚫어지게 그녀의 얼굴을 노려보았다. 다샤는 여전히 뜨개질 바늘을 움직이면서 말이 없었다.
「넌 영리한 앤데 바보 같은 소릴 하는구나. 내가 지금 너를 시집보내려는 것은 꼭 그럴 만한 필요가 있어서 그러는 건 아냐. 그저 그런 생각을 하게 되었고 그것도 상대가 스체판 선생님 한 사람에게 한해서란 말이다. 스체판 선생님 아니라면 난 아예 너를 시집보낼 생각도 하지 않았을 거야. 네 나이가 비록 스무 살이지만 말이다. 그래, 어떠냐?」
「마님 말씀대로 따르겠어요.」
「그럼 승낙한다는 말이지! 가만 있거라, 내 얘기는 아직 다 끝나지 않았으니까 서두를 필요는 없어. 나는 유언장에다 너에게 일만 오천 루블리를 주라고 했다. 그 돈을 결혼식이 끝나는 대로 너에게 주지. 그 중에서 팔천 루블리는 그 사람한테 줘라. 그건 그 사람한테 주더라도 결국 내게 다시 돌아오는 돈이야. 그 사람은 내게 팔천 루블리의 빚이 있으니까 말이다. 결국 돈은 내가 주겠지만 그것이 네 돈이라는 걸 그 사람에게 알려 두지 않으면 안돼. 결국 네 손에는 칠천 루블리만 남게 되는 셈이지. 그 돈은 그에게 한푼도 줘서는 안 된다. 그의 빚을 갚아 줄 생각은 아예 말아라. 한번 갚아 주게 되면 그 다음엔 걷잡을 수 없게 되고 마니까. 물론 내가 항상 네 곁에 붙어 있겠지만……. 그 밖에도 너희 부부는 매년 일천이백 루블리씩, 특별한 경우엔 일천오백 루블리씩 받게 될 거야. 지금과 마찬가지로 스체판 선생님에 대한 식비와 주택은 내가 부담하겠다. 하인만은 너희들이 지불하도록 하고……. 연금은 내가 직접 한몫에 네게 쥐어 주마. 그렇지만 너도 고운 마음씨를 가지고 그 사람에게 조금씩 집어 주도록 하렴. 그리고 친구들의 방문도 일주일에 한 번 정도는 허락하도록 하고 너무 자주 찾아오면 쫓아 버려라! 하긴 내가 곁에 있겠지만……. 하지만 너의 부부에 대한 연금은 비록 내가 죽은 뒤라도 끊어지지 않을 거야. 무슨 뜻인지 알겠니? 그렇지만 그것도 그 사람이 죽을 때까지만 주는 거다. 그건 그의 연금이지 네 것은 아니니까 말이야. 하지만 네가 바보짓만 하지 않는다면 너에게도 지금 주는 칠천 루블리가 고스란히 남는 거지. 게다가 다시 팔천 루블리를 네게 주도록 유언할 작정이다. 그 이상은 한 푼도 내게서 더 못 받는 걸로 알아 둬라. 어때, 이의는 없니? 이젠 뭐라고 말좀 해보렴.」

「벌써 말씀드렸지 않아요, 마님.」

「이 문제는 전적으로 너한테 달린 일이라는 걸 잊지 마라. 난 네가 원하는 대로 할 테니까.」

「그럼 한 가지만 묻겠어요, 스체판 선생님께서 전에 마님께 무슨 말씀을 하시던가요?」

「아니, 그 사람은 아무 말도 하지 않았어. 또 아무것도 모르고……. 그렇지만 그이는 곧 얘기를 꺼낼 거야!」

부인은 벌떡 일어서더니 검정 숄을 어깨에 둘렀다. 다샤는 다시 얼굴을 붉히면서 뭔가 더 묻고 싶은 듯한 시선으로 부인을 쳐다보았다. 바르바라 부인은 갑자기 화가 잔뜩 나서 다샤 쪽으로 고개를 홱 돌렸다.

「넌 왜 그다지도 맹추냐!」 하고 부인은 마치 매처럼 맹렬한 기세로 다샤에게 덤벼들었다. 「은혜도 모르는 바보 같으니! 도대체 넌 무슨 생각을 하고 있는 거냐? 그래, 내가 지금 이 마당에 네 신세를 망쳐 놓기라도 한다는 거냐! 두고 보렴. 이제 그분이 직접 와서 너에게 무릎을 꿇고 열심히 애원을 하게 될 테니……. 그분은 일이 이렇게 된 걸 알면 아마 행복한 나머지 죽어 버릴는지도 몰라! 어쨌든 간에 내가 너에게 해롭지 않은 일을 하고 있다는 건 네가 더 잘 알겠지! 그래, 그분이 팔천 루블리가 탐이 나서 너한테 장가를 드는 줄 알았니? 아니면 내가 널 팔아먹기라도 하는 줄 아는 거냐? 넌 정말 바보천치야! 은혜를 모르는 얼간이 같으니라구! 거기 우산이나 이리 줘!」

그러고 나서, 바르바라 부인은 축축한 벽돌길과 나무다리를 건너서 스체판 선생의 거처로 부리나케 달려갔다.

7

바르바라 부인이 다리아에게 치욕을 안겨 주려는 의도가 아니었음은 사실이었다. 아니, 부인은 이제야말로 자기가 그녀의 진정한 벗이라고 생각하고 있었다. 그래서 숄을 걸치면서 힐끗 자기 양녀의 당황하고 의심쩍은 얼굴을 보자 부인의 가슴에는 가장 순수하고도 공명정대한 분노가 한꺼번에 확 치밀어올랐던 것이다. 부인은 다리아가 아주 어렸을 적부터 진심으로 귀여워해왔다. 프라스코비야 부인이 다리아를 바르바라 부인의 귀염둥이라고 부른 것도 지극히 당연한 일이었다. 부인은 벌써 오래 전부터『다리아의 성품은 제 오빠(샤토프)를 전혀 닮지 않았다』고 단정하고 있었다. 다샤는 조용하고 온순하며 자신을 희생할 줄 아는 훌륭한 성품을 지니고 있었으며, 매사에 착실하고 겸손했으며 사리를 잘 분별할 줄 아는데다가, 갸륵하게도 항상 남의 은혜를 마음속 깊이 간직하고 있었다. 그런만큼 다샤는 여태껏 한 번도 부인의 기대를 저버리지 않았다.「이 아이는 평생 과오를 저지르는 일이 없을걸.」하고 다샤가 겨우 열두 살 되었을 때 벌써 바르바라 부인은 말했었다. 더욱이 부인은 이 소녀가 자신의 마음을 사로잡을 공상이며, 미래에 대한 설계며, 또한 자기의 눈에 아름답게 비친 사상이라든가 그러한 것에 대해서 곧잘 열렬한 애착을 느끼는 성격이었으므로, 다샤를 자기의 친딸처럼 교육시키겠다고 작정했던 것이다. 부인은 당장 다샤 몫으로 꽤 많은 돈을 떼어 주고 미스 크릭스라는 여자 가정 교사를 모셔왔다. 이 여자는 다샤가 열여섯 살이 될 때까지 줄곧 같이 지내왔으나, 갑자기 무슨 일이 생겨 쫓겨나고 말았다. 그 뒤 중학교 선생님도 몇 명 가르치러 오곤 했는데, 그 중에는 진짜 프랑스 사람이 한 사람 있어서 그가 다샤에게 프랑스 어를 가르쳤다. 그런데 이 사람도 어느 날 갑자기 거의 쫓겨나다시피 해고당했다. 그 밖에도, 본래 귀족 출신으로 미망인이 된 어느 가난한 다른 지방 부인이 피아노를 가르쳐 주었다. 그러나 뭐니뭐니해도 주된 교사는 스체판 선생으로서, 그는 실제로 다샤의 총명함을 제일 먼저 발견한 사람이었다. 그는 바르바라 부인이 미처 이 아이에 대해 아무 생각도 하지 못하고 있던 그 당시에, 얌전한 이 아이에게 벌써 글을 가르치기 시작했다. 다시 한 번 되풀이하거니와, 어린 아이들은 이상하게도 그를 잘 따랐다. 리자베타 니콜라예브나도 여덟 살 때부터 열한 살이 될 때까지 그에게서 가르침을 받았다(스체판 선생은 보수없이 가르쳤고 드로즈도프 집안으로부터 결코 돈 따위를 받으려 하지 않았음은 말할 것도 없다). 게다가 그는 자기 자신이 귀여운 아이에게 홀딱 반해 있었으므로, 자진해서 우주와 세계의 창조라든가 인류의 역사에 관하여 무슨 서사시 비슷한 얘기를 곧잘 들려 주었다. 원시 시대의 인류와 원시인의 생활에 관한 강의는 아라비아의 전설보다도 더 재미가 있었다. 이런 얘기들을 열심히 들은 다음, 리자는 집으로 돌아가서 아주 우습게 스체판 선생의 흉내를 내보이곤 했다. 스체판 선생은 이 사실을 알고 한 번은 몰래 리자의 그런 모양을 훔쳐보았다. 무안을 당한 리자는 그만 선생의 가슴에 몸을 던지고 울음을 터뜨렸다. 스체판 선생도 기꺼움을 못 이겨 함께 눈물을 흘렸었다. 그러나 리자는 얼마 뒤에 떠나 버렸고, 다샤만이 혼자 남았다. 그러다가 다샤에게도 여러 선생들이 드나들게 되자 스체판 선생은 아이들을 가르치는 것을 그만두었고 다샤에 대한 관심도 점점 희미해져 갔다. 이렇게 오랜 세월이 흘러갔다.

　다샤가 열일곱 살 때, 그는 우연히 그녀의 얼굴이 뛰어나게 아름다운 것을 보고 내심 크게 감탄하고 말았다. 그것은 바르바라 부인 댁에서 같이 식사를 할 때의 일인데, 그는 이 젊은 처녀에게 말을 건네 보고, 그 대답이 몹시 마음에 들어서 나중에는 러시아 문학사에 관한 본격적이고도 광범위한 일련의 강의를 해주겠다고 제의했다. 바르바라 부인은 그의 훌륭한 착상을 칭찬하고, 감사의 말도 잊지 않았다. 다샤도 기뻐서 어쩔 줄을 몰라했다. 스체판 선생은 이내 정성껏 강의 준비를 시작했다.

　드디어 강의가 시작되었다. 고대기부터 시작된 첫번째의 강의는 흥미진진하게 끝났다. 이 자리에는 바르바라 부인도 참석했다. 그러나 스체판 선생이 강의를 끝내고 다음 번엔 『이골리 원정기』에 대한 해석을 하겠다고 예고했을 때, 갑자기 바르바라 부인이 벌떡 일어나서 강의는 더 이상 하지 않아도 좋다고 선언했다. 스체판 선생은 입 속으로 우물우물하다가 그냥 입을 다물 수밖에 없었다. 다샤는 얼굴을 확 붉혔다. 그것으로 이 훌륭한 착상은 끝장을 보고 말았다. 바로 그것이 바르바라 부인이 꿈과 같은 이 기발한 결혼 계획을 세우기 꼭 삼 년 전의 일이었다.

　불쌍한 스체판 선생은 이날도 잠시 뒤에 그에게 닥칠 일은 꿈에도 모르는 채 집안에 혼자 우두커니 앉아 있었다. 그는 우울한 심정으로 누구 아는 사람이라도 찾아와 주지 않나 하고 아까부터 창 밖을 기웃거리고 있는 참이었다. 창 밖에는 가랑비가 내리고 있었으며, 날씨는 꽤 추워져서 벽난로에 불을 지펴야 할 정도였다. 그는 땅이 꺼질 듯이 깊은 한숨을 내쉬었다. 그때 갑자기 그의 눈에는 마치 무서운 환상 같은 장면이 비치었다. 이런 날씨에 그것도 이런 얄궂은 시간에 바르바라 부인이 찾아오다니! 그것도 걸어서! 그는 놀란 나머지 옷을 갈아입는 것도 잊어버린 채, 입고 있는 옷 그대로 부인을 맞이했다. 그는 요즘 두툼한 장미빛 스웨터를 입고 있었다.

「선량하신 친구여……」하고 그는 마주 나오면서 작은 목소리로 말했다.

「아, 혼자 계시는군요. 반가운 일입니다. 난 당신 친구들은 아주 질색이니까요! 그런데 밤낮 담배만 피우시는 모양이죠. 어쩜 공기가 이렇게 탁하담! 차도 아직 그대로 있고. 벌써 열한 시가 넘었다구요. 당신은 먼지를 뒤집어쓰는 게 취미로군요! 방바닥엔 무슨 종이조각을 이렇게 찢어 놓았을까. 나스타샤, 얘, 나스타샤! 당신의 나스타샤는 대체 무얼 꿈지럭거리고 있는 거죠? 응, 너 거기 왔구나. 얘, 저 창문이랑 통풍구랑 죄다 열어 놔라. 우리는 응접실로 갑시다. 당신에게 용무가 있어 여기 왔으니까요……. 얘, 너도 평생에 한 번쯤은 청소를 좀 해보려무나!」

「자꾸만 어질러 놓으시는걸요.」하고 나스타샤는 당황한 목소리로 변명했다.

「그래서 청소를 하라는 거야. 하루에 적어도 열다섯 번쯤은 쓸어내야지! 이 응접실은 너무 지저분하군요! (부인은 응접실 안으로 들어서자마자 이렇게 말했다.) 양쪽 문을 모두 꼭 잠그세요, 저 애가 엿들으면 안 되니까. 그런데 여긴 벽지를 새로 발라야겠군요. 그 왜 내가 도배장이 여자를 견본과 함께 보내 드렸을 텐데, 왜 고르지 않았죠? 자, 이젠 앉아서 내 얘기를 들어 보세요. 제발 앉으세요. 아니, 이이가 어디로 갔담? 어디 있어요, 네? 어디 있어요?」

「네, 잠깐만……」하고 스체판 선생이 옆방에서 소리쳤다. 「자, 이젠 다 됐습니다.」

「이제 보니 당신은 옷을 갈아입으셨군요!」부인은 의미있게 그를 훑어보았다. (그는 스웨터 위에 프록코트를 입고 있었다.) 「그쪽이 더 잘 어울리는데요……. 우리가 얘기를 하는 데는 말이죠. 자, 제발 앉으시라니까요.」

부인은 곧 그에게 모든 것을 단호한 어조로 죄다 설명해 주었다. 그가 몹시 필요로 하고 있는 팔천 루블리에 대해서도 명백한 귀띔을 해주었고,

지참금에 대해서도 자세하게 설명을 했다. 스체판 선생은 눈이 휘둥그렇게 된 채 부들부들 떨고 있었다. 그는 부인의 말을 죄다 듣고는 있었으나, 무슨 이야기인지 명확하게는 알 수가 없었다. 뭐라고 얘기를 하려고 하면서도 좀처럼 입을 열 수가 없었다. 다만 모든 일은 죄다 부인의 결정대로 된 것이며, 반대하거나 이의를 내세우는 것은 부질없는 일이고 또한 자기는 꼼짝없이 장가를 들어야 한다는 사실만을 알아챘을 뿐이었다.

「하지만 선량하신 벗이여, 나는 이번에 결혼을 하게 되면 세 번째입니다. 더욱이 이 나이에…… 그리고 더욱이 저런 어린애에게 말입니다!」 그는 마침내 이렇게 투덜거렸다.

「어쨌든 그녀는 어린애니까요!」

「고맙게도 스무 살이나 된 어린애죠. 제발 그렇게 눈을 휘둥그렇게 뜨지 말아 주세요, 부탁이에요. 지금 당신은 무대 위에 서 있는 게 아니니까요. 물론 당신은 대단히 현명하고 박식한 분이지만, 세상일에 대해서는 아무것도 모르고 있어요. 그러니까 당신을 밤낮으로 알뜰하게 돌보아 줄 유모가 필요한 겁니다. 내가 죽은 다음에 당신은 어떻게 되겠어요? 저애는 당신의 훌륭한 유모가 되어 줄 거예요. 아가씨이니까. 더욱이 나도 지금 당장 죽는다는 것은 아니고 하니, 늘 당신들 곁에 붙어 있겠어요……. 그애는 살림꾼에다가 천사처럼 마음씨가 곱지요. 이 멋진 계획은 내가 스위스에 있을 때 벌써 머리에 떠올랐던 거예요. 내가 내 입으로 그애가 천사처럼 얌전한 처녀라고 말하는 이상 절대 틀림없어요. 그런데, 아시겠어요?」 하고 부인은 갑자기 사납게 소리를 질렀다. 「지금 당신이 있는 곳은 먼지투성이가 아닙니까? 하지만 그애는 당장에 깨끗하게 만들어 놓을 거예요. 죄다 거울처럼 반짝반짝하게 해놓을 겁니다……. 당신 생각은 대체 뭐예요? 내가 이런 훌륭한 선물을 가지고 왔는데도, 또 굽실거리며 당신에게 부탁을 해야 한다고 생각하는 겁니까? 내가 그래 중매장이처럼 일일이 이해 득실을 따져 당신을 설득해야만 될 일인가요? 천만에, 오히려 당신이야말로 무릎을 꿇고 손발이 다 닳도록 부탁을 해야 할 거예요……. 정말 당신은 어쩌면 그렇게도 멍청이인지 몰라!」

「그러나…… 난 노인이 아닙니까!」

「겨우 이제 쉰셋인데 무슨 소립니까! 나이 오십은 늙은이가 아니라, 인생의 전성기예요. 당신도 잘 아시겠지만, 당신은 훌륭한 풍채를 가지고 있지 않습니까? 당신도 그애가 당신을 얼마나 존경하고 있는지 잘 아시겠죠. 내가 죽은 다음에 그애는 어떻게 될까? 그렇지만 당신과 결혼하게만 되면 그애도 안심이 될 거고 나도 안심이에요. 당신에게는 학식과 명성과 훌륭한 마음씨가 있으니까. 더욱이 당신은, 내가 나의 의무로 생각하고 있는 연금을 받게 되는 겁니다. 당신은 그애를 구해 줄 수 있을 거예요. 꼭 구하게 되겠죠! 당신은 그애에게 은혜를 베풀어 줄 겁니다. 당신은 그애의 생애를 결정지어 주고, 그애의 감정을 발전시켜 주고, 그애의 사상이 계발해 주실 거예요. 요즘엔 사상을 잘못 이끌려서 일생을 망치는 사람이 얼마나 많습니까! 아마 그 때까지는 당신의 저술도 완성되어 당신의 존재가 세상에 다시 알려지게 될 거예요.」

「나도 사실은……」

스체판 선생은 자신도 모르게 바르바라 부인의 그럴 듯한 말솜씨에 넘어가 중얼거렸다. 「사실은 내가 이번에 《스페인 역사 이야기》라는 책의 저술을 시작했지요…….」

「그것 보세요! 어쩌면 일이 그렇게 딱 맞아들어갈까요?」

「그렇지만 그 여자…… 본인은 어떻게 생각할는지? 그 여자에게 이야기를 벌써 하셨겠지요?」

「다샤에 대해서는 걱정 마세요, 실제로 당신이 궁금하게 여길 일은 하나도 없으니까요. 하긴 당연히 당신이 그애에게 청혼을 해야만 합니다. 부디 제 뜻을 저버리지 말아 주사이다…… 하는 식으로 말이지요. 아시겠지요? 하지만 그리 걱정할 것까지는 없어요. 내가 곁에 붙어 있을 테니까……. 무엇보다도 당신 자신이 그애를 사랑하고 있으니 말입니다…….」

스체판 선생의 머릿속은 어질어질했고 사방의 벽들도 빙빙 돌아가고 있는 것 같았다. 바로 이 순간 그의 마음에는 결코 지워 버릴 수 없는 하나의 해괴한 생각이 떠올랐던 것이다!

「훌륭하신 친구여!」 그의 목소리는 갑작스럽게 떨려나왔다.

「나는 한 번도…… 당신이 나를…… 다른…… 여자에게 치워 버리리라고는 상상도 하지 못했습니다!」

「당신은 여자가 아녜요, 스체판 트로모비치, 『치워 버린다』는 말은 여자에게나 쓰는 말이고 당신은 『장가를 드는』 겁니다.」 부인은 야무지게 쏘아댔다.

「그렇군요, 나는 단어를 잘못 사용했습니다. 그러나 모두 같은 뜻이지요.」 그는 낭패한 듯이 중얼거리며 부인의 얼굴을 바라보았다.

「『같다』는 말은 나도 알아요.」 하고 바르바라 부인은 경멸하듯이 톡 내쏘았다. 「이런! 이이가 기절을 했군! 나스타샤, 나스타샤! 어서 물을 가져와!」

그러나 물을 가져올 필요까지는 없었다. 그는 곧 정신을 차렸던 것이다. 부인은 우산을 집어들었다.

「지금 당신과는 아무 이야기도 더 할 수가 없겠어요.」

「네, 그럼요. 지금 난 틀렸습니다.」

「좌우간 내일까지 한숨 푹 주무시고 잘 생각해 보도록 하세요. 그때까지 집에 꼭 있어야 합니다. 그리고 무슨 일이 있으면 밤중에라도 괜찮으니까 내게 알려 주세요. 편지 따위는 읽어 보지도 않을 테니까 아예 쓸 생각을 마세요. 나는 내일 바로 이 시간에 당신의 확실한 대답을 듣기 위해 혼자서 여기 다시 오겠어요. 아울러 그 대답이 만족스러운 것이기를 바랍니다. 그때는 여기에 아무도 오지 못하게 하고, 제발 어질러 놓지도 말아 주세요. 정말 여기는 꼭…… 나스타샤, 나스타샤!」

이튿날 그는 승낙했다. 또 승낙할 수밖에 없었음은 말할 나위도 없다. 여기에는 어떤 특별한 사정이 있었기 때문이다…….

8

스체판 선생의 영지라고 하는 것은(구식 계산법으로는 소작인 오십 명이 딸린 땅으로, 스크보레쉬니키에 인접한 곳), 사실은 그의 소유가 아니라 죽은 그의 첫번째 아내의 땅이었다. 그러므로 지금의 소유권은 당연히 두 사람의 소생인 아들 표드르 스체파노비치 베르호벤스키가 가지고 있었고 스체판 선생은 아들의 후견인에 불과할 뿐이었다. 이제 이 『새끼 새(아들)』의 날개가 돋아 성인이 된 지금 그는 아들의 정식 위임장에 의해서 영지를 관리하고 있는 터였다. 이 계약은 아들 편에서 볼 때는 매우 유리한 것이었다. 왜냐하면 그는 영지에서의 수입금 조로 아버지로부터 매년 천 루블리에 가까운 돈을 받기로 되어 있는데, 새 제도가 실시되고부터는 영지에서 나오는 실제 수입이 오백 루블리(아마 그보다 더 적었을는지도 모른다)밖에는 되지 않았기 때문이다. 그런데 어떤 경위로 그렇게 되었는지 몰라도 스체판 선생은 바르바라 부인으로 하여금 자기의 아들에게 매년 천 루블리씩을 보내 주도록 하고 있었고, 이 작은 토지에서 나오는 수입은 고스란히 자기 주머니에 집어넣어 왔던 것이다. 뿐만 아니라 그는 이 영지를 어느 장사꾼에게 빌려 주기도 하고, 바르바라 부인 몰래 가장 값나가는 삼림을 채벌하기도 해서 아주 엉망으로 만들어 놓았다. 이 삼림을 그는 벌써 전부터 조금씩 떼어서 팔아왔다. 그것은 전부 합하면 적어도 팔천 루블리는 되는 것이었는데 그는 겨우 오천 루블리 밖에는 받지 못했다. 게다가 그는 가끔 클럽에서 카드놀이를 해서 꽤 많은 돈을 잃곤 했는데, 그때마다 바르바라 부인에게 뒷수습을 부탁할 염치도 없는 처지였다. 바르바라 부인은 이러한 모든 사실을 알고 나서 이를 갈며 분개했다.

 그런데 바로 이런 마당에 아들에게서 편지가 왔던 것이다. 즉 아들이 직접 여기로 와서 그 영지를 꼭 팔아야겠으니, 아버지는 그 처분에 아무쪼록 진력해 주십사하는 내용이었다. 스체판 선생의 사심없고 결백한 성격에 비추어, 그가 『이 귀염둥이』에게 무척 양심의 가책을 느꼈으리라는 것은 말할 나위도 없다 (그가 아들을 마지막으로 본 것은 꼭 팔 년 전, 아들이 페체르부르그에서 대학에 다닐 때였다). 애초에 이 영지를 한꺼번에 팔기로 했다면 만 삼천이나 만 사천 루블리 값은 충분히 받을 수 있었던 것이었으나, 지금은 단 오천 루블리에 팔겠다고 해도 살 사람이 나설지 의문이었다. 하기야 스체판 선생은 정식으로 위임받았으므로 숲을 팔 권리를 가지고 있었음은 부인할 수 없는 사실이었고, 어쨌든 간에 실제로는 불가능한 천 루블리씩을 매년 꼬박꼬박 부쳐 준 터이니까, 결산을 해보자면 얼마든지 자신의 입장을 내세울 수 있는 처지였다. 그러나 스체판 선생은 고매한 인격을 지닌 결백한 사람이었으므로, 그의 머릿속에는 놀랄 만큼 아름다운 한 생각이 떠올랐다. 그것은 페트루샤(표트르)가 돌아오면 여태껏 천 루블리씩 송금해 준 것은 언급조차 하지 않고, 이 토지의 최고 가격인 만 오천 루블리의 돈을 선뜻 탁자 위에 올려 놓고 『이 사랑하는 아들』과 눈물로써 굳게 포옹하여, 그것으로 일체를 결말짓겠다는 생각이었다. 그는 이 아름다운 생각에 관해 바르바라 부인에게 간접적으로 표시를 했었다. 그리고 이러한 행위는 부자지간의 관계『이상』의 어떤 특별하고도 고귀한 뉘앙스를 줄 것이 틀림없다고 암시를 했다. 또한 전세대의 아버지(라기보다는 전세대의 사람들)가 새 시대의 경박한 사회주의자 나부랭이들에 비해 얼마나 고결하고 관대한 자세를 보여 줄 수 있는가 등등에 관한 얘기를 여러 가지로 했으나, 바르바라 부인은 그저 묵묵히 듣고만 있었다. 그러다가 부인은 마침내 그 토지를 최고액인 육천 또는 칠천 루블리에 자기가 사겠다고 쌀쌀맞은 어조로 선언했다(사실은 아마 사천쯤이면 살 수 있었을 것이다). 그러나 숲과 함께 날려 버린 팔천 루블리에 대해서는 일언반구도 하지 않았다.

이것은 혼담이 있기 전 한 달 전에 일어난 일이었다. 스체판 선생은 무척 당황하여 여러 모로 궁리를 해보았다. 이전 같으면 아들이 어쩌면 아주 돌아오지 않으리라는 한 가닥 희망은 있었으나, 이러한 희망은 아무 관계없는 사람들에게나 있을 수 있는 것이었다. 스체판 선생은 아버지로서 그런 야비한 희망을 결코 스스로 용납할 수 없는 사람이었기 때문이다. 그건 그렇고, 페트루샤에 대해서는 끊임없이 이상한 소문만이 들려오고 있었다. 제일 먼저 들려온 소문은 그가 육 년 전 대학을 졸업하고 페체르부르그에서 빈둥빈둥 놀고만 있다가 무슨 삐라에 쓸 선언문 작성에 가담하여 사건에 말려들어 갔다는 소식이 우리에게 전해졌다. 그 다음엔 그가 갑자기 외국으로 가서 스위스의 주네브에 모습을 나타냈다는 것이다. 도망을 친 것이 분명했다.

「아무래도 납득이 안 된다.」하고 그 당시 스체판 선생은 무척 당황해서 우리들에게 한바탕 설교를 했다.「페트루샤는…… 정말 한심한 녀석이거든! 그애는 착하고 마음씨 곱고 또 무척 다정한 애야. 내가 페체르부르그에서 만났을 때, 나는 그애를 같은 또래의 젊은이들과 비교해 보고 내심 기뻐했다네. 그러나 역시 망나니야……. 모두가 그 덜돼 먹은 감상주의 때문에 일어난 거지! 그들을 사로잡는 것은 사회주의의 현실적인 면이 아니라, 감상적이고 이상주의적인 면이거든. 말하자면 종교적 냄새랄까 아니면 시적인 취향이랄까……. 하긴 그나마도 남의 말을 빌어온 것에 불과하지만 말일세. 그런데 나, 나의 기분은 어떻겠는가! 나로 말하면 지금 여기에도 적이 적지 않지만, 그쪽에는 훨씬 더 많이 있거든……. 그들은 아마 모두가 다 아버지의 영향이라고 할 테지. 아아, 페트루샤, 그 녀석이 지도자의 위치에 서다니! 우린 어쩌다가 이런 시대에 살고 있단 말인가!」
 그 페트루샤는 정기적 송금 관계로 스위스의 정확한 자기 주소를 알려 왔다. 그런 점으로 보면, 그는 정말 망명객의 신분은 아닌 것도 같았다. 그런데 지금, 사 년간의 외국 체재 끝에 그는 갑자기 조국에 나타나서 이제 곧 이 마을로 오겠다고 알려온 것이다. 이것으로 보자면 그는 아무 죄도 없는 게 분명했다. 게다가 어떤 사람인가가 그를 뒤에서 돌보아 주고 있는 것 같았다. 그가 최근에 보낸 편지는 남러시아에서 온 것이었다. 그곳에서 그는 어느 사람의 개인 일로 매우 중요한 일을 처리하느라고 몹시 바쁜 것 같았다. 그야 어쨌든 간에 토지의 최고 가격을 뜯어맞추기 위해서는 모자라는 칠팔천 루블리를 도대체 어디에서 구한단 말인가? 감격적인 장면이 벌어지는 대신에, 소송 소동이라도 생긴다면 무슨 망신인가? 그러노라면 어느 목소리인가가 스체판 선생의 귀에다가 『당신의 그 감상적인 페트루샤는 결코 자기의 이익을 양보하진 않을걸』 하고 속삭여 주리라.
 「난 이런 걸 알아내었지.」 하고 스체판 선생은 나에게 소곤거렸다.
 「저 사회주의자니 공산주의자니 하는 맹렬한 친구들이 도대체 무엇 때문에 그렇게 노랭이들이고 욕심쟁이이고 사유론자들인지 하는 이유 말일세. 사회주의자가 점점 더 깊은 사회주의에 빠지면 빠질수록 그는 더욱 사유론적인 경향이 짙게 되거든……. 대체 무엇 때문이겠나? 이것도 역시 그 감상주의 탓으로 돌려야 할까?」
 나는 스체판 선생의 이 말에 진리가 내포되어 있는지 어떤지는 잘 모른다. 그러나 페트루샤도 그 숲을 팔아 버린 일에 관해서 이미 알고 있으며, 또 스체판 선생 자신도 아들이 이미 그런 정보를 입수했다는 것을 눈치채고 있었다는 점을 알고 있었다. 나는 우연한 기회에 그가 아버지에게 보낸 편지를 몇 통 읽은 일이 있다. 그는 편지 쓰기를 그리 좋아하지 않아서, 일 년에 한 장 아니면 그나마도 없는 것이 보통이었다. 요즘에 와서야 겨우 자기가 곧 온다는 사실을 알리기 위해서 두 통의 편지를 잇따라 보냈을 뿐이었다. 그의 편지란 모두가 간단하고 무뚝뚝한 투의 것으로 용건만을 적은 것이었다.
 더욱이 이들 부자는 옛날 페체르부르그에서 만났을 때부터 당시의 유행을 따라 서로 『너』라고 불러온 처지였으므로, 페트루샤의 편지는 영락없이 토지 개혁 전의 지주가 영지 관리인인 자기 하인에게 이래라 저래라 하는 투와 똑같았다. 이런 상황 아래서 지금 이 사건을 해결해 줄 팔천 루블리의 돈이 바르바라 부인이 제시한 혼담으로 굴러들어온 것이었다. 더욱이 부인은 그 돈이 금후에는 결코 아무 곳에서도 튀어나올 수 없다는 점을 분명히 하지 않았던가. 그러고 보면 스체판 선생이 결혼을 승낙한 것도 무리는 아니었다.

그는 바르바라 부인이 돌아가자마자, 나를 부르러 사람을 보내는 한편, 다른 손님은 일체 면회를 거절하고 집안에 틀어박혀 있었다. 그가 울음을 터뜨리기도 하고, 요령부득한 말을 잔뜩 늘어놓았음은 말할 것도 없다. 때때로 그는 지나치게 아슬아슬한 이야기도 서슴지 않는가 하면, 자기 이야기에 스스로 도취되어 만족해하기도 했다. 그러고 나서 가벼운 히스테리 발작도 있었다. 요컨대 모든 일이 거의 정식대로 진행되었다. 그 일이 모두 끝나고 나자, 그는 갑자기 벌써 이십 년 전에 죽은 독일인 아내의 사진을 꺼내들고 「여보, 당신은 날 용서해주겠지?」 하고 푸념을 하기 시작했다. 그는 어딘가 보통 때와는 조금 다른 데가 있어 보였다. 결국 우리는 슬픔을 가라앉히기 위해 한 잔 들기로 했다. 그러고 나서 그는 기분이 좋아져서 곧 단잠이 들었다. 이튿날 아침 그는 맵시있게 넥타이를 매고 세심한 주의를 기울여 옷을 입은 다음, 거울 앞에 붙어서 떠날 줄을 몰랐다. 다음에는 손수건에 향수를 뿌렸는데 물론 아주 작은 분량이었다. 그때 바르바라 부인의 모습이 창 너머로 눈에 띄자마자, 그는 얼른 향수 뿌린 손수건을 베개 밑에 감춰놓고 다른 손수건을 꺼냈다.

「역시 잘 생각하셨어요!」 하고 바르바라 부인은 그가 승낙한다고 말하자 곧 칭찬을 했다.「무엇보다도 그건 훌륭한 결심인데다가, 둘째로 당신이 이성 (理性)의 소리에 귀를 기울였다는 것도 잘 한 일이지요. 좀처럼 자기 신상 문제에 관해서는 주의를 돌리지 않던 당신이 말입니다……. 그러나 서두를 필요는 없어요.」

부인은 힐끗 그의 넥타이 매듭을 훔쳐보면서 이렇게 덧붙였다.

「당분간은 잠자코 계셔야 해요. 나도 아무 말 않고 있을 테니까요. 얼마 있으면 당신 생일날이 되니까, 그때 그애를 데리고 당신에게 오겠어요. 당신은 차를 준비해 놓으세요. 술이니 안주 따위는 죄다 집어치우고…… 하기는 내가 모두 알아서 하겠지만. 당신 친구들도 초청은 하되, 그 명단은 나와 의논해서 작성하기로 해요. 필요하다면 그 전날 그애와 상의해도 좋지요. 그리고 다과회 석상에서 뭐라고 발표를 한다느니, 여기서 약혼식을 올린다느니 하는 말을 해서는 안 됩니다. 그저 슬쩍 암시를 하거나 그쪽에서 자연히 알아채도록 해야만 합니다. 그리고 보름쯤 뒤, 될 수 있는 대로 소란하지 않게 결혼식을 올리는 거예요……. 식이 끝나면 곧 당신들 둘이서 모스크바나 어디로 잠시 여행을 떠나도록 하세요. 그때엔 아마 나도 같이 따라가게 되겠지만……. 어쨌든 그때까지는 입을 다물고 있는 게 중요합니다.」

스체판 선생은 깜짝 놀라서, 그런 일은 신부와 적어도 한 번쯤은 의논해 봐야 하지 않겠느냐고 더듬더듬 말했다. 바르바라 부인은 화를 발칵 내고 소리쳤다.

「무엇 때문에 그럴 필요가 있어요? 우선 지금까지 아무 일도 없었고, 또 앞으로도 아무 일도 없을지 모르는 판국에…….」

「뭐라구요! 아무 일도 없게 되는지 모르다니요!」

어리둥절해진 신랑은 이렇게 중얼거렸다.

「그렇죠, 난 아직은 두고 보겠어요. 결국은 내가 이야기한 대로 되긴 하겠지만. 너무 걱정은 마세요. 그애에게는 내가 잘 얘기해 둘 테니까 당신은 조금도 말할 필요가 없어요. 필요한 일이나 말은 모두 내가 다 할 테니까 당신은 그저 가만히만 있으면 됩니다. 무엇 때문에 그러는 겁니까? 신랑 행세를 하고 싶은 겁니까? 당신은 나를 찾아오지도 말고 편지도 하지 마세요. 제발 부탁이니 얼씬도 하지 말아 주세요. 나 역시 가만히 있을 테니까.」

부인은 그 이상은 설명하고 싶지 않은 듯이 심각한 모습으로 훌쩍 떠나 버렸다. 스체판 선생이 너무 마음 내켜하는 모습이 부인을 적지 않게 놀라게 한 모양이었다.

아아, 불쌍하게도 스체판 선생은 자신의 지금 처지를 전혀 이해하지 못하고 있었던 것이다. 이 문제는 여러 가지 점에서 아직 불투명한 데가 있었다. 그뿐 아니라 부인의 태도에는 어딘가 새로운 점이 드러나기 시작했다. 무언가 우쭐대는 듯하고 경박한 듯한 점이 느껴졌던 것이다. 그는 부쩍 용기가 솟았다.

「이건 정말 마음에 들었는걸!」하고 그는 내 앞에 걸음을 멈추고 양팔을 벌리면서 소리쳤다.「자네도 들었지? 저 여자는 나로 하여금 결국 그것을 원하지 않도록 만들려는 거야……. 나는 참다 못하면『그건 싫습니다』라고 얼마든지 말할 수 있는 사람이니까!『잠자코 있어요. 당신은 찾아오면 안 됩니다』라니……. 그건 그렇고, 대체 내가 왜 꼭 장가를 들어야 한단 말인가? 그 여자가 갑자기 우스꽝스런 망상을 불러일으킨 데 불과한 것은 아닐까? 그렇다면 나도 당당한 대장부로서 그 여자의 얼빠진 망상의 노예가 될 수 없다고 버틸 수도 있지! 나에겐 아들에 대한 의무도 있고 또 나 자신에 대한 의무도 있거든! 대체 그 여잔 지금 내가 나 자신을 희생하려는 걸 알기나 할까? 내가 결혼을 승낙한 것은, 사실은 인생에 지친 나머지 아무래도 좋다는 심정으로 해버린 것인지도 모르지. 그렇지만 그 여자가 나를 못살게 굴 생각이라면 나도 가만 있을 수만은 없어. 난 화를 내면서 딱 거절해 버리겠네……. 그렇게 되면 웃음거리지……. 클럽에서는 또 뭐라고들 말할까? 그리고 …… 리푸친은 뭐라고 얘기할까?『어쩌면 아무 일도 없을는지 몰라요』라구? 이게 대체 무슨 말투지! 말도 안 되는 수작이 아닌가! …… 나는 수인(囚人)이야. 저 바닷게처럼 이러지도 못하고 저러지도 못하는 탈옥수지. 정말 하잘것없는 존재란 말일세! ……」

그러나 이런 자못 처량한 넋두리를 늘어놓으면서도 그의 어조에는 자기 나름의 우아함과 약간 천박한 구석이 엿보였다. 그날 저녁, 우리는 또 술잔을 기울였다.

제3장   타인의 죄업

1

　일주일 가량 지났다. 일은 어느 정도 진전을 보이기 시작했다.
　내친 김에 한 마디 해두지만, 이 성가시기 짝이 없는 한 주일 동안, 나는 누구보다도 격의없는 의논 상대로서, 갑작스레 혼담의 당사자가 된 스체판 선생 곁에 꼭 붙어 있어 여간 거북하지 않았다. 우리 두 사람은 이 한 주일 동안 아무도 만나지 않고 집안에만 틀어박혀 있었는데, 그는 무엇보다도 감당할 수 없는 수치심 때문에 나중에는 나에게까지도 부끄러워하게 되었다. 나에게 속마음을 털어놓고는 곧잘 신경질을 내곤 했다. 원래 의심이 많은 성격인지라 모든 것이 온 마을에 알려졌으리라고 지레짐작을 하고, 클럽은 고사하고 친구들 앞에도 나가기를 꺼려했다. 건강상 꼭 해야만 하는 산책조차도 땅거미가 짙어진 시각을 택했다.
　일주일 지났다. 그러나 정말로 자기가 약혼자인지조차도 여전히 모르고 있었다. 또 아무리 애를 써도 그것을 정확하게 포착할 수는 없었다. 신부와도 아직 만나지 못했다. 첫째 그녀가 자기의 약혼녀인지, 그것조차도 잘 알지 못했다. 뿐만 아니라 이 얘기가 진담인지 아닌지조차도 도무지 짐작할 수 없었다. 바르바라 부인은 어찌된 셈인지 도무지 그를 가까이하려 들지 않았다. 처음에 그가 보낸 편지 중의 한 장에 대해(그는 수없이 편지를 썼다) 부인은 지극히 냉정한 답장을 보냈다. 지금은 바쁘니까 당분간 모든 교섭을 거절한다, 그러나 자기 쪽에서도 여러 가지 중대한 일을 알려야 할 텐데 지금보다 좀 한가해질 때를 기다리고 있다, 와도 좋을 때가 되면 자기 쪽에서 곧 연락을 하겠다, 그리고 편지는 밤낮 그 소리가 그 소리니까 봉을 뜯지 않은 채로 그냥 돌려보낸다는 것이었다. 이 편지는 나도 읽어서 알고 있다. 당사자인 스체판 선생이 보여 주었으므로.

그러나 이러한 매정한 처사도, 엉거주춤한 상태도 그가 품고 있는 불안에 비하면 아무것도 아니었다. 이 불안은 무서운 힘을 가지고 끈덕지게 그를 괴롭혔다. 그는 그 때문에 몸도 여위고 마음도 약해져갔다. 그 무엇보다도 그는 내심 이것을 부끄럽게 여기어, 나에게조차도 그것에 대한 이야기를 하려 들지 않았다. 이야기를 하기는커녕 때때로 어린아이처럼 거짓말을 하여 속이고만 있었다. 그런 주제에 매일같이 사람을 시켜 나를 부르러 보냈고, 나 없이는 단 두 시간도 지내지 못했다. 마치 공기나 물처럼 나를 필요로 했던 것이다.

이와 같은 그의 행동은 다소 내 자존심을 상하게 했다……. 물론 나는 벌써부터 그 주된 비밀을 통찰하고, 그의 뱃속을 속속들이 들여다보고 있었다. 당시 나는 이 비밀, 즉 스체판 선생의 주된 불안을 폭로한다고 해서, 그의 명예에는 별로 흠이 되지 않으리라고 굳게 믿고 있었으므로, 젊은이에게 흔히 있을 수 있는 일이지만, 그의 난폭한 감정과 의심이 많은 추한 점에 대하여 얼마쯤 좋지 않게 생각했었다. 그래서 나는 그만 흥분한 나머지(사실은 그의 의논 상대로 뽑혀 염증이 나서 견딜 수 없게 된 탓이기도 했다) 좀 지나치다 싶을 만큼 심하게 공격해 주었다. 이 사정없는 공격 덕분에 나는 마침내 그에게 모든 것을 털어놓게 하고야 말았다. 그러나 어떤 이야기는 꽤 고백하기 어려웠겠다는 것을 시인하지 않을 수 없었다. 그는 내 뱃속을 환하게 들여다보고 있었다. 말하자면 내가 그의 뱃속을 환히 알고 분노를 품고 있다는 것을 또렷하게 알아차렸었던 것이다. 그래서 자기 속을 들여다보고 분개하고 있음을 알고 그 자신도 나에게 분노의 감정을 품고 있었다. 어쩌면 나의 분개는 소견없는 어리석은 짓이었는지도 모른다. 그러나 단둘이 마주보고 있다는 것은, 때에 따라서는 진정한 우정을 몹시 해치는 법이다. 그는 일정한 관점에서는 자기 처지의 어떤 측면을 정확하게 이해하고 있었으므로 각별히 감출 필요가 없는 점에 대해서는 지극히 세밀한 해부를 시도하는 것이었다.

「아아, 그땐 그 여자도 그렇지 않았지!」그는 가끔 바르바라 부인에 대해 이런 식으로 말했다. 「전에 우리 둘이 여러 가지 이야기를 나눌 때는 결코 저렇지 않았지⋯⋯. 자네도 알고 있겠지만, 그 당시는 그 여자도 얘기하는 법을 알았었다네. 자넨 곧이듣지 않을는지 몰라도 그땐 그 여자도 사상이 있었어. 자기의 사상이라는 게 있었단 말일세. 그런데 지금은 완전히 변해 버렸어! 그 여자의 말인즉, 그런 것은 모두 케케묵은 객담에 지나지 않는다는 거야! 그 여자는 옛날의 일을 우습게 알고⋯⋯ 지금은 마치 뉘 집 점원이나 관리인처럼 성질이 거칠어져서 줄곧 화만 내고 있어⋯⋯.」

「지금 와서 새삼스레 화낼 것이 뭐가 있겠어요. 당신은 그 여자의 요구를 들어 주지 않았습니까!」 하고 나는 대꾸해 보았다.

그는 미묘한 표정으로 나를 쳐다보았다.

「이 사람아, 내가 만약 승낙을 안했다면 얼마나 골을 냈을는지 모르네. 그야말로 무섭게 골을 냈을걸세! 그래도 내가 승낙을 한 뒤니까, 그나마 덜한 편이지.」

이 한 마디로 그는 만족했다. 그날 밤 우리는 술 한 병을 다 마셨다. 그러나 그것도 잠시뿐이고, 이튿날은 또다시 여느 때보다도 더 처량할 만큼 우울한 표정이 되어 있었다.

하지만 내가 무엇보다도 안타깝게 생각한 것은, 이번에 도착한 드로즈도바 모녀와 옛정을 두텁게 하기 위해 마땅히 해두어야 할 방문을 그가 게을리하고 있다는 사실이다. 듣기에는 그쪽에서도 그가 찾아오기를 바라는 눈치여서 그에 대해 여러 가지 물어 보았다는 것이었고, 그 자신도 그들을 무척 그리워했다. 리자베타에 대해서는 내가 도무지 이해가 안 갈 만큼 감격에 찬 어조로 말하고 또 말했다. 그것은 물론 리자베타가 전부터 귀여워해 준 어린애였다는 것을 회상하고서 그러는 것이기도 했겠지만, 단순히 그뿐만 아니라 웬지 모르게 어쩌면 자신의 커다란 의혹이 풀릴는지도 모른다는 공상을 하고 있었기 때문이다. 아무튼 그는 리자베타를 매우 특이한 여자처럼 상상하고 있었다. 그렇게 매일같이 생각은 하고 있으면서도 그는 역시 그녀를 찾아가지 않았다.

그러나, 그보다도 나 자신이 그녀에게 소개받고 싶어서 견딜 수가 없었다. 하지만 그러려면 스체판 선생 말고는 아무도 의지할 사람이 없었다. 나는 이미 여러 번 그녀와 마주쳐서 상당히 강한 인상을 받고 있었다. 물론 그것은 길에서였지만, 그녀가 말을 타고 산책을 나갈 때였다. 그녀는 승마복을 입고 훌륭한 말을 탔는데, 그녀의 친척이라는 돌아가신 드로즈도프 장군의 조카인 미남 장교와 동행하는 것이 보통이었다. 그러나 나의 현혹은 잠시밖에 계속되지 않았다. 나는 곧 나의 공상이, 분명 실현되지 못한다는 것을 깨달았다. 한데 잠시라고는 하지만 그런 느낌이 실재했었다는 것만은 부인할 수가 없다. 그러므로 그때 내가 불쌍한 친구에 대해 그의 완고한 칩거 생활을 얼마나 불만스럽게 여겼던가는 짐작하고도 남음이 있다.

  우리 친구들에게는 애초부터 공공연하게 스체판 선생은 당분간 아무와도 만나지 않을 테니까 방해하지 말아 달라고 예고를 해놓았었다. 그는 내가 말리는 데도 듣지 않고 꼭 한 사람 한 사람씩 찾아다니면서 예고해야 한다고 고집하는 바람에 나도 하는 수 없이 그의 부탁대로 친구들의 집을 일일이 찾아다녔다. 바르바라 부인이 『영감님』(우리들 사이에서는 스체판 선생을 이렇게 불렀다)에게 지난 이삼 년 동안의 편지를 정리하는 급한 일거리를 의뢰했기 때문에 그는 서재에 틀어박혀 있었으므로 나도 그의 일을 도와주고 있다는 식으로 소문을 퍼뜨렸던 것이다. 다만 리푸친에게만은 들를 틈이 없어서 차일피일 날짜를 미루고 있었다. 아니, 솔직히 말하자면 나는 그에게 가는 것이 두려웠던 것이다. 그는 내가 하는 말을 도무지 믿지 않고 『여기엔 어떤 비밀이 있으니까 나 한 사람에게만 감추려 드는 거다』라고 어림짐작을 해서 내가 떠나기가 바쁘게 온 마을을 뛰어다니면서 꼬치꼬치 캐물어 터무니없는 말을 퍼뜨릴 것이 틀림없다고 전부터 생각하고 있었기 때문이다.

  이런 생각을 하고 있던 중, 나는 뜻하지 않게 길거리에서 그와 마주치고 말았다. 알고 보니, 그는 방금 내가 알리고 온 친구로부터 벌써 죄다 들어 알고 있었다. 그런데 이상하게도, 그는 천성적인 호기벽(好奇癖)을 일으켜 스체판 선생에 대한 것을 물으려 들지도 않고, 오히려 내가 통지가 늦었다고 사과하려 들자 자기 쪽에서 먼저 내 말을 중도에서 끊고 화제를 다른 데로 돌려 버렸다. 사실 그는 이야깃거리를 잔뜩 가지고 있었다. 그리고 몹시 감정이 흥분되어 있던 참이라 겨우 이야기를 들어 줄 나라는 상대를 만나는 바람에 무척 기뻤던 것이다. 그는 곧 시중의 소식을 지껄였다. 그것은 새 지사 부인이 『새로운 화제』를 가지고 왔다는 것, 클럽에서는 벌써 반대당이 조직되었다는 것, 사람들은 너나할것없이 새로운 이상을 부르짖고 있어서 마치 무슨 유행병 같다는 것이었다.
 그는 사 분 가량 지껄여댔다. 한데 그 얘기하는 품이 재미가 있어서, 아무래도 귀를 기울이지 않을 수가 없었다. 나는 이 사나이를 무척 싫어했지만, 그가 남을 이야기 속으로 끌어들이는 천분을 가지고 있다는 점만은 인정하지 않을 수 없었다. 특히 어떤 일에 화가 났을 때, 그 특색은 더욱더 선명하게 발휘되었다. 내가 보기엔 그자는 타고난 밀정이었다. 언제 어느 때나 마을의 극히 새로운 화제라든가, 비밀까지 속속들이 모르는 게 없었다. 그것도 주로 추하고 괴상한 방면에 관한 것이 많았다. 어떤 때는 자기와는 전혀 관계도 없는 일에 무섭게 신경쓰는 버릇이 있는데, 거기에는 나도 놀라지 않을 수가 없었다. 나는 항상 그의 성격의 기조(基調)를 이루고 있는 것은 질투라고 생각했다. 그날 밤 내가 스체판 선생에게 아침에 리푸친을 만났다는 일과, 두 사람이 주고받은 이야기를 전했더니, 그는 의외로 안절부절못하면서 「리푸친이 알고 있지 않을까?」하고 괴상한 질문마저 던졌다. 나는, 그렇게 빨리 알려질 리가 없다, 첫째, 들은 사람이 없지 않았느냐고 반박했지만 스체판 선생은 요지부동이었다.
 「자네야 믿든 안 믿든 자유겠지만.」 그는 마침내 이런 뜻의 말로 결론을 맺었다.「나는 이렇게 굳게 믿고 있네, 그자는 지금의 우리들의 상황을 낱낱이 알고 있을 뿐더러, 그 밖에 뭔가 자네나 나도 모르고 있는 일조차도 알고 있는 게 틀림없어. 그것도 우리들에겐 도저히 알려질 기회가 없는 그런 것 말일세. 설사 알게 된다 하더라도 그땐 이미 때가 늦어 돌이킬 수 없게 되는 일을!……」
 나는 가만히 있었지만, 이 말은 한량없는 의미를 암시하고 있었다. 그 뒤 꼬박 닷새 동안 우리는 한마디도 리푸친에 대해서는 얘기하지 않았다. 스체판 선생도 자기의 그런 의혹을 내 앞에서 그만 털어놓아 버린 것을 새삼스레 후회하고 있다는 것을 나는 훤히 알고 있었다.

2

 어느 날 아침, 그것은 스체판 선생이 결혼을 승낙한 지 이레짼가 여드레째 되는 날이었다. 거의 열한 시가 다 되어서 언제나처럼 『의기소침한 친구』에게로 걸음을 재촉하던 도중 어떤 사람을 만났다.

나는 리푸친이 존경해 마지않는 『대문호』 카르마지노프를 만났던 것이다. 나는 어렸을 때부터 카르마지노프의 작품을 애독하고 있었다. 그의 소설이나 단편은 전(前)시대는 물론 현대에 이르기까지 널리 알려져 있었다. 나는 열중해서 읽었었다. 그의 작품은 소년 시대·청년 시대에 있어서 나의 즐거움이었지만, 그 뒤 나는 그의 문장에 대해 다소 냉담하게 되었다. 요즘 그가 계속해서 쓰고 있는 경향 소설은 이제 전의 작품만큼 마음에 들지 않았다.

그의 최초의 창작은 거짓없는 자연의 시적 분위기가 풍부했었는데, 최근의 것은 정말 혐오를 느끼게 되어 버렸다.

이런 낯간지러운 일에 대해 자신의 이야기를 한다는 것은 주제넘은 짓인 것 같지만, 대체로 말해서 이런 중간 정도의 재능밖에 갖고 있지 않은 주제에 생존시 천재 대접을 받고 있는 선생들은 대개 죽기가 무섭게 세인들의 기억에서 흔적도 없이 사라져 버리기 마련인데, 그래도 그것은 또 나은 편이다. 때로는 아직 살아 있는데 새로운 세대가 성장하여, 대가들이 활동하던 시대와 대치되는 일이 있곤 하는데, 대치되기가 무섭게 이상할 정도로 빨리 사람들로부터 잊혀지고 도외시되고 마는 것이다. 어찌된 영문인지 러시아에서는 이런 일이 마치 극장의 무대 배경이라도 갈아치우듯이 정말 눈 깜짝할 사이에 행하여진다. 이럴 경우, 푸시킨이나 고골리, 몰리에르, 볼테르 같은 자기 자신의 새로운 말을 하기 위해 태어난 사람들과는 전혀 뜻이 다른 것이다. 또 이런 중간 정도의 재능을 가진 선생네들이, 나이로 해서 존경을 받게 되는 인생의 내리막길에 접어들 무렵이면, 흔히 자기도 모르는 가운데 냅다 글을 써대어 이야기의 씨가 떨어져 버리는 것도 틀림없는 사실이다. 오랫동안 지극히 심원한 사상을 지녔다고 믿어지고 사회운동에 대한 참다운 영향이 크게 기대되었던 작가가, 마침내 그의 근본 사상의 희박하고 엉성한 바닥이 드러나게 되어, 의외로 빨리 소설의 재료가 끊어졌다 해서 누구 하나 애석하게 여겨 주지 않는 것도 그리 보기 드문 현상은 아니다. 그런데 머리가 희끗희끗한 노작가들은 그것도 모르고 화를 내고 있다. 그들의 자부심은 바로 그 활동기의 막바지에 가까울 무렵, 점점 더 커져가므로 때로는 경탄을 금할 수 없는 일조차 있다. 도대체 그들은 자기 자신을 무엇으로 알고 있는지는 모르나, 적어도 하느님쯤으로 알고 있는 모양이다.

카르마지노프에 대해서는 이런 말이 있다. 다름 아니라 그는 유력한 인사들이나 상류 사교계와의 관계를 자기 자신의 영혼보다도 더 중히 여긴다는 것이다. 사람을 만나면 다정하고 은근한 태도로 상대방을 사로잡아 버린다. 물론 그자가 필요로 할 경우라든가, 혹은 미리 소개라도 받은 경우에 이르러서는 더 말할 나위도 없다.

그러나 공작이라든가 백작 부인이라든가, 또는 자기가 두려워하는 사람 앞에서는 상대가 방문을 나서기가 무섭게 마치 나뭇잎이나 파리처럼 한껏 멸시하는 태도로 그 사람에 대해 깨끗이 잊어버리는 것을 신성한 의무처럼 알고 있다. 그것이 가장 고아하고 아름다운 사교상의 태도라고 진정으로 믿고 있는 것이다. 그는 매우 신중하고 나무랄 데 없을 만큼 예법을 알고 있으면서도 히스테리에 가까울 정도로 자존심이 강해서 별반 문학에 흥미를 갖지 못하는 사회에 나가서도 작가로서의 격한 성질을 숨기려 하지 않았다. 어쩌다 누가 우연히 냉담한 태도로 그를 거북하게 만드는 경우라도 있으면 그는 병적으로 분개하며, 꼭 앙갚음을 하려 든다는 것이었다.

일 년 전에 나는 어떤 잡지에서 유치하기 짝이 없는 시정(詩情)과, 게다가 어떤 심리마저 노린 그의 글을 읽은 일이 있다. 그것은 영국 어느 해안에서 기선이 침몰한 장면을 그린 것인데, 그는 그때 그 자리에서 물에 빠진 사람들이 구조되는 광경과 익사한 사람들을 인양하는 장면을 보았던 것이다. 길고 군말이 많은 이 글은 단지 자기 자신을 남에게 전시하고 싶어서 씌어진 것으로『자, 나에게 관심을 가지시오. 이 순간에 내가 어떤 태도를 취했는지 잘 보아 주십시오. 그까짓 바다나 폭풍이나 깨진 배의 널빤지 같은 걸 보아 무얼 하겠소. 그런 것은 나의 신비로운 산 붓으로 충분히 그려 놓지 않았소. 무엇 때문에 당신들은 생명도 없는, 죽은 어린애를 꼭 껴안은 익사한 여자 따위에게 마음을 빼앗기고 있습니까? 그것보다는 차라리 나를 보시오, 차마 그 광경을 볼 수가 없어 외면하고 있는 나의 모습을 보는 편이 좋을 거요. 지금 나는 등을 돌리고 섰소. 더욱이 무서워서 나는 뒤를 돌아볼 용기조차 없소. 나는 눈을 감았소. 이 얼마나 재미있는 정경입니까?』라고 말하고 있는 것을 글 속에서 분명히 읽을 수가 있었다. 내가 이 글에 관한 의견을 스체판 선생에게 말했더니 그도 내 말에 동의해 주었다.

　지난번 카르마지노프가 온다는 소문이 퍼졌을 때 물론 나도 한 번 만나 보았으면 했고, 가능하면 친하게 사귈 수 있게 되기를 무척 바랐었다. 그러나 그러기 위해서는 꼭 스체판 선생의 손을 거치지 않으면 안 된다. 두 사람은 친한 친구였던 것이다. 그런데 지금 우연히 네거리에서 이 사람을 만난 것이다. 나는 대번에 그를 알아보았다. 이삼 일 전에 그가 지사 부인과 함께 포장마차를 타고 가는 것을 옆에 있던 사람이 가르쳐 주었기 때문이다.

　아주 키가 작고 거만해 보이는 노인이었다. 나이는 쉰다섯을 넘지는 않은 것 같았고, 불그스름한 얼굴에 탐스러운 잿빛 머리칼은 둥근 실크햇 밑으로 비어져 나와 예쁘장하게 생긴 장미빛 귀 근처에서 곱슬거리고 있었다. 깨끗한 얼굴이긴 하나 그다지 잘생겼다고 볼 수는 없었다. 얄팍하고 길게 찢어진 입술은 교활스럽게 다물렸고, 코는 살이 좀 찐 듯했고, 눈은 날카롭고 영리해 보였지만 좀 작았다. 옷차림은, 지금 이런 계절이라면 어딘가 스위스나 이탈리아 북방에서나 입고 있음직한 느낌을 주는 망토 같은 것을 입고 있어서 어쩐지 진부해 보였다. 그러나 적어도 그 옷에 딸린 자질구레한 부속품, 예컨대 커프스 단추라든가, 칼라라든가 단추, 또는 가느다란 검은 끈이 달린 대모테 안경이라든가, 반지 같은 것은 흠잡을 데 없는, 예법을 갖춘 사람들에게서만 볼 수 있는 것들이었다. 『여름이 되면 이 사람은 영락없이 옆에 자개 단추가 달린 고운 나사구두를 신고 다닐게다.』라고 나는 생각했다. 우리가 마주쳤을 때 그는 길모퉁이에 멈추어 서서 나를 유심히 보았다. 내가 신기한 듯이 자기를 보고 있다는 것을 알아채자 약간 탁한 음성이긴 하나 꿀같이 달콤한 목소리로 나에게 물었다.

　「말씀 좀 묻겠는데, 브이코바 거리로 질러가려면 어디로 가야 할까요?」

　「브이코바 거리라고 하셨죠? 바로 여기가 그 길인데요.」 하고 나는 매우 가슴을 두근거리며 말했다. 「이 길을 따라서 곧장 가시다가 두 번째 나오는 길을 왼쪽으로 꺾어 드시면 됩니다.」

　「대단히 감사합니다.」

　이때 나는 그만 엉뚱한 짓을 하고 말았다. 아마 마음이 위축되어 비위를 맞추려는 듯한 눈치를 보이고 만 모양이었다. 그는 순간적으로 그것을 눈치채고 모든 것을 알아챘다. 즉, 내가 이미 그 사람이 누구인지를 알고 있다는 것, 어렸을 때부터 그의 작품을 애독하고 그를 하느님처럼 숭배하고 있다는 것, 지금 자기를 어려워하는 마음에서 알랑거리는 듯한 시선을 보내고 있다는 것 등을 죄다 알아채고 만 것이다. 그는 싱긋 웃고는 고개를 한 번 끄덕이더니 내가 가르쳐 준 대로 곧장 걸어갔다. 왜 그랬는지 모르나 나는 그의 뒤를 쫓아서 오던 길을 되돌아갔다. 그리고 어쩔 셈이었는지 열 걸음 가량 따라갔다. 그러자 그는 갑자기 걸음을 멈추었다.

「여기서 제일 가까운 가두 마차 대기소가 어딘지 모르겠습니까?」하고 그는 또 물었다.

불쾌한 물음 소리, 불쾌한 음성!

「마차 말입니까? 여기서 제일 가까운 마차 대기소는……. 교회당 옆입니다. 거기 가면 언제든지 마차가 있지요.」라고 하면서 나는 하마터면 마차를 부르러 달려갈 뻔했다. 이렇게 되기를 그가 바랐던 것이나 아니었는지 의심스럽다. 물론 나는 얼른 정신을 차리고 발을 멈추었다. 그러나 그는 나의 이러한 거동을 낱낱이 눈에 담은 채 그 기분 나쁜 미소를 띠면서 나의 모습을 지켜보고 있었다. 이때 내 평생 잊을 수 없는 일이 일어난 것이다.

그가 갑자기 왼손에 들고 있던 작은 주머니를 떨어뜨렸다. 하긴 그것은 주머니가 아니라 무슨 작은 상자 같은 것, 상자라기보다 차라리 작은 서류 가방 아니 더 적절한 말을 찾는다면 일종의 손가방이었다. 부인용 구식 핸드백 같은 것으로, 좌우간 무엇이었는지는 모르겠으나, 내가 달려가 그것을 주우려고 한 것만은 확실하다.

나는 결코 그것을 주워들지 않았다고 굳게 믿는 바이지만, 나의 최초의 동작만은 아무래도 변호할 여지가 없다. 나는 그만 동작을 감출 길 없어 바보처럼 얼굴을 붉히고 말았다. 그런데 너구리 같은 이 작자는 이때의 상황에서 자기 힘으로 상상할 수 있는 것은 죄다 추측하고 말았던 것이다.

「괜찮습니다. 내가 줍지요.」하고 그는 아주 싹싹한 투로 말했다. 즉, 내가 손가방을 주워 주지 않으리라는 것을 충분히 눈치채자 손수 그것을 주워 들고는, 마치 내가 주워 주려는 것을 자기가 만류했다는 듯이 다시 한 번 고개를 끄덕여 보이더니, 어이없이 나를 혼자 남겨 놓은 채 부지런히 제 갈 길을 가버리고 말았다. 이렇게 되니 내가 주워 준 거나 다름없이 되어 버렸다. 약 오 분 동안 나는 평생 지워질 수 없는 큰 창피를 당한 느낌이었다.

그러나 스체판 선생 집 근처까지 오자, 나는 불현듯 껄껄 웃음을 터뜨렸다. 이 만남이 몹시 유쾌하게 느껴졌기 때문이다. 나는 이 이야기로 스체판 선생의 울적한 마음을 풀어 주자, 얼굴 표정까지 흉내내어서 이제 그 일막을 재현시켜 보이자고 즉석에서 결심했다.

3

그런데, 막상 가보니 뜻밖에도 오늘은 그의 태도가 전혀 달라져 있었다. 아무튼 내가 들어서자마자 굶주린 짐승처럼 달려들어 내 이야기를 들은 것만은 사실이다. 그러나 묘하게도 넋 나간 사람처럼 처음에는 내 말을 제대로 알아듣지 못하는 것 같았다. 그러다가 내가 카르마지노프의 이름을 꺼내자 그는 갑자기 정신없이「제발 말하지 말게. 그 이름은 입에 담지도 말아 주게!」하고 마치 미친 사람처럼 소리쳤다.「자 여기 있는 이걸 보게, 이걸 읽어 보게! 좀 읽어 보게나!」
 그는 서랍을 열어 연필로 갈겨 쓴 종이쪽을 책상 위에 내던졌다. 편지는 석 장으로 모두 바르바라 부인으로부터 온 편지인데, 첫째 것은 그저께, 두 번째 것은 어제 날짜로 되어 있고, 세 번째 것은 오늘, 바로 한 시간 전에 온 것이다. 내용은 아주 시시한 것으로 모두 카르마지노프에 관련된 것이었다. 즉, 카르마지노프가 자기를 잊고 안 찾아 주는 것이나 아닐까 하는 심려 때문에 바르바라 부인이 얼마나 초조하고도 어리석은 불안을 품고 있는지 뚜렷이 드러나 있었다. 그저께(어쩌면 그끄저께, 아니면 하루 더 전인지도 모른다) 온 편지는 다음과 같았다.

  만약 그 사람이 오늘에라도 당신을 찾아오거든 나에 관해서는 제발 한 마디도 하지 말아 주세요, 조금도 비쳐서는 안 됩니다. 절대로 그런 기색을 보이지 않도록 해주세요.   V·S

 어제 온 편지는

만일 그 사람이, 늦은 감이 있긴 하나 오늘 아침에 당신을 찾아온다면 아예 만나지 않는 편이 훌륭한 태도라고 나는 생각해요. 이것은 내 생각이지만, 당신 생각은 어떠신지요.   V·S

오늘 온 마지막 쪽지는

당신 방에는 쓰레기가 수레로 하나 가득할 만큼 쌓였을 테고, 담배 연기로 온통 집안이 자욱할 것 같아 마리아와 포무쉬카를 보냅니다. 이 두 사람이라면 삼십 분이면 말끔히 치워 버릴 거예요. 그러니까 당신은 방해되지 않게 청소하는 동안 부엌에라도 가서 앉아 계세요. 그리고 부하라 양탄자와 중국 화병 두 개를 보내 드립니다. 이것은 전부터 드리려고 마음먹고 있던 것들입니다. 그 밖에 테니에르스(십칠 세기 벨기에의 화가)의 그림도 보내 드리죠(이것은 잠시 동안 빌려 드리는 겁니다). 화병은 창문 위에다 얹고 테니에르스의 그림은 오른쪽의 괴테 초상화 밑에 걸도록 하세요. 그곳이 제일 눈에 잘 띄고, 아침이면 볕이 드니까요. 만일 그 사람이 찾아오거든, 세련된 정중한 태도로 맞아들이도록 하세요. 되도록이면 가벼운 학문적인 이야기를 나누도록 하고 바로 어제 헤어진 사람을 만나는 듯한 태도를 취하세요. 나에 대한 말은 한 마디도 언급하지 말아 주세요. 저녁때쯤 어쩌면 들르게 될지 모르겠습니다.   V·S

추신, 만일 오늘 그 사람이 나타나지 않으면 이제 영 오지 않을 것입니다.

편지를 다 읽고 나서, 왜 그가 이런 하찮은 일로 이토록 흥분하는지 이상한 생각이 들어 미심쩍은 시선으로 그를 보니, 스체판 선생은 내가 편지를 읽고 있는 동안 어느새 늘 매고 있던 흰 넥타이를 빨간 것으로 바꾸어 매고 있었다. 그리고 스체판 선생은 얼굴이 파랗게 질려서 손까지 부들부들 떨고 있었다.
「그 여자가 하는 걱정따위 내 알 바 아냐!」나의 미심쩍은 시선에 대답이라도 하듯이 그는 흥분해서 이렇게 외쳤다.「지긋지긋해! 그 여잔 카르마지노프 때문에 신경 쓸 시간은 있어도, 내 편지에는 답장도 없거든! 보게, 저기 내 편지가 있어. 저건 어제 그 여자가 뜯어 보지도 않고 되돌려보낸걸세. 저기 저 책상 위에, 그 책 밑에 있어.《웃는 사람》(위고의 소설)

밑에 말일세. 그 여자가 니콜렌카(니콜라이의 애칭) 때문에 아무리 애를 먹든, 내가 알게 뭐람! 이제 진절머리가 난다. 나는 나의 자유를 선언한다. 카르마지노프 같은 녀석 따위는 될 대로 되라지. 렘브케 부인도 될 대로 되려무나! 나는 화병을 현관 방에다 감추어 두었네. 테니에르스의 그림도 장롱 속에 넣어 버렸지. 그래 놓고 그 여자에게 당장 와달라고 요구를 했네. 알겠는가, 요구를 했단 말일세! 나도 그 여자가 써보낸 그런 종이쪽에다 연필로 마구 갈겨 써서 봉함도 하지 않고 나스타샤 편에 쥐어 보냈다네. 그래서 지금 답장을 기다리고 있는 중이라네. 나는 다리아가 제 스스로 하느님 앞에서, 아니 적어도 자네의 입회하에서 훌륭하게 단언하는 것이 듣고 싶은걸세. 자네는 나를 위해 입회해 주겠지. 친구로서 그리고 이 사건을 잘 아는 사람으로서 말일세. 나는 얼굴을 붉히고 싶지도 않고 거짓말을 하고 싶지도 않네. 나는 비밀을 원치 않네. 이 일에 비밀이 개재되는 것을 절대로 허용치 않겠어! 나는 모든 것을 허심탄회하게 털어놓아 주기를 바라는걸세! 노골적으로 솔직하고 공명정대하게…… 그러면…… 그러면 난 나의 관대한 태도로 세상 사람을 깜짝 놀라게 만들었을는지도 모를 텐데! 내가 비열한 놈일까? 어떤가, 자네!」 갑자기 그는 이렇게 말하고 말을 맺었다. 마치 내가 그를 비열하다라고 생각하고 있기라도 한 듯이 무서운 눈으로 나를 노려보면서.

나는 그에게 물을 한 잔 마시라고 권했다. 이 사람이 이런 태도를 취하는 것을 이제까지 한 번도 본 일이 없다. 그는 지껄이고 있는 동안 쉴새없이 방 이 구석에서 저 구석으로 왔다갔다하고 있었는데, 갑자기 어딘가 심상치 않은 자세로 내 앞에 우뚝섰다.

「대체 자네는,」 그는 또다시 병적인 오만한 태도로 나를 머리끝에서 발끝까지 훑어보면서 말을 시작했다. 「대체 자네는 나에게, 이 스체판 베르호벤스키에게 전혀 기력이 없다고 생각하나? 자기의 명예심과 위대한 불기독립주의(不羈獨立主義)를 요구할 경우에도, 저 궤(러시아에서 여행할 때 쓰는 구부러진 나무로 만든 궤)를 들어——그 초라한 궤짝을 들어——이 빈약한 어깨에 둘러메고 문 밖으로 나가 여기서 영영 종적을 감출 기력도 없는 줄 아나! 스체판 베르호벤스키가 사내다운 태도로 전제주의를 격파한 적이 한두 번이었던가! 천만의 말씀이지. 하기야 그것이 얼빠진 한 여인네의 전제주의라고 할 수 있겠으나, 그야말로 이 세상에서 실현시킬 수 있는 가장 포악하고 잔인한 전제주의인걸세. 자넨 지금 내 말을 듣고 히쭉 웃는 것 같은데, 아무리 웃어도 할 수 없네! 아아! 자네는 믿어 주지 않네그려. 내가 어느 장사치 집에서 가정 교사 노릇을 하다가 일생을 마치든가, 아니면 어느 남의 집 울타리 밑에서 굶어죽을 그런 용기도 가졌다는 것을 자네는 믿어 주지 않네그려! 대답해 보게. 지금 당장 대답해 보란 말일세. 믿어 줄 건가, 안 믿어 줄 건가?」

나는 일부러 침묵을 지켰을 뿐만 아니라 어쩐지 수긍할 수도 없고, 그렇다고 부정할 마음도 없다는 표정마저 지어 보였다. 이와 같은 그의 초조한 태도에는 뭔가 극도로 나의 화를 돋구는 것이 있었다. 그러나 그것은 나 개인에 관한 일이 아니다. 결코 그런 것이 아니다! 아무튼…… 그것은 나중에 설명하기로 하겠다.

그는 얼굴이 파랗게 질려 있었다.

「G군(이것은 나의 성이다), 아마 자네는 나와 같이 있는 게 따분할 거야. 자넨 이제 아예…… 여기 안 왔으면 하는 생각이겠지?」 대개의 경우, 무서운 감정 격발의 조짐이 되는 창백한 안색과 냉정한 어조로 그는 이렇게 말했다.

나는 깜짝 놀라 벌떡 일어섰다. 그 순간 나스타샤가 들어와 말없이 스체판 선생에게 뭔지 연필로 갈겨쓴 종이쪽을 내밀었다. 그는 퍼뜩 훑어보고는 나에게로 그냥 내던졌다. 그 쪽지에는 바르바라 부인의 손으로 쓴 단 두 마디가 적혀 있을 뿐이었다.

『집에 계십시오.』

스체판 선생은 말없이 모자와 단장을 집어들고 방을 훌쩍 나갔다. 나도 기계적으로 뒤따라 나섰다. 그러자 갑자기 복도에서 누군지 이야기하는 소리와 함께 바삐 걸어오는 발소리가 들렸다. 그는 마치 벼락이라도 맞은 것처럼 우뚝 서버렸다.

「아, 리푸친이다. 다 틀려 버렸어!」 그는 내 손을 잡으면서 중얼거렸다.

바로 그때 리푸친이 들어왔다.

4

 리푸친 때문에 뭐가 틀려 버렸는지 나는 알 수가 없었다. 그리고 나는 그 말에 대단한 의미도 인정하지 않았다. 그때 나는 모든 것을 신경 탓으로 돌려 버렸기 때문이다. 그러나 아무튼 그의 놀라는 품이 심상치 않았으므로 나는 자세히 살펴보기로 마음먹었다.
 리푸친이 들어왔을 때의 태도만으로 미루어 보더라도 『아무리 출입 금지가 되어 있다 하더라도 오늘만은 공공연히 찾아올 특권이 있다』는 것처럼 보였다. 그는 아마 객지에서 온 듯한 낯선 사람 하나를 대동하고 있었다. 그곳에 장승처럼 선 스체판 선생의 얼빠진 시선에 대답하듯, 그는 곧 큰소리로 말했다.
 「손님을 모셔왔습니다. 아주 특별한 손님이죠. 모처럼의 조용한 생활을 어지럽혀 죄송합니다만, 이분은 키릴로프 씨라고, 훌륭한 기술을 가진 건축기사입니다. 첫째 이분은 아드님을 잘 알고 있습니다. 표트르 씨를 말이죠. 아주 절친한 사이죠. 그리고 아드님에게서 무슨 전갈을 받은 게 있답니다, 방금 도착하는 길이죠.」
 「전갈을 받았다는 건 공연한 말씀입니다.」 하고 손님은 잘라말했다. 「전갈 같은 건 받은 일 없습니다. 그러나 베르호벤스키를 실제 알고는 있습니다. 한 열흘 전에 X현에서 헤어졌지요.」
 스체판 선생은 기계적으로 손을 내밀고 악수를 나눈 다음 앉으라고 권했으나, 멍하니 나를 바라보다가 또 리푸친을 바라보았다. 그러다가 갑자기 생각났다는 듯이 앉았으나 손에는 여전히 모자와 단장을 든 채였다.
 「아, 외출하시려던 참이었군요. 너무 일에 열중해서 병환이 나셨다는 얘길 들었습니다만, 그게 아니었군요.」
 「네, 병이 나 있는 중이죠. 그래서 지금 산책이라도 좀 해볼까 하고……막 떠나려던 참이었죠.」
 스체판 선생은 말을 끊고, 모자와 단장을 재빨리 소파 위에 던졌다. 그리고는 얼굴을 붉혔다.
 나는 이 동안에 대충 손님을 관찰했다. 그는 아직 스물일곱 살 안팎의 젊은 사람으로, 별로 나무랄 데 없는 복장에 후리후리하고 깡마른 브루네트(머리칼·피부·눈이 가무스름한 사람)였다. 창백한 얼굴은 다소 어두운 그늘을 띠었고, 검은 눈에는 광채가 없었다. 그는 명상적이며 방심하고 있는 듯이 이상하게 문법에 맞지 않는 단편적인 말투를 써서, 말과 말의 배열이 어쩐지 이상했다. 그래서 말이 좀 길어지면 더듬거렸다. 리푸친은 스체판 선생이 어리둥절하여 당황해하는 모습을 보고 아주 흡족해하는 눈치였다. 그는 등의자를 방 한가운데로 끌어내다가 앉았다. 그것은 손님과 주인이 방 양쪽 끝에 있는 소파에 마주보고 앉았기 때문에, 그 사이에 똑같은 거리의 간격을 두고 앉기 위해서였다. 그 날카로운 눈에 호기심을 띠고 방 이 구석 저 구석을 두리번거리고 있었다.

「나는…… 꽤 오랫동안 페트루샤를 못 만났는데…… 당신은 외국에서 그애를 만났습니까?」 스체판 선생은 손님을 향해 겨우 이렇게 물었다.

「네, 외국에서도 만났지만 여기서도 만났습니다.」

「알렉세이 닐르이치는 외국에 사 년 동안 있다가 최근에 귀국하셨지요.」 하고 리푸친이 말을 받았다. 「전문 분야를 연구하기 위해 외국에 갔었는데, 이번에 여기로 온 것은, 이곳 철교 가설공사에 일자리가 있을 듯한 확실한 기대가 있어서였지요. 지금 저쪽의 회답을 기다리고 있는 중이랍니다. 드로즈도프네 사람들도, 리자베타도 댁의 아드님을 통해 잘 알고 계십니다.」

기사는 꼭 새가 깃털을 곤두세운 것같이 하고, 분위기가 거북해질 정도로 초조한 태도로 귀를 기울이고 있었다. 나는 이 사람이 무언가 화를 내고 있는 게 아닌가 생각했다.

「이분은 니콜라이 브세블로도비치와도 잘 아는 사이지요.」

「니콜라이 군도 알고 계십니까?」 하고 스체판 선생이 물었다.

「그 사람도 알고 있습니다.」

「나는…… 하도 오랫동안 페트루샤를 보지 못해서…… 어쩐지 그애 아버지라고 하고 나서기가 민망스러울 정도입니다……. 이건 참 명언이군요……. 당신과 헤어질 당시 그애는 어땠나요?」

「뭐, 별로…… 곧 그가 올 것입니다.」 하고 키릴로프 씨는 얼른 말을 피해 버렸다.

그가 화를 내고 있음이 분명했다.

「온다고요! 이제야 겨우 나도…… 정말이지 나는 오랫동안 페트루샤를 만나지 못했거든요.」 스체판 선생은 완전히 이 말에 얽매여 버렸다. 「나는 그 불행한 자식을 초조하게 기다리고 있습니다. 그애에게…… 그애에게 나는 죄를 졌지요! 아니, 내가 말하려는 건, 그 페체르부르그에서 헤어질 당시, 간단하게 말하자면 그애를 전혀 안중에 두지 않았지요. 아무튼 그런 식이었지요. 아시다시피 그애는 신경질적이고 매우 예민한데다가…… 아주 소심한 성품이었지요. 밤에 잠을 잘 때도, 행여 자기가 자는 동안 죽지나 않을까 하고 걱정이 되어 방바닥에 이마를 대고 절을 하는가 하면 베개에다 대고 성호를 긋는 등 법석을 떨었지요……. 나는 기억하고 있습니다. 요컨대 우아한 감정이라고는 조금도 없는, 즉 고결한 근본이 될 만한 것—하여간 장래의 그 어떤 이상(理想)의 맹아라고나 할 만한 것이 없는 아이죠……. 말하자면 바보 같은 아이였죠. 한데 내가 말을 하다 보니 나도 모르게 횡설수설한 것 같군요. 용서하십시오……. 모처럼 찾아 주셨는데…….」

「그가 베개에다 대고 성호를 그었다는 것은 정말인가요?」 기사는 어떤 특별한 호기심을 가지고 이렇게 반문했다.

「그렇지요, 성호를 그었지요…….」

「아, 네, 어서 말씀을 계속하십시오…….」

스체판 선생은 미심쩍은 듯 리푸친을 흘긋 쳐다보았다.

「이렇게 찾아와 주신 건 매우 고맙습니다만, 솔직히 말해서 나는 지금…… 이렇게 하고 있을 경황이 없습니다……. 한데 참, 숙소는 어디다 정하셨습니까?」

「보고야블렌스카야 거리의 필립포프네 집입니다.」

「아, 그럼 샤토프가 살고 있는 집이군요.」 하고 나는 자신도 모르게 참견을 했다.

「맞았어, 바로 그 집입니다.」 하고 리푸친이 소리쳤다. 「한데 샤토프는 위쪽에 즉 이층에 있지만 이분은 아래층에, 레뱌드킨 대위 방에 있어요. 이분은 샤토프하고도 아는 처지이고 그의 부인과도 잘 아는 사이지요. 그 부인과는 외국에 있을 때 아주 친하게 지냈답니다.」

「그래요! 그럼 당신은 그 불쌍한 친구와 그 여인의 불행한 부부 생활에 대해 잘 알고 계시겠군요?」 하고 스체판 트로피모비치는 갑자기 흥분해서 소리쳤다.「그 일을 잘 알고 있는 분을 만나 보기는 이번이 처음입니다. 혹시……」

「터무니없는 소리를!」하고 기사는 얼굴을 붉히며 가로막듯이 말했다. 「리푸친 군, 대체 자넨 뭣 때문에 그런 터무니없는 소리만 하는 거지! 나는 결코 샤토프의 부인을 만난 일이 없습니다. 한 번 먼 빛으로 본 적은 있지요. 하지만 가깝게 지낸다는 말은 새빨간 거짓말입니다……. 샤토프는 알고 있습니다. 대체 어쩌자고 쓸데없는 말만 덧붙이는 거지?」

그는 소파에서 몸을 휙 돌려 자기 모자를 움켜쥐었으나, 다시 그것을 옆자리에 놓았다. 그리고는 다시 먼저대로 앉고는 싸움이라도 하려는 듯한 태도로 번들거리는 검은 시선을 스체판 선생에게 쏟았다. 나는 이렇듯 짜증내는 태도가 이상스러워 도무지 이해가 가지 않았다.

「용서하시오.」하고 스체판 선생은 은근한 목소리로 말했다.「하긴, 이 일은 아주 미묘한 문제 같군요……」

「미묘한 건 하나도 없습니다, 그런 말을 들으니 오히려 부끄럽군요. 그러나 제가 『터무니없는 소리』라고 외친 것은 선생님을 보고 한 것이 아니라, 리푸친이 자주 쓸데없는 말을 덧붙이기 때문에 한 소립니다. 혹시 선생님을 보고 한 말로 아셨다면 용서하십시오. 전 샤토프는 알고 있습니다만 그의 부인에 대해서는 전혀 모릅니다. 정말 아는 바 없습니다!」

「네, 압니다. 알겠습니다. 내가 그 얘기를 꺼낸 것은 우리의 저 불쾌한 친구를, 성 잘 내는 친구를 사랑하고 있기 때문입니다. 늘 그 친구를 염려하고 있기 때문이죠……. 내가 보기엔 그 친구는 요즘 와서 갑자기 이전의 사상을 확 바꿔 버린 것 같더군요. 그건 너무 미숙한 짓이었는지는 몰라도 어쨌든 올바른 사상이었어요. 그러던 것이 요즘 와선 덮어놓고 우리의 신성한 러시아니 어쩌니 하고 떠벌이고 있거든요. 나는 오래 전부터 오르가니즘상의 이 변화를, 달리 표현하고 싶지 않군요, 심한 가정상의 동요, 말하자면 불행한 결혼 때문이라고 결론짓고 있어요. 나는 우리의 가련한 러시아를 내 손가락처럼 면밀히 연구했고 또 러시아 국민을 위해 일생을 바쳐왔기 때문에, 당신에게 단언할 수가 있습니다. 그 사람은 러시아 국민을 모르고 있다고. 게다가……」

「나 역시 러시아 국민을 전혀 모릅니다. 그리고 또 그런 걸 연구하고 있을 틈도 전혀 없고요!」하고 기사는 또다시 칼로 자르듯이 말하고 소파에서 몸을 홱 돌렸다.

스체판 선생은 이야기 도중에 말허리를 꺾이고 말았다.

「이분은 연구를 하고 계십니다, 연구를.」하고 리푸친이 말을 가로챘다. 「이미 연구를 시작하셨습니다. 요즘 러시아에서 부쩍 많아진 자살의 원인과, 그리고 일반적으로 자살병이 널리 퍼지는 것을 조장하거나 억제하든가 하는 원인에 대해 흥미있는 논문을 쓰고 계십니다. 그래서 실로 경탄할 만한 결론에 도달했지요.」

기사는 무섭게 흥분된 태도로,

「자네는 그런 소릴 할 권리가 없어.」하고 화난 듯이 중얼거렸다.「난 논문 같은 건 쓰지 않아요……. 그따위 바보 짓은 하지 않아요. 난 자네를 친구처럼 여기고 아무런 생각없이 부탁했는데, 논문 따윈 쓰지 않아. 난 발표 따위는 하지 않아. 그리고 자네에게 그럴 권리는 없어…….」

리푸친은 상대방의 격분을 즐기고 있는 듯했다.

「이거 미안하게 됐군요. 당신의 문학적인 노작을 논문이라고 한 건 내 잘못이겠지요. 이분은 단지 자기 관찰을 수집하고 있을 뿐이라는 얘기이고, 문제의 본질이라든가 그 문제의 윤리적 방면에는 손을 대지 않고 있답니다. 그뿐 아니라 윤리 그 자체조차도 부정하며 선(善)의 궁극적인 목적을 위해서는 일체를 파괴해야 한다는 최신의 주의를 지니고 있지요. 이분은 유럽에 건전한 예지를 수립하기 위해 일 억 이상의 인간의 머리를 필요로 하고 계시답니다. 최근의 평화 회의에서 요구된 것보다도 훨씬 많은 숫자죠. 이런 의미에서 키릴로프 씨는 누구보다도 진보적인 분이라고 할 수 있습니다.」

기사는 창백한 얼굴에 모멸하는 듯한 미소를 띠면서 듣고 있었다. 삼십 초 동안 모두 침묵을 지키고 있었다.

「그런 것은 모두 바보 같은 소리야, 리푸친.」마침내 키릴로프 씨는 위엄을 보이면서 입을 열었다.「내가 어쩌다가 자네에게 두세 가지 말한 걸 가지고 자네는 물고 늘어지는데, 그건 자기 마음대로야. 하지만 자네는 그런 말을 할 권리가 없어. 왜냐하면 난 단 한번도 그런 말을 아무에게도 한 적이 없기 때문이야. 나는…… 그런 말을 하는 그 자체를 경멸하고 있거든. 만일 신념이 있다면 나로서는 명백하게 했을 테니까……. 그런데 자네가 한 말은 모두 엉터리야. 난 아주 끝나 버린 점에 대해 논쟁할 생각은 없어. 난 논쟁한다는 건 딱 질색이거든. 난 절대로 논쟁을 벌일 생각은 없어……」
「그건 잘 하시는 일 같군요.」 스체판 선생은 참다 못해 이렇게 말했다.
「용서하십시요, 나는 여기 계신 분에게 화를 내고 있는 건 아니니까요.」 하고 손님은 열띤 어조로 다음 말을 이었다. 「나는 사 년 동안 별로 사람과 접하지 않았어요……. 나는 어떤 목적이 있어서 사 년 동안 별로 얘기를 하지 않고, 용무가 없는 사람과는 되도록 만나지 않기로 하고 있었지요, 사 년이라는 세월을 말입니다. 리푸친은 그것을 알고 비웃고 있는 겁니다. 나는 그걸 훤히 알고 있기 때문에 거기 대해서 조금도 신경을 쓰지 않습니다. 나는 그렇게 성을 잘 내는 성격은 아닙니다만, 이 친구가 너무 제멋대로 구는 바람에 그런 거예요. 그런데 내가 당신들에게 나의 회포를 털어놓지 않는 것은」 갑자기 그는 말을 끊고, 엄숙한 눈초리로 좌중을 휙 둘러보았다. 「절대로 당신들이 정부에 밀고할 것을 겁내서가 아닙니다. 천만의 말씀이지요, 아무쪼록 그런 생각은 말아 주시기 바랍니다……」

이 말에 대해서는 누구 한 사람 대답하는 사람도 없고 서로 얼굴들을 쳐다보기만 했다. 리푸친조차도 킬킬거리기를 잊고 있었다.

「여러분, 대단히 안됐지만」 하고 스체판 선생은 굳게 결심한 듯이 소파에서 일어났다. 「오늘은 내가 아무래도 기분이 좀 좋지 않고 몸이 불편해서 실례지만……」

「아, 돌아가란 말씀이시군요.」 키릴로프 씨는 당장 알아차리고 모자를 집어들었다. 「잘 말씀해 주셨습니다. 난 영 눈치가 없어서.」

이렇게 말하고 일어나자 그는 담담한 태도로 손을 내밀며 스체판 선생에게로 다가갔다.

「불편하신데 찾아와서 안됐습니다.」

「아무쪼록 이곳에서 성공하시길 바랍니다.」 하고 스체판 선생은 내밀어진 손을 다정하게 천천히 잡으면서 대답했다. 「하긴, 말씀대로 오랫동안 외국에 계시면서 목적 수행상 사람을 피하고 있었기 때문에 러시아를 잊으셨다면, 우리 같은 본토박이 러시아 인에 대해서는 절로 경이감이 느껴질 게 틀림없습니다. 우리 역시 당신을 볼 때 그와 마찬가지 감정을 느끼게 됩니다만. 하나 그것도 잠깐 동안이겠지요. 다만 한 가지 판단하기 곤란한 것은, 당신이 여기서 철교를 가설하려고 하면서, 일체를 파괴해야 한다는 주의를 신봉하고 있다는 점입니다. 그래 가지고는 당신에게 철교를 가설하도록 맡길 사람이 없을 텐데요!」

「네? 뭐라고 하셨습니까…… 젠장!」하고 키릴로프는 얼떨결에 소리를 질렀으나, 금방 유쾌하고 명랑한 소리로 웃어댔다.

순간, 그의 얼굴은 몹시 어린아이 같은 표정을 띠었다. 그 표정이 그의 얼굴에 아주 잘 어울리는 것 같았다. 리푸친은 스체판 선생의 능란한 익살에 마음이 들떠서 연방 두 손을 비벼댔다. 그러나저러나 스체판 선생이 아까 리푸친의 목소리를 들었을 때, 그토록 허둥대며 『다 틀려 버렸어』라고 부르짖은 까닭을 나는 아무래도 알 수가 없었다.

5

우리들은 방 문턱에 서 있었다. 그것은 대개 주인과 손님들이 마지막으로 분주하게 정다운 말을 주고받으며 즐겁게 헤어지려는 그러한 순간이었다.

「이분이 오늘 그렇게 우울한 표정이셨던 것은,」 방문을 나서고 나서 리푸친이 재빨리 입을 열었다. 「아까 레뱌드킨 대위와 그 누이의 일로 말다툼을 했기 때문입니다. 레뱌드킨 대위는 정신 이상이 된 불쌍한 누이동생을 매일같이 채찍으로, 진짜 카자크 채찍으로 매질을 하죠. 아침마다 밤마다 말입니다. 그래서 키릴로프는 그 일에 참견하기 싫어서 같은 집안에 있긴 하지만 별채로 옮겨 버렸지 뭡니까. 자, 그럼 안녕히 계십시오.」

「누이동생을? 병이 들어 있는데 채찍을 가지고?」 마치 자기가 갑자기 채찍으로 얻어맞기라도 한 것처럼 스체판 씨는 이렇게 소리쳤다. 「누이동생이란 누구야? 레뱌드킨은 또 누군가?」

조금 전의 경악스런 표정이 순식간에 되살아났다.

「레뱌드킨요? 퇴역 대위입니다. 전에는 이등 대위라고 자칭하고 다녔지만…….」

「그 따위 계급 같은 건 아무래도 좋아요. 도대체 누이동생이란 누굴 말하는 거야? 어서 좀 들려 주게. 한데 우리 친구 중에도 레뱌드킨이란 사람이 있었잖아……」
「바로 그잡니다, 그자요. 우리 친구인 레뱌드킨이죠. 거 왜 기억나시죠, 비르긴스키 집에서 살던?」
「한데 그자는 위조 지폐 사건으로 구속되었잖아.」
「그런데 지금 돌아왔어요, 한 삼 주일쯤 됩니다. 무슨 특별한 사정이 있다나요.」
「하지만 그자는 아무 쓸모없는 건달 아닌가?」
「꼭 우리들 가운데는 건달이 있을 리 없다는 말투 같군요.」 리푸친은 상대방을 흘끔흘끔 훔쳐보면서 쓴웃음을 지었다.
「무슨 소리야. 난 그런 뜻으로 말한 게 아냐……. 하긴 건달에 관한 자네의 지론엔 전적으로 동감이네만. 즉 자네 설(說)이니까 말일세. 그런데 그 다음은? 자네는 그 얘기로 무얼 말하려던 참인가? 실은 내게 할 말이 있어서 그 말을 꺼낸 게 아닌가!」
「뭐, 별 얘기 아닙니다…… 말하자면 이 대위가 그때 종적을 감춘 것은 위조 지폐 때문이 아니라 사실은 자기 누이동생을 찾기 위해서였던 모양입니다. 누이동생은 그때 오빠 몰래 어딘가 숨어 있었거든요. 그걸 이번에 붙들어온 거죠. 왜 그렇게 놀라십니까, 스체판 트로모비치? 하긴 그자가 술에 취했을 때 지껄인 소리를 말하고 있는 겁니다만, 그자는 맑은 정신으로는 이런 얘기를 되도록 숨기고 있죠. 아주 신경질이 많은 성미라서요. 말하자면 군대식 심미안을 가지고 있지만 취미가 천박하지요. 누이동생이란 또 정신만 실성한 게 아니라 절름발이랍니다. 누군가로부터 유혹당해서 정조를 더럽힌 모양인데, 그것을 빙자로 레뱌드킨 씨는 벌써 여러 해 동안 고결한 분노에 대한 배상으로서 그 남자에게서 해마다 돈을 받고 있답니다. 적어도 그자의 말을 빌면 그렇게 되는데, 내가 볼 때 그건 주정뱅이의 엉터리 소리에 지나지 않는다고 생각해요. 그냥 큰소리 쳐보고 싶어서 그런 거겠지요. 그런 말이야 얼마든지 쉽게 할 수 있는 말이거든요. 하나 그자가 돈을 가지고 있는 것만은 확실한 사실입니다. 열흘 전만 해도 맨발로 돌아다니던 친구가 지금 수중에 몇 백 루블리라는 돈을 가지고 있거든요. 그건 내 눈으로 보았지요. 누이동생은 매일같이 어떤 발작이 일어나는지 비명을 지르는데, 그럴 때마다 그자는 『정신이 들게 한다』면서 채찍으로 때리더군요, 여자에게는 존경심을 갖도록 해줘야 한다면서 말이죠. 그런데 한 가지 납득이 안 가는 점은, 샤토프가 그들 남매와 함께 계속 지내고 있다는 점이죠. 여기 이 키릴로프 씨는 페체르부르그 때부터 아는 사이라서 사흘 가량 같이 있기는 했지만, 더 이상 참고 견딜 수가 없어서 별채로 옮겨 버렸죠.」
「그게 모두 정말입니까?」하고 스체판 선생은 기사에게 물었다.
「리푸친, 자네는 참 잘도 지껄여대는군.」 그는 화가 나서 투덜거렸다.
「그럼 비밀이군요, 신비한 일이군요? 한데 어떻게 해서 우리들 사이에 갑자기 이런 비밀과 신비한 일이 솟아난 것일까?」하고 스체판 선생은 이미 자신을 억누르지 못하고 소리쳤다.
기사는 눈살을 찌푸리고 얼굴을 붉히고는 어깨를 한 번 움찔하더니 바깥으로 나가려 했다.
「한 번은 키릴로프 씨가 채찍을 빼앗아가지고 그걸 분질러서 창 밖으로 내던졌다가 한바탕 다툰 일도 있었지요.」하고 리푸친은 덧붙였다.
「리푸친, 자네는 무엇 때문에 그런 쓸데없는 소리만 자꾸 늘어놓는가?」하고 키릴로프는 뒤를 홱 돌아보았다.
「숨길 필요가 뭐 있습니까. 자기 마음의, 즉 당신의 고결한 마음의 움직임을 얘기하는데 겸손 같은 게 무슨 필요가 있습니까. 난 내 자랑을 하고 있는 게 아닙니다.」
「정말 부질없는 소리만 하네……. 이건 도대체 쓸데없는 소리지 뭔가……. 레뱌드킨은 어리석은 사람이야. 속이 텅텅 비어서 행동력이란 전혀 없는, 유해무익(有害無益)한 사람이야. 뭣 땜에 자넨 구질구질한 말을 지껄이는 거지? 난 가겠어.」
「거 참 섭섭한데요.」하고 리푸친은 명랑하게 웃으며 소리쳤다.「실은 말입니다. 스체판 선생, 한 가지 더 재미있는 이야기를 해서 당신을 웃겨 드릴까 했었는데. 아마 알고 계실는지 모르지만, 오늘 온 것은 그 얘길 해드릴 생각에서였죠. 그러나 할 수 없지, 다음에 하기로 하죠, 키릴로프 씨가 저렇게 성화시니까……. 안녕히 계십시오. 실은 바르바라 부인 일로 재미있는 얘기가 있었죠. 정말 웃기는 얘기랍니다. 그저께 글쎄 일부러 나를 부르러 사람을 보냈지 뭡니까? 참 웃기는 얘기지. 그럼 안녕히 계십시오.」
그러나 이번에는 스체판 선생이 그를 놓지 않았다. 그는 리푸친의 어깨를 꽉 붙들어 방 쪽으로 홱 돌려서 그대로 의자에 눌러앉혔다. 리푸친은 덜컥 겁이 났다.

「아뇨, 저, 뭡니까.」의자에 앉은 채로 조심스레 스체판 선생을 지켜보면서 그는 스스로 말을 꺼내기 시작했다.「갑자기 나를 부르시더니 친숙한 말투로, 이건 나 자신의 관찰입니다만, 이런 말을 묻더군요, 우리 집 니콜라이는 실성한걸까, 제정신일까 하고 말이에요. 그러니 내가 어디 놀라지 않겠어요?」

「자네 미쳤나!」하고 스체판 선생은 중얼거리더니 갑자기 흥분해서 말했다.「리푸친, 자네 자신은 더 잘 알겠지만, 자넨 이따위 너절한 이야기를 하고 싶어서…… 아니 그런 추저분하고 너절한 이야기를 하기 위해 여기 온 게 아닌가!」

이 순간 나는 언뜻 생각이 미쳤다. 그는 언젠가『리푸친은 우리 일에 대하여 아주 잘 알고 있다. 아니, 우리가 도저히 알길이 없는 것까지도 알고 있다』고 그가 상상한 바를 말한 적이 있다.

「천만에요!」리푸친은 아주 겁먹은 태도로 중얼거렸다.「당치도 않은 말씀을!」

「어서 얘기나 계속하게! 당신도 미안하지만 다시 들어와서 있어 주십시오, 부탁합니다! 자 앉으십시오. 그리고 리푸친 군, 자넨 이야기를 시작해 보게. 슬쩍 돌리지 말고 정직하게 말일세!」

「나 참, 선생님이 이렇게 놀라실 줄 알았더라면 아예 입 밖으로 내지도 말 걸 그랬군요……. 난 또 선생님께서도 바르바라 부인에게서 듣고 죄다 아시는 줄로만 알았지 뭡니까.」

「자네가 그런 생각을 했을 리가 없어! 시작해 봐! 얘기를 시작해 보라는데도!」

「그럼 제발 선생님도 앉아 주십시오. 그렇지 않고, 난 이렇게 앉아 있는데 선생님만 그렇게 흥분해서 앞을 왔다갔다하시니까 마음이 진정되질 않는군요.」

스체판 선생은 간신히 자신을 억제하고 위엄있게 안락의자에 앉았다. 건축기사는 개운찮은 얼굴로 발 밑을 물끄러미 내려다보고 있다. 리푸친은 더할 나위 없는 환희의 빛을 띠면서 두 사람의 모습을 번갈아보고 있었다.

「대체 어떻게 시작해야 할지 모르겠군요……. 너무 흥분하시는 바람에 어색해져서 원…….」

6

「그저께 일입니다. 부인께서 갑자기 사람을 보내어, 내일 열두 시에 나더러 댁으로 와달라는 것이었습니다. 이런 걸 누가 상상이나 할 수 있었겠습니까? 그래서 나는 만사를 제쳐놓고 어제 열두 시 정각에 벨을 울렸습니다. 그러자 곧 응접실로 안내되었는데 한 일 분쯤 기다리니까 부인께서 나오시더군요. 나더러 앉으라고 권하시며 부인께서도 내 맞은편 자리에 앉으셨는데, 나는 앉으면서도 전혀 믿어지지가 않았습니다. 그분이 평소에 나를 어떻게 취급했는지는 다들 잘 아실 겁니다! 이윽고 그분은 늘 하시는 습관대로 하지 않고 단도직입적으로 말씀을 시작하시더군요. 『당신도 기억하고 있겠지만 사 년 전에 우리 니콜라스가 병 때문에 그랬는지 가끔 이상한 행동을 했습니다. 그래서 그 사정이 밝혀지기까지는 온 마을 사람들이 모두 이상하게들 여겼었지요. 그런데 니콜라스가 저지른 일 가운데 한 가지는 당신과 직접 관계되는 일이었습니다. 그래서 그때 니콜라스는 내 청을 받아들여 병이 회복된 뒤 당신을 찾아간 겁니다. 그리고 그전에도 그애가 당신과 여러 번 얘기를 주고받은 일이 있었다는 것을 난 알고 있어요. 그러니 기탄없는 당신의 의견을 듣고 싶은데…….』 하고 여기서 부인께선 잠깐 더듬거렸습니다. 『대체로 당신은 니콜라스를 어떻게 보셨습니까……. 말하자면 그애에 대해 어떤 의견을 갖고 있었나요? 그리고 지금 생각하는 바도 좀 알았으면 해요.』 여기서 부인께선 하던 말을 우물거리더니 꼬박 일 분 동안이나 가만히 계시다가 갑자기 얼굴을 붉히시지 않겠습니까? 난 당황해서 어쩔 줄 몰랐지요. 이윽고 다시 이야기를 시작했으나, 그 말투는 감상적이라기보다(그분에게는 어울리지 않으니까요) 어쩐지 무척 거드름을 피우는 것 같았어요. 『나는 내가 생각하는 바를 당신이 정확하게 잘 이해해 주었으면 해요. 내가 당신을 부른 건, 당신이 통찰력이 있고 기지(機智)도 있고 정확한 관찰을 할 수 있는 사람이라고 생각했기 때문이에요.』 얼마나 듣기 좋은 소립니까, 글쎄!

『당신은 물론 내가 어미로서 이런 말을 한다는 걸 이해해 주겠죠……. 니콜라이는 제 나름으로는 여러 가지 불행과 갖가지 변화를 많이 겪었으니까 그것이 모두 그애의 정신에 영향을 주었는지도 모르겠어요. 물론 그애가 실성했다는 건 아니예요. 절대로 그런 일은 있을 수가 없으니까요!』부인은 단호하게 말씀하시더군요.『그러나 사상에 대해 뭔가 기묘한, 일종의 특별한 편견이라든가, 사물을 특수하게 보는 견해라든가, 그런 경향은 있었을는지 모릅니다.』이건 모두 그분이 하신 말씀 그대로입니다. 스체판 선생, 정말이지 난 부인께서 정확한 말로 사태를 설명하는 데는 놀라고 말았어요. 아주 지력(知力)이 뛰어난 분이더군요!『적어도 나만은 그애의 태도로 미루어 보아 무언가 끊임없는 불안과, 어딘지 한쪽으로 치우치는 기질이 있다는 걸 알아차렸어요. 그러나 나는 어미고, 당신은 제삼자의 위치에 선 사람이니까, 말하자면 당신 쪽이 비교적 공평한 의견을 가질 수 있다고 봐요. 자, 제발 부탁이니』부인께선 정말 부탁한다고 하셨어요.『사실대로 꾸밈없이 얘기해 주세요. 그리고 만일 언제까지나 오늘 당신에게 말한 것을 비밀로 해주신다면 앞으로 언제까지나 기회있는 대로 성의껏 당신에게 보답할 생각입니다. 그 점은 기대해도 좋아요.』라고 말입니다. 이게 모두 그분이 하신 얘깁니다!」

「자네 이야기가 너무 뜻밖이라서……」하고 스체판 선생은 어쩔 줄 몰라하며 말했다.「난 아무래도 믿어지지 않네그려…….」

「잠깐, 내 얘길 마저 들어 보십시오.」하고 마치 상대방의 말은 귀에 들어오지도 않는다는 듯이 리푸친은 말을 가로챘다.「그만하면 부인의 초조와 불안을 대개 짐작하셨겠지요. 위신있는 분이 나 같은 사람에게 그런 중대한 문제를 의논하셨으니 말입니다. 게다가 자기가 먼저 이 일을 비밀로 해달라고 저자세로 나올 정도니, 정말 뭐라고 해야 좋을지? 혹시 선생께서 니콜라이 브세볼로도비치에 관한 무슨 뜻밖의 소식이라도 들으시지 않았습니까?」

「나는…… 그런 소식 같은 건 전혀 모르네……. 벌써 이삼 일째 그 여자를 보지 못했으니까. 그러나 저러나 자네에게 한 마디 주의를 주겠는데…….」가까스로 마음을 가다듬은 듯 스체판 선생은 더듬더듬 이렇게 말했다.「리푸친 군, 자네에게 한마디 주의를 주겠는데, 자네는 자네에게만 털어놓은 비밀 이야기라면서, 지금 모두들 앞에서……」

「정말 비밀스럽게 털어놓으셨지요……. 만일 내가, 내가 그런 짓을 한다면 천벌을 받지요……. 하지만 여기서 한 거야 어떻겠어요? 우리들 모두는 흉허물 없는 사이가 아닙니까? 키릴로프 씨도 그렇고 말입니다.」

「난 그런 의견에는 찬성 못 하겠는걸. 물론 여기 세 사람은 비밀을 지키겠지만, 네 번째의 자네가 걱정이란 말일세. 난 자네를 도무지 믿을 수가 없단 말이야!」

「도대체 그게 무슨 말씀입니까? 나는 누구보다도 이 일에 제일 관계가 깊은 사람입니다. 나는 영원한 보답을 약속받았단 말입니다. 그건 그렇고 나는 이 문제에 대해 한 가지 이상한 사실을 지적할까 했던 거예요. 아니, 그냥 괴상하다기보다 오히려 심리적인 사실입니다. 다름이 아니라 엊저녁에 바르바라 부인의 말씀에서 받은 감격에 쫓기어, 내가 어떤 인상을 받았는지는 여러분도 짐작이 가실 겁니다. 곧 키릴로프 씨에게로 찾아가서 슬쩍 돌려서 물어 보았지요. 말하자면 『당신은 외국에 계실 때와 또 그전 페체르부르그 시대에도 이미 니콜라이 브세볼로도비치를 알고 계시는데, 그분의 두뇌와 능력에 대해 어떻게 생각하십니까?』 하는 식으로 말입니다. 그랬더니 이분 대답은 언제나처럼 간단했습니다. 『아주 치밀한 두뇌와 대단한 판단력을 가진 사람』이라고. 그래서 『당신은 오랜 기간 동안에, 뭐라고 할까, 사상의 편향이랄까, 특수한 사상의 형태랄까, 그렇지 않으면 저 소위 정신착란증 같은 징조를 눈치채신 적 없습니까?』 하고 바르바라 부인의 질문을 그대로 이분에게 던져 보았지요. 그랬더니 글쎄 키릴로프 씨는 갑자기 생각에 잠겨 바로 지금처럼 얼굴을 찌푸리지 않겠습니까. 『글쎄, 나도 가끔 그걸 느낀 적이 있었지』 하며 말입니다. 한번 생각 좀 해보십시오. 키릴로프 씨까지 이상하게 느껴진다면 뭔가 있는 게 아니겠어요, 네?」

「그게 사실입니까?」 하고 스체판 선생은 키릴로프 쪽을 돌아보았다.

「난 여기에 대해서는 말을 하고 싶지 않습니다.」 키릴로프는 갑자기 머리를 쳐들고 눈을 번뜩이면서 대답했다. 「리푸친 군, 난 자네의 권리를 부정하고 싶네. 이 경우 자네가 그런 말을 할 권리가 없으니까 말일세. 난 결코 내 의견을 전부 자네에게 비친 적이 없어. 물론 스타브로긴과는 페체르부르그에서 알게 되긴 했지만, 그건 벌써 오래 전 일이거든? 이번에도 만나긴 만났지만, 내가 그 사람에 대해 아는 바라고는 별로 없어. 그러니까 제발 나만은 끌어들이지 말아 주게. 그리고 …… 이런 이야기는 어쩐지 남의 흠을 보는 것 같아서 말이야.』
 리푸친은 『죄없이 당하는 사람』이라는 표정으로 양팔을 벌려 보였다.
「남의 소문을 내고 다니는 수다쟁이란 말이군! 차라리 첩자라고 하시지 그래요? 알렉세이 닐르이치, 당신은 멀찌감치 서서 냉정한 비판을 할 수 있으니까 참 좋으시겠군요. 한데 스체판 선생, 당신은 도저히 믿지 않으시겠지만 그 레뱌드킨 대위 말입니다. 그자는 저 뭐랄까…… 바봅니다. 바보라고 하기에도 부끄러울 정도로 등신이지요. 거 왜 이런 의미의 정도를 나타내는 러시아 식 비교법도 있지 않습니까? 그런데 이자가 니콜라이 브세블로도비치로부터 모욕을 당했다고 여기고 있습니다. 그러면서도 그분의 기지엔 고개가 숙여지는지 『정말 그 사람에겐 놀랐어. 마치 영리한 뱀이야.』라고 말하지 않겠습니까? 이 말은 그자가 한 말 그대롭니다. 그래서 나는 그자에게, 그때도 역시 어제의 들뜬 기분이 그대로 남아 있었고, 또 키릴로프씨와 대화를 나눈 뒤의 일이기도 해서 말입니다, 『여보게 대위, 자넨 자네 입장을 어떻게 생각하나. 자네의 소위 그 영리한 뱀은 실성했겠지?』하고 물었더니 글쎄, 꼭 사정없이 채찍으로 등을 얻어맞은 것처럼 갑자기 벌떡 일어나지 않겠습니까? 그러더니 『그렇지…… 맞았네. 하지만 그 때문에 무슨 영향이 있는 건 아니잖아…….』하더군요. 한데 무엇에 대한 영향인지는 분명하게 말하지 않았어요. 그러고 나서 갑자기 슬픈 표정을 짓더니 술기운이 일시에 깨어 버린 것 같더군요. 우리는 필립포프네 술집에 모여 있었는데, 삼십 분 남짓 지나자, 갑자기 주먹으로 식탁을 쾅 내리치며 『그렇다, 어쩌면 미쳤을는지 모르지. 하지만 그 때문에 영향을 받는 일은 없을게다…….』라고 했는데, 무엇에 대한 영향인지는 끝내 말하지 않더군요. 물론 나는 요긴한 대목만 전하고 있습니다만, 내가 말하고자 하는 바는 이만하면 아시겠지요? 누구로부터 들어 보아도 머리에 떠오른 생각은 이것뿐일 겁니다. 하긴 전에는 누구든지 그런 걸 생각해 본 사람도 없었지만 말입니다. 『맞았어, 미쳤다. 아주 총명한 사람이지만, 정말 미쳤는지도 모르지.』하고 누구나 이렇게 생각할 겁니다.』
 스체판 선생은 생각에 잠겨 가만히 앉은 채 이것저것 열심히 생각을 모으고 있었다.
「한데 레뱌드킨은 그걸 어떻게 알고 있었을까?」

「그건 방금 나를 첩자 취급한 키릴로프 씨에게 물어 보시는 게 좋을 거예요. 난 첩자이면서도 아무것도 모르지만, 키릴로프 씨는 속속들이 다 알고 있으면서도 입을 꽉 다물고 있지요.」

「난 아무것도 모릅니다. 알고 있다 해도 사소한 일뿐입니다.」여전히 짜증스러운 목소리로 기사는 대답했다. 「자네는 뭔가 알아내려고 레뱌드킨에게 잔뜩 술을 먹여 곯아떨어지게 한 모양인데, 나를 이리로 데리고 온 것도 뭔가 알아내려는 심산이었겠지. 그래가지고 뭔가 나더러 말을 하게 만들 작정이었지. 그러고 보면, 자넨 첩자가 아니고 뭔가?」

「난 그자에게 술을 먹인 적도 없습니다. 첫째 그자의 비밀 같은 건 그렇게 돈을 들일 가치가 없는걸요. 당신은 어떻게 생각할는지 모르지만, 난 그자의 비밀이란 그저 그 정도의 것이라고 생각하고 있어요. 내가 술을 사다니요, 하긴 열흘 전만 해도 내게 와서 십오 코페이카만 꿔달라던 자가 지금은 돈을 막 뿌리고 다니더군요. 샴페인을 산 것도 내가 아닙니다. 그자가 산 겁니다. 그런데 당신은 방금 참 좋은 생각을 가르쳐 주었어요. 한번 그자에게 술을 사야겠는데요? 뭔가 캐내기 위해서 말이죠. 그래가지고 끈질기게 캐내 보여 드리지요……. 당신이 숨기는 그 비밀이란 걸 말입니다.」하고 리푸친은 밉살스럽게 따지고 들었다.

스체판 선생은 언쟁을 벌이고 있는 두 사람을 물끄러미 바라보고 있었다. 둘 다 자기 본심을 드러내고 조금도 양보하려 들지 않았다. 내가 볼 때 리푸친이 키릴로프를 이리로 데리고 온 것은, 말하자면 제삼자를 통해서 자기가 노리고 있는 화제로 기사를 끌어들이려는 계략인 것 같았다. 이것은 항상 그가 즐겨 사용하는 병법이었다.

「키릴로프 씨는 지나칠 정도로 니콜라이 브세볼로도비치를 잘 알고 있는 처지이면서」하고 그는 짜증스러운 투로 말을 이었다. 「다만 숨기고 있을 따름입니다. 지금 선생께서 레뱌드킨 대위에 대해 물으셨는데, 그 친구는 우리들 가운데서 누구보다도 일찍, 벌써 오륙 년 전부터 페체르부르크에서 니콜라이 브세볼로도비치와 가까이 지냈던 모양입니다. 말하자면 그분의 생애중 밝지 않은 어둠에 싸인(만일 이런 표현을 할 수 있다면 말입니다) 시절의 일이지요. 그때만 해도 그분이 우리를 찾아와서 영광을 베풀어 주려고는 생각지도 않고 있던 시절이지요. 그러니까 우리 왕자는 그때 꽤 기묘한 교우(交友)를 선택하고 있었다는 결론을 내릴 수 있습니다. 이 키릴로프 씨와 사귄 것도 아마 그 무렵이었을 겁니다.』
「말조심하게, 리푸친. 니콜라이는 곧 여기 오기로 되어 있어. 또 그 사람은 자신의 명예를 지킬 줄도 아는 사람이니까.」
「나는 그분에게 미움 살 일을 아무것도 한 적은 없어요. 나부터가, 그분이 섬세하고도 세련된 두뇌를 가진 사람이라고 말하고 있지 않습니까? 어제도 바르바라 부인께 이 말을 해서 안심시켜 드린 겁니다. 단지 『그분의 성격에 대해서는 뭐라고 장담할 수가 없습니다』라는 말만은 여쭈었지요. 한데 어제 레뱌드킨도 똑같은 소리를 하더군요.『그의 성격 때문에 얼마나 혼이 났는지 모른다』고요. 스체판 선생, 당신은 아주 편하시겠어요. 사람을 수다쟁이니 첩자니 해놓고서, 자신은 하나도 빠짐없이 내게서 다 들었지 뭡니까. 더욱이 굉장한 호기심을 가지고 말입니다. 그런데 바르바라 부인의 말씀에도, 부인은 이제 급소를 찔러 말씀하시더군요, 『당신은 직접 이 사건에 관계되어 있으니까 당신과 상의하는 겁니다』라는 것이었어요. 지극히 당연한 이야기가 아니겠어요? 내가 사람들 앞에서 그분에게 모욕을 당한 게, 그게 목적이 있어 그랬던 건 아닙니다. 나도 단순한 비방 이외에 이 사건에 흥미 정도는 가질 수 있지 않겠어요? 아무튼 오늘 정답게 악수를 하는가 하면, 내일 벌써 조금만 수틀려도 많은 사람 앞에서 그자의 따귀를 갈기는 식이라니까요. 말하자면 고생을 모르고 세상을 너무 모르기 때문이지요! 그분의 사건이란 주로 여성에 관한 일인데 아무튼 경박하기가 나비 같고 사납기는 수탉 같으니 당할 재간이 없어요. 고대의 아모르(사랑의 신)처럼 날개를 가진 지주이니 한마디로 페초린(레르몬토프 작《현대의 영웅》에 나오는 주인공) 식 엽색가지요. 스체판 선생, 당신은 자유로운 독신자니까, 그분을 위해 나를 수다쟁이라 할 수도 있겠지요? 그러나 앞으로 젊고 예쁜 색시와 결혼이라도 하게 되면(뭐 당신은 아직도 정정한 호남자시니까) 그땐 당신도 우리 왕자의 내습이 두려워서 문을 잠글 뿐만 아니라 집 앞에 바리케이드라도 쌓아야 할 걸요! 사실 이럴 수가 있겠어요? 채찍으로 매일같이 두들겨맞는 저 레뱌드키나 양이 만약 미친 절름발이가 아니었더라면 정말 그 여자는 우리 왕자의 정욕의 희생이 되지나 않았을까, 그리고 레뱌드킨 대위의『집안의 치욕』이라는 것도 여기에 잠재해 있었던 게 아닐까 하는 생각을 하게 될 뻔했지요. 다만 그분의 세련된 취미에 모순되는 데가 있지만, 그것은 대단한 것이 아닐지도 모릅니다. 어떤 것이든 그분의 마음에 들기만 하면 훌륭한 것이 될 수 있으니까요. 그런데 당신은 곧잘 나를 비방꾼 취급을 하신단 말씀입니다. 나는 온 시내가 떠들어대기 때문에 비로소 떠든 것인데. 그저 사람들의 말을 듣고 맞장구를 쳤을 따름이지요. 그래 맞장구도 쳐선 안 됩니까?」

「온 시내가 떠들고 있다고? 대체 무엇을 떠들어대는 건가?」

「말하자면 레뱌드킨 대위가 술에 취해서 온 거리가 떠나갈 만큼 떠들어대는 거지요. 그러니 광장에 모인 군중들이 소리치는 거나 다를 바 없지 않습니까! 대체 나의 어디가 나쁘다는 겁니까? 나는 단지 친구들 간에서 호기심을 조금 일으켰을 따름입니다. 사실 나는 지금 친구들 사이에 있다고 생각하고 있기 때문입니다.」하고 그는 아무런 잘못도 없다는 표정으로 우리를 둘러보았다.「그런데 여기에 한 가지 사건이 있습니다. 아시겠습니까? 그자의 말에 의하면 우리 왕자께서 아직 스위스에 계실 때 정숙한 한 아가씨를 통해, 이분은 나도 만난 일이 있는데, 아주 겸손한 고아 같은 분이었어요, 삼백 루블리를 레뱌드킨 대위에게 전해 달라고 부탁했답니다. 그런데 레뱌드킨은 얼마 안 있어 어떤 사람에게서 정통한 소식을 얻었는데, 그것에 의하면 보낸 돈은 삼백 루블리가 아니라 천 루블리라는 겁니다. 나는 누구로부터 그런 소식을 얻었는지는 말 않겠습니다만 역시 어엿한 지체에 있는 사람입니다. 그래서 레뱌드킨은 이 아가씨가 자기 돈, 칠백 루블리를 떼어먹었다고 떠들어대다가 하마터면 경찰에 고발 소동까지 벌일 뻔했답니다. 온통 거리를 돌아다니면서 시위 운동까지 벌였지요.」

「그건 비열하다! 비열한 짓이야!」하고 갑자기 건축 기사가 벌떡 일어났다.

「그런데, 그 어엿한 신분을 가진 사람이 바로 당신이란 말입니다. 니콜라이 브세볼로도비치가 스위스에서 보낸 돈은 삼백 루블리가 아니라 천 루블리라고 당신이 단언하셨지요? 당사자인 레뱌드킨이 술에 곤드레가 되어서 이 말을 하더군요.」

「그건…… 그건 불행한 의혹일세. 누군가 잘못 생각을 하고 이렇게 된 거야……. 터무니없는 소리야, 그건 그렇고 자넨 비열한 인간이야!……」

「네, 나도 터무니없는 소리라고 믿고 싶지만 그런 소문이 자꾸 귀에 들려오는데 어떻게 합니까? 뭐냐하면, 당신이 어떻게 생각하시든 상관없습니다만, 그런 정숙한 아가씨가 첫째, 그 칠백 루블리 사건 둘째, 니콜라이 브세볼로도비치와의 염문에도 관계가 있으니 말입니다. 사실 우리 왕자로서는 순진한 처녀를 건드린다든가 남의 아내를 욕보이는 것쯤은 식은 죽 먹기거든요, 언젠가의 나에 관한 사건과 마찬가지로 말입니다. 만일 관대한 마음을 가진 인물이 그분을 만났다가는 영락없이 자신의 결백한 이름으로 남의 죄를 덮어 줘야 할 불행한 변을 당하게 될 것입니다. 꼭 내가 당했듯이 말입니다. 나는 내 말을 하고 있는 겁니다……」

「말 조심하게, 리푸친!」하고 스체판 선생은 창백한 얼굴로 소파에서 일어났다.

「믿지 마세요, 곧이듣지 마세요! 그건 누군가 잘못 안 것입니다……. 그리고 리푸친은 지금 술에 취해 있으니까요……」말할 수 없는 흥분을 나타내며 건축 기사는 이렇게 소리쳤다.「곧 모든 것이 밝혀질 겁니다. 하지만 난 더 이상 참을 수가 없습니다……. 이건 아주 비열한 짓입니다. 아니, 그만둡시다, 그만둡시다.」하고 그는 방에서 달려 나갔다.

「아니, 왜 그러십니까? 그럼 나도 같이 가야지.」리푸친은 갑자기 벌떡 일어나 허둥지둥 키릴로프를 뒤쫓아서 달려갔다.

7

스체판 선생은 생각에 잠긴 듯, 일 분 동안이나 우뚝 선 채 무엇을 보는지 멍한 시선으로 내 얼굴을 바라보고 있더니, 갑자기 모자와 단장을 집어들고 조용히 방에서 나갔다. 나는 아까처럼 다시 그의 뒤를 따랐다.

그는 대문을 나설 때, 내가 따라오는 것을 알고 이렇게 말했다.

「아 그렇지, 자넨 증인이 되는지 몰라…… 이 사건의. 자네, 나를 따라와 주겠지?」

「스체판 선생, 당신은 또 그 집으로 가십니까? 글쎄, 생각 좀 해보세요. 그렇게 되면 어떤 소동이 벌어지게 될지를요.」

어쩔 줄 몰라 기운없는 미소를 띠면서——안타까운 절망과 수치의 빛을 띠고는 있었으나, 동시에 어떤 괴상한 환희를 띤 미소를 머금으며—— 그는 잠시 걸음을 멈추고 속삭였다.
「하지만 나는『남의 죄업』과 결혼할 순 없네!」
나는 실로 이 한 마디를 기대하고 있었던 것이다. 오랫동안 나에게 숨겨오던 이 한 마디의 말은, 일주일 동안 얼렁뚱땅 얼버무려온 끝에 마침내 그의 입에서 튀어나오고야 말았다. 나는 완전히 분개하고 말았다.
「그런 추저분하고…… 비열한 생각이 당신의, 스체판 베르호벤스키 씨의 마음에 떠오르다니, 당신의 명쾌한 머릿속에, 당신의 선량한 마음속에서 말입니다……. 그것도 리푸친의 이야기를 듣기 전부터!……」
그는 나를 잠깐 쳐다보았지만 한마디 대꾸도 않고 부지런히 걸어갔다. 나도 뒤처지지 않으려고 그를 바싹 쫓아갔다. 바르바라 부인을 위해 증인이 되어 주고 싶었기 때문이다. 만약 이것이 천성적으로 옹졸한 좁은 소견에서, 다만 리푸친의 말만을 그가 믿고 한 말이었다면 나도 그것을 양해했을 것이다. 그러나 그는 리푸친의 말을 듣기 전부터 모든 것을 제멋대로 억측하고 있었던 것이며, 리푸친은 다만 그의 의심을 뒷받침해 주고, 붙는 불에 부채질을 한 데에 불과하다. 그것은 이미 의심할 여지가 없었다. 그는 애당초부터 아무런 근거도 없는데, 정말 리푸친이 가진 정도의 근거도 없는데 다샤의 순결을 의심하기 시작했던 것이다. 그는 바르바라 부인의 횡포한 처사에 대하여 그 밖에 달리 해석할 방법을 찾아낼 수가 없었다. 말하자면 부인은 자기가 한없이 사랑하고 있는 니콜라스의, 귀족에게 흔히 있을 수 있는 죄업을 명예있는 사람과의 결혼에 의해 한시 바삐 얼렁뚱땅해 버리려고 생각하고 있는 것이라고! 나는 그가 한 이 비열한 의심에 대해 반드시 벌이 내리기를 속으로 기원했다.
「오, 위대하고 선량하신 신이여! 오, 그 누가 나를 위안해 줄 것인가!」
백 걸음쯤 가다가 또다시 걸음을 딱 멈추고 그는 이렇게 외쳤다.
「바로 집으로 돌아갑시다. 제가 모든 걸 설명해 드리죠!」하고 나는 억지로 집 쪽으로 잡아끌면서 말했다.
「어머나, 스체판 선생님, 스체판 선생님 아니세요? 그렇죠?」
갑자기 무슨 음악 소리처럼 신선하고도 젊은, 쾌활한 목소리가 들려왔다.

우리는 전혀 눈치채지 못했지만, 갑자기 말을 탄 리자베타 니콜라예브나 양이 늘 함께 다니는 장교와 더불어 우리들 앞에 나타난 것이다. 그녀는 말을 세웠다.

「어서 이리로 오세요, 빨리요!」하고 그녀는 커다란 소리로 유쾌한 듯이 불렀다. 「벌써 십이 년이나 못 뵈었지만 전 금방 알아보았어요. 그런데, 선생님은 저를 알아보시겠어요?」

스체판 선생은 여자의 내민 손을 잡고 공손히 입을 맞추었다. 그는 마치 기도라도 올리는 듯 여자의 얼굴을 바라보며 얼른 말을 찾지 못했다.

「알아보시고 기뻐하시는군요! 마브리키 니콜라예비치, 선생님은 저를 만나신 게 무척 기쁘신 모양이에요! 그런데 선생님, 왜 두 주일 동안이나 저를 찾아 주시지 않으셨나요? 바르바라 아주머니는 선생님이 병환중이시니까 번거롭게 굴지 말라고 하셨지만, 그게 거짓말이라는 것쯤은 저도 알아요. 저는 발을 동동 구르며 선생님을 원망했지만, 그래도 전 선생님이 꼭 먼저 찾아와 주시기를 바랐기 때문에 일부러 사람을 보내지 않았던 거예요. 정말 조금도 변하지 않으셨네요?」하고 그녀는 안장 위에서 허리를 굽혀 그의 얼굴을 찬찬히 뜯어보았다. 「정말 이상할 정도로 안 변하셨어! 아냐, 잔주름이 있군요. 눈 언저리와 볼에 잔주름이 많이 생기셨어, 머리도 희끗희끗해지셨고. 하지만 눈매만은 예전 그대로예요! 그런데 전 무척 변했지요? 그렇지요, 네? 아니, 왜 잠자코만 계세요?」

나는 이 순간 그녀에 대한 옛일이 생각났다. 십일 년 전에 페체르부르그로 데리고 갔을 때는 거의 병자라 해도 좋을 만큼 몹시 허약해서, 병이 날 때는 울어대며 스체판 선생을 만나고 싶어했다는 것이다.

「오, 나는……」그러자 환희에 넘쳐 더듬거리는 목소리로 그가 중얼거렸다. 「나는 방금 『그 누가 나를 위안해 줄 것인가!』하고 외치던 참이지요. 그러는데 바로 당신 목소리가 들려오지 않았겠습니까? 이거야말로 기적이라고 생각합니다. 난 다시 신앙을 회복할 것 같습니다.」

「하느님에 대한 신앙이겠지요? 높은 곳에 계신 위대하고도 선량한 신에 대한 신앙 말씀이죠? 저는 선생님의 강의를 전부 외고 있답니다. 마브리키 씨, 이 선생님이 그때 저에게 위대하고도 선량한 신에 대한 신앙을 열심히 강의하여 주셨어요! 선생님, 기억하고 계세요? 컬럼버스가 신대륙을 발견했을 때 모두가 육지다! 육지다 하고 소리쳤다는 얘기를 해주신 걸?
제가 그날 밤 잠꼬대로 육지다 육지다! 하고 소리쳤다고 유모 알료나 프
롤로브나가 나중에 얘기해 주었어요. 그리고 햄릿 왕자 이야기를 해주신 것도
생각나세요? 아, 그리고 저 불쌍한 이민들이 유럽에서 신대륙으로 수송되는
광경을 세밀하게 눈에 선하도록 얘기해 주셨지요? 그러나 그건 모두 거
짓말이었어요. 난 그 뒤에 정말로 수송되는 광경을 보았거든요. 하지만 마
브리키 씨, 이분이 그때 얼마나 그럴 듯하게 거짓말을 해주셨는지, 사실보다도
더 근사할 정도였어요. 스체판 선생님, 왜 그렇게 마브리키 씨만 쳐다보세요?
이이는 이 지구상의 인간들 중에서 가장 뛰어나고 성실한 분이니까, 선생님도
저처럼 꼭 사랑해 주셔야 해요! 이이는 제가 바라는 대로 뭐든지 다 해
준답니다. 그런데 스체판 선생님, 선생님은 길거리에서 『그 누가 나를 위안해
줄 것인가!』하고 소리치고 계신 걸 보면 아직도 여전히 불행하신 모양
이군요? 불행하신 거죠, 그렇죠?」

「이제는 행복해요……」

「아주머니가 실례되는 일을 하셨나요?」하고 그녀는 상대방의 말에는
귀도 기울이지 않고 제멋대로 지껄였다.「언제나 그렇게 심술궂고 고집이
센 분이지만 그래도 우리들에게는 언제까지나 변함없이 소중한 아주머니죠!
기억하세요? 선생님이 곧잘 정원에서 느닷없이 저를 끌어안아 주시면, 저는
선생님을 위로해 드리면서 울음을 터뜨렸지요. 마브리키 씨를 겁내실 필요는
없어요. 이이는 오래 전부터 선생님에 대한 일이라면 죄다 알고 있으니까요.
이 사람 어깨에 기대시고 마음껏 우셔도 상관없어요. 이이는 몇 시간이라도
꼼짝않고 서 있을 거예요……. 모자를 조금만 위로 올려 주세요. 아니, 잠깐만
벗어 주세요. 그리고 고개를 드시고 발돋움을 해주세요. 이마에다 키스를
해드리겠어요. 우리가 헤어질 때 마지막으로 해드렸듯이 말이에요. 보세요,
저기 저 아가씨가 창문으로 우리를 이상하다는 듯이 내다보고 있군요. 자,
조금만, 조금만 더 가까이 오세요! 어머나 벌써 백발이 다 되셨네요!」

그녀는 안장 위에서 몸을 굽혀 스체판 선생의 이마에 키스했다.

「자, 이제 댁으로 갑시다요! 전 선생님 댁을 알고 있어요. 지금 당장 제가
찾아갈게요. 선생님은 고집쟁이시니까 제가 먼저 방문을 하고 나서, 그 다음엔
하루 종일 선생님을 우리 집에다 모셔 놓겠어요. 자 어서 가세요, 집에 가서서

우릴 맞을 준비나 하세요. 네?」
 이렇게 말하고 그녀는 자기의 기사 마브리키와 함께 말을 몰고 가버렸다. 그래서 우리도 집으로 돌아갔다.
 스체판 선생은 소파에 몸을 던지고 하염없이 울기 시작했다.
「신이여, 신이여!」하고 그는 소리쳤다.
「아아, 드디어 행복의 순간이 왔나이다!」
 십 분도 채 못 되어서 그녀는 약속대로 마브리키를 데리고 찾아왔다.
「당신과 행복이 동시에 도착했습니다!」하고 그는 들어오는 리자를 맞으려고 일어섰다.
「여기 꽃다발을 가져왔어요. 전 방금 슈바리에 마담에게 들렀다 오는 길이에요. 그 집에선 겨울에도 명명일(命名日) 주인공에게 보내는 꽃을 팔거든요. 자 이분이 마브리키 씨예요. 잘 사귀어 주세요. 전 꽃다발 대신 과자를 사라고 했지만 마브리키 씨가 그것은 러시아 식이 아니라고 하기에.」
 이 마브리키라는 사람은 포병 대위로 나이는 서른너더 살 가량이고, 키가 크고 기품이 있는 단정한 용모를 가진 신사였다. 표정은 다소 엄격하여 얼핏 보기에 딱딱한 인상을 주었으나 실제로는 어떤 사람이라도 그와 처음 사귄 순간부터 그가 놀랄 만큼 다정하고 선량한 사람이라는 것을 곧 깨닫게 되었다. 하지만 그는 매우 말수가 적고, 보기엔 냉담한 성격이어서 친구를 즐겨 사귀려고는 않는 것 같았다. 그 뒤 이 마을에서 많은 사람들이 그를 좀 둔한 사람이라고 했지만 그것은 그리 적합한 평이 아니다.
 나는 리자베타의 미모에 대해서는 묘사하기를 그만둘까 한다. 이미 온 거리에서 그녀의 아름다움을 칭송하고 있는 중이니까. 하긴 부인들이나 아가씨들 중에는 대단히 분개하여 이 평판을 부정하는 사람도 있었다. 그 중에는 리자베타를 미워하는 사람조차 있었다.
 그 이유는 첫째, 거만하다는 것이다. 드로즈도바 모녀는 아직 거리의 명사들의 집을 방문하지 않았기 때문에 그것이 건방지다고 여겨졌던 모양이다. 그러나 이 방문이 늦어지는 원인은, 실은 프라스코비야 부인의 좋지 못한 건강 상태 때문이었다. 또 두 번째 이유는 그녀가 지사 부인의 친척이라는 데 있었고, 세째로는 그녀가 매일 말을 타고 산책을 하는 데에 있었다. 이 거리에서는 여태까지 말을 타고 다니는 여자라곤 하나도 없었기 때문에,

명사들 집을 방문하기도 전부터 말을 타고 산책을 하는 리자베타의 출현이 우리 사교계를 분개시킨 것은 당연한 일이라 하겠다. 그렇지만 그녀가 말을 타고 산책하는 것도 의사의 지시에 따른 것임을 이미 사람들은 알고 있는 터였다. 게다가 더욱 그녀의 허약한 체질을 야유 섞인 말투로 쑥덕거리고 있었던 것이다.

사실 그녀는 아주 병약한 체질이었다. 그녀를 만나자마자 맨 먼저 느낀 것은, 병적이고 신경질적인, 항상 불안해하는 표정이었다. 가엾게도 이 불행한 처녀는 대단한 괴로움을 겪고 있었던 것이다. 그것은 나중에 죄다 알게 되었다. 그러나 지금 이렇게 과거를 회상하는 마당에서, 나는 그녀가 그 당시 내 눈에 비쳤던 것만큼 멋진 미인이라고는 굳이 말 않겠다. 어쩌면 전혀 미인이 아니었는지도 모른다. 키가 크고 호리호리하면서도 탄력있는 몸을 가진 그녀는, 그 얼굴의 불규칙적인 윤곽 때문에 기이한 인상을 느끼게 할 정도였다. 그녀의 눈은 칼므이크 족(남부 시베리아의 토민, 몽고족)처럼 다소 눈꼬리가 위로 치켜져 있었다. 얼굴은 창백하게 여위고 광대뼈가 나왔으나 그 속에는 뭔가 상대방의 마음을 정복하지 않고는 내버려 두지 않는, 매력에 찬 그 무엇이 느껴졌다. 무엇인가 강력한 것이 그 어두운 빛을 한, 타는 듯한 눈길 속에서 느껴졌다. 그녀는『정복을 위한 정복자』로서 나타난 것이다. 사실 그녀는 거만하게 보일 뿐만 아니라, 자칫하면 난폭하게 느껴질 때조차 있었다. 그녀가 선량한 인간이 될 수 있었는지 어떤지는 모르지만, 억지로라도 자기를 선량한 인간으로 만들고 싶어 그 때문에 번민하고 있다는 건 나도 짐작할 수 있었다. 물론 이 사람의 내부에는 아름다운 갈망도 올바른 기도 (企圖)도 충분히 있었으나, 그녀가 가지고 있는 내적 요소들은 항상 바른 표준점을 찾으려 하면서도 영원히 그것을 발견할 수 없기 때문에, 모든 것이 혼돈과 초조와 불안의 도가니 속에 던져진 것 같은 그런 모습이었다. 그녀가 자기 자신에 대하여 너무 지나치게 엄격한 요구를 해왔는지도 모르겠다. 그러나 그 요구를 충족시킬 만한 힘은 아무래도 자신 속에서 찾아내지 못하는 것 같았다.

그녀는 소파에 앉아 방 안을 둘러보았다.

「어째서 저는 이런 순간이면 꼭 슬퍼지는 걸까요? 선생님은 학자이시니까 좀 가르쳐 주세요. 저는 지금까지 줄곧 생각해왔어요, 만일 선생님을 만나서 지난 이야기를 한다면 얼마나 기쁠까 하고. 그런데 막상 지금 당하고 보니 조금도 기쁘지 않은 듯한 느낌이 들거든요. 그러면서도 전 선생님이 좋단 말예요……. 어마, 여기 제 초상이 걸려 있군요. 좀 보여 주세요. 저는 그 그림을 기억하고 있어요, 기억하고 있어요!」

열두 살 난 리자를 그린 이 훌륭한 수채화는, 구 년 전에 드로즈도프네 집 사람이 페체르부르그에서 스체판 선생에게 보내 준 것이다. 그때부터 이 초상화는 언제나 서재의 벽에 걸려 있었다.

「어쩌면! 제가 정말 이렇게 귀여운 아이였나요? 이게 정말로 제 얼굴인가요?」그녀는 일어나서 초상화를 한 손에 든 채 거울을 들여다보았다.

「자, 여기 있어요!」초상화를 내주며 그녀는 소리쳤다.「지금 걸지 말고 이따가 걸어 주세요, 보기 싫어요.」그녀는 다시 소파에 앉았다.「하나의 생활이 끝나면 새로운 생활이 시작되고, 그것이 끝나면 이번에는 또 다른 생활이 시작되고……. 이렇게 한없이 계속되는군요. 가위로 싹둑싹둑 잘라 버린 것처럼 말예요. 제가 무척 진부한 얘기를 꺼낸 것 같군요. 하지만 이 속에 진리가 있답니다!」

그녀는 엷은 미소를 띠며 나를 보았다. 벌써 그녀는 몇 번이나 나를 보았지만, 스체판 선생은 흥분한 나머지 나를 소개시켜 주겠다던 약속을 잊고 있는 것이었다.

「그런데 왜 저의 초상화를 단검 밑에다 걸어 놓으셨나요? 그리고 웬 단검과 장검을 저렇게 많이 갖고 계시죠?」

사실, 무엇 때문인지 모르나 벽에는 두 자루의 터키 검이 십자로 엇갈려 있었고, 그 위에는 진짜 체르케스 검까지 장식되어 있었다. 이렇게 물으면서 그녀는 나를 똑바로 보았기 때문에, 나도 뭐라고 대답할까 했지만 그만 우물쭈물 입을 다물고 말았다. 그제야 스체판 선생은 눈치를 채고 나를 소개했다.

「알고 있습니다, 알고 있어요.」하고 그녀가 말했다.「정말 기뻐요, 어머니도 댁에 관한 말씀을 많이 들어 잘 알고 계세요. 마브리키 씨와도 인사하세요. 이분은 참 좋은 사람이에요. 저는 당신에 대해 아주 희한한 개념을 만들고 있답니다. 그건요, 당신이 스체판 선생님의 상담역이기 때문이에요.」

나는 얼굴이 붉어졌다.

「아, 실례했군요. 용서하세요, 이상한 말을 해서. 그렇지만 결코 우습다는 뜻으로 한 말은 아니에요. 다만……」 그녀는 얼굴을 붉히고 어쩔 줄 몰라했다. 「그러나 당신이 훌륭한 분이라 한다 해서 뭐 부끄러워할 일은 없잖아요? 그건 그렇고 마브리키 씨, 이제 돌아가 볼까요? 스체판 선생님, 삼십 분 뒤에 저의 집에 꼭 와주셔야 해요. 그리고 마음껏 이야기해요! 이번에는 제가 상담역이 되어 드리죠. 무슨 일이든지 죄다 이야기해요. 무슨 일이든지, 아시겠어요?」

스체판 선생은 그만 겁이 났다.

「아아, 마브리키 씨는 죄다 알고 있으니까, 이분에게 어려워하실 건 조금도 없어요!」

「뭣을 알고 있다는 거지요?」

「어마, 그게 무슨 말씀이세요?」 하고 그녀는 깜짝 놀라며 말했다. 「정말, 모두들 쉬쉬하는 게 사실인가 봐요, 저는 믿으려 들지 않았는데. 다샤마저 감추려 들고 있어요. 아주머니는 아까 다샤를 만나게 해주지 않았거든요. 다샤가 두통이 났다고 하면서 말예요.」

「한데…… 그런 걸 어떻게 당신이 알았지요?」

「어마, 무슨 말씀이세요. 다른 사람들과 똑같이 저도 알았을 뿐이에요. 무슨 꾀를 써서 알아낸 것도 아닌걸요!」

「네, 그럼 모든 사람들이……」

「그래요, 왜요? 하긴 처음엔 어머니가 유모이신 알료나에게서 들었지요, 유모에겐 댁의 나스타샤가 와서 말해 줬답니다. 선생님이 나스타샤에게 말씀하셨죠? 그 여자가 그랬다는데요. 선생님에게서 직접 들었다고.」

「난…… 난 꼭 한 번 얘기했을 뿐인데……」 하고 스체판 선생은 얼굴이 새빨개져서 우물쭈물하며 말했다. 「그러나…… 그저 넌지시 풍겼을 뿐인데……. 난 그때 신경이 몹시 예민해져서 병적이었어요. 그리고……」

그녀는 깔깔대고 웃었다.

「마침 상담역이 아쉬울 때에 나스타샤가 나타났다는 거죠? 그것으로 충분해요. 그 여자에겐 온 마을이 친척이나 다름없이 다 아는 사이니까요. 그런 거야 아무려면 어때요! 얼마든지 하고 싶은 대로 말하라고 그러세요! 알려지는 쪽이 차라리 나은지 모르지요. 자, 그럼 빨리 오시도록 하세요.

우리 집에선 식사를 일찍 하니까요……. 참 깜박 잊어버렸네.」하고 그녀는 다시 앉았다.「그런데 샤토프란 사람은 어떤 사람이에요?」
「샤토프? 그는 다리야 양의 오빠지요…….」
「오빠라는 건 알고 있어요, 원 선생님도 참.」그녀는 몹시 답답하다는 듯이 말을 가로챘다.「저는 그 사람의 됨됨이를 알고 싶어요. 대체 어떤 사람인가요?」
「그는 이 지방의 공상가이지만, 이 세상에서 가장 선량하고 가장 화 잘내는 사람이지요.」
「그 사람이 괴짜라는 건 저도 들었어요. 하지만 그걸 말하는 게 아니에요. 제가 듣기에는 샤토프 씨는 세 나라 말을 알고 있고, 영어도 꽤 잘하는 편이어서 문학적인 일에도 종사할 수 있다고 하던데요. 제가 그에게 알맞는 일거리를 가지고 있어서 그래요. 저에겐 조수가 필요해요. 빠를수록 더 좋겠는데, 그분은 그런 일을 맡아 줄까요? 그분을 추천해 주는 사람도 있긴 했습니다만.」
「그야 물론이지요. 그리고 아가씨는 덕을 베풀게 되는 셈이죠.」
「전 결코 덕을 베풀기 위해서가 아녜요. 제게 조수가 필요해서 그래요.」
「샤토프에 대해서라면 제가 잘 알고 있습니다.」하고 내가 말했다.「제가 만일 전갈해도 좋다면, 지금 곧 제가 그에게로 가겠습니다.」
「그럼 내일 열두 시에 와달라고 전해 주세요. 마침 잘 됐군요! 감사합니다. 마브리키 씨, 그만 가볼까요.」
그들은 가버렸다. 물론 나도 샤토프의 집으로 달려갔다.
「여보게!」스체판 선생은 현관까지 나를 쫓아나와서 말했다.「열 시나 열한 시면 돌아올 테니까, 꼭 우리집으로 와주게. 정말 자네에게 미안하기 짝이 없네……. 모든 사람에게도, 모든 사람에게도 말일세.」

8

샤토프는 집에 없었다. 두 시간쯤 지나서 다시 찾아갔으나 역시 없었다. 마침내 일곱 시 좀 지나서, 만나면 다행이고 못 만나면 종이쪽이라도 써두고 오려고 가보았으나 여전히 없었다. 문에는 자물쇠가 채워져 있었는데, 그는 하인도 없이 혼자 살고 있었던 것이다. 아래층의 레뱌드킨 대위에게 가서 샤토프의 일을 물어 보려고 생각했지만, 거기도 역시 문이 잠겨 있어 마치 빈집처럼 조용하기만 하고 불마저 켜져 있지 않았다. 아까 이야기를 들은 뒤라서 나는 잔뜩 호기심에 사로잡혀 레뱌드킨 대위의 문 앞을 지나갔다. 결국 나는 내일 아침 일찌감치 들르기로 했다. 사실 편지를 써놓는다는 것도 그리 미덥지가 않았기 때문이다. 샤토프는 고지식하고 숫기가 없는 사람이니까, 쪽지 같은 건 무시해 버릴는지 몰랐다. 헛걸음한 것을 투덜대면서 막 문을 나서려던 참에 키릴로프 씨와 딱 마주쳤다. 그는 방금 집으로 들어오는 참이었는데, 상대편이 먼저 나를 알아보았다. 그가 이것저것 물어 보기 시작했으므로, 나도 대강 얘기를 해주고 편지를 가지고 있다는 말도 했다.

「들어가십니다.」하고 그가 말했다. 「제가 어떻게 잘 해드릴 테니까요.」

나는, 그가 오늘 아침부터 이 집의 목조 별채로 옮겼다던 리푸친의 말이 생각났다. 혼자 쓰기에는 너무 넓은 이 별채에는 귀머거리 노파가 살고 있었는데, 이 노파가 그의 시중을 들고 있었다. 집주인은 다른 거리에 있는 새 건물에서 음식점을 경영하고 있어서, 그의 친척뻘 되는 이 노파가 이쪽 집을 관리하기 위하여 남아 있었던 것이다. 별채의 방들은 깨끗이 소제가 되어 있었으나 벽지가 지저분했다. 우리가 들어간 방의 가구들은 여기저기서 주워 모아다 놓은 것들이어서 그야말로 잡동사니였다. 카드놀이하는 탁자가 두 개, 개암나무로 만든 장롱이 하나, 어느 농가의 부엌에서라도 가져온 듯한 큰 송판 책상이 하나, 몇 개의 걸상, 등받이 격자로 된 딱딱한 가죽 쿠션 소파 등등이었다. 방 한쪽 구석에 구식 성상(聖像)이 놓여 있고, 그 앞에는 우리가 들어가기 전에 노파가 켜놓은 등불이 놓여 있었으며, 벽에는 불빛에 흐려 보이는 커다란 유화 초상화 두 폭이 걸려 있었다. 하나는 전황제 니콜라이 1세를 그린 것으로, 보기에는 이십 년대에 그린 그림 같았고, 또 하나는 어딘가의 주교를 그린 것이었다.

키릴로프 씨는 방으로 들어가자 곧 촛불을 켜고, 방 한구석에 치우지 않고 그대로 둔 가방 속에서 봉투와 봉랍과 수정으로 된 봉인을 꺼냈다.

「당신이 갖고 계신 편지를 봉하시고 수신인의 이름을 쓰십시오.」

나는 그렇게까지 할 필요가 없다고 했지만, 그는 듣지 않았다. 봉투에 수신인의 이름을 쓰고 나서 나는 모자를 집어들었다.
「나는 차라도 대접할까 했는데요.」하고 그가 말했다.「차를 사왔는데, 한 잔 드시겠어요?」
나는 사양하지 않았다. 잠시 뒤 노파가 차를 날라왔다. 말하자면 끓는 물이 든 커다란 질주전자와 차 잎사귀를 넣은 작은 차주전자, 허수룩한 무늬가 그려진 큼직한 찻잔, 둥근 빵과 그리고 각설탕이 수북하게 담긴 우묵한 접시를 들고온 것이다.
「나는 차를 좋아합니다.」하고 그는 말했다.「밤이면 여기저기 돌아다니면서 많이 마시죠. 새벽녘까지 말입니다. 외국에선 밤에 차를 파는 데가 없거든요.」
「새벽녘이 되어야 주무십니까?」
「언제나 그렇죠, 오래 전부터입니다. 나는 식사를 적게 하는 대신 차를 많이 마시죠. 리푸친은 얕은 꾀는 있지만 성미가 좀 급하더군요.」
그가 뭔가 이야기하고 싶어하는 것이 나로서는 뜻밖이었다. 나는 이 기회를 이용하기로 마음먹었다.
「아까는 불쾌한 오해가 있었죠.」하고 내가 입을 열었다.
그는 얼굴을 몹시 찌푸렸다.
「그건 터무니없는 이야깁니다. 하나에서 열까지 정말 무의미한 말이죠. 왜냐하면 레뱌드킨이 늘 술을 먹고 오기 때문에 그 꼴입니다. 나는 리푸친에게 말을 한 게 아니라 부질없는 것을 설명해 주었을 따름입니다. 그가 얘기에다 너무 꼬리를 붙이니까요. 리푸친은 상상력이 강한 사람이라 하찮은 일을 가지고도 말을 만들거든요. 나는 어제까지만 해도 리푸친의 말을 믿고 있었지요.」
「그런데 오늘은 나를 믿으십니까?」하고 나는 웃었다.
「아까 일로 이제 당신은 대강 알지 않았습니까? 리푸친은 소심하든가, 성급하든가, 엉큼하든가 아니면…… 질투를 하고 있는 겁니다.」
마지막 말이 나를 놀라게 했다.
「하긴 그 정도 형용사를 늘어놓으시면 그 중 어느 하나에는 해당되겠지요.」
「어쩌면 그 전부가 해당될는지 모릅니다.」
「그것도 그렇군요. 리푸친, 그자는 혼돈 바로 그것이니까요! 한데 아까 그가, 당신이 무슨 책을 쓰려 하신다는 말을 했는데, 그건 거짓말이지요?」
「왜 거짓말이라고 생각하십니까?」 그는 방바닥을 내려다보며 다시 얼굴을 찌푸렸다.
나는 실언을 사과하고 뭘 캐낼 생각은 없었다는 것을 변명했다. 그는 얼굴을 붉혔다.
「그건 사실입니다. 나는 쓰고 있습니다. 하지만 그런 거야 아무러면 어떻습니까?」
일 분 가량 침묵이 계속되었다. 갑자기 그는 아까처럼 어린아이 같은 미소를 띠었다.
「인간의 머리가 요구된다고 한 이야기는 그가 어떤 책에서 힌트를 얻어 가지고 꺼낸 것인데, 먼저 나에게 얘기해 주었습니다만 잘못 이해하고 있더군요. 나는, 어째서 인간이 감히 자살을 하려 하지 않는지, 그 원인을 찾고 있을 뿐이죠. 그것뿐이죠. 그러나 그런 건 아무래도 좋습니다.」
「감히 하지 않는다는 것은? 자살자가 적다는 뜻인가요?」
「대단히 적지요.」
「정말 그렇게 생각하십니까?」
그는 얼른 대답을 하지 않고 일어나더니, 생각에 잠겨 방안을 왔다갔다하기 시작했다.
「당신 생각으론 인간의 자살을 방해하는 것이 무엇이라고 생각하십니까?」 나는 물었다.
우리가 무슨 이야기를 주고받았는지를 생각해내려고나 하는 듯 그는 멍하니 이쪽을 보았다.
「나는…… 아직 잘 모르겠습니다……. 두 가지 편견이 방해하고 있다고 생각하는데요. 두 가지, 단 두 가지뿐입니다. 한 가지는 아주 작지만 다른 한 가지는 아주 큽니다. 그러나 작은 것도 역시 크다면 크다고 할 수 있지요.」
「작은 편견이란 무엇입니까?」
「고통입니다.」
「고통? 그런 문제가 중요할까요?…… 이럴 경우에?」
「가장 중요한 문제지요. 두 가지 종류의 사람이 있는데, 커다란 슬픔이나 증오 때문에 자살하는 사람들, 아니면 미쳐 버린다든가, 뭐 이거나저거나 마찬가집니다만……. 요컨대 갑작스레 자살하는 사람들이 있습니다. 이런 사람들은 고통에 대한 것은 별로 생각지도 않고 단번에 자살해 버립니다. 그러나 사려가 깊은 사람들…… 이 사람들은 많이 생각하지요.」

「생각하던 끝에 자살하는 사람이 어디 있겠습니까?」

「대단히 많습니다. 만약 편견이라는 게 없었더라면 더욱 많을 것입니다. 많고말고요. 전부 다 그렇습니다.」

「설마 전부 다야 아니겠지요.」

그는 입을 다물고 있었다.

「그런데 고통없이 죽는 방법은 없을까요?」

「이런 걸 한 번 상상해 보세요.」 그는 내 앞에 우뚝 섰다. 「커다란 집채만한 크기의 바위가 있는데 그것이 공중에 걸려 있고 당신이 그 밑에 있다고 칩시다. 만약 그 바위가 당신 머리 위에 떨어진다면, 아플까요?」

「집채만한 바위요? 물론 무섭지요.」

「나는 무서우냐고 묻는 게 아닙니다. 아프겠느냐는 것입니다.」

「산만한 바위, 몇 십억 킬로그램이나 되는 바위 말이죠? 아프고 뭐고 할 게 어디 있겠습니까?」

「그러나 막상 그 밑에 서보십시오. 바위가 공중에 매달려 있는 한 당신은 그 바위에 맞으면 몹시 아플 거라는 생각이 들어 겁이 날 겁니다. 어떤 일류 학자든, 어떤 일류 의사든, 틀림없이 다 겁낼 겁니다. 누구나 다 아프지 않다는 걸 알면서도 틀림없이 아플 거라고 겁을 집어먹게 되거든요.」

「그럴 듯하군요. 그럼 두 번째의 원인은? 큰 쪽은요?」

「저승입니다.」

「그럼, 신의 벌 말입니까?」

「그런 건 아무래도 상관없습니다. 저세상, 그냥 저승입니다.」

「하지만 저승 같은 걸 전혀 믿지 않는 무신론자도 있을 텐데요?」

그는 다시 입을 다물었다.

「아마 당신은 자신을 기준으로 판단한 게 아닐까요?」

「누구든지 자기를 기준으로 판단할 수밖에 없지 않겠습니까?」 그는 얼굴을 붉히면서 말했다. 「자유란, 살아도 살지 않아도 같아지게 될 때 비로소 얻어지는 것입니다. 이것이 일체의 목적입니다.」

「목적? 그렇다면 아무도 삶을 원하지 않게 되겠군요?」
「네, 한 사람도 없지요.」 그는 단호히 말했다.
「인간이 죽음을 두려워하는 것은 삶을 사랑하기 때문입니다. 나는 그렇게 알고 있습니다.」 하고 나는 말했다.「그리고 이것이 자연의 명령이라고도 생각합니다.」
「그게 비열하다는 겁니다. 그 속에 모든 기만이 있는 겁니다!」그의 눈이 번쩍거리기 시작했다.「삶은 고통입니다, 삶은 공포입니다. 그래서 사람은 불행한 겁니다. 현재는 고통과 공포뿐입니다. 지금 사람들이 삶을 사랑하는 것은, 고통과 공포를 사랑하기 때문입니다. 그런 식으로 만들어져 있기도 하지요, 현재의 삶이 고통과 공포의 댓가로 주어진 것이니까요. 여기에 모든 기만의 근거가 있는 것입니다. 현재의 인간은 아직 진짜 인간이 아닙니다. 행복하고 긍지에 넘치는 새로운 인간이 나올 것입니다. 살아도 좋고 살지 않아도 좋은 인간, 그것이 새로운 인간입니다. 고통과 공포를 이기는 자가 스스로 신이 되는 거지요. 그리고 저 신은 없어지게 되고요.」
「그렇다면, 지금 신이 있기는 있군요, 당신 생각으로는?」
「신은 없습니다. 그렇지만 신은 있습니다. 바위 속에 고통은 없지만 바위에 대한 공포에는 고통이 있거든요. 신은 죽음에 대한 공포의 고통입니다. 고통과 공포에 이기는 자가 스스로 신이 됩니다. 그때 새로운 삶이, 새로운 인간이, 새로운 모든 것이 생겨나지요……. 그때 역사가 두 부분으로 갈라지게 되는 거지요, 고릴라에서 신의 절멸까지와, 신의 절멸에서……」
「고릴라까지 말입니까?」
「……지구와 인류의 물리적 변화까지입니다. 사람은 신이 되어 육체적으로 변화합니다. 세계도 변하고 사물도 사상도 감정의 모든 것이 다 변합니다. 어떻게 생각하십니까. 그때엔 인간도 육체적으로 변화하겠지요?」
「살아도 살지 않아도 같은 것이 된다면 모두가 자살해 버릴 텐데, 그것을 변화라고 할 수 있을까요?」
「그것은 아무래도 좋습니다. 기만이 살해되는 거지요. 최고의 자유를 원하는 사람이면, 누구든 자기를 죽일 만한 용기를 갖지 않으면 안 됩니다. 그리고 자기를 죽일 만한 용기가 있는 사람은 기만의 비밀을 간파한 사람입니다. 그 이상 자유는 없습니다. 거기에 모든 것이 있는 거지, 그 이상은 아무것도 없습니다. 감히 자기를 죽일 수 있는 자가 신이지요. 이제 누구든지 신을 없애고 아무것도 없게 할 수가 있을 것입니다. 그러나 아직은 아무도 그것을 실천한 사람이 없습니다.」

「자살한 사람이 몇 백만 명이 되는지 모르는데요.」

「그러나 그 때문은 아니거든요. 언제나 공포를 느끼고 한 것이지 그 목적 때문이 아니거든요. 공포를 죽이기 위해서가 아니었으니까요. 공포를 죽이기 위하여 자살하는 자가 곧 신이 되는 거지요.」

「그렇게 될 시간적 여유가 없지 않습니까?」 하고 내가 말했다.

「그건 아무래도 좋습니다.」 그는 경멸에 가까운 말투에 냉정하고도 거만한 빛을 담고 작은 소리로 말했다. 「당신은 나를 놀리고 있는 것 같아 그게 유감스럽습니다.」 삼십 초 가량 사이를 두었다가 그는 말을 덧붙였다.

「내가 이상스럽게 생각하는 건, 아까 그렇게까지 초조해하시던 분이 지금은 이렇게 침착하게 얘기를 하실 수 있다는 점입니다. 열변을 다 토하시고요!」

「아까 말입니까? 아까는 참 우스워서요.」 그는 웃는 얼굴로 대답했다. 「나는 남을 헐뜯기를 좋아하지 않습니다, 남을 절대로 조롱하지 않지요.」 그는 침울하게 덧붙였다.

「그러나 당신이 차를 마시면서 보내는 밤들은 그리 유쾌한 것이 아니겠군요.」

나는 일어나서 모자를 집어들었다.

「그렇게 생각하십니까?」 다소 놀란 빛을 보이며 그는 웃었다. 「왜 그럴까요? 아니, 난…… 난 모르겠습니다.」 하고 그는 갑자기 말을 더듬거리더니 「다른 사람들은 어떤지 모르지만, 나는 그렇게 느껴집니다. 난 다른 사람들처럼 할 수는 없어요. 다른 사람들은 어떤 일을 생각하다가도 금방 딴 일을 생각하거든요. 난 그럴 수가 없어요. 난 일생 동안 한 가지 일만 생각해왔습니다. 난 일생 동안 신 때문에 괴로움을 당해왔습니다.」 하고 그는 갑자기 놀랄 만큼 많은 말을 지껄이고는 이렇게 말을 맺었다.

「실례지만 한 말씀 여쭙겠습니다. 왜 당신은 그렇게 정확하지 못한 러시아어를 사용하십니까? 외국에 오 년 동안 가 계시는 사이 잊어버리셨나요?」

「아니, 내 말이 정확하지 않습니까? 모르겠는데요. 외국에 있었기 때문이 아닙니다. 난 본래부터 이런 말투로 말해왔으니까요, 아무래도 좋습니다.」

「한 가지만 더 여쭙겠습니다. 이것은 미묘한 질문입니다. 당신은 사람 만나는 걸 그다지 좋아하지 않지요. 그리고 얘기도 잘 안 하시지요? 난 그렇게 믿습니다. 그런데 지금 나에게는 어떻게 그렇게 이야기를 길게 하시지요?」

「당신에게요? 아까 가만히 앉아 계시는 게 마음에 들어서 그래요. 그리고 당신…… 하긴 이런 건 상관없는 일이지만…… 당신은 우리 형님과 많이 닮았습니다. 아주 꼭 닮았어요.」하고 그는 얼굴을 붉히며 말했다.「형님은 칠 년 전에 돌아가셨지요. 당신과 아주 똑같이 닮았어요.」

「당신의 사상에 영향을 많이 준 모양이군요?」

「아닙니다, 형님은 말수가 퍽 적었어요. 통 말이 없는 분이셨죠. 편지는 반드시 전해 드리겠습니다.」

그는 내가 나온 뒤에 문을 잠그기 위해 등불을 들고 대문까지 배웅해 주었다.『틀림없이 미친 사람이야.』하고 나는 속으로 단정해 버렸다. 대문에서 나는 또 다른 사람과 마주쳤다.

9

내가 높은 문턱을 넘어서려고 한 발을 막 내디뎠을 때, 갑자기 어떤 사람의 억센 손이 내 멱살을 덥석 잡았다.

「어떤 놈이냐?」하고 누군가의 목소리가 쩌렁쩌렁하게 울렸다.

「우리 편이냐, 적이냐? 자백해라!」

「우리 편이야, 우리 편!」리푸친의 날카로운 소리가 바로 옆에서 들렸다. 「이분은 G씨야. 고전교육을 받은, 상류사회에 아는 분이 많은 청년 신사야.」

「사교계? 좋아, 고전이라…… 그럼 교양이 있는 친구로군……. 나는 퇴역대위 이그나트 레뱌드킨, 세상과 친구를 위해서라면 언제든지 봉사할 각오로 있는 사람이다…… 단 그들이 진실하다면 말이야, 진실하다면……. 제기랄!」

레뱌드킨은 육 척이 넘는 거인으로 살이 쪄서 몸이 뚱뚱했으며 머리는 고수머리이고 얼굴은 술에 취해서 시뻘겠다. 내 앞에 서 있는 것도 간신히 몸을 가누었으며 혀가 꼬부라져 말도 겨우 하고 있었다. 하긴 나도 전에 먼 빛으로 이 사내를 본 적이 있다.
「야, 이놈도 있구나!」
아직 등불을 든 채 들어가지 않고 서 있는 키릴로프를 보자 그는 또 짖어대듯이 소리쳤다. 주먹을 들어올리려다가 그냥 내렸다.
「학문을 봐서 용서해 준다! 이그나트 레뱌드킨은 교양있는 사내야……」

불타오르는 사랑의 유탄(榴彈) 폭발하네
이그나뜨의 가슴속에서.
새삼 쓰라린 괴로움 돌이키고
팔 없는 상이용사는 울어대노라
세바스토폴리를 생각하고서.

「난 세바스토폴리 전투에 참전한 일도 없고, 팔을 잃은 상이군인도 아니지만, 이건 얼마나 멋진 리듬인가!」하고 그는 흥시내 나는 얼굴을 나에게 바싹 들이댔다.
「이분은 바빠, 정말 바쁜 분이야. 곧 집으로 돌아가셔야 해.」하고 리푸친이 타일렀다. 「내일 리자베타 양에게 죄다 이야기하면 어쩌려고그래.」
「리자베타에게!」하고 그는 또 고함을 질렀다.
「가만 있어, 가면 안돼! 이번엔 변주곡이다.」

화려하게 말탄 여인 숱하게도 많은데
유독 빛나는 마상(馬上)의 별이여.
말 위에서 나를 보고 미소짓는 그 애인
유서 깊고 집안 좋은 귀족 태생이라네.
——별의 아마존에게

「어이, 알겠나. 이게 송가(頌歌)라는 거다! 송가! 네놈이 나귀가 아니라면 그것쯤은 알 게다! 아아, 너 같은 건달놈이 알 리 없지! 게 섰거라!」
내가 쪽문으로 빠져나가려 하자 그는 내 외투 자락을 덥석 움켜잡았다. 「이봐,

난 결백한 기사라고 말해 줘. 다쉬카(다리아의 비칭) 따위…… 다쉬카 같은 건 손가락 두 개로 집어 내던져 버리겠다……. 지주에게 얽매인 노예 계집애가, 분수도 모르고 까불고 있어……」
 이렇게 말하고 나서 그는 뒤로 벌렁 나자빠졌다. 내가 억지로 그의 손을 뿌리치고 달려갔기 때문이다. 리푸친이 또 내 뒤를 따라왔다.
「저 친구는 키릴로프 씨가 처리해 줄 겁니다. 실은 내가 저 친구에게서 재미있는 얘기를 들었지요.」하고 그는 부지런히 지껄여댔다.「아까 그 시를 들었지요? 저 친구는 그『별의 아마존에게』라는 시를 봉투에 넣어, 내일 리자베타 양에게 보내겠대요, 자기 서명까지 해서 말입니다. 어떻습니까?」
「난 내기라도 걸겠소, 그건 당신이 시킨 짓이겠지요.」
「그렇다면 그건 당신이 졌어!」하고 리푸친은 껄껄 웃었다. 「반했어요, 고양이처럼 홀딱 반했어요. 한데 그것이 처음에는 증오에서 시작되었거든요. 그 친구는 이때까지 리자베타 양을 끔찍이 미워했어요. 그 여자가 건방지게 말을 타고 다닌다고 말이죠. 하마터면 길거리에서 욕까지 할 뻔했답니다. 아니죠, 실제로 욕지거리를 했었죠. 그저께만 하더라도 그 여자가 말을 타고 지나갈 때 욕설을 퍼부었지만, 다행히 그 여자에게까지 들리지를 않았지요. 그래서 오늘 갑자기 시를 썼단 말입니다! 아마 저 친구 대담하게도 청혼을 할 생각인 모양인데, 그건 사실이야. 사실입니다!」
「정말 어처구니가 없군요, 리푸친, 당신은 추잡한 이야기가 내비치기만 하면 금방 물고늘어진단 말씀이야. 그래가지고 조롱을 하거든!」하고 나는 분개해서 말했다.
「그런데, 당신 말이 좀 지나치지 않소? G씨, 당신이야말로 경쟁자가 나타나는 바람에 깜짝 놀라 겁을 집어먹고 있는 게 아니오?」
「뭐, 뭐라고?」나는 걸음을 멈추고 버럭 소리질렀다.
「가슴 아픈 얘긴 모양이니 더 이상 하지 않겠소. 하지만 당신은 내 얘기가 몹시 듣고 싶을 거요! 꼭 한 가지만 가르쳐 드리겠는데, 저 바보 녀석이 이젠 대위가 아니라 이 마을 지주가 됐답니다. 그것도 꽤 어마어마한 지주로 말입니다. 니콜라이가 전에 소유하던 이백 명의 농노가 딸려 있는 영지를요, 얼마 전에 그에게로 넘겨 줬으니까요. 이건 맹세코, 거짓말이 아닙니다. 이제 방금 들은 얘긴데, 그 출처도 확실합니다. 자, 이제 그 이상은 직접 알아내십쇼,

이제 더는 말 않을 테니까. 그럼 또 봅시다!」

10

　스체판 선생은 신경질적인 초조감 속에서 나를 기다리고 있었다. 그는 이미 한 시간 전에 돌아와 있었던 것이다. 내가 방으로 들어갔을 때 그의 모습은 꼭 술에 취한 사람 같았다. 적어도 처음 오 분 동안 나는 그가 술에 취한 줄로만 알았다. 슬프게도 드로즈도프네 집 방문은 오히려 그의 머리를 완전히 어지럽히고 말았던 것이다.
　「친구여, 난 뭐가 뭔지 도무지 영문을 모르게 되어 버렸어…… 리자여……. 나는 여전히, 그렇지, 정말 여전히 그 천사를 사랑하고 있는데, 그 두 모녀의 태도는 어쩐지 내게서 무언가 탐지해내어, 나로부터 모든 것을 캐내고 나서는 내가 알 게 뭐냐 하는…… 그런 목적으로 나를 불렀던 것만 같아. 아니 틀림없이 그래.」
　「아무리, 그럴 수가 있겠어요!」 나는 참다못해 이렇게 소리쳤다.
　「여보게, 난 지금 완전히 고립되었네. 요컨대 우스운 얘기지만, 아무튼 생각 좀 해보게. 그 집까지도 온통 비밀에 사로잡혀 있지 않은가? 두 모녀는 나에게 달려들어, 예의 그 코에 대한 것, 귀에 대한 것, 그리고 페체르부르그에서의 비밀까지 미주알고주알 캐물으려 하더군. 그들은 니콜라스가 사 년 전 여기서 한 일을 이번에 처음으로 안 모양이더군.『당신은 여기 계시면서 직접 보셨으니까 아시겠지요. 그가 머리가 돌았다는 게 사실입니까?』하고 말이야. 도대체 어디서 그런 생각이 나온 것인지 모르겠어. 이해가 안 가. 왜 프라스코비야 부인은 니콜라스를 실성한 사람 취급을 하는 것일까. 그 여자는 정말 그렇게 되기를 바라고 있어. 정말이야! 그 모리스인가, 아니 마브리키 니콜라예비치인가 하는 친구는 좌우간 좋은 친구야. 하지만 그것이 당사자를 위하는 것이 될 수 있을까? 더구나 그 여자가 일부러 파리에서 집의 불쌍한 친구(바르바라 부인을 가리킴)에게 그런 편지를 쓴 뒤니까……. 요컨대 나의 친애하는 친구인 소위 프라스코비야 부인은 하나의 훌륭한 타입이지, 고골리가 불후한 타입으로 만든 코로보치카 부인(작은 상자 부인,

《죽은 혼》에 나오는 인물)이지. 다만 이 작은 상자 부인은 심술궂고 싸움 좋아하고 무한히 확대된 우리가 작은 상자라 부를 뿐이지.」

「그러다가는 트렁크 부인이 되어 버리겠군요. 자꾸 확대되다가는 말이에요.」

「그렇다면 축소된 거라도 좋아, 어느 거나 다 마찬가지니까. 아무튼 말을 중단시키지 말아 주게. 내가 자꾸 말이 혼동되니까. 그들은 서로 말다툼을 하고 헤어졌나 봐. 리자는 빼놓고 말이야. 리자는 지금도 여전히 『아주머니, 아주머니』 하거든. 그렇지만 리자는 간사해서 뭔가 속셈이 있는 것 같아. 비밀이 있어. 한데 늙은이들끼리는 말다툼을 한 게 분명해. 사실 그 불쌍한 아주머니는 누구에게나 포학하거든……. 아무튼 지사 부인이 나타났고, 사교계 전체가 냉담해졌고, 카르마지노프가 『불손한 태도』를 보인 탓도 있지. 여러 가지 일이 엎친 데 덮쳐서 말이야. 이런 판국에 불쑥 아들이 미쳤다는 따위의 말이 튀어나왔으니 말이야. 게다가 그 리푸친의 문제, 그건 도저히 영문을 모르겠어. 또 말을 들으니 그 여자가 식초로 머리를 적시고 법석을 떨었다고 하더구먼……. 거기다 대고 우리가 호소를 하고, 편지질을 하기도 했으니……. 아아, 나는 그 여자를 무척 괴롭혔던 거야! 하필이면 고르고 골라서 바로 그런 때에 말일세! 난 배은망덕한 놈이야! 글쎄, 그런데 내가 집에 돌아와 보니까 그 여자로부터 편지가 와 있지 않겠나? 읽어 보게, 읽어 봐! 나는 정말 배은망덕한 짓을 했어.」

그는 방금 받은 바르바라 부인의 편지를 내놓았다. 부인은 아침에 써보낸 『집에 계십시오.』라는 말을 후회하고 있는 듯싶었다. 이번 편지는 정중한 글귀였으나 그래도 역시 내용은 간단하고 단호한 것이었다. 다름 아니라 모레 일요일 열두 시 정각에 꼭 집으로 와달라, 그리고 될 수 있는 대로 누구 한 사람 친구를 데리고 와달라는 것이었다(괄호 안에 내 이름이 적혀 있었다). 동시에 부인은 자기 쪽에서도 다리아의 오빠로서 샤토프를 초대할 것을 약속하고 있었다. 『당신은 그 여자의 입으로부터 마지막 확답을 들을 수 있을 것입니다. 그것으로 만족하시겠지요? 이런 형식적인 수속이 필요했었나요?』

「그 맨끝에 있는 형식적 운운한 짜증스러운 문구를 주의해 보게. 가엾어, 정말 가여운 사람이야, 내 일생을 통해 단 한 사람의 친구가 아닌가! 그러나 사실, 내 운명은 이 뜻밖의 결정 때문에 아주 압사해 버리고 만 꼴이 되어 버렸다네……. 나는 고백하지만, 이제까진 그래도 일루의 희망을 가지고 있었다네. 그러나 이젠 모든 게 끝장났네. 난 다 알고 있어, 만사가 끝난 거야. 무서운 일이야. 아아, 돌아오는 일요일이라는 게 없고, 모든 게 옛날과 같았으면! 자네도 나를 매일 찾아 줄 테고, 나도 여기서…….」
「아까 리푸친이 조작한 추잡한 얘기가 당신의 머릿속을 완전히 휘저어 놓고 말았군요.」
「여보게, 자네는 지금 그 우정의 손길로 또 다른 상처를 건드리는군그래. 그러한 우정의 손길이란 자칫하면 잔혹한 것이 되네. 때로는 이치에 닿지 않을 때도 있지. 실례지만 자네는 믿어 주지 않을지 모르나, 난 이미 그 추잡한 이야기는 거의 잊고 있었네. 아니, 결코 잊었던 건 아니지만, 원래가 어리석은 성품이라, 리자의 집에 있는 동안만은 행복해지려고 애썼어. 그리고 나는 행복하다고 스스로 다짐했었지. 그러나 지금은…… 지금 나는 저 도량이 넓고 인도적인 부인을 생각하고 있어. 나의 추한 결점에 대해 참을성있게 견디어 준 부인을 말일세, 하기야 아주 참을성이 많은 편은 아니지만. 그러나 내 자신이 어떤 인간이고, 얼마나 공허하고 고약한 성격을 지닌 인간인가를 생각한다면, 이런 말을 할 처지도 못 되지! 사실 나는 바보 같은 어린아이나 다름없어. 그 주제에 어린아이 특유의 이기심만은 고스란히 가졌으면서 그 천진난만성이란 전혀 없거든. 그분은 이십 년 동안이나 마치 유모와 같이 나를 보살펴 주었지. 그 불쌍한 아주머니, 이건 리자가 생각해낸 우아한 호칭이라네……. 그런데 이십 년이 지나자 그 아이가 갑자기 결혼을 하겠다는 거야. 빨리 장가를 보내 달라고 연방 독촉 편지를 써대는 거야. 그래서 그분은 식초로 머리를 적시는 등 한바탕 소동을 피우게 되었던 거네……. 그런데, 드디어 그 소원이 이루어져, 이번 일요일에는 어엿한 신랑이 되는 거야, 농담이 아닐세……. 그러나저러나 내가 어쩌자고 그렇게 생떼를 쓰고 편지를 써댔을까? 아, 깜박 잊고 있었지만 리자는 다리아를 하느님처럼 숭배하고 있다네. 적어도 그렇게 말하고 있다네. 그 여자는 다리아를 『천사 같은 사람예요, 좀 내성적이긴 하지만.』 이렇게 말하고 있어. 좌우간 모녀가 함께 권유해 주었다네. 프라스코비야까지도…… 아니, 프라스코비야는 권유해 주지 않았군. 정말이지 그 『작은 상자』 속에는 끔찍이도 독이 많이 숨겨져 있으니까! 그리고 리자 역시 진정으로 권유해 준 셈은 아니었어. 뭐랬는 줄 아나? 『무엇 때문에 결혼을 하세요? 지식을 즐기시는 것만으로도 충분하실 텐데.』하며 까르르 웃어대는 거야. 나는 그 웃음을 용서해 주었네. 그녀 자신도 불쾌해하는 것 같아서 말이야. 그리고 모녀가 이렇게 말하지 않겠나. 『하지만 당신에겐 역시 여자가 있어야 할 거예요. 점점 늙어가니까요. 그땐 그 여자가 시중을 잘 들어 줄 거예요. 그렇잖으면 또……..』 사실이지, 나 자신만 하더라도 지금 자네와 이야기하는 동안, 내내 마음속으로 이런 생각을 했었다네. 이건 힘하고 험한 내 생애의 막바지에 즈음하여 하느님께서 그 여자를 나에게 보내 주시는 거다, 틀림없이 그 여자는 내 시중을 잘 들어 줄 거다, 그리고 또…… 살림살이에 있어서도 둘도 없는 사람이 될 거라고 말일세. 보게. 여기 내 방은 이렇게 먼지투성이지. 저것 좀 보게. 저렇게 엉망이라네. 조금 전에 치우라고 일렀는데도 저렇게 방바닥에 책이 굴러다니고 있다네. 그 불행한 여자친구는 내 방이 먼지투성이라고 늘 화를 내곤 했지……. 아아, 이제는 그 여자의 쩌렁쩌렁 울리는 목소리도 들리지 않게 될 거야! 이십 년! 그런데 그 모녀는 무명(無名)의 편지를 여러 통 가지고 있는 것 같아. 정말 놀라운 일이지. 니콜라스가 레뱌드킨에게 영지를 팔아 버렸다니 놀라운 일이 아니고 뭐겠나. 결국 레뱌드킨이란 자가 어떤 작자냐 하는 게 문제거든. 리자는 열심히 듣고만 있었지! 아주 열심히 듣고 있었지. 내가 그 웃음을 용서해 준 것도, 그 이야기를 듣고 있는 모습이 진지했기 때문이네. 한데 그 모리스…… 나 같으면 지금 그가 하고 있는 역할은 맡지 않겠어. 좌우간 정직한 사람이지만, 조금 지나치게 내성적이야. 하긴 그 사람 일이야 아무래도 상관없네만…….」

그는 입을 다물었다. 지칠 대로 지쳐서 녹초가 된 듯이 물끄러미 방바닥을 내려다보며 힘없이 머리를 숙이고 앉아 있었다. 나는 이야기가 중단된 것을 계기로 그 필립포프 집을 방문했던 이야기를 했다. 그 말 끝에 무뚝뚝하고 무미건조한 말투로 나의 의견을 말해 보았다. 즉, 레뱌드킨의 누이동생(난 아직 본 일이 없지만)은, 리푸친의 말대로 니콜라스가 수수께끼 같은 생활을 보내고 있던 시절에 실제로 그의 희생이 되었을는지 모른다. 그리고 레뱌드킨이 무엇 때문인지는 모르나 니콜라스로부터 돈을 받고 있다는 것도 얼마든지 있을 수 있는 일이다. 하지만 그건 그저 그렇다는 것뿐인 듯하다.

다리아에 대한 비방은 그야말로 터무니없는 소리이며, 리푸친 녀석이 억지로 발라맞춘 것에 불과하다. 적어도 키릴로프가 기를 쓰고 그 소문을 부정하고 있는 이상, 우리는 그의 말을 믿지 않을 수가 없는 것이다.
 스체판 선생은 마치 자기와는 아무 관계도 없는 남의 얘기라도 듣는 것처럼 멍하니 내 설명을 듣고 있었다. 나는 말하던 김에 키릴로프와의 대화를 이야기하고, 어쩌면 그 사람은 머리가 돈 사람인지도 모르겠다고 덧붙였다.
 「그 친구는 머리가 돈 게 아니라 가벼운 사상을 가진 축의 하나지.」 그는 귀찮아 마음이 내키지 않는다는 듯이 입 속으로 우물거렸다. 「그런 축들은 자연과 인간 사회를 신이 창조한 것과도 또 실제로 있는 것과도 다르게 상상하고 있지. 사람들은 그런 친구들과 곧잘 어울리고 싶어하지만 적어도 스체판 베르호벤스키만은 그렇지가 않지. 나는 친애하는 나의 여자 친구와 함께 페체르부르그에서 그런 자들을 만난 적이 있는데(사실 그때 나는 그 여자를 얼마나 모욕했는지!), 난 그들의 욕설뿐만 아니라 칭찬까지도 조금도 놀랍게 생각하지는 않았지. 지금도 겁내지 않아. 자, 이제 다른 얘기나 하세……. 난 아무래도 엉뚱한 짓을 한 것 같아. 글쎄 난 어제 다리야에게 편지를 보냈거든. 그래 놓고…… 지금 와서 그런 짓을 한 내 자신을 저주하고 있네!」
 「무슨 말을 쓰셨나요?」
 「아무튼 이도저도 다 고결한 심정에서 한 것만은 사실이네. 난 그 여자에게 닷새 전에 니콜라스 앞으로 편지를 띄웠다고 써보냈어, 이것도 역시 고결한 심정에서야.」
 「이제야 알겠습니다!」
 나는 발칵해서 소리쳤다.
 「무슨 권리가 있어서 당신은 그런 식으로 그 두 사람을 대조시키는 겁니까?」
 「여보게, 나를 그렇게까지 몰아세우지 말아 주게. 제발 고함은 치지 말아 주게. 안 그래도 난, 난…… 마치 바퀴벌레처럼 짓밟힌 몸이네. 그리고 난 이걸 오히려 고결한 행위라고 알고 있네. 가령 무슨 일이 실제로…… 스위스에서 일어났다…… 아니, 일어날 뻔했다고 가정해 보게. 난 미리 그들의 심중을 알아 둘 의무가 있지 않겠는가? 말하자면 그들의 마음에 방해가 안 되도록, 그들의 앞길을 막지 않도록 말일세……. 난 말하자면 고결한 심정에서 한 일이야……」
　「정말 어리석은 짓도 하셨지!」 나도 모르게 이런 말이 입밖으로 튀어 나왔다.
　「어리석은 짓이지, 어리석은 짓이고말고.」 하고 그는 말을 받아넘겼다. 「자네가 이때까지 한 말 중에서 제일 마음에 들었어. 정말 어리석은 짓이었어. 그러나 하는 수 없지. 이왕 지난 일이니까 어차피 결혼은 하는 거니까.『다른 이의 죄업』과 결혼한대도 도리가 없지. 고러고 보면 편지 같은 건 쓸 필요가 없었던 거야. 안 그런가?」
　「또 그런 말씀을!」
　「오, 이제는 아무리 고함을 질러도 나를 놀라게 하지는 못할 거야. 지금 자네 앞에 서 있는 건 예전의 스체판 베르호벤스키가 아닐세. 그는 이미 매장되었어. 즉 만사가 끝장난걸세. 그런데, 자네는 무엇 때문에 고함을 지르나? 요는 자네가 결혼하는 당사자는 아니기 때문이야. 그 거추장스러운 머리장식을 쓰는 사람이 자네가 아니기 때문일세. 또 자네를 못마땅하게 했나? 자넨 가엾은 사람이야. 자넨 아직 여자라는 걸 몰라. 그러나 나는 지금 그 연구를 하고 있는 중일세.『만일 전세계를 정복하려거든, 우선 그대 자신부터 정복하라.』 이건 처남인 샤토프의, 자네와 똑같은 낭만파의 말로서 단 한 가지 성공한 좌우명일세. 나는 처남의 말을 즐겨 여기서 인용하네. 그래, 나는 스스로를 정복할 셈인데, 얻어지는 게 뭘까? 전세계는 고사하고 말일세. 여보게, 결혼이란 모든 자랑스러운 혼과 어떤 것에도 매이지 않는 독립된 마음에는 정신적 죽음이네. 결혼 생활은 나를 육욕에 빠지게 하고, 사업에 봉사할 정력과 용기를 빼앗아 버릴걸세. 그러다가 아이라도 생기면…… 그것도 어쩌면 내 아이가 아닐는지 모르지. 뭐, 뻔한 일이지. 내 아이가 아냐. 현자는 진실을 직시하기를 서슴지 않는다네……. 리푸친은 아까 바리케이드를 쳐서 니콜라스를 방비하라고 했지만, 리푸친 그자는 바보야. 여자란, 가장 투철한 눈마저 속이는 법이니까. 물론 저 선량한 하느님께서 여자를 창조할 때 그것이 어떤 것인지를 잘 알고는 있었겠지만, 내가 믿기로는 여자 자체가 하느님께 훼방을 놓아서 지금과 같은 형태로…… 말하자면 그런 속성을 가진 것으로 만들어지고 말았던 것일세. 그렇지 않고서야 누가 그런 귀찮은 일을 했겠는가. 나스타샤는 나의 이런 방자한 생각을 들으면 화를 낼 테지……. 그렇지만, 결국 만사는 끝장이 난 거야!」
 만약 그가 한때 유행하던 허울 좋은 값싼 자유 사상이라도 입에 담지 않았더라면 그는 도저히 이성을 되찾지 못했을 것이다. 적어도 지금은 그런 허울 좋은 소리로 스스로를 자위했다. 그러나 그것도 그리 오래 가지는 못했다.
「오, 어째서 모레라는 날이, 이번 일요일이 있어야만 하는걸까?」그는 갑자기 아주 절망적으로 소리쳤다. 「무엇 때문에 이번 단 한 주일만이라도 일요일 없이는 지낼 수 없단 말인가! 만일 기적이 있다면, 달력에서 일요일 하나를 말살하는 것쯤 하느님으로선 그리 어려운 일도 아닐 텐데! 적어도 그렇게 함으로써 무신론자들에게 하느님의 전능하심을 보여 주게 될 뿐더러 모든 것이 명백하게 될 텐데! 아, 나는 그 사람을 사랑해왔어. 이십 년, 꼬박 이십 년 동안. 그런데도 그 사람은 한 번도 내 마음을 알아 주지 않았어!」
「도대체 누구 얘기를 하시는 겁니까? 무슨 소린지 도무지 난 모르겠는데요!」하고 나는 놀라서 물었다.
「이십 년! 게다가 그 사람은 한 번도 내 마음을 알아 주지 않았어. 오, 얼마나 잔인한 일인가! 정말, 그분은 내가 공포나 필요성 때문에 결혼하는 줄로 생각하고 있는 것일까? 오, 수치스러운 일이지!『아주머니, 아주머니』, 모두가 그야말로 당신 때문입니다! 아, 그분에게, 『아주머니』에게 이 사실만은 꼭 알려야 하겠어. 나는 이십 년 동안 그분 하나만을 숭배해왔어! 그분은 꼭 이 사실을 알아야만 해. 알지 않으면 안돼. 그렇지 않으면 강제로 나를 소위 화촉의 자리로 끌고 가는 거나 다를 바 없어!」
 나는 처음으로 이 고백, 이토록 힘차게 표현된 고백을 들었다. 게다가 솔직히 말하자면 나는 웃음이 터져나올 것만 같아 견딜 수가 없었다. 그러나 그것은 내 잘못이었다.
「그렇다. 그애 한 사람뿐이다! 그애가 지금 나에게 남아 있는 유일한 사람, 나의 유일한 희망이다!」갑자기 뜻밖의 상념에 감동된 것처럼 그는 느닷없이 손바닥을 마주쳤다. 「지금은 오직 그애 하나뿐이다. 그 불행한 자식이 나를 구해 줄 뿐이다. 그런데 아, 왜 돌아오지 않는 것일까! 오, 내 아들, 페트루샤…… 나는 아버지 자격이 없지만, 차리리 호랑이라고 하는 편이 낫겠지만…… 여보게, 이제 날 좀 내버려둬 주게. 난 좀 누워서 생각을 정돈해야겠네. 피곤해. 아주 피곤해. 그리고 자네도 잘 시간이 아닌가. 보게, 자정이야…….」

제 4 장   절름발이 여자

1

샤토프는 별로 고집을 부리지 않고 내가 써놓은 편지대로 정오에 리자 베타네 집으로 왔다. 우리는 거의 동시에 안으로 들어갔다. 나도 이것이 첫번째 방문인 셈이다. 모두들, 즉 리자와 그녀의 어머니와 마브리키는 홀에 앉아서 말다툼을 하고 있었다. 어머니가 리자에게 왈츠곡을 피아노로 쳐달라고 했는데, 리자가 그 곡을 치기 시작하자, 그것은 딴 왈츠곡이라고 우겨댔다. 마브리키가 고지식한 성격대로 리자의 편을 들어, 그 왈츠임에 틀림없다고 주장했기 때문에 노부인은 화가 나서 울음을 터뜨리고 말았다. 그녀는 병이 나서 걸음도 겨우 걷는 형편이었다. 양쪽 다리가 퉁퉁 부어서 이 삼사 일 동안은 심술만 부려 아무에게나 대들곤 했다. 그러나 리자에게만은 그러지 않았다. 그들은 우리들의 방문을 진심으로 기뻐했다. 리자는 기쁜 나머지 얼굴을 붉히면서 나에게 고맙다고 말하고는(물론 샤토프를 데리고 온 인사로) 그에게로 다가가서 신기한 듯이 이리저리 훑어보았다.

샤토프는 문 앞에 어색하게 서 있었다. 리자는 그에게 찾아와 주어서 고맙다고 인사를 하고 어머니에게로 안내했다.

「이분이 언젠가 말씀드린 샤토프 씨이고, 이분은 G씨라고, 저에게나 스체판 선생님에게나 아주 절친한 친구예요. 마브리키 씨도 어제 인사했어요.」

「어느 분이 교수님이시냐?」

「교수님은 아무도 안 계세요.」

「아냐, 계실 거야. 아마 이분일 테지.」 하고 노부인은 딱딱한 표정으로 샤토프를 가리켰다.
 「제가 언제 어머니한테 교수님이 오신다고 했어요. G씨는 직장에 근무하시고 샤토프 씨는 전에 대학생이었어요.」
 「대학생이나 교수나 대학에서 오시긴 마찬가지 아니냐. 너는 늘 말대꾸하기를 좋아하더라. 그 스위스에 있던 교수님은 콧수염도 길렀고 턱수염도 길렀더랬지.」
 「어머니는 스체판 선생님의 아드님을 밤낮 저렇게 교수님 교수님 한답니다.」 리자는 이렇게 말하며 샤토프를 데리고 홀 한쪽 끝에 있는 소파 쪽으로 가버렸다. 「어머니는 다리가 부으면 늘 저렇답니다, 이해하시겠지만 병중이라서 그러세요.」 하고 그녀는 샤토프에게 속삭였으나 여전히 굉장한 호기심을 가지고 상대방의 전신, 특히 정수리에 곤두서 있는 고수머리를 유심히 바라보았다.
 「댁은 군인이세요?」 노부인이 나에게 물었다.
 리자는 무정하게도 이 노부인 곁에 나를 두고 가버렸던 것이다.
 「아닙니다, 전 직장에 나가고 있습니다……」
 「G씨는 스체판 선생님의 절친한 친구시랍니다.」 하고 리자가 거들었다.
 「스체판 트로피모비치한테서 일하고 계시나요? 그 사람도 교수지요?」
 「아이 어머니도, 어머니는 밤에도 교수 꿈만 꾸실 거야.」 하고 리자가 답답하다는 듯이 소리쳤다.
 「꿈은커녕, 생시에 보는 것만으로도 충분하다. 너는 왜 그렇게 이 어미에게 대들기를 좋아하냐? 그래, 댁은 사 년 전 니콜라이가 왔을 때도 역시 이곳에 계셨나요?」
 나는 그렇다고 대답했다.
 「그때 당신들 가운데 영국 사람이 있었나요?」
 「아니오, 없었습니다.」
 「그것 보렴, 영국 사람은 전혀 없었다지 않니? 그러고 보면 모두가 거짓말이야. 바르바라 부인도 그렇고, 스체판 트로피모비치도 그렇고, 둘 다 거짓말을 하고 있어. 아, 모두가 거짓말만 하고 있어.」
 「그건 아주머니 때문이에요. 스체판 선생님도 어제 그렇게 말씀하셨어요

……. 니콜라이는 셰익스피어의 《헨리 4세》에 나오는 해리 왕자와 닮은 데가 있다고요. 어머니가 영국 사람이라는 건, 바로 그걸 두고 하는 이야기예요.」 하고 리자가 설명해 주었다.

「해리가 없었다면, 즉 영국 사람도 없었다는 얘기가 아니냐. 니콜라이가 혼자서 장난을 쳤구나.」

「어머니는 말이에요, 일부러 저러시는 거예요.」 리자는 샤토프에게 변명할 필요를 느끼고 이렇게 말했다. 「어머니는 셰익스피어를 잘 알고 계세요. 《오델로》의 『제1막』은 제가 읽어 드렸답니다. 하지만 지금은 몸이 편찮으시니까……. 저, 어머니, 열두 시를 치는군요. 약 잡수실 시간이에요.」

「의사선생님께서 오셨습니다.」 하녀가 문 앞에 나타났다.

노부인은 일어나서 개를 부르기 시작했다.

「제미르카, 제미르카, 너라도 나하고 같이 가자꾸나.」

초라하게 생긴 조그만 늙은 개 제미르카는, 말을 듣지 않고 리자가 앉아 있는 소파 밑으로 기어들어가 버렸다.

「싫으냐? 그럼 나도 너 같은 건 싫다. 실례하겠어, 난 댁 이름을 몰라서.」 하고 노부인은 나에게 말했다.

「안톤 라브렌치예비치…….」

「들으나마나 마찬가지예요. 난 들어 봐야 금방 한쪽 귀에서 한쪽 귀로 흘려 버리니까요. 마브리키, 나오지 말고 그냥 앉아 있어요. 난 그저 제미르카를 불렀을 뿐이니까. 다행히도 아직은 혼자서 걸을 수가 있어요. 내일은 마차로 산책이나 나갈까 봐.」

노부인은 화난 듯이 홀을 나가 버렸다.

「안톤 라브렌치예비치, 잠깐 마브리키 씨와 얘기 나누시겠어요. 전 단언해 두지만, 두 분 다 서로가 가까워지고 나면, 정말 잘했다고 생각하시게 될 거예요.」

리자는 이렇게 말하고 나서 마브리키에게 다정한 미소를 보였다. 그는 리자의 윙크로 기뻐서 어쩔 줄을 몰라 온 얼굴이 활짝 빛났다.

나는 하는 수 없이 그대로 남아서 마브리키와 이야기를 나누게 되었다.

2

 놀랍게도 샤토프에 대한 리자베타의 용건이란 완전히 문학에 관한 일뿐이라는 것을 알았다. 나는 이유는 잘 모르지만, 그녀가 샤토프를 부른 것은 무슨 다른 일 때문인 줄로만 알고 있었다. 우리들 즉 나와 마브리키는, 그 두 사람이 별로 숨기는 기색도 없이 제법 큰소리로 이야기를 하는 바람에 차츰 그쪽에 귀를 기울이기 시작했다. 나중에는 오히려 그쪽에서 우리에게 의논을 청해왔다. 이야기란 다름 아니라, 그녀 자신의 의견에 의할 것 같으면 리자베타는 벌써 오래 전부터 매우 유익한 책을 출판할 생각을 갖고 있었으나, 그 방면으론 전혀 경험이 없기 때문에 협력자를 필요로 하고 있다는 것이었다. 샤토프에게 자기 계획을 설명하는 그녀의 진지한 태도는, 오히려 나를 놀라게 했을 정도이다.

 『틀림없이 새로운 여성이야』라고 나는 생각했다. 『과연 스위스에 있었던 사람답군. 역시 멋으로 있었던 게 아니야.』

 샤토프는 방바닥을 뚫어지게 내려다보며 주의깊게 듣고 있었다. 그리고, 상류 사회의 경박한 아가씨가 흔히 저지를 수 있는, 이런 어울리지도 않은 일에 손을 댔다는 사실에 대해 조금도 이상히 여기는 눈치는 없었다.

 그 문학적인 사업이란 다음과 같은 것이었다. 지금 러시아에는 중앙이나 지방을 통틀어 무수한 신문 잡지가 발간되고 있다. 그 속에는 매일같이 무수한 사건들이 보도되고 있지만, 일 년만 지나면 어느 집에서나 신문은 벽장 속에 쌓아 놓거나 먼지투성이가 되도록 버려 두거나, 찢거나, 아니면 포장지나 덮개 용지로 사용해 버리고 만다. 그래서 일단 발표된 많은 사실들은, 한때 독자에게 인상을 주어 기억에 남기는 하지만, 해가 거듭될수록 점점 잊혀지게 된다. 대부분의 사람들은 나중에 뭘 좀 조사해 보고 싶어도 그 사건이 일어난 날짜도, 장소도, 달도 모르는 일이 많으므로 그 무진장으로 쌓인 신문지 더미에서 그것을 찾아내기란 용이한 일이 아니다. 그래서 이런 사건들을 일 년마다 한 권의 책으로 묶어 보는 것이 어떨까. 일정한 계획에 따라 일정한 사상을 기준으로 차례와 색인을 붙여서 월 일 순으로 배열하면 어떨까. 신문 잡지에 발표되는 사실은, 실제로 일어나는 사건에 비한다면 극소수의 작은 한 부분에 지나지 않지만, 그래도 이렇게 한 묶음이 된 사실들은 지난 일 년 동안의 러시아 생활의 진수를 명백하게 그려낼 것이 틀림없다.
「그렇다면, 무수한 신문지 대신 몇 권의 방대한 책이 나올 뿐이 아닙니까?」하고 샤토프가 말했다.
그러나 리자베타는 설명하기가 어려워 설명이 제대로 되지 않음에도 불구하고 여전히 굴하지 않고 열심히 자기 착안을 변호하는 것이었다. 책을 한 권으로 하되 너무 두껍지 않게 해야 한다. 가령 두꺼워지는 한이 있더라도 명료하지 않으면 안 된다. 왜냐하면, 요는 사실의 배열 방법과 그 성질에 있기 때문이다. 물론 모든 사건을 다 수집해서 인쇄하기란 불가능하다. 정부의 명령이나 행정 조치, 지방령이나 법규 따위는 중대한 사실이기는 하지만, 예정된 발간에서 이런 종류의 사실은 모두 빼어 버려도 무방하다. 또 여러 가지 사건을 삭제하고, 다소나마 그 시대 국민들의 정신적 개인적 생활, 러시아 국민의 개성을 표시할 수 있는 사건을 선택하는 것만으로도 족하다. 물론 그 책에는 어떤 일이라도 실을 수가 있다. 재미있는 이야기, 화재, 의연금 모집, 선행, 악행의 가지가지, 모든 의견이나 연설, 홍수의 보도, 또는 자진해서 정부의 포고 따위도 실을 수가 있다. 그러나 뭐라고 해도 그 시대를 묘사해 낼 수 있는 것만을 선택해야 한다. 모든 사건은 일정한 해석과 일정한 의도와 일정한 사상에 의하여 편집되어, 그 사상에 전체가 반영되어야만 한다. 또 마지막으로 이 책은 조사의 참고용으로만 소용될 뿐 아니라 가벼운 읽을거리로서도 재미있는 것이 되어야 한다. 말하자면 이 책은 일 년 동안에 있었던 러시아의 정신적, 윤리적 내부 생활의 화폭이 되어야만 한다.
「모두가 사도록 해야 해요. 저는 이 책을 책상 위의 비치품으로 만들고 싶어요.」하고 리자는 주장했다. 「전, 이 일의 성패는 다만 연구 하나에 달려 있다는 것을 알고 있어요. 그래서 당신에게 부탁드리는 거예요.」하고 그녀는 말을 맺었다. 그 태도가 너무나 열심이어서, 그 설명이 모호하고 불충분한데도 샤토프는 차츰 납득이 가기 시작했다.
「말하자면, 뭔가 경향을 띤 것이 되는 셈이군요. 어느 일정한 방향을 정하고 사실을 골라내야겠군요.」여전히 고개를 들지 않고 그는 중얼거렸다.
「결코 그렇진 않아요. 어떤 특정한 경향 아래 취사할 필요는 없어요. 그리고 경향 같은 것은 일체 필요가 없구요. 공평무사, 이게 경향이에요.」

「경향도 그리 나쁜 건 아닙니다.」하고 샤토프는 꾸물꾸물 몸을 움직거리면서,「또, 조금이라도 취사가 가해지는 이상, 전혀 경향을 피할 수는 없습니다. 사실의 취사 속에 해석의 방향을 엿볼 수 있으니까요. 아무튼, 좋은 착안입니다.」
「그럼, 그런 책도 될 수 있단 말씀이세요?」하고 리자는 흐뭇해했다.
「하지만, 침착하게 잘 고려하지 않으면 안 됩니다, 꽤 큰 사업이니까요. 금방은 좀 짐작이 가지 않습니다. 경험이 필요합니다. 게다가 막상 책을 내는 단계가 되더라도, 출판 방법을 뭘로 하는가, 이것이 쉬운 문제가 아닙니다. 여러 가지 경험을 쌓아야 겨우 납득이 갈 테니까. 하지만, 생각만은 그것으로 됐습니다. 훌륭한 착상입니다.」
그는 간신히 눈을 들었는데, 그 눈동자는 만족의 빛으로 빛나고 있었다. 그는 완전히 끌려들어간 것이다.
「이건 당신 자신의 착상입니까?」하고 그는 부드럽게, 좀 수줍은 듯이 리자에게 물었다.
「착안은 그리 힘드는 일이 아니잖아요? 힘든 건 계획을 짜는 일예요.」하고 리자는 방긋이 웃었다.
「저는 그리 아는 것도 없고, 별로 영리한 편도 아니라서, 그저 똑똑히 아는 것만 추구하죠……」
「추구요?」
「말을 잘못 했나 보죠?」하고 리자는 재빨리 물었다.
「그 말로도 괜찮을 겁니다, 나는 별로.」
「저는 외국에 있을 때부터, 나도 무언가 유익한 일을 할 수 있을 텐데 하는 기분이 들었어요. 내 자신의 돈을 가졌으면서, 그걸 쓸데없이 묵혀 놓고 있거든요. 저라고 공공 사업을 위해서 일하지 말란 법은 없잖아요? 그리고 이 생각은 아주 자연스럽게 머리에 떠올라온 거예요. 별로 생각해내려고 한 것도 아니니까, 이 생각이 떠올랐을 때는 여간 기쁘지 않았어요. 하지만 곧 이건 누군가가 도와 주는 분이 있어야 한다고 깨달았죠. 저 혼자로는 아무것도 할 수 없는걸요. 그 협력자는 물론, 또 책의 공동 출판자가 되는 거예요. 우린 반반씩 맡아서 하기로 해요. 당신의 계획과 수고, 그리고 제 착안과 자본, 어때요 채산이 맞겠죠?」

「계획만 옳게 짠다면, 확실히 이 책은 성공할 겁니다.」
「미리 말씀드리지만, 전 결코 영리를 위해서 하는 건 아니에요. 하지만 책이 많이 팔리기를 바래요. 그리고 이윤이 있는 것을 자랑으로 생각하겠어요.」
「그렇습니까, 그런데 나는 어떤 위치에 서게 되지요?」
「제 협력자가 되어 주십사고 말씀드리고 있잖아요……? 반반씩이에요, 당신이 계획을 짜주시는 거니까.」
「어째서 당신은 그 계획을 짤 힘이 내게 있다고 생각하십니까?」
「소문도 들었고, 여기 온 뒤에도 여러 가질 들었거든요……. 아주 현명한 분이시구…… 건실한 일을 하고 계시구…… 사색도 많이 하고 계신다는 것을 전 잘 알고 있거든요. 스위스에서 표트르 스체파노비치(베르호벤스키의 아들) 한테서도 당신 얘기를 들었답니다.」하고 그녀는 재빨리 덧붙였다.「그이도 무척 영리한 분이에요, 그렇잖아요?」
샤토프는 순간 스치는 듯한 눈길로, 잠깐 그녀의 얼굴을 쳐다보더니 이내 아래로 내리깔아 버렸다.
「니콜라이 브세볼로도비치도, 당신 얘기를 여러 가지 해주셨구요.」
샤토프는 갑자기 얼굴이 새빨개졌다.
「그럼, 여기 신문이 있어요.」하고 리자는 미리 준비해서 묶어 둔 신문 뭉치를 분주한 손짓으로 집어들었다.「선택할 때의 참고로, 여러 가지 사실에 표도 하고, 취사도 하고, 번호도 적어 놔봤어요……. 좀 보세요.」
샤토프는 신문 뭉치를 받아들었다.
「댁에 갖고 가셔서, 봐주세요. 어디시죠, 댁이?」
「보고야블렌스카야 거리에 있는 필립포프네 집입니다.」
「저도 그 집 알아요, 거긴 뭐 레뱌드킨인가 하는 대위가 옆에 살고 있다죠?」여전히 다급하게 리자는 물었다.
샤토프는 받아든 신문 뭉치를 한 손에 쥐고 내려뜨린 채, 가만히 방바닥을 내려다보면서 일 분간쯤 대답도 없이 앉아 있었다.
「그런 일에는 누구 다른 사람을 택하시는 게 좋을 겁니다. 나는 도무지 도움이 안 되겠는데요.」이윽고 그는 웬지 음조를 몹시 내려서 거의 속삭이는 목소리로 말했다.

리자는 얼굴이 확 붉어졌다.
「그런 일이라뇨, 무슨 말씀이시지요? 마브리키 씨!」하고 그녀는 소리쳤다. 「아까 그 편지, 이리 좀 가져다 주세요.」
나도 마브리키를 따라 책상 가까이 다가갔다.
「이걸 좀 보세요.」하고 그녀는 몹시 흥분하여 편지를 펼치면서 갑자기 나를 쳐다보았다.
「대체 이런 걸 보신 적이 있어요? 큰소리로 읽어 봐주세요, 샤토프 씨도 들어 주셨으면 하니까.」
나는 적잖이 놀라면서, 큰소리로 편지를 읽었다.

『완벽한 처녀 투시나 양에게 드림』

엘리자베타 니콜라예브나 양에게!

오오 아름다운 그대여
투시나 양의 아름다움
집안 남자를 거느리고
안장에 걸터앉아 떠나실 때
그대의 머리칼 나슬나슬
부는 바람에 휘날릴 때
혹은 어머니와 나란히
교회 바닥에 무릎 꿇는
경건한 그대의 얼굴이
장미빛으로 물들 때
나는 그대와 버젓이
결혼의 꿈을 꾸면서
어머니와 더불어 돌아가는
그대 뒷모습에 눈물짓노라.

논쟁의 자리에서 무식자가 지은 시

두어 자 적습니다!

　제가 무엇보다도 유감으로 생각하는 것은, 한 번도 세바스토폴리의 땅을 밟지 않았으며, 따라서 그곳에서 두 팔을 잃지 않았다는 것입니다. 당시 저는 그 전쟁의 처음부터 끝까지, 제가 달갑잖게 생각한 천한 군량 공급에 관한 근무에 몰두했습니다. 그대는 여신이시고, 전 일고의 가치도 없는 인간입니다만, 무한이라는 것을 생각하게 되었습니다. 제발 시로서 보아 주시기 바라며, 그 이외에 아무런 뜻도 생각지 말아 주시기 바랍니다. 왜냐하면, 시는 결국 하찮은 잠꼬대라서 산문으로는 실례로 간주되는 일도 시인될 수 있기 때문입니다. 만일 적충류(滴蟲類)가, 현미경으로 보면 무수한 적충류가 우글거리는 한 방울의 물 속에서 태양에 찬가를 바쳤다면, 과연 태양은 이를 노여워하겠습니까? 페체르부르그 상류 사회의 가축 애호회도, 개나 말의 권리를 위해서는 동정의 눈물을 뿌리면서도 적충류에 이르러서는, 그들이 어느 정도의 성장에 도달하지 않았다는 이유로, 전혀 언급도 없이 멸시하고 있습니다. 저도 일정한 성장에 도달하지 않은 자라, 그대와의 결혼을 바란다는 것은 아마도 무척 우스꽝스럽게 여겨질 줄 압니다만, 그러나 저는, 당신이 경멸하시는 어느 인간 증오자의 손을 통하여 머지않아 이백 명의 농노를 거느리는 영지의 주인이 될 것입니다. 아울러 여러 가지 말씀드릴 일도 있고, 증거 서류를 지참하여, 만일 필요하다면 전 시베리아행도 불사하겠습니다. 원컨대, 저의 요청을 일소에 붙이지 말아 주시기를. 시로써 적은 것을, 적충류의 편지로 알아 주시기 바랍니다.

여가를 즐기는 그대의 공손한 벗
레뱌드킨 대위

　「이 편지는, 못된 놈팡이가 술김에 쓴 것입니다.」 하고 나는 분격하여 소리쳤다. 「나는 이자를 알고 있습니다.」
　「어제 이 편지를 받았어요.」 하고 리자는 새빨간 얼굴로 헐떡거리면서 설명을 시작했다. 「전 곧, 어느 바보가 보낸 것이라고 짐작했죠, 그래서 아직 어머니에게 보여 드리지도 않았지요, 이런 걱정까지 시켜 드려서는 큰일이 거든요. 하지만 앞으로도 역시 이런 일이 계속되면, 어떻게 해야 좋을지 모르겠어요. 마브리키 씨는 찾아가서 못 하게 하겠다고 말씀하시지만, 저는 당신을」하고 그녀는 샤토프를 돌아보고,「제 협력자로 생각하고 있었고, 같은 집에 살고 계시니까, 당신 판단에 그 사람이 앞으로도 다시 어떤 짓을 하겠는지, 그 말씀을 좀 듣고 싶었어요.」

「주정꾼이고 놈팡이입니다.」하고 샤토프는 내키지 않는 말투로 중얼거렸다.

「언제나 이런 바보 같은 사람이에요?」

「아닙니다, 취하지 않았을 때는, 결코 바보가 아닙니다.」

「나는 꼭 이 녀석과 같은 시를 지은, 어떤 장군을 알고 있지요.」하고 나는 웃으면서 말했다.

「이 편지로 보더라도, 틀림없이 무슨 꿍꿍이 속이 있다는 것을 알 수 있습니다.」 말없는 마브리키가 갑자기 끼여들었다.

「이 사람은 누이동생과 함께 있다죠?」하고 리자가 물었다.

「네, 누이동생과 함께 삽니다.」

「그 누이동생을 못살게 군다는데, 정말이에요?」

샤토프는 다시 힐끔 눈을 빛내더니, 얼굴을 찌푸리면서,「그건 내가 알 바 아닙니다!」하고 중얼거리고는 그대로 그대로 문간을 향해 걸어갔다.

「어마, 잠깐 기다리세요.」하고 리자는 걱정스러운 듯이 소리쳤다.「어딜 가세요? 아직 여러 가지로 말씀드리고 싶은 일이 있는데……」

「무슨 말씀을 하시렵니까? 내일 제가 알려 드리지요……」

「아녜요. 저, 제일 중요한 일, 인쇄에 관한 일예요! 정말예요, 전 농담이 아니라 진지하게 이 일을 하고 싶어하고 있으니까요.」

점점 불안이 더해가는 모양으로 리자는 열심히 말했다.「만일 정말로 낸다면, 어디서 인쇄하면 좋을까요? 이게 제일 중요한 문제예요. 그 때문에 일부러 모스크바에 갈 수도 없고 이곳 인쇄소에서 그만한 인쇄는 도저히 할 수도 없구요. 저는 전부터 내가 인쇄소를 한번 차려 볼까 하고 생각하고 있었죠, 당신 성함이라도 빌어서 말이에요. 어머니도 당신 이름이라면 허락해 주실 거예요, 네, 틀림없어요……」

「어째서 내가 인쇄장이가 될 수 있다고 생각하십니까?」하고 샤토프가 까다롭게 반문했다.

「그건, 스위스에 있을 때부터, 표트르 스체파노비치가 당신 이름을 지명해 주셨어요. 당신은 인쇄사업을 경영하실 수가 있다, 사무에 정통하시다고 말씀하시면서. 그리고 직접 당신 앞으로 편지를 쓰시겠다고까지 말씀하셨어요, 전 부탁드리는 것을 잊었지만.」
 지금 생각해 보니, 샤토프는 갑자기 얼굴빛이 변한 것 같다. 그는 이삼 초 동안 가만히 서 있더니 갑자기 방에서 홱 나가 버렸다.
 리자는 몹시 화를 냈다.
「저 사람, 언제나 저런 식으로 돌아가나요?」하고 나를 돌아보았다.
 나는 어깨를 움찔해 보였다. 갑자기 샤토프가 되돌아왔다. 그리고 책상으로 성큼성큼 다가오더니, 아까 받아들었던 신문 뭉치를 그 위에 놓았다.
「나는 당신의 협력자가 되는 것을 그만두기로 하겠습니다, 여가가 없어서요……」
「왜요, 왜요? 화가 나신 것 같으시네요?」하고 리자는 절망한 듯 애원조로 물었다.
 그 목소리가 그의 마음을 울린 모양이다. 몇 분 동안 마치 상대편의 마음을 살피는 듯이, 가만히 뚫어질 듯 리자의 얼굴을 응시하고 있더니「그건 아무래도 좋습니다.」하고 그는 조그마한 소리로 중얼거렸다.「나는 싫습니다……」
 이렇게 말하고 그는 정말로 가버렸다. 리자는 그만 질려 버려 입을 다물지 못했다. 적어도 내 눈에는 그렇게 보였다.
「거참 기가 차는 괴짜군!」하고 마브리키는 큰소리로 말했다.

3

 물론 괴짜다. 그러나 이 사건 전체 속에는 아직도 알 수 없는 대목이 많다. 무언가 숨겨져 있음이 틀림없었다. 나는 출판에 관한 이야기를 처음부터 믿지 않았다. 그리고 그 편지, 무척 어처구니없지만, 그 속에서 분명히 무슨 『증거서류』를 갖고 나갈 만한 자리에 나가겠다는 말이 씌어 있는데도 모두 이 점을 불문에 붙이고 엉뚱한 말만 하고 있다. 그리고 또 그 인쇄소 이야기, 그리고 마지막에 인쇄소 이야기를 꺼내는 바람에 갑자기 샤토프가 돌아가

버린 일, 이것저것을 종합해 보니, 어쩐지 내가 오기 전에 무슨 일이 있었으며, 그것을 내가 조금도 모르고 있는 것이 아닐까 하는 생각이 들었다. 그렇다면, 나는 필요없는 얼간이며, 이런 것은 일체 내가 알 바 아닌 것이 된다. 그리고 이제 슬슬 가도 좋은 시간이다.『첫방문으로서는 이만하면 족하다.』이렇게 생각하고, 나는 인사를 하기 위해 리자베타 앞으로 다가갔다.

그녀는 내가 한방에 있다는 것을 잊었는지 고개를 숙인 채 양탄자 위의 한 점을 내려다보면서 깊은 생각에 잠긴 모습으로 책상 옆에 꼿꼿이 서 있었다.

「아, 당신도, 그럼 안녕히 가세요.」그녀는 습관이 된 부드러운 목소리로 말했다.「스체판 선생님에게 안부 전해 주세요. 그리고 되도록 빨리 놀러와 주시도록 당신도 권해 주세요. 마브리키 씨, G씨가 돌아가세요. 실례지만, 어머니는 인사하러 나오시지 못해요……」

내가 밖으로 나가서 층계를 다 내려갔을 때, 뜻밖에 하인이 입구까지 따라 나왔다.

「마님이 꼭 좀 돌아와 주시랍니다……」

「부인인가, 아가씬가?」

「아가씹니다.」

내가 리자를 발견한 것은 아까의 그 큰 홀이 아니라 제일 가까운 응접실이었다.

지금 마브리키가 혼자 남아 있는 그 홀로 통하는 문은 꼭 닫혀 있었다. 리자는 나에게 미소를 지어 보였으나, 그 얼굴은 창백했다.

그녀는 어떻게도 결단을 내리지 못한 가슴속의 투쟁으로 괴로워하고 있는 듯했으며, 방 한가운데에 서 있다가 느닷없이 내 손을 잡더니, 말없이 총총히 창가로 끌고 갔다.

「저는 당장 그 여자가 보고 싶어요.」조금도 항변을 허락하지 않는, 타는 듯한 강렬하고도 초조한 시선을 내 얼굴에 쏟으면서, 그녀는 나직이 소곤거리는 것이었다.「전 제 눈으로 그 여자를 봐야 해요, 제발 저를 좀 도와 주세요.」

그녀는 이제 완전히 자포자기 상태에 빠져 있는 듯하였다.

「아니, 누가 보고 싶단 말씀입니까?」하고 나는 얼떨떨해져서 물었다.

「레뱌드키나 말예요, 그 절름발이 말예요……. 그 여자가 절름발이라는 것은 사실예요?」

나는 가슴이 덜컥 내려앉았다.

「난 아직 한 번도 본 적은 없습니다만, 그 여자가 절름발이라는 말은 들었습니다. 바로 어제 들었지요.」하고 나도 역시 속삭이는 목소리로 주저없이 재빨리 대답했다.

「전 꼭 그 여자를 만나야 해요. 오늘중이라도 어떻게 주선해 주실 수 없을까요?」

나는 그녀가 몹시 딱했다.

「그건 도저히 불가능합니다. 또 어떻게 주선을 해드려야 하는지, 도무지 짐작이 가지 않네요.」하고 나는 그녀를 납득시키려 들었다. 「먼저 샤토프를 찾아가서…….」

「만일 내일까지 주선해 주시지 않으면, 내 발로 그 여자를 찾아가겠어요. 마브리키 씨는 승낙해 주시지 않는걸요. 저는 지금 당신만 기대하고 있어요. 이제 아무도 의지할 사람이 없어요. 전 아까 샤토프 씨에게 바보 같은 소리를 했죠……. 전 당신이 결백한 분이고, 어쩌면 저를 위해서 힘을 아끼지 않으실는지 모른다고 믿고 있는 거예요. 제발 어떻게든 주선 좀 해주시지 않겠어요?」

무슨 일이든 꼭 그녀를 도와 주고 싶다는 강한 욕망이 내 마음속에 솟아올랐다.

「그럼, 이렇게 합시다.」잠깐 생각한 뒤에 나는 말했다. 「내가 직접 찾아가지요, 그리고 오늘 반드시, 반드시 그 여자를 만나고 오겠습니다! 무슨 수를 쓰더라도 만나고 오지요, 맹세하겠습니다. 다만 샤토프에게 말하는 것만은 용서해 주셔야겠습니다.」

「그럼, 그이에게 말씀해 주세요. 제 희망은 예사로운 것이 아니니까, 이제 도저히 기다릴 수 없지만, 그렇다고 아까는 결코 그이를 속인 것이 아니라구요. 아까 그이가 가버린 것도, 하도 성실한 분이라서, 내가 자기를 속이기라도 하는 듯한 태도를 보인 것이 언짢았나 봐요. 하지만, 전 속이려고 한 건 아녜요. 전 정말로 그 책을 출판하고 싶고, 인쇄소를 낼 생각이거든요…….」

「그 사람은 성실합니다, 정말 성실한 사람입니다.」 하고 나는 열심히 맞장구를 쳤다.

「하지만 내일까지 얘기가 잘 안 되면, 전 무슨 일이 있더라도 직접 찾아가겠어요. 누가 알아도 상관없어요.」

「나는 내일 세 시 전에는 이리 올 수가 없습니다.」 나는 얼마간 마음이 가라앉은 뒤에 이렇게 미리 말했다.

「그럼, 세 시예요? 그리고 보면, 어제 제가 스체판 선생님 댁에서 상상한 것은 사실이었어요. 전 말예요, 당신이 저를 위해서 힘써 주실 분인 줄 알았거든요.」 그녀는 나와 바쁘게 마지막 악수를 하고는, 혼자 남아 있는 마브리키에게로 재빨리 돌아가면서 방긋이 웃어 보였다.

나는 내가 한 약속 때문에, 짓눌리는 듯한 기분을 느끼면서 밖으로 나왔다. 대체 무슨 일이 일어났는지 영문을 알 수 없었다. 오직, 거의 미지의 남자에게 큰일을 털어놓고, 자신을 위태롭게 만드는 것도 불사할 만큼 절망의 극점에 다다른 한 여자를 보았을 뿐이다. 그런 괴로운 순간에 보인 그녀의 여자다운 미소와, 벌써 어제 내 마음을 알고 있었다는 의미심장한 그녀의 말은, 마치 내 심장을 쿡 찌르는 것 같았다. 그러나, 어쨌든 가엾다, 정말 가엾다, 그뿐인 것이다! 그러자 갑자기 그녀의 비밀이 무언가 범할 수 없는 신성한 것으로 여겨지기 시작했다. 그래서 그때 그 비밀을 펼쳐 보이겠다는 사람이 있었더라도, 나는 귀를 막고 아무것도 듣지 않았을 것이다. 다만 나는 그 무엇을 예감하고 있었다……. 하기야 나는 어떻게 무슨 주선을 해야 할 것인지 도무지 짐작이 가지 않았다. 그뿐 아니라, 말하자면 어떤 행동을 취해야 좋을지 그 점이 아직 막연했던 것이다. 대면이라! 대면이라면 어떤 대면일까? 희망은 모두 샤토프에게 걸려 있었지만, 그가 별로 도움이 되지 않는다는 것은 처음부터 짐작되었다. 그러나 나는 어쨌든 그에게로 달려갔다.

4

간신히 밤 일곱 시가 지나서야 그의 집에서 그를 붙잡았다. 놀랍게도 그에게는 손님들이 있었다. 한 사람은 키릴로프였고, 한 사람은 나와 그저 조금밖에 안면이 없는 사람, 비르긴스키의 처남 쉬갈료프라는 사람이었다.
쉬갈료프는 이 도시에 벌써 두 달 가까이 묵고 있었는데, 대체 어디서 왔는지도 알 수 없었다. 내가 이 사람에 대해서 알고 있는 것은, 그가 페체르부르그의 어느 진보파 잡지에 무슨 논문을 실었다는 것뿐이다. 언젠가 비르긴스키가 우연히 길거리에서 이 사람을 내게 소개해 주었다. 난 지금까지 사람의 얼굴에서 이토록 음산하고 침울한 표정을 본 적이 없다. 그의 표정은 마치 세계의 파멸을 기다리고 있는 것 같았다. 더욱이 그것은 경우에 따라 빗나갈 수도 있는 막연한 예언 따위가 아니라, 마치 내일 모레 열 시 이십오 분 정각이라는 식으로, 어디까지나 정확히 예지하고 있는 듯한 풍모였다. 하기야, 우리는 그때 한 마디도 하지 않고, 마치 음모자처럼 서로 악수만 나누고 헤어져 버렸다. 무엇보다도 놀란 것은 그의 귀였다. 부자연스럽게 컸으며, 길고 게다가 두꺼워서, 웬지 두드러지게 조화를 깨고 우뚝 솟아 있었다.
그의 동작은 서툴고 느렸다. 만일 리푸친 등이 우리 현 안에서 공산당의 실현을 꿈꾸고 있다면, 이 사나이는 틀림없이 그 실현의 날짜와 시간을 정확히 알고 있을 것 같았다. 그는 언제나 나에게 기분 나쁜 인상을 주었다. 지금도 샤토프네 집에서 그를 만나 은근히 놀랐다. 더욱이 샤토프는 일반적으로 방문객을 반가워하지 않았기 때문에 더욱 이상했다.
층계에 다가가니 벌써 세 사람이 한꺼번에 입을 열고 무언가 큰소리로 지껄이고 있는, 아니 오히려 논쟁을 벌이고 있는 소리가 들렸다. 그러나 내가 모습을 나타내는 순간 그들은 입들을 꽉 다물어 버렸다. 그들은 서서 논쟁을 벌이고 있었는데, 갑자기 세 사람이 동시에 자리에 앉았으므로 나도 앉지 않을 수 없었다. 얼빠진 침묵은 꼬박 삼 분쯤 깨지지 않았다. 쉬갈료프는 내가 누구라는 것을 깨달았으나 일부러 모르는 체했다. 그것도 적의가 있어서가 아니라 그저 어쩌다가 그렇게 된 것이다. 키릴로프와는 가볍게 눈인사를 나누었으나, 그것도 말없이 그랬으며 웬지 양쪽이 다 악수도 하지 않았다. 마침내 쉬갈료프는 거친 표정으로 얼굴을 찌푸리고 나를 쏘아보기 시작했다. 그렇게 하면 내가 얼른 일어서서 나갈 것이라는, 매우 순진한 신념을 갖고서. 이윽고 샤토프가 의자에서 일어섰다. 그러자 그들은 갑자기 일제히 일어서서 인사도 없이 나갔다. 오직 쉬갈료프만은 문간에 거의 다

나갔을 때, 배웅하러 나오는 샤토프에게「기억해 두게. 자네는 보고할 의무가 있는 거야.」하고 말했다.
「그따위 보고를 내가 어떻게 알아! 나는 어느 누구에게도 진 의무가 없단 말이야.」하고 샤토프는 문을 잠갔다.
「멍청이들!」그는 홀끔 나를 바라보더니, 묘하게 입을 일그러뜨리고 웃으면서 말했다.
그의 표정은 무척 화가 나 있어 보였다. 그러나 나는 그가 먼저 입을 연 것이 이상하게 느껴졌다. 전에 내가 찾아왔을 때는(하기야 그런 일은 드물었지만), 대개 그는 미간을 찌푸린 채 한쪽 구석에 앉아 화라도 나는 듯이 말대꾸만 하고 있다가, 잠시 있으면 힘이 나서 나중에는 유쾌하게 지껄이기 시작했던 것이다. 그 대신 헤어질 때는 다시 언제나 반드시 얼굴을 찌푸리고, 마치 원수라도 내쫓듯이 배웅하는 것이 보통이었다.
「나는 저 키릴로프 군 집에서 엊저녁 차를 나누었지.」하고 나는 말했다.「그 사람은 무신론에 살짝 돈 것 같더군.」
「러시아의 무신론은 흰소리의 영역에서 벗어난 적이 없어.」촛동강을 새 것과 바꾸면서, 샤토프는 불만스러운 듯이 말했다.
「그 사람은 내가 보건대 흰소리도 아냐, 흰소리는커녕 말도 못하던걸.」
「종이로 만든 인간이야. 그런 것은 모두 사상적 노예 근성에서 일어나는 거야.」샤토프는 의자 한쪽 구석에 걸터앉아서 무릎 위에 두 팔꿈치를 세운 채 침착하게 말했다.「거기에는 증오도 한몫 거들고 있지.」잠시 입을 다물고 있더니 이윽고 말을 이었다.「만일 러시아라는 나라가, 그 인간들이 꿈꾸는 것처럼 개조되어 갑자기 무제한으로 풍부하고 행복해진다면, 아마 저들은 누구보다도 먼저 아주 불행하게 될걸. 미워할 대상이 사라지거든! 모멸과 조소의 대상이 사라지는 거지. 저들이 가진 것은 러시아에 대한 증오뿐이야. 육체 속까지 파먹어 들어간, 지칠 줄 모르는 동물적 증오 말이야……. 눈에 보이는 웃음 뒤에 숨은, 세상 사람들에게 보이지 않는 눈물이란 결코 있을 수 없다구! 지금까지 러시아에서 지껄여진 말 중에서도 이 보이지 않는 눈물 운운하는 말투만큼 공허한 말도 없어!」하고 그는 맹렬한 기세로 소리쳤다.
「자넨 대체 무슨 말을 하고 있나!」하고 나는 웃었다.

「자네는『온건한 자유주의자』야.」하고 샤토프는 빙그레 웃었다.「그런데 참」하고 그는 갑자기 깨달은 듯「내가,『사상적 노예 근성 운운』한 것은, 어쩌면 좀 지나치게 말했는지도 모르겠군. 아마 자네는 당장 이렇게 말하고 싶었을 거야.『그건 자기가 하인 자식으로 태어났지, 나는 하인이 아니다』고 말이야.」

「나는 그렇게 말할 생각은 조금도 없었네……. 자네 대체 무슨 말을 꺼내고 있나?」

「변명하지 않아도 좋아, 나는 자네를 두려워하지는 않으니까. 일찍이 나는 다만 하인 자식으로 태어났을 뿐이지만, 지금은 내 자신 자네들과 똑같은 하인이 되어 버렸단 말이야. 우리 러시아의 자유주의자들은 무엇보다도 먼저 하인이거든. 그리고 누군가가 신을 닦으라고 할 사람은 없나 하고 두리번거리고 있는 거야.」

「신이라고? 그건 무슨 비유지?」

「비유도 아무것도 아니지! 자네는 비웃고 있는것 같군……. 스체판 선생이 한 말은 사실이야. 나는 돌 밑에 깔려 있어. 그리고 짓눌려 있으면서도 죽지 못하고, 다만 꿈틀거리고 있을 뿐이야. 이건 그이로서는 썩 잘된 비유라구.」

「스체판 선생은, 자네가 독일 숭배 때문에 머리가 돌았다고 하던걸.」하고 나는 웃었다.「하지만 뭐니뭐니해도 우리는 독일인들한테서 뭔가 우려내서 호주머니에 집어넣고 있단 말이야.」

「이십 코페이카짜리 은전 하나를 얻고, 나중에 백 루블리 갚아 주는 거나 다름없지 뭐.」

우리는 잠시 입을 다물고 있었다.

「그건 그 친구가 미국에서 잠을 너무 자다가 짊어진 거야.」

「누가? 짊어졌다는 건 뭐지?」

「키릴로프 말이야. 나는 거기 있을 때 그 친구와 넉 달 동안 한 오두막의 방바닥에 뒹굴고 있었거든.」

「아니, 자네가 미국에 갔었나?」하고 나는 깜짝 놀라면서,「자네는 그런 말을 통 하지 않았잖아.」

「굳이 말할 것도 없었거든. 재작년에 나는 키릴로프와 함께, 있는 돈 없는 돈 다 털어서 이민선을 타고 미국에 건너갔었지. 몸소 미국 노동자의 생활을 경험하여, 이 사회에서 가장 괴로운 계급에 속하는 인간들의 상태를 개인적 경험으로 검증하자는 목적으로 둘이서 가본 거야.」

「호오!」하고 나는 웃었다.「그런 목적이라면, 농번기 때 이 현 내의 어디를 찾아가는 편이 더 잘 개인적 경험을 맛볼 수 있었을 텐데. 굳이 미국까지 달려가다니!」

「우리는 어느 개간업자에게 노동자로 고용되어 간 거야. 그곳에는 우리 러시아 인 동포들이 여섯이나 있더군. 대학생도 있었고, 자기 영지를 가진 지주도 있었고, 장교까지 있잖겠어. 모두 한결같이 숭고한 목적을 갖고 와 있더란 말이야. 그래서 아무튼 일했지, 땀투성이가 되어 쓰라린 생각을 하면서 지쳐빠지도록 일했지. 그러다가 결국 나와 키릴로프는 달아나고 만 거야. 병이 들어 견딜 수 없었거든. 농원 주인은 계산 때 우릴 교묘히 속여서, 약속한 삼십 달러 대신 나한테는 팔 달러, 키릴로프에게는 십오 달러밖에 주지 않더군. 우리는 또 무척 얻어맞았지. 아무튼 그렇게 해서 일이 없어졌기 때문에 우리는 어느 조그만 마을에서 넉 달 동안 방바닥에 나란히 드러누워 있었지. 그 친구가 한 가지를 생각하면, 나는 또 다른 생각을 하는 식으로 해가면서 말이지.」

「아니, 주인이 자네들을 때렸단 말이야, 그게 미국에서 있었던 얘기란 말이지? 그래서 어떻게 했나, 아마 자네들도 욕설을 퍼부어 줬겠군.」

「천만에, 조금도! 오히려 나와 키릴로프는 즉각 이렇게 생각하기로 했지. 『우리 러시아 인들은, 미국 사람 앞에 나가면 꼭 어린애다. 그네들과 똑같은 수준에 서려면, 미국에서 태어나거나 미국인들 속에서 오래 생활하지 않으면 안 된다.』그래서 어떻게 했는 줄 아는가? 불과 일 코페이카나 이 코페이카 하는 물건에 일 달러나 이 달러씩 빼앗기면서도, 우리는 그저 황공해서 그 돈을 지불했을 뿐 아니라 아주 신이 나버렸었지. 우리는 모든 걸 다 찬미 했다구. 강신술, 린치, 권총, 방랑자까지 말이야. 언젠가 기차를 타고 가는데, 어떤 녀석이 내 호주머니에 손을 쑤셔넣더니, 내 빗을 꺼내가지고 제 머리를 빗기 시작하잖아. 나와 키릴로프는 그저 서로 눈만 쳐다봤지 뭐. 그리고 『이거 좋다, 굉장히 마음에 들었다』하고 둘이 생각해 버렸지…….」

「그런데 러시아 인은 금방 착안할 뿐 아니라 그걸 실행하니 묘하지.」하고 나는 말했다.

「종이로 만든 인간이야.」 하고 샤토프는 되풀이했다.

「하지만 『개인적 경험을 터득하기 위해서』라면서, 이민선을 타고 대양을 건너서 낯선 타국을 찾아간다는 것은, 정말 무언가 묵직하고 침착한 배짱 같은 것이 엿보이는군……. 그런데, 어떻게 거기서 빠져나왔지?」

「나는 유럽에 있는 어떤 사람에게 편지를 썼지. 그랬더니 그 사람이 백 루블리를 보내 주더군.」

샤토프는 평소의 버릇으로 열을 띠었을 때도 고개를 들지 않고 줄곧 발끝만 내려다보며 얘기하고 있다가 갑자기 얼굴을 쳐들었다.

「자네, 그 사람 이름 가르쳐 줄까?」

「누구야, 대체?」

「니콜라이 스타브로긴.」

그는 벌떡 일어서서 보리수나무 탁자로 다가가더니, 그 위에서 무언가 찾기 시작했다. 우리들 사이에는 막연하지만 정확한 소문 하나가 떠돌고 있었다. 다름 아니라, 그의 아내가 잠시 니콜라이와 파리에서 관계를 맺고 있었다는 이야기이다. 더욱이 그것이 바로 이 년 전쯤 일이니, 말하자면 샤토프가 미국에 있을 때에 해당된다. 물론 주네브에서 버리고 가버린 뒤 꽤 시간은 흘렀지만, 『만일 그렇다면 뭣하러 지금 그런 이름을 꺼내서 부질없는 일을 다시 생각할 기분이 되었을까?』 하고 나는 생각했다.

「나는 아직 그 빚을 갚아 주지 않고 있다구.」 갑자기 그는 다시 이쪽으로 고개를 돌려 가만히 나를 응시하고 있더니, 한쪽 구석으로 물러나서 앉았던 자리에 다시 앉았다. 그리고 이번에는 아주 달라진 목소리로 도막도막 물었다.

「자네는 물론 무슨 용건이 있어서 왔겠지. 무슨 볼일인가?」

나는 곧 일체의 경위를 사건이 생긴 순서대로 이야기하고는 그 다음 이렇게 덧붙였다. 지금 나는 아까의 그 흥분이 가라앉자 조금은 고쳐 생각할 수 있지만, 그래도 한층 더 머릿속이 복잡해져 버렸다. 여기에는 리자베타 양으로 봐서 무언가 매우 중대한 일이 내포되어 있는 것이 확실하다. 그리고 나는 무슨 일이 있더라도 도와 주고 싶은 희망은 굳지만, 곤란한 것은 어떻게 해야 그 사람과의 약속을 지킬 수 있는지 모르겠다. 뿐만 아니라, 과연 무엇을 약속했는지, 그것마저 지금은 모호해졌다. 이렇게 말한 뒤, 다시 나는 진정 어린 말투로, 그 사람은 자네를 속일 생각이 아니었다. 그런 것은 생각지도 않고 있다. 그러니 그때 묘한 오해가 생겨서 자네가 갑자기 돌아가 버린 것을 매우 괴롭게 생각하고 있다고 단언했다.
 그는 주의깊게 끝까지 들었다.
「어쩌면 나는 평소의 그 버릇으로, 아까는 정말 바보 같은 짓을 했는지도 몰라……. 하지만, 그 사람 자신도 어째서 내가 그런 식으로 나와 버렸는지 모른다면, 그렇다면…… 그 사람으로 봐서는 결국 다행한 일이야.」
 그는 일어서서 문앞으로 다가가, 조금 문을 열고 층계 아래로 귀를 기울였다.
「자네는 직접 그 여자를 만나고 싶단 말이지?」
「그럴 필요가 있네만, 어떻게 하면 좋을까?」하고 나는 좋아서 벌떡 일어났다.
「그건 간단해, 그 여자가 혼자 있는 사이에 같이 가자구. 그 녀석이 돌아와서, 우리가 찾아온 걸 알면 또 때릴걸. 나는 흔히 몰래 찾아가 주곤 하지만, 아까도 그놈이 누이동생을 때리려고 했을 때, 놈을 두들겨 줬지.」
「어쩌자고 그런 짓을?」
「내가 그놈의 머리칼을 움켜쥐고, 누이동생한테서 떼내 준 거야. 그랬더니 놈이 화나서 나를 때리려고 하잖아. 그래서 혼을 내줬지. 그뿐이야. 다만, 술이 취해가지고 돌아오지 않을까 걱정이 되는군. 그때 생각이 나면, 또 호되게 누이동생을 때려 줄거거든.」우리는 곧 내려갔다.

5

 레뱌드키나의 문은 닫혀 있을 뿐, 잠겨 있지는 않았다. 그래서 우리는 마음대로 들어갈 수 있었다. 남매가 거처하는 곳은 지저분하고 조그만 방이 둘뿐이었으며, 그을은 벽에는 누런 벽지가 문자 그대로 너덜너덜 늘어져 있었다. 이 집은 몇 해 전에 집주인 필립포프가 새 집으로 이사갈 때까지 선술집을 차려 놓고 있었던 곳인데, 그 당시 술방으로 사용하던 방은 모두 폐쇄되어 버리고, 이 두 방만이 레뱌드킨의 손에 들어간 것이다. 가구는 몇 개의 초라한 걸상과, 거칠게 깎은 탁자뿐이었으며, 팔걸이가 달아난 안락의자가 유일한 예외였다. 다음 방의 한쪽 구석에는 사라사 이불을 덮은 침대가 놓여 있었는데, 이것은 레뱌드키나 양의 침대다. 대위는 대개 입은 채 그냥 방바닥에 뒹굴고 자는 것이 상례였다. 방안은 여기저기 쓰레기와 먼지투성이였으며, 게다가 끈적끈적했다. 축축히 젖은 묵직한 걸레가 첫 방 한가운데에 팽개쳐져 있는가 하면, 바로 옆 물이 괴어 있는 곳에는 다 해진 헌 구두가 뒹굴고 있었다. 얼핏 보아, 이 집에서는 아무도 일을 하지 않는 모양이었다. 난로도 피우지 않고 음식도 만들지 않는 듯했다. 샤토프가 자진해서 설명한 말을 들으면, 사모바르도 없다는 것이었다. 대위가 처음 누이동생을 데리고 왔을 때는 꼭 거지나 다름 없었으며, 리푸친이 말한 것처럼 정말 이집저집 돌아다니며 동냥을 했었다. 그러다가 갑자기 뜻하지 않던 돈이 들어오자, 정신없이 마시기 시작한 것이다. 그리하여 술에 넋을 잃고, 살림이고 뭐고 아랑곳없어진 것이다.

 내가 만나려 했던 레뱌드키나 양은, 안방 구석에 거칠게 깎은 탁자 의자에 얌전하게 호젓이 앉아 있었다. 우리가 문을 열어도, 말 한 마디 하지 않았고, 그 자리에서 움직이려고도 하지 않았다. 샤토프의 말에 의하면, 이 집은 언제나 문을 걸지 않는다고 하며, 언젠가는 밤새도록 현관문이 활짝 열려 있었다고 한다. 쇠촛대에 세워 놓은 가느다란 초의 흐릿한 불빛 속에, 나는 서른 살쯤 되어 보이는, 병적으로 여윈 여자를 분간할 수 있었다. 우중충하고 낡은 사라사 옷을 입었으며, 가느다랗고 긴 목에는 아무것도 두르지 않았고, 숱 적은 검은 머리카락은 두세 살 먹은 어린애의 주먹만하게 뒤로 매듭이 지어져 있었다. 여자는 자못 유쾌한 듯이 우리를 바라보았다. 촛대 이외에 그녀의 탁자 위에는, 나무 테를 두른 조그만 거울과, 낡은 트럼프와, 다 떨어진 노래책과, 한두 입 베어먹다 만 독일식 흰 빵이 놓여 있었다. 분명히 레뱌드키나 양은 분을 바르고 연지를 칠했으며, 입술도 칠한 모양이었다. 그러지 않아도 가늘고 긴 눈썹에까지 검정을 칠하고 있었다. 좁고 높은 이마는 분을 발랐음에도 불구하고 긴 주름이 세 가닥 뚜렷이 드러나 보였다. 나는 이 여자가 절름발이라는 것은 알고 있었지만, 그때 그녀는 시종 일어서지도 걷지도 않았다. 언젠가 한창 청춘의 꽃이 피기 시작했을 무렵에는 이 여윈 얼굴도 그리 볼품없지는 않았는지 모른다. 그 고요하고 부드러운 잿빛 눈동자는 지금도 두드러지게 맑았다. 고요하고 거의 즐거워 보이기까지 하는 눈매는 공상적이고 진지한 그 무엇이 빛나고 있는 듯이 여겨졌다. 그녀의 미소에도 나타나는 이 고요하고 가라앉은 기쁨을 대했을 때, 오빠의 그 카자크 채찍을 비롯해서 온갖 폭행 이야기를 들은 뒤라 나는 경이감마저 느꼈다. 대개 이와 같이 신의 벌을 받은 사람들 앞에 서면 압박감과 공포에 가까운 혐오감을 느끼는 것이 보통인데, 이상하게도 나는 첫순간부터 웬지 이 여자를 바라보는 것이 유쾌할 정도였다.

그 뒤에 이어 내 마음을 채운 것은 연민의 정이었으며, 결코 혐오감은 아니었다.

「저봐, 저렇게 앉아 있는 거야. 문자 그대로 날마다 온종일 혼자서 꼼짝도 않고, 트럼프로 점을 치거나, 거울을 들여다보고 있단 말이야.」하고 샤토프는 문턱에서 손가락으로 가리켜 보였다.「그 자식 먹을 것을 조금도 안 준다구. 별채의 할머니가 이따금 딱해서 먹을 것을 갖다 주는 정도야. 어쩌자고 촛불 한 자루를 안겨 놓고 혼자 내버려 두는지!」

놀랍게도 샤토프는 마치 여자가 방안에 없는 것처럼 큰소리로 이렇게 말했다.

「안녕하세요. 샤투쉬카!」하고 레뱌드키나 양은 상냥하게 말을 건넸다.

「난 말이야, 마리아 치모페예브나, 손님을 모시고 왔어.」하고 샤토프는 말했다.

「잘 하셨어요. 대체 누굴 데리고 왔죠, 이런 분 본 적이 없는데.」하고 그녀는 촛불 그늘에서 한참 동안 나를 쳐다보더니, 다시 샤토프 쪽으로 고개를 돌렸다. 그리고부터는 끝내 나를 상대하지 않았다. 마치 나라는 인간이 곁에 없기라도 한 듯이……

「혼자서 방 안을 돌아다니기가 따분해졌나 보죠?」하고 그녀는 웃었는데, 그때 보기좋은 잇바디가 두 줄 드러났다.

「아아, 따분해졌어. 그래서 당신이 보고 싶어진 거지.」

샤토프는 걸상을 탁자 가까이에 끌어당겨, 나를 곁에 앉혔다.

「난, 얘기라면 언제나 좋아해요. 그런데 당신은 언제 봐도 모습이 우스워요. 샤투쉬카, 꼭 성직자 같애. 언제 머리를 빗었죠? 자, 내가 또 빗겨 드릴게요.」하고 그녀는 호주머니 속에서 조그만 빗을 꺼냈다.

「아마 전번에 내가 빗겨 드린 뒤에 한 번도 안 빗었나 보죠?」

「빗도 없다구.」하고 샤토프도 웃었다.
「정말? 그럼, 내 걸 드릴게. 이건 아녜요, 다른 걸 드릴게. 다만, 귀띔해 줘야 해요.」
그녀는 아주 진지한 태도로 샤토프의 머리를 빗기기 시작했다. 그리고 옆으로 가리마까지 쪽 타고는 조금 몸을 뒤로 젖혀 잘 되었나 바라본 다음 빗을 도로 호주머니 속에 넣었다.
「저어, 샤투쉬카」하고 그녀는 고개를 저으면서「당신은 머리가 좋은 사람이겠지만, 언제나 멍청하고 울적해 보여요. 나는 당신 같은 사람을 보고 있으면, 이상해서 못 견디겠어요. 어째서 모두 저렇게 울적해할까 하고, 영문을 알 수 없거든요. 슬픈 것과 울적한 것과는 달라요. 어쨌든 유쾌해요.」
「오빠와 같이 있어도 유쾌해?」
「레뱌드킨 말인가요? 그는 내 하인인데, 그가 있든 없든 나는 마찬가지예요. 내가『레뱌드킨, 물 가지고 오너라. 레뱌드킨, 신발 가져오너라.』하고 말하면 그는 허둥지둥 달려가죠. 어쩌면 너무 심하구나 하고 여겨질 때가 있을 정도예요. 그를 보고 있으면 자꾸만 웃음이 터져나온다구요.」
「이건 조금도 틀림없는 사실이야.」샤토프는 나를 돌아보고 큰소리로 거침없이 말했다.「이 여자는 오빠를 마치 하인처럼 다루거든. 이 여자가『레뱌드킨, 물 가져오너라』하고는, 깔깔거리고 웃는 것을 나도 들은 적이 있지. 다만 다른 것은, 레뱌드킨이 물을 가지러 달려가지 않고, 그 말을 듣고 이 여자를 두들겨댔다는 점뿐이야. 그런데 이 여자는 도무지 오빠를 무서워하지 않거든? 뭔가 신경발작 같은 것이 일어나서 완전히 기억을 상실해 버리는 거야. 그래서 발작이 한번 일어난 뒤에는, 방금 있었던 일을 죄다 잊어버리고, 언제나 시간을 혼동해 버리는 거야. 자네는 우리가 들어왔을 때 일을 이 여자가 기억하고 있는 줄 아나? 사실 혹은 기억하고 있는지도 모르지만, 아마 모든 것을 자기 위주로 변조해 버렸을걸. 내가 샤투쉬카라는 것은 알지만, 우리를 실제와는 다른 인간인 줄 알고 있는 게 틀림없어! 내가 큰소리로 지껄인다구? 상관없어. 이 여자는 금방 상대편의 말을 듣지 않고, 자기 자신의 공상에 덤벼드니까, 문자 그대로 덤벼드는 거야. 무서운 공상 가거든. 날마다 온종일 여덟 시간을 한자리에 가만히 앉아 있지. 여기 빵 조각이 있지만 이것도 아마 아침부터 한 번쯤밖에 베어먹지 않았을걸.

먹어치우는 것은 내일이야. 저것 봐, 이번에는 트럼프로 점을 치기 시작했 군……」

「점을 치기는 치지만, 샤투쉬카, 웬지 묘한 패만 나와요.」그의 마지막 말을 귀담아 듣고, 갑자기 마리아가 이렇게 받았다. 그리고는 별로 시선도 돌리지 않고 빵 쪽으로 손을 뻗쳤다.『역시 빵이라는 말도 들은 모양이다.』

이윽고 그녀는 빵을 집어 잠시 왼손에 쥐고 있더니, 새로 솟아난 화제에 정신을 빼앗겨 한 입도 베어먹지 않고 어느새 제자리에 놓아 버렸다.

「언제나 똑같은 패뿐이에요. 여행, 악한, 누군가의 음모, 임종 침대, 어디서 날아온 편지, 뜻하지 않던 소식, 나는 이런 것 모두 엉터리라고 생각해요. 샤투쉬카, 당신은 어떻게 생각하세요? 인간이 거짓말을 한다면, 트럼프도 거짓말을 하지 않을 까닭이 없잖아요.」하고 그녀는 트럼프를 섞어 버렸다. 「난 이것과 똑같은 말을 프라스코비야 수녀님에게도 한 적이 있어요. 훌륭한 사람이었는데, 언제나 원장 수녀님 몰래 내 방으로 달려와서는 트럼프 점을 치곤 했어요. 그것도 그 사람 혼자뿐이 아니었어요. 모두 한숨을 쉬고 고개를 젓곤 하면서, 열심히 트럼프 짝을 늘어놓는 거예요. 그래서 나는 웃어 주었지. 『어머나, 프라스코비야 수녀님, 십이 년이나 안 온 편지가 어떻게 와요?』 하고 말예요. 그이는 남편이 딸을 터킨가 어디로 데려가 버리고는, 십이 년 동안이나 소식이 없대요. 그런데 그 다음 날 밤, 나는 원장 수녀님 방에서 차를 얻어먹고 있었죠, 원장은 공작 집안 태생이었어요, 거기에는 어디 다른 데서 온 마나님과, 이게 또 대단한 공상가였어요, 아토스에서 온 수도사가 앉아 있었을 뿐이었어요. 이 수도사는 보기에 참 우스운 사람이었어요. 그런데, 어떻게 되었는지 알아요? 샤투쉬카, 이 수도사가 그날 아침, 프라스코비야 수녀님 앞으로 부친 딸의 편지를 터키에서 갖고 왔다우. 트럼프짝에서 다이아몬드의 재크가 나온 보람이 있었던 거예요, 정말 생각지 않던 소식 이거든! 우리가 차를 마시고 있는데, 이 아토스의 수도사가 원장 수녀님에게 이렇게 말하는 거예요.『원장님, 이 사원이 하느님게 받고 있는 축복 중에서 무엇보다도 고마운 것은, 이 속에 세상에 보기 드문 보배를 간직하고 있는 일일 것입니다.』『그 보배가 뭡니까?』하고 원장 수녀님이 물으니까,『저 기특한 리자베타 수녀입니다.』그 기특한 리자베타 수녀는, 수녀원을 둘러친 벽에 끼워 놓은 길이 한 간, 높이 두 자 정도의 쇠창살 속에 앉은 채 십칠

년이나 살아온 사람이에요. 몸은 삼베 옷 한 장을 걸쳤을 뿐인데, 더욱이 짚이나 나뭇가지가 몸을 쿡쿡 찌르는데도 그 삼베옷 하나로 견뎌내는 거예요. 십칠 년 동안 말 한마디 없이 머리도 빗지 않고, 얼굴도 안 씻고 말이에요. 겨울에는 털가죽 외투를 넣어 주는 게 고작이죠. 날마다 먹는 것은 조그만 상자에 담은 빵과, 한 컵의 물뿐이고요. 순례하는 여자들은 그것을 보면, 어마나 하고 감탄하면서 한숨을 짓고 돈을 넣어 주었어요. 『대단한 보배를 다 발견하셨군요.』하고 원장 수녀님은 대답했는데, 은근히 화가 나 있었어요. 리자베타를 무척 싫어했거든요. 『그 여자는 보랍시고 고집을 피우며 그런데 가서 앉아 있는 게야. 그건 모두 보랍시고 하는 짓이야.』이렇게 말했는데, 나는 그게 도무지 맘에 안 들데요? 그럴 수밖에 없는 것이 내 자신이 그 당시 그런 식으로 틀어박혀 보고 싶었거든요. 『저의 생각으로는 하느님과 자연은 하나입니다.』이렇게 내가 말했더니, 모두 한꺼번에 똑같이, 『저런, 저런!』하지 않겠어요? 원장 수녀님은 웃음을 터뜨리고 뭐라고 마나님과 소곤소곤 말을 주고받더니, 나를 옆에 불러 쓰다듬어 주셨어요. 그리고 마나님은 내게 장미빛 리본을 선물로 주셨는데, 보고 싶으면 지금 보여 드리겠어요. 수도사는 곧 나한테 설교를 해줬는데, 그 말씀이 얼마나 상냥하고 부드럽던지, 아마 훌륭한 지식 얘기가 틀림없었나 봐요. 나는 가만히 앉아서 듣고 있었는데, 『알겠는가?』하고 묻길래, 『아뇨, 조금도 모르겠습니다. 제발 저는 상관말아 주세요.』하고 말했더니, 그때부터 나는 언제나 혼자 있게 되고, 누구 하나 거들떠보는 사람이 없게 되대요, 샤투쉬카. 그런데 그 수녀원 안에는 예언을 한다고 해서 벌을 받고 있는 할머니가 한 사람 있었는데, 이 사람이 예배당에서 나올 때 내 귀에 입을 갖다대고 말하는 거예요. 『성모가 뭔지 아냐?』 그래서 나는 『훌륭한 어머니, 모든 인간이 의지로 삼는 분』하고 대답했죠, 『그렇다, 성모님은 위대한 어머니야, 윤택한 어머니인 대지야. 그리고 이 속에 인간의 커다란 기쁨이 간직되어 있는 게야. 모든 지상의 슬픔, 모든 지상의 눈물은, 우리들에게는 기쁨이야. 자기 눈물로 발 아래 땅을 다섯 치, 한 자, 이렇게 차츰 깊이 적셔 나가는 동안에 모든 것을 기쁘게 생각하게 되지. 그러면, 슬픔이란 없어져 버려, 이게 내 예언이야.』이 말이 그때 내 마음에 깊이 새겨져, 그 뒤부터는 기도할 때 이마를 땅바닥에 대고, 절을 할 때는 반드시 대지에 입을 맞추게 됐죠. 입을 맞추고는 우는 거예요.

내말 좀 들어 봐요. 샤투쉬카, 그 눈물 속에는 조금도 나쁜 것이 없어요. 나한테는 조금도 슬픈 일이 없어지고, 그저 기뻐서 눈물이 날 때가 있거든요. 눈물이 저절로 나는 것, 이게 진짜예요. 나는 자주 호숫가로 갔죠. 호수 한쪽은 우리 수녀원이고. 다른 한쪽은 뾰죽한 산이었어요. 그래서 모두 그 산을 뾰죽산이라고 불렀죠. 나는 그 산에 오르면, 동쪽을 향해 땅바닥에 엎드려서 울고 울고 또 울곤 했어요. 몇 시간이나 울고 있었는지 몰라요. 그리고, 그때는 아무것도 알지 못하고, 아무 기억도 없었어요. 그리고 일어나서 뒤를 돌아보면 해가 저물어가고 있었어요. 얼마나 크고 화려하고 훌륭한지, 당신, 해를 바라보는 것 좋아해요, 샤투쉬카? 참 좋아요, 하지만 쓸쓸해요. 그리고 다시 동쪽을 돌아보면, 그림자가, 그 산의 그림자가 화살처럼 좁고 길게 호수 위를 멀리 달려가서, 사 킬로미터나 앞에 있는 호수 위의 섬까지 뻗어 나가 있어요. 이 돌투성이 섬이 산 그림자를 두 동강이 내는 거예요. 꼭 두 동강이 났는가 싶으면 해는 완전히 져버리고, 사방은 갑자기 불이 꺼진 것처럼 돼요. 그래서, 나는 그만 몹시 슬퍼져서 정신을 차리고 보면, 어둠이 무서운 느낌이 드는 거예요. 샤투쉬카, 하지만 나는 무엇보다도 우리 아기를 생각하고 울었죠…….」

「아니, 어린애가 있었나?」 처음부터 적지않이 주의를 기울이며 듣고 있던 샤토프는, 이때 팔꿈치로 나를 쿡 찔렀다.

「그럼요, 장미빛 볼을 한 귀여운 아긴데, 요렇게 조그만 손톱을 갖고 있었지요. 다만 내가 가슴아픈 것은 그애가 사내아이였는지, 계집애였는지, 도무지 기억이 안 나는 거예요. 어쩌면 사내아이처럼도 여겨지고 어쩌면 여자애처럼도 여겨져요. 그때 나는 그애를 낳고는, 금방 하얀 모시와 레이스에 싸서 장미빛 리본으로 띠를 메고 온몸을 꽃으로 장식해서, 기도를 외고는 아직 세례도 안 받은 애를 안고 갔었어요. 숲속을 지나서 갔어요. 난 숲을 무서워해서 기분이 나빠 혼났어요. 그런데 나는 그애를 낳았지만, 남편이 누군지 몰라 무엇보다도 가슴이 아파서 울었죠.」

「남편이 있었겠군?」 하고 샤토프는 조심스럽게 물었다.

「당신은 참 우스운 생각을 하네, 샤투쉬카? 있었어요, 틀림없이 있었어. 하지만 있어야 아무 소용 없잖아요, 없는 거나 마찬가진걸. 자, 그럼 이 수수께끼는 별로 어렵지 않으니까 풀어 봐요!」 하고 그녀는 빙그레 웃었다.

「어린애는 어디로 안고 갔지?」
「호수로 데리고 갔지 뭐.」하고 그녀는 한숨을 쉬었다.
샤토프는 다시 한 번 나를 팔꿈치로 찔렀다.
「만일 아기도 없었고, 그밖의 모두가 꿈이었다면, 어떡하지. 응?」
「어려운 질문이네요, 샤투쉬카?」
이런 질문에 놀라는 빛도 없이 그녀는 생각에 잠기는 듯이 말했다.「이 일은 이제 아무 말도 않기로 할 테야. 어쩌면 없었는지도 몰라. 하지만 생각해 보니까, 그건 당신이 괜히 호기심이 나서 꼬치꼬치 캐묻고 있는 거예요. 나는 어쨌든 그애를 위해서 우는 것을 그만두진 않을 테예요. 꿈을 꾼 게 아니니까.」 굵은 눈물 방울이 그녀의 눈에 빛났다.「샤투쉬카, 샤투쉬카, 당신 부인이 달아났다는데 정말예요?」그녀는 느닷없이 두 손을 샤토프의 어깨에 얹고, 가엾다는 듯이 얼굴을 들여다보았다.「화내지 말아요. 내가 생각해도 서글픈걸. 실은 말예요, 샤투쉬카, 난 이런 꿈을 꾸었죠. 그이가 또 다시 나를 찾아와서 손짓을 하며,『고양이야, 우리 고양이야, 나한테로 오렴!』하고 부르는 거예요. 난 이『고양이야』가 무엇보다도 기뻤어요. 귀여워해 주는구나 하고 생각하니 말예요.」
「혹시, 정말로 찾아올는지 모르지.」하고 샤토프는 조그마한 소리로 말했다.
「아녜요. 샤투쉬카, 그건 이제 꿈인걸……. 그이가 정말로 올 까닭이 없어요. 이런 노래 알아요?

　새롭고 높은 누각도
　나는 바라지 않네, 이 암자가
　내가 머물러 살 곳
　세상을 버리고 살다가 죽을 곳
　그대를 하느님께 빌면서.

오오, 샤투쉬카. 내가 좋아하는 샤투쉬카. 어째서 당신은 나한테 물어 보지 않아요?」
「말해 주지 않을 줄 알고, 안 물어 봤지.」
「그러믄요, 누가 말한댔어요. 죽어도 말하지 않아요.」하고 그녀는 재빨리 받았다.「날 태워 죽인데도 말하지 않을 테야. 아무리 참지 못할 일을 당해도, 나는 말하지 않을 테야. 남에게 알릴 일이 아닌걸!」

「누구나 다 자기 비밀은 갖고 있는 법이거든.」차츰 더 낮게 고개를 숙이면서, 샤토프는 한층 더 조그만 소리로 말했다.

「하지만, 당신이 묻는다면 말할는지 몰라요. 정말, 말했을는지 몰라.」하고 그녀는 정신없이 되풀이했다.「어째서 물어 보지 않죠? 물어 봐요. 잘 물어 봐요. 샤투쉬카, 난 정말 말할는지 몰라. 열심히 부탁해 봐요. 샤투쉬카, 난 들을는지 몰라……. 샤투쉬카, 샤투쉬카!」

그러나 샤투쉬카는 잠자코 있었다. 일 분쯤 침묵이 그 자리를 감쌌다. 분을 바른 그녀의 볼을 따라 주르르 눈물이 흘러내렸다. 그녀는 두 손을 샤토프의 어깨에 얹은 것도 잊고 가만히 앉아 있었으나, 이제 그 얼굴을 보고 있지는 않았다.

「에이, 당신을 더 이상 보고 있을 순 없군, 그리고 죄스러운 일이야.」갑자기 샤토프는 걸상에서 일어섰다.「이봐. 일어나게!」하고 그는 화난 듯이 내가 앉아 있는 걸상을 낚아채듯 다시 제자리에 돌려 놓았다.

「올 때가 됐어, 눈치채지 않도록 해야지. 나도 이젠 가야지.」

「아, 당신은 역시 우리집 하인 얘기를 하고 있나 봐!」하고 마리아는 갑자기 웃었다.「무섭나 보지! 그럼 잘 가요, 참, 이봐요. 잠깐 내 말 좀 들어 봐요. 아까 키릴로프 씨가 그 붉은 수염의 집주인 필립포프와 함께 찾아왔어요. 그때 마침 우리집 하인이 나한테 덤벼들어서, 집 주인이 그 녀석을 붙잡고 온 방 안을 끌고 다녔지 뭐예요. 그러니까 그 녀석이,『내가 나쁜 게 아니야, 남의 죄로 괴로워하고 있는 거다!』하고 고래고래 소리를 지르는 바람에 당신은 곧이 안 듣겠지만, 그 자리에 있던 우리는 모두 배꼽을 쥐고 웃었다구요…….」

「뭘, 마리아. 그건 붉은 수염이 아니라 나였잖아. 내가 아까 그놈의 머리칼을 움켜쥐고 당신한테서 떼어냈잖아. 집 주인은 그저께 찾아와서 당신들과 싸우고 갔단 말이야. 그걸 당신은 혼동하고 있어.」

「아니, 내가 정말 혼동해 버렸나봐. 당신이었는지도 몰라요. 하지만 쓸데없는 일을 갖고 다툴 건 없어요. 그 따윈 누가 떼어내도 마찬가지니깐.」하고 그녀는 웃었다.

「가세.」갑자기 샤토프가 나를 끌어당겼다.
「삐꺽하고 문 소리가 났으니까. 만일 우리를 보면, 또 누이동생을 팰 거야.」
그러나, 우리가 층계로 나갈 겨를도 없이, 벌써 문간에서 주정꾼의 고함 소리가 들리고, 난폭한 욕설이 거침없이 들려왔다. 샤토프는 나를 자기 방에다 밀어넣고, 열쇠로 문을 잠갔다.
「여기서 잠시 기다리고 있어야 해. 옥신각신이 싫거든 말이야. 저봐, 마치 돼지 새끼처럼 고래고래 소리를 지르고 있잖아. 아마 또 문지방에 걸려서 넘어졌나 보지. 언제나 저기서 넘어져서 쭉 뻗어 버리거든.」
그러나 옥신각신 없이는 끝나지 않았다.

6

샤토프는 열쇠로 자기 방을 채우고 문간에 서서 층계 쪽으로 귀를 기울이고 있더니 갑자기 뒤로 물러섰다.
「이리 온다, 내 그럴 줄 알았지!」화가 치민 어조로 그는 소곤거렸다. 「이거 밤중까지 들러붙어서 떨어지지 않겠는걸.」
갑자기 주먹으로 문을 쾅쾅 두드리는 소리가 잇따라 울렸다.
「샤토프, 샤토프, 열어 줘!」하고 대위가 소리쳤다.
「샤토프, 이봐, 동생!」

나는 찾아왔노라 그대를
태양이 솟은 것을 알리려고
타는 듯한 그 광휘가
나무에…… 떠는 것을 말하려고
내가 눈 뜬 것을, 제기랄! 가지 아래서
내가 눈 뜬 것을 알리려고
아참, 정말은 채찍 아래 있을지도 모르겠군. 하하!

새들은 모두…… 목마르다 조르고

나는 무엇을 마셔야 하나
내가 마실 것은 무엇인지 나는 모른다.

 아니, 어리석은 호기심 따위 난 필요없어! 샤토프, 자넨 알고 있나? 이 세상에 산다는 게 이 얼마나 좋은 건지!」
「대답하면 안돼.」 샤토프는 다시 나에게 소곤거렸다.
「열라니까, 대체 자네는 아나, 인간끼리 사이에는…… 뭔가 그, 싸움보다 고상한 그 무엇이 있단 말야. 이래보아도 훌륭한 신사가 될 때도 있단 말야……. 샤토프, 나는 좋은 인간이야. 그러니까, 자네를 용서해 주지. 샤토프, 격문 따윈 집어치우라구, 응?」
 침묵.
「이봐, 느림보 선생. 알겠나, 난 사랑을 하고 있단 말이야. 난 연미복을 샀지. 알겠어, 사랑의 연미복이야, 십오 루블리나 준 거야. 대위님의 사랑은 사교상의 예의를 갖춰야 하거든……. 안 열 테야?」
 그는 갑자기 사나운 짐승처럼 소리를 내고, 다시 주먹으로 맹렬히 문을 두들기기 시작했다.
「냉큼 꺼져라!」 샤토프가 소리쳤다.
「이 종놈아! 노예 같은 종놈아, 네놈의 누이동생도 종년이야. 여자 종이란 말야……. 여자 도둑이란 말야!」
「네놈은 제 누이동생을 팔아먹었잖아!」
「함부로 지껄이지 마! 나는 이렇게 남의 트집을 꾹 참고 있지만 말이다. 그저 한 마디만 내가 해봐라, 이놈아, 저게 어떤 여잔지 아냐?」
「어떤 여자야?」 갑자기 샤토프는 호기심을 비치면서 문간으로 다가섰다.
「말한다고 네놈이 알아?」
「어서 말이나 해봐라.」
「내가 말 못 할 줄 아나? 나는 언제라도, 사람들 앞에서 얼마든지 말할 수 있단 말야!……」
「못 믿겠는걸.」 샤토프는 약간 놀려 놓고 나더러 들어 보라는 듯이 고개를 끄덕였다.
「못 믿겠다고?」

「난 못 믿겠는데.」
「정말 못 믿어?」
「에이, 빨리 말하라구. 만일 주인 회초리가 무섭지 않다면 말이야……. 네놈 같은 겁쟁이가 대위라니!」
「난…… 난…… 그애는…… 그 인간은…….」
대위는 흥분하여 떨리는 목소리로 떠듬거렸다.
「그래서?」 샤토프는 귀를 내밀었다.
적어도 삼십 초쯤 침묵이 흘렀다.
「예끼! 이놈아!」 마침내 이런 소리가 문밖에서 들리더니, 대위는 아래층으로 총총히 내려가 버렸다. 사모바르처럼 씩씩거리면서, 계단마다 헛디뎌 요란스런 소리를 내면서, 「틀렸구나, 저 자식 약단 말이야. 취해도 좀처럼 지껄이지 않거든.」 하고 샤토프는 문에서 떨어져 나왔다.
「이게 대체 어떻게 된 거지?」 하고 내가 물었다.
샤토프는 귀찮은 듯이 한 손을 흔들어 보이고 문을 열고 다시 층계 쪽으로 귀를 기울이기 시작했다. 오랫동안 귀를 기울이다가 층계를 몇 계단 소리없이 내려가 보기까지 했다. 그러나 마침내 돌아와서 「아무 소리도 안 들리는걸, 싸우지 않고 아마 갑자기 거꾸러져서, 뒈졌는지도 모르지. 자네도 이제 가면 돼.」
「그런데 샤토프 군. 대체 오늘 밤의 일은 어떻게 결론을 내리면 되나?」
「아무렇게나 맘대로 결론을 내리라구!」 하고 그는 지쳐서 귀찮다는 듯이 대답하고는 자기 책상 앞에 가서 앉았다.
나는 밖으로 나갔다. 거의 있을 수 없는 한 가지 상념이 차츰 내 마음속에 번져 나갔다. 나는 내일을 생각하고 마음이 어두워졌다.

7

이 『내일』, 다시 말해서 스체판 선생의 운명이 영원히 결정될 그 일요일은, 이 기록에 있어서 대서특필할 만한 날이다. 그것은 전혀 뜻밖의 사건이 겹쳤던 날이었다. 묵은 의혹이 풀리고, 새로운 의혹이 생긴 날이다. 뜻밖의 사실이 폭로되고, 더 한층 불가해한 의혹을 낳은 날이다. 독자도 이미 알고 있듯이, 아침에는 바르바라 부인 댁으로 부인 자신의 지명에 따라 스체판 선생을 데리고 가야 했고, 오후 세 시에는 리자베타 양을 찾아가서 이야기를 한 다음(무슨 이야기를 하는지 나도 모르지만), 그녀에게 힘을 빌려 주지 않으면 안 되었다(무슨 일로 힘을 빌려 주는지, 이것도 내 자신 알지 못하고 있었지만). 그런데 모든 것이 누구 한 사람도 상상하지 못한 결과로 해결된 것이다. 간단히 말해서 그것은 이상할 만큼 여러 가지 우연이 겹친 날이었다.

먼저 이 날의 개막으로서, 내가 스체판 선생과 함께 지시받은 대로 열두 시 정각에 바르바라 부인 댁을 찾아갔더니 부인은 집에 없었다. 아직 예배에서 돌아오지 않았던 것이다. 가엾은 우리 친구는 벌써 이만한 일에도 가슴이 덜컥 내려앉는 기분이 되어 있었다. 아니 오히려 그토록 마음이 산란해져 있었던 것이다. 그는 거의 맥이 빠진 듯 털썩 객실 안락의자에 앉았다. 나는 물을 한 잔 마시라고 권했으나, 그는 얼굴빛이 창백하고 손이 덜덜 떨리고 있었지만, 떳떳하게 이를 거부했다. 아울러 말해 두지만, 이날의 그의 복장은 산뜻하게 땟물이 벗겨져 있었다. 무도회에라도 입고 나갈 듯한 수를 놓은 흰 모시 와이셔츠, 흰 넥타이, 손에 든 새 모자, 밀짚 빛깔의 새 장갑, 게다가 느껴질 듯 말 듯하게 향수를 뿌렸다. 우리가 자리에 앉자마자, 샤토프가 하인의 안내를 받으며 들어왔다. 공식 초대를 받고 온 것은 두말할 나위도 없다. 스체판 선생은 일어서서 손을 내밀려 했으나, 샤토프는 우리 두 사람을 주의깊게 바라본 다음 획 몸을 돌려, 한쪽 구석으로 가서 앉아 우리들로부터는 고개를 돌리고 눈인사마저 하지 않았다. 스체판 선생은 다시 겁에 질린 듯 나와 서로 눈을 마주보았다.

이렇게 우리들은 다시 몇 분 동안 침묵 속에 보냈다. 갑자기 스체판 선생이 무척 바쁘게 뭔가 소곤거리기 시작했으나, 똑똑히 알아들을 수 없었다. 게다가 본인도 흥분한 나머지 끝까지 다 말하지 못하고 입을 다물어 버렸다. 다시 하인 우두머리가 들어와서, 무언가 책상 위의 것을 바로놓기 시작했다. 아마 우리들의 상태를 보러 온 모양이다. 샤토프가 갑자기 큰소리로 이 사람에게 말을 건넸다.

「알렉세이 예고르이치, 자넨 모르나? 다리아는 부인과 함께 나갔을까?」

「마님은 혼자서 교회에 나가시고, 다리아 님은 이층 거실에 계십니다. 웬지 기분이 좋지 않다면서.」 하고 알렉세이는 공손히 으스대는 투로 보고했다.
　가엾은 우리 친구는 또다시 마음이 가라앉지 않는 걱정스러운 모습으로 눈을 껌벅였다. 그래서 나는 마침내 외면해 버리고 말았다. 그때, 갑자기 현관 앞에 마차 소리가 들리더니, 집안 어디 먼 곳에서 어수선하게 떠들기 시작하는 기색이 느껴진 것은, 분명히 안주인이 돌아온 모양이었다. 우리는 모두 안락의자에서 벌떡 일어섰다. 그러나 여기서도 또한 뜻하지 않은 일이 일어났다. 바깥에서 들리는 많은 발자국 소리는 부인이 혼자서 돌아온 것이 아니라는 것을 말해 주고 있었다. 그러나 이 시간을 우리에게 지정한 것은 바로 부인 자신이었으므로, 이 경우 얼마간 기묘한 느낌이 들었다. 이윽고 누군지 이상하게 빠른 총총걸음으로 거의 달리다시피하여 들어오는 발자국 소리가 들렸다. 바르바라 부인이 저런 식으로 들어올 까닭이 없다고 생각하고 있는데, 부인이 헐레벌떡 극도의 흥분 상태로 방안에 뛰어들어온 것이다. 그 뒤에 조금 떨어져서 (훨씬 조용한 걸음걸이로) 리자베타가 들어왔다. 더욱이 리자베타와 손을 잡고 마리아 레뱌드키나가 들어오지 않겠는가! 설령 이런 광경을 꿈에서 보았다해도, 결코 나는 사실로 믿지는 못했을 것이다.
　이 너무나도 뜻밖의 사건을 설명하려면, 아무래도 한 시간 전으로 되돌아가, 교회에서 바르바라 부인에게 일어난 심상치 않은 사건을 상세하게 이야기하지 않으면 안 된다.
　먼저 말해 두지만, 예배가 시작되기 전에 거의 온 시내 사람들이──하기야 시내의 상류 사회를 가리키는 것은 두말할 여지도 없다──교회에 모여 있었다. 그들은 새 지사 부인이 거리에 도착한 뒤, 오늘 처음으로 얼굴을 내놓는다는 것을 알고 있었다. 아울러 미리 말해 두지만, 그녀가 『새로운 주의』를 가진 자유 사상가라는 소문도 이미 시내에 널리 퍼져 있었던 것이다. 또 그녀가 범상찮은 취미를 갖고 있으며 훌륭한 복장을 하고 온다는 것도 부인들 사이에 널리 알려져 있었으므로, 이날의 부인들의 복장은 한층 뛰어나고 화려하고 우아한 것이었다. 다만 바르바라 부인만은, 여느 때나 다름없이 온통 검정 일색의 겸허한 차림이었다. 부인은 지난 사 년 동안 어디를 가든지 언제나 이 복장이었다. 교회에 들어가서 부인은 왼쪽 첫줄에 있는 평소의 자기 자리에 앉았다. 주인이 해준 옷을 입은 하인들이, 부인이 무릎을 꿇고 예배할 때 쓰는 빌로도 방석을 발 밑에 놓았다. 말하자면 만사가 평소대로 진행된 것이다. 그러나 이날 부인이 예배 동안 줄곧, 웬지 무척 열심히 기도를 드리고 있는 것을 사람들이 깨달은 것은 사실이다. 나중에 이것을 회상하고, 눈물이 부인 눈에 떠올랐다는 사람도 있다. 이윽고 기도가 끝나고, 우리 파벨 신부가 여느 때처럼 장중한 설교를 하기 위해 엄숙히 강단 위로 올라갔다. 시내 사람들은 그의 설교를 사랑하고, 또 매우 그를 존중했었다. 개중에는 설교집의 간행을 권하는 사람까지 있었으나, 그는 아직도 그 결심을 하지 못하고 있었다. 이날의 설교는 웬지 특히 길었다.

그런데 이 설교 동안에 한 여성이 전세 마차를 타고 교회로 달려왔다. 그것은 구식 마차였으며, 마차에 탄 그 여성이 마부 옆에 조그맣게 웅크리고 앉아 마부의 허리띠를 붙잡고 매달려, 차대의 동요로 바람에 희롱되는 풀처럼 흔들리지 않으면 안 되는, 그러한 종류의 것이었다. 이와 같은 농민 마차가 아직도 시내에 우글우글하다. 교회당 모퉁이에 마차를 세우고──문간에는 많은 마차가 기다리고 있는데다가 헌병까지 서 있었으므로──그녀는 마차에서 뛰어내려 마부에게 사 코페이카의 은화를 주었다.

「왜 그래요, 적단 말예요. 바냐?」마부가 얼굴을 찌푸리는 것을 보고 그녀는 소리치고,「내가 가진 건 그것밖에 없어요.」하고 가엾은 어조로 덧붙였다.

「하는 수 없죠 뭐. 마음대로 하구려, 값을 정하지 않고 태웠으니까.」하고 마부는 한쪽 손을 흔들었다. 그리고『당신 같은 여자에게 창피를 주는 것도 죄야.』하고 생각하는 듯이 가만히 그녀를 바라보았다.

그리고 가죽 지갑을 품속으로 쑤셔넣고는, 가까이에서 대기하고 있는 마부들의 조소를 받으며 말에 채찍질하여 달려가 버렸다. 그녀가 많은 마차와 주인이 돌아가기를 기다리고 있는 하인들 사이를 누비고, 교회당 문을 향해서 걸어가고 있는 동안, 조소와 경이의 소리마저 그녀에게 쏟아졌다. 어디선지 한길의 인파 속에 홀연히 나타난 이 여성의 출현은 모든 사람들이 뜻하지 않은 이상한 것을 느끼게 했다. 그녀는 병적으로 여위고, 절뚝절뚝 저는데다가, 얼굴에는 분과 연지를 더덕더덕 발랐다. 그리고 맑게 개기는 했지만 바람이 불고 추운 이 구월에 낡고 초라한 옷만 입었을 뿐 목도리도 겉옷도 안 걸쳤으며, 긴 목을 그대로 드러내 놓고 있었다. 그리고 모자도, 아무것도 쓰지 않은 머리에는 조그마한 매듭 머리를 뒤에 달고, 성지 주일(부활절 전의 일요일. 그리스도가 예루살렘에 들어갔을 때 버드나무 가지를 길에 뿌려 환영받은 것을 기념하기 위한 제일) 때 천사의 장식에나 쓰는 종이장미 한 송이가 꽂혀 있었다. 간밤에 마리아를 방문했을 때, 성지 주일의 천사가, 종이로 만든 장미꽃관을 쓴 천사가 한쪽 구석 성상 밑에 있었던 것을 나는 기억한다. 이 여성은 얌전하게 눈을 내리깔고는 있었지만, 동시에 즐거운 듯 교활한 미소를 엷게 띠며 걸어갔다. 그녀가 조금만 더 우물쭈물했더라면 도저히 안으로 들어가지 못했을 것이다……. 그러나 그녀는 운좋게 교회당 안으로 미끄러져 들어가서, 남의 눈에 띄지 않게 앞으로 걸어나갔다.

  설교는 절반쯤 진행되고 있었으며, 교회당 안에 가득찬 군중은, 긴장된 주의를 기울여 끽소리 없이 듣고 있었다. 그래도 몇몇 눈들은 호기심과 의아한 빛을 띠고 들어오는 여자 쪽을 돌아보았다. 그녀는 교회당 마룻바닥에 엎드려, 하얗게 칠한 얼굴을 깊숙이 숙인 채 오랫동안 가만히 있었다. 울고 있는 듯했다.

  그러나 다시 얼굴을 쳐들고 무릎을 세우고는 갑자기 마음을 달리 먹었는지 주위의 것에 흥미를 갖기 시작했다. 그리하여 자못 재미있다는 표정으로 즐거운 듯이, 사람들의 얼굴과 교회당의 벽으로 유심히 시선을 옮기는 것이었다. 개중에서도 몇몇 부인들의 얼굴에는 무척 흥미를 느낀 듯, 열심히 들여다보았을 뿐 아니라, 일부러 발끝으로 서서 넘어다보곤 했다. 또 두 번쯤 히히히 하고 기묘한 소리를 내어 웃기까지 했다.

  그러는 동안에 설교도 끝나고, 십자가가 들려나왔다. 지사 부인이 제일 먼저 십자가 앞으로 걸어 나갔는데, 바르바라 부인에게 길을 양보할 생각인지, 두어 걸음쯤 앞에서 우뚝 걸음을 멈추었다. 바르바라 부인은 마치 자기 앞에 사람이 있는 것을 깨닫지 못한 것처럼, 역시 성큼성큼 곧장 십자가로 다가갔다. 이와 같은 지사 부인의 점잖고 겸손한 태도에 일종의 냉소적이고 속들여다보이는, 보라는 듯한 의도가 엿보이는 것은 의심할 여지도 없었다. 아무튼 사람들은 이렇게 해석했고, 바르바라 부인도 역시 이렇게 여겼을 것이다. 그러나 여전히 그 누구도 거들떠보지 않고, 조금도 동요하지 않는 위엄을 보이면서 십자가에 입을 맞춘 그녀는 그대로 입구를 향해 발걸음을 돌렸다. 주인이 지어 준 옷을 입은 하인이 부인의 앞 길을 열었는데, 그렇게 하지 않아도 군중은 스스로 길을 열어 주었다. 바로 입구 옆에 있는 현관에는,

한 덩어리의 군중들이 꽉 몰려서 잠시 길을 막았으므로, 바르바라 부인은 걸음을 멈추었다. 그때 난데없이 종이로 만든 장미관을 쓴 기괴하고 이상하게 생긴 한 여자가 군중 사이에서 빠져 나와 부인 앞에 무릎을 꿇었다. 웬만한 일에는 동요하지 않는 바르바라 부인은(사람들 앞에서는 특히 그랬다), 무섭고도 엄한 눈초리로 그녀를 쏘아보았다.

여기서 되도록 간단히 말해 두지만, 요즈음 바르바라 부인은 무척 계산이 빨라져서 좀 인색해졌지만, 그래도 때로는 자선 사업에 돈을 아끼지 않았다. 그녀는 시의 어느 자선회 회원이 되어 있어서, 지난 흉년 때도 페체르부르그의 이재민 구제 위원회에 오백 루블리를 보내어 시내에 파다한 소문이 났을 정도다. 바로 최근 새 지사가 임명되기 전에, 시내뿐 아니라 온 현 내에서 가난한 임산부의 구조를 목적으로 하는 지방 부인회를 설립하려고 노력하여 거의 실현 단계에 있었다. 시내 사람들은 그녀의 강한 허영심을 심하게 공격했지만, 무슨 일이고 끝까지 밀고 나가지 않으면 직성이 풀리지 않는 부인의 집요한 성격은 거의 모든 장애에 이길 수 있는 기세를 보였다. 부인회는 이제 구할은 설립을 보게끔 되어 있었다. 그리고 첫계획은 발기인의 흥분에 찬 공상 속에서 차츰 그 규모를 넓혀갔다. 그녀는 비슷한 회를 모스크바에도 설립하느니, 회의 사업을 차츰 각 현으로 넓혀가느니 하는 공상까지 했다. 그런데 지사의 경질과 더불어 모두 잠시 중단되는 형편이 되어 버렸다. 더욱이, 새 지사 부인은 그런 위원회의 근본 사상을 비현실적이라면서, 냉소적이기는 하지만 정곡을 찌른 실제적인 의견을 사교계에서 털어놓았다고 한다. 물론 그것은 과장되어 바르바라 부인에게 전해졌다. 사람의 마음속을 아는 것은 오직 하느님뿐이지만, 지금 바르바라 부인은 일종의 만족마저 느끼며 교단 입구에서 걸음을 멈추었다. 그것은 지금 곧 자기 옆을, 새 지사 부인을 선두로 일행들이 통과한다는 것을 알고 있었기 때문이다.

『저 여자가 어떻게 생각하든, 또 내 자선사업을 어떻게 비꼬든, 나로 봐서는 아프지도 가렵지도 않다는 것을 잘 보여 줘야지. 자, 모두 구경들 하라구!』

「왜 그러지. 당신, 무슨 소원이지?」하고 바르바라 부인은 자기 앞에 무릎을 꿇고 무엇을 애걸하고 있는 여자를 가만히 주의깊게 내려다보았다.

여자는 무척 겁에 질리고 수줍은 듯한, 그러나 경건한 눈초리로 부인을 쳐다보고 있더니, 갑자기 평소의 그 기괴한 소리로 히히거리며 웃기 시작했다.

「이 여잔 뭐예요, 이 여자가 누구지요?」
바르바라 부인은 명령하듯 궁금하다는 눈초리로 주위 사람들을 둘러보았으나, 사람들은 묵묵히 대답하지 않았다.
「당신은 불행한가요? 도움이 필요한가요?」
「저는 곤란을 겪고 있습니다……. 저는 지금……」 하고 『불행한 여자』는 흥분으로 목소리가 자주 끊겼다. 「저는 다만, 마님 손에 입을 맞추고 싶어서 왔습니다…….」 그녀는 다시 히히거렸다.
그리고 마치 어린애가 무엇을 조르면서 응석을 부릴 때 보이는 매우 순진한 눈으로 몸을 앞으로 내밀며 부인 손을 잡으려고 했다. 그러더니 갑자기 무언가에 움찔 놀란 듯이, 얼른 두 손을 뒤로 돌려 버렸다. 「다만 그 때문에 왔어?」 바르바라 부인은 딱한 듯이 미소를 띠더니, 곧 주머니에서 나전 지갑을 꺼내어 십 루블리짜리 지폐 한 장을 뽑아 처음 보는 여자에게 주었다.
여자는 그것을 받았다. 바르바라 부인은 적지않은 호기심이 일깨워진 모양이다. 이 여자가 단순히 천한 거지라고만 여겨지지 않았기 때문이다.
「저것 봐, 십 루블리 주었다.」 하고 누군가가 군중 속에서 말했다.
「제발, 마님 손을 빌려 주세요.」 하고 불행한 여자는 시원찮은 어조로 말했다. 그 손에는 갓 받은 지폐 끝이 손가락 사이에 꼭 끼여 바람에 팔랑거리고 있었다.
바르바라 부인은 웬지 얼굴을 약간 찌푸리더니 진지하고, 거의 엄해 보이는 표정으로 한 손을 내밀었다. 여자는 경건한 빛을 얼굴에 띠면서, 그 손에 입을 맞추었다. 감사에 찬 두 눈이 일종의 환희에 빛나고 있었다. 마침 이때 지사 부인이 다가왔다. 그 뒤에 온 시의 귀부인들과 고관들이 우르르 몰려왔다. 지사 부인은 잠깐 동안, 어쩔 수 없이 비좁은 곳에 서 있지 않으면 안 되었다. 많은 사람들이 멈추어 섰다.
「당신, 추워요? 떨고 있네요.」 문득 바르바라 부인이 깨닫고 말했다.
그녀는 자기가 입고 있던 외투를 벗어 던지고는(하인이 이것을 허공에서 사뿐 받았다), 꽤 비싸게 보이는 검은 숄을 어깨에서 벗어, 여전히 무릎을 꿇고 있는 여자의 드러난 목에 손수 둘러 주었다.
「자, 일어나요. 무릎을 세워요. 제발!」
여자가 일어섰다.

「당신, 어디 살지? 정말 아무도 이 여자의 집을 모른단 말인가요?」바르바라 부인은 짜증스러운 듯이 다시 한 번 주위를 돌아보았다.

그러나 앞서의 군중은 이미 보이지 않았다. 그곳에 있는 사람들은 상류 사회 얼굴뿐이었다. 어떤 사람은 험한 놀라움의 빛을 띠었고, 어떤 사람은 교활한 호기심의 표정과 더불어 쑥덕공론을 잘하는 순진한 열의를 보이면서 이 광경을 지켜보고 있었다. 개중에는 벌써 쿡쿡 웃기 시작하는 사람도 있었다.

「이 사람은 암만해도, 레뱌드킨네 가족인 것 같습니다.」간신히 한 남자가 부인의 질문에 이렇게 대답했다. 그는 많은 사람들의 존경을 받고 있는 안드레예프라는 훌륭한 상인이었으며, 희끗희끗한 턱수염에 안경을 끼고 러시아 풍의 긴 옷에다 평소에는 동그란 실크햇 같은 모자를 쓰고 있었으나, 지금은 손에 들고 있었다.「그 남매는 보고야블렌스카야 거리의 필립포프네 집에 살고 있지요.」

「레뱌드킨? 필립포프네 집이라니? 어디서 들은 것 같은데……. 고마워요, 니콘 세묘느이치. 그런데, 그 레뱌드킨이라는 사람은 어떤 사람이지요?」

「보통 대위라고들 부르고 있습니다만, 암만해도 난폭한 사나이라고 말하지 않을 수 없군요. 이 사람은 그 누이동생인 모양입니다만, 아마 지금 오빠의 감시의 눈을 피해서 달아나온 게 틀림없습니다.」안드레예프는 목소리를 낮추어 이렇게 말하고, 의미심장하게 바르바라 부인의 얼굴을 쳐다보았다.

「알았습니다. 니콘 세묘느이치, 고마워요. 이봐요, 그럼 당신은 레뱌드키나 양인가요?」

「아녜요, 저는 레뱌드키나가 아닙니다.」

「그럼, 오빠가 레뱌드킨인가 보군?」

「오빠는 레뱌드킨입니다.」

「그럼, 이렇게 하지. 내가 당신을 우리집에 데리고 갔다가, 거기서 당신 집으로 보내 드리도록 하면 되겠지? 나하고 같이 가고 싶지 않아요?」

「아, 가고 싶고말고요!」레뱌드키나 양은 손뼉을 쳤다.

「아주머니, 아주머니! 저도 함께 데려가 주세요.」이렇게 말하는 리자베타의 목소리가 갑자기 울려왔다.

아울러 미리 말해 두지만, 리자베타는 지사 부인과 함께 예배보러 와 있었고, 어머니 프라스코비야는 의사의 지시에 따라 그 동안에 마차로 한 바퀴 돌기로 했으며 말벗으로는 마브리키를 데리고 갔다. 그런데 리자는 갑자기 지사 부인을 내버려 두고 바르바라 부인 쪽으로 달려온 것이다.
「아, 리자. 나는 언제든지 널 환영하지만, 어머님이 뭐라고 하실는지?」 하고 바르바라 부인은 점잖게 말했으나, 심상치 않은 리자의 흥분을 깨닫고 그만 얼떨떨해져 버렸다.
「아주머니, 아주머니, 저는 오늘 꼭 따라가겠어요.」 리자는 바르바라 부인에게 입을 맞추면서, 애원하듯 말했다.
「아니, 대체 왜 그러지, 리자?」 하고 지사 부인은 가득 놀라운 표정을 지으면서 말했다.
「어마, 실례했어요. 친애하는 사촌 언니, 저는 아주머니를 따라가겠어요.」 불쾌한 놀라움을 보이고 있는 자기 사촌 언니 쪽을 냉큼 돌아보고 리자는 두 번이나 입을 맞추었다. 「그리고, 어머니께도 그렇게 전해 주세요. 꼭 아주머니 댁으로 저를 뒤따라와 주시라고. 어머니도 꼭 가보고 싶다고 바로 아까까지도 말씀하셨거든요. 전 미리 말씀드리는 걸 깜박 잊어버렸지만.」 리자는 정신없이 지껄여댔다. 「정말 미안해요. 하지만 노여워하지 마세요. 응, 줄리(율리아의 프랑스 식 호칭), 친애하는…… 사촌 언니……. 아주머니, 전 이제 언제 떠나도 좋습니다.」
「아주머니, 저를 데려가 주시지 않으면, 아주머니 마차 뒤를 따라 달려가면서, 마구 소리를 지를 테에요.」 바르바라 부인의 귓전에 입을 바싹 갖다대듯하면서, 리자는 여전히 흥분한 채 재빨리 소곤거렸다. 다행히 아무도 이 말을 들은 사람은 없었지만, 바르바라 부인은 주춤 뒤로 물러서면서 꿰뚫는 듯한 눈초리로 이 광기어린 처녀를 바라보았다. 이 눈초리는 모든 것을 결정했다. 그녀는 리자를 꼭 데리고 가겠다고 마음먹었다.
「이런 일은 얼른 처리를 해버려야지.」 하고 부인은 낮게 중얼거리고는 곧 덧붙였다.
「좋아, 기꺼이 데려가 주지, 리자. 하지만, 율리아 미하일로브나가 가도 괜찮다고 말씀하신다면 말이야.」 부인은 공명한 태도로 숨김없는 위엄을 보이면서 똑바로 지사 부인을 쳐다보았다.

「네, 좋고말고요. 나는 리자의 만족을 빼앗을 생각은 없어요. 그리고, 저 자신도……」놀랄 만큼 상냥한 말투로 율리아 부인은 말했다.「저 자신도 잘 …… 알고 있어요. 서로 별난 응석받이 아가씨의 감독을 맡고 있으니까요 (율리아 부인은 매혹적인 미소를 지었다)…….」
「정말 감사합니다.」
바르바라 부인은 공손하게, 점잖은 눈인사로 답례를 했다.
「그리고, 특히 제가 흐뭇하게 생각하는 것은」하고 율리아 부인은 즐거움에 흥분되어 얼굴을 새빨갛게 물들이면서 정신없이 말했다.「리자는 댁에 간다는 기쁨 이외에 지금 당신의 그처럼 아름답고 고상한 동정심에 매혹되어 버린 거예요……. (율리아 부인은 힐끔『불행한 여자』에게 곁눈질했다.)…… 더욱이 …… 더욱이, 교회당 문간이거든요…….」
「부인께서 아름다운 마음을 갖고 계신다는 것은, 그 말씀만 들어도 알 수 있습니다.」하고 바르바라 부인은 의젓한 태도로 찬사를 늘어놓았다.
율리아 부인은 얼른 손을 내밀었다. 그러자 바르바라 부인도 상냥하게 손가락으로 그 손을 살짝 만졌다. 그때의 전체적인 인상은 나무랄 데 없이 훌륭했다. 그 자리에 있는 몇몇 사람들의 얼굴은 만족으로 빛났으며, 개중에는 달콤하고 아첨하는 미소마저 엿볼 수 있었다.
간단히 말해서, 온 시내 사람들이 홀연히 한 가지 사실을 발견한 것이다. 말하자면, 지금까지 율리아 부인이 바르바라 부인을 소홀히 하고 방문을 등한시한 것이 아니라, 오히려 바르바라 부인이 지사 부인에 대해서 성벽을 쌓고 있었던 것이다. 지사 부인은, 만일 바르바라 부인이 자신을 결코 현관에서 내쫓지 않는다는 확신만 가졌더라면 마차도 타지 않고 아마 맨발로라도 방문하러 달려갔을 것이 틀림없다. 이런 것이 뚜렷해졌으므로 바르바라 부인의 권위는 더더욱 높아졌던 것이다.
「자, 타세요.」바르바라 부인은 가까이 다가오는 마차를 가리키면서, 레뱌드키나 양을 돌아보고 말했다.『불행한 여자』는 기쁜 듯이 마차 문앞으로 달려갔다. 그 곁에 서 있던 하인이 그녀의 몸을 부축해 주었다.
「아니 저런, 다리를 저는구먼!」바르바라 부인은 깜짝 놀라 이렇게 소리치고는, 새파랗게 질려 버렸다(사람들은 그때 이것을 깨달았지만 왜 그러는지는 알지 못했다).

마차는 삐걱거리기 시작했다. 바르바라 부인 댁은 교회당에서 가까웠는데, 리자가 나중에 한 말을 들어 보면, 레뱌드키나 양은 마차 속에서 삼 분간쯤 히스테리 발작이라도 일으킨 듯이 줄곧 웃어댔다. 그러나 바르바라 부인은, 최면술에라도 걸린 듯이(이것은 리자 자신의 말이다) 꼼짝도 않고 앉아 있었다고 한다.

제 5 장   간사한 뱀

1

 바르바라 부인은 벨을 울리고, 창가의 안락의자에 앉았다. 「거기 앉아요, 자.」하고 부인은 마리아 레뱌드키나에게, 방 한가운데 있는 큼직하고 둥그런 탁자의 옆자리를 가리켰다. 「스체판 선생님, 대체 어떻게 된 거죠? 자, 이 여자를 보세요, 대체 어찌된 일일까요?」
 「저는…… 저는…….」 스체판 선생은 떠듬거렸다.
 그때 하인이 들어왔다.
 「커피 한 잔, 당장 갖고 오너라, 될 수 있는 대로 빠른 편이 좋겠다! 말은 아직 마차에서 끄르지 말구!」
 「그런데, 친애하고 뛰어난 친구여, 무슨 걱정거리가 있는지…….」하고 스체판 선생이 꺼질 듯한 소리로 외쳤다.
 「아, 프랑스 말이다, 프랑스 말이야! 상류 사회라는 것을 금방 알 수 있거든!」 마리야는 손뼉을 딱 치고 무척 감탄하면서, 프랑스 말의 회화를 들으려고 몸을 앞으로 내밀었다.
 바르바라 부인은 놀라움 속에서 가만히 그녀의 얼굴을 응시했다.
 우리들은 이 얽히고 설킨 일이 어떻게 풀려 나갈까 하고 말없이 기다리고 있었다. 샤토프는 여전히 얼굴을 들지 않은 채였고, 스체판 선생은 모든 것이 자기의 죄인 것처럼 어쩔 줄을 몰라하면서 관자놀이에 땀을 흘리고 있었다. 나는 가만히 리자를 바라보았다(그녀는 거의 샤토프와 나란히 한쪽 구석에 앉아 있었다). 그녀의 눈은 바르바라 부인에서 절름발이 여자로, 절름발이 여자에서 바르바라 부인으로 날카롭게 오가고 있었다. 그 입술에는 일그러진 미소가 떠 있었는데, 그것은 불쾌한 미소였다. 바르바라 부인도 이것을 눈치채고 있었다. 그동안 마리아는 완전히 넋을 잃어버렸다. 그녀는 몹시 유쾌한 듯 바르바라 부인의 훌륭한 객실 안을, 온갖 실내 가구, 양탄자, 사방의 벽에 걸린 액자, 무늬가 든 고풍스러운 천장, 한쪽 구석의 십자가에 못박힌 그리스도와 청동상, 도기로 만든 램프, 앨범, 탁상의 자질구레한 도구 등을 체면없이 두리번거리는 것이었다.

「어마, 당신도 여기 있었네, 샤투쉬카!」하고 그녀는 갑자기 소리쳤다. 「어마, 어쩜, 난 아까부터 당신 얼굴을 보고도, 당신이 아니구나 하고 생각했었지! 어떻게 여길 왔어요?」

이렇게 말하고 명랑하게 웃어댔다.

「이 여자를 아세요?」금방 바르바라 부인이 그를 돌아보았다.

「알고 있습니다.」하고 샤토프는 입 속으로 중얼거리고, 의자에서 떠나려고 하다가 그대로 앉아 버렸다.

「뭘 알고 계세요! 얼른 좀 말씀해 주세요.」

「뭐라고 하셔도……」하고 그는 빙그레 필요도 없는 웃음을 엷게 웃으며 다시 더듬거렸다.「부인이 아시지 않습니까……」

「뭘 알지요? 자, 무슨 얘기 좀 하세요.」

「저와 한집에 살고 있습니다……. 오빠와 함께……. 장교지요.」

「그래서요?」

샤토프는 다시 떠듬거렸다.

「얘기할 가치도 없습니다……」입 속으로 이렇게 중얼거리고, 그는 그만 결심한 듯 입을 다물어 버렸다. 얼굴이 빨개지도록 결연한 말투였다.

「그럴테죠, 당신에겐 그 이상 기대도 않겠어요!」하고 바르바라 부인은 뿌루퉁해지면서 딱 자르듯이 말했다.

모두가 무언가를 알고 있으면서, 묘하게 겁에 질려 자기의 질문을 피하려 애를 쓰고, 무언가 자기에게 감추려 하고 있다는 것은, 이제 부인의 눈에도 명백했다.

하인이 조그만 은쟁반에 특별 주문의 커피를 얹어가지고 들어와서 부인 앞으로 갔으나, 곧 부인의 몸짓을 눈치채고, 마리아 앞으로 다가갔다.
「아까는 무척 떨고 있었으니까, 얼른 그걸 마시고 몸 좀 녹여요.」
「고마워요.」
마리아는 찻잔을 집어들었다.
그러나 하인에게「고마워요.」하고 말한 것을 깨닫고, 갑자기 푸우 웃음을 터뜨렸다. 그러다가 바르바라 부인의 무서운 눈초리를 보고는 갑자기 풀이 죽어 얌전하게 차잔을 탁자 위에 놓았다.
「아주머니, 화 나셨어요?」웬지 좀 경박하고 장난기 어린 목소리로 그녀는 말했다.
「뭐라구?」바르바라 부인은 퉁길 듯 안락의자 위에서 몸을 곤두세웠다.
「어째서 내가 당신 아주머니가 되지? 무슨 생각으로 그렇게 부르지?」
마리아는 본인이 이렇게 화를 낼 줄은 꿈에도 몰랐으므로, 마치 발작이라도 일으킨 듯이 잔잔하게 몸을 꿈틀거리면서, 힘없이 안락의자 등받이에 쓰러졌다.
「전…… 전 그렇게 부르는 편이 좋은 줄 알았어요.」하고 커다랗게 뜬 눈으로 바르바라 부인을 바라보면서 그녀는 떠듬거렸다.「리자도 그렇게 불렀는걸요…….」
「아니, 게다가 또 리자라니, 누구 말이야?」
「이 아가씨죠.」하고 그녀는 리자를 가리켰다.
「그럼, 이 아가씬 벌써 당신에게도 그냥 리자로 통해 버렸나?」
「아까 마님이 그렇게 부르셨잖아요.」마리아는 얼마간 힘을 되찾았다.「난 꼭 저렇게 아름다운 아가씨를 꿈에 본 적이 있어요.」하고 그녀는 저도 모르게 방실 웃었다.
바르바라 부인은 무언가 생각을 더듬는 동안에, 얼마간 마음이 가라앉았다. 마리아의 마지막 말을 들었을 때는, 약간 미소마저 지었다. 마리아는 그 미소를 깨닫고 안락의자에서 일어나 절뚝거리면서 주저주저 그 앞으로 다가갔다.
「이걸 받으세요, 돌려 드리는 걸 깜박 잊었어요. 버릇없다고 화내시지 마세요.」아까 부인이 둘러 준 검정 숄을 그녀는 선뜻 어깨에서 벗었다.
「아니, 도로 둘러요. 이제 아주 가져도 좋으니까, 자, 가서 앉아요. 그리고 커피를 들어요. 응, 제발 나를 무서워하지 말구, 진정해요. 난 차츰 당신을 알게 될 것 같구먼.」
　「친애하는 친구여……」하고 스체판 선생이 다시 입을 열었다.
　「아아, 스체판 선생. 가뜩이나 뭐가 뭔지 모르겠어요. 당신만이라도 가만히 좀 계세요……. 그보다는, 미안하지만 당신 옆에 있는 하녀방의 벨을 좀 눌러 주시지 않겠어요?」
　침묵이 감돌았다. 부인의 시선은 수상쩍다는 듯이 짜증스레 우리들 얼굴을 훑어나갔다. 부인이 귀여워하는 하녀 아가샤가 모습을 나타냈다.
　「격자 무늬가 든 내 숄이 있지, 그걸 좀 갖고 오너라, 그 주네브에서 산 것 말이다. 다리야는 뭘하고 있느냐?」
　「별로 기분이 좋지 않으신가 봐요.」
　「너, 가서 이리 좀 오라고 일러라. 몸이 불편한진 모르지만, 꼭 와달란다고 다짐해야 한다.」
　이 순간, 다음 방에서 다시 아까와 똑같이 제법 어수선한 발자국 소리와 사람 말소리가 떠들썩하게 들려왔다.
　그러더니 갑자기 『이성을 잃은』 프라스코비야 부인이, 숨을 헐떡이면서 문지방에 나타났다. 마브리키가 그 손을 잡아 주고 있었다.
　「후유, 간신히 도착했네. 리자, 넌 대체 이 에미를 어떻게 할 참이냐, 정말 미쳤구나!」하고 그녀는 소리쳤는데, 무릇 심약하면서도 흥분 잘하는 사람의 상례로서, 쌓이고 쌓인 울분을 고함소리에 실어 깡그리 쏟아 버리려고 하는 것이었다.
　「저, 이봐요. 바르바라 부인. 난 딸을 데리러 왔어요!」
　바르바라 부인은 눈을 치켜뜨고 그쪽을 보면서 맞이하는 표시로 몸을 반쯤 일으키면서 분통함을 감추려고도 하지 않고 말했다.
　「어서 와요, 프라스코비야 부인, 제발 좀 앉아요. 어차피 나타날 줄은 알고 있었으니까.」

2

　프라스코비야 부인에게는 이런 접대가 별로 뜻밖의 일은 아니었다. 바르바라 부인은 어린 소녀 시절부터, 이 동창인 친구를 마구 다루었다. 그리고 의가 좋다는 것을 내세워 거의 얕잡아 보기까지 하는 형편이었다. 그러나 현재의 경우에는 어떤 특별한 사정이 감추어져 있었다. 앞에서도 잠깐 말했듯이, 이 두 집 사이에는 무서운 금이 가기 시작하고 있었던 것이다. 그 불화의 원인이 바르바라 부인으로 봐서는 아직 납득이 가지 않았지만, 그만큼 더 얄밉게 느껴졌다. 그러나 무엇보다도 얄미운 것은 프라스코비야가 갑자기 무척 오만한 태도를 보이기 시작했다는 것이다. 바르바라 부인은 물론 감정이 상해 버렸다. 그 동안에 여러 가지 풍설이 또 귀에 들어왔으며, 그것이 모두 모호하고 종잡을 수 없는 것이기 때문에 더욱 부인의 마음은 짜증스러워졌다. 바르바라 부인은 천성이 곧고, 남에게 지지 않는 성질에다 개방적이었으며, 만사에 있어서 저돌적인 데가 있었다(만일 이런 표현이 허용된다면). 뒤에 숨어서 남을 욕하는 것을 무엇보다도 싫어했으므로 언제나 정정당당한 싸움을 좋아했다. 아무튼, 두 부인은 벌써 닷새나 서로 만나지 않았었다. 마지막으로 방문한 것은 바르바라 부인 쪽이었는데, 부인은 그때 당황하고 화난 모습으로, 이 『드로즈디하(도로즈도바를 천하게 부른 것)의 과수댁』을 물러났던 것이다.

나는 틀림없이 이렇게 단언해 둔다. 지금 프라스코비야 부인은 웬지 모르지만, 바르바라 부인이 자기에 대해서 겁을 먹어야 마땅하다고 단순히 확신하고 찾아온 것이다. 이것은 벌써 부인의 표정으로 알 수 있었다. 그러나 바르바라 부인은 자기가 남에게서 짓밟혔다는 의심이 조금이라도 마음속에 생기는 날이면, 금방 뭉클하고 오만한 분노에 온통 사로잡히고 마는 성질의 여성이었다. 그런데 프라스코비야 부인은 약한 인간이 언제나 그렇듯이, 오랫동안 한 마디 항의도 해보지 못하고 남의 모멸에 몸을 내맡기고 있다가 일단 자기에게 유리한 국면이 전개된다는 것을 눈치채기가 무섭게 갑자기 사나운 기세로 적에게 덤벼드는 특성을 갖고 있었다. 게다가 그녀는 지금 건강이 좋지 않았으며 병을 앓을 때는 언제나 평소보다 신경질이 더해지는 것도 사실이었다.

마지막으로 한 마디 덧붙여 두지만, 이 두 소꿉동무 사이에 갈등이 일어났을 때, 마침 우리들이 객실에 있었다고 해서 서로 체면을 차리고 행동을 삼간다는 것은 있을 수 없었다. 우리는 두 부인으로 봐서 집안끼리라기보다 오히려 손아랫사람들처럼 간주되고 있었기 때문이다. 나는 곧 그때 이 사실을 생각하고, 얼마간 위구감마저 느꼈다. 스체판 선생은 바르바라 부인이 집에 돌아온 뒤 줄곧 서 있었으나, 프라스코비야 부인의 날카로운 고함소리를 듣자마자, 맥이 탁 풀린 듯이 의자에 털썩 주저앉으면서 어찌할 바를 모르고 내 시선을 붙잡으려 했다. 샤토프는 의자에 앉은 채 홱 방향을 바꾸어 입속으로 뭐라고 중얼거리며 투덜거리기 시작했다. 나는 그가 일어서서 나가 버리려고 하는 것은 아닐까 하는 생각이 들었다. 리자는 엉거주춤 일어나는 듯 싶더니 도로 앉아 버렸다. 그리고 어머니가 외치는 소리에도 별로 주의를 기울이지 않았다. 그러나 그것은 결코『고집불통의 성미』때문이 아니라 무언가 다른 억센 관념의 위력에 억눌려서 그런 것 같았다. 그녀는 지금 방심한 듯한 눈동자로 어딘지 공간의 한 점을 쳐다보고 있으며, 마리아에 대해서도 아까만큼 주의해서 보려고 하지 않았다.

3

「그래, 여기나 앉아야지.」하고 프라스코비야 부인은 탁자 앞의 안락의자를 가리키면서, 마브리키의 부축을 받으며 앉았다.
「하지만 이봐요, 바르바라 부인, 이 다리만 아프지 않더라도 당신 집에 앉아 있지는 않을 거예요!」하고 들뜬 소리로 덧붙였다.
바르바라 부인은 약간 고개를 쳐들고, 병적인 표정을 지으면서 오른손 손가락으로 오른쪽 관자놀이를 눌러댔다. 얼핏 보기에 심한 아픔을 느끼고 있는 모양이다. 「아니, 프라스코비야 부인, 어째서 우리 집에선 앉고 싶지 않지? 난 돌아가신 바깥 양반과는 한평생 서로 친하게 사귀어왔고, 당신과 나와는 한 기숙사에서 함께 인형을 갖고 놀던 사이잖아.」
프라스코비야 부인은 두 손을 흔들었다.
「또 그 소리가 나올 줄 알았지! 당신은 나를 아무 소리도 못 하게 만들고 싶을 때는, 언제나 기숙사 얘기를 꺼내거든! 당신의 비장의 무기야. 하지만 내가 보기에 그건 언제나 그저 입에 발린 소리야. 당신의 그 기숙사 얘기, 이제 지긋지긋해요.」

「당신은 암만해도 몹시 기분이 언짢을 때 온 모양이구먼. 다리는 좀 어때요? 자, 커피가 왔네. 제발 그거나 마시구, 화 좀 그만내도록 해요!」
「어마나, 바르바라 부인. 나를 마치 계집애 다루듯 하네. 난 커피 같은 건 싫어요, 싫어!」 하고 그녀는 커피를 들고 온 하인에게 거센 몸짓으로 손을 흔들었다(하기야, 커피는 나와 마브리키를 제외하고, 다른 사람들도 모두 사양했다. 스체판 선생은 일단 찻잔을 집어들었다가 다시 탁자 위에 놓아 버렸다. 마리아는 한 잔 더 마시고 싶은 모양으로, 거의 손을 내밀려고까지 했으나, 생각을 고쳐먹고 얌전하게 사양했다. 그리고 그것이 퍽 자랑스러운 눈치였다.)
　바르바라 부인은 쓸쓸한 웃음을 엷게 띠었다.
「저어, 프라스코비야 부인, 당신은 아마 뭔가 또 터무니없는 망상이 생겨서, 그래서 여길 찾아왔나 보지. 당신은 한평생 망상 하나로 살아왔으니까. 방금도 당신은 기숙사 얘기로 화를 냈지만, 기억해요, 언젠가 당신은 학교에서, 샤블르이킨이라는 경기병이 당신에게 청혼했다고 온 반에서 떠벌이고 다니다가, 마담 레페브르에게 담박 정체가 드러나 버린 일이 있잖아요. 하지만, 실은 당신이 거짓말을 한 게 아니라, 다만 장난기 반의 망상이 도졌을 뿐이었지. 자, 말해 봐요, 오늘은 무슨 볼일로 왔지? 무슨 망상을 일으켰지? 대체 또 뭐가 불평이지?」
「당신은 기숙사 시절에, 종교의 첫걸음을 강의하던 목사님을 사랑했잖아. 당신이 언제까지나 그걸 기억하고 있다면, 이게 내 보복이야! 핫핫하!」
　그녀는 신경질적으로 웃었으나, 곧장 심한 기침으로 바뀌어갔다.
「호오, 당신은 아직도 그 목사님 얘기를 잊지 않고 있었구먼……」 바르바라 부인은 얄미운 듯이 상대편을 쏘아보았다.
　그녀의 얼굴이 새파래졌다. 프라스코비야 부인은 갑자기 기세가 도도해졌다.
「난 지금 웃을 형편이 아니라구. 어째서 당신은 내 딸을 온 시내 사람들이 보는 앞에서, 당신의 추저분한 소동 속으로 끌어넣었지? 난 그 대답이 듣고 싶어서 온 거야.」
「추저분한 소동이라고?」 갑자기 바르바라 부인은 무서운 표정으로 몸을 꼿꼿이 세웠다.

「어머니, 제발 좀 삼가세요.」하고 느닷없이 리자베타가 끼여들었다.
「너, 무슨 소릴 하는 거냐?」어머니는 다시 째지는 듯한 소리를 내려고 했으나, 딸의 매서운 눈초리에 그만 기가 죽어 버렸다.
「어쩌자고 어머니는 추저분한 소동이니 어쩌니 하시죠?」하고 리자는 화를 벌컥 냈다. 「전 율리아 언니의 허락을 얻어서, 제 발로 여길 찾아온 거예요. 이 불행한 분의 형편을 듣고 뭔가 도와 드리고 싶어서요.」
「『이 불행한 분의 형편』이라고?」짓궂은 웃음소리와 더불어 프라스코비야 부인은 말꼬리를 끌면서 말했다. 「대체 네가 그『형편』에 관여할 처지냐? 이봐요, 바르바라 부인, 이제 당신의 그 전제주의는 지긋지긋하단 말야!」하고 부인은 갑자기 무시무시한 기세로 바르바라 부인을 돌아보았다. 「정말인지 거짓말인지 모르지만, 소문을 들으니까, 당신 마음대로 이 거리를 쥐고 흔들었다는데, 이번에는 당신도 마지막이 온 것 같구먼!」
바르바라 부인은 바야흐로 활시위를 떠나려 하고 있는 화살처럼, 팽팽하게 긴장된 모습으로 앉아 있었다. 그리고 십 초쯤 무서운 얼굴로 프라스코비야 부인을 쏘아보았다.
「하느님께 인사나 드리지. 프라스코비야 부인, 다행히 여기 있는 분들은 모두 집안이나 다름없는 사람들뿐이니까.」마침내 그녀는 기분 나쁘도록 침착하게 입을 열었다. 「당신은 무척 쓸데없는 소리를 많이 했어요.」
「나는 말이야, 그 누구처럼 세상 체면을 그리 두려워하지 않는다구. 오만한 가면을 덮어쓰고, 그저 세상 체면이 겁나서 움찔거리고 있는 건, 바로 당신이라구요. 여기 계시는 분들이 모두 가까운 분들뿐이라는 건, 그야말로 당신에겐 정말 다행한 일일걸? 역시 생판 모르는 사람들이 듣는 것보다는.」
「당신, 지난 한 주일 동안에 무척 영리해졌네!」
「내가 지난 한 주일 동안에 영리해진 게 아니라, 지난 한 주일 동안에 일의 진상이 폭로된 것 같아서 그러지.」
「대체 무슨 진상이 폭로됐지? 내 말 좀 들어 봐요, 프라스코비야 부인. 제발 남의 간장 어지간히 태우고, 얼른 그 얘기 좀 해줘요, 진정으로 부탁하는 거니까. 대체 무슨 진상이 폭로되었지? 그 말뜻이 뭐지?」
「그 진상은, 바로 저기 앉아 있잖아!」하고 프라스코비야 부인은 느닷없이 마리아를 가리켰다. 그 태도에는 이제 결과 따위를 생각할 수 없고, 다만 당장 상대편을 골탕먹일 수만 있으면 된다는 막무가내의 결심이 엿보였다.
 마리아는 즐거운 듯 호기심에 찬 눈으로 일이 되어가는 상태를 지켜보고 있다가, 갑자기 분노의 형상으로 손님이 자기에게 손가락질을 했을 때는 자못 즐거운 듯 웃으면서 안락의자 위에서 몸을 흔들거리기 시작했다.
 「오, 하느님. 이 사람들은 정신이 돌지 않았을까!」 바르바라 부인은 이렇게 소리치고, 얼굴이 새파랗게 질리면서 안락의자 등받이에 쓰러지듯 몸을 기댔다.
 부인의 얼굴빛이 너무나 심하게 변했으므로, 좌중에 약간의 동요가 일어났을 정도다. 제일 먼저 스체판 선생이 뛰어갔고, 나도 곁으로 다가갔다. 리자까지도 몸을 일으켰다가 그대로 주저앉아 버렸다. 그러나 누구보다도 질겁을 한 것은 프라스코비야 부인 자신이다. 목청껏 비명을 지르면서 의자에서 벌떡 일어나 거의 울음이라도 터뜨릴 듯한 소리로 말했다.
 「이봐요, 바르바라 부인. 내가 바보같이 짓궂은 소리를 했어요. 용서해 줘요! 누가 냉수 좀 갖다 드려요!」
 「제발, 우는 소리 내지 말아 줘요, 프라스코비야 부인. 부탁이야. 그리고 여러분도 제발 물러가 주세요. 냉수는 필요없어요!」하고 바르바라 부인은, 크지는 않지만 침착한 목소리로 입술이 퍼렇게 질린 채 말했다.
 「이봐요!」 프라스코비야 부인은 마음이 다소 가라앉아서 말했다. 「바르바라 부인, 그런 철없는 소릴 한 것은 물론 내가 나쁘지만, 나도 어디 사는 누군지 모르는 작자들로부터 익명의 편지로 포격을 당해서, 짜증이 잔뜩 나 있는 판이거든. 정말은 당신 얘기를 쓴 것이니까, 당신에게 돌려 주면 되는 것을, 나도 딸이 있잖으…….」
 바르바라 부인은 동그란 눈을 커다랗게 뜨고, 말없이 상대편 얼굴을 쳐다보며 놀란 표정으로 듣고 있었다.
 이 순간, 한쪽 구석의 옆문이 소리없이 열리고 다리아가 모습을 나타냈다. 그녀는 잠시 서서 사방을 돌아보았다. 좌중의 동요에 은근히 놀란 모양이다. 그녀는 아직 누구에게서도 이야기를 듣지 않았으므로, 금방은 마리아의 모습을 깨닫지 못한 모양이었다. 스체판 선생이 제일 먼저 그녀가 들어온 것을 깨닫고, 꾸물꾸물 몸을 움직이며 얼굴이 시뻘개졌다. 그리고 무엇 때문인지 「다리아 파블로브나.」 하고 큰소리로 불렀으므로 사람들의 눈이 모두 한꺼번에 그녀 쪽으로 쏠렸다.
「아니, 그럼 저분이 댁의 다리아 파블로브나예요!」하고 마리아가 소리쳤다.「샤투쉬카, 당신 누이동생은 당신을 별로 닮지 않았네! 어째서 우리집 하인 녀석은 이런 아름다운 분을 계집종 다쉬카니 어쩌니 하고 부를까!」
다리아는 그때 벌써 상당히 바르바라 부인 옆에 다가와 있었는데, 마리아가 지껄이는 말에 움찔하고 놀라며 그쪽을 바라보았다. 그리하여 빨려들듯 하는 눈초리로 미친 여자를 응시하면서 탁자 앞에 우뚝 서버렸다.
「앉거라, 다샤.」기분 나쁘도록 침착한 목소리로 바르바라 부인이 말했다.「좀더 가까이, 그렇지 그래, 앉아서도 이 사람을 볼 수 있게 말이다. 너, 이 여자를 아느냐?」
「전 한 번도 본 적이 없어요.」하고 다샤는 나직이 대답했으나, 잠깐 동안 잠자코 있다가 덧붙였다.「아마 레뱌드킨이라는 분의 누이동생으로, 앓고 있는 분인가 봐요.」
「나는 지금 처음으로 당신을 보았을 뿐이에요, 하지만 오래 전부터 사귀고 싶었어요. 정말 당신의 행동거지는, 훌륭한 교육이 엿보여요!」하고 마리아는 앞뒤를 잊고 소리쳤다.「우리 집 하인놈은 욕을 합디다만, 당신처럼 그렇게 교양있는 아름다운 분이 그따위 하찮은 인간의 돈을 빼앗다니, 그런 일이 어찌 있을 수 있겠어요? 그건 당신이 아름다운 분, 정말로 아름답고 상냥한 분이기 때문이죠. 그건 내가 장담하겠어요!」
그녀는 눈 앞에서 손을 흔들어대며 정신없이 지껄이고는 말을 맺었다.
「너, 이 사람이 하는 말을 조금은 알아듣겠느냐?」오만한 품위를 보이면서 바르바라 부인은 물었다.
「다 알아요…….」
「돈 얘길 들었지?」
「그건 스위스에 있을 때, 니콜라이 씨 부탁으로, 이분 오빠인 레뱌드킨 씨에게 전해 준 돈을 말하나 봐요.」
침묵이 계속되었다.
「니콜라이가 직접 너에게 부탁했니?」
「니콜라이 씨는 무척 그 돈을, 모두해서 삼백 루블리입니다만, 레뱌드킨 대위에게 전해 주고 싶어하셨어요. 하지만 대위의 주소를 모르시고, 다만 대위가 이곳에 온다는 것만 알고 계셔서, 만일 레뱌드킨 대위가 오거든 전해 달라시며, 제게 부탁하신 거예요.」

「그래, 그 돈이 어떻게 됐니……? 없애 버리기라도 했느냐? 방금 저 여자가 한 말은 무슨 뜻이지?」

「그건 저도 잘 모르겠어요. 레뱌드킨 씨는 제가 돈을 다 전해 주지 않았다며 공공연히 떠들고 다닌다는 소문이 제 귀에도 들려왔어요. 하지만 그게 무슨 소린지 저는 조금도 모르겠어요. 삼백 루블리를 고스란히 전했을 뿐인데요.」

다리아는 이제 완전히 침착을 되찾았다고 해도 좋았다. 게다가 이 처녀는 대체로 속으로는 어떻게 느끼든지 오래 그녀를 괴롭히거나, 얼떨떨하게 만들기는 매우 어려운 일이었다. 조금도 당황하거나 떠들지 않고 일일이 또박또박 대답하고, 모든 질문에 조용히 부드럽게 더욱이 빈틈없이 정확한 대답을 하는 것이었다. 그리고, 무엇이거나 자기 죄를 자인한 것으로 풀이될 만한, 기습을 당한 당황이나 혼란은 그림자조차 보이지 않았다. 그녀가 말하는 동안 줄곧 바르바라 부인의 시선은 잠시도 그 얼굴에서 떠나지 않았다. 바르바라 부인은 한참 생각에 잠겼다.

「만일」 부인은 단호한 어조로 마침내 입을 열었다. 그 눈은 다시 한 사람을 보고 있었지만, 분명히 좌중의 모든 사람을 대상으로 하는 말이었다. 「만일 니콜라이가 그 일을 내게도 의논하지 않고 너에게 부탁했다면, 그건 그럴 만한 까닭이 있었을 게다. 또 그걸 나에게 숨기고 싶었다면, 내가 그걸 꼬치꼬치 캐물을 권리는 없어. 그리고 네가 그 일에 관계하고 있다는 것 하나만으로, 나는 아주 마음을 놓을 수 있다. 이건 무엇보다도 제일 먼저 알아 주었으면 싶구나. 그러나, 만일 너는 깨끗한 마음을 가졌다고 하더라도 아직 세상이라는 것을 모르니까, 무언가 어처구니없이 허술한 실수를 저지르지 않는다고 할 수가 없어. 실제로, 어느 누군지도 모르는 사나이와 관련을 가졌다는 것은 틀림없이 하나의 부주의였어. 그 놈팡이가 떠벌이고 다니는 소문이 네 실책을 증명하고 있잖니. 그러나 그 사람은 내가 조사해 주마. 나는 네 보호자니까, 내가 든든하게 네 편을 들어 주마. 그러나 우선 이런 일은 모두 깨끗이 정리해 버리지 않으면 안 된단다.」

「제일 좋은 방법은 그 녀석이 이 댁에 오거든」 하고 갑자기 마리아가 안락의자에서 몸을 앞으로 내밀며 받아서 말했다.
「당장 하인방으로 쫓아 버리세요. 거기서 걸상에 앉아, 멋대로 머슴들과 트럼프 놀이나 하게 해두고, 우린 여기서 커피를 마시도록 해요. 그야 커피 한 잔쯤은 줘도 좋지만, 전 진심으로 그 녀석을 경멸하고 있거든요.」
그녀는 의미있게 머리를 한 번 내저었다.
「이제 이건 깨끗이 정리해야겠다.」 마리아의 말을 열심히 듣고 있던 바르바라 부인은, 다시 되풀이했다. 「스체판 선생, 그 벨 좀 눌러 주시지 않겠어요?」
스체판 선생은 벨을 누르고, 갑자기 무서운 흥분에 싸여 앞으로 나섰다. 「만일…… 만일 내가……」 하고 그는 열에 들뜬 듯이 시뻘개져서, 숨가쁘게 헐떡이고 떠듬거리며 말을 꺼냈다.
「만일 내가 똑같이 그 불쾌한 얘기를, 아니 오히려 그 트집을 들었더라면, 그…… 굉장한 분노를 느꼈을 것이 틀림없습니다……. 즉, 그것은 일종의 멸망한 인간, 말하자면 탈옥수 같은 인간입니다.」
그는 도중에서 말을 끊고 끝까지 다 하지 않았다. 바르바라 부인이 얼굴을 찌푸리고, 머리 꼭대기에서 발 끝까지 그를 훑어보았기 때문이다.
그 자리에 엄숙한 표정으로 알렉세이 예고르이치가 들어왔다.
「마차를 준비해라.」 하고 바르바라 부인이 지시했다. 「그리고 알렉세이, 이 레뱌드키나 아가씨를 집에까지 좀 모셔다 드려라. 길은 이분이 직접 가르쳐 줄 테니까.」
「레뱌드킨 님은 벌써 아까 오셔가지고, 밑에서 기다리고 계십니다. 그리고 꼭 안내를 해달라고 말하고 계십니다.」
「그건 절대로 안 됩니다, 부인.」 지금까지 말없이 태연히 대기하고 있던 마브리키가, 갑자기 걱정스러운 듯이 끼여들었다. 「참견하는 것 같습니다만, 그자는 이런 자리에 나올 만한 인간이 못 됩니다. 그자는…… 그자는…… 그자는 구역질 나는 인간입니다, 부인.」
「잠깐 기다리도록 해라.」 하고 바르바라 부인은 알렉세이에게 말했다. 그는 곧 물러갔다.
「그는 악당입니다, 그리고 내가 믿기로는 탈옥수나, 아니면 뭔가 그런 족속의 인간입니다.」 하고 스체판 선생이 다시 말을 꺼냈다가, 더 얼굴을 붉히고 중단해 버렸다.
 「리자, 이제 가봐도 좋겠다.」하고 프라스코비야 부인이 근심스러운 투로 말하며 의자에서 일어났다.
 부인은 아까 얼떨결에 자기 입으로 바보 같은 소리니 어쩌니 한 것이 은근히 분한 모양이었다. 다리아가 대답하고 있는 동안에도, 부인은 입술에 오만한 그림자를 띠며 듣고 있었다. 그러나 무엇보다도 나를 놀라게 한 것은, 다리아가 들어온 뒤의 리자의 표정이었다.
 그녀의 눈에는 숨길 수 없는 증오와 모멸이 빛나고 있었다.
 「잠깐 기다려 줘요, 프라스코비야 부인. 제발.」 여전히 침착한 목소리로 바르바라 부인이 말렸다.「제발, 좀 앉아 줘요. 난 모든 것을 죄다 말해 버릴 생각인데, 당신은 워낙 다리가 불편하잖아요. 네, 됐어요. 고마워요. 아까는 나도 그만 앞뒤를 잊고, 온갖 분별없는 소리를 지껄였군요. 용서해 줘요. 내가 바보였어요. 이렇게 후회의 뜻을 표해 두겠어요. 나는 무슨 일이고 공평한 것을 좋아하거든. 그야 당신도 정신없이 그만 익명의 편지가 어쩌니 저쩌니 하고 말해 버렸지만. 도대체가 익명의 편지라는 것은, 서명이 없다는 것 하나만으로도 무시해 버려야 할 이유가 충분하다고 생각해요. 만일 당신이 다른 생각을 갖고 있다고 하더라도, 난 그걸 부럽다고는 생각지 않아요. 아무튼 내가 당신 위치에 있다면, 그런 하찮은 것을 위해서 호주머니에 손을 쑤셔넣지는 않을 거야. 내 몸까지 더럽히는 짓은 하지 않는단 말예요. 그런데 당신은 그만 자기 몸을 더럽혀 버렸어요. 당신 쪽에서 먼저 꺼낸 얘기니까, 나도 다 털어놓겠지만 실은 나도 엿새쯤 전에 똑같이 싱거운 익명의 편지를 받았다오. 그 편지에는 어느 놈팡이인지 모르지만, 니콜라이가 발광을 했느니, 『당신은 어떤 절름발이 여자를 두려워해야 한다. 그 여자는 당신의 운명에 중대한 역할을 맡고 있다.』이런 말을 적어 놓고 있잖아요. 문구까지 다 기억하고 있다구요. 나는 니콜라이에게 많은 적이 있다는 것을 알고 있으니까, 여러 가지로 짐작한 끝에, 이곳에 살고 있는 어떤 남자를 부르러 보냈지요. 그 사람은 니콜라이의 적 가운데서도 제일 비열하고, 제일 복수심이 강한 비밀의 적이지요. 그래서 그 남자와 얘기해 보고, 나는 곧 그 어처구니없는 익명의 편지가 어디서 나왔는지 깨달았다우. 그래 만일, 프라스코비야 부인, 당신이 나 때문에 그런 어처구니없는 편지로 걱정을 했다면, 아까 당신이 말한 그 『포격』을 받았다면, 나는 물론 죄도 없이 그런 원인이 된 것은 무엇보다도 유감으로 생각하겠어요. 자, 내가 당신에게 말하고 싶었던 것은 이것뿐이지만, 유감스럽게도 얼핏 보기에 당신은 무척 피로해서 정신이 없나 보죠. 그뿐 아니라, 나는 그 수상쩍은 남자를 이 방에 들여 놓을 결심을 했어요. 아까 마브리키 씨는 만나 줄 것도 없다고 말하셨지만, 그 만난다는 말은 그 사람에겐 과분해요. 하지만, 리자는 이 자리에 있어 봐야 소용도 없겠지. 리자, 자, 작별로 한 번 더 입을 맞추게 해다오.」

 리자는 방을 가로질러 가서, 말없이 바르바라 부인 앞에 섰다. 부인은 그녀에게 입을 맞추고 그 손을 잡고 약간 자기에게서 밀어내면서, 정다운 눈으로 지그시 바라보다가, 이윽고 성호를 긋고 다시 입을 맞추어 주었다.

「그럼, 잘 가거라. 리자(바르바라 부인은 거의 울먹이는 소리였다), 제발 잊지 말아다오, 앞으로 네가 어떻게 되든지, 나는 언제나 변함없이 너를 사랑하고 있을 거야……. 하느님이 늘 네 곁에 계시단다……. 나는 언제나 하느님의 마음을 축복하고 있단다…….」

 부인은 다시 뭐라고 덧붙이려 하다가 꾹 참고 입을 다물었다. 리자는 여전히 말없이 근심스러운 모습으로 자기 자리로 돌아가다가, 선뜻 어머니 앞으로 가서 섰다.

「어머니, 전 집에 가지 않고 좀더 아주머니 댁에 있고 싶어요.」하고 그녀는 조용히 말했으나 이 조용한 말 속에 쇠같이 굳은 결의가 엿보였다.

「아니, 너 대체 왜 그러느냐!」하고 프라스코비야 부인은 힘없이 자기 두 손을 깍지끼면서 소리쳤다. 그러나 리자는 아무것도 안 들리는 것처럼 대답을 하지 않았다. 그녀는 아까 그녀가 섰던 구석 쪽으로 물러가서 다시 허공의 한 점을 바라보기 시작했다.

 웬지 승리한 듯한 빛이 바르바라 부인의 얼굴에 빛나기 시작했다.

「마브리키 씨, 참으로 미안하지만, 아래로 내려가서, 그 남자의 상태를 좀 봐주시지 않겠어요? 그리고 들여 놓아도 상관없을 것 같은 생각이 조금이라도 들거든, 그 레뱌드킨을 데려와 주세요.」

 마브리키는 절을 하고 나갔다. 일 분 뒤, 그는 레뱌드킨 대위를 데리고 돌아왔다.

4

 나는 한 번 이 사람의 풍모를 설명한 적이 있다. 키가 크고, 머리칼이 소용돌이치고 있는, 몸집이 좋은 사십대 사나이로, 시뻘건 얼굴은 다소 부은 듯이 부석부석했고, 두 볼은 머리를 움직일 때마다 꿈틀거렸다. 조그만 눈에는 핏발이 서고, 꽤 교활해 보였다. 콧수염과 구레나룻을 길렀지만, 턱 밑에는 요즈음 생겨나기 시작한 듯싶은 혹이 불거져 있어서 여간 불쾌한 풍모가 아니었다. 그러나 무엇보다도 눈에 띄는 것은, 그가 오늘 연미복에다가 깨끗한 와이셔츠를 입고 온 것이다. 전에 리푸친이 스체판 선생에게, 진담반 농담반으로 복장이 너절하다고 공격받았을 때,「세상에는 깨끗한 와이셔츠를 입는 것이 오히려 무례해지는 인간이 있거든요.」하고 대답한 적이 있다. 지금 대위는 검은 장갑을 갖고 있었는데, 오른손에는 끼지 않고 쥐고 있었다. 왼손에 낀 것은 억지로 낀 듯, 단추도 채우지 않은 것이 두두룩하게 살이 찐 왼손을 절반쯤 가리고 있었다. 그 손에는 분명히 처음으로 역할을 맡은 듯이 보이는 반들거리는 새 중절모자를 쥐고 있었다. 그리고 보니 어제 그가 샤토프에게 큰소리친『사랑의 예복』은 정말로 있었던 셈이다. 이것은 나중에 안 일이지만, 이 연미복도 와이셔츠도 그 밖에 모두 리푸친의 권유로 어떤 비밀스러운 목적을 위해서 마련한 것이었다. 게다가 지금 그가 이곳에 찾아온 것도(물론 전세 마차를 타고), 역시 옆에서 부추기는 바람에 누군가의 도움을 빌었다는 것은 의심할 여지도 없었다. 만일 교회당 입구에서 있었던 일이 금방 그에게 전해졌다고 가정하더라도 삼사십 분 사이에 일체의 사정을 깨닫고, 옷을 갈아입은 다음, 채비를 하여 마지막 결심을 했다면 그 한 사람만의 행동치고는 너무나 잘 되어 있었다. 그는 취기까지는 없었지만, 며칠이나 연거푸 퍼마신 뒤에, 문득 제 정신을 차린 사람에게서 흔히 보이는 답답하고 흐리멍덩한 기분인 듯싶었다. 보기에 어깨를 붙잡고 두어 번 흔들어 놓으면, 금방 취기가 되살아날 듯이 느껴졌다.
 그는 굉장한 기세로 객실로 뛰어들다가, 문간에서 그만 양탄자에 발이 걸려 비틀거렸다. 마리아는 우스워 죽겠다는 듯이 자지러지게 웃었다. 그는 사나운 눈초리로 누이동생을 쏘아보더니 갑자기 두어 걸음 바르바라 부인 쪽으로 다가갔다.
「부인, 저는……」 하고 그는 마치 나팔소리처럼 우렁하게 말했다.
「여보세요, 제발」 하고 바르바라 부인이 정색을 했다.
「저기, 저 의자로 가셔서 앉아요. 거기서도 이야기를 들을 수 있고, 당신 얼굴도 거기가 제일 잘 보이니까.」
 대위는 둔한 눈초리로 앞을 바라보고 서 있더니, 휙 방향을 돌려 입구 옆의 지정하는 자리로 가서 앉았다. 그의 얼굴에는 자기 자신에 대한 심한 위구심과, 동시에 끊임없는 초조감과 오만불손한 표정이 떠돌고 있었다. 그가 몹시 겁에 질려 있는 것은 뻔했으나, 또 자존심 때문에 괴로워하고 있는 것 같았다. 그래서 그는 겁을 먹고 떨기까지는 않았어도, 어떤 기회에 이 초조한 자존심의 발작에 못 이겨 무슨 포악한 짓을 할지 몰랐으며, 이것은 능히 생각할 수 있는 일이었다. 보아하니 그는 자신의 어색한 동작 하나하나에 전전긍긍하고 있는 것 같았다. 누구나 다 알고 있듯이 이런 인간이 무슨 이상한 기회로 훌륭한 사람들 앞에 나섰을 때 무엇보다도 난처하게 여기는 것은 그 손이다. 자기 손을 예의범절에 맞는 올바른 위치에 둔다는 것은 도저히 불가능하다는 것을 끊임없이 의식하는 것이 그들의 상례다. 대위는 양 손에 모자와 장갑을 든 채, 무의미한 시선을 바르바라 부인의 엄한 얼굴에서 떼지 않고, 꼿꼿이 굳어져 의자에 앉아 있었다. 아마 그는 더 주의깊게 사방을 둘러보고 싶었겠지만, 아직은 그럴 만한 용기가 없었다. 마리아는 그런 그의 몰골이 더욱 우습게 보였던지 다시 깔깔거리고 웃었으나, 그는 이제 꼼짝도 하지 않았다. 바르바라 부인은 잔인하게도 오랫동안, 꼬박 일 분 동안이나 사정없이 아래위로 그를 훑어보면서 그 자세 그대로 내버려 두었다.
「우선 먼저 당신 이름을, 당신 자신의 입으로 듣고 싶네요.」 함축성있는 가운데 담담한 어조로 부인은 말했다.
「레뱌드킨 대위입니다.」 하고 대위는 우렁찬 소리로 말했다. 「부인, 제가 찾아온 것은……」 그는 다시 몸을 움직이려 했다.
「실례입니다만!」 하고 바르바라 부인이 다시 그를 제지했다. 「오늘 내 호기심을 불러일으킨 이 가엾은 여성은, 정말 당신의 누이동생인가요?」
「그렇습니다, 부인. 감독의 그물을 빠져나간 제 누이동생입니다. 왜냐하면, 그애는 이런 상태가 되어 있어서……」

그는 갑자기 우물우물하고는 얼굴을 붉혔다.

「부인, 제발 이상하게 해석하지 말아 주십시오.」 그는 그만 얼떨떨해졌다. 「저는 오빠로서, 누이동생의 수치가 될 만한 말은 하지 않습니다……. 이런 상태라고 한 것은, 결코 그…… 우리 집안의 명예를 더럽히는 뜻의 『이런 상태』가 아닙니다……. 최근에 와서……」 그는 갑자기 입을 다물었다.

「여보세요!」 하고 바르바라 부인은 정색을 하고 고개를 번쩍 들었다.

「말하자면, 이런 상탭니다!」 손가락으로 자기 이마 한가운데를 꾹 찍으면서, 갑자기 이렇게 말을 맺었다.

잠시 침묵이 흘렀다.

「이 사람은 벌써 오래 전부터 이 병을 앓고 있나요?」 바르바라 부인은 약간 말꼬리를 끌었다.

「부인, 전 누이동생이 교회당 입구에서 받은 친절에 대해 러시아 식으로…… 형제식으로 격의없이 인사를 드리려고 찾아왔습니다.」

「네? 형제식으로요?」

「아니, 뭐. 형제식이 아닙니다. 말하자면, 제가 이 누이동생에 대해서 오빠가 되기 때문에, 그래서 형제식이라고 말한 것입니다. 저어 부인.」 다시 얼굴이 새빨개진 그는 다급히 말했다. 「저는 댁의 객실에서의 첫인상으로 느껴지는 것만큼 교양없는 인간이 아닙니다. 여기서 볼 수 있는 화려한 것에 비한다면, 저나 누이동생 같은 것은 티끌이나 다름없고, 또 저를 온갖 허튼 소리로 헐뜯고 다니는 인간도 많습니다. 그러나 레뱌드킨은 자기 명예에 대해서는 매우 높은 긍지를 갖고 있습니다. 그래서…… 저는 감사를 드리러 온 것입니다……. 자, 부인, 이건 돈입니다!」

이렇게 말하고 그는 호주머니에서 지갑을 꺼내어 한 묶음의 지폐를 뽑았다. 그리고 심한 초조의 발작에 사로잡히면서 떨리는 손으로 세기 시작했다. 그는 한시바삐 무언가 설명하고 싶은 모양이었다. 또 실제로 그렇게 해야만 할 판이었다. 그러나 지폐를 쥐고 우물쭈물하는 것이 점점더 바보처럼 보임에 틀림없다고 느꼈는지 마침내 그는 마지막 자제력을 잃고 말았다. 손가락이 뻣뻣해져서 지폐는 암만해도 셀 수가 없었다.

게다가 창피가 거듭되었다고나 할까, 녹색 지폐가 한 장 빠져나와 번개 모양의 선을 그리면서 팔랑팔랑 양탄자 위에 떨어졌다.
「이십 루블리입니다.」 대위는 고심 끝에 얼굴에 땀을 뻘뻘 흘리면서 지폐 뭉치를 한 손에 들고, 의자에서 벌떡 일어났다. 방바닥에 지폐가 떨어진 것을 깨닫고, 몸을 굽혀 주우려고 했으나, 갑자기 부끄러운 듯이 손을 내저었다.
「아니, 댁의 하인에게나 주십시오, 부인. 제일 먼저 줍는 하인에게 주십시오. 누이동생 레뱌드키나를 기념해서!」
「그런 것은 결코 허락할 수 없어요.」 바르바라 부인은 다소 놀란 듯이 성급하게 말했다.
「그러시다면……」
그는 몸을 굽혀 주우면서 얼굴이 시뻘개졌다. 그러더니 갑자기 바르바라 부인에게 다가가서, 따로 세어서 쥐고 있던 지폐를 내밀었다.
「그게 뭐지요?」 부인도 이번에는 정말 놀라며, 의자에 털썩 주저앉았다.
마브리키, 나, 그리고 스체판 선생은 저마다 한걸음씩 앞으로 나섰다.
「가만, 가만, 나는 미친 사람이 아니니까. 정말 미친 사람이 아닙니다!」 하고 대위는 허겁지겁 사방을 돌아보고 변명했다.
「아녜요, 당신은 미쳤어요.」
「부인은 아주 잘못 생각하고 계십니다! 저는 물론 보잘것없는 티끌 같은 사람입니다……. 아아, 부인, 댁은 화려하기 짝이 없습니다만, 마리아 네이즈베스트나야(미지의 여인 마리아라는 뜻)는 가난한 오두막에 살고 있습니다. 물론 이애는 내 누이동생이고, 어엿한 레뱌드킨 집안의 딸입니다만, 당분간 네이즈베스트나야라고 불러 두지요. 하지만 부인 당분간입니다. 그저 당분간만입니다, 영원히 그렇게 하는 것은 하느님이 용서치 않습니다! 부인은 애에게 십 루블리를 주셨고, 애도 잠자코 받았습니다만, 그건 부인이 주셨기 때문에 받은 것입니다! 아시겠습니까, 부인? 이 마리아 네이즈베스트나야는 온 세계의 누구로부터도 그런 적선을 받지 않습니다. 만일 그런 짓을 했다가는, 카프카즈 전투 때 사관으로 출정하여 에르몰로프 장군(1772~1861, 나폴레옹 전쟁의 영웅)의 말 앞에서 전사한 조부가 관 안에서 떨기 시작해요. 하지만, 부인에게서라면 말입니다. 부인에게서라면 뭐든지 받습니다. 그러나 한 손으로 받으면서 벌써 한 손으로 이십 루블리를 부인에게 내밀고, 수도의 어느 자선회에 기부금으로서 제공합니다. 그것은 부인도 회원이신 자선회지요……. 그건, 부인 자신이 『모스크바 소식』에 광고하셨지 않습니까? 이 도시에 있는 자선회의 기부 장부는 부인 댁에 비치해 두었으니, 누구라도 와서 기입할 수 있다고…….」

대위는 갑자기 말을 끊었다. 그는 무언가 곤란한 일이라도 한 뒤처럼, 무겁게 숨을 쉬고 있었다. 이 자선회 운운하는 말도 역시 리푸친이 꾸민 각본에 따라 미리 준비해온 모양이었다. 그는 다시 더 심하게 땀을 흘렸다.

문자 그대로 구슬 같은 땀이 관자놀이에 번져나오고 있었다. 바르바라 부인은 꿰뚫는 듯한 눈으로 바라보고 있더니 「그 기부 장부는」하고 엄숙한 어조로 입을 열었다. 「언제나 아래층 문지기 방에 놓여 있으니까, 만일 원하신다면 거기서 기부액을 기입해 주시면 됩니다. 그러니 공연히 그런 돈을 펼쳐 보이지 말고 빨리 넣어 두세요. 네, 됐어요. 그리고 제발 제자리에 가서 앉아 주시지 않겠어요? 네, 됐어요. 그런데 나는 당신의 누이동생에 대해서 큰 착각을 해가지고, 그토록 유복한 줄도 모르고 적선을 해서 정말 실례했습니다. 단 한 가지 납득이 안 가는 것은, 어째서 누이동생은 나에게서는 받고, 다른 사람에게서는 받지 않을까요? 당신은 이 점을 강조하셨으니, 나도 정확한 설명을 충분히 듣고 싶은데요.」

「부인, 그것은 관 속에만 파묻어 버릴 수 있는 비밀입니다!」하고 대위는 대답했다.

「어째서요?」하고 물어 보는 바르바라 부인의 목소리는 이제 아까만큼 단호하지 않았다.

「부인, 부인…….」

그는 발 밑을 바라보고, 오른쪽 손을 가슴에 갖다대면서, 암담한 표정으로 입을 다물었다.

「부인!」그는 갑자기 또 소리치기 시작했다.

「실례입니다만, 한 가지 질문을 드려야 되겠습니다. 단 한 가지입니다만, 그 대신 노골적이고, 단도직입적이고, 러시아 식인 진정 마음속에서 우러나는 질문입니다.」

「어서 하세요.」

「부인은 여태까지 괴로워해 보신 적이 있습니까?」

「말하자면, 당신이 말하고 싶은 것은 당신이 누군가에게 괴로움을 당한 일이 있다든가, 또는 지금 괴로움을 당하고 있다든가 그런 일이겠지요?」

「부인, 부인!」 자기가 무엇을 하고 있는지 모르는 거동으로 그는 자기 가슴을 쾅 내리치고는 다시 의자에서 벌떡 일어났다.「여기가, 이 가슴속이 참으로, 참으로 부글부글 끓는 것 같습니다. 만일 마지막 심판의 날에 이것을 깡그리 들추어 놓는다면 하느님도 아마 깜짝 놀라실 것입니다!」

「호오, 무척 맹렬한 말투네요.」

「부인, 혹시 나는 짜증스러운 말투를 쓸는지도 모르지만…….」

「걱정할 건 없어요, 언제 당신 입을 막으면 되는지, 나도 잘 알고 있으니까.」

「또 한 가지 질문을 해도 좋습니까?」

「하나쯤이라면 괜찮겠지요.」

「오직 자신의 고결한 마음 때문에 죽을 수가 있을까요?」

「모르겠어요, 그건 생각한 적이 없으니까.」

「모르시겠다구요? 생각해 보신 적이 없다구요!」하고 그는 비통하게 비꼬는 투로 소리쳤다.

「그렇다면, 그렇다면……

입을 다물어라, 희망없는 가슴아! (쿠콜리니크의 시.《회의》의 일절)

구나!」하고 그는 다시 한 번 세차게 자기 가슴을 쳤다.

그는 다시 어슬렁어슬렁 방 안을 걸어다니기 시작했다. 이런 인간의 특징은 마음속의 욕망을 도저히 눌러 둘 수가 없다는 점이다. 오히려, 그들은 무언가 욕망이 생기기가 무섭게 그만 참지 못하고 털어놔 버리고 싶은 누를 수 없는 욕구마저 느낀다. 이런 인간은 자기와 좀 색다른 사회로 들어오면, 먼저 몹시 얼떨떨해하는 것이 보통이다. 그러나 조금만 이쪽이 굽히고 나오면, 그만 단숨에 오만하고 거친 태도로 바뀌고 만다. 대위는 이제 완전히 흥분해서 방안을 왔다갔다하고 손을 내젓고 하면서 남이 묻는 말은 귀담아 듣지도 않고, 자기 하고 싶은 말만 재빨리 지껄여댔다. 그러다가 혀가 제대로 돌지 않아서 할 말을 채 다 하기도 전에 다음 말로 옮겨가 버리곤 했다. 하기야, 술기가 전혀 없었던 것은 아니다. 좌중에는 리자베타가 앉아 있었으나, 그는 그쪽을 한 번도 보지 않았다. 그러나 이 아가씨가 있기 때문에, 무척 마음이 동요되었던 모양이나 이것은 단순한 억측에 지나지 않는다. 아무튼 생각해 보니, 바르바라 부인이 혐오의 심정을 누르고, 이런 사나이의 말을 끝까지 들어 보자고 결심한 데는 무언가 특별한 원인이 없을 수 없다. 프라스코비야 부인은 그저 무서움에 떨고 있었다. 하기야 일의 진상을 뚜렷이 알고 있지는 않은 것 같았지만……. 스체판 선생도 역시 떨고 있었는데, 이 사람은 평소의 버릇으로 공연히 앞질러 생각하기 때문이다. 마브리키는 일동의 호위자 같은 자세로 서 있었다. 리자는 창백한 얼굴로 큼직한 눈을 크게 뜬 채, 꼼짝도 않고 기괴한 대위를 지켜보고 있었다. 샤토프는 원래 자세대로였다. 무엇보다도 이상한 것은 마리아가 웃음을 그쳤을 뿐 아니라, 무척 침울해져 버린 일이다. 그녀는 탁자 위에 오른쪽 팔꿈치를 세우고, 마구 지껄여대는 오빠의 모습을 가만히 파고들듯 근심스러운 눈으로 주시하고 있었다. 단 한 사람 오직 다리아만이 태연하고 침착한 성싶었다.

「그건 모두 한 푼어치도 안 되는 비유예요.」바르바라 부인은 마침내 화를 냈다.「당신은『왜』하는 내 질문에 아직 대답하지 않았어요. 나는 곧 그 답을 꼭 들어야겠어요.」

「『왜』에 대해서 대답하지 않았단 말씀입니까?『왜』에 대한 대답을 꼭 들으셔야겠구요?」하고 대위는 눈을 꿈벅이며 말했다.「그『왜』라는 조그만 말이, 세계 창조의 첫날부터 온 우주에 가득차 있는 것입니다. 부인, 그리고 자연계 전체가 창조주를 향해서 잠시도 쉬지 않고 이『왜』를 외쳐오고 있지만, 칠천 년이 지나도록 아직 대답을 얻지 못하고 있는 것입니다. 과연 레뱌드킨이라는 사람이 이 대답을 드려야 할까요? 이것이 과연 공평하다고 할 수 있는 일일까요?」

「그건 모두 잠꼬대예요, 빗나간 얘기라구요.」하고 바르바라 부인은 정말로 화가 나버렸다. 이제 참을 수 없게 된 것이다.「그건 비유입니다. 게다가 당신의 말투는 너무나 허식이 많아서, 그만 멋적어 보일 정도라구요.」

「부인」하고 대위는 이 말은 귀담아 듣지도 않고 「나는 에르네스트라고 불러 주면 싶었는데도 실제로는 이그나트라는 천한 이름을 갖고 돌아다녀야만 하게 되었습니다. 대체 왜 그렇지요? 부인은 어떻게 생각하십니까? 또 나는 드 몽바르 공작이라고 호칭되고 싶은데 실제로는 단순한 레뱌드킨입니다. 레베지(백조)에서 딴 이름이지요, 대체 왜일까요? 나는 마음으로부터의 시인이며, 출판업자로부터 천 루블리쯤은 받을 수 있을 텐데, 실제로는 초라한 오두막에서 살아가지 않으면 안 됩니다. 왜지요, 대체 왜 그렇지요? 부인! 저더러 말하게 한다면 러시아라는 운명의 장난입니다. 그뿐입니다!」

「당신은 무엇 하나 뚜렷한 말은 할 수 없나 보죠?」

「《바퀴벌레》라는 시를 낭독해 드릴 수 있습니다, 부인!」

「뭐라구요?」

「부인, 저는 아직 발광하지 않았습니다! 어차피 발광하겠지요. 아마 틀림없이 발광하겠지만, 아직은 발광하지 않았습니다! 부인. 내 친구 한 사람이, 훌륭한 신사가, 《바퀴벌레》라는 제목으로, 키릴로프 식의 우화시를 지었지요. 그것을 낭독해도 괜찮겠습니까?」

「키릴로프의 우화시를 낭독할 참인가요?」

「아니오, 키릴로프의 우화시를 낭독하자는 것은 아닙니다. 내 십니다, 내가 지은 십니다! 아시겠습니까? 부인, 화를 내시면 곤란합니다만, 러시아가 키릴로프라는 위대한 우화 시인을 가졌다는 것을 모를 만큼, 나는 그렇게 교양이 없고 타락한 인간은 아닙니다. 키릴로프를 위해서는 문교 장관이, 『여름의 공원』에 동상을 세워서 어린이들의 놀이터로 만들어 놓았습니다. 그런데 부인은 『왜』하고 물으십니다만, 그에 대한 대답은 이 우화시 뒤에 불꽃 같은 문자로 씌어 있었습니다!」

「그럼, 어디 그 우화시를 읽어 보세요.」

    옛날 옛적에 한 마리의
    바퀴벌레란 놈이 살았습니다.
    어릴 때부터 틀림없는
    진짜 바퀴벌레였습니다.
    한 번은 어쩌다가 파리약이
    가득 들어 있는 컵 속으로
    어슬렁어슬렁 들어갔습니다……

「아니, 그게 대체 뭐죠?」하고 바르바라 부인이 소리쳤다.
「이것은 말하자면, 여름에 말입니다.」낭독이 방해된 작자다운 짜증스러운 표정으로 마구 손을 흔들면서 대위는 다급하게 말했다.
「여름에 파리가 컵에 모이면, 그 왜 파리가 약에 취해서 비틀비틀하게 됩니다. 이런 것은 어떤 바보라도 다 알고 있지요. 아무튼, 좀 잠자코 계세요. 잠자코 계시라구요. 곧 알게 됩니다. 곧 알게 돼요……(그는 마구 두 손을 흔들고 있었다).

바퀴벌레란 놈이 들어와서
우리의 컵이 엄청나게
좁아졌다고 파리들은
툴툴거리다가 나중에는
주피터 님에게 큰소리로
불평을 터뜨려 놓았습니다.
이 소란 속에 위―대―한
니키포르 늙은이가 나타나서……

여기서부터는 아직 완성이 안 됐습니다만, 뭐 마찬가지로 이야기로 하겠습니다!」대위는 덤벙대고 초조해하면서 말했다. 「니키포르는 컵을 들고, 놈들이 와글와글 떠들어대는 것도 아랑곳 없이, 그 희극을 고스란히 그대로 파리와 바퀴벌레를 함께 돼지우리 속에 쏟아 버렸습니다. 정말이지 진작 그랬어야 했던 것입니다! 그런데 아시겠습니까, 부인. 바퀴벌레는 불평을 하지 않았던 것입니다! 이것이 부인의『왜』라는 질문에 대한 대답입니다!」하고 그는 우쭐대며 소리쳤다. 「『바퀴벌레란 놈은 묵묵히, 조금도 불평을 안 했습니다.』그런데 니키포르는 뭔고하면, 이것은 자연을 상징한 것입니다.」하고 대위는 재빨리 덧붙이고, 자못 만족스러운 듯이 방안을 돌아다니기 시작했다.
바르바라 부인은 그만 아주 화가 나버렸다.
「그럼, 물어 보겠는데요. 당신은 니콜라이가 보낸 돈을, 모두 당신에게 전해 주지 않았다고 해서, 우리 집에 있는 사람을 비방했다고 하는데, 대체 그게 무슨 돈이지요?」
「그건 트집입니다!」 비극의 주인공 같은 거동으로 오른손을 쳐들면서, 레뱌드킨은 짖듯이 말했다.
「아니예요, 트집이 아닙니다.」
「그런데, 부인. 때로는 부득이한 사정 때문에 체면없이 진실을 떠들어 대기보다 오히려 한 집안의 굴욕을 감수해야 하는 수도 있습니다. 부인, 레뱌드킨은 절대로 입 밖으로 내지 않습니다.」
 그는 이제 너무나 기가 우쭐해져서, 눈에 아무것도 보이지 않는 모양이다. 그는 갑자기 자기가 위대해진 듯한 느낌이 든 것 같았다. 무언가 기묘한 것을 마음속으로 생각한 것이 분명했다. 그는 어떻게든 남을 모욕하거나 추태를 부려서 그것으로 자기 위력을 과시하고 싶어 견딜 수가 없었다.
「스체판 선생님, 벨을 좀 눌러 주세요.」 하고 바르바라 부인이 부탁했다.
「레뱌드킨은 교활합니다, 부인.」 그는 천한 미소를 엷게 띠고 눈을 껌벅거렸다. 「교활하지만 역시 약점을 갖고 있습니다. 정열의 입구를 갖고 있습니다! 이 정열의 입구는 저 제니스 다브이도프(1781~1839. 나폴레옹 침략 때, 유격대로 활약한 시인)가 노래한 우리 눈에 익은 경기병의 술병입니다. 그 입구에 설 때, 레뱌드킨은 근사한 운문 편지를 보내는 그런 짓도 하고 마는 것입니다. 그러나 나중에는 있는 눈물을 다 흘리고, 그 편지를 되찾고 싶어하는 것입니다. 실제로 미(美)의 감정이 허물어지거든요. 그러나 새가 날아오른 뒤에는, 꽁지를 잡을 수는 없습니다! 그 입구에 섰을 때 말입니다. 부인, 레뱌드킨은 모욕에 교란된 영혼의 고결한 분노라는 뜻으로, 명문의 따님에 관해서도 운운할 때가 있지요. 그 점을 적이 이용한 것입니다. 그러나 레뱌드킨은 교활합니다, 부인! 못된 이리가 잔에 술을 부어 놓고, 이제나 저제나 하고 그 결과를 기다리며, 가만히 옆에서 감시하고 있습니다만 도저히 안될 일입니다. 레뱌드킨은 무심코 지껄일 사나이가 아닙니다. 언제나 병 밑바닥에 남는 것은 기대하던 단물이 아니라, 이 레뱌드킨의 빈틈없이 약은 점뿐이죠! 그러나 충분합니다! 이제 충분합니다! 부인, 부인의 이 훌륭한 저택은 어느 훌륭한 분의 것이 되었을지도 모릅니다만, 그러나 바퀴벌레는 불평을 하지 않습니다! 아시겠습니까, 정말 아시겠습니까? 결코 불평을 하지 않으니까요. 제발 위대한 정신을 알아 주십시오!」

마침 이 순간, 아래층 현관에서 벨 소리가 울렸다. 그리고 스체판 선생이 울린 벨 소리를 듣고, 조금 늦게 달려온 알렉세이가 거의 동시에 모습을 나타냈다. 평소에 말끔하고 표정이 없는 이 노복이, 지금은 웬지 몹시 당황하고 있는 모습이었다.

「도련님이 방금 도착하셔서 곧 이리로 오시는 길입니다.」 바르바라 부인의 궁금해하는 눈빛에 대답하듯 그는 이렇게 밝혔다.

나는 지금도 이 순간의 부인을 똑똑히 회상할 수 있다. 처음 부인은 얼굴이 싹 창백해지고, 이어 갑자기 눈이 번들번들 빛나기 시작하더니, 심상찮은 결심을 얼굴에 나타내며 안락의자 위에서 똑바로 자세를 고쳤다. 그리고 좌중의 사람들도 정말 은근히 놀랐다. 아직 한 달이나 있어야 이곳에 돌아올 줄 알고 있던 니콜라이의 이 뜻밖의 도착은 단지 예상 밖이라는 것뿐 아니라, 마침 이 운명적인 순간과 마주쳤다는 점에서 무어라 말할 수 없는 기구한 느낌을 주었다. 대위마저도 방 한가운데에 우뚝 서서는 커다란 입을 멍하니 벌린 채 바보 같은 모습으로 입구를 돌아보는 것이었다.

그러자 옆방의 크고 긴 홀에서, 차차 다가오는 바쁜 발자국 소리가 들려왔다. 누군가가 무척 총총걸음으로 걸어왔으며, 마치 굴러오는 것 같았다. 그리하여 느닷없이 객실에 뛰어든 것은 니콜라이와는 전혀 다른 아무도 본 적이 없는 청년이었다.

5

나는 여기서 잠깐 이야기의 진행을 멈추고, 갑자기 나타난 이 인물의 윤곽을 대강이나마 묘사해 두기로 한다.

그는 나이가 스물일곱 살쯤 되어 보이는 젊은이였으며, 중키보다 조금 크고, 상당히 긴 머리는 숱이 적고 허여멀겠으며, 듬성하게 난 수염은 겨우 보일락말락할 정도였다. 복장은 산뜻한 것이 유행을 따르는 듯했으나, 멋쟁이랄 것까지 없었다. 얼핏 보기에는 뭉툭하고 둥글둥글한 것이 볼 모양 없는 것 같지만, 결코 뭉툭하고 둥글둥글한 몸매가 아니었으며, 오히려 거동은 세련된 편이었다. 웬지 좀 별난 사람같이도 여겨지지만, 그 뒤 현내 사람들의 소문을 들으면, 그의 언어나 거동은 예절에 맞으며 말하는 태도도 장소를 가릴 줄 알았다.
 용모도 결코 흉하다고 하는 사람은 없겠지만, 그 얼굴은 아무에게도 호감을 주지 못했다. 뒷머리가 좀 길쭉해서, 꼭 양쪽에서 짓누른 듯한 모양이었으므로 얼굴까지 묘하게 뾰죽해 보였다. 이마가 높고 좁아 얼굴 윤곽이 옹색해 보였다. 눈은 날카롭고, 코는 조그맣고 뾰죽했으며, 입술은 길고 얇았다. 전체의 얼굴 표정은 병적인 것 같았으나, 그것은 다만 그렇게 여겨질 뿐이다. 볼에서 광대뼈 쪽으로 웬지 거칠거칠한 선이 떠올라 있고, 그 때문에 중병을 앓고 회복기에 들어선 사람처럼 보이지만, 실제로는 아주 건강하고 체력도 강했으며, 지금까지 병이라고는 앓은 적이 없을 정도였다.
 그는 공연히 바쁘게 걷고, 돌아다니고 했다. 그러나 별로 무슨 일을 급하게 서두르고 있는 것도 아니었다. 그는 얼핏 보기에 무슨 일이 있어도 굽힐 것 같지 않았다. 어떤 환경 아래 놓이더라도, 어떤 사람 앞에 나가더라도, 태연하게 있을 수 있을 것 같았다. 자기 만족의 성질이 강하지만, 자기는 그것을 깨닫지 못하고 있었다. 그의 말투는 빠르고 급해 보였으나, 동시에 무척 자신에 차 있어서, 얼떨떨하며 말을 찾아 어물거리는 일은 없었다. 그 분주해 보이는 모습과는 달리 그의 사상은 조용하고, 명백하고, 결연했다. 이것이 특히 눈에 띄었다. 발음은 놀랄 만큼 명석했다. 마치 말끔히 분류해서 언제라도 쓸 수 있도록 준비해 둔, 깨끗이 간추려진 굵직한 콩알처럼 말이 잇따라 뿌려져 나오는 것이었다. 누구나 처음에는 이것이 마음에 들지만, 나중에는 차츰 싫증을 냈다. 그것은 너무나 명석한 발음 때문이다. 어김없이 준비되어 있는 그 구슬 같은 말 때문인 것이다. 그의 입 속에 숨어 있는 혀는, 아마도 특별한 모양을 가진 것이 틀림없다. 몹시 길쭉하고, 매우 굵고, 더욱이 끝이 아주 뾰족해서 저절로 끊임없이 움직이고 있는 것이 틀림없다는 느낌이 차츰 강해진다.
 아무튼 이 청년이 지금 객실에 뛰어들어온 것이다. 정말이지 나는 지금도 그가 다음 방쯤에서 말을 하기 시작하여 그대로 이야기하며 들어온 듯한 기분이 든다. 그는 금방 바르바라 부인 눈 앞에 와서 섰다.
 「……아니, 그런데 어떻게 된 일일까요, 부인.」하고 그는 구슬을 뿌리는 듯한 어조로 말했다.「저는 그 사람이 십오 분쯤 전에 벌써 여기 와 있는 줄 알고 들어왔습니다. 그 사람이 도착한 지 벌써 한 시간 반이 되니까요. 우리는 키릴로프네 집에서 만났습니다. 그 사람은 삼십 분 전에 곧장 이리로 간다고 떠났지요. 저에게도 십오 분쯤 지나거든 역시 이리로 오라고 일러 놓고 말입니다……」

「아니, 그런데 누구 말이지요? 누가 이리 오라고 말을 했지요!」하고 바르바라 부인은 물었다.

「누구라니요, 니콜라이 군이 뻔하지 않습니까! 아니 그럼, 부인은 정말 지금 처음 들으십니까? 그렇다치더라도, 짐은 벌써 도착했을 텐데, 어째서 부인에게 알리지 않았을까? 그럼, 말하자면 제가 제일 먼저 알려 드린 셈이군요. 어딘가 찾으러 보내도 되겠지만, 아마 곧 나타날 것입니다. 그 사람이 품고 있는 어떤 기대에 부합되는 시간에 말이죠. 적어도 제가 판단하기로, 그 사람이 생각하고 있는 어떤 예정에 부합되는 시각에 말입니다.」 여기서 그는 방안을 한 바퀴 돌아보았는데, 그 눈은 특히 대위에게서 주의깊게 멎었다. 「아, 리자베타 씨, 오자마자 즉각 당신을 뵐 수 있다니, 참으로 유쾌하군요. 이렇게 당신 손을 쥐는 것은 참으로 반갑습니다.」하고 그는 재빨리 뛰어가서 즐거운 듯 미소를 지으며 리자가 내민 손을 잡았다.「그리고 뵙자니 프라스코비야 부인께서도, 이 『교수』를 잊어버리시진 않은 것 같군요. 스위스에서는 언제나 화만 내고 계셨는데, 지금은 별로 화내신 것 같지도 않네요. 그러나저러나, 이곳에 오셔서 발은 좀 어떻습니까? 그리고 고국의 기후가 효험이 있을 거라고 한 스위스 의사의 말은 사실입니까? 네? 찜질이라구요? 반드시, 효과가 있을 것입니다. 그런데, 부인(하고 그는 다시 얼른 바르바라 부인을 돌아보았다), 저는 그때 외국에서 뵙고, 새로이 경의를 표하지 못한 것을 얼마나 유감으로 생각했는지 모릅니다. 게다가, 여러 가지로 알려 드릴 일도 있었구요. 제가 이곳에 온다는 것은 저희집 영감님에게는 알려 드렸습니다만, 그분은 아마도 여느 때나 다름없이……」

「페트루샤!(표트르의 애칭)」홀연히 얼빠진 상태에서 깬 스체판 선생이 느닷없이 이렇게 소리치고 손뼉을 치면서 아들에게 덤벼들었다.

「피에르!(표트르의 프랑스 식 호칭) 내 아들아! 내가 너를 못 알아봤구나!」

그는 아들을 꽉 껴안았다. 눈물이 그의 눈에서 줄줄 흘러내렸다.

「내 참, 농담은 그만두세요, 제발 몸짓은 안 해주시면 좋겠는데. 자아, 그만, 그만요. 제발.」 아버지의 포옹에서 벗어나려고 애쓰면서 페트루샤는 바쁘게 말했다.
「나는 언제나 너에게 미안한 짓만 해왔다!」
「이제 그만 하시라니까요. 그 얘기는 나중에 하십시다. 아마 틀림없이 시시한 행동을 하실 줄 알았더니, 아니나다를까군요. 자, 좀 진정해 주세요, 제발.」
「그렇지만, 나는 벌써 십 년이나 너를 보지 못했어!」
「그렇다고 그런 신파 같은 대사를 늘어놓을 수는 없잖습니까…….」
「내 아들아!」
「네, 알고 있어요. 아버지가 저를 사랑해 주시는 건 잘 안다구요. 자, 이 손 좀 놔주세요. 다른 분들에게 방해가 되지 않습니까……. 아, 니콜라이 군이 오는군. 자, 이제 농담은 그만두십시다. 제발!」
정말 니콜라이는 벌써 방안에 들어와 있었다.
그는 조용히 들어와 문간에 잠깐 멈추어 서서 말없이 좌중을 둘러보았다.
사 년 전에 처음 보았을 때와 마찬가지로 이번에도 나는 첫눈에 금방 그의 용모에 감명을 받았다. 그의 얼굴을 잊어버린 것은 결코 아니지만, 흔히 세상에는 만날 때마다 무언가 새로운 것, 가령 지금까지 백 번을 만났더라도, 전에는 조금도 깨닫지 못했던 그 무엇을 나타내 보여주는 용모의 소유자가 있는 법이다. 하기야 얼핏 보아 그는 사 년 전과 다름이 없는 것 같았다. 여전히 우아하고, 아름답고, 의젓하고, 젊었으며 들어왔을 때의 태도도 그때 그대로 의젓했다. 가벼운 미소는 똑같이 예의바른 애교를 띠었고, 자기 만족의 빛을 나타내고 있었으며, 엄한 눈초리는 다름없이 생각이 깊어 보였고, 그러면서도 웬지 방심한 듯했다. 요컨대, 우리는 어제 갓 헤어진 듯한 기분이 들었을 정도다. 그러나 한 가지 나를 놀라게 한 것이 있다. 다름 아니라 전에는 미남자의 정평은 있었지만, 사교계의 입심 사나운 부인네들 사이에 소문이 난 대로, 그의 얼굴은 정말 『가면과 비슷』했다. 그런데 지금은 어떤가, 지금은 웬지는 모르지만, 그를 보자 첫눈에 나는 어디 하나 흠잡을 데 없는 훌륭한 미남자라고 느낀 것이다. 이제 그의 얼굴이 가면과 비슷하다는 말은 도저히 할 수 없었다. 전보다 약간 창백하고, 얼마간 여위어 보이기 때문일까?

아니면 무언가 새로운 관념이 지금 그의 눈에 빛나고 있기 때문일까?
「니콜라이!」바르바라 부인은 안락의자에서 일어서려고도 하지 않고, 몸을 뒤로 젖힌 채 강압적인 몸짓으로 아들을 불러 세웠다.「잠깐, 게 섰거라!」
그런데 이 몸짓과 외침에 이어서 나온 무서운 질문, 아무리 바르바라 부인 같은 성격의 여성이라도 도저히 예상할 수 없었던 그 질문을 분명하게 하기 위해서, 나는 독자 여러분들이 바르바라 부인의 성격이 항상 어땠었나를 상기해 주기 바란다. 실제로 부인은 무언가 이상한 순간에 부딪히면, 전혀 앞뒤를 잊고 대담한 것을 예사로 단행하는 편이었다. 그리고 또 하나 머리에 넣어 주었으면 하는 것은 부인은 의지가 굳고 상당한 분별도 있었으며, 가정적이라고 해도 좋을 만큼 실제적인 수완도 상당했지만, 그 생애에는 갑자기 모든 것을 잊어버리고 참을성없이(만일 이런 표현이 허용된다면) 자기 감정에 몰두해 버리는 순간이 거의 끊임없이 계속되었던 것이다. 그리고 마지막에 또 한 가지 주의를 기울여 주었으면 하는 것이 있다. 다름이 아니라, 지금 이 순간은 그녀에게 매우 중대한 뜻을 가진 것이며, 이 한순간 속에는 마치 렌즈의 촛점처럼, 생활의 본질, 과거, 현재, 어쩌면 미래의 진수까지 깡그리 압축되고 포함되어 있었는지도 모른다는 것이다.
그리고 한 가지 더 말해 두어야 할 것은, 부인이 받은 익명의 편지이다. 아까 부인은 프라스코비야에게 짜증스러운 어조로 이 편지 이야기를 꺼냈으나, 짐작건대 상세한 내용에 대해서는 입을 다물어 버린 모양이다. 어째서 부인이 자기 아들에게 그런 무서운 질문을 할 수 있었던가 하는 이상한 수수께끼를 푸는 비밀의 열쇠도, 어쩌면 이 편지 속에 숨어 있었는지도 모른다.
「니콜라이」하고 부인은 한마디 한마디 명확하게 끊으면서, 확고한 어조로 되풀이했다. 그 목소리에는 무섭게 도전하는 기세가 드러나고 있었다.「당장, 그 자리에서 움직이지 말고 대답해 다오. 저 불행한 절름발이 여성, 보아라, 저 여자야. 잘 보아라, 저기 저 여자가…… 정당한 네 처라는 게 사실이냐?」
나는 이때의 일을 또렷이 기억하고 있다. 그는 눈도 깜박거리지 않고 가만히 어머니를 바라보았다. 얼굴빛도 변하지 않았다. 이윽고, 묘하게 아첨이라도 하는 듯한 미소를 지으며 빙그레 웃는가 싶더니, 한마디 대답도 없이 천천히 어머니 앞으로 다가가서 그 손을 붙잡더니 공손히 입술로 가져가서 입을 맞추었다. 그가 언제나 어머니에게 주는 물리치기 어려운 힘이 여기서도 강하게 바르바라 부인에게 작용해서 부인은 당장 그 손을 뿌리칠 용기가 나지 않았다. 부인은 온몸이 하나의 질문덩어리가 되어 버렸나 싶을 만큼, 아들의 얼굴을 응시하고 있었다. 그 모습만 보아도, 이제 한순간만 더 계속되면 부인은 도저히 미지의 고민을 견디어낼 수 없을 성싶었다.

그러나 그는 여전히 말이 없었다. 어머니의 손에 입을 맞추고는 다시 방 안을 한 번 휘둘러보았다. 그러더니 역시 유연한 걸음걸이로 마리아 앞으로 다가갔다. 어떤 순간의 인간의 표정을 묘사한다는 것은 매우 어려운 일이다. 이를테면 내가 기억하는 한, 마리아는 너무나 놀라서 마비된 듯한 표정을 지으면서 그를 맞이할 참인지 벌떡 일어서서 마치 애걸하듯 두 손을 맞잡았다. 그러나 동시에 환희의 빛이 그 눈매에 떠오른 것을 나는 확실히 기억한다. 그것은 그녀의 윤곽까지 일그러뜨릴 만한 미칠 듯한 환희, 인간의 마음으로는 견디기 어려울 만큼 격렬한 환희였다. 혹은 경악과 환희가 둘 다 있었는지도 모른다. 나는 내가 부랴부랴 그녀 곁으로 다가선 것을 지금도 기억한다(나는 거의 바로 그녀 옆에 앉아 있었다). 그녀가 금방 까무러칠 듯이 보였기 때문이다.

「당신은 여기 계시면 안 됩니다.」하고 그는 정다운 선율적인 목소리로 마리아에게 말했다. 그 눈은 평소에 없는 상냥스러움으로 빛나고 있었다.

그는 매우 공손한 태도로 그녀 앞에 서 있었는데, 그 일거일동에도 거짓없는 존경의 빛이 나타나 있었다.『불행한 여자』는 다급히 숨을 헐떡이며 속삭이는 목소리로 중얼거렸다.

「제가…… 지금…… 당신 앞에 무릎을 꿇어도 괜찮을까요?」

「아닙니다, 그건 절대로 안 됩니다.」하고 그는 선명하게 미소지어 보였다. 그녀도 이에 이끌려 기쁜 듯이 방긋 웃었다.

그는 그 선율적인 목소리로 마치 어린애 다루듯이 상냥한 말로 달래면서 엄숙한 어조로 덧붙였다.

「그래, 생각해 보세요. 당신은 처녀의 몸이 아닙니까. 그리고 나는 당신의 참된 동무이긴 하지만, 그래도 역시 남입니다. 남편도 아니고, 아버지도 아니고, 약혼자도 아닙니다. 자, 그 손 이리 주십시오. 모셔다 드리겠습니다.

마차까지 모셔다 드리겠습니다. 아니, 바라신다면 댁까지 모셔다 드려도 좋습니다.」 그녀는 남자의 말을 다 듣고 나더니, 무언가 생각하는 듯 고개를 갸우뚱거렸다.

「그럼, 가세요.」 하고 그녀는 한숨을 쉬고 손을 내밀면서 말했다.

그러나 바로 이때, 조그만 불행이 그녀에게 일어났다. 아마 조심성없이 몸을 돌려, 앓는 다리부터 먼저 내디딘 모양이다. 갑자기 그녀는 비틀거리며 안락의자 위에 쓰러졌다. 만일 안락의자가 없었더라면, 그녀는 방바닥에 뒹굴었을는지 모른다. 니콜라이는 얼른 손을 뻗쳐 그녀를 붙들어 안고 단단히 팔을 걸어 다정스레 천천히 문간으로 데리고 갔다. 그녀는 분명히 자신의 실수를 슬퍼하고 있는 성싶었으며 얼떨떨해하면서 새빨개진 얼굴로 무척 수줍어하는 모습이었다. 말없이 아래로 눈을 내리깔고 심하게 절뚝거리면서, 거의 니콜라이의 손에 매달리다시피 하여 그 뒤를 따라갔다. 이렇게 하여 두 사람은 나갔다. 리자는 (나는 어김없이 보고 있었으므로) 갑자기 안락의자에서 벌떡 일어나, 두 사람이 문 밖으로 사라질 때까지 눈도 깜박이지 않고 지켜보고 있었다. 이윽고 말없이 다시 의자에 앉았는데 그 얼굴엔 마치 무슨 독충이라도 만진 듯한 경련이 스쳐갔다.

니콜라이와 마리아 사이에 이런 광경이 벌어지고 있는 동안에는 모두 멍청하게 끽소리없이 앉아 있었다. 그야말로 파리의 날개 소리까지 들릴 것만 같았다. 그러나 두 사람이 나가자마자 좌중은 갑자기 왁자하게 지껄이기 시작했다.

6

하기야 그것은 지껄인다기보다 부르짖음에 가까왔다. 그때의 자세한 순서는, 나도 이제 똑똑히 기억하지 못한다. 워낙 모든 것이 엉망이 되어 버렸기 때문이다. 스체판 선생은 프랑스 말로 뭐라고 외치며 손뼉을 탁 쳤다. 그러나 바르바라 부인은 그런 정도가 아니었다. 마브리키도 뭐라고 다급하게 떠듬떠듬 지껄여댔다. 그러나 누구보다도 가장 열이 오른 것은 표트르였다. 그는 열심히 몸짓을 해대면서, 무언가 바르바라 부인을 설득하고 있었는데, 나는 오랫동안 그게 무슨 말인지 납득하지 못했다. 그는 또 프라스코비야 부인과 리자베타에게도 이따금 말을 건넸으며, 그러면서 그만 정신없이, 아버지에게도 무슨 일로 호통을 치고 있었다. 간단히 말해서, 그는 온 방 안을 이리저리 뛰어다니고 있었던 것이다. 바르바라 부인은 시뻘개져서 자신도 모르게 자리에서 벌떡 일어나서는 프라스코비야 부인을 돌아보고, 「이봐요 들었지요? 그 녀석이 방금 그 여자에게 한 말 들었지요?」하고 소리쳤다. 그러나, 프라스코비야 부인은 이제 대답도 하지 못하고, 그저 손을 흔들며 뭐라고 우물우물하고 있을 뿐이었다. 가엾은 부인은 그녀대로 근심거리를 가지고 있었던 것이다. 그녀는 끊임없이 리자 쪽으로 고개를 돌려 까닭없는 공포에 떨면서 딸을 바라보는 것이었다. 딸이 자리에서 일어서기 전에는 일어서서 나간다는 것은 생각지도 못할 일이었다. 대위는 이 혼란을 틈타서 슬쩍 빠져나갈 생각을 한 모양이다. 그것은 나도 눈치를 챘다. 니콜라이가 들어오는 순간부터 완전히 주눅이 들어 버린 것이 뚜렷하게 눈에 보였다. 그러나 표트르는 그 손을 붙잡고 놓지 않았다.

「그야, 꼭 그렇게 해야 합니다. 꼭 그렇게 해야 해요.」하고 그는 구슬을 흩뿌리는 듯한 어조로 여전히 바르바라 부인을 설득하고 있었다. 그는 부인 앞에 서 있었다. 부인은 이제 안락의자에 다시 앉아 내가 기억하는 한, 탐내듯이 그의 말에 귀를 기울이고 있었다. 그런데 그것이 바로 표트르가 노린 점이었다. 그는 용케 부인의 정신을 빼앗아 버린 것이다.

「그야, 꼭 그렇게 해야 합니다. 부인도 보셨듯이 여기에는 오해가 있습니다. 그리고 얼핏 보기에 마치 온통 기괴하기 짝이 없는 일투성이 같습니다만, 사실 이 사건은 촛불처럼 명백하고, 손가락처럼 단순합니다. 저는 누구한테도 자초지종을 다 얘기해 달라는 부탁을 받은 적은 없습니다. 오히려 내 스스로 공연한 참견을 하는 것이, 혹은 우스꽝스러운 일이 될는지도 모르겠습니다만, 그러나 우선 먼저 니콜라이 군 자신이 이 사건에 아무런 뜻도 인정하고 있지 않고, 또 세상에는 왕왕 자기가 직접 설명하기가 쑥스러워서 그것을 보다 쉽게 말할 수 있는 제삼자의 수고를 꼭 필요로 하는 미묘한 사정이 포함된 경우도 또한 있을 수 있는 일이니까요, 정말입니다. 부인, 니콜라이 군은 아까 부인의 질문에 금방 단적으로 명백한 대답은 하지 않았습니다만, 결코 그 사람이 나쁜 것은 아닙니다. 워낙 어처구니없는 얘기니까요. 저는 벌써 페체르부르그에서부터 이 얘기를 알고 있습니다. 그리고, 이 에피소드는 오히려 니콜라이 군의 명예를 높여 줄 정도입니다. 만일 굳이 『명예』라는 모호한 말을 사용해야 한다면 말이지요…….」

「그럼 말하자면, 당신은 이…… 오해의 원인이 된 어떤 사건을 목격했단 말인가요?」하고 바르바라 부인이 물었다.

「만일 당신이, 나에 대한 니콜라이의 정다운 감정을 결코 모욕하지 않는다고 맹세해 준다면……. 그애는 무엇 하나 내게 숨기지 않거든요……. 그리고 또 니콜라이가 오히려 기뻐할 것이라는 자신이 당신에게 있다면…….」

「그렇습니다, 기뻐할 것은 틀림없습니다. 그러길래 제 자신도 이것을 큰 기쁨으로 여기고 있는 것이지요. 저는 오히려, 그 사람이 자진해서 부탁할 것으로 믿고 있을 정돕니다.」

마치 하늘에서 내려온 듯한 이 신사가, 자진해서 억지로 남의 신상 이야기를 하겠다는 것은 무척 기괴한 일이기도 하고 또 보통 방식과도 달랐다. 그러나 그는 바르바라 부인의 가장 아픈 데를 찌르고 보기좋게 자기 뜻대로 이끌어 와버린 것이다. 나는 그 무렵 아직 이 사람의 성질을 전혀 몰랐으니까, 그 꿍꿍이속은 더욱이 짐작할 수 없었다.

「그럼, 들어 볼까요?」자신의 양보를 얼마간 쓰라리게 느끼면서, 바르바라 부인은 온건하게 조심스러운 어조로 말했다.

「얘기는 아주 간단합니다. 어쩌면 평범한 뜻에서 사건이라고 할 만한 것이 아닌지도 모릅니다.」하고 그는 다시 구슬을 흩뿌리듯이 말하기 시작했다. 「하기야 소설가에게 들려 준다면, 심심풀이로 한 편의 소설로 만들는지 모릅니다, 꽤 재미있는 얘기니까요. 프라스코비야 부인, 그리고 리자 양도 흥미를 갖고 들어 주실 줄 압니다. 왜냐하면 여기에는 이상하다고까지는 할 수 없더라도, 제법 색다른 점이 많이 내포되어 있으니까요. 오 년쯤 전에 니콜라이 군은 페체르부르그에서 처음 그 선생과 알게 되었지요. 바로 레뱌드킨 선생 말입니다. 선생, 입을 멍하니 벌리고 서 계시는데, 당장 빠져나갈 듯한 자세군요. 아니, 부인 용서하십시오. 이봐요, 당신은 지금 여기서 달아나지 않는 편이 좋을 거요. 군량국의 퇴직 관리님(어떻소, 잘 기억하고 있잖소). 당신이 여기서 부린 잔재주는 나나 니콜라이나 너무나 잘 알고 있으니까, 당신은 그 책임을 분명히 할 의무가 있는 거요. 잊어서는 안 돼요.

아니, 정말 실례했습니다. 다시 사과드리겠습니다. 니콜라이 군은 당시 이 선생을 폴스타프(셰익스피어의 《헨리 4세》에 나오는 희극적인 인물)라고 부르고 있었는데, 그건 아마도(그는 갑자기 설명을 하기 시작했다), 그건 전에 어디 있었던 우스꽝스러운 인물을 가리키는 말이었나 봅니다. 다른 사람들도 웃음거리로 삼았고, 자기 자신도 예사로 웃음거리가 되면서 그저 돈만 받으면 그만인 그런 인물 말입니다. 니콜라이 군은 당시 페체르부르그에서, 뭐라고 할까요, 조소적인 생활을 하고 있었습니다. 저는 이 말 이외에 당시의 그 사람의 생활을 형용할 만한 적당한 말을 발견하지 못합니다. 왜냐하면, 그 사람은 결코 환멸에 빠질 사람도 아니고, 또 당연히 일이라는 것을 아주 멸시해서 조금도 손을 대지 않았으니까요. 부인, 저는 다만 그때의 일만을 얘기하고 있을 뿐입니다. 그런데 이 레뱌드킨에게는 누이동생이 있었습니다. 조금 전까지 여기 앉아 있던 그 여성이지요. 이 오빠와 누이동생은, 자기들이 살 집이라는 것을 갖고 있지 않았기 때문에 남의 집을 돌아다녔지요. 선생 쪽은 시장을 왔다갔다하면서(아마 지난날의 제복을 입고 있었을 것이 틀림없습니다), 말쑥한 복장을 한 통행인들의 소매를 끌곤 했지요. 그리고, 얻은 돈은 모두 술값으로 써버렸습니다. 누이동생 쪽은 마치 하늘을 나는 새나 다름없이 겨우겨우 입에 풀칠을 하고 있었지요. 말하자면, 여기저기 가난한 집을 찾아다니며 일을 거들어 주기도 하고, 바쁠 때는 심부름도 하곤 하면서 말입니다. 정말 뭐라고 말할 수 없는 무서운 난맥상이었는데, 이런 밑바닥 생활의 묘사는 그만두기로 해야겠습니다. 아무튼 니콜라이 군도 그 꾀까다로운 성벽 때문에 이 생활에 몰입해 버린 것입니다. 부인, 저는 다만 당시의 일만 얘기하고 있는 것입니다. 그런데, 이 『괴팍스럽다』는 것은 니콜라이 군 자신이 한 말입니다, 그 사람은 저한테는 온갖 얘기를 다 털어놓거든요. 그 사람은 한때 줄곧 레뱌드키나 양을 만날 기회가 있었는데, 그 아가씨는 그만 그 사람의 미모에 감동하고 말았습니다. 워낙 그 사람은 구질구질한 아가씨의 생활 배경에 한 점 눈부시게 빛나기 시작한 다이아몬드 같은 존재가 되었으니까요. 저는 미묘한 감정의 묘사가 아주 서툰 편이라서 적당히 하고 앞으로 나가야겠습니다. 그러자, 말많은 족속들이 당장 여자를 재미있는 웃음거리로 삼기 시작하는 바람에, 그 여자는 그만 우울해졌습니다. 하기야 그 여자는 벌써 웬만큼 사람들의 웃음거리가 되어 있긴 했지만, 그때까지는 자기도 깨닫지 못했죠. 그때부터 이미 머리는 이상했는데, 그러나 지금처럼 심하지는 않았습니다. 어릴 때는 누군가 신세를 진 부인 덕분에 약간 교육도 받은 흔적이 있더군요. 니콜라이 군은 이 여자는 거들떠보지도 않고, 대개 언제나 하급 관리들을 상대로 꾀죄죄하게 기름 낀 낡은 트럼프를 쥐고는, 한 점에 사분의 일 코페이카씩 거는 노름을 하고 있었습니다. 그런데 한 번은 또 그 여자를 놀린 자가 있었어요. 그때 니콜라이는 까닭도 묻지 않고 느닷없이 그 하급 관리의 멱살을 쥐더니 삼층 창문 밖으로 내던져 버린 것입니다. 그러나, 그것은 학대받는 무고한 이에 대한 기사도적인 분개 같은 것은 결코 아니었습니다.

 그 거친 처분은 사람들이 와자하게 떠드는 웃음 속에서 행해졌지요. 그리고 당사자인 니콜라이 군은 누구보다도 심하게 웃고 있더군요. 그러기에 모든 일이 다 무사히 낙찰되었을 때는 둘이서 의좋게 폰쉬 술을 들이켰을 정도지요. 그러나, 그 『학대받은 무고한 이』 쪽에서는 이 일을 언제까지나 잊지 않았던 것입니다. 그래서 결국, 그 여자의 지적 능력이 근본에서 흔들린 것은 두말할 나위도 없습니다. 저는 미묘한 감정의 묘사가 서툽니다. 이것은 되풀이해서 미리 말씀드려 둡니다만, 여기서 주요한 작용을 하고 있는 것은 공상입니다. 더욱이 니콜라이 군은 마치 일부러 그러듯이, 이 공상을 쿡쿡 찌르는 태도를 보인 것입니다. 아예 처음부터 웃어 버리면 되는 것을, 무슨 생각을 했던지 갑자기 뜻밖에도 정중한 태도로 레뱌드키나 양을 대하기 시작한 거죠. 당시 그곳에 있던 키릴로프도…… 무척 특이한 사나이입니다만, 부인. 그리고 무척 무뚝뚝한 인간인데 아마 어디서 만나시게 될 겁니다. 지금 이곳에 와 있으니까, 이 키릴로프도 평소에 말이 없는데 갑자기 분개하기 시작해서 니콜라이 군에게 충고하더군요. 『자네는 그 여성을 마치 후작 부인처럼 대하고 있지만, 그런 짓을 하다간 돌이킬 수 없이 그 여자의 운명을 망가뜨리고 마네.』하고 말입니다. 참고로 말씀드리겠습니다만, 니콜라이 군도 얼마간 키릴로프를 존경하고 있더군요. 그래 그 사람이 어떻게 대답했는지 아십니까? 『키릴로프 군, 자네는 내가 그 여자를 놀리고 있는 줄 아는 모양인데, 그건 오해야. 나는 정말로 그 여자를 존경하고 있네. 왜냐하면 그 여자는 우리들 중의 누구보다도 뛰어나거든.』더욱이 말입니다, 부인, 그것이 참으로 진지한 말투가 아니겠습니까? 그런데 그 사람은 꼬박 몇 달 동안 그 여자에게 다만,『안녕하십니까』라든가『안녕히 계십시오』이외는 한 마디도 하지 않았습니다. 저는 그 자리에 있었던 인간이라 잘 기억합니다만, 결국 그녀는 니콜라이 군을 자기 약혼자나 되는 것처럼 생각하게 되더군요. 이 미래의 남편이 자기를『훔쳐 가지』않는 것은, 다만 그에게 많은 적이 있거나, 가정 형편상 장애가 있기 때문이다, 이런 식으로 믿게까지 되었습니다. 아무튼, 모두 무척 웃었지요! 이럭저럭 하는 동안에, 니콜라이 군은 이곳으로 오게 되었는데, 출발하기 전에 그 여자가 보조금을 탈 수 있도록 수속을 해주었지요. 꽤 많은 연금이었으며, 아마도 삼백 루블리는 넘었을 줄 압니다. 간단히 말해서, 그것은 니콜라이 군 쪽에서 보면, 때아닌 피로를 느끼기 시작한 사나이의 망상, 불현듯 생겨난 마음이라고도 할 수 있겠지요. 어쩌면 키릴로프가 말한 것처럼 모든 것에 넘치는 듯한 만족을 느끼고 있는 사나이가, 미친 병신을 어느 정도 황홀하게 만들 수 있는지 한 번 시험해 보자는 정도의 목적으로 쓴 각본에 지나지 않는지도 모릅니다.『자네는 일부러 찌꺼기 중의 찌꺼기라고 할 수 있는 여자를 골랐어, 영원히 지워지지 않는 오욕과, 구타의 상처에 덮인 병신을 골라낸 거야. 더욱이 그 여자가 자네에게 희극 비슷한 사랑을 느끼고, 그리워하다 죽어갈 것을 뻔히 알면서도, 자네는 일부러 그 여자를 현혹시킬 짓을 하고 있지 않은가. 더욱이 그 목적은, 그저 이렇게 하면 어떻게 될까 하는 호기심에 지나지 않는단 말이야!』하고 키릴로프는 말하곤 했습니다. 하지만 언제나 두 마디 이상 말을 건넨 적이 없는 미친 여자의 망상에 대해서, 특별히 어떤 책임을 져야 할까요? 부인, 세상에는 재치있는 화제가 될 수 없을 뿐 아니라, 첫째 말을 꺼내기조차 얼빠져 보이는 일이 흔히 있습니다. 아마 역시『괴팍스럽다』는 정도가 고작이겠지요. 그 이외에는 뭐라고 말할 방법이 없네요. 그런데, 그만한 일에서 큰 불행이 일어난 것입니다……. 부인, 저는 여기서 어떤 일이 일어나고 있는지 대강은 알고 있습니다.」

  표트르는 갑자기 말을 끊고, 레뱌드킨을 돌아보려고 했으나, 바르바라 부인이 얼른 그를 만류했다. 부인은 이제 완전히 감동된 듯했다.

 「이제 이 얘기가 다 끝나셨나요?」 하고 그녀는 물었다.

 「아니, 아직 더 있습니다. 저는 제 설명을 완전하게 하기 위해서, 만일 허락해 주신다면 잠시 이 선생에게 물어 볼 말이 있습니다만……. 곧 환하게 진상을 아시게 됩니다, 부인.」

「이제 되었어요. 그건 나중에 하고, 잠깐 기다려 주세요. 아, 당신 얘기를 중단하지 마세요. 정말 좋은 일을 하셨어요!」

「게다가 말입니다, 부인.」하고 표트르는 뛰어오를 듯한 어조로, 「정말이지 니콜라이 군은 아까 부인이 하신 질문에 자기가 직접 대답할 수 있었을 것 같습니까? 그 질문은 좀 너무 대담하시던데요.」

「정말, 너무했나 봐요.」

「그리고 제 말은 정말이잖습니까, 다시 말해서 어떤 경우에는 당사자 자신보다 제삼자가 훨씬 설명하기 쉽다는 얘기 말입니다.」

「네, 네……. 하지만 한 가지 당신은 착각을 했군요. 그리고 유감스럽지만, 지금도 여전히 그런 것 같아요.」

「그렇습니까? 뭔데요?」

「다름 아니라…… 그런데 표트르 스체파노비치, 좀 앉으시면?」

「아, 네. 좋으실대로 하시죠. 저도 약간 피로했으니까요, 고맙게 앉겠습니다.」

그는 얼른 안락의자를 앞으로 끌어냈다. 그리고 한편에는 바르바라 부인, 한편에는 탁자 앞에 앉은 프라스코비야 부인, 더욱이 레뱌드킨 대위를 정면에서 바라볼 수 있는 위치에 알맞게 안락의자를 갖다 놓았다. 그는 잠시도 대위한테서 눈을 떼지 않았다.

「말하자면, 당신이 이 사건을 통틀어서 그애가 『괴팍스럽다』고 말해 버리는 것을 난 착각이라고 말하는 거예요…….」

「아, 그건 다만…….」

「아니, 아니, 잠깐 기다리세요.」하고 바르바라 부인은 정신없이 도도히 이야기를 꺼내기 시작할 듯한 기세를 보이면서 그를 억제했다.

표트르는 이것을 깨닫자 온몸을 바싹 긴장시켰다.

「달라요, 그애한테는 무언가 괴팍스럽다는 것 이상의 것이 있어요. 신성하다고 해도 좋을 만한 것이 있단 말예요! 긍지가 높고, 더욱이 너무나 빨리 모욕을 느끼고, 그 때문에 무척 『냉소적』인 태도를 취하게 된 한 인간인 거예요. 당신의 표현은 정말 정곡을 찔렀어요. 말하자면, 그 당시 스체판 선생도 말씀하셨지만, 그애는 해리 왕자 같다는 훌륭한 비교로도 할 말은 다한 셈이에요. 이 비교도 아주 정확하다고 하겠지만, 그러나 적어도 내가 보기에는 오히려 햄릿을 더 닮은 것 같아요.」
「부인 말씀은 일리가 있습니다.」 다정스레 묵직한 소리로 스체판 선생이 말했다.
「고마와요, 스체판 선생. 언제나 당신이 니콜라이를 믿어 주시는 것을, 그애의 심정과 사명의 고상함을 믿어 주시는 것을 특히 고맙게 생각하고 있어요. 내가 아주 낙담해 버릴 듯이 되었을 때도 당신은 내 마음에 이 신앙을 유지시켜 주셨습니다.」
「여보세요, 여보세요……」
스체판 선생은 다시 발을 내디디려고 하더니, 지금 말을 방해하는 것은 위험하다고 생각을 고쳐 자리에 멈추었다.
「만일 언제나 그애 곁에」하고 부인은 이제 거의 노래라도 부르듯이 계속했다.「호레이쇼처럼 침착하고 위대한 은인(隱忍)의 친구가 붙어 있었다면, 스체판 선생, 이것도 당신이 말씀하신 아름다운 표현이에요, 그애는 진작 언제나 그애를 괴롭혀온 『뜻밖의 우울한 냉소의 악마로부터』 구원을 받았을 것이 틀림없어요. 이 냉소의 악마라는 말도, 역시 당신이 하셨지요, 스체판 선생. 하지만 니콜라이에게는 호레이쇼도 없고, 오필리아도 없었어요. 하기야 그애는 어머니가 있었지만, 그런 경우 어머니 혼자서 얼마만한 일을 할 수 있겠어요? 저 표트르 스체파노비치, 나는 니콜라이 같은 인간이 어째서 방금 당신이 말한 그 어두운 동굴 같은 곳을 출입할 기분이 되었는지, 그 심정을 차츰 알게 될 것같이 여겨지네요. 이제야 나는 인생에 대한 그 『냉소적인 태도』도, 정말로 놀랍도록 정확한 표현입니다, 지칠 줄 모르는 대조의 관망도, 그애가 『다이아몬드처럼』 빛나기 시작한 암담한 배경도, 『이 다이아몬드』도 당신 말이에요 표트르 스체파노비치, 모든 것을 뚜렷이 상상할 수 있어요. 마침 그런 장소에서, 그애는 세상에 학대받은 한 가엾은 여자를 만난 거예요. 그 여자는 반미치광이 같은 병신인지도 모르지만, 혹은 동시에 고결한 감정을 품고 있었는지도 몰라요!……」
「그렇습니다……. 혹은……」
「그런데 여기서부터 당신은 이해하지 못하고 있는 거예요. 그애는 결코 다른 사람처럼 그 여자를 냉소하고 있진 않아요! 정말 세상 사람들은!

당신들은 모르시겠지만, 그애는 박해자의 손에서 그 여자를 감싸고 있는 거예요.『후작 부인을 대하는 듯한』존경을 갖고 그 여자를 감싸고 있는 거예요. 그 키릴로프라는 사람은, 인간을 매우 깊이 알고 있는 모양이죠. 하기야 니콜라스를 이해하진 못했지만! 어쨌든, 말하자면 그 대조 때문에 비극이 일어난 거예요. 만일 그 불행한 여자가 다른 처지에 있었더라면, 그토록 머리를 괴롭힐 심한 공상은 안 품었을 텐데. 여자예요, 여자만이, 여자가 아니면 도저히 그 심정은 알 수 없습니다. 표트르 스체파노비치, 당신이…… 아니 뭐 당신이 여자가 아닌 것을 슬퍼하는 것은 아니지만, 하다못해 지금 잠시 동안이라도 이 심정을 이해하기 위해서는!」

「그건 말하자면, 나쁘면 나쁠수록 점점더 좋아진다는 그런 뜻에서 말씀하시는 것이지요. 알겠습니다. 부인, 저도 알 수 있습니다. 그건 말하자면, 종교 같은 데서 볼 수 있는 성질의 것인가 보지요. 인간의 생활이 괴로우면 괴로울수록, 한 국민의 상태가 가난하고 학대받고 있으면 그만큼 더, 천국의 혜택을 공상하는 마음은 더 집요해집니다. 더욱이 십만 명이나 되는 수도사들이 안간힘을 써서 그 공상에 기름을 치고 장작을 지피는 짓을 한다면, 그것은 벌써…… 저는 부인의 심정을 잘 알 수 있습니다. 부인, 안심하십시오.」

「그건 아무래도 충분히 정확한 것 같진 않지만, 그래, 당신은 어떻게 생각하시죠, 니콜라스는 그 불행한 오르가니즘(왜 부인이 오르가니즘이라는 말을 썼는지, 나는 전혀 알 수 없었다) 속에 타고 있는 공상을 끄기 위해서, 자기도 다른 하급 관리들처럼 그 여자를 냉소하고, 모욕하지 않으면 안 되었을까요? 니콜라스가 갑자기 정색을 하고 키릴로프에게『나는 그 여자를 놀리고 있는 것이 아니다』라고 말했을 때의 그 고상한 동정과 진심에서 우러나는 고결한 전율을, 어떻게 당신은 부정하시겠어요? 그 얼마나 고결하고 거룩한 대답이에요!」

「장엄함입니다!」 하고 스체판 선생이 중얼거렸다.

「하나 더 알아 주셨으면 하는 것은, 그애는 생각하시는 것만큼, 결코 부유한 처지가 아녜요. 부유한 것은 나지, 니콜라스가 아닙니다. 그 당시 그애는 내 송금을 조금도 받고 있지 않았어요.」

「알았습니다, 죄다 알았습니다. 부인」하고 표트르는 이제 조마조마해진 듯이 몸을 꿈틀거리기 시작했다.

「아아, 정말 내 성질 그대로예요! 나는 니콜라스 속에 내 자신을 볼 수 있어요. 나는 그 젊음을 느낄 수 있어요. 격렬하고 무서운 정의의 솟구침을 느낄 수 있어요……. 이것 보세요. 표트르 스체파노비치, 만일 우리가 장차 가까이 사귀게 되면, 하기야, 이건 내가 진심으로 바라는 일예요. 하물며 여러 가지 신세를 졌는걸요……. 그때는 당신도 아실 수 있을 줄 알아요…….」
「그건 오히려 제가 부탁드릴 일입니다.」하고 표트르는 얼른 중얼거렸다.
「그때는 당신도, 그런 감정의 솟구침을 이해하시게 돼요. 그런 때는 고결한 마음에 눈이 어두워 모든 점으로 보아 자기에게 알맞지 않는 인간을 선택하게 된답니다. 도무지 자기를 이해하지 못하고 기회만 있으면 은인을 괴롭히려고 하는 인간을 선택해서 온갖 모순을 돌보지 않고, 느닷없이 자기가 살아온 이상, 자기가 살아온 공상으로써 떠받들고 그 사람 속에 모든 희망을 주입하여 그 앞에 무릎을 꿇고 평생 그 사람을 사랑하게 되는 거예요. 더욱이 무엇 때문에 그렇게 하는지, 전혀 알지도 못하지요. ……아마도, 그 사람이 그렇게 해줄 만한 값어치가 없는 사람이기 때문이겠죠……. 아아, 나는 얼마나 평생을 괴로워했는지 몰라요. 표트르 스체파노비치!」
스체판 선생은 병적인 표정으로 내 시선을 잡으려고 하기 시작했다. 그러나 나는 재빨리 외면해 버렸다.
「……더욱이, 바로 최근의 일예요. 아아, 나는 니콜라스에게 미안한 짓을 했답니다! 곧이들으시지 않겠지만, 모두가 사방에서 나를 괴롭히는 거예요. 네, 모두가. 우리 주변에서 우글거리는 인간들이, 적도, 우리 편도, 어쩌면 적보다 우리 편이 더 괴롭혔는지도 몰라요. 처음 나한테 그 천한 익명의 편지를 보내왔을 때, 글쎄, 표트르 스체파노비치, 나는 그 음모에 대해서 충분한 모멸을 갖고 응대할 만한 힘이 없었던 거예요……. 나는 내가 생각하기에도 그렇게 소견이 좁았던 것을 도저히 용서할 수 없다고 생각하고 있어요!」
「네, 전체적으로 이곳의 익명 편지에 관해서는, 저도 지금까지 많이 듣고 있습니다.」 표트르는 갑자기 힘이 났다. 「그것은 제가 깨끗이 규명해 드릴 테니 제발 안심하십시오.」
「하지만, 여기서 어떤 음모가 시작되고 있는지, 당신은 도저히 상상할 수조차 없을걸요! 그 인간들은 가엾게도 프라스코비야 부인까지 못살게 굴기 시작했거든요, 이분이 그런 변을 당할 까닭이 없잖습니까! 난 오늘 당신에게 너무 실례의 말을 했는지 모르겠어요.」하고 부인은 관대한 감동의 발작에 사로잡혀서 덧붙였으나, 얼마간 우쭐해진 반어(反語)의 투가 없지도 않았다.

「이제 그만해요, 부인.」하고 프라스코비야 부인은 마음이 내키지 않는 듯이 중얼거렸다.「그보다는 이제 어지간히 끝장을 내버려야지. 무척 많이들 지껄였으니까……」

프라스코비야 부인은 다시 슬그머니 리자를 바라보더니, 고개를 돌려 표트르를 지켜보았다.

「그런데, 그 불행한 여자, 모든 것을 다 잃고 오직 심장만 지키고 있는 그 미친 여자 말예요. 그애를 지금부터 내 딸로 삼을까 생각해요!」하고 느닷없이 바르바라 부인이 소리쳤다.「그것은 내 의무입니다. 나는 그것을 신성한 태도로 이행할 작정이에요. 오늘부터 당장 그 여자를 보호해 주겠어요!」

「그것은 어떤 의미에서는 아주 훌륭한 일입니다!」하고 표트르는 이제 완전히 힘을 되찾았다.「실례입니다만, 저는 아까 끝까지 말을 다 하지 않았습니다. 저는 말하자면, 그 보호에 관한 얘기를 할 참이었지요. 아무튼 이랬습니다. 당시 니콜라이 군이 다른 곳으로 떠나자, 저는 아까 그만둔 대목에서 시작하기로 하겠습니다. 부인, 저 선생이, 저 레뱌드킨 선생 자신이 말입니다. 누이동생 것으로 지정된 보조금을 한 푼도 남김없이 제멋대로 처분할 권리가 있는 듯이 생각하고, 즉각 그것을 실행한 것입니다. 당시 니콜라이 군이 어떻게 살고 있었는지 정확한 것은 모릅니다만, 일 년쯤 지났을 때, 외국을 여행중인 니콜라이 군은 이 사정을 알고 부득불 다른 방법을 강구하게 되었지요. 이 점에 대해서도 저는 역시 상세한 것은 모릅니다. 어차피 니콜라이 군한테 얘기를 듣게 되겠지만, 단 한 가지 그 색다른 아가씨를 어디 먼 수녀원에 넣었다는 것만은 알고 있습니다. 거기서는 매우 안락하게 살고 있었던 것 같은데, 다만 호의적인 감시는 받고 있었지요. 네, 어떠세요? 이 레뱌드킨 선생이 무슨 짓을 할 수 있는 인간인지 상상하실 수 있겠습니까? 선생은 먼저 미친 듯이 자기의 돈줄, 말하자면 누이동생이 숨어 사는 곳을 찾다가, 요즘 와서 간신히 목적을 이루었지요. 그리고는 자기가 그 여자에 대해서 권리가 있느니 어쩌니 하고 수녀원에서 꺼내서는 곧장 이리로 데리고 온 것입니다. 여기 온 뒤, 선생은 누이동생에게 먹을 것도 주지 않고, 차고 때리는 등 몹쓸 짓을 하며 어떻게 손을 썼던지, 니콜라이 군한테서 막대한 돈을 우려내어 날마다 술에 곤드레가 되어 있는 것입니다. 그리고도 그것을 고맙게 생각지는 않고, 마침내 건방지게도 니콜라이 군에게 직접 자기 손에 보조금을 주면 좋지만, 그렇지 않을 때는 재판소에 고발하겠다고, 영문을 알 수 없는 요구를 내놓고 니콜라이 군을 협박하지 않겠습니까? 니콜라이 군이 호의로 한 선물을 선생은 마치 무슨 공물이나 되는 것처럼 생각하고 있으니 기가 차지 않습니까? 레뱌드킨 군, 내가 방금 여기서 한 말은 모두 사실이죠?」

지금까지 눈을 아래로 말없이 내리깔고 서 있던 대위는, 갑자기 두어 걸음 앞으로 나서며, 얼굴이 새빨개졌다.

「표트르 스체파노비치, 당신은 나한테 몹시 잔인한 짓을 하시는군요.」하고 그는 내동댕이치는 듯한 어조로 말했다.

「뭐가 잔인하오. 어째서? 실례지만, 잔인하니 친절하니 하는 얘기는 뒤로 돌리고, 내 첫 질문에 대답해 주면 싶소. 방금 내가 한 말은 모두 사실이오? 아니오? 만일 틀린다면 이 자리에서 당장 그렇다고 말하시오.」

「그건…… 당신 자신이 아시지 않습니까. 표트르 스체파노비치…….」하고 대위는 말하려고 하더니, 갑자기 뚝 끊고 입을 다물어 버렸다.

미리 말해 두지만, 표트르는 다리를 포개고 안락 의자에 앉아 있었지만, 대위는 아주 황송한 자세로 그 앞에 서 있었다.

레뱌드킨의 결단성 없는 태도는 표트르의 비위에 몹시 거슬렸던 모양이다. 그의 얼굴은 성이 나서 꿈틀꿈틀 경련했다.

「당신, 정말 할 말 있소?」하고 그는 미묘한 눈초리로 대위를 바라보았다. 「있다면, 체면 차릴 것 없이 말하시오. 모두 기다리고 있으니까.」

「내가 아무 말도 할 수 없다는 것은, 표트르 스체파노비치 당신이 잘 알고 있잖습니까.」

「난 몰라요, 처음 물어 보는 것이니까. 어째서 말을 못 하지?」

대위는 눈을 내리깐 채 잠자코 있었다.

「표트르 스체파노비치, 이제 돌아가게 해주십시오.」하고 그는 똑똑히 말했다.
「그러나 내 첫 질문에 대답을 해야지, 내 말이 사실인가 아닌가.」
「사실입니다.」하고 레뱌드킨은 들리지 않는 목소리로 말하고, 박해자의 얼굴을 쳐다보았다.
그의 이마에는 땀마저 솟아오르고 있었다.
「모두 사실이오?」
「모두 사실입니다.」
「더 덧붙일 말은 없소? 무언가 할 말은 없소? 만일 내가 공평하지 못하다고 생각하거든 서슴지 말고 말하시오. 항의를 하란 말이오. 공공연히 불만을 터뜨리란 말이오.」
「아니, 아무것도 없습니다.」
「당신은 최근, 니콜라이 브세볼로도비치를 협박했지?」
「그건…… 그건 주로 술이 한 짓입니다. 표트르 스체파노비치(그는 갑자기 고개를 들었다). 표트르 스체파노비치, 만일 한 집안의 명예를 생각하는 마음과 부당한 모욕이, 세상 사람들에게 호소의 고함소리를 질렀더라도…… 그 사람이 나쁠까요?」그는 다시 아까처럼 앞뒤를 잊고 갑자기 이렇게 외쳤다.
「당신 지금 술 마셨소, 레뱌드킨?」표트르는 꿰뚫을 듯 그를 쏘아보았다.
「나는…… 술을 안 마셨습니다.」
「한 집안의 명예와 부당한 모욕이 대체 뭐요?」
「그건 누구를 두고 하는 말이 아닙니다. 누굴 어쩌자는 말이 아닙니다. 나는 다만 내 자신을 말했을 뿐인데요.」대위는 다시 어물거렸다.
「짐작건대, 당신과 당신의 행위에 대한 내 말이 매우 귀에 거슬린 모양이군. 당신은 몹시 성급하거든, 레뱌드킨 군? 그러나 알겠소, 나는 아직 당신의 행위에 대해서 있는 그대로 말하지는 않았다구. 나는 당신의 행위를 있는 그대로 말할 참이야. 암, 말하구말구! 그게 언제가 될지는 모르지만. 아직은 있는 그대로 말하지 않았단 말이야.」
레뱌드킨은 뜨끔해하더니, 나른한 눈초리로 표트르를 쏘아보았다.
「표트르 스체파노비치, 나는 이제 겨우 눈을 뜨기 시작했습니다.」
「음! 내가 뜨게 해주었소?」

「네, 당신이 뜨게 해주셨습니다. 표트르 스체파노비치. 나는 사 년 동안이나, 내리덮인 먹구름 밑에서 잠자고 있었습니다. 이제 돌아가도 괜찮겠습니까?」
「좋소, 다만 부인께서 혹 무슨 용건이 계시다면……」
그러나, 부인도 두 손을 저었다.

대위는 절을 하고 두어 걸음 문간 쪽으로 걸어가기 시작하더니, 갑자기 걸음을 멈추고, 손으로 심장을 누르면서 무슨 말을 하려고 했다. 그러나 그것도 결국 입 밖에 나오지 않고 종종걸음으로 달리기 시작했다. 그리하여 마침 문간에서 니콜라이와 딱 마주쳤다. 니콜라이가 몸을 약간 비켰다. 대위는 갑자기 몸이 오르라드는 것처럼, 마치 구렁이가 노려보는 산토끼처럼, 가만히 그를 쳐다보며 그 자리에 못박혀 버리고 말았다. 니콜라이는 잠시 후 가볍게 한 손으로 그를 옆으로 밀치듯하면서 곧장 객실 안으로 들어왔다.

7

그는 즐거워 보이고 침착했다. 어쩌면 우리는 모르지만, 방금 무언가 매우 즐거운 일이 있었던 성싶었다. 아무튼, 그는 무언가 무척 만족스러운 모습을 하고 있었다.
「니콜라스, 나를 용서해 주겠지?」하고 바르바라 부인은 이제 더 참지 못하고 얼른 아들을 맞이하러 일어섰다.

니콜라스는 엄청나게 큰소리로 껄껄대고 웃었다.
「아니나다를까!」그는 사람의 마음을 끄는 장난기어린 투로 소리쳤다. 「짐작건대, 이제 모든 것을 다 아시게 된 모양이군요. 저는 여길 나가 마차를 타고 가면서 생각했지요.『적어도 그 일화만이라도 말씀드릴걸. 그런 식으로 뛰쳐나오다니, 아무도 그렇게는 하지 않아.』하지만, 표트르가 이 자리에 남아 있다는 생각을 하니, 그런 걱정은 당장 사라져 버리더군요.」

이렇게 말하면서, 그는 힐끗 좌중을 돌아보았다.
「표트르 스체파노비치는 어떤 기인(奇人)의 생애중에서 특히 재미있는 페체르부르그에서의 일화를 들려 주었단다.」바르바라 부인은 신이 나서 말을 받았다.「그이는 변덕이 심하고, 머리는 좀 이상한 것 같지만, 그 감정은 언제나 고상하고, 옛 무사처럼 고결하더구나……」
 「옛 무사처럼요? 아니, 그런 소동이 다 벌어졌습니까?」하고 니콜라스는 웃었다. 「하지만, 이번만은 저도 표트르 군의 성급한 행동을 감사히 여겨야겠습니다.」(이때 그들 두 사람은 힐끔 재빨리 서로 눈을 쳐다보았다.) 「어머니도 알아 주셨으면 하는데요. 이 사람은 어딜 가나 조정자의 역할을 맡지요. 이게 이 사람의 병이고, 또 두드러진 수완입니다. 저는 특히 이 점에서 이 사람을 추천하겠습니다. 이 사람이 여기서 무슨 말을 해댔는지, 대강 짐작이 갑니다. 이 사람은 무슨 얘기를 할 때 정말 마구 내뱉아 버리거든요. 이 사람의 머릿속은 마치 사무실처럼 되어 있지요. 그런데, 이 사람은 현실주의자의 입장이기 때문에 거짓말을 못 합니다. 자기의 성공 여하보다 진실이 더 중요하거든요……. 물론, 성공이 진실보다 거룩하다는 특별한 경우는 제외하고 말입니다만(이렇게 말하면서, 그는 줄곧 사방을 둘러보았다). 그러니까, 어머니께서 사과하실 필요가 없는 것은 명백하잖습니까. 만일 광기 어린 행위가 있었다면 그것은 물론 제 탓입니다. 따라서 결국 저는 미치광이라는 말이 되지요. 고향에서의 평판을 뒷받침해야 하잖겠습니까.」
 여기서 그는 정답게 어머니를 끌어안았다.
 「아무튼, 이 사건은 끝났습니다. 할말은 다 나왔어요. 그러니까, 이제 이 얘기는 그만두셔도 되는 셈입니다.」하고 그는 덧붙였으나, 그 목소리는 웬지 냉담하고 딱딱하게 들렸다. 바르바라 부인은 이것을 눈치챘으나, 그녀의 감격은 가라앉기커녕 오히려 그 반대였다.
 「나는 말이다, 네가 돌아오는 것은 아직도 한 달이나 남았다고 생각해서, 그 전에 돌아올 줄은 꿈에도 몰랐구나, 니콜라스!」
 「그 까닭을 다 말씀드리겠습니다만, 지금은…….」
 이렇게 말하고 그는 프라스코비야 부인 앞으로 다가갔다.
 부인은 삼십 분 전 처음으로 그가 모습을 나타냈을 때는 까무러치도록 놀랐으나, 이번에는 거의 얼굴도 돌리려고 하지 않았다. 지금 부인에게는 새로운 걱정이 싹트기 시작하고 있었던 것이다. 대위가 방에서 나가려다가 문간에서 니콜라이와 마주친 순간부터 리자가 별안간 웃기 시작했다. 처음에는 낮고 띄엄띄엄 했으나, 차츰 웃음이 더해져서 소리가 커져 누구나 다들을 수 있게 되었다. 그녀는 얼굴을 새빨갛게 해가지고 있었다. 아까의 침울한 모습에 비하면 그 대조가 너무나 심했다. 니콜라이가 바르바라 부인과 이야기하고 있는 동안에 그녀는 무슨 귀띔이라도 했는지, 두 번이나 마브리키를 옆에 불렀다. 그러나, 그가 그녀에게 몸을 굽히기가 무섭게 리자는 금방 깔깔대고 웃기 시작했다. 그래서, 결국 그녀가 가엾은 마브리키를 놀리고 있는 것으로 상상하는 도리밖에 없었다. 그러기는 하나 그녀는 안간힘을 쓰고 참는 듯, 손수건을 얼굴에 갖다대 놓고 있었다. 니콜라이는 매우 순진하고 싹싹한 얼굴로 그녀에게 인사했다.

「저, 제발 용서하세요.」 하고 리자는 재빨리 말했다. 「당신은…… 당신은 물론, 마브리키 씨를 아시죠……. 어머나, 정말 마브리키 씨. 당신은 어쩜 그렇게 싱겁도록 키가 크죠!」

이렇게 말하고 다시 웃기 시작했다. 마브리키는 키가 큰 편이기는 했으나, 결코 싱겁게 큰 편은 아니었다.

「당신은…… 벌써 도착하셨나요?」 하고 그녀는 다시 자기를 억누르고 무언가 쑥스러운 듯이 중얼거렸으나, 그 눈은 번들번들 빛나고 있었다.

「두 시간쯤 됩니다.」 가만히 그녀의 얼굴을 들여다보면서 니콜라이가 대답했다. 아울러 말해 두지만, 그는 적잖이 정중하고 얌전했으며, 그 정중한 점을 빼면, 아주 무관심하고 맥이 빠진 표정이 되는 것이었다.

「어디 사시게 되죠?」

「여깁니다.」

바르바라 부인 역시 리자를 주시하고 있었는데, 이때 문득 어떤 생각이 머리에 떠올랐다.

「니콜라스, 너는 그 두 시간 동안 어디 가 있었느냐?」 하고 부인이 옆으로 다가왔다. 「기차는 열 시에 도착했을 텐데.」

「먼저 표트르 군을 키릴로프네 집으로 데리고 갔습니다. 표트르 군과는 마트베예프 역(셋 앞에 있는 정거장)에서 같은 찻간에 타고, 함께 여기까지 왔지요.」

「저는 새벽부터 마트베예프 역에서 기다리고 있었습니다.」 하고 표트르가 끼여들었다. 「간밤에 제가 탄 열차의 뒷간이 탈선해서 하마터면 다리를 부러뜨릴 뻔했습니다.」

「다리를 부러뜨릴 뻔했다구요！」하고 리자가 소리쳤다.「어머니, 어머니, 지난 주 함께 마트베예프에 가자고 하셨는데, 역시 다리를 부러뜨릴 뻔했네요！」

「아이고, 방정맞은 소리！」하고 프라스코비야 부인은 성호를 그었다.

「어머니, 어머니, 응, 어머니. 만일 내가 정말 두 다리가 부러지더라도 놀라시면 싫어요. 나한테는 있을 법한 일이거든요. 어머니가 말씀하시잖아요, 내가 날마다 말을 마구 몬다고. 마브리키 씨, 내가 절름발이가 되거든 당신이 손을 잡아 주세요！」그녀는 다시 깔깔대고 웃었다.「만일 정말 그렇게 되면, 난 당신 이외엔 결코 아무도 손을 잡지 못하게 하겠어요. 실컷 우쭐대며 기대하고 계세요. 가령 내가 한 쪽 다리라도 부러뜨리면…… 제발, 그것을 행복하게 생각하겠다고 말씀하세요.」

「절름발이가 됐는데 뭐가 행복합니까？」하고 마브리키는 고지식하게 미간을 찌푸렸다.

「그 대신 당신이 내 손을 잡고 다닐 수 있잖아요, 당신 혼자서. 다른 사람은 손을 잡지 못하게 하겠어요.」

「당신은 아마 그때도 나를 이리저리 끌고 다닐걸요. 리자베타 씨.」더욱 고지식한 어조로 마브리키는 중얼거렸다.

「어마, 어쩜담. 이이가 말장난을 하려나 봐！」마치 무서운 말이라도 들은 듯이 리자는 소리쳤다.「마브리키 씨, 앞으로는 결코 그런 야심을 갖지 말아 줘요！ 당신은 어디까지 이기적인지, 바닥을 모르겠단 말예요！ 당신의 명예를 위해서 맹세코 말하지만, 당신은 지금 자기 자신을 비방하고 있어요. 오히려 당신은 아마 아침부터 밤까지『당신은 한쪽 발을 잃고 오히려 재미있는 인간이 되었다』고 나한테 설교할 거예요. 다만 한 가지 어쩔 수 없는 것은, 당신은 그렇게 싱겁도록 키가 크잖아요. 그런데 나는 다리를 잃으면 훨씬 키가 작아지니까. 당신이 내 손을 잡고 다닐 수가 없어요. 우린 아무래도 한 쌍이 될 순 없나 봐요！」

이렇게 말하고 그녀는 병적으로 웃었다. 비꼬아서 하는 말도 들으라고 하는 말도 평범하고 서툰 것이었지만, 그녀는 남의 속셈 따위 생각해 볼 수도 없었던 모양이다.

「히스테리다！」하고 표트르가 내게 소곤거렸다.

「빨리 컵에 물을 떠오게 하시오.」
 그의 짐작은 맞았다. 일 분 후 사람들은 당황하기 시작했다. 물이 나왔다. 리자는 어머니를 안고 뜨겁게 입을 맞추더니, 별안간 그 어깨에 얼굴을 묻고 울기 시작했다. 그런가 하면 금방 몸을 뒤로 젖혀 어머니의 얼굴을 쳐다보면서 느닷없이 깔깔대고 웃는 것이었다. 마침내 어머니도 훌쩍거리기 시작했다. 바르바라 부인은 모녀 두 사람을 얼른 자기 방으로, 아까 다리아가 나온 문으로 데리고 갔다. 그러나, 두 사람이 그 방에 가 있었던 것은 오래지 않았다. 약 사 분이나 그 정도였으며 그 이상은 아니다…….
 나는 지금 이 기억할 만한 아침의 마지막 몇 분 동안을, 한 점 한 획도 빠뜨리지 않도록 애써서 상기할까 한다. 내가 기억하는 바로는 부인들이 나가고(다만 다리아만 자리에서 움직이지 않았다) 우리 남자들만 남았을 때, 니콜라이는 방을 한 바퀴 돌면서 샤토프를 제외한 나머지 사람들과 인사를 나누었다. 샤토프는 여전히 구석에 앉은 채, 아까보다 더 상체를 구부리고 있었다. 스체판 선생은 니콜라이에게 무언가 좀 재치있는 말을 하려고 했으나, 니콜라이가 갑자기 몸을 돌려 다리아 쪽으로 걸어갔다. 그 도중에서 표트르가 거의 억지로 그를 붙잡고 창가로 데리고 가서 무언가 재빨리 소곤거렸다. 그 속삭임에 따르는 얼굴 표정이나 몸짓으로 미루어 뭔가 매우 중요한 이야기인 모양이었다.
 그러나 니콜라이는 매우 무관심한 듯이 멍청하게 평소의 그 형식적인 미소를 띠며 듣고 있더니 나중에는 짜증스러운 표정으로 자꾸만 딴 곳으로 가고 싶은 눈치를 보였다. 그가 창가에서 물러섰을 때, 부인들이 객실로 돌아왔다.
 바르바라 부인은 리자를 원래 자리에 앉히면서, 하다못해 십 분쯤은 편히 쉬며 기다려야 한다, 지금 당장 신선한 공기를 쐬는 것은 피로한 신경에 좋지 않다고 열심히 달래고 있었다. 부인은 어찌된 일인지 쉴새없이 리자를 돌보며 그 곁에 나란히 앉아 있었다. 마침 혼자 있던 표트르는 얼른 그리로 달려가서 재빨리 재미있게 지껄이기 시작했다. 이때 니콜라이는 그 느린 걸음걸이로 마침내 다리아 앞에 다가갔다. 다리아는 그가 다가오는 것을 보자, 앉은 자리에서 갑자기 몸을 꼼지락거리기 시작하더니, 보기에도 겸연쩍은 태도로 얼굴을 새빨갛게 물들이고 자리에서 벌떡 일어섰다.

「당신한테는 이제 축하를 드려도 될 줄 아는데……. 아니면, 아직 멀었습니까?」하고 그는 독특한 표정을 띠면서 입을 열었다.
 다리야는 무언가 이에 대답했으나, 거의 알아들을 수가 없었다.
「실례했으면 용서하십시오.」그는 소리를 높였다.「그러나 당신도 아시겠지만, 나는 소식을 들었기 때문에……. 당신도 그걸 알고 계시지요?」
「네, 당신이 일부러 소식을 들으신 걸 저도 알고 있어요.」
「그런 축하를 드려서, 오히려 방해가 되지나 않았는지 모르겠군요?」하고 그는 웃었다.「만일 스체판 선생이…….」
「무슨, 무슨 축합니까?」느닷없이 표트르가 옆으로 달려왔다.「무슨 축하지요? 다리야 씨! 아! 그 일이군요? 얼굴에 띤 홍조가 증겁니다. 맞았지요? 정말 부덕(婦德)이 높은 아름다운 처녀가 축하 인사를 받는 까닭이 뭘까요? 그리고 그 처녀가 더더욱 얼굴을 붉히는 이유는 뭘까요? 아니, 정말 내 말이 맞았다면, 내 축하도 받아 주셔야지. 그리고, 나하고 내기한 돈을 주십시오. 기억하십니까, 당신이 결혼을 하지 않겠다고 하시길래 스위스에서 내기를 했잖습니까…… 아, 참. 스위스 말이 났으니 말이지. 내가 돌았나 보군? 이게 무슨 꼴이람, 바로 그 일 때문에 왔는데, 하마터면 잊어버릴 뻔했잖아. 저, 아버지」하고 그는 휙 스체판 선생을 돌아보았다.「아버지는 언제 스위스에 가시지요?」
「내가…… 스위스에?」하고 스체판 선생은 깜짝 놀라며 우물쭈물했다.
「예, 아니 그럼, 안 가십니까? 아버지도 역시 결혼하시는 게 아닙니까……. 그렇게 편지에 써보내시고서?」
「피에르!」하고 스체판 선생이 소리쳤다.
「대체, 피에르가 어쨌다는 겁니까……. 만일 이 혼담이 마음에 드신다면, 저로서는 조금도 이의가 없다는 말씀을 드리려고 이렇게 허둥지둥 달려온 것입니다. 한시바삐 제 의견이 듣고 싶다고 하셔서요. 그런데, 만일(하고 그는 재빨리 지껄였다) 그 편지에 아버지가 빌다시피 써보내신 것처럼 정말로 『구원해』 드릴 필요가 있다면, 역시 저는 할 수 있는 데까지 해드릴 작정입니다. 바르바라 부인, 아버지가 결혼하신다는 얘기 사실입니까?」그는 휙 부인을 돌아보았다.「제가 결코 공연히 참견하는 게 아닌 줄 아는데요. 아버지는 그 편지에서, 직접 그런 말씀을 써보내셨거든요. 이제 온 시내에서

다 알고 있어서, 만나는 사람마다 인사를 해서 못 견디겠으니, 그 불쾌함을 피하기 위해서 밤이 되어야만 외출하신다고 말입니다. 그 편지는 지금 내 호주머니에 들어 있습니다. 그런데 부인, 저는 그 편지에 씌어 있는 말을 도저히 종잡을 수 없습니다! 저어, 아버지. 말씀 좀 하세요. 대체 아버지에게 축하를 드려야 하는지 아니면 『구원해』 드려야 하는지, 어느 쪽입니까? 부인, 도저히 곧이 안 들리시겠지만, 아버지 편지에는 마치 행복의 절정에 서 있는 듯한 문구 사이에 절망의 구렁텅이에 빠진 듯한 말이 섞여 있었습니다. 첫째, 아버지는 제게 사과를 하셨어요. 하기야 그런 것은 그런 분들의 성격으로 돌려 버릴 수도 있겠지만…… 암만해도 말하지 않을 수 없는 일이 있습니다. 생각해 보십시오. 한평생에 단 두 번 그것도 아주 우연한 기회에 저를 보신 분이, 이번에 세 번째 결혼을 하기 직전에 와서, 갑자기 『그런 짓을 하다가는, 그애에 대한 부모의 의무에 어긋나는 것이 된다』느니 생각하고는, 천 리나 떨어진 곳에서 『화내지 말아 다오. 용서해 다오』 하고 애원하고 있지 않겠습니까? 아버지, 화내시면 안 됩니다. 이것도 시대의 특징이니까, 저는 넓은 견지에서 보아 결코 비난할 생각은 없습니다. 오히려 그것을 아버지의 좋은 점으로 보아도 된다고 생각해왔습니다. 그건 그렇고, 무엇보다도 중요한 것은 그 중요한 점을 도무지 나는 알 수 없다는 점입니다.

그 편지에는 무언가 『스위스에서의 죄』니 어쩌니하고 씌어 있었어요. 죄에 의해선지, 남의 죄 때문인지, 아무튼 뭐 그런 것 때문에 결혼한다는 얘기였는데, 어떻게 씌어 있었는지는 똑똑히 기억이 없지만, 간단히 말해서 『죄』라는 말이 씌어 있었습니다. 『처녀는 진주에도, 야광의 구슬에도 비할 만』 했으니까, 물론 아버지는 『그것을 받을 만한 가치없는 자』가 틀림없지요. 그런 사람들이 곧잘 쓰는 표현이지요. 그런데, 무슨 죄인지 사정인지 때문에 『부득이 결혼을 하지 않을 수 없어 스위스에 갈 운명이 되었다』는 것입니다. 이런 까닭이니 『만사를 제쳐놓고, 빨리 달려와 나를 구원하라』……이런 투입니다. 암만해도 도무지 납득이 안 갈 수밖에 없잖습니까?…… 그런데…… 그런데, 여러분의 표정을 보니…」(그는 순진한 미소를 띠고, 좌중의 얼굴들을 둘러보며, 편지를 든 채 이리저리 몸을 틀었다), 「암만해도 나는 평소의 개방적인 성격 때문에 ……아니, 니콜라이 군이 말하는 성급한 성격 때문에 무언가 실수를 저지른 것 같군요. 저는 여기 계시는 여러분을 내 친구……

아니, 아버지의 친구분들이라고 생각하고 있었는데, 사실상 저는 난데없이 뛰어든 제삼자였군요. 보아하니…… 보아하니 여러분은 무언가 알고 계시는 것 같은데, 저는 그 『무언가』를 모른단 말입니다.」

그는 끊임없이 사방을 두리번거렸다.

「그럼, 스체판 선생님이 당신에게 그런 편지를 보내셨군요. 『스위스에서 저지른 남의 죄』와 결혼한다고, 그러니 한시바삐 『구원』하러 와달라, 이런 표현이었군요?」 하고 갑자기 바르바라 부인이 다가왔다. 얼굴은 누렇게 일그러지고, 입술이 꿈틀꿈틀 떨고 있었다.

「말하자면, 저 뭡니까, 만일 이 사건에 대해서 무언가 제가 납득할 수 없는 점이 있다면…」 표트르는 몹시 얼떨떨해진 모습으로 더욱 당황하기 시작했다. 「그건 물론, 아버지가 그런 투로 쓰셨기 때문에 나쁩니다. 이것이 그 편집니다. 아시겠지만, 부인, 이런 편지가 연거푸 오더란 말입니다. 더욱이 최근 몇 달 동안은 거의 연이어 왔어요. 그래서 사실은요, 저도 어떤 때는 끝까지 다 읽지 못하는 수가 있을 정도였죠. 아버지, 용서해 주십시오. 바보 같은 실토를 다하고. 그러나 생각해 보면, 제 앞으로 되어 있긴 하지만, 오히려 자손 대대로 전하기 위해서 쓰셨을 테니까, 제가 읽으나 안 읽으나 마찬가지지요……. 아무튼 그렇게 화내시면 안 됩니다. 뭐니뭐니해도 우리 두 사람은 한가족이 아닙니까? 그러나 이 편지는 말입니다. 부인, 이 편지는 끝까지 읽었지요. 이 『죄』 말입니다, 이 『남의 죄』라는 것은, 아마도 무언가 하찮은 아버지 자신의 죄일 것입니다. 전, 내기를 해도 좋습니다만 아주 순진한 죄일 것입니다. 그걸 죄인의 목에 씌운 칼이나 발목에 채운 쇠사슬처럼 사용해서, 고결한 뉘앙스를 띤 무서운 소동을 조작하고 싶은 생각이 문득 든 것이 틀림없습니다. 더욱이 오직 그 고결한 음영(陰影)을 위해서만 시작한 것입니다. 아시겠지만, 우리는 마침 금전 문제로 난관에 부딪친 일이 있습니다. 이건 꼭 고백해야 하겠습니다. 아버지는 아시다시피, 트럼프에는 아직 조심성이 없는 편이라서요……. 하지만, 이건 부질없는 얘기군요. 아주 쓸데없는 얘깁니다. 나쁜 소리를 했나 봅니다. 저는 아무래도 말이 너무 많아서요. 하지만, 실제로 부인, 저는 그만 아버지의 협박을 받고 정말 아버지를 『구원』해 드릴 기분이 된 것인데, 이래서야 내 자신이 쑥스러지네요. 대체, 제가 아버지 목에 비수라도 들이대고 있습니까? 그렇게 제가 야박한 빚쟁이로 보입니까? 아버지는 지참금이 어쩌고어쩌고 하셨는데……. 그건 그렇고, 아버지. 대체 정말로 결혼하시는 겁니까? 안 하시는 겁니까? 이제 속시원히 얘기해 주시면 어때요. 정말 그렇게 될지도 모르는데, 대체가 우리는 언제까지나 지껄이고, 지껄이고, 또 지껄여대지만, 정말 오직 말을 위한 수다에 지나지 않거든요……. 아, 부인. 이제는 저도 각오하고 있습니다. 아마 부인은 저를 나쁘게 생각하고 계실 테죠. 다시 말해서 그 말 때문에……」

「천만에요. 오히려 당신이 참다 참다 더 못 참게 된 것을 나도 잘 알 수 있어요. 그리고 그건 정말 당연한 일이라고 생각해요.」 하고 바르바라 부인은 표독스럽게 받았다.

그녀는 표트르의 『정직한』 수다를 짓궂은 기쁨으로 끝까지 들었다. (표트르가 무슨 연극을 꾸미고 있는 것은 분명했으나, 그것이 무슨 연극인지 당시의 나로서는 알 수 없었다. 그러나 그 방법이 무척 뻔뻔스러웠음은 다툴 여지도 없었다.)

「오히려」 하고 부인은 말을 이었다. 「당신이 그렇게 말을 꺼내 주신 것을 나는 오히려 고맙게 생각하고 있어요. 당신이 얘기해 주시지 않았던들, 이대로 모르고 지날 뻔했거든요. 나는 이십 년만에 지금 비로소 눈을 떴습니다. 니콜라이, 너는 아까 일부러 보내준 소식을 받았다고 했는데, 너한테도 스체판 선생이 그런 투의 편지를 보내신 게 아니냐?」

「저는 그분에게서 매우 순진하고, 그리고…… 그리고…… 매우 고결한 편지를 받았습니다…….」

「몹시 난처해하는구나. 말이 막히는구먼, 그래 좋다! 스체판 선생, 당신에게 새삼 부탁드릴 일이 있어요.」 하고 부인은 눈을 번들거리면서 그쪽을 돌아보았다. 「제발, 여기서 나가 주세요. 그리고 앞으로 우리 집 문지방 안에 들어서면 안 됩니다.」

독자 여러분, 아직도 여전히 스체판 선생의 가슴속에서 여운이 사라지지 않고 있는 아까의 그 『감격』을 상기해 주시기 바란다. 물론 스체판 선생 자신이 나빴던 것은 틀림없다! 그러나, 그때 나를 아주 놀라게 한 일이 있다. 다름이 아니라, 페트루샤(표트르의 애칭)의 『폭로』에 대해서나, 바르바라 부인의 『저주』에 대해서나, 한 마디도 막으려 하지 않고, 놀랄 만한 위엄을 간직하며 의연히 서 있었다는 사실이다. 대체 어디서 그만한 기력이 솟았을까? 아까 페트루샤와의 해후 때(다시 말해서, 조금 전의 그 포옹에서), 그가 깊은 모욕을 느낀 것은 의심할 수 없는 일이다. 그것만은 나도 알았다. 그것은 적어도 그의 눈으로 보아, 진실로 깊은 마음의 상처였다. 그러나 그 순간 그는 또 다른 슬픔을 느끼고 있었다. 그것은 자기가 비열한 짓을 했다는 찌르는 듯한 자각이었다. 이것은 나중에 그가 그 개방적인 기질로 나에게 고백한 일이다. 그런데 참된 슬픔은 그 독특한 특징으로 어쩌다가 잠시 동안이나마 흔들흔들하는 인간에게 든든하고 굳건한 태도를 갖게 하는 법이다. 뿐만 아니라, 진정으로 우러나는 슬픔으로 말미암아, 바보도 때로는 영리해지는 수가 있다. 물론 잠시 동안이지만, 이것이 참된 슬픔의 특징이다. 만일 그렇다면, 스체판 선생 같은 사람의 마음 속에 생기는 것은 무엇일까? 물론 위대한 전환이다. 그러나, 그것 역시 잠시 동안에 지나지 않는다.

그는 바르바라 부인에게 위엄있는 태도로 가볍게 인사를 했으나, 한 마디도 입을 열지 않았다(하기야, 그 이상 할 일도 없었던 것이다). 그는 그대로 나가려고 하다가, 마침내 참지 못하고 다리아 쪽으로 다가갔다. 다리아는 그의 마음속을 눈치챈 모양으로, 서둘러 선수를 치려는 듯이 움찔 놀라면서 얼른 자기가 먼저 입을 열었다.

「제발, 스체판 선생님. 아무 말씀도 마세요.」 그녀는 얼굴에 병적인 표정을 띠고, 허둥지둥 손을 내밀며 열띤 어조로 빨리 말했다. 「저는 지금도 역시 똑같이 선생님을 존경하고…… 똑같이 선생님의 가치를 이해하고 있어요. 정말이에요, 그러니까…… 저도 역시 좋게 생각해 주세요. 스체판 선생님, 그러면 저도 무척 고맙게 생각하겠어요…….」

스체판 선생은 가볍게 공손히 그녀에게 인사했다.

「오직 네 생각에 달려 있다. 다리아, 이 일에 대해서는 죄다 네 생각에 맡겨 놓고 있으니까! 전에도 그랬고, 지금도 그래. 앞으로도 그럴거고.」 하고 바르바라 부인은 묵직하게 말했다.

「호오! 그렇구나, 이제야 다 알았다!」 하고 표트르는 자기 이마를 탁 쳤다. 「그러나…… 그러나, 그러고 보니, 내 입장은 어떻게 되는 겁니까? 다리아 양, 제발 용서해 주십시오! 대체 아버지는 나를 무슨 꼴로 만드셨지요, 네?」 하고 그는 아버지를 돌아보았다.

「피에르, 너 나한테 어떻게 달리 좀 말하는 방법도 있을 법하잖느냐, 응,

애야.」하고 스체판 선생은 아주 작은 소리로 말했다.
「제발 소리치지 말아 주십시오.」하고 피에르는 두 손을 내저었다.「그건 늙은이의 약해진 신경 탓입니다. 소리쳐 봐야 아무 소용도 없어요. 그보다 내가 묻고 싶은 것은, 나라는 인간은 들어서기가 무섭게 지껄이기 시작한다는 것쯤은 아버지도 대강 상상하실 만도 한데, 어째서 미리 함구시켜 주시지 않았습니까?」

스체판 선생은 뚫어질 듯이 자기 아들을 바라보았다.「피에르, 너는 이곳 사정을 그렇게도 잘 알면서, 이 일에 대해서만은 아무것도 몰랐더냐, 아무 말도 듣지 못했더냐?」

「뭐라구요? 참 기가 차는 분들이다! 나이먹은 어린애만으로는 모자라서, 심술궂은 어린애이기도 하단 말야. 바르바라 부인, 아버지 말씀 들으셨습니까?」

방안이 수선스러워졌다. 그리고 갑자기, 아무도 생각지 못한 소동이 일어난 것이다.

8

우선 먼저 말해 두어야 할 것은, 마지막쯤 되었을 때, 리자베타가 무언가 새로운 혼란 상태에 빠진 것이다. 그녀는 어머니와 무언가 재빨리 소곤거리기도 하고, 자기 쪽으로 몸을 굽혀오는 마브리키에게 귀띔을 하기도 했다. 그 얼굴은 불안스러워 보였지만, 동시에 단호한 빛을 띠고 있었다. 이윽고 돌아가기를 서두르는 듯이 자리에서 일어나더니 어머니를 재촉하기 시작했다. 마브리키가 그 손을 잡고 안락의자에서 부축해 일으키려 했다. 그러나 그들은 이 자리의 상황을 마지막까지 보지 않고는 떠날 수 없는 운명이 되어 있었던 모양이다.

리자베타에게서 그리 멀지 않은 한쪽 구석에 다른 사람들과 떨어져 외 토리로 앉아 있던 샤토프는 자기가 왜 여기를 떠나지 않고 언제까지 앉아 있는지 자기도 영문을 모르는 듯하더니, 갑자기 의자에서 벌떡 일어나 조용히 착실한 걸음걸이로 방을 가로질러 니콜라이 앞으로 나아갔다. 똑바로 그의 얼굴을 쳐다보면서, 니콜라이는 벌써 멀리서 그 동작을 깨닫고 엷게 빙긋 웃었다. 그러나 샤토프가 바로 코 앞에까지 다가왔을 때는 이미 웃음은 사라지고 없었다.

샤토프가 지그시 눈을 떼지 않고, 말없이 그의 앞에 우뚝 섰을 때, 사람들은 홀연히 이것을 깨닫고 갑자기 조용해졌다. 제일 늦게 깨달은 것은 표트르였다. 리자와 어머니는 방 한가운데서 걸음을 멈추었다. 이리하여 오 초쯤 흘렀다. 니콜라이의 얼굴에 나타났던 대담한 모멸의 표정은 이윽고 분노의 빛으로 바뀌어갔다. 그는 이맛살을 찌푸렸다. 그러더니 느닷없이……

느닷없이 샤토프는 길고 묵직해 보이는 손을 쳐들어 힘껏 그의 볼을 후려쳤다. 니콜라이는 그 자리에서 몹시 비틀거렸다.

샤토프가 때리는 방법은 좀 별났다. 보통 뺨을 때릴 때는 손바닥을 쓰는 법인데(이런 말을 할 수 있는지 없는지 모르지만), 그는 주먹을 썼다. 그의 주먹은 크고 묵직하면서 뼈마디가 굵은 데다가 붉은 털이 숭숭하게 나 있고, 주근깨 투성이였다. 만일 콧잔등이라도 맞았더라면, 코뼈가 으스러졌을지도 모른다. 그러나 주먹은 입술과 윗니의 왼쪽을 스치고 볼에 맞았으므로 금방 입에서 피가 흐르기 시작했다.

그때 한순간, 아, 하는 외마디 소리가 일어난 듯한 기분이 든다. 아마 바르바라 부인이었을 것이나, 곧 다시 조용해졌으므로 똑똑히 기억하지 못한다. 이 사건은 불과 십 초도 계속되지 않았던 것이다.

그러나 이 십 분 동안에 무척 많은 일이 일어났다.

여기서 다시 한 번 독자에게 미리 말해 둔다. 니콜라이는 무서움을 모르는 사람의 범주에 속할 만한 소질을 갖고 있었다. 결투할 때도 상대편의 총구 앞에 태연자약하게 서 있을 수도 있었고, 야수처럼 잔인하게 유유히 상대편을 겨누어 쏘아 죽일 수도 있었다. 만일 누가 그의 뺨을 때리기라도 하는 날이면, 결투를 신청할 것도 없이 그 자리에서 당장 그 무례한 자를 죽여 버렸을 것이다. 실제로 그는 그런 성질의 인간이었으므로 죽이는 데도 완전한 의식을 가진 채로이며, 결코 앞뒤를 잊어버리는 일이 없다. 생각해 볼 여유도 없이, 현기증 같은 분노의 발작 따위는 한 번도 경험한 일이 없지 않았을까 하고 여겨진다. 때로 그의 온몸을 불태운 깊이 모를 증오를 느낄 경우에도 역시 언제나 자기 자신에 대한 지배력을 잃지 않고 있을 수 있다. 따라서 결투

이외의 자리에서 사람을 죽이면, 도형(徒刑)에 처해진다는 것을 잘 분별할 수 있지만, 그래도 역시 아무런 주저도 없이 그 무례한 자를 죽여 버렸을 것이 틀림없다.

나는 최근 끊임없이 니콜라이의 인물됨을 연구하고 있었으므로 지금 이것을 쓰는 데 있어서도 여러가지 특별한 사정으로 무척 많은 사실을 알 수 있었다. 그래서, 나는 지금 세상에 갖가지 전기적인 추억을 남기고 있는 과거의 어떤 인물과 이 니콜라이를 비교해 보면 어떨까 하고 생각한다. 이를테면, 데카브리스트(1825년에 반란을 일으켰던 12월당원) 인에 대해서도 여러 가지 이야기가 있다. 다름 아니라 그는 평생 동안 일부러 위험을 찾아 그 감각을 맛보고, 그것을 자기 천성의 요구로 만들어 버렸다고 한다. 젊을 때는 까닭없이 결투를 시작하고, 시베리아에 가서는 칼 한 자루로 곰 사냥을 하러 가거나, 숲속에서 탈옥수를 만나기를 좋아했다. 아울러 말해 두지만, 탈옥수는 곰보다도 더 무서운 것이다. 의심할 것도 없이, 이와같은 전기 소설의 주인공 같은 사람들도 공포의 감정을 느낄 수 있었을 것이 틀림없다. 혹은 아주 강하게 느꼈을지도 모른다. 그렇지 않았더라면, 그들은 훨씬 온화한 생활을 하고, 위험의 감각을 자기 본성의 요구로 만드는 일은 하지 않았을 것이다. 오직 자기 마음 속의 두려움을 정복한다는 것, 이것이 바로 두말할 것도 없이 이 사람들을 매혹해 버린 것이다.

끊임없이 승리의 쾌감에 취하고, 이제 자기를 정복할 수 있는 자는 없다고 의식하는 것, 이것이 그들을 유혹한 것이다. 그는 유형 전에도 한참 동안 굶주림과 싸우며 고된 노동으로 자기의 빵을 얻은 적이 있다. 그것은 오로지 돈 많은 아버지의 요구가 잘못되어 있다면서, 끝내 그의 말을 들으려고 하지 않았기 때문이다. 그러니 그의 투쟁의 뜻을 매우 다방면으로 이해하고 있었으므로, 결코 단순히 곰이나 결투만으로 자기 자신의 힘이나 저항력을 자랑한 것은 아니다.

그러나 그 시대에서 보면 많은 세월이 흘렀다. 그리고 지칠대로 지쳐서 신경질이 되듯, 아울러 이중 삼중으로 분열된 현대인의 성격으로 보아 태평스러운 옛 세상에서 파란 많은 생활을 보낸 사람들이 추구하던 직접적이고 순일한 감각의 요구 따위는 도저히 바랄 수도 없다. 니콜라이 같은 사람은 이 데카브리스트를 높은 데서 내려다보듯 하면서, 어쩌면 수탉처럼 허세만 부리는 겁쟁이라고까지 혹평했을지도 모른다(하기야, 입밖에 내어 말하지 않았을지 모르지만). 그도 결투로 사람을 죽이기도 했을 것이다. 필요하면 곰 사냥도 갔을 것이다. 숲속에서 강도를 처치하기도 했을 것이다. 더욱이 데카브리스트 못지않은 수완을 나타내 보였을 것이 틀림없다. 그 대신 조금도 쾌감을 느낌이 없이 오로지 불쾌한 필요에 못 이겨, 마음내키지 않는 성가신 태도로 했을 것이다. 어쩌면 하품마저 씹었을지 모른다. 그러나 증오하는 점에 있어서는 물론 데카브리스트에 비해서나 레르몬토프(시인.《악마》《현대의 영웅》등의 작자)에 비해서 진보의 흔적이 보인다. 니콜라이는 이 두 사람을 합친 것보다 더 많은 증오를 축적하고 있었는지도 모른다. 그러나 그것은 차갑고 차분한 증오이며, 묘한 표현이지만 이지적인 것이다. 그러므로 이 세상에서 가장 독하고 가장 무서운 증오이다. 다시 한 번 되풀이하여 말하지만, 나는 당시 이렇게 믿고 있었다(이제 모든 것이 끝장을 본 지금에 와서도 나는 역시 그렇게 믿고 있다). 말하자면 그는 누구에게 뺨을 얻어 맞거나, 혹은 그와 마찬가지로 심한 모욕을 당하면, 결투 따위를 신청하지 않고 그 자리에서 상대방을 죽여 버리는 그런 성격의 인간인 것이다.

그런데 이때 일어난 일은 왠지 좀 이상하고 기괴했다.

그가 얼굴을 얻어맞고 보기 흉하게 옆으로 비틀거리면서 거의 상반신이 완전히 기울어졌다가 간신히 몸을 바로 세웠을까 말까한 순간이었다.

얼굴 한가운데를 때린, 물기라도 품은 듯한 주먹 소리가 아직도 사라지지 않고 방안에 떠돌고 있는 듯이 여겨지는 순간, 그는 갑자기 두 손으로 샤토프의 어깨를 움켜잡았다. 그러나 곧 거의 같은 순간에 그는 다시 두 손을 뒤로 뽑아 자기 등 뒤에서 뒷짐을 졌다. 그리고 말없이 샤토프를 쏘아보았는데, 그 얼굴은 흰 셔츠처럼 창백했다. 그러나 이상하게도 그의 눈에 번들거리던 빛이 재빨리 사그라지는 듯했다. 십 초 후, 그의 눈초리는 본디의 냉정을 되찾았으며, 그리고(나는 거짓말을 하고 있지 않다고 확신한다) 아주 온화해졌으나, 얼굴만은 무섭게 창백했다. 나는 그 내심이 어떠했는지는 모른다. 다만 겉으로 본 것을 말할 뿐이다. 만일 누가 자기의 의지력을 시험하기 위해서 새빨갛게 단 쇠막대기를 손바닥에 꽉 쥐고, 십 초 동안 견디기 어려운 아픔과 싸워 마침내 이겨냈다고 한다면, 그 사람은 지금 니콜라이가 십 초 동안 겪은 것과 거의 비슷한 기분을 맛볼 것이라고 나는 느꼈다.

두 사람 중에 먼저 눈을 내리깐 것은 샤토프였다. 암만해도 그렇게 하지 않을 수 없었던 모양이다. 그리고 천천히 방향을 돌려 방에서 쓱 나가 버렸다. 그러나 그 발걸음은 아까 니콜라이 앞에 다가갈 때와는 전혀 달랐다. 그는 웬지 특히 볼품이 없이 어깨를 뒤로 치켜올리고 목을 깊숙이 앞으로 숙인 채, 무언가 자문자답하면서 조용히 나가 버렸다. 무언가 조그만 소리로 혼잣말을 한 것처럼 여겨졌다. 문간까지는 조심스러운 발걸음으로 어디 부딪치거나 무엇을 넘어뜨리지도 않고 무사히 도착했지만, 문을 겨우 좁다란 톱니바퀴만큼만 열고, 몸을 거의 옆으로 하여 빠져나갔다. 문에서 빠져나갈 때, 언제나 머리 뒤통수에 곤두서 있는 한 주먹의 머리칼이 유달리 두드러지게 눈에 띄었다.

이어서 일어난 사람들의 고함소리에 앞서, 누군가의 무서운 비명소리가 울렸다. 다름이 아니라, 리자베타가 어머니의 어깨를 붙잡고 마브리키의 손을 쥔 채, 두 사람을 방 밖으로 끌어내려고 두세 번 확확 끌고 갔으나, 별안간 크게 한 마디 소리를 지르고는, 방 바닥에 옆으로 넘어져 까무러치고 만 것이다. 그녀가 머리 뒤통수를 양탄자에 탁 부딪히는 소리를 나는 지금도 생생하게 듣는 기분이다.

제 2 부

...... 사회주의는 그 본질상 무신론이어야
할 것이다. 왜냐하면 그들은 벽두부터
자기들은 무신론적 조직에 따라
기필코 과학과 이지를 기초로 하여
사회 건설을 해야 한다고
선언하고 있기 때문이다. ......

제1장 밤

1

그로부터 여드레가 지나갔다. 이제 모든 것이 종말을 고하고 내가 이렇게 기록을 하고 있는 지금에 와서는 사건의 진상도 상세히 알게 되었지만, 당시 우리들은 아무것도 몰랐기 때문에 여러 가지 일들이 자연히 이상스럽게만 여겨졌다. 적어도 나와 스체판 선생은 처음 한동안은 외출을 삼가고 멀리서 두려워하며 관찰하고만 있었던 것이다. 다만 나만이 가끔 이곳저곳 쫓아다니며 전과 같이 여러 가지 소식들을 알아왔다. 사실 그렇게 하지 않았더라면 하루도 살아가지 못하였을 것이다.

온 거리에 아주 구구한 풍설이 떠돌았던 것은 물론 말할 필요도 없는 일이다. 즉 『따귀를 맞은 일』이라든가, 리자베타의 졸도라든가 그 밖에 일요일에 일어났던 일들에 대한 풍설이다. 다만 어떻게 해서 그 사건이 이렇게 신속 정확하게 표면화되고 말았는지 이것만은 정말 놀라운 일이었다. 당시 그 자리에 있었던 사람들 중에 사건의 비밀을 누설할 만한 사람도 없었거니와 그렇게 해서 이득을 볼 만한 사람도 없었던 것 같다. 하인들은 한 사람도 그 자리에 없었다. 다만 한 사람, 레뱌드킨만이 뭔가 지껄여댔을지도 모른다. 그러나 화풀이는 아니다. 그것은 그때 온통 겁을 먹고 나가 버린 것을 봐도 명백하다(적에 대한 공포는 증오하는 마음을 없애는 법이다). 그래서 정말 참을 수 없어서 지껄였는지도 모른다. 레뱌드킨 오누이는 바로 그 다음 날 행방불명이 되어 버렸다. 그들은 필립포프네 집에서도 보이지 않았고 마치 꺼져 버린 것처럼 흔적도 없이 모습을 감췄던 것이다. 나는 샤토프를 만나서 마리아의 일을 물어 보려고 하였으나, 그는 방문을 닫아걸고 이 여드레 동안 마을에서의 일마저 팽개친 채 집안에만 틀어박혀 있었던 모양이다. 그는 나를 만나 주지 않았다. 나는 화요일에 그의 집에 들러 문을 두드렸으나 대답이 없었다. 하지만 어떤 정확한 소식에 의해 그가 집에 있다는 것을 확인한 나는 다시 한 번 문을 두드려 봤다. 그때 그는 침대에서 뛰어내린 듯 성큼성큼 문앞으로 다가오더니 목청껏 소리를 질렀다. 「샤토프는 집에 없소!」 그래서 나는 그대로 와버렸다.

나와 스체판 선생은 자신들의 대담한 상상에 다소 두려움을 느끼면서도 서로 상대방을 격려해가며 어떤 한 가지 생각을 시인하기에 이르렀다. 즉 아무도 있을 수 없다고 단정해 버린 것이다. 그는 그로부터 얼마 지난 후 아버지와 이야기를 나누면서, 사건 후 처음으로 만난 사람들은 누구나가 다 그런 소문을 말하고 있었으며, 특히 클럽에서는 그것이 가장 심했고, 지사 부인도 지사 나리 자신도 여러 가지 세밀한 점까지도 환히 알고 있더라는 등 열심히 변명을 하고 있었다. 더욱 놀라운 일은 그 다음 날, 즉 월요일 저녁 무렵 내가 리푸친을 만났을 때 그는 벌써 모든 것을 샅샅이 알고 있었다. 어쨌든 이 사나이야말로 제일 먼저 냄새를 맡았다고 볼 수 있다.

부인네들도(극히 상류에 속하는 사람들까지도) 그 『수수께끼의 절름발이』 즉 마리아의 신상에 호기심을 갖기 시작한 이가 많았다. 그리고 꼭 만나서 친히 사귀고 싶다고 말하는 이도 나왔다. 이러니 서둘러 레뱌드킨 오누이를 숨겨 버린 사람들의 행동은 꽤 기민하다고 하지 않을 수 없다. 그러나 뭐니뭐니해도 가장 문제가 된 것은 리자베타의 기절이었다. 하여간 이 일이 친척이자 보호자인 지사 부인 율리아 미하일로브나와 관계되어 있다는 점만을 보더라도 『전 사교계』의 주의를 끌기에는 충분하였다. 사람들은 온갖 요설(饒舌)을 퍼부었다. 이 요설을 조장한 것은 꼭 비밀이 있음직한 분위기 그것이었다. 양가의 문은 굳게 닫혀 버렸다. 들리는 바에 의하면 리자베타는 열병으로 누워 있다고 하며 니콜라이에 대해서도 그와 똑같은 소문이 퍼졌다. 더욱이 이가 하나 빠졌다든가 뺨이 부어올랐다든가, 싫증이 날 정도로 자질구레한 얘기가 꼬리를 물고 일어났다. 또 구석에서는 수군수군 이런 얘기도 있었다——어쩌면 이 거리에서 살인이 일어날지도 모른다. 스타브로긴은 절대로 모욕을 참을 만한 사람이 못 되므로 틀림없이 샤토프를 살해하고 말 것이다. 그러나 남몰래 마치 코르시카 섬의 『복수』처럼 비밀리에 해치울 것이다――이러한 생각은 마을 사람들의 마음에 들었지만, 사교계의 젊은 사람들은 대부분 내가 알 바 뭐냐 하는 식의 무관심을 보이고(물론 그런 체하는 부자연스러운 태도였지만) 자못 경멸하는 듯한 태도로 듣고 있었다.

한마디로 말하면 이 마을 사람들의 니콜라이에 대한 오래 된 적의(敵意)가 재차, 그리고 분명히 나타난 것이다. 신분이 훌륭한 사람들까지도 그 자신 무슨 일인지 알지도 못하는 주제에 무턱대고 그를 공격하기 시작했다. 그리고 뒤에서 리자베타의 정조는 그로 인해 짓밟혔다느니 두 사람은 스위스에서 이상스러운 관계가 있었다느니 하고 수군대었던 것이다. 물론 조심스러운 사람들은 자중하고 있었지만 모두들 그런 소문을 좋아라고 귀담아 듣는 것이었다. 그 밖에 또 다른 소문도 있었다. 그것은 일반적인 것이 아니고 부분적인 풍설로 간간이 비밀처럼 전해졌던 것인데, 그 내용은 놀랍게도 기괴한 것이었다. 내가 이런 풍설의 존재를 일부러 여기에 끄집어내는 것은 다만 앞으로 전개되는 사건의 예비지식으로서 독자들에게 주의를 환기시키는 데 불과하다. 그것은 이러하다. 어디다 근거를 두고 말하는 것인지는 모르겠으나, 니콜라이는 무슨 특별한 용무가 있어서 이 현으로 온 것이다, 그는 K백작을 통하여 페체르부르그에서도 극히 상류 사회에 발을 들여 놓았으므로 어쩌면 정부 부처에 근무하고 있는지도 모른다, 그래서 누구로부터 어떤 특별한 임무를 부탁받고 이곳에 온 거다, 이런 사유를 눈살을 찌푸리며 얘기하는 사람들도 있었다. 극히 완고하고 신중한 사람들은 이 소문을 듣고 싱긋이 웃으면서, 시종 추문으로 소란을 피워왔고, 이 마을에 오기가 바쁘게 볼이 부은 녀석이 무슨 관리겠느냐고 지극히 당연한 의견을 말하고 있을 때, 또 한편에서는 수군거리기를 니콜라이는 공공연히 근무하고 있는 것이 아니라 이를테면 비밀 임무를 수행하고 있으므로 될 수 있는 한 관리처럼 안 보이는 게 좋지 않겠느냐고 대꾸했다. 이 대꾸는 상당히 효과를 거두었다. 왜냐하면 이 현의 자치단이 중앙에서 어떤 특별한 주의를 받고 있다는 일은 이미 이 고장 사람들에게 알려져 있었기 때문이다. 그러나 되풀이해서 말하지만, 이 소문은 니콜라이가 왔을 무렵 잠깐 비쳤을 뿐 곧 흔적도 없이 사라져 버렸다. 그러나 여기서 말해 둘 것은, 이런 여러 가지 소문의 근원이 된 것은 얼마 전에 페체르부르그에서 돌아온 근위대의 예비역 대위 아르체미 가가노프가 클럽에서 누설한 불명료하고 단편적인, 그러나 심술궂은 몇 마디의 말이었다. 이 사람은 현내에서나 군내에서나 대단히 큰 지주로, 더구나 도시에서 자라고 세상일에 밝은 교제가였지만, 이 사람이야말로 니콜라이가 사 년 전 형언할 수 없이 난폭하고 괴이한 충돌을 일으켰던, 마을에서 어른으로 대접받던 고(故) 파벨 가가노프의 아들이었다. 이 충돌 사건은 소설의 첫머리에서 얘기했었다.

또 다음 사실도 금방 세상 일반에게 알려졌다. 다름 아닌 율리아 렘브케 부인이 바르바라 부인에게 뭔가 특별한 용무로 찾아갔더니 『기분이 좋지 않아 만날 수 없다』고 현관에서 거절당했다는 것이다. 이 방문이 있은 지 이틀 후 율리아 부인은 일부러 사람을 보내어 바르바라 부인의 용태를 묻게 하였다. 그런 다음 그녀는 마침내 가는 곳마다 바르바라 부인을 변호하게끔 되었다. 특히 그것은 가장 고상한 뜻, 즉 극히 막연한 뜻에서의 변호였다. 말하자면 그 일요일의 사건에 대하여 우선 최초로 전해진 성급한 풍자를 그녀는 참으로 엄숙하고 냉정한 태도로 흘려들었기 때문에 이삼 일이 지나는 동안에 다시 그녀 앞에서 그런 얘기를 끄집어내는 일도 없어져 버렸다. 이런 형편이었으므로 율리아 부인은 이 신비한 사건을 전부 알고 있을 뿐만 아니라 그 이면의 신비한 뜻마저도, 세밀한 점에 이르기까지 이해하고 있었다. 부인은 결코 단순한 국외자가 아니라 사건의 직접 관계자임에 틀림없다는 생각이 가는 곳마다 확고부동한 것이 되어 버렸다. 곁들여 말해 두지만, 그녀는 이전에 열심히 추구하고 갈망하던 상류 사회에서의 세력을 점차적으로 획득하기 시작했다. 점점 많은 사람들에게 『둘러싸인』 자기 자신을 발견하게끔 되었다. 사회의 일부는 그녀의 실제적인 재지(才知)와 수완을 시인했다…….그러나 이 얘기는 나중으로 미루기로 하자. 그러나 당시 아버지 스체판 선생마저 놀라 자빠질 정도로 만든 우리 사교계에 있어서의 표트르의 눈부신 인기는 어느 정도 렘브케 부인이 이끌어 준 덕이었다.

혹은 나나 스체판 선생이 과장된 생각을 하고 있었는지도 모르지만 표트르는 첫째, 온 지 나흘밖에 안 되는 동안에 금방 온 시내 사람들과 알게 되었다. 그가 모습을 나타낸 것은 일요일이었는데, 화요일에는 벌써 아르체미 가가노프와 한 마차에 타고 있는 것을 보았다. 이 가가노프는 세상에 잘 알려진 인물이었지만, 오만하고 성미가 급하고 건방진 성질이었으므로 이 사람과 친하게 어울린다는 것은 참으로 곤란한 일이었다. 표트르는 또 현 지사의 집에서도 상당히 좋은 대접을 받아서 순식간에 가까운 지기(知己)라기보다는 마음에 드는 청년이라는 위치를 획득하고 말았다. 그리고 매일처럼 율리야 부인 집에서 식사를 하는 것이었다. 그는 원래 스위스에서 부인과 알게 되었지만, 그래도 각하 집에서의 그의 이러한 파격적인 인기는 정말 뭔가 수수께끼처럼 느껴질 정도였다.

거기다, 그는 또 한때 외국에서 활동했던 혁명가로 통하게 되었다. 참말인지 거짓말인지는 몰라도 뭔가 해외에서 비밀 출판사업과 회의 같은 데 참여했다는 소문도 있었다. 『그것은 신문을 가지고 와서 증명할 수 있다.』고 알료샤 첼랴트니코프가 언젠가 나를 만났을 때 자못 밉다는 듯이 말한 일이 있다. 그는 원래 구지사의 집에서 환대받던 청년이었지만 지금은 가엾게도 한낱 퇴직 관리에 불과하다. 그러나 여기에 하나의 사실이 엄연히 놓여 있다. 다름이 아니라, 과거에 혁명 운동에 참여했던 사나이가 지금 이 『환대하는』 조국에 모습을 나타내었는데 조금도 성가신 꼴을 당하지 않을 뿐더러 오히려 환영을 받고 있으니 말이다. 그러고 보면 아마 아무 일도 없었는지도 모른다. 한 번은 리푸친이 나에게 이런 말을 몰래 귀띔해 준 일이 있었다. 소문에 의하면 표트르는 어디선가 모든 것을 완전히 참회한 나머지 몇몇 동료들의 이름을 밝히고 나서 겨우 방면되었다는 것이다. 말하자면 앞으로는 국가에 유익한 인물이 될 것을 약속하고, 죄값을 치른 것 같다는 말이다. 나는 이 독기어린 말을 스체판 선생에게 전했다. 그는 도저히 생각을 할 만한 상태가 아니었음에도 불구하고 이 말을 듣자 깊은 생각에 잠겼다.

이것은 나중에 알게 된 일이지만, 표트르는 대단히 훌륭한 소갯장을 여러 통이나 가지고 이 마을로 찾아왔다는 것이다. 적어도 그 중 한 통은 아주 대단한 세력을 가진 페체르부르그의 한 노귀부인으로부터 지사 부인에게 보내온 것이었다. 페체르부르그에서도 굴지의 명사이자 원로인 남편을 둔 이 귀부인은 율리아 렘브케 부인의 대모(代母)였지만, 그 소갯장에는 이렇게 씌어 있었다. 『K백작도 니콜라이 씨의 소개로 표트르 씨를 만났고, 그에게 총애를 쏟아왔으며, 한때 나쁜 길에 빠진 일도 있으나 장차 유망한 청년이라고 말씀하시고 계십니다.』 율리아 부인은 평소부터 대단한 고심으로 간신히 유지되어오던 『상류 사회』와의 빈약한 관계를 대단히 소중히 여겨왔으므로, 물론 이 세력가인 노부인의 편지를 받고 몹시 기뻐했던 것이다. 그러나 여기에도 역시 뭔가 묘한 데가 있었다. 그녀는 자기 남편에게까지도 강요해서 표트르와 친숙한 관계를 맺게 하였던 것이다. 폰 렘브케 씨도 몹시 불평을 토로했지만……. 그러나 이 일도 역시 뒤로 미루기로 하자.

한 가지 더 잊지 않기 위해 말해 두겠는데, 그 대문호도 극히 호의있는 태도로 표트르를 대하고 곧 자기 집으로 초대했던 것이다. 그 오만한 사나이가 그렇게 성급하게 서둔 점이 무엇보다도 스체판 선생의 가슴을 찔렀다. 그러나 나는 마음 속으로 달리 해석했다. 즉 카르마지노프가 이 허무주의자를 끌어들인 것은 물론 양쪽 수도(首都)에 있어서의 진보당의 청년들과 표트르와의 교섭을 미리 염두에 두었던 것이다. 그는 전전긍긍해서 최근의 혁명적인 청년들의 동태를 엿보고 있다. 그는 어리석게도 러시아의 장래 열쇠는 그들 수중에 들어가 있는 것으로 생각하고 비굴한 아첨을 떨고 있었다. 그러나 주된 원인은 그들이 자기에게 사소한 주의도 기울여 주지 않기 때문이다.

2

표트르는 꼭 두 번 부친에게 잠깐 얼굴을 내밀었으나 불행히도 두 번 다 내가 없을 때였다. 처음에 그가 찾아온 것은 수요일, 즉 최초의 상봉으로부터 나흘째 되는 날이었으며, 그것도 무슨 볼일이 있어서 찾아온 것이었다. 내 친김에 말해 두겠지만 영지에 대한 계산은 남의 눈에 띄지 않도록 묘하게 살짝 정리해 버렸다. 바르바라 부인이 모든 것을 자기가 떠맡아서 그 자그마한 영지를 사들인 다음 깨끗이 지불을 끝맺어 주었던 것이다. 그러나 스체판 선생에겐 다만 모든 것이 해결되었다고만 알렸을 것이다. 하인 알렉세이 예고르이치가 부인의 대리로 뭔가 서류를 갖고 와서 서명을 해달라고 했을 때 그는 대단한 품위를 보인 채 잠자코 하라는 대로 서명해 버렸다. 그는 요 며칠 동안에 그전에 보던 노인이라고는 생각지 못할 정도로 품위 있어 보였다. 태도가 전과는 판이하게 달라지고 놀라울 만큼 말수도 적어졌다. 그리고 그 일요일 이후로는 바르바라 부인에게 편지 한 장 쓰려고도 하지 않았다(이런 일은 기적이라고 할 만하다). 어쨌든 무엇보다도 침착성이 엿보였다. 그는 뭔가 최후의 막다른 상념에 도달하여 그것에 의거하여 마음의 안정을 얻은 것만은 명백했다. 그는 이 상념을 찾아내자 가만히 앉은 채로 무엇인가를 기다리고 있었다. 더구나 처음에는, 특히 월요일에는 몸이 좋지 않았다. 바로 유사 콜레라였다. 하지만 밖으로부터의 소식을 듣지 않고서는 못 배겼다. 잠깐 내가 사실의 보고를 중지하고 본론으로 화제를 돌려 나대로의 추측이라도 이야기하기 시작하면 곧 손을 흔들어 이야기를 중단시키곤 하였다. 그러나 아들과의 두 번에 걸친 회견은 그에게 병적인 영향은 주었지만 결심을 동요시킬 만한 사태는 가져오지 않았다. 그때는, 아들과 만난 뒤 이틀 동안이나 식초를 적신 수건을 머리에 동여매고 소파에 누워 있었다. 그렇지만 근본적인 의미에서는 여전히 침착한 태도를 지니고 있었다.

그러나 때로는 그도 나에게 손을 내저어 나의 입을 다물게 하려고 하지 않을 때도 있었다. 때로는 가슴속에 간직한 비밀스런 결심도 잊은 듯한 상태에서 어떤 새로운 유혹적인 상념들과 싸우기 시작한 것이 아닌가 하고 생각될 적이 있었다. 그것은 아주 순간적인 현상이었지만 나는 특히 이곳에 적어 두고 싶다.

그는 다시 이 은거의 경지에서 벗어나 자기 존재를 표명하고 투쟁을 벌여 보자는 게 아닐까, 최후의 결전을 시도하고 싶었던 게 아닐까, 나는 이렇게도 의심해 보았다.

「여보게, 나는 그네들을 박살내야겠네!」 그는 무의식중에 내뱉었다. 그것은 목요일, 즉 표트르와의 두 번째 회견이 있은 뒤였고 그는 수건으로 머리를 동여매고 소파 위에 뒹굴고 있었다.

이 순간까지도 그는 나에게 온종일 말 한마디도 입밖에 내지 않았던 것이다. 「『내 자식이여, 사랑하는 내 자식이여』 따위의 표현은 도무지 바보스럽단 말이야. 부엌데기 할멈들의 말투란 말이야. 그건 나도 동의하네. 그러나 그깐 놈들은 될대로 되라지. 나도 지금 스스로 눈을 떴네. 나는 그를 기르지 않았고 우유도 먹이지 않았어. 아직 젖먹이일 때 베를린에서 N현으로 『우편』으로 부쳤지. 아니 모든 걸 그대로 인정하네. 『아버지는 나에게 우유 하나 먹여 주지도 않고, 우편으로 감쪽같이 부쳐 버리고는 그것도 모자라 여기서는 내것을 몽땅 횡령해 버리지 않았소.』 하고 대드는 거야. 그래서 나도 소리쳤지.

『너는 불행한 애야, 나는 일생 동안 너의 일로 가슴 아파했던 거야, 역시 그것도 우편으로 보냈지만！』그런데, 그놈은 웃지 않겠나. 그러나 나도 시인해, 그 말대로 우편……으로 부쳤다고 해두겠네.」그는 마치 가위 눌리기라도 한 듯한 어조로 말을 맺었다.

「그건 그렇다고 하고」오 분쯤 지난 뒤에 그는 다시 이렇게 말을 꺼냈다. 「나는 아무래도 투르게네프를 납득할 수 없네. 그가 쓴 바자로프(《아버지와 아들》의 주인공, 전형적인 허무주의자로 인정된다)는 웬일인지 실제로 없는 가공적인 인물 같단 말이야. 지금의 젊은 패들도 당시 자기들 입으로 전혀 성립되어 있지 않은 것처럼 말하고 그 가치를 부정하고 말았을 정도일세. 그 바자로프라는 인물은 노즈드료프(고골리의《죽은 혼》속의 한 인물, 사이비 쾌남아의 전형)와 바이런을 함께 섞은 것 같은 도무지 알 수 없는 인물이라는 평판도 있었지만, 과연 명언이야. 그러나 그 작자들을 주의깊게 관찰해 보게나. 그 작자들은 마치 강아지가 양지 쪽에서 햇볕을 쬐듯이 좋아라고 뒹굴며 캥캥거리고 있네. 실로 행복해 보이지, 정말 승리자야. 그래 어디가 바이런을 닮았단 말인가？ 게다가 얼마나 진부한가 말일세！ 마치 부엌데기처럼 화를 잘 내고『자기 이름을 둘러싸고 소동을 불러일으켰으면 하는』비열한 욕심만 부리고 있단 말이야. 게다가 자기 이름이…… 뭔지는 모르고 있으니 그야말로 만화감이야！ 나는 그놈에게 이렇게 소리쳤다네.『이봐 농담이 아냐, 도대체 너는 현재의 너 자신을 그리스도 대신 인류에게 바칠 참이냐』하고. 그놈은 웃었어. 그놈은 마구 웃었어, 지나칠 만큼 웃었어. 그놈은 뭔가 기묘하게 웃고 있었어. 그의 어미는 그런 웃음을 웃지 않았는데 말이야. 그놈은 노상 웃고 있다니깐.」

또 침묵이 흘렀다.

「그놈들은 교활하단 말이야, 일요일엔 둘이 짜고 그런 짓을 했단 말이야…….」하고 그는 갑자기 이렇게 말을 꺼냈다.

「아, 그건 정말 그렇습니다.」하고 나는 귀를 기울이며 외쳤다.「그건 모두 농간이었어요, 그것도 속이 들여다보이는 것으로 정말 서툰 연극이었단 말이오.」

「나는 그걸 말하고 있는 게 아닐세. 여보게, 그건 일부러 속이 들여다보이게 꾸민 거라네……. 특히 필요한 사람에게만 눈치채이게 하기 위해서 말이야.

자네 그걸 알 수 있겠나?」
「아니 모르겠는데요.」
「그편이 좋겠지. 아무튼 이 얘기는 이만 해두지. 나는 오늘 공연히 화가 치미는군.」
「스체판 선생. 왜 당신은 아드님과 다투었습니까?」 나는 책망하듯 말했다.
「나는 그놈을 개심시키려고 했었네. 물론 자네도 실컷 웃어 주게나. 그 불쌍한 아주머니는 좀더 좋은 얘기를 여러 가지 들을걸세! 여보게 정말이지 난 아까 나 자신이 스스로 애국자인 것 같은 생각이 들더군! 나는 항상, 나는 러시아 인이라는 자각을 하고 있었지만……. 아니 정말 진정한 러시아 사람이란, 아마 나나 자네와 같은 사람이어야 할걸세. 사실 러시아 사람 속에도 맹목적이고 얼토당토않은 데가 꽤 많으니까.」
「그건 틀림없습니다.」 하고 나는 대답하였다.
「여보게, 참된 진실이란 항상 참되게 보이지 않는 법이라네, 자네 그걸 알고 있나? 진실을 보다 참되게 보이기 위해선 아무래도 진실에 다소 거짓말을 섞지 않으면 안 된다네. 그러므로 사람들은 늘 그렇게 행동하여 온 거지. 아마 거기엔 우리들이 이해할 수 없는 점이 있을걸세. 자네는 도대체 어떻게 생각하나, 이번 일, 그 의기양양한 절규 속에 우리가 이해할 수 없는 것이 있을 것 같은가? 나는 있었으면 하네만. 있었으면 좋을 텐데.」

나는 줄곧 잠자코 있었다. 그도 역시 꽤 오랫동안 입을 다물고 있더니,
「흔히 사람들은 프랑스 식 지혜라고 한마디로 말해 버리지만……」 하고 갑자기 열에 들뜬 듯 서툰 말씨로 말했다. 「그건 거짓말이야. 그건 지금까지 죽 그랬었어. 뭣때문에 프랑스 식 지혜라고 트집을 잡는지? 그건 다만 러시아 사람들의 게으른 버릇이야. 아무런 이상도 낳게 할 수 없는 우리의 굴욕적인 무력함이지. 각 국민 사이에 개재하고 있는 러시아 사람의 가증스러운 기생충적인 상태인 거야.『그들은 모두 단순한 게으름뱅이여서』결코 프랑스 식 지혜가 아닐세. 그렇지, 러시아 사람은 전인류의 행복을 위해 해로운 기생충과 마찬가지로 박멸되지 않으면 안 되네! 우리는 결코 그런 결과를 위해 노력해온 건 아니야. 나는 뭐가 뭔지 통 모르겠네. 전혀 알 수 없게 되었네! 나는 그 녀석에게 이렇게 소리쳤지──알겠니? 이놈아, 만일 너희들이 단두대를 마음에 두고 더구나 정신없이 만족해한다면 그것은 결코

다른 데 이유가 있는 것이 아니라, 다만 목을 자르는 일이 가장 쉽고 이상을 갖는 일이 무엇보다도 어렵기 때문일거다! 너희들은 게으름뱅이야, 너희들의 기치는 아무 짝에도 쓸데없는 걸레 조각이다. 짐수레……가 아니라, 뭐라고 하더라.『인류에게 빵을 실어다 주는 짐수레의 소리』 같은 것이 시스티나의 마돈나보다 유익하다든가, 글쎄 뭐랄까, 그처럼 바보 같은 짓이었네. 그러나 나는 그 녀석에게 이렇게 소리쳤지──그래 넌 알고 있냐, 인간에겐 행복 외에도 그것과 마찬가지로 꼭 같은 양만큼 불행도 필요불가결하다는 것을! 하고 말하니까, 그 녀석은 웃더군. 그리고 하는 말이 걸작이 아니겠나, 아버지는 여기서 『빌로도의 소파에서 편하게 팔다리를 뻗으면서』, 그놈은 더 더러운 말을 했어, 경구를 내뱉고 있다는 거야. ……안 그런가 여보게, 부자간에 경칭을 빼고 허물없이 말하는 러시아의 습관은 두 사람의 사이가 좋을 땐 무방하지만 일단 말다툼이라도 했을 때는 어떻겠나?」

잠시 동안 그는 침묵을 지켰다.

「여보게」 갑자기 몸을 일으키면서 그는 이렇게 말끝을 맺었다. 「자네는 이 일이 결국 무슨 사건을 일으킬 것으로 생각하나?」

「물론입니다.」 나는 대답했다.

「자네는 모를걸세. 이런 얘기는 그만두기로 하세. 그러나……보통 같으면 세상 일이란 그럭저럭 끝나기 마련이지만 이번만은 뭔가 결말이 있을 거야. 꼭 틀림없이 말이야!」

그는 일어났다. 그리고 무서울 만큼 흥분하여 방안을 한 바퀴 돌더니 다시 소파 옆으로 다가와 맥빠진 듯이 그 위에 풀썩 쓰러졌다.

금요일 아침 표트르는 어느 고을인가로 떠나서 월요일까지 머물렀다. 그가 떠난 사실은 리푸친으로부터 들었는데, 그때 무슨 얘기 끝에 레뱌드킨 오누이가 어딘가 강건너의 고르세치나 마을에 있다는 것을 알았다.

「더구나 내가 옮겨 줬단 말이야.」

리푸친은 이렇게 덧붙이더니, 갑자기 레뱌드킨의 얘기를 중단하곤 이번에는 불쑥 이런 사실을 알려 줬다. 리자베타는 마브리키와 결혼하게 되었다, 아직 공개되지는 않았지만 약혼은 이미 성립되었다는 것이다.

다음 날 나는 리자베타가 마브리키와 말을 타고 지나가는 것을 만났다. 병을 앓은 뒤 처음 나온 산책이다. 그녀는 멀리서 눈을 반짝거리면서 나를 보더니 금세 깔깔대며 아주 다정스럽게 고개를 끄덕여 보였다. 나는 이 사실을 스체판 선생에게 모두 전해 주었으나, 그는 레뱌드킨에 관한 소식에만 어느 정도 관심을 기울이는 것 같았다.

　이상으로 이 여드레 동안, 즉 우리가 아직 아무것도 몰랐던 때의 아리숭한 상태로 설명을 끝냈으므로, 이번에는 그에 뒤따른 여러 가지 사건들을 사정을 환히 알게 된 상태에서, 즉 모든 것이 뚜렷하게 해명된 현재의 처지에서 적어 나가며 나의 이 기록을 계속하려고 생각한다. 우선 그 일요일부터 세어 여드레째, 즉 월요일 밤 일부터 시작해 볼까 한다. 왜냐하면 실제로 이날 밤부터『새로운 사건』이 발단되었기 때문이다.

3

　밤 일곱 시였다. 니콜라이는 전부터 좋아하던 자기 서재에 혼자서 앉아 있었다. 거기는 여러 가지 양탄자가 깔려 있고, 제법 육중한 고풍스런 의자와 탁자가 구비된, 천장이 높은 방이었다. 외출이라도 할 것 같은 옷차림으로 한쪽 구석 소파에 앉아 있었으나, 아무 데도 나갈 것 같은 기미는 보이지 않았다. 바로 옆 탁자에는 갓을 씌운 램프가 놓여 있었지만, 큰 방은 양면과 네 구석이 다 어둠 속에 묻혀 있었다. 그의 시선은 깊은 생각에 잠긴 듯 한군데를 응시하고 있었으나 어딘가 모르게 침착성을 잃고 있었다. 그 얼굴에는 권태의 빛이 감돌았고, 다소 여윈 듯했다. 그는 사실 볼이 부어 고생은 하였으나 이가 부러졌다는 소문은 과장이 있었다. 다만 약간 흔들렸던 것은 사실이나 지금은 다시 원상태로 고정되어 있었다. 윗입술도 역시 안쪽이 터졌지만, 이것도 다 나았다. 볼의 부기가 일주일을 넘기지 않은 것은 환자가 곧 의사를 불러 종기를 째는 따위의 짓을 하지 않고 저절로 터지기를 기다리고 있었기 때문이다.

　그는 비단 의사뿐만 아니라 어머니까지도 거의 자기 방에 가까이 오지 못하게 했다. 하루에 한두 번 그것도 어두워질 황혼 무렵, 등불도 아직 켜지 않은 시간에야 잠깐 들어오게 했을 뿐이었다. 표트르도 아직 이 마을에 있을 동안에 하루에 두세 번씩 바르바라 부인에게 들렀으나, 이 역시 만나려 하지 않았다. 그러나 이 월요일 아침 표트르는 사흘간의 여행에서 돌아오자 곧 마을을 한 바퀴 돌고 지사 부인 율리아 미하일로브나 집에서 식사를 하고 난 다음 그를 초조하게 기다리고 있는 바르바라 부인 집에는 해질 무렵에야 겨우 모습을 나타내었다. 면회 금지가 오래간만에 풀리어 니콜라이를 만나게 되었다. 바르바라 부인은 몸소 손님을 서재의 문 앞에까지 안내했다. 그녀는 오래 전부터 두 사람의 면담을 애타게 기다리고 있었다. 게다가 표트르는 니콜라이를 만난 후 곧 부인을 찾아가 사태를 전하겠다고 약속했던 것이다. 부인은 주저주저하면서 문을 두드렸으나 대답이 없기에 용기를 내어 문을 두어 치 가량 열어 보았다.

「니콜라스, 표트르 스체파노비치를 들여보내도 좋겠니?」

램프 그늘에서 니콜라이의 얼굴을 분간하려고 애쓰면서 부인은 나직한 소리로 조심스럽게 이렇게 물어 보았다.

「그럼요. 물론 좋구말구요!」하고 표트르는 자기 쪽에서 큰소리로 유쾌하게 말하면서 손수 문을 열고 안으로 들어가 버렸다.

니콜라이는 문을 두드리는 소리는 못 들었고 주저주저하는 어머니의 질문을 겨우 들었을 뿐이라, 그에 대하여 미처 대답할 겨를이 없었던 것이다. 마침 그때 그의 앞에는 지금 막 읽은 편지가 놓여 있었다. 그는 이 편지 때문에 깊은 생각에 잠겨 있었던 것이다. 뜻하지 않은 표트르의 고함 소리를 듣자 깜짝 놀라 재빨리 편지를 서진(書鎭) 밑에 숨겼지만 뜻대로 되지 않았다. 편지 한 귀퉁이와 봉투는 거의 대부분이 바깥으로 내밀어져 있었다.

「나는 당신에게 준비할 여유를 주려고 일부러 온힘을 다해 소리쳤죠.」표트르는 탁자 옆으로 다가서면서 놀랍도록 천진스러운 말투로 재빨리 이렇게 속삭였다. 그는 갑자기 서진과 편지 귀퉁이에 눈을 두었다.

「그러니까 내가 지금 막 받은 편지를 서진 밑에 숨긴 것도 물론 봤겠군요.」하며 니콜라이는 그 자리에서 꼼짝도 않은 채, 침착하게 이렇게 말했다.

「편지? 당신이 무엇을 하든, 무슨 편지를 받든 내가 알 바 아니잖소?」손님은 소리쳤다. 「그러나……중요한 점은……」하고 지금은 이미 닫혀진 문 쪽으로 몸을 돌려, 그쪽으로 턱을 치켜올려 보이며 속삭였다.

「어머니는 절대로 엿듣거나 하시진 않아요.」하고 니콜라이는 냉정하게 주의를 시켰다.

「그러나 만일 엿듣는다면!」표트르는 안락의자에 앉으면서 자못 유쾌한 듯 목청을 돋구어 재빨리 이렇게 대꾸했다.「그러나 나는 그런 일을 뭐 달리 생각진 않습니다. 나는 단둘이서 얘기를 하려고 찾아왔을 뿐이니까요. 아니 이제야 겨우 당신을 만나게 된 셈이군요! 뭣보다도 몸은 좀 어떻소? 보기엔 좋아 보이는데요. 만일 그렇다면 내일은 출석해 주시겠군요, 안 그래요?」
「봐서요.」
「이젠 그쯤 해두고 다른 사람들을 안심시켜 주십시오. 그리고 나도 안심시켜 주시고요!」하고 그는 농담이라도 하듯 명랑한 표정으로 열심히 몸짓 손짓을 해가면서「글쎄요, 내가 어떤 말을 그들에게 지껄여대야 했나를 조금이라도 알아 주신다면, 그러나 당신은 알고 계시겠지요?」
그는 웃었다.
「잘은 몰라요. 다만 당신이 크게…… 활동했다는 것만은 어머니로부터 들었지만요.」
「그렇다고 해서 내가 뭐 특별히 확실한 것을 말한 건 아닙니다만.」마치 무서운 공격을 막아내기라도 하듯이 표트르는 황급하게 말했다.
「사실은 나는 그 샤토프의 아내를 도구로 사용했어요. 말하자면 당신이 파리에서 그 여자와 관계했다는 풍설을 이용해서 말입니다. 그러니까 물론 그 일요일의 사건을 설명한 거예요……. 당신은 화를 내지 않겠지요?」
「무척 힘이 들었으리라 생각됩니다.」
「아니, 나는 다만 그 일만을 두려워하고 있었답니다. 그런데『무척 힘이 들었겠다』는 건 도대체 무슨 뜻이죠? 그것은 결국 비난의 소리가 아닙니까. 그러나 당신은 정면으로 부딪쳐 주시는군요. 나는 이리로 오면서 당신이 정면으로 부딪치기를 싫어할까 봐 그걸 가장 걱정했답니다.」
「난 무슨 일이나 정면으로 부딪치기를 싫어하니까요.」니콜라이는 약간 초조한 듯이 이렇게 말하더니 곧 싱긋이 웃었다.
「내가 말한 뜻은 그게 아닙니다. 그 일이 아니란 말입니다. 오해하지 마세요. 그 일이 아니니까!」주인이 초조해한다는 것을 재빨리 알아차리고 은근히 기뻐하면서 마치 콩이라도 뿌리듯이 표트르는 두 손을 흔들어대며 마구 퍼붓는 것이었다.「나는 친구들의 문제로 당신에게 화를 내게 하고 싶진 않아요. 특히 지금과 같은 상태에 있는 경우에 말입니다. 나는 다만 일요일의 사건에 대하여 말하려고 달려온 거지만, 그것도 최소한 필요한 정도만을 말하기 위해서입니다. 사실 난처하니까요. 나는 아주 털어놓고 의논하려고 왔지만, 그것은 당신보다 오히려 나에게 필요한 사건입니다. 당신의 자존심을 상하지 않게 하기 위해 말하는 것이지만 동시에 사실이기도 합니다. 나는 오늘부터 언제나 개방적으로 만사를 대하려고 일부러 찾아온 겁니다.」

「그럼 종래에는 폐쇄적이었단 말씀인가요.」

「그것도 당신 자신이 알고 계실 텐데요. 나는 여러 차례 교활한 잔재주를 피웠지요……. 당신은 웃고 계시군요. 나는 당신의 미소를 있는 그대로 사실을 모두 밝힐 수 있는 실마리로 보고 매우 기쁘게 생각합니다. 나는『교활한 잔재주를 피웠다』라는 등 과장된 말을 일부러 사용해서 그 미소를 유인한 겁니다. 단 그 말 뒤에 곧 화를 내리라는 것을 예상하고요.『저런 녀석이 교활한 잔재주를 피우다니 건방진 생각을 다 하는군』하는 따위의 이유로. 하지만 난 지금 곧 의논하기 위해서 말한 겁니다. 자, 보십시오. 내가 오늘은 제법 개방적이죠. 어떻습니까, 내 얘기를 들어 주시겠어요?」

마치 전부터 준비해온 듯한 무슨 의도라도 있음직한, 무례할 만큼 천진 난만하고 더구나 아주 뻔뻔스러운 말투로 상대방의 마음을 초조하게 하려는 손님의 뻔히 들여다보이는 계략에도 불구하고 니콜라이는 여전히 조롱하듯 침착과 조소를 보이고 있더니, 마침내 다소나마 호기심이 동했다.

「자 들어 보십시오.」표트르는 아까보다도 한층 더 심하게 움직이면서 말했다.「이곳에 오는 도중, 이곳이란 이 마을을 가리키는 겁니다. 열흘 전에 이곳으로 오는 도중 나는 물론 한 역(할)을 맡아 할 작정이었지요. 그러나 무엇보다 좋은 것은 일체 농간을 부리지 않고 본연대로의 모습으로 가는 겁니다. 안 그렇습니까? 본연 그대로의 자기만큼 간사한 게 어디 있겠어요. 아무도 믿어 주는 자가 없으니까요. 나는 사실상 피에로 역을 맡아 하고 싶었습니다. 왜냐고요, 피에로 역이, 본연 그대로의 자기보다 쉽기 때문입니다. 그러나 뭐라해도 피에로는 좀 극단적이겠죠. 그런데 극단적이 되면 하여간 호기심을 불러일으키기 쉬우므로, 난 본연 그대로의 자신으로 결정한 겁니다. 자 그럼 내『본연의 자기』가 무엇인지 아십니까? 말하자면 황금과 같은 중용입니다. 바보도 아니고 영리하지도 않으며 꽤 멍청하기도 하고, 게다가 이곳의 현명한 사람들이 말하듯이 마치 하늘에서 내려온 듯한 인간이라니까요. 안 그렇습니까?」
「글쎄요, 그럴 수도 있겠죠.」하고 니콜라이는 엷은 미소를 지었다.
「아, 당신도 동의하시는군요. 대단히 유쾌합니다. 당신 자신이 그렇게 생각하고 있다는 것은 처음부터 나도 알고 있었습니다……. 아니, 걱정하실 것은 없습니다. 나는 화내지 않았어요. 게다가 내가 내 자신에 그런 정의를 내린 것은 결코 당신으로부터, 『아냐 자네는 바보가 아냐, 오히려 영리한 사람이야』하는 대답을 들었기 때문이 아닙니다……. 아, 당신은 또 웃으셨군요! …… 아차 또 실수했군. 아니 당신은 『자네는 영리하네』따위의 말은 하지 않겠죠, 하여간 그건 그런대로 놔둡시다. 나는 무엇이든 동의합니다. 아버지의 말투는 아니지만 『화제를 바꿉시다』입니다. 그러나 좀 양해를 구해 둡니다만 나의 수다스러움에 대해 화는 내지 마십시오. 그런데 이것이 또 꼭 알맞는 좋은 예가 됩니다. 나는 늘 과외의 말을 하죠. 즉 말이 많은 거죠. 나는 너무 조급하게 서둘기 때문에 항상 요령있게 말을 못 한답니다. 도대체 왜 나는 말수가 많고 게다가 요령있게 말을 못 할까요? 다름이 아니라 말이 서툴기 때문입니다. 말 잘하는 사람은 무엇이든지 간단하게 말해 버립니다. 그러고 보니 사실 나는 바보임에 틀림없어요. 안 그렇습니까? 그러나 이 바보스러움은 나에게 있어서는 자연의 선물이므로 그것을 인공적으로 이용하지 말라는 법은 없지 않습니까. 그러므로 나도 그것을 이용하는 겁니다. 사실은 여기 오기 전에 나는 차라리 침묵을 지킬까 하였습니다만 침묵이란 놈은 대단한 재능이어서 나에게는 격에 맞지 않겠지요. 게다가 둘째론 잠자코 있는 것은 뭐니뭐니해도 위험하니까요. 그래서 결국 나는 지껄이는 것이 제일 좋다고 결정지었답니다. 다만 바보처럼 하는 겁니다. 즉 지껄이고 지껄이고 한없이 지껄여대는 것입니다. 무턱대고 서둘러서 논증하려고 하는 겁니다. 그리하여 마지막에 가서는 자기 자신도 자기 논증에 당황해서 쩔쩔매면, 듣는 사람 편에서도 요령부득으로 기가 막혀 두 손을 벌리면서(침이라도 탁 뱉어 주면 좋으련만) 내 곁을 떠나버리고 맙니다. 이렇게 되면 첫째로 자기가 얼마나 사람이 좋은가를 알게 하고 상대편을 완전히 싫증나게 하며 더구나 자기의 진상을 얼버무리게 되므로——일석삼조인 셈이지요! 어떻습니까. 이래도 비밀스런 음모를 품고 있다고 의심하는 사람이 있을까요? 만일 날보고 비밀리에 음모를 품고 있다고 말하는 자가 있다면, 세상 사람들은 누구나 그자에게 화를 낼 겁니다. 게다가 나는 가끔 우스운 말을 해서 사람을 웃깁니다. 이것이야말로 참으로 두 번 다시 얻기 어려운 무기랍니다. 그러기에 세상 사람들도 이제는 『예전에 외국에서 선전 쪽지를 출판하던 현인(賢人)은 우리들보다도 바보였단 말인가』 하는 이유 하나만으로 나를 완전히 용서할 겁니다. 안 그렇습니까? 당신의 웃는 얼굴로 보아 동의하신다는 걸 알겠군요.」

그러나 니콜라이는 전혀 웃음을 보이지 않았다. 웃기는커녕 얼굴을 찡그리면서 다소 초조한 듯이 듣고 있었다.

「아니? 뭐라고요? 당신은 지금 『아무래도 상관없소』 하고 말씀하신 것 같은데요?」 하고 표트르는 콩이 튀는 듯한 말투로 지껄여댔다. (니콜라이는 절대로 아무 말도 하지 않았다.) 「물론이죠, 물론이고말고요, 나는 당신을 우리 동료로 취급하고 폐를 끼치려고 말한 건 아닙니다. 그런데 말이예요, 오늘 당신은 무서울 만큼 화가 나셨군요. 나는 탁 트인, 쾌활한 마음으로 달려왔는데, 당신은 일일이 나의 말꼬리를 잡고 늘어지니 말입니다. 맹세해 둡니다만, 오늘은 절대로 치켜세우는 일 따위는 하지 않겠습니다. 미리 말해 둡니다. 그리고 당신이 제시하는 일체의 조건에 대해 미리 동의를 표명해 둡니다!」

니콜라이는 끈질기게 침묵을 지키고 있었다.

「아니? 뭐라고요? 당신 뭐라고 했습니까? 아 알았습니다. 나 혼자 바보 같은 생각을 했나 보군요. 당신은 아무런 조건도 제시하지 않았습니다. 그리고 제시할 기색도 없구요, 암요. 그렇고말고요. 아니 안심해 주십시오. 나도 알고 있습니다. 즉 나 같은 자를 상대로 그런 것을 제시할 가치가 없겠죠, 안 그렇습니까? 나는 당신을 대신해서 미리 대답해 두겠습니다. 그것은, 물론 본디 바보라 그렇습니다. 멍텅구리랍니다. 멍청이랍니다.……당신은 웃고 있군요? 아니 어떻게 된 겁니까!」

「아무것도 아니오.」 니콜라이는 마침내 히죽이 웃었다. 「나는 지금 비로소 생각이 나는데, 사실 나는 언젠가 당신을 보고 멍텅구리라고 부른 일이 있군요. 그러나 그때 당신은 그 자리에 없었을 테니까, 아마 누군가가 당신에게 전해 주었겠죠……. 하여간 빨리 용건을 말했으면 좋겠군…….」

「아니, 이제 용건을 말할 참입니다. 나는 일요일의 일 때문에 온 겁니다!」

하고 표트르는 말하기 시작하였다. 「도대체 일요일의 나는 무엇이었나요, 무슨 역할을 했던가요, 당신은 어떻게 생각합니까? 다름이 아닙니다. 그 성급한 멍텅구리였습니다. 나는 아주 멍텅구리 같은 방법으로 무리하게 좌중의 대화를 조절한 겁니다. 하지만 사람들은 모든 것을 용서해 주었습니다. 왜냐구요? 첫째로 나는 하늘에서 떨어진 사람이잖습니까. 이것은 지금 이 마을에서 모두 제멋대로 정해 버린 모양입니다. 둘째로는 그 가련한 얘기를 해서 당신네들 일동을 구출해 줬기 때문이죠. 안 그렇습니까, 그렇지요?」

「그런데 당신의 말은 모든 사람의 마음속에 의혹을 남기고, 실제로는 책략 따윈 아무것도 없었는데, 마치 우리가 책략이나 농간을 부리고 있다고 일부러 드러내 보이는 말투였소. 나는 아무것도 당신에게 부탁한 적이 없었을 텐데.」

「참, 그렇습니다!」 마치 기뻐서 어쩔 줄 모르는 것 같은 말투로 표트르는 말을 가로챘다. 「나는 결국 당신이 그러한 농간을 완전히 눈치채 주기를 바라고 한 겁니다. 나는 무엇보다도 우선 첫째로 당신을 목표로 삼아 그렇게 열심히 농간을 부린 겁니다. 왜냐구요? 나는 당신을 낚아서 당신과 타협하고 싶었기 때문입니다. 그리고 무엇보다도 당신이 얼마나 두려워하고 있나, 나는 그것을 알고 싶었지요.」

「이상하군요, 어째서 오늘 당신은 그렇게 노골적입니까?」

「화내지 마세요. 화내지 말란 말입니다. 그렇게 눈을 번쩍거리지 마시고…… 하긴 당신은 별로 눈빛을 번득이진 않는군요. 그런데 어째서 내가 이렇게 노골적인지 그게 이상하다고 하는 거죠? 다름이 아니라 지금에 와서 모든 것이 일변하였기 때문입니다. 종말을 고했기 때문입니다. 이제 모든 것이 지나갔고, 모래를 덮어썼기 때문입니다. 나는 당신에 대한 생각을 한꺼번에 바꿨습니다. 묵은 방법은 이제 끝장입니다. 나는 이제 새삼 묵은 방법으로 당신을 괴롭히지는 않겠어요. 이제는 새로운 방법입니다.」

「전법을 바꿨단 말인가요?」

「전법 같은 건 없습니다. 지금은 만사에 당신의 자유 의사가 있을 뿐입니다. 즉, 『예스』라고 하고 싶으면 『예스』, 『노』라고 하고 싶으면 『노』라고 말해 주시오. 그것이 나의 새로운 전법입니다. 우리 동료들에 대한 사건은 당신 자신의 명령이 있을 때까지는 절대로 입밖에 내지 않겠습니다. 당신 웃고 계시군요? 아무쪼록 마음대로 하세요, 나도 웃겠습니다. 그러나 나는 지금이 처음입니다. 진지하고 진지하고 또 진지합니다. 더구나 이렇게 성급한 자는 멍텅구리임에 틀림없지만, 그렇죠? 하지만 멍텅구리라도 좋습니다. 나는 진지하고 정말로 진지하니까요.」

그는 사실 이전과는 달리 전혀 딴 사람같이 진지한 말투로 일종의 기이한 흥분을 보이면서 이렇게 말했으므로, 니콜라이는 호기심에 찬 얼굴로 상대편을 바라보았다.

「당신은 나에 대한 생각을 바꿨다고 말했지요?」하고 그는 물었다.

「당신이 샤토프에게 맞은 후, 손을 뒤로 돌린 그 순간부터 완전히 생각을 바꿔 버렸습니다. 아니 그것으로 충분합니다, 충분해요. 제발 아무것도 묻지 마시오. 지금은 이 이상 아무 말도 안할 테니까.」

그는 마치 질문을 거절하는 것처럼 두 손을 흔들어대며 벌떡 일어났으나, 별로 질문도 받지 않았고 그렇다고 해서 자기 쪽에서 나갈 이유도 없어 다소 침착해지면서 또 안락의자에 털썩 앉았다.

「말이 나온 김에 잠깐 말해 두지만」그는 곧 지껄여댔다. 「이 마을에서는 당신이 그 사나이를 죽일 거라고 내기까지 걸고 있는 패들도 있답니다. 그래서 렘브케는 경찰에게 주의까지 주려고 하였으나 율리아 부인이 말렸지요……. 아니, 이런 일은 많아요. 아주 많단 말입니다. 나는 다만 잠깐 알려 드릴까 하고. 또 하나 곁들여 말하지만, 나는 그날 즉시 레뱌드킨 오누이를 강건너 쪽으로 옮겨 놨습니다. 아시고 계시죠? 거처가 적힌 나의 편지를 받았지요?」

「그때 곧 받았소.」

「그 일은 『멍청이』가 되어서 한 건 아니죠, 나는 당신을 위해 진심으로 그 일을 한 겁니다. 비록 솜씨는 멍텅구리 솜씨일지라도, 그 대신 성의가 담겨 있습니다.」

「아니, 됐어요. 혹 그렇게 할 필요가 있었을지도 몰라……」하고 니콜라이는 깊이 궁리하는 듯한 얼굴로 말했다. 「다만, 부탁이니 이제 앞으론 나에게 편지를 보내지 말아 주오.」

「불가피한 일이었어요. 이젠 그것으로 끝난 겁니다.」

「그럼 리푸친은 알고 있겠군요?」

「불가피했습니다. 그러나 리푸친은 아시다시피 그런 대담한 일을 할 수 있는 자는 못 됩니다……. 잠깐 말해 둡니다만, 일단 당신은 동료들이 있는 곳으로 가봐야 합니다. 아니, 동료가 아니라 그 패들이 있는 곳입니다. 이렇게 말해 두지 않으면 또 당신에게 꼬리를 잡힐 테니까요. 그러나 걱정 마십시오. 지금 가자는 건 아닙니다. 언젠가는 말입니다. 지금은 비가 오고 있으니까요. 내가 그들에게 알리기만 하면 그 패들은 모이게 됩니다. 그러면 둘이서 저녁 무렵에 나가기로 합시다. 그 패들은 둥우리 속의 까마귀 새끼처럼 커다란 입을 벌리고 기다리고 있을 겁니다. 도대체 어떤 선물을 가지고 오나하고요. 어쨌든 열심입니다. 제각기 뭔가 책을 끄집어내어 한바탕 논쟁하려고 벼르고 있습니다. 비르긴스키는 사해 동포주의자이고, 리푸친은 푸리에 파입니다. 단 무섭도록 형사탐정적(刑事探偵的) 경향이 농후한 사나이입니다만. 나에게는 어떤 점에 있어서 대단히 귀중한 사람이지만 그 밖의 점에 있어선 엄중한 감시를 요합니다. 그리고 최후로 기다리고 있는 것은 그 귀가 긴 선생으로, 그 사람이 자신이 홀로 터득한 주의주장을 말할 겁니다. 그런데 어떻겠어요. 그 패들은 내가 자기들에게 냉담하고 오히려 물을 끼얹은 일을 한다고 분개하고 있어요, 헤, 헤! 그러나 꼭 가봐야 합니다.」

「당신은 그 패들에게 나를 마치 수령인 양 지껄여댔겠군?」 가능한 한 아무렇지도 않은 투로 니콜라이는 이렇게 말했다.

표트르는 재빨리 상대방을 쳐다보았다.

「그런데」 마치 못 알아들은 듯, 황급히 화제를 돌리며 이렇게 말을 받았다. 「나는 바르바라 부인에게도 몇 차례 얼굴을 내밀었지만 역시 여러 가지 말을 해야만 했어요.」

「짐작하고 있소.」

「아니, 지레짐작하지는 마십쇼. 나는 다만 당신이 그 사나이를 죽일 의향은 없다는 등의 달콤한 말만 약간 했을 뿐이니까요. 그런데 어떻게 된 셈인지 어머니는 내가 마리아 양을 강건너로 옮겨 버렸다는 일을 다음 날 금방 알고 계시더군요. 당신이 얘기하셨나요?」

「그런 일은 생각한 일조차 없소.」

「그렇겠죠. 당신은 아닐 거라고 생각하고 있었습니다. 당신이 아니라면 도대체 누가 그랬을까? 이상하군요?」

「물론 리푸친이겠지.」

「천만에요. 리푸친은 아닙니다.」하고 표트르는 얼굴을 찡그리면서 우물거렸다.「그건 언젠가 내가 밝혀내겠어요. 어쩐지 샤토프일 것 같기도 하군요……. 그러나 바보 같은 일입니다. 이제 이런 얘기는 그만둡시다. 하지만 매우 중요한 일이기도 한데……. 나는 늘 기다리고 있었어요. 다름이 아니라 갑자기 당신 어머니께서 나에게 정면으로 가장 중요한 질문을 해오지 않을까 하고요……. 그래요, 참, 어머니께선 처음 며칠 동안은 매일 침울한 모습이었는데 오늘 와보니 그야말로 싱글벙글이시더군요. 어찌된 영문인가요?」
「그건 사오 일 뒤 리자베타 니콜라예브나에게 청혼을 하겠다고 오늘 내가 어머니께 약속했기 때문이오.」 갑자기 뜻밖의 솔직한 말투로 니콜라이는 이렇게 말했다.
「아, 그렇군요……그야 물론…….」 표트르는 허둥대며 중얼거렸다.「지금 마을에서 마브리키 씨와 그 여자와의 약혼설이 퍼져 있는 것을 당신은 알고 있습니까? 이건 정확한 얘깁니다. 아니, 당신 말대로일지 모르겠군요. 그 여자는 식을 올릴 그 순간에도 당신이 한 마디 말만 하면 금방 도망쳐 나올테니까요. 당신은 노하시지는 않겠죠, 내가 이런 말을 한다고?」
「아니 화나지 않아요.」
「나도 아까부터 느낀 바이지만, 오늘은 당신을 화나게 만들기가 상당히 어려운 것 같군요. 난 어쩐지 기분이 나빠지는군요. 그러나 내일 당신이 어떤 모습으로 얼굴을 내밀지 그게 궁금합니다. 틀림없이 여러 가지 일들을 준비하고 계시겠죠. 그런데 당신은 나에게 화를 내시지 않는군요, 이런 내 말버릇에도?」
니콜라이는 통 대답을 하지 않았다. 그래서 표트르는 몹시 초조해졌다.
「그래, 당신은 리자베타 양의 일을 진심으로 어머니께 그렇게 말했습니까?」
니콜라이는 쌀쌀한 눈초리로 상대방을 물끄러미 노려보았다.
「아하, 그렇군요. 다만, 잠깐 기분을 가라앉혀 드리기 위해서 그랬군요, 안 그렇습니까?」
「만일 진심으로 그랬다면?」 하고 니콜라이는 야무진 말투로 되물었다.
「별수 없지요. 이런 경우 곧잘 하는 말이지만 좋으실 대로 하라는 거죠. 일의 방해는 안할 테니까요. 알겠습니까? 나는 지금 우리들의 일이라고는 하지 않았습니다. 당신은 우리들이라는 말을 싫어하니까요. 그러나 나는……
나는 아무래도 좋습니다. 나는 당신을 위해서는 견마지로(犬馬之勞)를 아끼지
않습니다. 그건 당신도 잘 아실 겁니다.」
「그렇게 생각하나요?」
「나는 아무것도 정말로 아무것도, 생각하고 있지 않습니다.」하고 표트르는
웃으면서 조급히 말했다.
「하지만 나는 다 알고 있으니까요. 당신은 자기 일은 모두 미리 숙고를
거듭한 다음에 의견을 가지고 있을 거라고 말입니다. 다만 내가 말하고 싶었던
것은, 언제 어떤 장소에서나 또 어떠한 경우에라도 나는 진심으로 당신을
위해 아무리 어렵고 힘든 수고라도 바치려고 각오하고 있다는 것뿐입니다.
아시겠어요? 어떠한 경우에라도 말입니다, 아시겠습니까?」
니콜라이는 하품을 하였다.
「꽤 지루한 것 같군요.」갑자기 표트르는 아직 새것으로 보이는 모자를
집어들고 마치 갈 것 같은 기세로 일어났으나, 역시 우두커니 선 채로 계속
지껄여댔다. 그리고 때로는 방안을 서성이면서 흥에 겨우면 모자로 무릎을
탁탁 치기도 하였다.
「나는 또 그 렘브케 부부의 일로 잠깐 당신을 웃기려고 했었지요!」하고
그는 유쾌한 듯 외쳤다.
「이제 그만, 나중에 또. 그런데 율리아 부인의 건강은 어떤가요?」
「당신은 참으로 누구에게나 빈틈이 없군요. 그 사람의 건강 따위는 당신
에게는 그야말로 회색 고양이 새끼의 건강이나 다를 바 없을 텐데, 그래도
그렇게 정성껏 물어 보시는 데는 정말 탄복했습니다. 건강합니다. 그리고
마치 미신에 가까울 정도로 당신을 존경하고 있습니다. 미신에 가까울 정도로
많은 것들을 당신에게서 기대하고 있습니다. 그 일요일 사건에 대해서는 입을
봉하고 있지만, 당신이 잠깐 모습을 보이기만 해도 모두가 당신의 위엄에
눌려 발 밑에 엎드릴 거라고 굳게 믿고 있습니다. 정말이지 그 여자는 당신을
무슨 일이든지 할 수 있는 사람으로 상상하고 있습니다. 그러나 지금 당신은
어느 때보다도 더 알쏭달쏭한 소설적 인물이 되어 있습니다. 참으로 유리한
처지라고 하지 않을 수가 없어요. 누구나 다 믿기 어려울 만큼 당신의 출현을
고대하고 있습니다. 내가 이번에 여행했지 않았어요. 그 전에도 역시 열심

이기는 했지만 지금은 더 굉장합니다. 그리고 그 편지에 대해 다시 한 번 감사를 드립니다. 그 친구들은 모두 K백작을 두려워하고 있어요. 그런데 그 패들은 아무래도 당신을 간첩으로 여기고 있는 것 같습니다! 나는 거기에다 맞장구를 치는 것처럼 하고 있는데, 당신은 화내지 않겠습니까?」

「상관없어요.」

「상관없을 겁니다. 이것이 앞으로도 상당히 도움이 될 테니까요. 이 패거리들에겐 자기 나름대로의 특별한 방식이 있답니다. 나는 물론 거기 찬성입니다만, 율리아 부인을 비롯해서 가가노프도 역시 그렇습니다……. 당신 웃고 계시군요. 사실 나에게는 술책이 있어요. 한껏 허풍을 떨어 놓고, 마침 그들이 그걸 찾고 있을 때쯤 해서 불쑥 지혜로운 말을 한 마디 하는 겁니다. 그러면 놈들은 사방에서 나를 둘러싸겠지요. 그러면 나는 또 거짓말을 불어대는 겁니다. 그렇게 되면 결국 나에게 실망하고 『재능은 있으나 아무래도 하늘에서 내려온 것 같은 사람이야』하고 말할 겁니다. 렘브케는 나를 새 사람이 되게 하려고, 직장을 갖도록 권하고 있습니다. 그런데 나는 그에게 골탕을 먹이고 실컷 무안을 주니, 그 녀석, 눈만 말똥거리고 있어요. 율리아 부인은 오히려 그렇게 하기를 장려하고 있답니다. 아 참, 말이 나온 김에 이야기하겠는데, 가가노프는 당신에게 무섭게 화를 내고 있더군요. 어제 두호프 마을에서 날 보더니, 당신 얘기를 아주 나쁘게 말합디다. 나는 곧 사실 그대로를 말해 주었습니다. 그렇다고 정말 사실 그대로를 말한 건 아니구요. 나는 두호프 마을에 있는 그의 집에서 하루를 지냈습니다만, 꽤 훌륭한 영지더군요, 참 좋은 집입디다.」

「그럼 그 사람 지금도 두호프 마을에 있나요?」 니콜라이는 갑자기 벌떡 일어나서는 불쑥 앞으로 몸을 내밀었다.

「아니죠, 오늘 아침 나를 이리로 데려다 주었습니다. 우리는 함께 돌아왔지요.」 니콜라이의 순간적인 흔들림을 전혀 눈치채지 못한 듯 표트르는 이렇게 말했다. 「이크, 책을 떨어뜨렸군.」 그는 자기가 건드려서 떨어뜨린 책을 허리굽혀 집었다. 「여성들의 삽화가 들어 있는 발자크의 책이로군.」 하고 그는 갑자기 책장을 넘겨 보았다. 「읽은 일이 없군. 렘브케도 역시 소설을 쓰고 있어요.」

「뭐라고요?」 흥미를 느꼈는지, 니콜라이가 이렇게 되물었다.

「러시아 어로 말입니다. 물론 비밀입니다. 율리아 부인은 알고 있지만, 그냥 눈감아 두는 셈입니다. 느림보이기는 하나 태도만은 상당히 훌륭해요. 꽤 잘 꾸며대고요. 그 엄격한 형식, 그 빈틈없는 조심성, 우리도 그런 것이 필요한 게 아닐까요.」
「당신은 행정관을 칭찬하는 거요?」
「어찌 칭찬 안할 수 있겠습니까? 러시아에 있어서 유일한 자연물이며, 완성물이 아닙니까……. 이젠 그만둡시다.」 그는 갑자기 거품을 물었다. 「나는 그 일을 말하고 있는 게 아닙니다. 이젠 이런 미묘한 문제는 한 마디도 입 밖에 내지 않기로 하겠습니다. 그럼 실례합니다. 그런데 당신은 아주 안색이 나쁘군요.」
「나는 열이 있어요.」
「그야 그렇겠죠. 좀 쉬십시오. 그런데 이 현에는 거세 종파(去勢宗派)가 있는 모양입니다. 재미있는 친구들이죠……. 하지만 나중에 말합시다. 그러나 또 한 가지 재미있는 이야기가 있어요. 역시 이 군내에 보병연대가 있는데요, 금요일 밤에 나는 B에서 장교들과 함께 한잔 했습니다. 그곳에는 우리들 친구──아시겠지요?──가 세 사람 있어요. 마침내는 무신론의 얘기가 나왔어요. 신을 자꾸 깎아내리게 되었답니다. 모두들 좋아서 와와 소란을 피웠지요. 말끝에 생각납니다만, 샤토프의 말을 들으면, 러시아에서 반란을 일으키려면 기필코 무신론으로부터 시작하지 않으면 안 된다고 합니다. 아마 진실을 말한 건지도 모릅니다. 그런데 한 반백의 졸병 출신의 대위가 줄곧 입을 다문 채 말없이 내내 앉아만 있더니, 갑자기 방 한복판에 우뚝 버티고 서서 글쎄 아주 커다란 목소리로 마치 혼잣말이라도 하듯이 『만일 신이 없다면 나 같은 건 이제 대위고 뭐고 아무것도 아닙니다.』 이렇게 말한 후 갑자기 모자를 집어들고 두 손을 벌리더니 그대로 휭하니 방을 나가 버리지 않겠습니까.」
「꽤 정리된 사상을 표현한 모양이군.」 니콜라이는 또 세 번째의 하품을 했다.
「그럴까요? 나는 납득이 안 가기에 당신에게 물어 보려고 했었는데요. 아, 그리고 또 무슨 얘기를 하려고 했었는데. 참, 그 쉬피굴린 공장은 재미있는 곳이더군요. 그곳에는 아시다시피 오백 명이나 되는 직공들이 있는데, 마치 콜레라 균의 번식장 같더군요. 하여간 십오 년간이나 전혀 청소를 하지 않았으니까요. 그곳에선 직공의 노임을 속인단 말입니다. 공장주인 상인들은 모두가 한결같이 백만장자들입니다. 그래서 나는 진심으로 말하지만, 직공 가운데는 인터내셔널이 뭔지를 이해하고 있는 사람도 있더군요. 아니, 또 웃으셨군요? 아니, 이제 아실 겁니다. 조금만 더, 아주 조금만 기다려 주십시오! 나는 아까도 잠깐 기다려 달라고 말했지만, 지금 다시 한 번 부탁드립니다. 그때가 되면…… 아, 실례, 더 말 않겠습니다. 나는 그 일을 말한 게 아닙니다. 그렇게 얼굴을 찌푸리지 마세요. 그럼 실례합니다. 아, 참 내 정신 좀 봐?」하더니 갑자기 중간에서 되돌아섰다.

「깜빡 잊었었군요, 가장 중요한 일인데. 방금 들은 얘긴데, 우리들의 가방이 페체르부르그로부터 도착한 모양이죠.」

「말하자면?」 니콜라이는 잘 납득이 안 가서 물끄러미 상대방을 쳐다보았다.

「말하자면 당신 가방입니다. 당신 짐입니다. 연미복이라든가 바지나 속옷이 도착한 게 아닙니까? 맞습니까?」

「그렇군, 아까 뭔가 그런 말을 하는 것 같더군.」

「그럼 지금 곧 안 됩니까?」

「알렉세이에게 물어 봐요.」

「아니, 내일 하지요, 내일이 좋겠죠? 그 속에는 당신 물건과 함께 나의 신사복과 연미복, 그리고 바지가 세 벌 들어 있을 겁니다. 왜 있잖아요, 당신 소개로 샤르메르에서 만든 것 말입니다. 기억하십니까?」

「소문을 듣자니 당신은 이곳에서 상당히 신사의 격식을 차린다면서요?」 니콜라이는 빙긋 웃었다.「조마사에게서 승마를 배우고 있다는 것은 사실인가요?」

표트르는 일그러진 미소를 띠었다.

「그런데」하고 그는 묘하게 떨며 더듬거리는 목소리로 갑자기 서둘러대며 이렇게 말했다.「니콜라이 브세볼로도비치, 서로 개인적인 얘기는 그만두는 게 어떨까요? 앞으로 영원히 말입니다. 물론 당신께서 우습게 생각하신다면 얼마든지 나를 경멸해도 무방합니다만, 얼마 동안은 개인적인 얘기는 하지 않는 게 좋을 것 같습니다, 안 그래요?」

「좋소, 그럼 이상 더 말하지 않겠소.」하고 니콜라이는 대답했다.
표트르는 싱긋 웃더니, 모자로 무릎을 탁 치고는 발의 위치를 약간 바꾸며 전과 같은 자세를 취했다.
「하지만 지금 이곳 사람들은 나를 리자베타 니콜라예브나에 대한 당신의 경쟁자처럼 보고 있어요. 그러니 난들 조금은 외모에 대해 신경을 써야 하지 않겠습니까?」하고 그는 소리를 내어 웃었다.「그런데 도대체 누가 그런 일을 당신에게 고자질했을까요. 흠! 정각 여덟 시군. 자, 슬슬 가봐야겠군. 바르바라 부인에게 들르기로 약속했지만 슬쩍 뺑소니를 쳐야겠군. 당신도 좀 쉬십시오. 그러면 내일은 훨씬 기운이 날 겁니다. 밖은 비가 내리고 있어 캄캄하지만 걱정없어요. 마차가 있으니까요. 또 이곳은 밤이 되면 거리가 위험하니까요. 아, 그건 그렇고 요즘 이 마을 근처엔 페지카란 죄수가 배회하고 있어요. 시베리아에서 도망쳐 나왔다는군요. 십오 년 전에 집의 아버지가 군인으로부터 돈을 받고 팔아넘긴 하인이래요. 아주 재미있는 작자입니다.」

「당신은…… 그 사람하고 얘기해 보았소?」니콜라이는 황급히 시선을 위로 돌렸다.

「얘기해 보았습니다. 나를 보아도 숨지는 않아요. 무슨 일에나 천연스러운 작자랍니다. 무슨 일에나 말입니다. 물론 돈이라면 별문제지만, 그것도 일종의 신념을 갖고 있어요. 물론 자기 나름대로이지만. 아, 참 또 한 가지 내친 김에 말하겠는데, 만일 당신이 아까 말한 계획, 그 리자베타에 관한 계획이 진심이라면 나 역시 무슨 일이든 사양치 않을 것입니다. 한 마디 더 참고삼아 말하겠습니다. 어떤 성질의 일이든 당신을 위해선 기꺼이 도움이 되겠습니다……. 아니 어떻게 된 일인가요? 당신, 단장이라도 붙잡으려고 하는 건가요? 아 아니군, 단장이 아니었군……. 나는 당신이 단장을 찾는 줄만 알았어요.」

니콜라이는 무엇을 찾는 기색도 없었고, 말 한마디도 입밖에 내지 않았지만 사실상 그 얼굴에는 일종의 기괴한 경련이 일더니 갑자기 벌떡 일어났다.

「그리고 혹시 가가노프에 대해서도 뭔가 당신에게 필요한 일이 있다면」이번에는 아주 노골적으로 서진을 턱으로 가리키면서 표트르는 야무지게 쏘아붙였다.「그때는 내가 모든 것을 떠맡아도 좋습니다. 나를 빼돌리거나 하시지는 않겠죠.」
 그는 대답도 기다리지 않고 훌쩍 나가 버렸다. 그러나 다시 한 번 방문 사이로 머리를 쑥 디밀었다.
 「내가 이런 말을 하는 것은」 그는 빠른 말씨로 입을 열었다. 「이를테면 샤토프 말입니다. 그 사람 역시 요전 일요일처럼 당신이 있는 옆으로 슬슬 다가와서 목숨을 내걸 만한 위험한 짓을 할 권리가 절대로 없다고 보았기 때문입니다. 그렇잖습니까? 나는 이 사실을 당신께서 알아 주셨으면 하는 겁니다.」
 그는 다시 대답을 기다리지 않고 사라져 버렸다.

4

 어쩌면 그는 모습을 감추면서 『틀림없이 니콜라이는 혼자 남게 되면 두 주먹을 불끈 쥐고 벽을 마구 칠 테지.』라고 생각하며 가능하다면 잠깐 그 모습을 엿보았으면 했을는지도 모른다. 만일 그렇게 생각했다면 그는 몹시 실망을 느꼈을 것이다. 니콜라이는 여전히 침착해 있었다. 이 분 가량 그는 먼저 자세대로 탁자 옆에 서 있었다. 어쩐지 깊은 생각에 잠긴 것 같았다. 그러나 금세 이완된 차가운 미소가 그 입가에 번졌다. 그는 먼저 자리──한쪽 구석의 소파에 주저앉더니 피로한 듯이 눈을 감았다. 편지는 여전히 서진 밑에서 한 귀퉁이를 드러내 보였으나, 그는 그것을 바로잡기 위해 몸을 움직이지도 않았다.
 이윽고 그는 완전히 망아의 경지로 빠져들었다. 바르바라 부인은 요 며칠 동안 걱정한 나머지 몸이 말라들어가는 것 같았으며, 더 이상 참고 있을 수가 없었다. 표트르가 들러 가겠다고 약속을 하고서도 그 약속을 지키지 않고 사라진 후, 비록 지정된 시간은 아니지만 용기를 내어 스스로 니콜라이의 모습을 보러 가려고 결심했다. 이쯤 되면 뭔가 결정적인 얘기를 해줄 만도 할 텐데 하는 생각이 계속 부인의 머릿속에 떠올랐다. 그녀는 아까처럼 조용히 문을 두드렸으나, 이번에도 역시 대답이 없기에 손수 문을 열었다. 니콜라스가 웬일인지 너무 조용히 앉아 있으므로 부인은 가슴을 두근대면서 살짝 소파 옆으로 다가갔다. 니콜라스가 이렇게 빨리 잠든데다가 이렇게 꼼짝도 않고 단정히 앉은 채로 자고 있는 것이 웬일인지 묘하게 느껴졌다. 그뿐만 아니라 숨소리조차 거의 들리지 않을 정도였다. 그의 얼굴은 창백한데다 험한 표정을 짓고 얼어붙은 듯이 꼼짝도 안 했다. 약간 양미간을 팔자로 찌푸리고 있는 모양은 꼭 숨이 통하지 않는 납인형 같았다. 부인은 숨소리마저 죽여가면서 삼 분 가량 아들 곁에 서 있었는데 갑자기 공포의 감정이 그녀의 온몸을 엄습했다. 그녀는 발끝으로 방을 나오다가 문앞에 서서 재빨리 자기 자식에게 성호를 긋고는 누구 눈에도 띄지 않게 그 자리를 뜨고 말았다. 새삼스레 답답한 감촉과 색다른 우수를 느끼면서.

그는 오랫동안, 한 시간 이상이나 잠을 자고 있었다. 더구나 처음부터 끝까지 그처럼 마비된 상태가 계속되었다. 안면 근육 하나 움직이지 않을 뿐더러 온몸이 어디 하나 달싹 하는 기미도 없었다. 양미간은 여전히 찌까다롭게 여덟 팔자로 찌푸린 채였다. 만일 바르바라 부인이 삼 분간만 더 이곳에 남아 있었더라면, 틀림없이 이 혼수병적인 부동상태가 주는 압박감에 못 견뎌 자기 자식을 흔들어 깨웠을 것이다. 하지만 그는 스스로 눈을 번쩍 떴다. 그리고 여전히 꼼짝 않고 자못 진기한 듯 물끄러미 방 한구석을 노려보면서 십 분 가량 우두커니 앉아 있었다. 그 모습은 뭔가 색다른 것이 눈에 띄기라도 한 것 같았으나, 거기에는 유달리 이렇다할 진기한 것도 색다른 것도 없었다.

이윽고 커다란 벽시계가 조용하고 둔탁한 소리를 내면서 한 번 울렸다. 그는 다소 불안한 얼굴로 고개를 돌려 문자판을 쳐다보려고 하였으나, 마침 그때 복도로 통하는 뒷문이 열리더니 하인인 알렉세이가 모습을 나타내었다. 그는 한손에 겨울 외투와 목도리와 모자를 들고 다른 손에는 편지가 담긴 은쟁반을 들고 있었다.

「아홉 시 반입니다.」 하고 그는 조용히 말하더니 가지고 온 옷을 구석 쪽 의자 위에 놓고 편지가 담긴 은쟁반을 내밀었다. 그것은 연필로 두 줄 가량 갈겨쓴 채 봉함도 하지 않은 조그만 쪽지였다. 그 편지를 싹 훑어보더니 니콜라이도 역시 탁자 위에서 연필을 집어들고 편지 끝에 두어 자 적어넣고 다시 쟁반 위에 올려 놓았다.

「내가 나가면 곧 돌려주게나. 자, 옷 입는 걸 좀 거들어 줘.」 소파에서 일어서면서 그는 이렇게 말했다.
 문득 가벼운 빌로도 신사복을 입고 있는 것을 알자 그는 잠시 생각하더니 다른 나사의 프록코트를 꺼내 오라고 일렀다. 그 옷은 좀더 예의를 갖춰야 할 저녁 방문 때에 입는 것이었다. 이윽고 옷을 갈아입고 모자를 쓰자, 그는 어머니가 들어왔던 방문을 잠그고 서진 밑에 숨겨 놓은 편지를 꺼내어 들더니 알렉세이를 데리고 말없이 복도로 나갔다. 그리고 좁은 뒤쪽 돌층계에서 곧장 정원이 마주 보이는 출입구로 내려갔다. 그 구석에는 손에 들고다니는 네모난 각등(角燈)과 커다란 박쥐 우산이 준비되어 있었다.
 「어찌나 무섭게 쏟아지는지 온통 거리가 질퍽질퍽 엉망입니다.」 주인의 밤 외출을 은근히 말려 보려고 하는 마지막 시도로 알렉세이는 이렇게 말해 봤다.
 그러나 주인은 우산을 펴들고 움 속처럼 캄캄하고 습기가 속속들이 스며들어 질퍽대는 오래된 정원으로 잠자코 나갔다. 바람은 쌩쌩 불어대어 거의 앙상하게 된 나뭇가지들을 흔들어대고 있었다. 자갈을 깐 좁은 길은 비에 젖어 있어 미끄러질 것 같았다. 알렉세이는 지금까지 입고 있던 연미복 차림에다 모자도 쓰지 않은 채 사등을 들고 두어 걸음 앞을 비춰 주면서 따라갔다.
 「눈에 띄지 않을까?」 갑자기 니콜라이는 물었다.
 「창문으론 보이지 않습니다. 미리부터 잘 봐뒀으니까요.」 하고 하인은 조그만 소리로 정확한 간격을 두면서 대답했다.
 「어머니는 주무시나?」
 「요 이삼 일 동안에 하시는 습관대로 아홉 시 정각에 방문을 닫으셨습니다. 그러니까 마님께서 눈치채실 염려는 절대로 없습니다. 몇 시쯤 마중을 나와야 하겠습니까?」 그는 큰마음먹고 이렇게 덧붙여 물었다.
 「한 시 아니면, 한 시 반이야. 적어도 두 시는 넘기지 않을 거야.」
 「알겠습니다.」
 둘이 다, 눈을 감고도 환히 알 수 있는 정원의 꼬불거리는 좁은 길을 따라 빙 돌아서 돌담 옆까지 다다랐다. 그리고 담벽의 제일 구석에서 조그만 샛문을 찾아냈다. 이 샛문은 좁고 쓸쓸한 옆골목으로 통하는 출구로서 거의 늘 잠겨 있었는데, 지금 그 열쇠는 알렉세이의 손에 있었다.

「문이 삐걱대지 않을까?」
 니콜라이는 다시 물었다.
 그러나 알렉세이의 보고에 의하면, 문에는 어제 기름을 쳐두었고 오늘도 쳐두었다는 것이었다. 그는 벌써 흠씬 젖어 있었다. 문을 열고 나서 알렉세이는 열쇠를 니콜라이에게 건네 주었다.
「만일 멀리까지 가시는 거라면 한말씀 여쭙고 싶은데, 이곳 사람들은 여간해서 마음을 놓을 수 없단 말입니다. 특히 한적한 옆골목을 지나가실 때는 한층더 조심하셔야 합니다. 게다가 강건너 쪽은 더욱 그렇습니다.」 그는 참다못해 그 말을 반복했다. 그는 옛날 니콜라이를 업어키운 일이 있는 늙은 하인이었다. 사람됨이 진지하고 엄격한 성품이었으므로 남이 성서 같은 책을 읽어 주는 것을 좋아했고 스스로도 즐겨 읽었다.
「상관없어, 알렉세이.」
「제발 나리에게 하느님의 가호가 있기를……. 다만 나리께서 좋은 일을 하실 때에 한해서만입니다.」
「뭐라고?」 이미 골목길로 한 발짝 내디디던 니콜라이는 이렇게 말하면서 우뚝 섰다.
 알렉세이는 이제 한 말을 똑똑히 되풀이했다. 그는 여태까지 자기 주인 앞에서 이런 말투로 대꾸하던 사람은 아니었다.
 니콜라이는 문을 닫고 열쇠를 주머니에 넣은 다음 걸음마다 서너 치씩 진창 속에 빠지면서 골목길을 걸어나갔다. 이윽고 포석이 깔린 길고 텅 빈 거리로 나왔다. 마을 지리는 마치 손바닥을 들여다보듯이 환했다. 하지만 보고야블렌스카야 거리는 아직도 멀었다. 마침내 그가 거무스름하게 낡아빠진 필립포프네 집의 닫힌 문 밖에 이르렀을 때는 이미 열 시가 넘어서였다. 아래층 방은 레뱌드킨 남매가 이사를 한 후로는 텅 비어, 창문은 온통 못질을 했으나 샤토프가 살고 있는 이층 방에는 불빛이 새어나오고 있었다. 문에는 초인종이 없었으므로 그는 손으로 문을 두드리기 시작했다. 그러자 창문이 열리고 샤토프가 거리 쪽으로 머리를 내밀었다. 그러나 캄캄 절벽이었으므로 아무것도 분간할 수가 없을 정도였다. 샤토프는 한참 동안, 아마 일 분 가량 찬찬히 내려다보았다.
「아, 당신입니까?」 그는 갑자기 이렇게 물었다.

「나요.」하고 불청객이 대답했다.
 샤토프는 창문을 닫더니 아래층으로 내려와 문을 열었다. 니콜라이는 높은 문턱을 넘어서더니 한 마디의 말도 없이 그 옆을 지나 곧장 키릴로프가 살고 있는 딴채로 걸음을 옮겼다.

5

 딴채에는 곳곳이 다 잠겨 있지 않을 뿐더러 제대로 문이 닫혀 있지도 않았다. 현관과 그 다음 두 방은 캄캄했으나 키릴로프가 빌어 세들고 있는 제일 구석 방에는(그는 그곳에서 늘 차를 마시고 있었다) 불이 켜져 있었다. 그리고 뭔가 기묘하게 외치는 소리와 웃음소리가 새어 나왔다.
 니콜라이는 불빛이 있는 쪽으로 걸어갔으나 안으로 들어가지 않고 문턱에서 멈춰 섰다. 차 도구가 탁자 위에 놓여 있었다. 방 한가운데에는 친척이 되는 노파가 서 있었다. 머리에는 모자도 수건도 쓰지 않았고, 옷도 간단한 스커트 위에 토끼 모피로 된 자켓만을 길치고 있었고 구두도 맨발에 신고 있었다. 노파의 팔에는, 셔츠 하나만 입고 자그마한 다리를 내놓은 생후 일 년 반쯤 되어 보이는 갓난아이가 안겨 있었다. 지금 막 요람에서 끌어내린 듯 볼이 발갛게 달아올랐고, 흰 머리털이 아무렇게나 흐트러져 있었다. 방금 마구 울어댔는지 아직도 눈물이 눈 밑에 글썽하게 괴어 있었으나 바로 이 순간 조그만 팔을 내밀어 짝자꿍을 하면서 어린애들이 누구나 다 그러하듯이 흑흑 느끼면서 웃고 있었다. 그 앞에서 키릴로프가 크고 빨간 고무공을 방바닥에다 치고 있었다. 공이 천장까지 튀어올라갔다가 다시 아래로 떨어지면 어린애는 「마이(공), 마이」하고 외쳤다. 키릴로프가 공을 잡아 어린애에게 주었다. 그러면 어린애는 조그만 손으로 서투르게 이번에는 자기가 치는 것이다. 키릴로프는 또 뛰어가서 공을 주워 주었다. 그러는 동안에 공은 찬장 밑으로 굴러들어갔다.
 「마이 마이!」하고 어린애는 소리쳤다.
 키릴로프는 방바닥에 엎드려 찬장 밑에서 공을 꺼내려고 애를 썼다. 니콜라이가 방안으로 들어갔다. 어린애는 그의 모습을 보자 노파에게 바싹 매달리면서 어린애 특유의 긴 울음소리를 내기 시작했다. 노파는 곧 아기를 데리고 밖으로 나갔다.
「스타브로긴 씨?」 공을 들고 방바닥에서 몸을 일으키면서 불의의 방문에 조금도 놀라는 기색도 없이 키릴로프는 이렇게 말했다. 「차를 드시겠습니까?」
그는 완전히 몸을 일으켰다.
「좋죠, 혹 차지만 않다면」 하고 니콜라이는 말했다. 「난 비에 흠뻑 젖었어요.」
「따끈해요, 아니 뜨거울 정돕니다.」 하고 키릴로프는 으스대듯 받아넘겼다. 「자, 앉으시오, 흙투성이군요. 뭐 괜찮습니다. 방바닥은 내가 나중에 젖은 걸레로.」 니콜라이는 자리에 앉아서 찰찰 넘게 따라준 차를 거의 단숨에 마셔버렸다.
「한 잔 더?」 하고 키릴로프는 물었다.
「고맙소.」
지금까지 서 있던 키릴로프는 얼른 맞은편 자리에 앉더니 물었다.
「무슨 일로 오셨나요?」
「좀 볼일이 있어서. 당신 이 편지를 좀 읽어 보시오. 가가노프로부터 온 거요. 기억하고 있는지요. 언젠가 내가 페체르부르그에서 얘기한 적 있잖소.」
키릴로프는 편지를 받아서 읽고 나더니 다시 탁자 위에 놓고, 말 나오기를 기다리는 듯 상대방을 바라보았다.
「이 가가노프라는 사람하고는」 하고 니콜라이는 설명을 하기 시작했다. 「당신도 아시다시피 한 달 전에 페체르부르그에서 생전 처음 만났던 거요. 우리는 서너 번 모임 자리에서 얼굴을 대했을 뿐 인사도 없었고 말을 나눈 일도 없는데, 어떻게 생각했는지 나에게 갑자기 무례한 태도를 보이더란 말이오. 사실은 그때 당신에게 이야기를 했지만 단 한 가지 당신이 모르는 일이 있소. 그 사람은 나보다 먼저 페체르부르그를 떠났는데, 그때 갑자기 한 통의 편지를 보냈더랬소. 더구나 이 편지와 같은 투는 아니었지만 역시 무례하기 짝이 없는 것이었소. 첫째 그런 편지를 쓰게 된 동기가 전혀 적혀 있지 않아요. 그것이 무엇보다도 기묘하다는 거죠. 나는 그때 금방 회답을 보냈어요. 역시 편지로요. 그리고 아주 솔직하게 이렇게 써주었어요──당신은 아마 사 년 전 이 클럽에서 일어난 당신 아버님에 대한 사건 때문에 나에게 화를 내고 있는 모양인데, 그 일이라면 가능한 한 사죄의 방법을 강구할 작정이라고. 특히 내 행위가 별로 악의가 있어서 그런 게 아니고 단순히 병의 탓이라고 전제했답니다. 제발 나의 사죄를 들은 다음 고려해 달라고 부탁했죠. 그렇지만 그 사람은 답장도 보내지 않고 떠나 버리고 말았습니다. 그런데 지금 여기서 그 사람의 소문을 듣자니 미친 사람처럼 날뛰는 모양이군요. 그 사람이, 대중이 모인 자리에서 떠들어댄 나의 평을 몇 가지 들었는데, 그야말로 순전히 욕지거리고 게다가 놀라울 정도의 트집입니다. 그러던 차에 오늘 편지가 왔더군요. 이런 편지를 받아 본 사람은 여지껏 아무도 없을 거예요. 온갖 욕설을 다 퍼부은 다음 너의 얻어터진 낯짝이라는 말까지 썼으니 말이오. 나는 당신이 중개인이 되어 주는 것을 거절치 않으리라 생각하고 찾아온 겁니다.」

「당신은 이런 편지를 받아 본 사람은 한 사람도 없을 거라고 했지만」하고 키릴로프가 말했다.「누구라도 제정신이 아니면 그런 편지를 쓸 수도 있어요. 이런 걸 쓴 사람은 한두 사람이 아니라오. 푸시킨도 헤케른(1826~1837년 러시아 주재 네덜란드 공사. 이 편지가 원인이 되어 푸시킨은 그의 양자 잔테스와 결투, 사망하다)에게 썼지요. 좋아요. 갑시다. 그래 어떻게 할 작정이오?」

니콜라이의 설명에 의하면 그는 내일이라도 당장 결행했으면 좋겠는데, 그 전에 한 번 더 사죄하고 싶다, 아니 한 번 더 사죄의 편지를 약속해도 좋다. 단 가가노프 쪽에서도 다시는 편지를 보내지 않겠다는 약속을 해야만 한다, 지금까지 받은 편지는 전혀 없었던 것으로 간주하겠다라는 것이었다.

「그러면 양보가 지나쳐요. 그 사람은 승낙하지 않을 거요.」하고 키릴로프는 말했다.

「내가 이곳에 온 것은 무엇보다도 당신이 이러한 조건을 상대편에게 전해 줄 수 있나없나를 듣고 싶어서였소.」

「전하지요, 당신 부탁이니. 그러나 그 사람이 승낙하지 않을 거요.」

「승낙하지 않을 거란 것은 나도 알고 있소.」

「그 사람은 결투를 하고 싶은 거요. 그래 어떻게 싸울 참이오?」

「즉 바로 그 점이오. 나는 내일중으로 모든 것을 끝마쳤으면 해요. 아침 아홉 시쯤에 당신이 그곳에 가주시오. 그 사람은 당신의 말을 들으면 물론 동의하지 않을 거요. 그리고 자기 쪽의 중개인을 대면시켜 줄 테죠. 그게 아마 열한 시쯤이 될 것입니다. 당신은 그 사람과 만반의 절차를 결정해 주시오. 그리고는 한 시나 두 시에는 쌍방이 지정된 장소에 나와야 하겠죠. 제발 부탁이니 그렇게 되도록 해주시오. 무기는 물론 권총. 그리고 특히 부탁이 있습니다. 두 발사선의 간격은 십 보로 하고 우리 두 사람을 그 선으로부터 각각 십 보의 거리에 서도록 해주시오. 우리는 일정한 신호에 따라 다가서도록 합시다. 물론 어느 쪽이나 다 발사선까지 다다라야 하겠지만, 발사는 그 전에 걸어가면서 해도 무방하게. 대강 이렇습니다, 내 생각은.」

「발사선의 간격이 십 보라면 너무 가까워요.」하고 키릴로프가 말했다.

「그럼 십이 보, 그 이상은 안 되오. 당신도 알겠지만 그 사람은 진정으로 결투를 바라고 있으니까요. 당신 권총을 장전할 수 있나요?」

「할 수 있소. 난 권총을 가지고 있답니다. 나는 당신이 한 번도 내 권총을 써본 일이 없다는 것을 상대편에게 맹세해 두겠소. 그쪽 중개인도 역시 자기 권총에 대한 일을 그렇게 맹세하도록 하겠소. 그리고 이 두 벌의 권총 중에서 제비를 뽑아 상대편 것이든 이쪽의 권총이든 결정하는 거요.」

「좋소.」

「권총을 보겠소?」

「그러죠.」

키릴로프는 아직도 정리도 하지 않고 한쪽 구석에 놓아 둔 가방 앞에 쭈그리고 앉아서(그는 이 속에서 필요한 여러 가지 물건을 끄집어내는 것이었다) 안쪽에 빨간 빌로도 천을 댄 종려나무 상자를 밑에서 끄집어냈다. 속에는 멋지고 아주 비싼 권총 한 쌍이 나왔다.

「완전히 구비되어 있어요. 화약도, 탄환도, 약협도 말이오. 난 또 연발 권총도 갖고 있어요. 잠깐만 기다려 줘요.」

그는 또 가방 속에 손을 넣고 뒤지더니 미제 6연발 권총이 들어 있는 상자를 끄집어냈다.

「당신은 꽤 많은 권총을 갖고 있군요. 그것도 아주 훌륭한 것만.」

「아주 굉장히 훌륭한 거죠.」

거지나 다를 바 없는 가난한 처지에 있는 키릴로프가(그러나 자신은 한 번도 자기의 가난함을 알아채지 못했지만) 오늘 밤에는 자못 자랑스러운 듯 비싼 무기를 꺼내어 보이는 것이었다. 그건 말할 나위 없이 대단한 희생을 치르고 손에 넣었음에 틀림없다.

「당신은 지금까지도 역시 그와 같은 생각을 하고 있군요?」 잠시 동안 침묵이 흐르다가 스타브로긴은 다소 조심스러운 말투로 이렇게 물었다.

「그렇소.」 하고 키릴로프는 묻는 어조로써 금방 질문의 뜻을 알아차렸으므로, 이렇게 짤막하게 대답하면서 탁자 위의 권총을 치우기 시작했다.

「언제요?」 재차 얼마간의 사이를 두고 전보다도 더 조심스럽게 스타브로긴은 물었다.

키릴로프는 그 새에 상자를 둘 다 가방 속에 넣고 제자리로 돌아와 앉았다. 「그것은 아시다시피 나의 의지로 결정되는 게 아닙니다. 남이 정해 준답니다.」 그 질문이 다소 괴로운 듯한 표정을 짓더니, 동시에 앞으로는 어떤 질문을 받아도 주저않고 대답할 것 같은 태도를 보이면서 이렇게 중얼거렸다. 그는 어딘지 모르게 온화하고 부드럽고 다정한 감정을 품으면서 광채가 없는 검은 눈으로 스타브로긴을 응시하는 것이었다.

「물론 나도 알아요, 권총 자살.」 한참 동안, 거의 삼 분 가량 깊은 생각에 잠긴 듯 묵묵히 있던 니콜라이는 미간을 찌푸리면서 재차 입을 열었다. 「그건 나도 때때로 생각해 봤어요. 그러면 늘 새로운 생각이 떠오르곤 해요. 가령 자신이 뭔가 나쁜 짓을 저질렀다고 한다, 아니 그보다 오히려 수치스러운 일 즉 치욕적인 일을 했다고 한다, 그것도 아주 추악한 더구나…… 우스꽝스러운 일로, 세상 사람이 천년만년 머릿속에 담아 두고 있을 뿐더러 천년만년이나 계속 침을 뱉는 그러한 일을 저질렀다고, 갑자기 이런 생각이 떠오르는 것입니다. 그때 홀연히 『관자놀이에 한 대 꽝 쏘아댄다면 이젠 아무것도 남지 않을 게 아닌가』 하는. 그렇게 되면 세상사람들이 다 뭡니까, 천년만년 침을 뱉건 일체 상관없는 일이 아니겠어요, 안 그래요?」

「당신은 그것을 새로운 사상이라고 말하는 겁니까?」 잠깐 생각한 후 키릴로프는 이렇게 물었다.

「난…… 뭐 구태여 그렇다는 건 아니지만…… 다만 전에 이런 일을 생각했을 때 전혀 새로운 사상이라고 느꼈죠.」

「새로운 사상이라고 느꼈다고요?」 키릴로프는 되물었다. 「그건 좋은 일이오. 그런 사상은 많이 있답니다. 늘 존재하고, 그것이 갑자기 새로워진다,

그것은 사실입니다. 나도 요즘, 여러 가지 일이 마치 처음 보는 것처럼 눈에 들어옵니다.」

「가령 당신이 달나라에 살고 있어서」 상대방의 말에는 귀도 기울이지 않고, 자기 사상의 실마리를 풀면서 스타브로긴은 가로막았다. 「가령 당신이 달나라에서 온갖 우스꽝스럽고 추악한 일을 저질렀다고 합시다……. 그런데 당신은 이 지구로 거처를 옮겨오면서 달나라에선 당신의 이름을 천년이고 만년이고, 달의 존재가 계속되는 한 영원히 웃고 배척한다는 사실을 당신 자신이 알고 있다고 가정합시다. 그러나 당신은 이제 이곳에서 달세계를 바라보고 있으니 당신이 그쪽에서 무슨 짓을 했건 또 그쪽 인간들이 천년만년 배척을 하건, 그런 일이야 이곳에 있는 이상 무슨 상관이 있겠어요, 그렇잖아요?」

「모르겠어요.」 하고 키릴로프는 대답했다. 「나는 달나라에 있어 본 적이 없으니까.」 비꼬는 것이 아니라, 다만 사실대로 표명하기 위해 그는 이렇게 덧붙였다.

「아까 그 아이는 누구의 애요?」

「그 노파의 시어머니가 다른 곳에서 왔어요. 아니 시어머니가 아니라 며느리지……. 어쨌든 사흘 전에 왔어요. 그런데 어린애와 함께 앓고 있답니다. 아이는 밤이 되면 몹시 울어대요. 배가 아파서. 엄마가 누워 있으니까 할 수 없이 할머니가 데리고 오는 거죠. 그래서 나는 공을 가지고……. 공은 함부르크에서 가지고 온 겁니다. 함부르크에서 산 거죠. 던지기도 하고 받기도 하려고요……. 등을 튼튼하게 해주니까요……. 계집애예요.」

「당신은 어린애를 좋아하나요?」

「좋아하지요.」 하고 키릴로프는 대답했으나, 그 말은 무관심한 투였다.

「그럼 당신은 삶도 사랑하고 있겠군요?」

「예, 삶도 사랑하지요. 그런데 그게 어떻다는 말입니까?」

「피스톨 자살을 결의하고 있어도.」

「그게 어떻다는 겁니까? 왜 그것을 함께 결부시킵니까? 삶은 삶, 또 그것은 그것이죠. 삶은 존재합니다. 그러나 죽음이란 전혀 존재하지 않습니다.」

「당신은 미래의 영세(永世)를 믿게 되었나요?」

「아뇨, 미래의 영세가 아니라, 이 세상의 영세입니다. 하나의 순간이 있어, 그 순간에 도달하면 시간은 홀연히 멈춰 버리고, 그것으로 영세가 되는 겁니다.」
「당신은 그런 순간에 도달할 수 있다고 생각합니까?」
「그렇소.」
「그것은 아무래도 현대에선 불가능한 것 같아요.」아까처럼 조금도 비웃는 구석 없이 니콜라이는 대답했다.「묵시록 속에서 한 사람의 천사가 시간은 이미 있을 수 없다고 맹세하고 있긴 하나.」
「알고 있습니다. 그건 정말 정확한 말입니다. 명석하고도 적중한 말이죠. 완전한 한 인간이 행복을 획득했을 경우, 시간은 이미 없어지고 마는 겁니다. 필요하지 않으니까요. 대단히 정확한 사상입니다.」
「도대체 어디에 숨기나요?」
「아무데도 숨기진 않아요. 시간은 물건이 아니라 사념(思念)이니까요. 마음 속에서 꺼져 버립니다.」
「낡은 철학에서 맡아 놓고 쓰는 말이오. 개벽 이래 줄곧 변함없는 일이군.」어딘지 모르게 까다로운 연민의 빛을 보이면서 스타브로긴은 중얼거렸다.
「변함이 없다! 개벽 이래 변함이 없다, 그것 외엔 절대로 있을 수 없습니다!」마치 이 관념 속에 훌륭한 승리라도 깃들여 있듯이 키릴로프는 눈을 반짝이면서 말을 가로막았다.
「키릴로프, 당신은 무척 행복한 모양이군요.」
「예, 무척 행복합니다.」그는 마치 평범하고 예사로운 일처럼 대답했다.
「그러나 당신은 근래에 몹시 비관하여 리푸친의 일로 화를 내고 있지 않았소?」
「홈!…… 하지만 지금은 남을 욕하거나 하진 않아요. 그때는 아직 나 자신이 행복하다는 것을 모르고 있었으니까요. 당신은 잎을 본 일이 있소, 나뭇잎을?」
「있지요.」
「나는 얼마 전에 노란 잎을 보았지요. 이미 파란 빛은 거의 없어지고 가장자리가 시들어가고 있는 것 말입니다. 바람에 떨어진 거죠. 나는 열 살 때쯤 겨울철에 일부러 눈을 가리고 엽맥이 파랗고 싱싱한 나뭇잎을 상상해

봤었죠. 햇빛이 반짝반짝 비치고 있었어요. 그러나 눈을 떴을 때는 웬일인지 현실이 되진 않더군요. 하지만 참으로 좋단 말입니다. 그래서 나는 또 눈을 가리지요.」

「그건 뭡니까, 비유라는 겁니까?」

「아……아니, 왜요? 난 비유라기보단 다만 나뭇잎…… 그냥 나뭇잎에 대한 말을 했을 따름이오. 나뭇잎은 좋습니다. 모든 것이 좋죠.」

「모든 것이?」

「모든 것이 다. 인간이 불행한 것은 다만 자기의 행복을 모르기 때문이오. 그것뿐이오, 오직 그것뿐이오, 오직! 그것을 자각한 자는 곧 행복해집니다. 한순간에 그 시어머니가 죽고 계집애 혼자 남게 된다——그것도 모두 좋은 일입니다. 나는 홀연히 그것을 발견했소.」

「사람이 굶어죽어도? 여자아이를 욕보이거나 다치게 해도, 그래도 역시 좋은 일인가요?」

「좋은 일이오. 누가 복수하려고 아이의 머리를 때려서 골이 터져나온다 해도 역시 좋은 일이죠. 또 골이 터져나오지 않아도 역시 좋은 일입니다. 모든 것이 좋은 일이죠, 모든 것이! 모든 것이 좋다는 것을 알고 있는 자는 모든 것이 좋은 겁니다. 만일 세상 사람들이 자기들에게 모든 것이 좋다는 것을 안다면 모두가 좋아질 텐데, 그들은 모든 것이 좋다는 것을 모르는 동안에는 그들에게 있어서도 좋은 일은 없겠죠. 그것이 사상의 전부입니다. 그 이상 다른 사상이 있을 리 없죠!」

「당신은 언제 자기가 그렇게 행복하다는 것을 알아차렸소?」

「지난 주 화요일, 아니 수요일이었군요. 그땐 이미 수요일이 되었죠. 밤중이었으니까.」

「어떠한 동기로?」

「기억하고 있진 않아요. 그저 방안을 거닐다가 문득…… 그런 일이야 아무래도 좋습니다. 나는 시계를 멈추게 했죠. 두 시 삼십칠 분이었어요.」

「시간은 멎어야 한다는 상징으로 말입니까?」

키릴로프는 잠자코 있었다.

「세상 사람들은 좋지 않아요.」 갑자기 그는 또 이렇게 말을 꺼냈다.

「그것은 자기들의 좋은 면을 모르기 때문입니다. 만일 그것을 깨닫는다면 작은 계집애를 욕보이는 짓은 하지 않겠죠. 모두들 자신의 좋은 면을 알아야 합니다. 그렇게 하면 다들 좋아집니다. 한 사람도 남김없이 모두가.」
「그런데 당신은 그것을 깨달았으니 당신은 좋은 사람이겠군요?」
「나는 좋습니다.」
「특히 그건 나도 동감이오.」 하고 스타브로긴은 미간을 찌푸리며 중얼거렸다.
「모든 것이 좋다는 것을 가르치는 사람은 이 세계를 완성시키는 사람입니다.」
「그것을 가르쳤던 분은 십자가에 못박히지 않았소?」
「그 사람은 반드시 옵니다. 그 이름은 인신(人神)이오.」
「인신?」
「인신, 거기엔 구별이 있습니다.」
「그런데 이 등명(燈明)을 밝힌 것은 당신이 아니오?」
「그렇소, 그건 내가 밝힌 거요.」
「신심이 있소?」
「그 할머니는 등명을 바치는 일을 좋아해서……. 그린데 오늘은 시간이 없었기 때문에.」 하고 키릴로프는 중얼거렸다.
「당신은 스스로 기도를 드리지 않나요?」
「나는 모든 것에 대해 기도를 합니다. 보세요, 거미가 벽을 기어가고 있잖아요. 나는 우두커니 보고 있는 동안에 그 기어가는 것이 고맙게 여겨지거든요…….」
그의 눈은 다시 불타올랐다. 그는 줄곧 야무지고 확고한 눈초리로 물끄러미 스타브로긴을 바라보고 있었다.
스타브로긴은 미간을 찌푸리며 까다롭게 상대방을 주시하고 있었는데, 그 눈초리에는 냉소의 빛이라곤 조금도 없었다.
「나 장담해도 좋소. 내가 다시 이곳에 올 때는 당신은 이미 신을 믿게끔 될 것이오.」 일어서서 모자를 집어들면서 그는 이렇게 말했다.
「왜요?」 키릴로프도 일어섰다.
「만일 당신 스스로가 신을 믿고 있다는 것을 깨닫게 되면 당신은 실지로 신을 믿어온 거요. 그러나 당신은 아직 신을 믿고 있다는 걸 깨닫지 못했으니까 결국 믿고 있지 않은 거요.」하며 스타브로긴은 싱긋이 웃었다.
「그건 그렇지 않소.」한참 생각한 후 키릴로프는 이렇게 대답했다.「그건 내 사상을 거꾸로 한 거요. 서툰 농담이군요. 스타브로긴, 당신이 나의 생애에 대해 어떤 의의를 갖고 있었다, 그것을 생각해 보시구료.」
「실례하겠소, 키릴로프.」
「밤에 또 와주십시오. 언제 또?」
「아니, 당신은 내일 할 일을 잊은 건 아니겠죠?」
「아, 깜빡 잊었었군. 걱정 마시오, 늦잠을 자진 않을 테니까요. 아홉 시죠. 나는 언제나 내가 일어나고 싶은 시간에 일어날 수 있으니까요. 잠들 때 일곱 시라고 해두면 일곱 시에 잠이 깹니다. 열 시라고 하면 틀림없이 열 시에 눈을 뜹니다.」
「당신은 색다른 특질을 지녔군요.」스타브로긴은 상대방의 창백한 얼굴을 쳐다보았다.
「나가서 문을 열어 드리죠.」
「괜찮소. 샤토프가 열어 줄 거요.」
「아, 샤토프. 그럼 안녕히 가십시오.」

6

샤토프가 살고 있는 텅 빈 집 현관문에는 자물쇠가 잠겨 있지 않았다. 하지만 복도로 들어가 보니 그야말로 캄캄하였다. 스타브로긴은 손으로 더듬더듬 이층으로 올라가는 계단을 찾기 시작했다. 그러자 갑자기 위쪽 문이 열리더니 불빛이 보였다. 샤토프는 자신은 밖으로 나오지 않고 방문만 열었던 것이다. 방 문턱에 선 니콜라이는 한쪽 구석 탁자 옆에 기다리고 서 있는 주인을 발견했다.
「볼일이 있어 왔는데 만나 주겠소?」그는 문턱에서 물었다.
「들어와서 앉으시죠.」하고 샤토프는 대답했다.「문을 닫으십시오. 아니, 내가 닫죠.」
그는 문을 잠그고 탁자 옆으로 되돌아오더니 니콜라이와 마주보고 앉았다.

그는 요 일주일 동안 무척 수척해 보였다. 그리고 지금은 열이 있어 보였다.
「당신은 나를 괴롭혔습니다.」 하고 그는 눈을 내리깔고 속삭이듯이 입을 열었다. 「왜 오지 않았습니까?」

「그럼 당신은 내가 이곳에 올 거라고 확신하고 있었소?」

「아니, 잠깐 나는 헛소리를 했어요……. 어쩌면 지금도 헛소리를 하고 있는지도 모릅니다……. 잠깐만 기다려 주십시오.」

그는 일어나서 삼단으로 되어 있는 책상 속, 제일 윗단 끝에 놓여 있는 물건을 내렸다. 그것은 연발 권총이었다.

「어느 날 밤, 나는 열에 들떠서, 당신이 나를 죽이러 올 것 같아 혼났어요. 그래서 다음 날 아침 일찍 그 건달패 럄신을 찾아가 없는 돈을 톡톡 털어서 이 권총을 산 겁니다. 나는 당신에게 선수를 빼앗기고 싶지 않았으니까요. 그런데 나중에 알고 보니…… 화약도 탄알도 없지 않겠어요. 그 이후 그대로 선반 위에 내팽개쳐 둔 겁니다. 잠깐만 기다려 주십시오…….」

그는 일어서서 창문의 통풍구를 열려고 했다.

「버리지는 말아요, 왜 그런 짓을?」 니콜라이는 말렸다. 「그것도 팔면 돈이 됩니다. 게다가 내일이면 사람들이 여러 가지 말을 하게 될 겁니다. 샤토프네 창문 밑에 권총이 떨어져 있더라고. 자, 제자리에 놓아 둬요. 됐소, 이제. 참, 한 가지 물어 보고 싶은데, 지금 당신은 내가 죽이러 올 것이라고 생각한 점에 대해 어쩐지 미안해하는 것 같은데 도대체 그건 왜 그런가요? 난 지금 화해하러 온 건 아니오. 다만 필요한 일을 말하러 왔을 뿐이니까요. 우선 확실히 해두고 싶은 것은, 그때 당신이 나를 때린 원인이오. 설마 당신 부인과 나의 관계 때문은 아니겠죠?」

「그 일 때문이 아니라는 것은 당신 자신도 알고 있을 텐데요!」 하고 샤토프는 다시 눈을 아래로 내리깔았다.

「그럼 다리아 파블로브나에 관한 어리석은 소문을 믿었기 때문도 아니겠죠?」

「아닙니다. 물론 그렇지 않습니다! 어리석게도 누이동생은 처음부터 나에게 밝혔어요…….」 하고 샤토프는 발을 동동 구를 것 같은 기세로 초조한 듯 날카로운 소리를 질렀다.

「그럼 나의 상상이 들어맞았군. 그리고 당신의 상상도 들어맞았고.」 하고 스타브로긴은 침착한 어조로 말했다. 「당신이 상상한 대로요. 마리아 레뱌드키나는 나의 정식적인 처요. 사 년 반쯤 전에 페체르부르그에서 훌륭하게 나와 결혼식을 올렸소. 당신은 그 여자 때문에 나를 때린 거죠?」
 샤토프는 마치 벼락이라도 맞은 듯, 한 마디의 대꾸도 없이 듣고 있었다.
 「그렇게 상상은 했었지만 믿어지지 않더군요.」 기묘한 눈초리로 스타브로긴을 쳐다보면서 마침내 샤토프는 중얼거렸다.
 「그래서 때린 건가요?」
 샤토프는 갑자기 얼굴을 붉혔다. 그리고 밑도끝도없이 횡설수설 지껄여댔다.
 「난 당신의 타락 때문에…… 당신의 거짓말 때문에 때린 겁니다. 그러나 내가 당신 옆으로 다가선 것은 구태여 당신에게 벌을 주려고 그런 것은 아니었소. 다가갔을 때는 때린다는 일은 생각지도 않았었죠……. 내가 그런 짓을 한 것은 당신이 나의 생애에 있어서 실로 상징적인 존재이기 때문이었어요……. 나는……」
 「알았소, 알았소. 제발 간단히 말해 줬으면 좋겠소. 당신이 열에 들떠 있다니 안됐소. 실은 아주 중요한 용건이 있는데.」
 「나는 상당히 오랫동안 당신을 기다렸습니다.」 마치 온몸이 떨리기라도 하듯 샤토프는 이렇게 말하고 또 몸을 일으키려고 했다. 「빨리 당신의 용건을 말해 보시오. 나도 말할 테니까요……. 나중에…….」
 「그 용건은 전혀 범주가 달라요.」 하고 니콜라이는 호기심어린 눈으로 상대편 얼굴을 들여다보며 이렇게 말을 끄집어냈다. 「나는 부득이한 사정 때문에 오늘 이 시간을 골라 당신을 찾아온 것이고, 어쩌면 당신이 살해될지도 모른다는 주의를 해두지 않으면 안 되었던 거요.」
 샤토프는 불쾌한 눈으로 그를 바라보았다.
 「그러한 위험이 나를 위협할 우려가 있다는 것은 나도 알고 있습니다.」 하고 그는 조용히 말했다. 「그러나, 당신은 어떻게 그걸 알게 되었나요?」
 「그건 나도 당신과 마찬가지로 그 사람들의 모임에 끼여 있기 때문이오. 당신처럼 그 모임의 회원이란 말이오.」
 「당신이…… 당신이 그 모임의 회원이라고요?」
 「나는 당신의 눈초리로 다 알 수 있습니다. 당신은 나를 무슨 일이라도 할 수 있는 사람이라고 기대하고 있었겠지만 이 일만은 생각도 못했을 겁니다.」 하며 니콜라이는 보일락말락하는 엷은 미소를 띠었다. 「그리고 잠깐 물어 보겠는데, 그러니까 당신은 자기를 노리고 있는 것을 벌써 알고 있었군요?」

「생각한 일도 없어요. 지금도 당신은 그렇게 말하지만, 역시 사실이라곤 생각지 않습니다. 그러나…… 그러나 그 바보 같은 녀석들에게 걸리면 무슨 일이라도 할 수 있겠죠!」 주먹으로 탁자를 쾅쾅 치면서 갑자기 무서운 기세로 이렇게 외쳤다. 「나는 그 따위 녀석들은 무섭지 않아요! 나는 그 녀석들과 인연을 끊었습니다! 특히 그자들이 네 번이나 내게로 달려와서 충분히……」 하고 그는 스타브로긴을 쳐다보았다. 「있을 수 있는 일이라고 말은 했지만, 그래 도대체 이 일에 대하여 당신은 무엇을 알고 있습니까?」

「걱정 마세요. 나는 당신을 속이거나 하지는 않으니까요.」 단순히 자기의 의무만을 수행하려는 사람처럼 꽤 냉담한 투로, 스타브로긴은 말을 계속했다. 「당신은 내가 무슨 일을 알고 있나 그것을 시험하려는 거죠? 나는 이것만은 알고 있소. 당신은 이 년 전, 외국에서 어느 모임에 들어갔지요. 그땐 그 모임의 조직이 바뀌기 전의 일이오. 마침 당신이 미국으로 가기 전 우리들이 서로 얘기를 나누고 난 직후인 것 같소. 그 얘기에 대한 것은 당신이 미국에서 보낸 편지에도 많이 씌어 있더군요. 참 편지 말이 나오니 생각나는데, 미안했어요. 나는 그때 답장을 하지 않고 다만……」

「송금만 해줬죠. 잠깐만 기다리세요.」 하고 샤토프는 상대방을 가로막으며 성급히 책상 서랍을 열어 서류 속에서 한 장의 무지개빛 지폐(백 루블리)를 끄집어냈다. 「자 받으시오. 당신이 보내 준 백 루블리입니다. 당신이 아니었더라면 나는 벌써 못쓰게 되었을 겁니다. 이 돈을 이렇게 빨리 돌려드리지 못했을 건데, 다행히 당신의 어머님 덕분입니다. 구 개월 전 내가 앓고 난 후 곤란할 것이라고 그분이 베풀어 주신 돈입니다. 어서 다음 말씀을 해주십시오……」

「미국에서 당신은 사상이 완전히 바뀌어, 스위스로 돌아오자, 탈퇴를 신청했던 겁니다. 그런데 그들은 일언반구 대답도 없이, 오히려 러시아로 돌아가면 이 마을에서 어떤 사람으로부터 활판 기계를 인계받고 조직에서 사람이 인수하러 올 때까지 보관하고 있으라는 명령을 받았죠. 당신은 이것이 그들의 최후의 요구로서 이 일만 끝나면 깨끗이 풀어 줄 것이라는 희망 아래 (혹은 그런 조건이었는지도 모르지만) 하여간 인수를 했어요. 지금 말한 것은 모든 것이 사실인지 허위인지는 모르지만 그것을 내가 알게 된 것은 그들의 입에서가 아니라 아주 우연한 계기에서입니다. 그러나 단 한 가지 당신도 아직 모르는 일이 있는 모양이군요. 선생들은 당신과 헤어질 생각은 전혀 없는 것 같던데요.」

「바보 같은 소리 말아요!」하고 샤토프는 외쳤다.「난 모든 점에 있어 그들과 견해를 달리하고 있다고 단호히 선언하지 않았던가요! 이것은 나의 권리입니다. 양심과 사상의 권리입니다……. 나는 이제 더 못 참아요! 더 이상…….」

「아니 이봐요, 그렇게 소리칠 게 아녜요.」하고 니콜라이는 아주 진지하게 그를 말렸다.「베르호벤스키는 그런 기질의 인간이니까, 자기가 오든가 아니면 다른 사람의 귀를 빌든가 해서 지금도 우리들의 얘기를 엿들을는지 모릅니다. 때에 따라서는 당신 집 복도에서 말입니다. 그 주정뱅이 레뱌드킨까지도 당신에 대한 감시의 임무를 띠고 있었다고 해도 과언은 아닐 겁니다. 그러나 당신도 그 사람에 대하여 그런 위치에 서 있는 건 아닌지요? 그렇죠! 그보다도 이걸 물어 봐야겠습니다. 베르호벤스키는 지금 당신의 논점에 동의하고 있는 건가요, 아니면 그 반대인가요?」

「동의하고 있어요. 그 사람은, 그건 할 수 있다, 당신에겐 그런 권리가 있다…… 라고 말했으니까요.」

「흥, 그것은 다만 말만 그렇게 했을 뿐이고 당신을 속이고 있는 겁니다. 내가 알기론 거의 이 일과는 관계없는 키릴로프조차도 당신에 대한 정보를 제공하고 있으니 말입니다. 그 패들은 염탐꾼이 많이 있어요. 개중에는 그 모임의 일을 보고 있다는 사실을 전혀 모르고 있는 염탐꾼도 있답니다. 당신은 항상 감시를 받아온 거요. 베르호벤스키가 이곳에 온 것은 여러 가지 용건 중에서도 당신 사건을 완전히 결판지으려는 일이 주요한 용건이랍니다. 그리고 그에 대한 전권(全權)을 띠고 있어요. 즉, 다름이 아니라 적당한 시기를 봐서, 너무도 많은 사실을 알고 있으며 또 밀고의 우려가 있는 인물로 당신을 살해하려는 겁니다. 되풀이해서 말하지만 이것은 틀림없는 사실입니다. 그리고 또 한 가지 덧붙여 말하자면, 그 작자들은 웬일인지 당신을 염탐꾼으로 알고 있으며, 가령 지금까지 밀고를 하지 않았다 해도 장차는 반드시 밀고할 것이라고 굳게 믿고 있답니다. 그래, 그게 사실인가요?」
　이렇게 예사롭게 내던지는 질문을 듣고 샤토프는 입을 삐죽거렸다.
　「만일 내가 염탐꾼이라면 도대체 누구에게 밀고한단 말이오?」하고 묻는 말에는 대답치 않고, 그는 증오에 찬 말투로 이렇게 말했다. 「아니, 이제 내버려 두세요. 나 같은 건 아무래도 좋습니다!」그는 갑자기 다시 최초의 상념에 매달리면서 이렇게 외쳤다. 모든 징후로 보아 이 상념은 자기 자신의 위험에 관한 소식보다도 더 강하게 그의 마음을 흔들었던 것 같았다. 「아니, 이것 보세요, 스타브로긴. 도대체 당신은 어떻게 해서 그런 파렴치하고 쓸모없고 천박하기 짝이 없는 바보 같은 일에 참여할 생각이 들었소! 당신이 그 모임의 회원이라고요! 그게 니콜라이 스타브로긴의 일입니까?」하고 그는 거의 절망한 듯이 외쳤다.
　그는 손뼉을 치기까지 했다. 마치 자기에게는 이 이상 더 슬프고 괴로운 발견이 없다는 듯.
　「아, 미안하오.」니콜라이는 정말 어리둥절하고 말았다. 「당신은 마치 나를 무슨 태양이나 되는 것처럼 생각하고 당신 스스로를 나와 비교하여 그야말로 벌레 취급이라도 하고 있는 것 같군요. 이 사실은 당신이 미국에서 보낸 편지에서도 여실히 느낄 수 있었어요.」
　「당신…… 당신은 알고 계신지……. 아니, 이젠 나에 관한 일은 완전히, 완전히 집어치웁시다!」하고 갑자기 샤토프는 부르짖었다. 「만일 당신이 당신 자신에 대해 뭔가 설명할 수 있다면 빨리 설명해 주시오……. 나의 물음에 대해 주시오!」하고 그는 열에 들떠서 이렇게 되뇌었다.
　「좋아요. 우선 내가 어떻게 그런 더러운 인간들과 어울리게 되었는지 알고 싶겠지요? 나도 그런 사실을 당신에게 알린 이상 다소라도 이 일에 대해 솔직히 밝혀 두는 것이 내 의무라고까지 생각하고 있어요. 나는 엄격한 의미에서 그 모임엔 전혀 속해 있지 않아요. 또 전에도 속해 있지 않았고요. 그러므로 당신보다 탈퇴의 권리를 갖고 있소. 왜냐하면, 처음부터 입회하지 않았으니까. 그뿐만 아니라 나는 처음부터 선언해 두었어요. 나는 그자들의 동료가 아니라는 것을 말입니다. 가끔 손을 빌려 준 일이 있다면 그것은 내가 한가한 사람이기 때문입니다. 나는 그 모임이 새로운 계획에 따라 조직을 변경했을 때 잠깐 관여했을 따름이거든요. 그뿐입니다. 그런데 지금 그자들은 생각을 바꿔, 나를 그냥 내버려 둬서는 위험하다고 결의한 거요. 그러니까 나도 당신과 같은 선고를 받고 있는 모양입니다.」
「오, 놈들은 덮어놓고 사형입니다. 모든 것이 지령으로 결정된답니다. 뭔가 종이쪽지에 도장을 찍고, 세 사람 반 가량의 인간이 서명하는 거죠! 그래 당신은 놈들이 그런 일을 할 수 있다고 생각하십니까?」
「당신의 말은 절반은 옳고 절반은 글러요.」 스타브로긴은 여전히 내키지 않는 투로 오히려 귀찮은 듯이 말을 이었다. 「그야, 항상 이런 경우에 볼 수 있듯이 물론 우둔한 공상이 다분히 섞여 있어요. 겨우 한 주먹밖에 안 되는 인간이 그 발전이나 세력을 과장하여 생각하고 있단 말입니다. 솔직히 말한다면 그들의 동아리는 표트르 베르호벤스키 한 사람뿐입니다. 그런데 당사자인 그 사람조차 자기는 어느 모임의 대표자에 불과하다는 생각을 할 정도로 호인이랍니다. 그러나 근본적인 이상은 다른 동종(同種)의 것에 비하면 다소 수긍이 가는 점도 있는 것 같아요. 그자들은 인터내셔널과 연락을 맺고 러시아 각지에 교묘하게 대표자를 두고 있답니다. 더구나 아주 기발한 방법을 생각해낸 것 같았지만…… 그러나 물론 이론에 그쳤지요. 그런데 이곳에서의 그들의 계획은 어떤가 하면, 우리 러시아에선 그러한 결사 운동이 실로 애매하고 뜻밖의 행동으로 나오므로 뭐든지 해볼 수 있습니다. 당신도 느꼈겠지만, 베르호벤스키는 집념이 강한 사람이니까요.」
「그놈은 빈대 같은 놈입니다. 아주 미천한 놈이에요. 러시아의 일을 아무것도 모르는 바보란 말입니다!」 하고 샤토프는 독살스럽게 외쳤다.
「당신은 그 사람을 잘 모르오. 그야 전체적으로 보건대 그 패들이 러시아에 대한 일을 조금밖에 모르는 것은 사실이지만, 당신이나 나보다 약간 적게 알고 있을 뿐이오. 게다가 베르호벤스키는 정열가입니다.」
「베르호벤스키가 정열가라고요?」
「그렇고말고요. 어느 한 점이 있어 그것을 넘기기만 하면 이미 그는 어릿광대가 아니고, 그…… 반미치광이가 된답니다. 『한 사람의 힘이 얼마나 위대한가를 당신은 알고 있습니까?』 하고 말한 당신 자신의 말을 생각해 보면 되겠죠. 제발 웃지 말아요. 그 사람은 일단 유사시엔 방아쇠를 당길 힘을 지니고 있기 때문이오. 그 작자들은 나를 염탐꾼이라고 믿고 있소. 그 작자들은 모두가 일을 잘 처리해 나갈 수완이 없으므로 덮어놓고 남을 염탐꾼으로 몰기를 좋아한단 말이오.」

「그런데 당신은 무섭지 않습니까?」

「아, 아니오……. 나는 그리 무섭지 않아요……. 그러나 당신의 경우는 전혀 다릅니다. 하여간 나는 당신이 이 일을 명심하도록 미리 주의해 두는 겁니다. 내 생각으로는 바보 녀석들 때문에 위험이 닥쳐왔다고 해서 분개할 필요는 조금도 없다고 봅니다. 문제는 그네들의 두뇌 여하에 달려 있는 것이 아니니까요. 당신이나 나 같은 사람은 약과고, 아주 훌륭한 사람들에게도 그들은 흉계를 꾸미고 있으니까요. 아, 벌써 열한 시 십오 분이군.」 그는 시계를 쳐다보고 일어섰다. 「나는 당신에게 전혀 색다른 질문을 하나 하려고 합니다만.」

「제발 부탁입니다!」 하고 외치며 샤토프는 무서운 기세로 벌떡 일어났다.

「무엇을?」 니콜라이는 의아하게 바라보았다.

「해보십시오, 뭘 알고 싶으신지 말씀하십시오. 부탁입니다.」 말할 수 없이 흥분해서 샤토프는 뇌까렸다. 「단, 나도 당신에게 다른 질문을 할 수 있다는 조건에서 말입니다. 부탁이니 그렇게 하도록 허락해 주십시오……. 아, 나는 안돼……. 빨리 당신 질문이나 해주시오!」

스타브로긴은 잠시 기다리고 있더니, 이윽고 입을 열었다.

「내가 들은 바로는, 여기서 당신은 그 마리아 치모페예브나에 대해 일종의 감화력을 갖고 있어 그 여자도 당신으로부터 얘기 듣는 것을 좋아했던 모양인데, 그게 사실입니까?」

「예…… 듣곤 했지요…….」 샤토프는 약간 당황했다.

「난, 이삼 일 안에 그 여자와의 결혼을 마을에서 공개할 참입니다.」

「도대체 그런 일을 할 수 있을까요?」 샤토프는 놀란 듯이 이렇게 중얼거렸다.

「그건 또 무슨 뜻에서? 아무것도 어려운 일은 없지 않소. 결혼의 증인은 여기 있지 않아요. 그것은 그때 페체르부르그에서 아주 여유있게 완전히 합법적인 수속을 밟았었으니까요. 지금까지 그것이 세상에 알려지지 않은 것은 이 결혼의 유일한 두 사람의 증인, 즉 키릴로프와 베르호벤스키, 그리고 또 한 사람인 레뱌드킨(이 사람이 지금 고맙게도 나의 친척으로 되어 있소),

이 세 사람이 당시 침묵을 지키겠다고 약속을 했기 때문이오.」

「내가 말하는 것은 그게 아니오……. 당신은 잘도 그렇게 침착하게 말할 수 있군요……. 하지만 다음을 말해 보세요! 아니 잠깐만, 당신은 이 결혼을 강요당한 건 아니겠죠, 그렇지요?」

「아니오, 아무도 나에게 강요하지 않았소.」 덤벼들듯이 다그치는 샤토프를 보고, 니콜라이는 빙긋이 웃었다.

「그럼, 어째서 그 여자는 자기가 낳은 갓난아이에 대한 얘기를 합니까?」 열에 들떠서 두서도 없이, 샤토프는 이렇게 성급히 물었다.

「자기가 낳은 아기 얘기를 했다고? 그래요? 몰랐었군. 초문인데요. 그 여자에게는 아기가 없었고 또 있을 리가 없죠. 마리아는 처녀니까요.」

「아! 나도 그러리라 생각했어요! 자 들어 보십시오!」

「샤토프, 당신은 도대체 어떻게 된 거요?」

샤토프는 두 손으로 얼굴을 감싸며 옆으로 휙 돌아서더니, 갑자기 억세게 스타브로긴의 어깨를 붙잡았다.

「이봐요, 말은 그렇게 하지만, 당신 자신은 알고 있겠죠.」 하고 그는 외쳤다. 「무엇 때문에 당신은 이런 일을 저질렀소? 그리고 무엇 때문에 지금 그런 형벌을 받으려고 결심했습니까?」

「당신 질문은 영리하고도 아이러니컬하군요. 그러나 나도 역시 당신을 깜짝 놀라게 해줄 참이오. 무엇 때문에 내가 그때 결혼했으며 또 뭣 때문에 지금 당신이 표현한 것처럼 『그런 형벌』을 받으려고 결심했는지 나는 대개 알고 있습니다.」

「아니, 그 문제는 그만둡시다……. 그 문제는 뒤로 미룹시다. 잠깐 말을 중단해 주십시오. 그것보다 더 중요한 것을 얘기합시다, 중요한 것을. 나는 이 년 동안이나 당신을 기다렸습니다.」

「그렇습니까?」

「나는 훨씬 오래 전부터 당신을 기다리고 있었습니다. 끊임없이 당신 생각만 했습니다. 당신은 그……그것을 할 수 있는 유일한 사람입니다. 나는 전에 미국에 있을 때 이 일을 당신에게 써보냈습니다.」

「나도 당신의 그 긴 편지를 잘 기억하고 있습니다.」

「끝까지 읽기에 너무 길다고요? 과연 그렇습니다. 편지지 여섯 장이었으니까요. 잠자코 계십시오. 한 가지 묻겠는데, 당신은 십 분 가량 나를 위해 시간을 할애해 줄 수 있겠습니까? 지금 당장…… 나는 너무 오랫동안 당신을 기다리고 있었습니다!」

「그러시죠. 삼십 분은 할애하겠습니다. 그러나 그 이상은 안 돼요. 만일 그것으로 된다면.」

「단」샤토프는 거칠게 말을 가로챘다. 「당신의 그 말투를 바꿔 줬으면 좋겠습니다. 아시겠어요? 나는 사실 애원해야만 될 처지에 있으면서도 이것을 요구하고 있는 겁니다……. 아시겠어요? 애원해야 하는데 요구한다는 것은 무엇을 의미하는 것일까요?」

「알고 있소. 그런 식으로 해서 당신은 일체의 일상 다반사에서 높이 뛰어올라 보자는 거죠. 보다 고차원의 목적을 위해서 말이오.」니콜라이는 슬쩍 웃었다. 「동시에 당신이 열에 들떠 있는 것을 보니 나는 몹시 슬프게 생각되오.」

「나는 내게 대해 당신의 존경을 구합니다. 아니 강요합니다!」하고 샤토프는 외쳤다. 「그러나 그것은 나의 인격에 대해서가 아닙니다. 그런 것은 아무래도 좋아요. 전혀 별개의 것입니다. 지금 이렇게 하고 있는 동안만이라도 족합니다. 내가 한 어떤 말에 대해서 말이오……. 우리는 두 개의 존재입니다. 그것이 무한 속에서 서로 만난 겁니다……. 우주가 생긴 이래 최후의 회견입니다. 자, 당신의 그 말투를 버리고 인간다운 투로 말해 주시오! 적어도 일생에 한 번은 인간다운 목소리로 말을 하십시오. 나는 결코 나를 위해서가 아니라 당신을 위해 말하는 겁니다. 아시겠어요? 내가 당신의 따귀를 때렸을 때 당신의 무한한 힘을 인식할 기회를 당신에게 준 이 하나의 이유만으로도, 당신은 나를 용서해 주어야 합니다……. 또 당신은 그 까다로운 듯한 신사적인 사교 웃음을 웃고 있군요. 오, 언제쯤이면 나를 이해해 주렵니까! 도련님 근성은 단연코 버리십시오. 내가 이런 것을 요구하는 심정을 이해해 주십시오. 그렇지 않으면 나는 이제 말하기도 싫습니다. 무슨 일이 있어도 말하지 않을 테니까요!」

그는 흥분한 나머지, 거의 가위눌리기라도 한 듯한 모습이었다. 니콜라이는 미간을 찌푸리고 다소 조심스러워지는 것 같았다.

「지금 나로선 대단히 귀중한 시간을 할애해서」하고 그는 타이르듯 진지한 말투로 입을 열었다. 「삼십 분이나 당신이 있는 곳에서 더 머물려고 결심한 이유는 사실 흥미를 갖고 당신의 얘기를 들어볼 의사가 있기 때문입니다. 그리고…… 여러 가지 진기한 얘기를 당신에게서 들을 수 있을 것이라고 믿었기 때문이오.」

그는 의자에 앉았다.

「앉으시오!」하고 샤토프는 소리치더니 갑자기 자기도 의자에 앉았다.

「실례이지만 좀 주의해 둡니다.」하고 스타브로긴은 문득 생각이 나서 말했다. 「나는 마리아 일에 대해 당신에게 한 가지 의뢰를 하려고 했었는데, 적어도 그 여자에게는 대단히 중대한 일이오…….」

「뭐요?」하고 샤토프는 갑자기 얼굴을 찌푸렸다. 가장 중요한 곳에서 말을 중단했기 때문에 상대방을 쳐다보고 있기는 하지만 아직 그 질문의 뜻을 이해할 여유가 없다는 듯한 표정을 짓고 있었다.

「그런데 당신은 그것을 끝까지 말하도록 해주지 않았소.」하고 니콜라이는 미소를 띠면서 덧붙였다.

「참, 하찮은 일은 뒤로 돌립시다!」

그제야 상대방의 요구를 이해하고, 샤토프는 꺼리는 듯이 한 손을 내저으며 재빨리 자기 얘기로 화제를 옮겼다.

7

「당신은 압니까?」 눈을 번득이면서 오른손 집게 손가락을 눈앞으로 올리며(자기도 이것을 의식하지 못하는 것 같다) 의자에 걸터앉은 채 몸을 앞으로 내밀며, 그는 위협이라도 할 듯한 말투로 입을 열었다. 「당신은 압니까? 지금 이 지상에서 새로운 신의 이름으로 세계를 새롭게 하고 구제해야 할 유일한 『신을 잉태한』 국민을 말입니다. 생명과 새로운 언어의 열쇠를 부여받은 유일한 국민은 누구일까요……? 당신은 이 국민이 누구인지를 아십니까? 그리고 그 이름을 뭐라고 하는지 아십니까?」

「당신의 태도로 미루어 보니 나는 꼭, 그리고 가능한 신속히, 그것은 러시아 국민이라고 결론지어야겠군요…….」

「당신은 벌써 얼버무리는군요. 아, 정말 매정한 사람이군!」하고 샤토프는 사납게 대들었다.

「자, 진정하시오, 제발 부탁이니, 오히려 나는 처음부터 그런 식의 얘기를 기대하고 있었어요.」

「그런 식의 얘기를 기대했다고요? 도대체 당신 자신은 이 말이 생각나지 않나요?」

「잘 알고 있소. 당신이 무슨 말을 하려는지 나는 지나칠 만큼 잘 알고 있소. 당신의 말은『신을 잉태한』국민이라는 표현에 이르기까지, 이 년 전 당신이 미국으로 떠나기 직전에 외국에서 교환한 두 사람의 논의에 대한 단순한 결론에 불과한 거요. 적어도 지금 내가 생각해낼 수 있는 한에서 말입니다.」

「이것은 당신이 말한 그대로입니다. 내가 말한 게 아닙니다. 모두가 당신 혼자서 한 말이지 두 사람이 한 얘기의 결론은 아닙니다.『두 사람』의 얘기란 전혀 있지도 않았습니다. 위대한 말을 한 스승과 죽음에서 소생한 제자가 있었을 뿐입니다. 내가 그 제자, 당신이 그 스승이었고 말이오.」

「그러나 지금 기억하는 바로는 당신이 그 모임에 들어간 것은 나의 얘기를 듣고 난 뒤였고, 미국으로 건너간 것도 그 뒤였죠.」

「그렇습니다. 그래서 나도 그 일을 미국에서 편지로 당신에게 알렸던 거요. 모든 것을 다 썼었죠. 어릴 때부터 뿌리를 박고 자란 지반을 피가 맺힐 것 같은 생각을 하면서도, 쉽사리 금방 떼어 버릴 수는 없었던 것입니다. 아무튼 나의 희망의 기쁨도 나의 증오의 눈물도 그 중 하나에 달려 있었기 때문입니다……. 신을 바꾼다는 것은 어려운 일이죠. 나는 그때 당신의 말을 믿지 않았어요. 그리고 이곳을 최후로 알고 그 썩어빠진 시궁창에 매달린 겁니다……. 그러나 씨는 남아서 성장했습니다. 진심으로, 정말 진심으로 말해 주십시오. 당신은 미국에서 보낸 나의 편지를 끝까지 읽지 않았던가요? 어쩌면 전혀 읽지 않았는지도 모르겠군요.」

「난 그 중 석 장만 읽었소. 처음 두 장과 맨 끝장을……. 그리고 중간 것도 한 번 훑어보았소. 그러나 나는 줄곧 읽으려고는 했고…….」

「예, 아무래도 마찬가집니다. 그만두십시오. 마음대로 하십시오!」하고 샤토프는 손을 내저었다. 「만일 당신이 지금에 와서 국민에 관해 한 그때의 말을 부정하고 있다고 하면 어째서 그때는 그런 말을 할 수 있었을까요 ? 그것이 지금 나의 마음을 억누르는 문제랍니다.」

「나는 그때 결코 당신을 붙잡고 농담을 한 건 아니오. 당신을 설복시키려고 하면서도 나는 오히려 나 자신의 일을 걱정했는지도 몰라요.」 하고 스타브로긴은 알쏭달쏭한 투로 말했다.

「농담을 한 것이 아니었다고요 ! 나는 미국에서 석 달 동안 어느 한 사람의 불행한 남자와 베개를 나란히 하고 짚더미 위에서 잤었습니다. 그 사람에게서 들은 거지만, 당신이 나의 마음속에 신과 고향을 심어 주었을 때와 같은 무렵, 아니 어쩌면 똑같은 때일지도 모릅니다. 그 남자의, 즉 그 미치광이 키릴로프의 가슴에 독을 쏟아넣고 있었던 것입니다 !…… 당신은 그 남자의 마음에 허위와 비방을 심어 주고 이성을 어지럽게 한 것입니다……. 자 한번 가서 그 사람의 모습을 보십시오. 그것이 당신의 창조물입니다……. 어쩌면 당신은 이미 보았을지도 모르겠군요.」

「단, 당신에게 알려 두겠는데, 첫째로 그 키릴로프는 방금 자기 입으로 나는 행복하다, 아름다운 인간이다라고 나에게 말했답니다. 그것이 거의 동시에 행하여졌으리라는 당신의 상상은 대개 맞아요. 그런데 그것이 도대체 어떻게 됐다는 거요 ? 누차 말하지만 나는 당신들 중 아무에게도 거짓말을 하진 않았소.」

「당신은 무신론자입니까, 지금 무신론자입니까 ?」

「그렇소.」

「그럼 그땐 ?」

「지금이나 그때나 마찬가지죠.」

「나는 대화를 시작하기에 앞서 존경을 요구했습니다. 그것은 나 자신에 대한 것이 아니라구요. 당신 두뇌로 그 정도의 일을 모를 리가 없을 텐데요.」 하고 샤토프는 격분해서 말했다.

「나는 당신이 첫마디를 뗄 때부터 자리를 뜨거나 이야기를 가로막거나 하지는 않았소. 그리고 당신 옆을 떠나지도 않고 지금까지 우두커니 앉은 채로 당신의 질문……이라기보다는 오히려 노호(怒號)에 대해서 얌전하게 대답을 하고 있지 않소. 그리고 보면 아직 당신에 대한 경의도 잃지 않았을 텐데요.」

샤토프는 손을 내저으면서 말을 막았다.
「당신은 이러한 당신 자신의 말을 기억하고 있습니까?『무신론자는 러시아 사람이랄 수 없다. 무신론을 신봉하는 자는 러시아 사람이 아니다.』라는 이 말을 기억하고 있습니까?」
「그래요?」하고 니콜라이는 되묻듯이 이렇게 말했다.
「당신은 나에게 물어 보는 겁니까? 잊어버렸소? 그런데 이것은 러시아 정신의 가장 중요한 특성을 명시한 가장 정확한 의견 중의 하나입니다. 이것은 당신 자신이 발견한 것입니다. 당신이 그것을 잊었을 리는 없을 텐데요! 내가 더 상기할 수 있도록 해드리죠. 당신은 그때 이렇게도 말했습니다. 『그리스 정교를 믿지 않는 자는 러시아 사람이라 할 수 없다.』」
「아무래도 그것은 슬라브주의자의 사상 같군요.」
「아니죠, 지금의 슬라브주의자들은 이런 사상은 질색이라고 말합니다. 지금 사람들은 좀더 영리해졌으니까요. 당신은 더 깊숙이 빠져들고 있었습니다. 로마 가톨릭은 이미 그리스도교가 아니라고 당신은 믿고 있었습니다. 당신 설에 의하면 로마는 악마의 세 번째 유혹에 빠진 그리스도를 선전한 것이다, 지상의 왕국 없이는 그리스도도 자기의 지위를 보전할 수가 없다는 사상을 전세계에 선전한 가톨럭교는 이 선전에 의해서 반 그리스도를 보급했고 나아가서는 유럽 전체를 멸망시킨 셈이 되는 것이다, 지금 프랑스가 괴로워하고 있는 것은 단지 가톨릭 교의 죄인 것이다. 왜냐하면 프랑스는 더러워진 로마의 신을 배척하고도 새로운 신을 발견할 수가 없기 때문이다. 이렇게 당신은 명백히 제시해 주었습니다. 당신은 그때 이런 말을 토로할 수 있었던 겁니다! 나는 그때의 우리 두 사람의 대화를 잘 기억하고 있습니다.」
「만일 내가 신앙을 가지고 있다면 틀림없이 지금도 그 말을 되풀이하겠죠. 내가 그때 마음이 있는 사람처럼 말했다고 해서 결코 거짓말을 한 것은 아닙니다.」하고 니콜라이는 무서울 만큼 진지하게 말했다.「그러나 정말이지 자기가 가졌던 과거의 사상을 되풀이한다는 것은 대단히 불쾌한 인상을 나에게 안겨 주는 것입니다. 이제 그 얘기는 그만두는 게 어떻소?」
「만일 신앙을 가지고 있었다면이라고요?」상대편의 요구에는 조금도 귀를 기울이지 않고 샤토프는 이렇게 외쳤다.「그때 나에게 이런 말을 한 건 당신이 아니었나요? 만일 진리가 그리스도 이외에 있다는 것을 수학적으로 증명해 주는 자가 있더라도 나는 진리와 함께 있기보다는 오히려 그리스도와 함께 있겠다고. 이렇게 말하지 않았습니까?」

「그런데 나도 한 가지 질문을 해도 되겠죠?」하고 스타브로긴은 언성을 높였다.「이처럼 조급하고…… 심술궂은 시험은 도대체 무슨 도움이 된단 말입니까?」

「이 시험은 영원히 사라져 버릴 겁니다. 그리고 두 번 다시 상기되는 일도 없을 겁니다.」

「당신은 역시 인간이 시간과 공간 밖에 있다는 지론을 주장하고 있는 건가요?」

「가만히 계십시오!」하고 샤토프는 별안간 고함을 쳤다.

「나는 바보 멍청이랍니다. 그러나 내 이름은 조롱거리가 되어 망가져도 상관없어요! 나는 지금 당신 앞에서 그 당시에 당신이 말한 중요한 사상을 되풀이해 보고 싶은데 용서해 주겠습니까……? 꼭 열 줄만을, 단지 결론만을…….」

「해보시오, 결론만이라면…….」

스타브로긴은 시계를 쳐다보려다가 참고 그만두었다.

샤토프는 또다시 의자에 앉은 채 몸을 앞으로 구부리고는 또 손가락을 쳐들려고 했다.

「어떠한 국민이라도」마치 적은 것을 읽어 내려가듯이 그러나 여전히 무서운 눈초리로 상대방을 노려보면서 그는 이렇게 말을 꺼냈다.「어떠한 국민이라도 과학과 이지(理知)를 기초로 해서 나라를 건설한 일은 오늘날까지 한 번도 없었다. 다만 일시적인 우연에 의해 이루어진 경우를 제외하고는 그러한 예는 하나도 없다. 사회주의는 그 본질상 무신론이어야 할 것이다. 왜냐하면 그들은 벽두부터 자기들은 무신론적 조직에 따라 기필코 과학과 이지를 기초로 하여 사회 건설을 해야 한다고 선언하고 있기 때문이다. 이지와 과학은 국민 생활에 있어서 창세(創世) 이래 오늘에 이르기까지 항상 이차적이고 보조적인 역할을 수행한 데 불과하다. 그것은 세계가 멸망하는 날까지 그런 상태로 계속되다 끝날 것이다. 국민은 전혀 다른 힘에 의해서 성장하고 운동하고 있다. 그것은 명령하기도 하고 주재(主宰)하기도 하는 힘이다. 하지만 그 힘의 발생은 아무도 모른다. 또 설명할 수도 없다. 이 힘이야말로 최후의 끝까지 가려고 하는 지칠 줄 모르는 갈망의 힘이며 동시에 최후의 끝까지를 부정하는 힘이다. 이야말로 굴하지 않고 끊임없이 자기 존재를 주장하며 죽음을 부정하는 힘이다. 성서에도 씌어 있듯이 생활의 정신은 살아 있는 물의 흐름이며 묵시록은 그 고갈의 무서움을 극력 경고하고 있다. 그것은 철학자의 소위 미적 원동력이며, 또 같은 철학자가 말하는 윤리적인 원동력과 동일한 것이다. 그러나 나는 아주 간단히 『신을 구하는 마음』이라고 해둔다. 민족 운동의 모든 목적은 어떤 나라에 있어서나 또 어떤 시대에 있어서나 오직 신의 탐구를 위한 것이었다. 그것은 반드시 자기의 신인 것이다. 기필코 자기 자신의 신이라야만 한다. 유일하고 올바른 신으로서 그것을 믿지 않으면 안 된다. 신은 한 민족의 발생부터 종말에 이르기까지의 전부를 포함한 종합적 인격인 것이다. 모든 민족 혹은 다수의 민족간에 하나의 공통된 신이 있었던 예는 일찍이 한 번도 없었다. 어떤 때를 막론하고 모든 민족은 자기 자신의 신을 가지고 있었다. 공통된 신이 있다는 것은 말할 나위 없이 국민성 소멸의 징조인 것이다. 신들이 공통적인 것이 될 때 신들도 그에 대한 신앙도 국민과 더불어 사멸되어간다. 한 국민이 강하면 강할수록 그 신도 점점더 특수한 것이 되는 것이다. 종교, 즉 선악의 관념을 지니지 않은 국민은 일찍이 존재한 일이 없다. 모든 국민은 자기의 선악 관념을 갖고 있으며 자기 독자적인 선악을 갖고 있다. 많은 민족간에 선악 관념이 공통된 것으로 되기 시작할 그때는 민족 쇠멸의 때이다. 그리고 선악의 차별감 그 자체마저 점점 닳아서 없어져가는 것이다. 이성은 단 한 번도 선악의 정의를 내리지 못했다. 아니 선악의 구별을 비슷하게나마 나타내지 못했다. 뿐만 아니라 항상 가엾고 보기 흉하게 이 두 가지를 혼동하고 있었다. 과학은 이에 대하여 주먹으로 후려치는 식의 해결을 하고 있었다. 특히 현저하게 이런 특징을 구비하고 있는 것은 반(半)과학이다. 이것은 현대에 이르기까지 사람들에게 알려지지 않았지만 인류에게는 가장 무서운 채찍이다. 질병보다도 굶주림보다도 전쟁보다도 더 나쁘다. 반과학······ 이것은 지금까지 인류가 한 번도 맞이한 일이 없는 잔학하기 그지없는 폭군이다. 이 폭군에겐 사제도 있고 노예도 있다. 그리고 지금까지 꿈에도 생각지 못했던 사랑과 미신으로 모든 것을 그 앞에 무릎 꿇게 한다. 과학까지도 그 앞에 나가면 전전긍긍하며 비루하게도 그의 기분을 맞추는 것이다. 스타브로긴, 이것은 모두 당신 자신의 말입니다. 그러나 반과학에 관한 일은 다릅니다. 그것은 나의 말입니다. 나 자신이 반과학이기 때문에, 각별히 이놈을 미워하고 있기 때문입니다. 당신 자신의 사상에 대해선 표현 방법까지도 바꾸지 않았고, 단 한 마디의 말도 바꾸지 않았습니다.」

「당신이 바꾸지 않았다고는 생각지 않소.」하고 스타브로긴은 조심스럽게 말했다.「당신은 열렬한 태도로 받아들였지만 또 동시에 열렬한 태도로 개조하고 말았어요. 더구나 자신도 그렇다는 것을 알아차리지 못하고 다만 단순히 당신이 신을 국민의 속성으로 끌어내렸다는 점 하나만 보더라도……」

갑자기 그는 특히 주의력을 긴장시켜 샤토프를 주시하기 시작했다. 그것은 그가 한 말에 대해서라기보다 오히려 그 인물 자체에 대한 주의였던 것이다.

「신을 국민의 속성으로 끌어내렸다고요!」하고 샤토프는 외쳤다.「전혀 반대입니다. 국민을 신이 있는 곳까지 끌어올린 겁니다. 내가 단 한 번이라도 이에 어긋난 사실이 있었던가요? 국민──그것은 신의 육체입니다. 어떤 국민이라도 자기 나름대로의 독특한 신을 가지고 있으며, 세계에 있어서의 기타 모든 신을 전혀 타협도 없이 배제하려고 애쓰고 있는 동안에만 참다운 국민이 될 수 있는 것입니다. 자기의 신을 갖고 세계를 정복하고 기타의 신을 일체 이 세상에서 추방할 수 있다고 믿고 있는 동안에만 참다운 국민이라고 할 수 있는 것입니다. 적어도 인류의 선두에 서서 다소나마 두각을 나타낸 모든 국민은 창세 이래 이렇게 믿어왔던 것입니다. 사실에 역행할 수는 없는 법입니다. 유대 국민들은 오로지 참다운 신의 출현을 보기 위해서 생존을 계속해왔습니다. 그리고 세계에 참다운 신을 남겨 놓고 갔습니다. 그리스 인들은 자연을 신성화했고, 세계에 자기네의 종교를 남겨 놓았습니다. 철학과 예술이 바로 그것이죠. 로마는 제국(帝國)내의 국민을 신성화하여 많은 민족에게 제국을 남겨 주었습니다. 프랑스는 그 장구한 역사가 계속되는 동안 단순히 로마 신의 이상을 체현(體現)하고 발달시킨 데 불과했습니다. 그가 마침내 그 로마의 신을 심연 속에 던져 버리고 현재 스스로 사회주의라고 칭하고 있는 무신론에 봉착한 것은 무신론 쪽이 로마 가톨릭 교보다 훨씬 더 건전했다는 데 불과합니다. 만일 위대한 국민이 자기 속에만 진리가 있다고 믿지 않는다면, 만일 그 위대한 국민이 우리야말로 자신의 진리로써

만인을 소생케 하고 구제할 사명이 있으며 또한 그것을 수행할 힘이 있다는 신앙을 지니고 있지 않다면, 그 국민은 곧 인류학의 재료로 화하여 위대한 국민이 아니게 되는 것입니다. 진실로 위대한 국민은 인류 속에서 제이류의 역할에 도저히 만족할 수가 없습니다. 아니 단순히 제일류라고 하는 것만으론 만족하지 않습니다. 꼭 제일위를 차지하지 않고서는 용납하지 않습니다. 이 신앙을 잃은 자는 이미 국민될 자격이 없습니다. 그러나 진리에는 둘이 있을 수 없습니다. 따라서 가령 여러 국민이 자기만의 독특한, 더구나 위대한 신을 가졌다고 해도 참다운 신을 갖고 있는 국민은 단 하나밖에 없죠. 신을 잉태한 유일한 국민, 이것은 바로 러시아 국민입니다. 그리고…… 그리고…… 도대체, 도대체 말입니다. 당신은 나를 그렇게 바보로 알고 있나요, 스타브로긴?」 갑자기 그는 난폭하게 소리를 쳤다. 「지금 이 순간 내가 하고 있는 말이 모스크바 근처 슬라브주의자의 물방앗간에서 아주 가루가 되어 버린, 낡은 곰팡이가 슬 것 같은 잠꼬대인가, 아니면 전혀 새로운 최후의 말인가, 갱생과 혁신의 유일한 말인가……. 그것마저도 구별할 줄 모르는 바보로 압니까? 게다가 게다가…… 지금 이 순간 나에겐 당신의 조소 따위는 전혀 소용이 없습니다. 당신이 내가 하는 말을 전혀 이해하지 못한다고 해도, 단 한 마디의 말, 단 하나의 목소리조차도 이해하지 못한다고 해도 나는 전혀 알 바 아닙니다!…… 오 나는 이 순간 당신의 그 오만한 웃음과 눈길을 마음속으로부터 경멸합니다!」

그는 이윽고 자리에서 벌떡 일어났다. 그의 입술에는 거품 같은 침마저 보였다.

「그렇지 않소, 샤토프, 그렇지 않다니까.」 하고 스타브로긴은 자리를 뜨려고도 하지 않고 억제하는 듯한 진지한 말투로 이렇게 말했다. 「그렇지 않아요. 당신은 그 열렬한 말로 아주 강한 많은 기억을 내 가슴속에 소생시켜 주었소. 나는 당신의 말 속에서 이 년 전의 나 자신의 심정을 확인할 수 있었소. 지금이야말로 나도 당신이 그때의 나의 사상을 과장하고 있다는 따위의 얘기는 절대로 하지 않겠소. 오히려 그 당시의 내 사상은 좀더 배타적이고 좀더 독단적이었던 느낌마저 들어요. 누차, 세 번씩이나 되풀이하지만, 나는 지금 당신이 말한 것을 하나도 빼놓지 않고 다짐하고 싶은 생각은 산더미 같지만 그러나…….」

「그러나 당신에겐 토끼가 필요한 거죠!」
「뭐라고요?」
「이것은 당신이 했던 비열한 말입니다.」 다시 자리에 앉으면서 샤토프는 심술궂은 미소를 띠었다. 「『토끼국을 끓이기 위해선 토끼가 필요하고, 신을 믿기 위해선 신이 필요하다.』 이것은 당신이 페체르부르그에 있을 때 했던 말이라지요. 마치 토끼의 뒷발을 잡으려던 노즈드료프처럼.」
「아니 노즈드료프는 이미 잡았다고 자랑을 했었죠. 실례지만 말이 나온 김에 당신에게 답변을 듣고 싶은 게 한 가지 있습니다. 나도 이제 그렇게 할 권리가 충분히 있다고 생각되니 말이오. 다른 게 아니라 당신의 토끼는 벌써 잡힌 건가요, 아니면 아직도 뛰어가고 있는 겁니까?」
「그런 말투로 나에게 질문할 권리는 없습니다. 다른 말로 물으십시오. 다른 말로!」 샤토프는 갑자기 온몸을 덜덜 떨기 시작했다.
「그래요. 그럼 다른 말로 묻기로 하죠.」 하고 니콜라이는 엄숙한 눈초리로 상대방을 바라보았다. 「나는 다만 이렇게 묻고 싶었소, 당신 자신은 신을 믿고 있습니까 어떻습니까?」
「나는 러시아를 믿습니다, 나는 러시아의 정교를 믿습니다. 나는 그리스도의 육체를 믿습니다……. 나는 새로운 강림이 러시아에서 이뤄지리라고 믿고 있습니다……. 나는 믿고 있습니다…….」 샤토프는 열중하여 횡설수설 지껄였다.
「그러나 신은? 신은?」
「나는…… 신을 믿게 될 것입니다.」
스타브로긴은 안면 근육 하나 움직이지 않았다. 샤토프는 불타오르는 듯한 눈초리로 도전하듯 그를 쳐다보았다. 마치 그 시선으로 상대방을 태워 버리기라도 하려는 듯이.
「나는 구태여 전혀 믿지 않는다고 말하지는 않았소!」 마침내 그는 이렇게 외쳤다. 「나는 다만 나 자신이 운이 나쁘고 따분한 한 권의 책이며, 당분간 그 이상의 것은 아니라는 걸 잠깐 알린 데 불과한 거요. 당분간…… 그러나 나의 이름은 알려지지 않은 채 썩어 없어지더라도 말이오! 중요한 것은 당신이오, 내가 아니라……. 나는 아무 재간도 없는 사람이므로, 오직 나의 피를 바칠 도리밖에 없습니다. 아무 재간도 없는 하찮은 친구에 불과할 뿐 결코 그 이상은 아무것도 아닙니다. 나의 피가 멸망하더라도 말입니다. 나는 당신에 대해서 말하고 있는 겁니다. 나는 이 년간이나 여기서 당신을 기다리고 있었습니다……. 나는 당신을 위해 지금 삼십 분 동안이나 벌거벗은 채 춤을 춘 것입니다. 당신뿐입니다. 이 깃발을 올릴 수 있는 사람은……」

그는 말을 끝맺지 않았다. 그리고 절망한 사람처럼 탁자 위에 팔꿈치를 괴더니 두 손으로 머리를 감싸고 말았다.

「나는 잠깐 곁들여 하나의 기묘한 현상으로 당신에게 주의를 해두겠는데.」 하고 스타브로긴은 갑자기 말을 가로막았다. 「어째서 모두가 정체도 알 수 없는 묘한 깃발을 나에게 떠맡기려고 하오? 베르호벤스키도 내가 『그들의 깃발을 올릴』 수 있는 사람이라고 믿고 있단 말입니다. 적어도 그 사람의 말이라고 사람들이 나에게 전해 주었습니다. 그 사람은 내가 『이상한 범죄 능력』에 의해, 그들을 위해 스첸카 라진(러시아의 반란 두목, 나중에 패해서 1671년 사형당함)의 역할을 수행할 수 있으리라고 굳게 믿고 있으니 말이오. 『이상한 범죄 능력』이란 것도 역시 그 사람의 말입니다.」

「뭐라고요?」 하고 샤토프가 물었다. 「이상한 범죄 능력?」

「그렇소.」

「음! 도대체 그것은 정말입니까?」 하고 그는 잘 되었다는 듯이 독살스럽게 웃었다. 「당신이 페체르부르그에서 짐승과 같은 비밀 호색회(好色會)에 들어갔다는 일도 사실입니까? 사드 후작조차도 당신에게 가르침을 청할 정도였다는 것도 사실입니까? 당신이 많은 애들을 유혹해서 타락의 구렁텅이로 빠뜨렸다는 것도 사실입니까? 자 대답해 주시오. 거짓말을 하면 안 됩니다!」 온통 자신을 잊은 사람처럼 소리쳤다. 「니콜라이 스타브로긴은 자기 면상을 갈긴 샤토프 앞에서 거짓말을 할 순 없을 겁니다! 자, 다 털어놓으시오. 그리고 만일 그게 사실이라면 나는 지금 당장 이 자리에서 당신을 죽여 버리겠어요!」

「그런 말은 나도 한 일이 있소. 그러나 아이들을 능욕한 것이 내가 아니오.」 하고 스타브로긴은 입을 열었다. 그러나 그것은 무척 오랜 침묵 뒤였다. 그의 얼굴은 창백해지고 눈은 불타올랐다.

「그러나 당신은 그런 말을 한 거죠!」 번쩍거리는 눈을 상대방에게서 떼지 않고 샤토프는 위엄있는 말투로 말을 계속했다. 「그리고 또 당신은 뭔가 음탕한 짐승 같은 행위도, 미적 견지에서 보면 무엇인가 대단히 훌륭한 일, 말하자면 인류를 위해 생명을 희생한다는 행위와 거의 차별을 둘 수 없다고 단언했다는 말도 사실입니까? 이 양극에 있어서의 미의 합치, 쾌락의 균등을 발견했다는 것도 사실입니까?」

「그렇게 물으면 아무래도 대답할 수가 없소……. 나는 대답하고 싶지 않군요.」스타브로긴은 중얼거렸다. 그는 지금 당장이라도 일어서서 돌아갈 수 있었으나 일어서려고도 하지 않을 뿐더러 돌아가려 하지도 않았다.

「나 자신도 왜 악은 추하고 선은 아름다운 것인지를 잘 모르오. 그러나 어째서 이 차별감이 스타브로긴과 같은 사람에게서 특히 현저하게 마멸되고 소모되어 가는가를 나는 잘 알고 있소.」샤토프는 온몸을 와들와들 떨면서 끝까지 추궁해왔다.「당신은 왜 그때 그런 추악하고 천한 결혼을 했는지 그 이유를 알고 있습니까? 그건 다름이 아닙니다. 그 경우, 그 추악하고 무의미한 것이 거의 천재적이라고 할 정도에까지 도달했기 때문입니다! 오 당신은 변두리를, 무서움에 떨면서 서성거리거나 하지 않고, 곧장 머리를 박고 뛰어든 겁니다. 당신이 결혼한 것은 고민의 욕망 때문입니다. 양심의 가책에 대한 사랑 때문입니다. 정신적인 정욕 때문입니다. 그때 신경성 발작이 움직인 겁니다……. 즉 상식에 대한 도전이 강하게 당신을 유혹한 것입니다. 스타브로긴과 절름발이 여자, 추하고 반미치광이인 거지! 현지사의 귀를 물었을 때 당신은 뭔가 정욕을 느꼈습니까? 느꼈지요? 예, 느낀 거지요? 이 방탕한 게으름뱅이 도련님!」

「당신은 심리학자요.」점점 얼굴이 창백해지면서 스타브로긴은 이렇게 말했다.「특히 내 결혼의 원인에 대해서는 당신도 다소 틀린 생각을 하고 있긴 하지만, 그러나 도대체 누가 당신에게 알려 줬을까요?」하고 그는 괴로운 듯 엷은 웃음을 지었다.「키릴로프였나? 아니 그 사람은 한패에 끼지도 않았었지…….」

「얼굴이 창백해졌군요?」

「그래 당신은 어쩔 셈이오?」마침내 니콜라이는 언성을 높였다.「나는 삼십 분 동안이나 당신의 채찍 밑에 앉아 있었으니까 이제는 그 보답으로 나를 놓아 주어도 될 텐데……. 만약 그런 식으로 나를 취급하는 데 있어 합리적인 목적이 별로 없다면.」

「합리적인 목적?」
「당연한 일이지요. 이젠 그쯤 해두고 자신의 목적을 밝히는 것이 적어도 당신의 의무가 아닐까요? 나는 당신이 그렇게 해줄 것으로 알고 기다리고 있었는데. 요컨대 다만 흥분한 증오를 발견했을 따름이오. 그럼 문을 열어 주시오.」
그는 의자에서 일어섰다. 샤토프는 난폭한 태도로 그의 뒤에서 덤벼들었다.
「땅에 키스하시오. 눈물로 적시세요, 용서를 구하십시오!」상대방의 어깨를 붙들고 그는 이렇게 외쳤다.
「그러나 나는 그날 아침…… 당신을 죽이지 않고…… 두 손을 떼고 말았습니다……」꼭 아픔을 참는 듯한 말투로 스타브로긴은 눈을 내리뜨면서 말했다.
「끝까지 말씀하시오, 끝까지! 당신은 나에게 위험을 알리러 와서 내가 말하고 싶어하는 바를 말하게끔 해주지 않았습니다. 당신은 내일 당신의 결혼을 세상에 발표할 작정이지요, ……아니 내가 모를 줄 압니까? 당신이 뭔가 새롭고 무서운 사상에 정복되어 있다는 것이 당신 얼굴에 환히 나타나 있습니다. 스타브로긴, 무엇 때문에 나는 영원히 당신이란 사람을 믿지 않으면 안될 운명을 타고난 겁니까? 과연 내가 사람을 붙잡고 지금과 같은 말을 할 수 있었겠습니까? 나에게도 수치심은 있지만 나는 자신의 나체를 드러내는 것은 두려워하지 않았소. 왜냐하면 상대방이 스타브로긴이기 때문입니다. 나는 위대한 사상에 손을 대어 그것을 우습게 만드는 것을 두려워하지 않았습니다. 왜냐하면 내 얘기를 듣는 사람이 스타브로긴이었기 때문입니다. ……당신이 돌아간 뒤 내가 당신의 발자취에 키스하지 않을 줄 압니까? 나는 나의 가슴에서 당신이란 사람을 도저히 떼어낼 수가 없습니다. 니콜라이 스타브로긴!」
「유감스러운 일이지만 나는 도저히 당신을 사랑할 수가 없소, 샤토프.」하고 니콜라이는 쌀쌀하게 말했다.
「당신이 그럴 수 없다는 것은 잘 알고 있습니다. 당신이 거짓말을 하고 있지 않다는 것도 알고 있습니다. 나는 모든 것을 올바르게 할 수가 있습니다. 당신을 위해 내가 토끼를 입수해 드리죠!」
스타브로긴은 잠자코 있었다.

「당신이 무신론자인 것은 당신이 귀족댁 도령이기 때문입니다. 아주 하찮은 도령이기 때문입니다. 당신이 선악의 차별감을 잃은 것은 자기 나라의 민중을 분별하지 못하게 되었기 때문입니다……. 새로운 시대는 직접 국민의 가슴 속으로부터 흘러나오고 있습니다. 하지만 그것은 당신도 베르호벤스키 부자도 또 나 자신도 모릅니다. 왜냐하면 나도 역시 귀족의 나부랑이니까요. 당신 집에서 노예 노릇을 했던 하인 파쉬카의 아들이니까요……. 이거 보라구요, 당신은 노동으로 신을 획득하십시오. 요는 모든 것이 이것 하나에 달려 있습니다. 그렇지 않으면 추한 곰팡이처럼 사라지고 맙니다. 노동으로 획득하는 겁니다.」

「신을 노동으로? 어떤 노동으로 말입니까?」

「농꾼들의 노동입니다. 단연코 나가 버리십시오. 당신의 재산을 내동댕이쳐 버리십시오. ……아! 당신은 웃고 계시군요. 그것이 단순한 속임수로 끝나는 것을 두려워하고 있군요?」

그러나 스타브로긴은 웃지 않았다.

「당신은 노동을 함으로써, 더구나 농꾼들의 노동을 함으로써만 비로소 신을 얻을 수 있다고 생각하고 있는 겁니까?」 실제로 뭔가 상당히 심사숙고할 가치가 있는 새롭고 중대한 것이라도 발견한 것처럼 그는 잠시 생각하더니 이렇게 되물었다.

「말이 나온 김에 말해 두겠는데」 그는 갑자기 다른 생각으로 옮아갔다. 「지금 당신의 말 때문에 생각난 일이지만 실은 나에게는 재산이라곤 전혀 없소. 그러니 내동댕이치려고 해도 내동댕이칠 것이 없소. 나는 마리아의 장래를 보장할 만한 힘조차 없어요. ……그래서 또 한 가지 말해 둘 게 있소……. 내가 여기 온 것은 혹 가능하다면 앞으로도 마리아의 뒤를 봐달라고 당신에게 부탁하러 온 거요. 그 이유는 당신만이 그 여자의 가엾은 마음에 일종의 감화력을 지니고 있기 때문이오. 나는 만일의 경우를 예상하고 말하는 거요.」

「좋습니다, 좋아요, 당신은 마리아 치모페예브나에 대해 말하고 있는 거죠?」 하고 샤토프는 한 손에 초를 든 채 다른 한 손을 흔들어댔다. 「좋아요, 그것은 나중에 자연히……. 그런데 당신, 치혼에게 가지 않으렵니까?」

「누구에게라고?」

「치혼에게요. 전에 승정(僧正)이었던 치혼 말입니다. 지금 신병을 정양하기 위해 이 마을에 살고 있습니다. 저 예피미예프의 성모 수도원에.」

「도대체 무엇 때문에 그렇게 해야 합니까?」

「아무것도 아닙니다. 다들 그 사람이 있는 곳을 찾아가니까요. 한 번 찾아가 보세요. 뭐 어려운 일도 아니잖습니까?」

「금시 초문이오, 게다가…… 지금까지 한 번도 그런 유의 사람을 본 일이 없기 때문에……. 하여간 고맙소, 찾아가 보지요.」

「이쪽입니다.」하고 샤토프는 층층대를 비춰 주었다.「자, 나가 보십시오.」 그는 거리로 나가는 샛문을 활짝 열었다.

「나는 이제 당신에게 오지 않겠소, 샤토프.」샛문을 빠져나가면서 스타브로긴은 조그마한 목소리로 말했다.

어둠과 비는 여전히 변함없었다.

제 2 장   밤(계속)

1

 그는 보고야블렌스카야 거리를 빠져나가자 마침내 언덕길을 내려가기 시작했다. 그러자 갑자기 널따랗고, 안개가 자욱한 들판과 같은 빈터가 눈앞에 전개되었다. 강이나 집들은 마치 오두막집처럼 변모해 있었고, 길거리는 질서 없는 무수한 골목길 속에 숨어 버렸다. 니콜라이는 강변에서 그리 멀리 떨어지지 않은 채 한참동안 울타리 옆을 더듬어갔다. 그러나 길을 잃은 듯한 기색도 없을 뿐더러 그런 것은 거의 생각지도 않는 것 같았다. 그는 전혀 다른 일에만 마음을 빼앗기고 있었다. 그러다가 갑자기 깊은 생각에서 깨어나 사방을 둘러보았을 땐 비에 젖은 기다란 선교(船橋)의 한복판에 서 있는 것을 알고는 자기도 모르게 놀랐을 정도였다. 부근에는 인기척이라고는 없었으므로, 갑자기 팔꿈치 밑에서 뜻하지 않은 정중하면서도 버릇없이 친근하게 말하는 목소리가 들려왔을 때 그는 웬일인지 기묘한 느낌이 들었다. 그것은 무척 정다운 목소리였지만, 이 거리에서도 괜히 멋을 부리는 상인이나 머리를 지진 아케이드 시장 근처의 젊은 점원들이 허세를 부리며 쓰는 짐짓 꾸민 듯이 달콤한 듣기 거북한 억양을 띠고 있었다.
 「선생님, 실례지만 우산을 좀 같이 받을 수 없을까요?」
 실지로 누군가의 그림자가 그의 우산 밑으로 기어 들어왔다(혹은 기어드는 시늉을 했을 뿐인지도 모른다). 부랑인은 그와 나란히 붙어서서 『팔꿈치로 상대방을 수탐(搜探)하면서』──이것은 군인들이 쓰는 말이다──따라왔다.

니콜라이는 걸음을 늦추면서 어둠 속에서 될 수 있는 한 이 사나이의 정체를 알아보려고 했다. 이 사나이는 그리 키가 큰 편이 아니고, 잠깐 그 근처에서 놀다가 온 건달 같은 데가 있었다. 옷차림은 추워 보였으며 초라했다. 부수수하게 곱슬대는 머리에는 차양이 반쯤 떨어져 나간, 비에 흠뻑 젖은 나사모자가 오도카니 얹혀 있었다. 보아하니 이 남자는 깡마르고 거무스름한 얼굴에 진한 다갈색의 머리털을 지니고 있었다. 눈은 커다랗지만 꼭 집시의 눈처럼 새카맣고 번쩍거렸으며, 노르스름한 광채가 있음이 분명하였다. 어둠 속이지만 이런 것만은 짐작할 수 있었다. 나이는 아무래도 마흔 전후로 보였고, 별로 취한 것 같지는 않았다.

「자네는 나를 알고 있나?」 니콜라이는 물었다.

「스타브로긴 님, 니콜라이 브세볼로도비치이시죠. 저는 지난 일요일 정거장에서 말입니다, 기차가 닿자마자 말을 들어서 알았습니다. 뿐만 아니라 전부터 소문도 들었답니다.」

「표트르 베르호벤스키로부터겠지? 자네…… 바로 자넨가, 징역수인 페지카가?」

「세례를 받았을 땐 표트르 표도로비치란 이름을 받았었죠. 저를 낳아 주신 어머니는 지금도 역시 이 근처에서 살고 계십니다. 하느님과 사이가 좋은 할멈인데 점점 허리가 구부러져 가고 있죠. 매일 밤이나 낮이나 우리들 일로 하느님께 기도드리고 있습니다. 그러므로 벽난로 위에서 멍하니 시간을 낭비하는 일은 없죠.」

「자네는 징역살이에서 도망쳐 나왔지?」

「예, 운명을 좀 바꿨답니다. 성서도, 종(鐘)도, 교회에 나가는 일도 모두 내동댕이쳤죠. 왜냐하면 저는 종신징역을 선고받았기 때문에 아무래도 기다리기가 너무 지리해서.」

「여기서 뭘하고 있지?」

「그저 하루살이 평범한 신세죠, 백부라는 작자도 위조지폐 건으로 역시 이곳 감옥에 갇혀 있다가 지난 주 결국 돌아갔습죠. 저도 명복을 빌기 위해 스무 개쯤의 돌을 개에게 먹여 주었지만……. 지금 제가 하는 일이란 고작 이런 정도랍니다. 그 밖에 표트르 나리께서 러시아 전국을 돌아다닐 수 있는, 상인들이 쓰는 여행증을 구해 주겠다고 하셔서, 그 친절을 기다리고 있는 중입죠.『사실 우리 집 아버지는 영국 클럽에서 트럼프에 져서 너를 팔아 버린 거니까 아무래도 이것은 불공평하고 인정머리없는 처사야.』이렇게 말씀하신답니다. 어떠세요, 나리, 차 한 잔이라도 마시고 몸을 녹여 볼까 하는데, 삼 루블리만 적선해 주실까요?」

「그럼 자네는 여기서 기다리고 있었군. 나는 그런 짓은 질색이야. 도대체 누가 시킨 짓이지?」

「누가 시키다뇨, 천부당만부당한 말씀입니다. 저는 다만 세상에 알려진 나리의 인정 많은 성격을 잘 알고 있기 때문입죠. 우리의 수입이란 나리께서도 아시다시피 기껏해 봐야 모기 눈물 정도밖에 안 되니까요. 요전 금요일엔 만두가 얻어걸려서 마치 마르틴이 비누라도 먹듯이 실컷 포식했습죠. 그런데 그 이후론 아무것도 먹지 못한 형편이었고 다음날은 참았습죠. 그 다음 날도 또 고스란히 굶었답니다. 그래서 개울물을 잔뜩 마셨더니 마치 뱃속에 붕어라도 기르고 있는 것 같은 이런 처지니, 나리 인정을 베풀어 주십쇼. 사실은 바로 저쪽에 저와 친한 아주머니가 기다리고 있습니다만, 돈 한 푼 없이야 어디 그곳에 갈 수 있어야지요.」

「도대체 표트르 나리께선 나를 대신해서 자네에게 무엇을 약속했나?」

「별로 약속하신 건 아니지만 어쩌면 그때의 형편에 따라 나리께 뭔가 도움이 될지도 모른다고만 했습죠. 무슨 일인지 확실한 건 못 들었습니다만. 왜냐하면 표트르 나리께선 저에게 카자크 같은 인내심이 있나없나를 시험해 보실 뿐이지 조금치도 나라는 인간을 신용해 주지 않으니까요.」

「어째서?」

「표트르 나리는 훌륭한 천문학자로 하늘을 떠도는 별을 하나하나 암기하고는 있지만, 그분도 역시 어려움이 없는 것은 아닙니다. 그런데 저는 나리 앞에 나서면 마치 하느님 앞에 나선 것 같은 기분이 듭니다. 왜냐하면 나리의 얘기는 여러 가지 많이 들었으니까요. 표트르 나리는 그런 분이고 나리는 나리대로 또 좀 다른 분이니까요. 그분은 남의 일에 대해서도 저놈은 방탕하다 하면 아주 방탕한 놈으로 인정해 버리는 겁니다. 또 저놈은 바보다 하면 어디까지나 바보라고 부르고 마는 그런 식이랍니다. 그러나 저도 화요일과 수요일엔 그저 바보일는지도 모르나, 목요일에는 그분보다 영리해질지도 모를 일입니다. 그런데 지금 그분은 제가 몹시 여행증을 갈망하고 있다는 것만을 알고(정말이지 러시아에선 이 여행증 없이는 어떻게 해볼 도리가 없으니까요) 마치 내 넋이라도 사로잡은 것처럼 생각하고 있습죠. 나리, 저는 거리낌없이 말씀드리지만 표트르 나리는 세상을 살아가기가 아주 수월할 겁니다. 왜냐하면 그분은 인간을 자기 멋대로 혼자서 결정하고 그런 것으로 인정을 하며 살아가고 있으니까요. 게다가 아주 지독하게 인색하단 말입니다. 그분은 제가 설마 자기를 제쳐놓고 나리와 얘기하리라곤 꿈에도 생각지 못하겠지만, 저는 말입니다, 나리, 나리 앞에 나서면 하느님 앞에 나선 기분이 듭니다. 벌써 나흘 밤째나 이 다리 위에서 나리가 나타나시기를 기다리고 있었답니다. 그분의 힘을 빌지 않아도 슬그머니 나 할 일을 해볼 생각입죠. 생각해 보니 같은 값이면 짚신보다 구두에 머리를 숙이는 편이 훨씬 나을 것 같단 말입니다.」

「내가 밤중에 이 다리를 지나가리라는 걸 도대체 누가 자네에게 말했단 말인가.」

「그건 고백하자면 곁에서 슬쩍 주워들은 거죠. 즉 레뱌드킨 대위의 우둔함에서 나온 소치죠. 아무튼 그 사람은 속에 무엇을 담아 두고 견디는 성질이 못 되니까요……. 그래 사흘 낮과 사흘 밤을 고생하고 기다린 값으로라도 삼 루블리만 나리께서 인정을 베풀어 주실 수 없으신지요. 옷이 젖은 것 따위는 이제 체념하고 아무 말씀도 안 드리겠습니다.」

「나는 왼쪽이야. 자네는 오른쪽으로 갈 것 아닌가. 다리는 이제 다 건너왔네. 알겠나 표트르, 나는 한 번 말을 했을 때 다 알아들어야 좋아하는 성질이야. 나는 일 코페이카도 자네에게 줄 수 없네. 앞으로는 다리 위에서든 어디서든 나의 눈에 걸리면 용서없어. 나는 자네 따위에겐 아무 용건도 없을 뿐더러 앞으로도 없을걸세. 만일 내 말을 듣지 않는다면 꽁꽁 묶어서 경찰에다 넘겨 버릴 테야. 썩 꺼져 버려!」

「적어도 길동무를 해드린 값이라도 한푼 던져 줍쇼, 조금은 기분이라도 풀리셨을 텐데요.」

「가지 못해!」

「그런데 나리께서는 이 길을 아시나요? 저쪽으론 아주 복잡한 골목길 투성인뎁쇼……. 뭣하면 안내해 드릴까요? 정말이지 이 거리는 악마가 바구니 속에 집어넣고 마구 휘둘러댄 것 같은 곳입죠.」

「아니, 당장 묶어 버릴 테야!」 니콜라이는 무서운 기세로 돌아다보았다.
「참 나리도, 좀 생각해 주세요. 의지가지 없는 인간을 못 살게 굴 것까지는 없잖습니까?」
「아니, 자네는 상당히 자신만만해 보이는군!」
「웬걸요, 나리 저는 당신을 믿고 있는 거지, 결코 저를 믿는 건 아닙니다.」
「난 자네에겐 아무 볼일도 없다고 하지 않았나! 한 번 말하면 알 게 아냐!」
「하지만, 저는 나리에게 볼일이 있는뎁쇼. 그럼 나리 돌아오실 때까지 기다릴 수밖에 없군요.」
「미리 일러 두겠는데, 이번에 만나면 사정없이 묶어 버릴 거야.」
「그럼 밧줄이라도 준비해 두겠습니다. 나리 안녕히 가십쇼. 우산 속에 함께 넣어 주신 것만으로도 대단히 감사합니다. 이것 하나만으로도 관 속에 들어가는 날까지 나리를 잊지 않을 겁니다.」

그는 그제야 옆을 떠났다. 니콜라이는 불안해하면서 목적지까지 이르렀다. 마치 하늘에서 떨어진 듯한 이 사나이는 자기가 니콜라이에겐 없어서는 안 되는 인간이라고 확신하고 어디까지나 뻔뻔스럽게 그런 사실을 알리려고 초조해하고 있었다. 게다가 대체로 보아 이 사나이는 그를 두려워하는 기색이 없었다. 그러나 부랑자도 전혀 근거 없는 엉터리를 말한 건 아닌 모양이었다. 사실 그는 표트르에겐 모르게 자기 나름대로의 소견으로 니콜라이를 위해 일해 보겠다고 졸라댄 건지도 모른다. 이것은 무엇보다도 주목할 만한 사실이었다.

2

니콜라이가 당도한 집은, 울타리 사이에 끼여 있는 쓸쓸한 골목에 있었다. 울타리 너머로는 채소밭이 계속되어 있는 그야말로 문자 그대로 마을의 변두리였다. 완전히 고립된 조그만 목조 건물로 아직 지은 지 얼마 안된 듯 널빤지도 붙이지 않았다. 창문 하나는 일부러 덧문을 열어 놓았고, 창틀에는 촛불을 세워 놓았다. 그것은 오늘 밤 느지막이 오기로 되어 있는 손님을 위한 촛대 대신인 것 같았다. 삼십 보 가량 떨어진 앞쪽 입구에 서 있는 키 큰 남자의 모습을 분간할 수 있었다. 아마 이 집 주인이 기다리다 못 해 바깥 구경을 하려고 나온 모양인것 같다. 이어서 그 남자의 초조하고 겁먹은 듯한 목소리가 들려왔다.
「거기 계신 분, 당신입니까? 당신이십니까?」
「나요.」 집 입구까지 다다라 우산을 접으며, 니콜라이는 비로소 이렇게 대답했다.
「아이구 이제야 오셨군요!」 하고 레뱌드킨 대위는(이것이 남자의 정체였다) 갑자기 제자리걸음을 하면서 수선을 피웠다. 「자, 우산을 이리 주십시오. 꽤 많이 젖으셨군요. 이쪽 구석 마루에 펴놓읍시다. 자, 어서 들어오세요, 어서.」
복도에서, 두 개의 촛불이 켜져 있는 방으로 통하는 문은 활짝 열려 있었다.
「꼭 오겠다는 당신의 확약이 없었다면 여간해서 믿지 않았을지도 모릅니다.」
「열두 시 사십오 분이군.」 니콜라이는 방으로 들어가면서 잠깐 시계를 보았다.
「게다가 이렇게 비까지 쏟아지고, 또 상당히 멀어서요……. 저는 시계가 없습니다. 그래서 창 밖을 내다보니 야채밭뿐이고, 온통, 그 덧없는 세상하고는 멀어져 갑니다……. 그러나 뭐 불평하는 건 아닙니다. 감히 그런 주제넘은 말을…… 다만 일주일 동안을 오로지 기다리고만 있었으니까요……. 게다가, 완전히 해결을 지었으면 생각하고요.」
「뭐라고?」
「제 운명에 대해 듣고 싶습니다. 자, 어서.」
그는 탁자 옆에 있는 긴의자를 가리키면서 허리를 약간 구부려가며 이렇게 말했다.
니콜라이는 사방을 둘러보았다. 방은 비좁았고 천장은 낮았으며, 가구 집기도 꼭 필요한 것만 있을 뿐이었다──몇 개의 의자와, 긴의자가 하나 (이것은 다 나무로 만들어졌고 역시 갓 만들었는지 가죽도 천도 씌우지 않았으며, 팔걸이도 달려 있지 않았다), 보리수로 만든 두 개의 탁자(한 개는 긴의자 옆에 놓여 있고, 또 한 개는 구석 자리에 놓고 상보를 씌웠으며 뭔가 잔뜩 복잡하게 늘어놓은 위로 깨끗한 냅킨을 멋있게 덮어 놓았다)——이것이 전부였다. 그러나 대체적으로 방안은 놀라울 만큼 깨끗하게 손질이 되어 있는 것 같았다. 레뱌드킨 대위는 벌써 여드레나 술을 마시지 않았다. 그의 얼굴은 어딘가 모르게 해쓱한 데다 누르께 했으며, 눈초리는 불안스러운 듯 두리번거렸으나 호기심에 찬 빛을 띠었고, 뭔가 납득이 안 가는 것 같은 표정을 짓고 있었다. 그는 어떤 말투로 얘기를 꺼내야 할지 또 말머리를 갑자기 어떻게 잡아야 좀더 유리할지 아직 자신도 갈피를 못 잡았으며 그러한 모습이 겉으로도 역력히 나타났다.

「보시다시피」하고 그는 주위를 가리켰다.「마치 조시마 장로와 같은 생활을 하고 있습니다. 금욕, 고독, 결핍······. 마치 옛날 기사들의 서약과도 같답니다.」

「옛날 기사들이 그런 서약을 했다고 생각하나?」

「아니, 어쩌면 엉터리를 말했는지도 모르죠. 슬프게도 저는 충분한 교육을 받지 못해서요! 저는 모든 것을 망치고 말았습니다! 사실은, 니콜라이 브세볼로도비치, 전 여기서 비로소 각성했으며, 수치스러운 욕망을 내동댕이쳤습니다. 술 한 잔은 고사하고 한 방울도 마시지 않았습니다. 이 한구석에 꽉 틀어박혀서 요 엿새 동안에 양심이 편안해졌음을 느낍니다. 방안의 벽조차도 마치 자연을 연상하게끔 송진 냄새를 풍기고 있습니다. 아, 나는 어떤 인간이었을까요? 무엇을 하고 있었을까요?

밤에는 한숨 짓는다, 잠자리조차 없이
낮은 낮대로 혀를 빼물며······.

천재 시인의 말을 빌면 꼭 이대로입니다! 그러나······ 아주 흠뻑 젖으셨군요······. 차라도 한 잔 드시는 게 어떨까요?」

「걱정하지 말게.」

「사모바르는 일곱 시부터 끓고 있었습니다만······. 꺼져 버렸어요······. 이 세상에 있는 모든 것과 마찬가지로. 태양도 이제 차례가 오면 자연히 사라져 버릴 거라고들 말하니까요······. 필요하시다면 또 만들지요. 아가피아는 아직 자지 않으니까요.」

「그런데 여보게, 마리아는…….」
「여깁니다, 여기.」하고 레뱌드킨은 곧 작은 목소리로 말을 받았다.「잠깐 들여다보시겠습니까?」그는 다음 방과 통하게 된 닫힌 문을 가리켰다.
「잠들지 않았나?」
「웬걸, 천만에요. 그럴 수가 있겠습니까! 오히려 초저녁부터 기다리고 있습니다. 그리고 아까 오신 것을 알자 부지런히 화장까지 할 정도였으니까요.」하고 그는 입을 일그러뜨리며 장난기 있는 웃음을 띠려고 했으나, 곧 입을 다물고 말았다.
「대체로 보아 어떻소?」니콜라이는 얼굴을 찌푸리며 물었다.
「대체로 보다니요? 그건 당신이 아시고 있는 대로입니다(하고 그는 불쌍하다는 듯 어깨를 움츠렸다). 그런데 지금은…… 지금은 우두커니 앉아서 카드로 점을 치고 있습니다…….」
「좋아, 나중에 보기로 하지. 우선 자네부터 일을 끝내야 하니까.」
니콜라이는 의자에 앉았다.
대위는 이젠 긴의자에 앉을 용기도 없어 곧 자기도 다른 의자를 끌어당겼다. 그리고 잔뜩 섭을 먹고 상대방의 말이 떨어지기를 기다리며 몸을 구부려 삼가 듣겠다는 태도를 취했다.
「저기 구석에 상보를 씌워 놓은 것은 도대체 뭔가?」니콜라이는 갑자기 그게 눈에 띄자 이렇게 물었다.
「저것 말씀입니까?」레뱌드킨도 같이 돌아다보았다.「저건 당신 자신이 베풀어 주신 것으로 마련한 겁니다. 소위 말하자면 이사온 축하라고나 할지…… 게다가 일부러 먼 길을 오신다기에 또 자연히 피로하실 것도 같고 해서.」하고 그는 기쁜 듯이 히히 웃었다. 그리고는 자리에서 일어나 발끝으로 구석 탁자까지 다가간 다음 조심스럽게 상보를 벗겼다.
그 밑에서 준비된 저녁 음식들이 나타났다. 햄, 송아지 고기, 정어리, 치즈, 녹색빛 나는 작은 보드카 병, 기다란 보르도 술병…… 이 모든 것들이 깨끗하게 그리고 순서있고 보기좋게 배열되어 있었다.
「이건 자네가 마련한 건가?」
「제가 했습죠. 어제부터 있는 힘을 다 해서…… 당신에게 경의를 표시하려고……. 마리아는 아시다시피 이런 일엔 무관심하니까요. 어쨌든 당신 자신의 도움으로 이루어진 것이며, 당신 자신의 것입니다. 왜냐하면 이 집 주인도 당신이지 저는 아니니까요. 저 같은 거야 뭐 당신의 고용인 격이지 뭡니까. 그러나 누가 뭐라해도, 누가 뭐라해도 니콜라이 님, 누가 뭐란들 저는 정신적으로 독립되어 있습니다. 제발 하나밖에 없는 저의 이 재산을 빼앗지 말아 주십쇼!」 그는 혼자 기뻐하면서 말을 맺었다.
「흠…… 자네도 앉으면 어떨까.」
「아이고, 감사합니다. 감사는 합니다만 하여간 독립성을 지닌 인간입니다! (그는 앉았다.) 오, 니콜라이 님, 저의 이 가슴은 부글부글 끓어오르는 것 같아 당신이 오실 때까지 도저히 기다릴 수 없을 정도였습니다! 그럼 이젠 운명을 결정지어 주십쇼. 저의 운명과 그리고…… 저 불행한 여자의 운명을……. 그러면…… 그러면 옛날에 곧잘 그랬듯이 당신 앞에 모든 것을 털어놓겠습니다. 꼭 사 년 전처럼 말입니다. 그 무렵 당신은 저 같은 놈의 말도 잘 들어 주셨고, 또 시도 읽어 주셨습니다……. 그때 사람들은 저를 보고 당신의 폴스타프, 셰익스피어가 쓴 폴스타프라고 불렀습니다만, 그런 건 상관없습니다. 당신은 저의 운명에 무척 큰 영향을 주신 분이었으니까요!…… 저는 지금 굉장한 공포에 싸여 있습니다. 그리고 오로지 당신 한 사람에게서 충고와 광명을 기다리고 있는 겁니다. 표트르 스체파노비치가 저에게 무서운 짓을 하니!」
니콜라이는 이상한 듯이 귀를 기울여가며 상대방을 우두커니 바라보고 있었다. 보아하니 레뱌드킨 대위는 술에 만취가 되는 일은 그만뒀지만, 그러나 균형잡힌 상태로 되돌아온 것 같지는 않았다. 이런 고질화된 주정꾼은 결국 어딘가 모르게 흐리멍덩하고 얼빠진 듯하여 뭔가 좀먹어 들어가는 듯한 느낌이 드는, 광적인 경향이 점점 뚜렷해져가는 것이다. 특히 필요한 경우에는 남 못지않게 거짓말도 하고, 교활한 꾀도 내고, 나쁜 일도 꾸미겠지만.
「대위, 내가 보는 바론 자네는 요 사 년 동안 조금도 변하지 않은 것 같군.」 전보다 어느 정도 부드러운 말투로 니콜라이는 이렇게 말했다. 「보통 인간의 후반생은 오로지 전반생에 쌓아온 습관만으로 성립된다고 하는데 아무래도 사실인 것 같군.」
「참으로 지당한 말씀이군요! 당신은 인생의 수수께끼를 푸셨습니다!」 반은 농담삼아 반은 진정 감격해서(그는 이런 경구를 무척 좋아했기 때문에)

대위는 외쳤다.
「니콜라이 님, 당신이 하신 말씀 중에서 전후를 막론하고 단 한 가지 기억하고 있는 것이 있습니다. 그것은 당신이 아직 페체르부르그에 계실 때의 일로 『상식에까지 반항해서 일어서려면 참된 위인이 되어야 한다』라는 말입니다!」
「흥, 그와 마찬가지로 『혹은 바보가 되어야 한다』라고 할 수도 있겠지.」
「그렇죠, 바보라도 좋겠죠. 하여간 당신은 일생 동안을 경구로 채우고 계십니다. 그런데 그 패거리들은 어떻습니까? 리푸친이든 표트르 스체파노비치든, 뭔가 비슷한 일이나마 말할 수 있겠습니까? 아 표트르 스체파노비치는 참으로 잔혹한 짓을 한답니다……」
「그러나 자네는 어떤가. 대위, 자네는 어떤 행위를 했나?」
「술에 취해서 그런 겁니다. 게다가 저는 수많은 적을 가지고 있으니 말입니다! 그러나 지금은 이제 모든 것이 완전히 끝났습니다. 그래서 저도 뱀처럼 탈바꿈하려고 하는 중입니다. 니콜라이 님, 저는 사실 유언장을 쓰고 있습니다. 아니 벌써 써버렸습니다.」
「그건 진기한 얘기로군. 도대체 무엇을 남기려는 건가, 그리고 누구에게?」
「조국과 인류와 대학생들에게. 니콜라이 님, 저는 신문에서 어떤 미국인의 전기를 읽었는데, 그 사나이는 막대한 재산을 공업과 적극적인 과학에, 그리고 자기의 유골을 학생들에게, 결국 그곳의 대학에 기부한 연후에 가죽은 북에 붙이도록 했답니다. 단 밤낮 할것없이 그 북으로 미국의 국가를 연주한다는 조건으로 말입니다. 아, 슬프도다, 이런 미합중국의 분방한 사상과 비교하면 우리는 꼭 난쟁이나 다름없지 뭡니까. 러시아는 자연의 희롱이지 이성의 희롱은 아닙니다. 가령 제가 일찍이 복무한 일이 있던 아크몰린스키 연대에 북에 붙이는 가죽으로 저의 몸을 기부하고 매일 부대 앞에서 러시아의 국가를 연주해 달라고 말해 보세요, 금방 이것은 자유사상이라고 가죽은 차압되고 말 테니까요…… 그래서 대학생들에게만 남겨 주기로 한 것입니다. 저는 제 유골을 대학에 남겨 줄 작정입니다. 단 그 이마에다 『영원히 회오(悔悟)하는 자유사상가』라는 문자를 새긴 표를 훌륭히 붙인다는 조건부로 말입니다. 바로 이런 겁니다!」
대위는 열을 올리며 지껄여댔다. 물론 지금은 완전히 미국인의 유언의 아름다움을 믿고 있지만, 그러나 그는 뭐니뭐니해도 교활한 근성을 지닌 사나이였으므로 벌써 오랫동안 어릿광대 노릇을 해가며 니콜라이를 섬겨 왔기에 니콜라이를 웃기려는 속셈도 상당히 있었던 것이다. 그러나 이쪽은 싱긋 웃지도 않을 뿐더러 묘하게 의심쩍은 말투로 물었다.
「그러고 보면 자네는 생전에 유언을 발표하여 거기에 대한 포상을 생각하고 있는 게 아닌지?」
「그렇다고 말씀하셔도 좋습니다. 니콜라이 님, 그렇다해도 무방하잖습니까?」 레뱌드킨은 조심스레 안색을 살폈다. 「사실 저의 운명은 어떻습니까! 이제는 시를 쓰는 일도 그만두었습니다. 옛날엔 당신도 저의 시를 흥미있게 들어 주셨는데, 니콜라이 님, 기억하십니까? 술좌석 같은 데서 말입니다. 그러나 저의 붓에도 종말이 왔습니다. 그런데 꼭 한 편의 시를 썼습니다. 마치 고골리가 《최후의 이야기》를 쓴 것처럼 말입니다. 기억하십니까, 고골리는 러시아라는 나라를 향해 이 이야기는 자기의 가슴에서 『짜낸』 것이다, 이렇게 선언하지 않았습니까. 저도 그와 마찬가지로 이번에 쓴 것으로 아주 절필(絕筆)입니다.」
「어떤 시인데?」
「『만일 그 여자가 다리를 부러뜨렸다면』이라는 겁니다!」
「뭐라고?」
대위는 오로지 이것만을 기다리고 있었던 것이다. 그는 자기 시를 한없이 존중하고 높은 평가를 하고 있었지만 그와 동시에 일종의 교활한 마음의 분열 작용 때문에, 예전에 니콜라이가 곧잘 그의 시에 흥이 나서 때로는 배를 안고 웃던 일을 내심 좋아했던 것이다. 이와 같은 형편이었으므로 동시에 두 개의 목적, 자기의 시적 목적과 비위를 맞추는 일이 달성되는 셈이었다.
하지만 오늘은 제삼의 목적도 잠재하고 있었다. 이것은 일종의 특별한, 더구나 아주 낯간지러운 목적이었다. 다름이 아니라, 대위는 자기의 시를 들고 나옴으로써 자기가 무엇보다도 위험을 느끼고 실책을 자각하고 있는 한 가지 점에 대한 자기 변호를 기대했던 것이다.
「『만일 그 여자가 다리를 부러뜨렸다면』 즉 말에서 떨어진 경우를 말하는 거죠. 아니 꿈입니다. 니콜라이 님, 잠꼬대입니다. 단지 시인의 잠꼬대랍니다. 실은 언젠가 거리를 지나다가 한 사람의 말탄 미인을 만나 그 아름다움에 도취되었답니다. 그래서 이런 실제적인 의문이 떠오른 겁니다.『도대체 그 때는 어떻게 될까?』이를테면 지금 같은 경우입니다. 뭐 뻔한 노릇이 아닙니까. 숭배자들은 모두 꽁무니를 빼고 신랑감 후보자도 종적을 감춰 버리겠죠. 갑자기 아침 추위가 닥쳐와 콧물을 훌쩍일 뿐, 그때 단 한 사람의 시인만이 억눌린 심장을 가슴에 간직한 채 변함없는 사랑을 바치고 있다는 이런 내용입니다. 니콜라이 님, 비록 이〔虱〕와 같은 존재일지라도 사랑할 수는 있는 겁니다. 절대로 법률로 금하고 있진 않습니다. 그런데 그 아가씨는 저의 편지와 시를 읽고 화를 낸 겁니다. 당신까지도 분개하셨다고 하는데 그게 정말입니까? 참으로 슬퍼해야 할 일입니다. 저는 믿어지지가 않더군요! 한낱 상상만으로 남에게 폐를 끼칠 것까지야 없잖습니까? 게다가 정직하게 말하자면 여기엔 리푸친이 관계하고 있답니다.『보내는 게 좋아, 보내는 게 좋단 말이야. 인간이란 누구든지 통신의 권리를 갖고 있는 법이야.』하기에, 그래서 저도 편지를 냈던 셈입니다.」

「자네는 확실히 자신을 그녀의 신랑감으로 추천한 셈이군?」

「적입니다, 적이에요, 적의 모략입니다!」

「그 시를 읽어 보게나!」 하고 니콜라이는 엄격한 말투로 가로막았다.

「잠꼬대죠, 온통 잠꼬대입니다.」

그러나 그는 역시 몸을 뒤로 젖히고 한손을 앞으로 내밀면서 시를 읊기 시작했다.

비할 바 없이 아름다운 그대
다리를 부러뜨려
그 모습 더없이 아름다워라.
애타게 그리는 이 가슴에
사랑의 불길 더해지노라.

「아, 그만!」 하고 니콜라이는 손을 내저었다.

「저는 페체르(페체르부르그의 속칭)를 그리워하고 있습니다.」 하고 레뱌드킨은 마치 시 따위는 꿈에도 읽은 일이 없는 것 같은 말투로 재빨리 화제를 바꿨다. 「저는 갱생을 꿈꾸고 있답니다……. 제 은인인 니콜라이 님, 당신은 저에게 노자를 마련해 주는 일을 싫다고 안 하시겠죠. 당신에게 희망을 걸어도 괜찮겠죠? 저는 요 일주일 동안 마치 당신이 태양이나 되는 것처럼 학수고대했답니다.」

「아니, 안돼. 이제 딱 질색이란 말이야. 난 거의 빈털터리야. 그리고 무엇 때문에 자네에게 돈을 줘야만 된다는 건가?」

니콜라이는 갑자기 화를 낸 것 같았다. 짤막하고, 매정한 말투로 대위의 못된 행실이며 난취(亂醉), 방언, 마리아 앞으로 보낸 돈의 낭비, 그리고 누이동생을 수도원에서 강제로 빼낸 사실, 비밀을 폭로하겠다고 협박의 말을 쓴 편지를 보낸 일, 마리아에게 한 인정머리 없는 처사 등을 낱낱이 열거했다. 대위는 몸을 흔들기도 하고 손을 내젓기도 하며 변명을 해보려고 했으나, 니콜라이는 그때마다 고압적인 태도로 억누르는 것이었다.

「자 들어 보게.」하고 그는 마지막으로 말했다.「자네는 줄곧『한 집안의 치욕』이란 말을 쓰고 있지만 자네 누이가 스타브로긴과 정당한 결혼을 했다는 것이 도대체 무슨 치욕이란 말인가?」

「그러나 비밀스런 결혼이니까요, 니콜라이 브세볼로도비치, 비밀 결혼, 영원히 비밀 결혼일 테니까 말입니다. 저는 당신에게서 돈을 받고 있습니다만 가령 남들이 갑자기『그건 어떻게 된 돈이야?』하고 묻는다면 뭐라고 대답합니까? 저는 속박을 받고 있으므로 거기에 대답할 수가 없잖습니까? 그건 동생에 대해서도 또 한 집안의 명예에 대해서도 대단한 손해를 초래하게 되므로.」

대위는 언성을 높였다. 이것은 그가 즐겨 쓰는 말이며, 그는 여기에 굳은 희망을 걸고 있었다. 그러나 슬프도다! 그는 그때, 얼마나 무서운 소식이 기다리고 있는지 꿈에도 예상치 못했던 것이다. 니콜라이는 극히 상세한 일상시의 일이라도 얘기하듯 이 가까운 시일 안에, 때에 따라서는 내일이나 모레쯤 자기의 결혼을 일반인에게 공표하려고 한다,『경찰이나 사회 전반에 걸쳐 알릴 작정이다』, 따라서 한 집안의 치욕이란 문제도 또 동시에 보조금이란 문제도 자연히 소멸될 거라는 말을 했다. 대위는 눈을 크게 뜬 채 상대방의 말을 이해하지 못했다. 그래서 니콜라이는 다시 한 번 잘 알아듣도록 자세히 설명했다.

「하지만 그애는…… 미친 여자가 아닙니까?」

「그건 또 거기에 대한 알맞은 방법을 강구하겠네.」
「하지만…… 어머님께선 뭐라고 하실까요?」
「그거야 원하는 대로 하시겠지.」
「그러나, 아내를 댁으로 데리고 가야 하잖겠어요?」
「혹은 그렇게 할지도 모르지. 하지만 그건 전혀 자네가 알 바 아니잖은가. 자네하곤 전혀 관계가 없는 일이야.」
「어째서 관계가 없습니까?」 대위는 외쳤다. 「제가 어째서……?」
「흥, 당연한 일이 아닌가. 자네 따위는 우리 집엔 들여 놓을 수 없네.」
「하지만 저는 친척이 아닙니까?」
「그런 친척은 누구든 질색일 거야. 그렇게 되어 버리면 자네에게 돈을 줄 필요가 어디 있겠나, 생각해 보게.」
「니콜라이 님, 니콜라이 님, 그럴 수 있겠습니까? 잘 생각해 보세요. 설마 당신인들 저…… 스스로 자기 몸을 망치게 하는 일을 하시고 싶지는 않겠죠……? 첫째, 세상에서 어떻게 생각하며 뭐라고 말하겠습니까?」
「자네 세상이라면 아마 무섭겠지. 나는 그때 술잔치 뒤에 별안간 마음이 동해서 술마시기 내기를 해서 졌기 때문에 자네 누이동생과 결혼한걸세. 그러므로 이번에는 이 일을 떳떳하게 공개하는 거야……. 그것이 지금의 나에게 위안이라도 될까 생각하고.」
이렇게 말하는 그의 말투가 극히 초조했으므로 레뱌드킨은 두려운 심정으로 그의 말을 믿기 시작했다.
「그렇지만 저는, 저는 도대체 어떻게 되는 겁니까? 이 경우엔 저의 일이 가장 중요하지 않습니까!…… 아마 그것은 농담이시겠죠, 니콜라이 브세볼로도비치?」
「아니, 농담이 아니야.」
「그럼 어디 마음대로 하십시오. 그러나 저는 말씀하시는 것을 믿지 않겠어요……. 저는 소송이라도 제기할 테니까.」
「대위, 자네는 형편없는 바보로군.」
「상관마십시오. 저로선 그밖에 다른 도리가 없으니까요!」 하고 대위는 완전히 빗나가 버렸다. 「전에는 뭐니뭐니해도 그애가 여러 가지 심부름을 해서 구석자리나마 잠잘 곳이 있었는데 지금 당신에게 버림을 받으면 도대체 어떻게 되리라 생각하십니까 ?」
 「하지만 자네는 페체르부르그로 가서 뭔가 자기의 나갈 길을 바꿔 보겠다고 말하지 않았나. 아 참, 말이 나온 김에 물어 보겠는데, 자네가 페체르부르그로 가는 것은 밀고를 하기 위해 가는 것이라는 말을 들었는데 그게 정말인가 ? 말하자면 다른 사람을 판 보상으로 용서를 받으려는 심산인가.」
 대위는 입을 딱 벌리고 눈을 둥그렇게 뜬 채 갑자기 대답도 나오지 않는 모양이었다.
 「여보게 대위.」 갑자기 무섭고도 진지한 태도로 탁자 앞으로 몸을 굽히면서 스타브로긴은 이렇게 말했다.
 지금까지 그는 묘하게 모호한 태도로 얘기해왔으므로, 광대 노릇엔 꽤 경험을 쌓은 레뱌드킨도 바로 이 순간까지 과연 자기 주인이 화를 내고 있는지 아니면 농담을 하고 있는지, 정말 결혼 발표 따위의 기괴한 생각을 품고 있는지 혹은 단지 자기를 놀리고 있는 건지, 그런 점에 다소 의아심을 품지 않을 수 없었다. 그러나 지금 이 순간, 스타브로긴의 심상치 않은 엄격한 얼굴 표정엔 상대방을 설복케 하는 강한 힘이 있었으므로 대위는 등골에 찬물을 끼얹은 것 같은 느낌이 들었다.
 「여보게 대위, 잘 듣고 솔직히 대답해 주게. 자네는 벌써 뭔가를 밀고했는가, 아니면 아직 안 했나 ? 정말 되는 대로 지껄여 버린 거 아냐 ? 솔직히 대답해 보게. 뭔가 하찮은 일로 묘한 편지를 띄운 게 아닌가 ?」
 「아뇨, 아직 아무 짓도 하지 않았습니다……. 그런 것은 생각지도 않았으니까요.」 하고 대위는 꼼짝도 않고 상대방을 쳐다보았다.
 「흥, 생각조차 안 했다니, 자네 그건 거짓말이지. 자네가 페체르부르그로 가고 싶어하는 것도 결국 그 때문일 거야. 만일 편지를 내지 않았다면 이 마을의 누구에게 입을 놀리진 않았나 ? 사실대로 대답해 보게, 나도 좀 들은 풍문이 있으니.」
 「취한 김에 리푸친에게 저어…… 배신자, 리푸친 놈… 나는 내 심장을 열어 보였는데…….」 가련한 대위는 중얼거렸다.
 「심장은 심장으로 놔두는 거야, 그런 바보 같은 짓을 할 필요는 없지 않은가. 뭔가 생각이 있거든 마음속에 고스란히 간직해 두는 게 좋지 않겠나. 요즈음의 영리한 사람은 그렇게 나불나불 지껄여대지 않고 묵묵히 있는 법일세.」

「니콜라이 님」 하고 대위는 와들와들 떨기 시작했다. 「그렇지만 당신은 아무 일에도 관계한 일이 없지 않습니까. 저는 당신에 대해선 아무런……」

「설마 자넨들 자기 밥줄을 송사할 용기까지는 없었겠지.」

「니콜라이 님, 잘 생각해 주십시오, 잘……」

대위는 자포자기가 되어 눈물을 머금고, 요 사 년 동안의 신세타령을 빠르게 늘어놓기 시작했다. 그것은 아무 관계도 없는 일에 휩쓸려 들어가면서 더구나 주색에 빠져 지금 이 순간까지도 그 일의 중대한 의의조차도 깨닫지 못한 바보 녀석의 어리석기 짝이 없는 넋두리였다. 그의 말에 의하면 페체르부르그에 있을 때부터 『처음엔 단순히 친구들과 사귀는 우정으로서』, 대학생은 아니지만 사상은 충실한 대학생이라는 기분으로 열심히 그 운동에 몰두했다. 그리고 뭐가 뭔지 이유도 모르고 다만 『아무런 죄의식도 없이』 여러 가지 종이쪽지를 다른 집 계단에 뿌리기도 했고, 한꺼번에 수십 장씩 뭉쳐서 출입구 초인종 옆에 놓고 오기도 했고, 신문 대신 접어넣기도 했으며, 극장에 가지고 가서 모자 속이나 호주머니 속에 쑤셔 넣기도 했다. 그 후 이러한 친구들로부터 돈까지 받게 되었다고 했다. 「그렇다고 해도 저의 수입이 어떤 것인지는 대강 아시는 바와 같은 것이었으니까!」 이렇게 해서 두 현을 거쳐 각 군을 돌아다니며 『온갖 종이쪽지』를 뿌렸다는 것이다.

「오, 니콜라이 브세볼로도비치!」 하고 그는 외쳤다. 「무엇보다도 가장 마음에 걸리는 것은 그게 민법(民法)에라기보다는 오히려 국법에 완전히 위배된다는 점이었습니다! 무엇이 인쇄되었는가 하면, 마치 아닌 밤중에 홍두깨격으로 쇠스랑을 가지고 나오라는 둥, 아침에 빈털터리로 집을 나와도 밤에는 부자가 되어 돌아갈 수 있다는 것을 명심하라는 둥, 정말 놀라운 일이 아닙니까! 저는 소름이 쪽 끼쳤지만, 그래도 역시 뿌리고 다녔습니다. 그런가 하면 또 느닷없이 이렇다 할 이유도 없이 러시아 전 국민을 향해 대여섯 줄의 인쇄 쪽지를 뿌린 겁니다. 『빨리 교회를 폐쇄하고 신을 박멸하라. 결혼제도를 파괴하고 상속권을 박멸하고 마땅히 칼을 들고 궐기하라』는 등 이런 따위를 나열한 겁니다. 그 뒤는 어떤 것인지 전혀 기억도 없습니다. 그런데 이 다섯 줄 안팎의 종이쪽지 때문에 하마터면 큰일 날 뻔했습니다. 어느 연대에선 장교들에게 몰매를 맞았지만 다행히 용서해 주었습니다. 또 지난 해에 코로바예프에게 프랑스에서 만든 위조 지폐 오십 루블리짜리를 넘겨 주었을 때는 아슬아슬하게 붙잡힐 뻔했습죠. 다행히도 바로 그때 코로바예프가 술에 만취되어 연못에 빠져 죽었으므로 저의 죄과를 간파할 여유가 없었던 거죠. 이곳에선 비르빈스키 집에서 부인 공유의 자유를 선언했습니다. 6월에는 또 ○○군에서 다시 삐라를 뿌렸습니다. 뭐든지 또 시킬 모양입니다……. 표트르 스체파노비치는 갑자기 저를 붙잡고, 자네는 뭐든지 시키는 대로 해야만 한다고 일러 주더군요. 벌써 오래 전부터 협박해왔습니다. 지난 일요일에 못살게 괴롭힌 일은 정말 너무했어요! 니콜라이 님. 저는 노예입니다. 벌레나 다름없습니다. 그러나 신은 아닙니다. 그게 시인 제르쟈빈과 다른 점입니다. 그러나 저의 수입이란 사실 아시는 바와 같으니까요!」

니콜라이는 줄곧 호기심을 띤 채 듣고 있었다.

「내가 전혀 몰랐던 일이 있었군.」 하고 그는 말했다. 「특히 자네라면 무슨 일이라도 할 테니까……. 그런데 여보게.」 그는 잠시 생각에 잠겼다가 이렇게 말했다. 「혹, 상관없다면 그자들에게──어떤 자들인지 알겠지──그자들에게 이렇게 말하면 좋겠군. 즉 리푸친은 터무니없는 소리를 한 거다, 사실은 스타브로긴에게도 엉큼한 구석이 있는 것 같기에 밀고한다고 협박해서 좀더 돈을 뜯어내자는 심산이었다고 이렇게 말이야……. 알겠나?」

「니콜라이 님, 젊으신 나리, 정말 저의 신변에 그런 위험이 다가오고 있는 건가요? 저는 그것을 물어 보려고 당신이 오시기를 얼마나 기다렸는지 모릅니다.」

니콜라이는 빙긋이 웃었다.

「페체르부르그에는, 가령 내가 노자를 마련해 준다 해도 결코 보내 주지 않을걸세……. 아 이젠 마리아에게 가봐야 할 시간이군.」

그는 의자에서 일어섰다.

「니콜라이 님, 마리아는 어떻게 됩니까?」

「지금까지 여러 차례 말한 대로야.」

「아니 그게 정말입니까? 그렇다면 당신은 낡아빠진 신발처럼 저를 걷어찰 셈입니까?」

「글쎄 어떻게 한다…….」 니콜라이는 웃었다. 「자, 이제 나를 놓아 주게나.」

「이렇게 하면 어떨까요. 제가 잠깐 입구에 서 있죠……. 어쩌면 뭔가 엿들을지도 모르니까요……. 워낙 방이 작아서요.」

「그건 좋은 생각이군. 그럼 입구에 서 있게. 그 우산을 받으면 되겠군.」

「당신의 우산…… 제가 감히 그럴 만한 값어치가 있습니까?」 대위는 달콤한 투로 말했다.

「누구든 우산만한 값어치는 있는 거야.」

「한 마디로 인간 권리의 미니멈(minimum)을 갈파하셨습니다…….」

그러나 그는 기계적으로 입을 움직일 따름이었다. 그는 오늘 밤에 들은 이야기로 완전히 기가 죽어 어찌할 바를 모르고 있었던 것이다. 그러나 입구로 나가서 우산을 펴들자마자 그의 변하기 쉬운 교활한 머리에는 또다시 여느 때처럼 차츰 위안이 찾아들기 시작했다. 『저 사나이는 교활한 수법으로서 나를 속이고 있는 것이다. 만일 그렇다면 나는 아무것도 두려워할 건 없다. 오히려 저쪽에서 이쪽을 두려워하고 있는 거다.』

『만일 교활한 수단으로 나를 속이고 있다면 그 속마음은 어디에 있는 것일까?』하는 의문이 그의 머리를 뒤흔들었다. 결혼 발표 따위는 바보 같은 얘기로 여겨졌다.『가뜩이나 그런 유별난 짓을 잘 하는 사람이니까 무슨 짓을 할는지 모른다. 남을 괴롭히기 위해 살고 있으니 말야. 아니, 그러나 그 일요일의 치욕적인 사건으로 해서 선생 자신이 겁을 먹고 있다면…… 어떨까? 그렇다, 그러니까 일부러 이런 곳까지 달려와서 공표한다고 연막을 치려는 거다. 즉, 내가 지껄여대지나 않나 하고 무서워서 말이다. 어이 정신 바싹 차리지 않으면 안 되네, 레뱌드킨! 스스로 공개할 작정이라면 무엇 때문에 일부러 한밤중에 남의 눈을 피해서 찾아왔을까. 가령 두려워하고 있다면 그것은 바로 지금이다, 바로 지금 이 순간인 것이다. 요 삼사 일간이 두려운 것이다. 어이 실수하면 안 되네, 레뱌드킨!』

『흥, 표트르를 미끼로 해서 협박하고 있는 거다. 방심하면 큰일나지. 아니, 방심할 수 없다. 절대로 방심하면 안 되겠다. 어쩌다 나도 모르게 리푸친 놈에게 지껄여 버렸으니 말이다. 정말이지 그 작자들은 도대체 무엇을 꾸미고 있을까. 지금까지 한 번도 알아낸 일이 없단 말이야, 또 오 년 전처럼 슬금슬금 일을 시작한 모양이지. 도대체 내가 누구에게 밀고했단 말인가? 혹 정신없이 누구에게 편지를 내진 않았는가라니. 홈! 그러고 보니 얼떨결에 한 것처럼 편지를 내도 무방하다는 말이군. 경우에 따라선 꾀를 일러 준 셈인지도 몰라. 『자네가 페체르부르그로 가려는 것도 결국 그 때문이지』라고 했것다. 제기랄, 나는 다만 그런 꿈을 꾸었을 뿐인데 그 녀석은 벌써 해몽을 해줬단 말이야! 마치 자기가 어서 가라고 부추기고 있는 것 같군. 이것은 확실히 둘 중 하나다. 너무 까불어댔기 때문에 약간 겁이 났거나, 아니면 자기는 조금도 무서워하지 않으니까 나보고 모든 것을 믿고하라고 꼬드기고 있거나 둘 중 하나다! 오, 방심하면 안 되겠군, 레뱌드킨, 제발 실수 없도록 해주게!』

그는 골똘히 생각했으므로 엿듣는 것조차도 잊고 있었다. 그러나 엿듣는 것도 어려운 일이었다. 경계는 두꺼운 외짝 문으로 되어 있는데다 말소리도 너무 나직해서 다만 분명치 않은 소리만이 흘러나올 뿐이었다. 대위는 침을 탁 뱉고 또 생각하는 표정을 짓더니 밖으로 나와 휘파람을 불기 시작했다.

3

마리아의 방은 대위가 차지하고 있는 방에 비하면 두 배 가량이나 더 컸다. 그러나 가구 집기는 마찬가지로 아무렇게나 깎아 만든 조잡한 것이었다. 하지만 긴의자 앞에 있는 탁자에는 화려한 빛깔의 상보를 치고, 그 위에는 불이 켜 있는 램프가 놓여 있었다. 바닥에는 훌륭한 양탄자가 깔려 있고 침대는 방의 이쪽 끝에서 저쪽 끝까지 닿는 긴 초록색 커튼으로 간막이되어 있었다. 그 밖에 탁자 옆에는 크고 푹신푹신한 안락의자가 놓여 있었는데, 마리아는 그곳에 앉지 않았다. 한쪽 구석에는 먼저 살던 곳과 같이 성상(聖像)이 안치되고 그 앞에는 등명(燈明)이 켜져 있었다. 탁자 위에는 꼭 필요한 물건들만이 죽 나열되어 있었다. 트럼프, 손거울, 노래책, 게다가 빵까지 얹혀 있다. 그 밖에 울긋불긋 색칠을 한 그림책이 두 권 있었다. 하나는 통속적인 여행기에서 발췌하여 소년들이 읽을 수 있게 꾸며진 것이고, 또 하나는 가볍고 교훈적인 주로 옛 무사의 이야기를 모은 율카와 학교의 교재용으로 만들어진 것이다. 그리고 또 여러 가지 사진을 붙인 앨범도 있었다. 과연 대위가 말한 대로 마리아는 손님이 오기를 기다리고 있었으나, 니콜라이가 들어갔을 때는 긴의자의 깃털 베개에 기댄 채 반쯤 누워서 잠들어 있었다. 손님은 소리가 나지 않도록 들어가서 문을 닫자 그대로 움직이지 않고 잠든 여자를 굽어보기 시작했다.
 마리아가 모양을 내고 있다는 것은 대위가 거짓말을 한 것이다. 그녀는 지난 일요일에 바르바라 부인 집으로 갔을 때와 마찬가지로 검은 옷을 입고 있었고, 머리도 여전히 조그맣게 묶어서 뒤통수에 붙였으며 갸름하고 꺼칠꺼칠한 볼도 역시 그때와 마찬가지로 드러내 놓고 있었다. 바르바라 부인으로부터 받은 검은 숄은 정성껏 개켜서 긴의자 위에 놓아 두었다. 여전히 그녀는 분을 짙게 바르고 입술연지를 칠하고 있었다. 니콜라이가 들어간 지 일 분도 채 못 돼서 마리아는 자기 몸에 쏠린 남자의 시선을 느낀 듯, 갑자기 잠이 깨어 눈을 크게 뜨더니 재빨리 몸을 가누었다. 그러나 손님의 마음속에도 뭔가 기괴한 일이 일어났음이 분명했다. 그는 여전히 문 옆에 버티고 선 채 꼼짝도 않고 쏘아보는 듯한 눈초리로 말도 없이 집요하게 여자의 얼굴을 응시하고 있었다. 어쩌면 이 눈초리가 너무도 지나치게 엄격했거나, 혹은 또 그 속에 혐오의 빛——이라기보다 오히려 여자의 놀라움을 즐기는 듯한 심술궂은 표정이 떠올랐는지 모르지만 그러한 느낌은 단순히 마리아의 잠 깬 눈에 그렇게 비쳤을 따름인지도 모른다. 하여간 뭔가 기대하는 듯한 일 분간이 지났을 때 가엾은 여자의 얼굴에는 갑자기 극도의 공포의 빛이 떠올랐다. 그리고 한줄기 경련이 그 위를 스치고 지나가자, 그녀는 두 손을 와들와들 떨며 들어올렸다. 다음 순간 마치 놀란 어린애처럼 갑자기 울음을 터뜨렸다. 조금만 더 그대로 내버려 두었더라면 그녀는 큰소리로 엉엉 울었을지도 모른다. 그러나 손님은 제정신으로 돌아왔다. 한순간에 그의 표정은 일변했다. 그는 아주 다정하고 부드러운 웃음을 띠며 탁자 쪽으로 다가갔다.
 「실례했어요. 갑자기 찾아와서 잠을 깬 당신을 놀라게 했나 보군요. 마리아 양」 하고 그녀 쪽으로 손을 내밀면서 그는 이렇게 말했다.
 부드러운 음성은 상당한 효과를 가져왔다. 그녀는 뭔가를 생각해내려고 애쓰는 것처럼 역시 두려운 눈으로 그를 쳐다보고는 있었지만 그래도 놀라는 빛은 사라져 버렸다. 주저주저하며 손도 내밀었다. 마침내 겁먹은 듯한 미소가 그의 입술에 감돌기 시작했다.
 「어서 오세요, 공작님.」 어딘가 모르게 기묘한 눈초리로 상대방을 바라

보면서 그녀는 속삭였다.
「아마 나쁜 꿈이라도 꾼 모양이군요?」 그는 한결 다정하고 부드러운 미소를 띠며 말을 계속했다.
「당신은, 제가 그런 꿈을 꾼 것을 어떻게 아셨나요? ……」
이렇게 말하고는 그녀는 또 별안간 몸을 부르르 떨면서 한 발짝 뒤로 물러서며 비틀거렸다. 그리고 갑자기 방어의 자세로 손을 앞으로 뻗으며 또 울상이 되었다.
「고정해요, 이젠 됐어요. 뭐 두려울 게 있소. 아니 당신은 나를 모르겠습니까?」 하고 니콜라이는 달래려 했으나, 이번에는 한동안 마음을 안정시킬 수가 없었다.
그녀는 그 가엾은 머리 속에 여전히 고통스런 의혹과 무거운 상념을 담은 채 어떤 생각에 다다르려고 애를 쓰면서 말없이 상대방을 바라보고 있었다. 우두커니 눈을 아래로 내리깔고 있는가 하면 갑자기 모든 것을 포착할 듯한 시선을 가끔 사나이에게 던지는 것이었다. 그러나 이윽고 진정했다기보다는 오히려 뭔가를 결심한 듯한 꽤 분명한 말투로 명백히 어떤 새로운 목적을 생각해낸 듯 그녀는 이렇게 말했다.
「제발 부탁이니 제 옆에 앉아 주세요. 나중에 얼굴을 자세히 보고 싶으니까요.」 그녀는 오히려 조급한 듯이 덧붙였다. 「하지만, 이제는 마음을 놓으세요. 전 당신 얼굴을 쳐다보지는 않을 테니까요. 아래를 내려다보겠어요. 그러니까 당신도 제가 원할 때까지는 저를 바라보지 마세요. 자 앉으세요.」
보아하니 새로운 감각이 점점 심하게 그녀의 마음을 사로잡는 것 같았다. 니콜라이는 앉아서 기다리고 있었다. 꽤 오랜 침묵이 흘렀다.
「아! 전 어쩐지 이런 일이 모두 이상하게 여겨져서 못 견디겠어요.」 하고 화가 난 듯한 말투로 그녀는 불쑥 뇌까렸다. 「전, 정말로 나쁜 꿈에 시달렸지만, 어째서 당신이 그런 모습을 하고 저의 꿈에 보였을까요?」
「자, 이제 꿈 얘기는 그만둡시다.」 하고 그는 여자가 말렸음에도 불구하고 홱 그쪽을 돌아다보면서 안타까운 듯이 이렇게 말했다. 또다시 아까와 같은 표정이 그의 눈을 스쳐가는 것 같았다. 그가 본 바로는, 그녀는 여러 차례 사나이의 얼굴을 보고 싶으면서도 한껏 고집을 피우고 우두커니 아래를 내려다보고 있는 것 같았다.

「이거 보세요, 공작님.」 그녀는 갑자기 언성을 높였다.「이거 보세요, 공작님……」
「왜 당신은 외면을 하는 거요. 왜 나를 쳐다보지 않소? 이런 희극 같은 시늉을 해서 어쩔 셈이오?」 그는 참다 못해 소리를 질렀다.
그러나 그녀는 마치 아무 말도 귀에 들어오지 않는 모양이었다.
「이거 보세요, 공작님.」 불쾌하고 걱정스러운 표정을 지으면서 단호한 어조로 세 번째로 또 이렇게 되풀이 불렀다.「당신이 그때 집으로 돌아오는 마차에서 결혼을 공표하겠다고 말씀하셨을 때, 저도 이것으로 비밀이 끝나는가 보다 하고 정말 깜짝 놀랐습니다. 지금은 도무지 알 수 없지만, 저는 줄곧 그렇게 생각도 했고, 또 제 눈에도 확실히 보였어요. 저는 전혀 어울리지 않는 여자입니다. 화장 정도는 할 수 있겠죠. 손님을 초대하는 일도 역시 할 수 있겠죠. 뭐 차 대접을 하려고 손님을 부르는 것쯤이야 그리 어려운 일은 아닐 테니까요. 특히 하인들도 있으니 말예요. 하지만 옆에서 묘한 눈초리로 홀끔홀끔 보겠죠. 저는 일요일에 그 집에서 아침부터 여러 가지 일을 보고 왔어요. 그 예쁜 아가씨는 줄곧 내가 있는 쪽만을 홀끔홀끔 쳐다보고 있었어요. 득히 당신이 들어오셨을 때는 더 그랬어요. 하지만 그때 들어오신 것은 당신이었지요? 또 그 사람의 어머니는 우스꽝스러운 상류 사회의 노부인이에요. 우리 레뱌드킨은 또 어떻구요. 저는 웃음을 참느라고 줄곧 천장만 바라보고 있었습니다. 거기 천장은 무늬가 들어 있어서 안성마춤이었어요. 그 사람의 어머니는 수도원 원장 노릇이라도 해야 할 것 같은 사람이에요. 전 그분이 무서워요. 까만 숄을 내게 주긴 했지만. 그때 그 사람들은 모두 한패가 되어 생각지도 않은 방향에서 저를 시험해 본 거예요. 저는 별로 화를 내지 않았지만 그때 우두커니 앉은 채로 도저히 이 사람들의 친척은 될 수 없다고 생각했어요. 그야 물론 백작 부인에게 필요한 것은 다만 정신적인 자격뿐이겠지만요. 왜냐하면 가사를 돌보는 데는 하인들이 많이 있으니까요. 그리고 또 외국 길손을 접대하려면 뭔가 사교적인 애교도 필요하겠죠. 하지만 일요일에 그 사람들은 다들 정나미 떨어지는 눈초리로 저의 얼굴을 보고 있었어요. 단지 다샤 한 사람만은 천사 같은 여자더군요. 전 말예요. 어쩌면 그 사람들이 제게 대한 말을 무심코 나쁘게 말해서 그 사람을 슬프게 하지나 않을까 하고 그것을 걱정하고 있어요.」

「조금도 두려워할 건 없어요, 걱정 말아요.」 하고 니콜라이는 입을 일그러뜨렸다.
 「그렇지만 그 사람이 저의 일 때문에 좀 부끄럽게 생각한대도 저는 아무렇지도 않아요. 그래도 이런 경우에는 항상 수치스럽다는 것보다 불쌍한 마음을 가지는 편이 이기니까요. 그것은 물론 사람 나름이지만, 차라리 제가 그 사람들을 불쌍히 여길 것이지, 그 사람들이 저를 불쌍히 여길 이유가 없다는 것은 그 사람도 잘 아시고 계신걸요 뭐.」
 「당신은 그 여자들에게 굉장히 화를 내고 있는 모양이군요. 마리아 양?」
 「누가, 제가요? 천만에.」 그녀는 티없는 미소를 띠었다.
 「결코 그렇지 않아요. 저는 그때 여러분의 모습을 보고 있었는데 당신들은 모두들 화를 내고 말다툼만 왁자지껄하게 하고 계셨죠. 화해는 하셨지만 마음 속을 털어놓고 웃음을 나눌 줄은 모르더군요. 그렇게 돈이 있으면서도 즐거움이란 별로 없더군요. 저는 이런 것을 생각하니 싫어졌어요. 그러나 저는 지금 저보다 불쌍한 사람은 아무도 없는 것 같아요.」
 「잠깐 다른 사람에게서 들은 얘기지만, 당신은 내가 없는 동안 오빠하고 단둘이서 상당히 언짢은 생각을 하고 살았다면서요?」
 「참, 누가 당신에게 그런 말을 했죠? 엉터리예요, 지금이 훨씬 싫어요. 지금은 좋지 않은 꿈만 꾸고 있어요. 좋지 않은 꿈을 꾸게 된 것은 당신이 이곳에 와 계시기 때문이에요. 정말이지 당신은 뭣 때문에 나타나셨나요? 제발 얘기해 주세요.」
 「당신은 다시 한 번 수도원에 가고 싶지 않소?」
 「맞아요, 저는 그 사람들이 또 수도원으로 가라고 권할 줄 미리 짐작하고 있었어요! 당신의 수도원은 별로 진기하지도 않더군요! 그런데 왜 그런 곳엘 가야 하죠, 뭣 때문에 지금 새삼스레 들어가야 하죠? 지금은 완전히 외토리예요. 세 번째의 생활을 시작하기엔 때가 너무 늦었어요.」
 「당신은 웬일인지 몹시 화를 내고 있군. 혹시 나의 사랑이 식지나 않을까 하고 그걸 걱정하고 있는 게 아닌가요?」
 「당신에 대해서는 저는 조금도 걱정하지 않아요. 저는 오히려 저 자신이 누구에게서 정이 떨어질까 봐 그걸 걱정하고 있을 정도예요.」
 그녀는 자못 경멸하는 듯한 엷은 웃음을 지었다.

「저는 분명히 그 사람에 대하여 무슨 대단한 잘못을 저질렀었어요.」 불쑥 그녀는 혼잣말처럼 덧붙였다. 「다만 무슨 잘못인지 그것 하나만 모르겠어요. 이것이 늘 마음에 걸려요. 언제나 요 오 년 동안 밤이나 낮이나 뭔가 그 사람에게 잘못을 저지르지 않았나 하고 그것만을 걱정하고 있었어요. 저는 늘 기도하고 또 기도하면서 그 사람에게 저지른 커다란 잘못을 줄곧 생각하고 있었는데, 생각한 대로 그것이 정말이란 것을 알았어요.」

「도대체 어떻게 알았다는 거요?」

「다만 그 사람 쪽에 무슨 일이 있지 않을까 하고 그게 마음에 걸려요.」 상대방의 질문에는 대답하려고도 하지 않고(전혀 듣지 않았는지도 모른다) 그녀는 말을 계속했다. 「그래도 그 사람은 그런 패거리들의 친구가 될 리는 없어요. 백작 부인은 비록 저를 마차에 태워 주긴 했지만 저를 잡아먹고 싶다고 생각하고 있을 거예요. 너나할것없이 모두가 한패가 되어 있어요. 하지만 도대체 그 사람까지 그럴까요? 그 사람까지 마음이 변했단 말인가요? (그녀의 턱과 입술은 와들와들 떨리기 시작했다.) 보세요, 당신은 일곱 사원에서 저주받은 그리쉬카 오트레피예프(왕자를 사칭하고 왕위를 빼앗은 승려 출신의 청년, 역사상의 인물)의 얘기를 읽으셨나요?」

니콜라이는 잠자코 있었다.

「하지만 전 이제 당신 쪽을 향해 얼굴을 돌리겠어요.」 하고 별안간 결심한 듯이 말했다. 「당신도 저의 얼굴을 쳐다봐 주세요. 뚫어져라 하고 말이에요. 저도 다시 한 번 확인해 보고 싶으니까요.」

「나는 벌써 아까부터 당신을 보고 있었어요.」

「참!」 마리아는 열심히 바라보면서 말했다. 「당신은 상당히 뚱뚱해지셨군요…….」

그녀는 뭔가 더 말하려고 했으나 갑자기 또(벌써 이것이 세 번째다) 아까와 같은 놀라움이 그녀의 얼굴을 일그러뜨렸다. 그녀는 또다시 손을 앞으로 내밀면서 한 발짝 뒤로 비틀거렸다.

「아니 왜 그러죠?」 거의 분노의 발작을 느끼면서 니콜라이는 이렇게 외쳤다.

하지만 이 놀라움은 불과 한순간이었다. 그녀의 얼굴은 어딘가 의심쩍은 듯하고 기분나쁜 기묘한 미소로 일그러졌다.

「공작님, 부탁이니, 잠깐 일어서서 들어와 보시지 않겠어요?」 그녀는 갑자기 결심한 듯한 야무진 목소리로 말했다.
「들어와 보라니 어쩌라는 거요? 어디로 들어가란 말이오?」
「저는 이 오 년 동안 그이가 어떻게 들어오실까, 그것만을 마음속에 그리고 있었어요. 자 어서 일어나 저쪽 방으로 가셔서 문 뒤에 숨어 계세요. 저는 아무 일도 없는 것처럼 책을 들고 앉아 있겠어요. 이때 당신이 오 년간의 여행을 마치고 불쑥 들어오시는 거죠……. 그것이 어떤 모양인지 보고 싶어요.」
니콜라이는 혼자 마음속으로 이를 갈면서 뭔가 알 수도 없는 소리를 중얼중얼 뇌까렸다.
「이제 그만.」 그는 손바닥으로 탁자를 치면서 말했다.
「마리아 양, 제발 내 말을 들어봐요. 만일 가능하다면, 모든 주의를 집중해 봐요……. 누가 뭐래도 당신은 아주 미치진 않았으니까요!」 그는 참다 못해 그만 이렇게 말했다. 「나는 내일 우리의 결혼을 발표할 작정이오. 당신은 결코 훌륭한 저택에서 사는 건 아니오. 그런 생각은 버려요. 당신은 일생 동안 나와 함께 살 의사가 있는지요? 그것도 여기서 멀리 떨어진 곳인데요. 바로 스위스 산중이오. 그곳에 지낼 만한 장소가 있어요……. 걱정할 건 없소. 나는 절대로 당신을 버리지도 않거니와 정신 병원에도 넣지 않을 테니까. 나도 남에게 도움을 청하지 않아도 살아갈 만한 돈은 있으니까요. 당신 옆에는 하녀 한 사람이 딸릴 거요. 그러므로 당신은 아무 일도 하지 않아도 돼요. 당신이 원하는 것은 뭐든지 가능한 일이라면 다 마련해 줄 거요. 기도를 드리는 것도 좋겠죠. 어딘가 좋아하는 곳에 나가 보는 것도 좋겠죠. 하여간 무엇이나 하고 싶은 건 다 해주겠소. 나는 당신을 건드리지도 않을 거요. 나도 역시 그곳에서 일생 동안 움직이지 않을 셈이오. 만일 원한다면 일생 동안 당신과 말을 하지 않을 것이고, 또 당신이 원한다면 그때 페체르부르그의 뒷골목 집에서처럼 매일 밤 당신의 신상 얘기를 들어도 좋소. 또, 소원이라면 당신에게 책을 읽어 줘도 좋소. 그러나 그 대신 일생 동안 한곳에 머물러 있지 않으면 안 돼요. 그것도 쓸쓸한 장소에 말이오. 가고 싶소? 결심이 서나요? 후회하지 않겠소? 눈물과 원망으로 나를 괴롭히지 않겠소?」
그녀는 유달리 호기심을 보이며 듣고 있더니 한동안 잠자코 생각에 잠겨 있었다.
「그런 것은 다 있을 것 같지도 않은 얘기예요.」 이윽고 그녀는 가소롭다는 듯, 꾀까다로운 말투로 입을 열었다. 「그렇게 되면 저는 사십 년 동안이나 그 산속에서 살게 될지도 모르겠네요.」
그녀는 웃었다.
「할 수 없지, 사십 년 동안 살아 봅시다.」 니콜라이는 무섭게 얼굴을 찌푸렸다.
「흠!……난 뭐라해도 가지 않겠어요.」
「나와 함께라도?」
「제가 당신과 함께 가다니, 도대체 당신이 누군데 그러죠? 이런 사람과 함께 사십 년 동안이나 산속에 앉아 있다니, 정말 뻔뻔스럽군요! 요새 사람들은 어떻게 그리 속이 편할까! 아냐, 매가 올빼미가 되다니, 그럴 리는 없어. 나의 공작님은 이런 사람이 아냐!」 그녀는 자랑스러운 듯이 머리를 뒤로 젖혔다.
그의 얼굴에는 어두운 그림자가 낀 것 같았다.
「왜 당신은 나를 공작이라고 부르는 거요, 도대체…… 누구라고 생각하는 거요?」 그는 재빨리 물었다.
「뭐라구요? 당신은 공작님이 아녜요?」
「한 번도 나는 그런 신분이 되어 본 적이 없소.」
「그래 당신은 갑자기 저에게 넉살 좋게 공작님이 아니라고 고백하는 건가요!」
「한 번도 그런 신분이 되어 본 적이 없다고 하지 않소.」
「아이, 어쩌면!」 그녀는 손뼉을 쳤다. 「그 사람의 적은 무슨 일이든 할 수 있으리라고 각오는 하고 있었지만 이렇게 뻔뻔스럽게 나오리라고는 미처 생각지도 못했어요! 도대체 그이는 살아 계신지 모르겠군요?」 그녀는 이미 전후를 잃고 니콜라이에게 대들면서 외쳤다. 「그 사람을 죽였는지 어쨌는지 고백해 봐!」
「당신은 나를 다른 사람으로 잘못 알고 있는 것 같군?」 그는 얼굴을 일그러뜨리며 자리에서 벌떡 일어났다.
그러나 이미 그녀를 위협할 수는 없었다. 그녀는 의기양양한 태도로,

「도대체, 네가 누구냐, 어디서 뛰어나왔지? 내 가슴은, 내 가슴은 지난 오 년간 검은 흉계를 속속들이 알아차리고 있었어! 아까 나는 여기 앉아서 도대체 이 눈먼 올빼미가 어떻게 들어왔나 하고 깜짝 놀랐어! 넌, 글렀어, 넌 연극이 서툴러서 레뱌드킨보다 훨씬 졸렬해. 잊지 말고 백작 부인에게 내가 안부 전하더라고 일러. 그리고 앞으로는 너보다 좀 나은 놈을 보내라고 해. 넌 그 여자에게 고용됐지? 자백해, 그 여자의 동정으로 부엌에 있게 됐지? 너의 잔재주야 환히 내다보고 있어. 너의 친구들도 한 놈도 남기지 않고 다 알고 있단 말이야!」

그는 그녀의 팔을 팔꿈치 약간 위로 꽉 잡았다. 그녀는 그의 얼굴을 마주보더니 큰소리로 깔깔 웃어댔다.

「닮았군, 넌 너무도 닮았어. 어쩌면 그 사람의 친척일지도 모르지……. 마음을 놓을 수 없는 사람들이야! 다만 우리 그이는 아주 훌륭한 매이고 공작님이지. 그런데 너는 올빼미야, 장사치란 말이야! 우리 그이는 마음만 내키면 하느님께 기도를 드릴 수도 있지만 마음에 없으면 쳐다보지도 않는 사람이야. 그런데 너 따위는 샤투쉬카(그이는 사랑스러운 사람이지, 내가 좋아하는 그리운 사람이야)에게 따귀라도 얻어맞을 인간이야. 우리 레뱌드킨이 말해 주었어. 게다가 너는 그때 어째서 그렇게 벌벌 떨며 들어왔지? 누구로부터 위협을 받았었나? 내가 마룻바닥에 쓰러졌을 때, 너는 나를 일으켜 주었지. 그때 너의 비열한 얼굴이 내 눈에 들어오자 마치 벌레가 가슴속으로 기어 들어오는 것 같았어. 아니다, 그 사람이 아니다 하고 생각했지. 그이가 아니라고 말이야! 나의 매는 그런 귀족 아가씨 앞이라도 나에 대한 일을 부끄럽게 생각하지 않을 거야! 아, 어쩌지! 나는 오 년 동안이라는 세월을 『어딘가 저 산너머에 나의 매가 살고 있어, 하늘 높이 날아다니며 태양을 바라보고 있으리…….』 이렇게 생각하는 것만으로 행복했었지. 자백해, 이 가짜 공작, 많이 받았지? 엄청난 돈에 눈이 어두워 승낙한 거지? 난 너 같은 것한텐 동전 한 푼 안 줄 테야. 하하하! 하하하!」

「옹, 에이 바보 같은 것!」여자의 손을 더욱 세게 누르며 니콜라이는 이를 부드득 갈았다.

「썩 꺼져, 가짜 공작!」그녀는 명령조로 외쳤다.「나는 공작님의 아내야. 너의 칼 따위는 무섭지 않아!」

「칼!」
「그래 칼이야! 네 호주머니 속에는 칼이 있어. 너는 내가 자는 줄 알았겠지만 나는 다 보고 있었어. 아까 들어왔을 때 넌 칼을 빼들었었지!」
「무슨 소리를 하는 거야, 불쌍하게. 무슨 꿈을 꾸고 있는 거야!」이렇게 외치고는 그는 힘껏 여자를 밀어냈다. 여자는 어깨와 머리를 긴의자에 모지게 부딪쳤다.
그는 뒤도 돌아보지 않고 달려나갔다. 그러나 마리아는 금방 일어나서 절뚝거리며 그의 뒤를 쫓아갔다. 잽싸게 입구까지 뛰어나간 그녀는, 깜짝 놀래어 정신이 나간 레뱌드킨이 끌어안는 바람에 저지당한 채 깔깔 웃어대며 째지는 듯한 소리로 그의 뒤에서 밖의 어둠을 향해 울부짖었다.
「그리쉬카 오트……레피……예프! 악……마!」

4

『칼, 칼!』진창과 물구덩이 속을 가리지 않고 되는 대로 성큼성큼 걸어가면서 그는 걷잡을 수 없는 증오의 감정에 사로잡혀 되뇌었다. 때로는 큰소리로 웃어젖히고 싶은데도 웬일인지 애써 웃음을 참았다. 바로 아까 페지카를 만난 그 다리 위까지 와서야 그는 비로소 제정신으로 되돌아왔다. 역시 페지카가 그곳에서 그를 기다리고 있다가 이번에도 그의 모습을 보자 모자를 벗고 유쾌한 듯이 이빨을 드러내 보이면서 곧 횡설수설 빠른 소리로 재미있게 지껄여대기 시작했다. 니콜라이는 처음에는 멈추려고도 하지 않고 그대로 걸어갔다. 또다시 뒤를 따라오고 있는 부랑자의 말에 한동안은 전혀 귀를 기울이지도 않았다.
갑자기 그는 어떤 상념에 자극되어 오싹했다. 다름 아니라 그는 이 사나이를 잊고 있었다. 더구나 마침『칼, 칼』하고 쉴새없이 마음 속으로 되뇌이고 있는 동안 전혀 생각해내지 못했던 것이다. 그는 갑자기 부랑자의 멱살을 잡고 지금까지 참고 참아오던 분노의 감정을 한꺼번에 폭발시키는 것 같은 기세로 힘껏 그를 다리 위에 메어꽂았다. 상대는 처음에는 대항하려고 했으나 다음 순간 니콜라이가 자기에게 덤벼든 것은 전격적이기는 해도 완력에 있어서는 그에게 비하면 자기 같은 것은 한낱 지푸라기에 지나지 않는다고 깨달았기 때문에 조금도 저항하지 않고 얌전히 꾹 참고 말았다. 눈치빠른 이 부랑자는 무릎을 꿇고 땅바닥에 앉아 두 손을 뒤로 비틀리면서도 자기 몸 위에 어떤 위험이 닥쳐오리라고는 아예 생각지도 않는 것처럼 태연히 끝장을 기다리고 있었다.

그의 생각은 틀리지 않았다. 니콜라이는 자기가 두르고 있던 목도리를 왼손으로 풀어 포로의 손을 뒤로 돌려 묶으려 하더니 웬일인지 갑자기 그 손을 놓고 저만큼 밀쳐 버렸다. 순간 상대는 후다닥 일어나 뒤돌아섰다. 구둣방에서 쓰는 짧고 넓적한 단검이 어디서 나왔는지 갑자기 그의 손에서 번쩍였다.

「칼 같은 건 집어치워. 치우지 못해! 빨리 치우지 못해!」 니콜라이는 초조하게 손짓을 하면서 명령했다. 그러자 단검은 꺼냈을 때와 마찬가지로 삽시간에 사라져 버렸다.

니콜라이는 또다시 묵묵히 뒤도 돌아다보지 않고 걷기 시작했다. 그러나 집요한 부랑자는 여전히 그의 곁을 떠나지 않았다. 더구나 이번에는 전처럼 지껄여대지 않고 공손하게 한 발짝 간격을 유지하면서 뒤를 따라오는 것이었다. 이리하여 두 사람은 다리를 건너서 강기슭으로 나오자 이번에는 왼쪽으로 접어들어 역시 좁고 긴 쓸쓸한 골목으로 빠져나갔다. 이 골목길은 아까 그 보고야블렌스카야 거리보다도 시내로 들어가기에는 훨씬 빠른 지름길이었다.

「이봐, 자넨 요전에 이곳 군의 어느 교회로 도둑질을 하러 들어갔던 모양인데, 그게 사실인가?」 하고 갑자기 니콜라이는 물었다.

「사실은 저는 처음에 기도를 드릴 생각으로 들렀습죠.」 전혀 아무 일도 없었다는 투로 부랑자는 위엄있고 정중한 태도로 이렇게 대답했다. 아니 위엄이 있다기보다는 거의 거드름을 피우는 태도였다.

아까까지의 『다정하고』 추근대던 태도는 흔적도 없어지고, 까닭도 없이 모욕받으면서도 그 모욕에 앙심먹지 않을 만한 도량을 지닌, 진지한 사무가다운 태도가 엿보이는 것 같았다.

「정말이지 하느님의 인도로 그곳에 들어갔을 때는」 하고 그는 말을 계속했다.「야, 고맙구나, 마치 천국 같구나 하고 생각했어요! 하여간 그것도 저의 의지할 데 없는 신세 탓으로 일어난 거죠. 이 세상에서는 남의 도움 없이는 정말 어떻게 해볼 도리가 없으니까요. 그런데 정직하게 말씀드려 그건 헛수고를 한 셈이었습니다. 나쁜 짓을 해서 하느님의 벌을 받은 거죠. 사제의 혁대에다 향로 그 밖에 뭐뭐, 다 해봐야 불과 십이 루블리밖에 벌지 못했답니다. 성 니콜라이의 아래턱이 순 은제라고들 하지만, 이게 한푼어치도 안 된대요. 도금한 거라는걸요 뭐.」

「숙직자를 죽였지?」

「그건 말입니다. 그 숙직자와 함께 일을 했는데 그런데 동이 틀 무렵 강가에서 두 사람 사이에 언쟁이 벌어진 것입니다. 누가 자루를 짊어지고 가느냐 하는 문제로 다툰 것이죠. 그때 죄를 범하게 된 것입니다. 이 세상의 무거운 짐을 좀 가볍게 해준 셈이죠.」

「좀더 죽이고, 도둑질도 더 하지 그래, 왜.」

「표트르 스체파노비치도 그와 같은 말을 해주셨습죠. 아주 똑같은 말투로 저에게 충고를 해주셨답니다. 남을 도와 준다는 점에선 인색하고 몰인정한 분이니까요. 게다가 우리를 흙으로 빚어서 만들어 주신 하느님을 앞으로도 믿을 생각은 않고 뭐든 하다못해 한 마리의 짐승에 이르기까지 자연이 만들어 낸 거라고 말씀하신답니다. 그뿐 아니라 이 세상에서 인정많은 분들의 도움이 없다면 어떻게 해볼 도리가 없다는 것을 통 이해 못 하고 있으니 말입니다. 그분에게 이런 말을 하면, 마치 시냇물이라도 바라보는 것과 같은 태도니 정말 어이가 없을 따름이죠. 그런데 말씀이죠, 나리, 방금 찾아가셨던 레뱌드킨 대위 말인데요, 그 사람은 필립포프네 집에 살고 있을 때부터 밤새껏 문을 열어 둔 채 마치 죽은 사람처럼 술에 곯아떨어져 있잖습니까. 그리고, 어느 주머니에서나 돈을 마룻바닥에 질질 흘리고 있습죠. 제 눈으로도 자주 보았습죠. 하여간 우리 같은 신세야 남의 도움 없이는 어떻게 할 도리가 없으니까요……」

「아니, 제 눈으로 보았다니? 그럼 밤중에 들어갔단 말인가?」

「들어갔는지도 모르죠, 하지만 그건 아무도 모르는 일이랍니다.」

「그런데 왜 죽이지 않았지!」

「그야 속으로 주판을 놓아 보고 마음을 느긋이 먹기로 결심한 것입죠. 왜냐하면 백이나 백오십 정도의 돈은 언제나 얻을 수 있다는 사실을 안 이상 좀더 기다렸다 천이나 천오백의 돈을 얻을 수 있는 기회를 엿보는 편이 나으리라는 생각이 들지 않겠습니까? 제가 이 귀로 확실히 들은 말입니다만, 언제나 레뱌드킨 대위는 술만 취하면 굉장히 무서운 말을 나리를 염두에 두고 하는 것 같았습니다. 그러니 어느 요리집이든 누추한 선술집이든, 그가 이런 일을 떠들어대지 않은 곳이라곤 이 마을에 한 집도 없을 정도랍니다. 그래서 저도 이 얘기를 여러 사람들의 입을 통해 들었으므로 결국 나리께 모든 희망을 걸게 되었으며, 저는 나리를 친부모나 형님처럼 생각하고 말씀드린 겁니다. 표트르 스체파노비치 따위 귀에는 절대로 이 말이 들어갈 리 없습죠. 아니 누구에게도 알리지 않을 겁니다. 그러니 나리 삼 루블리만 선심을 써주시지 않으렵니까? 정말 이젠 제 마음의 수수께끼를 풀어 주시고 마음속을 알려 주셔도 좋을 법한데. 하여간 우리 같은 놈은 남의 도움 없이는 아무 일도 못 하는 법이라니까요……」

 니콜라이는 큰소리로 껄껄 웃었다. 그리고 주머니 속에서 잔 지폐로 오십 루블리 가량 든 돈지갑을 꺼내자 그 다발 속에서 한 장을 빼내어 부랑자에게 던져 주었다. 그리고 한 장, 또 한 장…… 페지카는 날아가는 돈을 잡으려고 이리뛰고 저리 뛰었다. 지폐는 흙탕 속으로 훌훌 떨어졌다. 그는 「이크, 이크」 하고 외치면서 지폐 뒤를 쫓아다녔다. 니콜라이는 이윽고 한 다발의 돈을 다 뿌리고 나더니 역시 껄껄 웃으면서 이번에는 혼자서 골목길을 총총히 걸어갔다. 부랑자는 뒤에 남아서 진흙 속을 기다시피 헤매며 바람에 날려 흙탕물 속에 떠 있는 지폐를 찾고 있었다. 그리고 꼬박 한 시간 동안이나 어둠 속에서 「이크, 이크!」 하고 찢어지는 듯한 소리가 들려왔다.

제3장 결 투

1

 다음 날 오후 두 시에 예상대로 결투는 이루어졌다. 일이 이렇게 빨리 결정된 것은 무슨 일이 있더라도 싸우겠다는 가가노프의 굽힐 줄 모르는 요구가 있었기 때문이다. 그는 적의 행위를 납득할 수 없었으므로 지금은 앞뒤를 잊을 만큼 미친 듯이 분개하고 있었다. 벌써 한 달 남짓이나 적을 모욕해왔지만 아무런 반응도 없었다. 도저히 상대방을 굻려 줄 수가 없었다. 그러나 결투의 신청은 니콜라이 쪽에서 하게끔 했어야 했다. 그 자신이 결투를 신청하려 해도 이렇다 할 구실이 없었기 때문이다. 마음속 깊이 품고 있는 실제적인 동기, 즉 사 년 전 자기 아버지에게 가해진 모욕 때문에 스타브로긴에 대해 품고 있는 병적인 증오는 웬일인지 그 자신도 긍정하기를 꺼려했다. 특히 니콜라이가 두 번이나 솔직한 사죄의 편지를 보낸 이상 이런 일은 구실거리가 안 된다는 것을 자인하고 있었다. 그는 마음속으로 니콜라이를 부끄러움도 모르는 겁쟁이라고 단정해 버렸다. 사실 샤토프로부터 그와 같은 모욕을 당하면서도 어떻게 태연하게 견딜 수 있을까 생각하면 이상스러워서 못 견딜 지경이었다. 마침내 그는 난폭하기 짝이 없는 편지를 보내기로 결심했고, 이것이 마침내는 니콜라이로 하여금 결투를 신청케 한 동기가 된 것이다.
 전날 그 편지를 낸 후 가가노프는 마치 열병환자처럼 초조한 마음으로 결투 신청을 기다리며 때로는 희망을 걸어 보기도 하고, 때로는 절망하기도 하며 실현 가능성을 가늠해 보았으나, 그는 만일의 경우에 대비하여 전날 밤부터 중개인을 정해 놓고 기다리고 있었다. 그것은 다름아닌 학생 시절부터 둘도 없는 친구이며 항상 경애해왔던 마브리키 니콜라예비치 드로즈도프였다. 이러한 연유로 다음 날 아침 아홉 시쯤에 키릴로프가 부탁을 받고 찾아왔을 때는 이미 모든 준비는 다 갖춰져 있었다. 니콜라이의 온갖 사죄도, 전에 없이 굽히고 드는 양보도 곧 일언지하에 화를 벌컥 내며 거절해 버린 것이다. 마브리키는 전날 밤 비로소 사건의 자초지종을 들었으므로 그러한 전대 미문의 조건을 듣자 놀라운 나머지 입이 다물어지지 않아 곧바로 화해를 주장하려고 했었다. 그러나 그의 마음을 알아챈 가가노프가 의자에 앉은 채 몸을 부들부들 떨기 시작하는 것을 보자 그만 입을 다물고 아무 말도 않기로 했다. 사실 친구로서 그런 약속을 하지 않았더라면 그는 당장 그 자리에서 몸을 빼고 말았을 것이다. 그러나 사건의 결말에 있어 어떤 방법이 생길지도 모른다는 희망도 있고 하여 그는 하여간 그 자리에 남았다.

키릴로프는 결투 신청을 전했다. 스타브로긴이 제출한 일체의 조건은 추호의 이의도 없이 그대로 즉석에서 받아들여졌다. 다만 한 가지가 더 보충되었다. 더구나 그것은 매우 잔인한 것이었다. 다름이 아니라 만일 제일발로 아무런 결정적인 결과가 일어나지 않는다면 또 한 번 겨루기로 하되, 두 번째도 이렇다할 결과가 나지 않는다면 세 번째로 겨루자는 것이었다. 키릴로프는 얼굴을 찡그리고, 세 번째라는 점에 대하여 타협을 지어 보려 했으나 아무 효과도 없었다. 그래서 마침내『세 번째까지는 무방하지만 네 번째는 절대 불가하다』라는 조건부로 찬성했다. 이 점에 대해서는 상대방도 양보했다.

이리하여 그날 오후 두 시 브르이코프에서 결투가 결행되었다. 스크보레쉬니키와 쉬피굴린 공장 사이에 끼여 있는 교외의 자그마한 숲속이었다. 어젯밤에 오던 비는 완전히 개었으나 축축한 바람이 몰아치고 있었다. 낮게 드리운 조각 구름이 싸늘한 하늘을 분주히 흘러가고 나뭇가지에서는 때로는 강하게 때로는 약하게 쏴아 쏴 육중한 소리가 났고 밑동 쪽에서는 삐걱거리는 소리가 났다. 형언할 수 없이 쓸쓸한 날이었다.

가가노프와 마브리키는 산뜻한 무개마차(無蓋馬車)를 타고 지정된 장소에 도착했다. 두 필의 말이 끄는 그 마차는 가가노프가 손수 몰았다. 그 밖에 한 사람의 하인이 따라왔다. 그와 거의 동시에 니콜라이와 키릴로프도 나타났다. 그러나 이 두 사람은 마차를 타지 않고 말을 타고 온 것이다. 역시 한 사람의 하인이 말을 타고 따라왔다. 키릴로프는 지금까지 한 번도 말을 타본 일이라곤 없지만 오른손에 권총이 든 무거운 상자를 끌어안은 채 대담한 태도로 우쭐대며 안장에 앉아 있었다. 이 상자를 하인에게 들리는 것이 싫었던 모양이다. 그래서 왼손만으로 고삐를 잡고 있었는데 익숙지 못한 탓인지 연방 고삐를 감아쥐었다 잡아다녔다 하므로, 말은 머리를 내저으며 금방이라도 곤두서려는 듯한 모양을 하고 있었지만 기수는 조금도 놀라는 기색이 없었다. 워낙 의심 많은 성격이라 걸핏하면 심한 모욕을 느끼는 가가노프, 그들이 말을 타고 도착한 사실을 또 하나의 새로운 모욕이라고 해석했다. 요컨대 적이 부상할 경우 싣고 갈 마차의 필요성을 느끼지 않는다면, 그것은 이미 자기의 승리를 확신하고 있는 증거라는 뜻이었다. 그는 격분한 나머지 얼굴이 노래지면서 마차에서 내려왔지만 저도 모르게 두 손이 와들와들 떨렸는지 이 사실을 마브리키에게 말했다. 니콜라이의 인사는 받지도 않고 외면해 버렸다. 두 중개인들은 제비를 뽑았다. 권총은 키릴로프의 것으로 하게 되었다. 이윽고 경계선이 그어졌고, 직수는 양쪽으로 서게 되었다. 그리고 마차와 말과 하인들은 삼백 보 가량 뒤쪽으로 쫓아 버렸다. 마침내 무기는 장전되어 두 적수에게 넘겨졌다.

　나는 소설의 전개를 좀 서둘러야겠기에 자세하게 묘사할 겨를이 없는 것을 슬퍼하나 그래도 몇 가지 서술을 아주 빼놓을 수는 없다. 마브리키는 몹시 우울하고 걱정스러운 모양이었다. 그러나 반면 키릴로프는 어디까지나 침착하고 어느 바람이 부느냐 하는 표정이었다. 그리고 일단 자기에게 위임된 의무 이행에 있어선 세밀한 곳까지 정확성을 기하고 있었다. 이미 눈 앞에 닥친 운명적인 사건의 진전에 대해서는 조금도 당황한 기색이 없을 뿐더러 호기심조차도 거의 나타내지 않았다. 니콜라이는 평시보다 약간 파리한 얼굴을 하고 있었으며 외투에 하얀 모피 모자를 쓴 가벼운 옷차림을 하고 있었다. 그는 몹시 피로한 듯 가끔 눈살을 찌푸리기도 하면서 자기의 불쾌한 기분을 조금도 감추려 들지 않았다. 그러나 이 순간 가가노프는 누구보다도 가장 눈에 띄었다. 따라서 그의 얘기만을 별도로 한 마디 하지 않을 수 없다.

2

나는 지금까지 한 번도 그의 외모를 서술할 기회가 없었다. 그는 키가 큰데다 살결이 흰, 소위 서민들이 말하는 『기름기가 낀』 아주 느긋해 보이는 신사로 나이는 서른 서넛 되어 보였고 엷은 황갈색 머리를 한 꽤 그럴 듯한 윤곽의 얼굴 모습이었다. 그는 대령으로 군무를 그만두었지만, 가령 장군이 될 때까지 계속 복무했더라면 장군이라는 배경으로 한층 더 당당한 풍모를 갖추었을 것이고, 또 훌륭한 전투 지휘관이 될 수 있었을지도 모른다.

이 사람의 성격을 묘사하는 데 있어 빼놓을 수 없는 것은 그가 군무를 그만두게 된 동기이다. 그것은 다름이 아니라 사 년 전에 니콜라이 때문에 아버지가 클럽에서 치욕을 당한 이후 오랫동안 끈질기게 그를 괴롭힌 가문의 수치라는 일념이었다. 더 이상 군무를 계속하는 일은 양심상으로도 파렴치한 일이라고 생각되었다. 자기가 군무에 머문다는 것은 연대를 비롯해 동료들 얼굴에다 흙칠을 하는 거나 다를 바 없다고 믿어 의심치 않았다. 하지만 동료들간에는 아무도 그 사실을 아는 자는 없었다. 더구나 그는 이 모욕 사건이 일어나기 훨씬 전부터 전혀 다른 이유로 군무를 그만두려고 생각한 일은 있었지만 지금까지 확고한 결심을 못 하고 있었던 것이다. 이상한 얘기지만 그가 군무를 그만두려고 한 최초의 원인……이라기보다 오히려 동기는 1861년 2월 19일의 농노 해방이었다. 가가노프는 현내에서도 손꼽힐 만한 부유한 지주였고, 더구나 해방령이 선포된 후에도 별다른 손해는 받지 않았고, 그 자신도 이 조치에 대한 인도주의적인 의의를 인정하였다. 개혁에 의해 생기는 경제적 이익도 이해할 수 있었지만, 그래도 해방령이 선포된 후 갑자기 자기 자신이 개인적인 모욕을 받은 것처럼 느껴졌다. 그것은 뭔가 무의식적인 감정이었지만, 명확하지 못하면 못할수록 오히려 강렬하게 느껴지는 것이었다. 더구나, 부친이 죽기 전까지는 이렇다할 단호한 조치를 취할 결심이 서지 않았다. 그러나 페체르부르그에서는 그 고결한 사상으로 말미암아 여러 명사들 사이에도 이름이 알려지게끔 되었었다. 그는 이러한 사람들과 될 수 있는 한 관계를 끊지 않으려고 애써왔다. 그는 자기라는 테두리 속으로 들어가 그곳에 꼼짝도 않고 틀어박혀 있는 것 같은 사람이었다.

또하나 특성이라 할 수 있는 것은 자기 가문의 오랜 역사와 순수한 혈통을 무턱대고 자랑하는 것이었다. 그는 그런 일에 진지한 흥미를 품고 있는 기묘한 러시아 귀족들의 부류에 속해 있었다. 이러한 귀족들은 지금도 러시아에 살아 남아 있다. 그러나 그와 동시에 그는 러시아 역사를 싫어했으며 대체로 러시아의 관습을 추악한 것으로 생각하고 있었다. 주로 부유한 명문의 자제들만을 위해서 설립된 특별한 군사 학교에 적을 두었던 소년 시절에(그는 이 학교에서 시종 교육을 받을 수 있는 영광을 지니고 있었다) 어떤 시적인 인생관이 그의 마음속에 뿌리를 박았던 것이다. 그는 성(城)이라든가 중세기의 생활이라든가 하는 것을 무턱대고 좋아했었다. 더구나 그것은 단지 오페라 식인 방면뿐이며 기사 기질 같은 것이었다. 그는 모스크바 제국 시대의 황제가 귀족에게 체형을 가할 권리를 가지고 있던 사실을 서구의 역사와 비교하면서 얼굴을 붉히고 수치스러운 나머지 울 뻔하기도 했었다.

자기의 근무에 대해서는 비범한 지식을 지니고 있었으며, 임무를 수행할 때는 꽤 엄격하고 어느 정도 굼뜬 데가 있는 이 사나이도 속으로는 상당한 공상가였다. 어떤 사람이 확신한 바에 의하면 그는 변설의 재질이 있어 집회 석상에서 연설하는 것쯤은 식은 죽 먹기라고 했다. 그러나 그의 생애의 삼십삼 년간을 그는 쭉 침묵을 지켜왔다. 최근에 출입하기 시작한 페체르부르그의 사교계에서도 그는 유별나게 거만한 태도를 보이고 있었다. 외국 여행에서 돌아온 니콜라이와 처음으로 페체르부르그에서 만났을 때 그는 거의 미칠 지경이었다.

지금 결투하는 마당에 서 있으면서도 그는 무섭도록 불안한 마음에 사로잡혀 있었다. 자칫하면 일이 성사되지 않을까 하는 조바심이 들어 조금만 시간을 끌어도 더 이상 배겨낼 수 없는 기분이 되는 것이었다. 키릴로프가 결투 개시의 신호를 하는 대신 갑자기 입을 열고 지껄이기 시작했을 때 병적인 인상이 그의 얼굴에 역력히 떠올랐다. 더구나 그의 말은 당사자가 공언하듯이 단순한 형식에 불과했던 것이다.

「나는 다만 형식상 한 마디 해두겠습니다. 이미 권총도 손에 들고 있어 드디어 신호를 해야 할 이 순간에 어떻습니까, 마지막으로 다시 한 번 묻겠는데 화해하실 의향은 없습니까? 이것은 중개인의 의무이기 때문입니다.」

지금까지 잠자코 있던 마브리키조차도 미리 짜기라도 한 듯이 갑자기 키릴로프의 의견에 찬성하고 똑같은 말을 하기 시작했다. 그는 어제부터 자신이 너무 무기력하고 미지근한 태도를 취한 것을 괴롭게 여겨왔던 것이다.

「나도 전적으로 키릴로프 씨의 의견에 찬성합니다……. 결투 장소에서 화해할 수 없다는 사상은 단순히 프랑스 식 편견에 불과합니다……. 게다가 나는 도대체 어느 점에 모욕을 느꼈다는 것인지 모르고 있습니다. 자네는 어떻게 생각할지 모르지만, 나는 전부터 이 말을 하고 싶었습니다……. 뭐 니뭐니해도 이미 사죄의 뜻을 제의한 바 있으니까 말입니다. 안 그렇습니까?」

그는 얼굴을 새빨갛게 붉혔다. 지금까지 이렇게 흥분해서 많은 말을 한 적은 거의 없었던 것이다.

「온갖 방법을 다해서 사의(謝意)를 표하려는 나의 제의를 다시 한 번 여기서 확인해 둡니다.」 니콜라이도 재빨리 말을 붙였다.

「도대체 그게 말이나 되는 소리야?」 격분한 나머지 발을 쾅쾅 구르면서 가가노프가 마브리키를 향해 난폭하게 외쳤다. 「마브리키 군, 만일 자네가 내 적이 아니라 중개인이라면 어디 한 번 이 사람에게 설명해 주게(그는 권총으로 니콜라이 쪽을 가리켰다). 그런 양보는 모욕을 더할 뿐이라고 말야! 놈은 나에게 대해선 화를 내는 것도 쑥스럽다고 여기고 있는걸세!…… 놈은 나를 앞에 두고 결투 장소에서 도망치는 일쯤은 전혀 치욕이라고도 생각지 않는단 말이야! 도대체 저 녀석은 나를 누구로 알고 있는지 모르겠어. 자네들이 보는 앞에서…… 자네는 그래도 내 중개인이란 말인가! 자네는 내 총알이 상대방에게 맞지 않도록 나에게 약을 올리고 있는 거지 뭐야.」

그는 또다시 발을 굴렀다. 입술에서는 침이 튀고 있었다.

「교섭은 끝났습니다. 자 신호를 들어 주시오!」 키릴로프는 목청껏 소리쳤다. 「하나! 두울! 셋」

『셋』하는 소리와 함께 적수는 서로 적을 향하여 다가서기 시작했다. 가가노프는 곧 권총을 쳐들고 대여섯 걸음만에 쏘았다. 그리고 잠깐 걸음을 멈췄으나 실패한 것을 확인하자 또 재빨리 경계선 쪽으로 물러났다. 니콜라이도 똑같이 다가서서 권총을 쳐들었으나 왜 그런지 훨씬 높은 곳으로 총끝을 향하고 제대로 겨누지도 않고 방아쇠를 당겼다. 그리고 나서 손수건을 꺼내어 오른손의 새끼손가락을 동여매었다. 그때야 비로소 가가노프도 전혀 실패한 것은 아니라는 것을 알았던 것이다. 총알은 새끼손가락 관절께의 살을 스쳤을 뿐, 뼈는 조금도 상하지 않고 다만 약간의 찰과상을 입었을 뿐이었다. 키릴로프는 만일 당사자들끼리 이것으로 만족하지 않는다면 결투는 또 속행된다고 선언했다.

「나는 다음 사실을 밝혀 두겠네.」 또다시 마브리키를 향해 가가노프는 목쉰 소리로 외쳤다(이제 목이 완전히 말라버렸으므로). 「이 사람은(하고 또다시 스타브로긴을 가리키며) 이 사람은 일부러 하늘을 향해 쏜 거야……. 고의로 한 짓이야……. 이건 정말이지 또 하나의 모욕이 아니고 뭔가. 저 녀석은 결투를 성립시키려 들지 않는 거란 말야!」

「나는 규칙에 어긋나지 않는 한 내 마음대로 쏠 권리를 가지고 있소.」 니콜라이는 딱 잘라말했다.

「아니, 그런 권리는 없어! 잘 설명해 주게, 잘 설명해 주라니까!」 가가노프는 소리쳤다.

「나는 전적으로 스타브로긴 씨의 의견에 동의합니다.」 키릴로프는 선언했다.

「무엇 때문에 저놈은 나에게 양보하려는 거야?」 남의 말을 들을 생각도 않고 가가노프는 펄펄 뛰었다. 「나는 저놈의 자비심은 받고 싶지 않아……. 침이라도 뱉어 주고 싶을 정도야……. 나는…….」

「나는 맹세하지만, 결코 당신을 모욕할 마음으로 한 것은 아니오.」 하고 니콜라이는 초조한 듯이 말했다. 「내가 위를 향해 쏜 것은 이제 앞으론 사람을 죽이고 싶지 않기 때문이오. 상대가 당신이건 또는 다른 사람이건 대인적 차별은 없습니다. 사실 나는 모욕을 주었으리라고 생각지 않는데 그것이 당신의 비위를 상하게 했다니 안타깝게 생각하는 바요. 그러나 나의 권리에 간섭하는 건 누구든 용서할 수 없소.」

「그처럼 피를 보는 것이 두렵다면 무슨 이유로 나에게 결투를 신청했는지 그것을 물어 봐주게.」 여전히 마브리키를 향해 가가노프는 이렇게 부르짖었다.

「어찌 당신에게 신청을 안 할 수 있겠습니까?」 키릴로프가 말참견을 했다. 「당신은 어떤 소리에도 귀를 기울일 생각도 안 하니 달리 당신을 피할 방법이 없지 않습니까?」

「다만 한 가지 주의시켜 두는데」몹시 애를 태우며 사태의 추이를 고찰하고 있던 마브리키가 겨우 이렇게 입을 열었다.「적수가 미리 하늘을 향해 발사하겠다고 공언하고 있는 이상 사실 결투를 계속한다는 것은…… 불가능한 일이 아닐까……. 미묘한…… 더구나 명백한 이유에서……..」

「나는 쏠 때마다 하늘을 향해 쏘겠다고 공언한 일은 절대로 없소!」더 이상 참을 수 없었던지 스타브로긴은 외쳤다.「당신은 내가 무엇을 생각하고 있는지, 내가 다음 번에는 어떻게 쏠 것인지 조금도 모르고 있잖소……. 나는 결투를 제한한다는 말은 한 일이 없소.」

「그러면 대결은 계속해도 좋소.」마브리키는 가가노프를 향해 말했다.

「여러분, 각기 자기 자리에 서주시오!」키릴로프가 호령했다.

다시 두 적수는 가까이 다가섰다. 가가노프는 또 다시 실수를 되풀이했고, 스타브로긴은 다시 위를 향해 쏘았다. 과연 공중에 발사했는지에 대해서는 의론의 여지가 없진 않았다. 만일 일부러 실수를 했다고 당사자가 인정하지 않았다면 니콜라이는 정당하게 발사했다고 단언할 수 있었을지 모른다. 그는 노골적으로 권총을 공중으로 겨눈 것도 아니고 나무를 겨냥한 것도 아니다. 어쨌든 적을 겨눈 것처럼 보이긴 했다. 그러나 사실은 역시 모자 위 두 자가량 되는 곳을 겨눈 것이다. 특히 이번 두 번째는 좀더 아래쪽을 겨누어 전보다 진실되게 보이긴 했다. 그러나 가가노프의 의심을 풀 수는 도저히 없었다.

「또야!」그는 이를 갈았다.「아무튼 좋아! 나는 신청을 받은 쪽이니까 당연한 권리를 행사하겠어. 나는 한 번 더 쏠 작정이야……. 무슨 일이 있든지간에.」

「자네는 충분히 그런 권리를 갖고 있어.」키릴로프는 딱 잘라 말했다.

마브리키는 아무 말도 하지 않았다. 중개인들은 세 번째로 쌍방을 제자리에 서게 한 다음 신호를 하였다. 가가노프는 이번에는 경계선 바로 옆까지 가서 그 선에서부터 십이 보 떨어진 곳에서 겨누기 시작했다. 그러나 그의 손은 정확한 발사로 성공시키기에는 너무도 심하게 떨고 있었다. 스타브로긴은 권총을 내린 채 꼼짝 않고 상대편의 발사를 기다리고 있었다.

「너무 늦어, 너무 오래 겨누고 있소!」키릴로프는 격한 어조로 말했다. 「쏘아요! 쏘아!」

이윽고 총소리는 울려퍼졌다. 이번에는 흰 모자가 니콜라이의 머리에서 날아 떨어졌다. 겨냥은 꽤 정확하여 모자의 꼭대기에서부터 상당히 아래쪽을 뚫고 나갔다. 만일 두 푼 가량만 낮았더라면 이미 만사는 끝났을 것이다. 키릴로프는 모자를 집어서 니콜라이에게 주었다.

「쏘십시오, 적을 잡아 두면 안 됩니다!」 마브리키는 극도로 흥분한 나머지 이렇게 외쳤다. 스타브로긴은 쏠 생각마저 잊은 듯 키릴로프와 함께 모자를 살펴보고 있었다.

스타브로긴은 흠칫 놀라서 가가노프를 흘끔 쳐다보았다. 그리고 갑자기 외면을 하더니 이번에는 조금도 거리낌없이 옆쪽 수풀을 향해 쏘아 버렸다. 결투는 끝났다. 가가노프는 무엇에 짓눌린 양 말뚝처럼 서 있었다. 마브리키가 다가가서 무슨 말을 하기 시작했지만 그는 아무것도 들리지 않는 것 같았다. 키릴로프는 돌아갈 때 모자를 벗고 마브리키에게 살짝 목례를 했다. 그러나 스타브로긴은 아까까지의 예절을 잊고 말았다. 숲을 향해 한 발을 쏘더니 경계선 쪽은 쳐다볼 생각도 않고 키릴로프의 손에 권총을 쥐어 주곤 성급히 말이 있는 쪽으로 걸어갔다. 그의 얼굴에는 분노의 빛이 나타나 있었다. 그는 입을 꽉 다물고 있었다. 키릴로프도 말이 없었다. 두 사람은 말을 타고 달려갔다.

3

「왜 잠자코 있소?」 집 가까이까지 왔을 때 그는 답답한 듯이 키릴로프에게 말을 걸었다.

「무슨 말이오?」 이쪽은 하마터면 말에서 떨어질 뻔하면서 대답했다. 말이 갑자기 앞발을 쳐들었기 때문이었다.

스타브로긴은 마음을 가라앉히고 있었다.

「그 바보를 모욕할 생각은 없었소. 하지만 또 모욕한 셈이 되었소.」 그는 나직한 목소리로 말했다.

「그렇소, 당신은 또 모욕했군요.」 키릴로프는 딱 잘라말했다. 「게다가 그는 바보가 아니오.」

「하지만 나는 최선을 다했소.」
「그렇지 않습니다.」
「그럼 어떻게 했어야 좋았단 말이오?」
「결투를 신청하지 말았어야 했소.」
「또 참으란 말이오, 따귀맞는 일을?」
「그렇소, 그걸 참아야 해요.」
「도무지 뭐가 뭔지 알 수 없는 노릇이군!」 스타브로긴은 독살스럽게 말했다.「왜, 다들 다른 사람에게서는 기대하지 않는 일을 나에게서는 기대하고 있지요? 왜 나는 다른 사람은 참지 못할 일을 참아야 하고, 다른 사람은 짊어지지 않는 무거운 짐을 짊어져야 하나요?」
「나는 당신 스스로가 무거운 짐을 구하고 있는 줄 알았지요.」
「내가 무거운 짐을 구하고 있다고?」
「그렇소.」
「당신은…… 그걸 보았소?」
「그렇소.」
「그게 그렇게 눈에 띄던가요?」
「그렇소.」
두 사람은 잠시 동안 말이 없었다. 스타브로긴은 뭔가 걱정스러운 듯한 표정을 짓고 있었다. 그는 무슨 충동을 받은 것 같았다.
「내가 그를 겨누지 않은 것은 사람을 죽이고 싶지 않았을 뿐이오. 그 밖엔 전혀 다른 뜻이 없소.」
마치 변명이라도 하듯이 그는 성급히, 그리고 걱정스러운 듯이 말했다.
「그렇다면 사람을 모욕할 필요야 없지 않았소.」
「대관절 어떻게 해야 좋았단 말이오?」
「죽였어야 했소.」
「당신은 내가 그 사람을 죽이지 않아서 마땅치 않게 생각하는 거요?」
「난 마땅치 않은 것이 아무것도 없소. 나는 당신이 정말 죽일 줄로만 알고 있었소. 당신은 자신이 무엇을 구하고 있는지 모르고 있어요.」
「무거운 짐을 구하고 있는 거죠.」 스타브로긴은 웃었다.
「당신은 자신이 피를 흘리는 것을 싫어하면서 어째 그 사람에게 살인적 행위를 허용한 거요?」
「만일 내가 결투를 신청하지 않았다면 그 사람은 결투의 수단을 쓰지 않고 그냥 갑작스런 방법으로 나를 죽였을 것이오.」
「그건 당신이 관여할 바가 아니잖소. 게다가 혹은 죽이지 않았을지도 모를 일입니다.」
「그럼, 약간 때리기만 했을까요?」
「그건 당신이 알 바가 아니오. 무거운 짐을 짊어지고 가시오. 그렇지 않으면 당신의 공적이 없어지고 맙니다.」
「그런 공적은 상관없소. 그런 것은 아무에게서도 구하려고 하지 않았어요!」
「나는 구하고 있는 줄 알았지요.」 키릴로프는 무섭도록 냉담하게 말했다.
두 사람은 집 안으로 말을 몰고 들어갔다.
「잠깐 들르지 않으시겠소?」 스타브로긴은 권했다.
「아니 나는 집에서……. 자 그럼 안녕히.」
그는 말에서 내리더니 자기 상자를 겨드랑이 밑에 끼었다.
「적어도 당신만은 내게 대하여 화를 내지 않겠지요?」 하고 스타브로긴은 손을 내밀었다.
「천만에요!」 키릴로프는 일부러 되돌아와서 손을 잡았다. 「나의 짐이 가벼운 것은 타고난 천성이라면 당신의 짐은 꽤 힘이 들 거요. 천성이 그러하니까. 그러나 뭐 그리 수치스러워할 것은 없어요, 다만 조금만…….」
「나는 내가 하찮은 놈이라는 것을 알고 있소. 그러므로 구태여 강자 행세를 하려 들지도 않아요.」
「그러는 게 좋아요. 당신은 강자가 아닙니다. 차라도 마시러 오시오.」
니콜라이는 몹시 난처해하면서 자기 방으로 들어갔다.

4

들어가자 곧 하인 알렉세이로부터 바르바라 부인이 마차에 말을 매게 하여 혼자서 외출했다는 말을 들었다. 부인은 니콜라이가 처음으로——여드레 동안

병을 앓고 난 후 처음으로 말을 타고 산책나간 일을 매우 만족스럽게 여기고, 오랫동안 해오던 대로 『신선한 공기를 마시러』 나갔다는 것이다(왜냐하면 부인께선 요 며드레 동안 새로운 공기를 마시는 일이 얼마나 보람있는 일인가라는 것도 완전히 잊어버리고 계셨으므로.)

「혼자서 나가셨나, 아니면 다리아 파블로브나와 함께 가셨나?」하고 니콜라이는 서둘러 늙은 하인의 말을 가로챘으나「다리아 님은 몸이 불편하다고 동반을 거절하시고, 지금 방에 계십니다.」라는 대답을 듣고 몹시 얼굴을 찌푸렸다.

「이봐요, 할아범.」갑자기 결심한 듯이 니콜라이는 이렇게 말했다.「오늘 하루 그 사람을 지켜 주지 않겠나. 그리고 만일 그 사람이 나에게 오는 기색이 보이거든 곧 만류하고 이렇게 전해 주게. 적어도 요 며칠 동안은 그 사람을 만날 수 없다고……. 내가 그렇게 부탁하더라고……. 그러다가 때가 오면 내 쪽에서 부를 거라고……. 알겠나?」

「그렇게 전합죠.」알렉세이는 눈을 내리깔고 슬픔을 띤 목소리로 말했다.

「그러나 그 사람이 자진하여 나에게 오려고 한다는 걸 확실히 알기 전에는 그러지 말아요.」

「염려 마십쇼. 절대로 틀림이 없습니다. 지금까지 이곳에 오실 때는 언제나 제가 중간에 섰습죠. 언제나 제게 도와 달라고 하셨으니까요.」

「알았어. 그러나 아무튼 자기가 찾아올 때만이야. 차를 한 잔 갖다 주게, 가능한 한 빨리.」

늙은 하인이 나가자마자, 바로 그 순간 다시 문이 열리고, 문턱 위에 다리아가 모습을 나타냈다. 그녀의 눈매는 침착했지만 그 얼굴은 창백했다.

「아니, 어디로 왔소?」스타브로긴은 자기도 모르게 외쳤다.

「저는 바로 이곳에 서 있었어요. 그 사람이 나가기를 기다렸어요. 여길 들어오려고요. 저는 당신이 그에게 이르는 말도 다 들었답니다. 그 사람이 지금 막 나갔을 때 저는 튀어나온 오른편 벽 뒤에 몸을 숨겼으므로 그도 저를 보지 못했어요.」

「나는 오래 전부터 당신과 손을 끊으려고 했소. 다샤…… 당분간…… 당분간 말이오. 나는 당신에게서 편지를 받았지만 어젯밤엔 당신을 부를 수가 없었소. 나 스스로도 당신에게 편지를 쓰고 싶었지만 좀처럼 쓸 수가 있어야지.」하고 그는 초조한 듯이, 아니 오히려 꺼림칙한 듯이 이렇게 덧붙였다.
「저도 역시 손을 끊어야겠다고 생각했어요. 아주머니께서 두 사람의 관계를 퍽 의심하고 계십니다.」
「마음대로 의심하라지 뭐.」
「하지만 아주머니께 걱정을 끼쳐서는 안 돼요. 그럼 이번에는 마지막까지?」
「당신은 어떻게든 마지막까지 기다릴 참이오?」
「네, 저는 그렇게 믿고 있어요.」
「세상엔 끝이 있는 것은 하나도 없어요.」
「하지만 여기에는 끝이 있어요. 그때엔 저를 불러 주세요. 꼭 올 테니까요. 그럼, 안녕히 계세요.」
「도대체 어떤 종말이 있다는 거요?」 니콜라이는 씩 웃었다.
「당신 다치지 않으셨군요, 그리고…… 피를 흘리시지는 않았나요?」 종말에 대한 물음에는 대답하지 않고 그녀는 이렇게 물었다.
「바보 같은 소리 마. 나는 아무도 죽이지 않았으니까 안심해요. 내일까지 갈 것도 없이 오늘중으로 만사를 다 듣게 될 거요. 난 몸이 좀 불편해.」
「전 이제 가겠어요. 그런데 그 결혼 발표는 오늘인가요…….」 그녀는 기분이 몹시 언짢은 투로 말했다.
「오늘도 아니고 내일도 아니오. 모레도 어떻게 될지 몰라. 다들 죽게 될지도 모르니까요. 결국 그 편이 좋을 거요. 자, 가봐요, 이제 그만해 두고.」
「당신은 또 한 사람의…… 정신이상이 된 아가씨의 일생을 망치는 것은 아니겠지요?」
「미친 여자들의 일생을 망치게 하지는 않소. 그러나 올바른 정신을 가진 여자의 일생은 망쳐 버릴 성싶소. 그만큼 나는 비열하고 추악한 남자니까. 다샤, 정말로 나는 당신 말대로『최후의 종말』에 당신을 부를지도 모르오. 그렇게 되면 당신은 올바른 정신을 가진 여자지만 와주겠지. 왜 당신은 자신의 일생을 망치려는 거요?」
「결국 나 혼자만이 당신 곁에 남게 되리라는 것을 나는 다 알고 있어요. 그리고…… 그것을 기다리고 있어요.」
「그런데 만일 종말에 가서 당신을 부르지 않고 당신으로부터 도망친다면?」
「그럴 리야 없겠죠. 꼭 저를 부를 겁니다.」
「그렇게 말하는 데는 나에게 대한 경멸이 다분히 내포되어 있군.」.
「경멸만이 아니라는 건 당신도 잘 아실 텐데요.」
「그래, 어쨌든 경멸이 내포되어 있긴 하군?」
「그런 뜻으로 말한 게 아녜요. 하느님이 증인이십니다. 저는 당신이 어느 때건 저를 필요로 하지 않기를 빌고 있으니까요.」
「그 말에 대한 보답이 있어야 하겠지. 나도 역시 당신의 일생을 망치고 싶지 않다는 생각은 굴뚝 같소만.」
「천만에요, 당신은 어떻게 하더라도 제 일생을 망치게 할 수는 없을 겁니다. 그것은 당신 자신이 잘 알고 계실 텐데요.」 다샤는 빠른 말투로 딱 잘라말했다. 「만일 당신과 함께 맺어지지 못한다면 저는 간호원이 되어 병자들의 시중을 들거나 서적 행상을 하여 복음서라도 팔고 다닐 거예요. 저는 그렇게 결심했어요. 저는 상대가 누구든 결혼할 수 없어요.」
「아니, 나는 당신이 무엇을 원하고 있는지 지금껏 한 번도 깨달을 수가 없었소. 난 아무래도 당신이 나에게 갖고 있는 관심은 마치 오랜 경험을 쌓은 간호원이 웬일인지 다른 병자와 비교하여 어떤 한 사람의 병자에게만 특별히 흥미를 가지는 그런 것과 흡사하다고 생각하오. 좀더 알기 쉬운 비유를 든다면, 남의 집 장례식마다 돌아다니는 순례하는 노파가 다른 것보다 좀 깨끗한 시체에 호감을 갖는 마음, 그런 정도가 아닌가 생각되오. 왜 당신은 그런 묘한 눈초리로 나를 노려보는 거요?」
「당신은 몹시 몸이 불편하신가 보군요?」 좀 색다른 표정으로 상대방의 얼굴을 들여다보면서 그녀는 동정어린 말투로 이렇게 물었다. 「어마, 어쩌면 이런 몸이면서도 제가 옆에 있지 않아도 좋다니!」
「자, 들어봐요 다샤, 나는 요즈음 환상만 보고 있소. 어떤 자그마한 악마가 어제 다리 위에서 나를 호적상 결혼의 속박에서 벗어나게 하고 서툰 결과가 되지 않게 하기 위해 레뱌드킨 대위와 마리아를 죽이라고 나에게 졸라대더란 말이오. 그 착수금으로 삼 루블리를 요구했지만, 그 힘든 일을 해치우려면 적어도 친오백 루블리 이하로는 안될 거라는 것을 명백히 암시해 주더란 말이오. 어떻소, 상당히 계산이 빠른 악마가 아니오? 회계사처럼 말이오!

하하!」
「그런데 그것은 환각에 틀림없다고 굳게 믿고 계신가요?」
「오 천만에, 그건 환각도 아무것도 아니오! 그건 바로 징역수 폐지카요, 감옥에서 도망쳐 나온 강도요. 그러나 그건 아무래도 상관없소. 그래 당신은 내가 어떻게 했을 것 같소? 나는 돈지갑에 있는 돈을 다 그놈에게 털어 줬단 말이오. 그러니까 지금 그놈은 내가 착수금을 준 것으로 알고 있을 거란 말이오!」
「당신이 밤중에 그 사람을 만나서 그런 권유를 받았단 말이군요? 참, 당신은 완전히 그들의 그물에 말려들어간 걸 모르셨단 말인가요!」
「뭘, 그냥 내버려 두는 거야. 그런데 다샤, 당신은 뭘 하나, 꼭 물어 보고 싶어서 어쩔 줄 몰라하는 눈치인데, 당신 눈초리로 다 알 수 있단 말이오.」 독살스럽고 초조한 웃음을 띠며 그는 덧붙였다.
다샤는 깜짝 놀랐다.
「묻고 싶은 건 하나도 없어요. 의심도 전혀 없고요. 더 이상 아무 소리 마세요!」마치 질문을 털어 버리려는 듯이 그녀는 걱정스럽게 소리쳤다.
「즉 당신은 내가 폐지카를 만나러 선술집엘 가지 않으리라고 믿고 있는 거요?」
「어마, 그런 소릴!」그녀는 손뼉을 딱 쳤다.「어째서 그렇게 저를 괴롭히는 말씀을 하세요?」
「아니, 바보 같은 농담을 한 건 잘못했소. 용서해 주오. 나는 아마 틀림없이 그자들로부터 나쁜 버릇을 옮겨 받은 것 같군. 실은 나는 간밤부터 무턱대고 웃고 싶어서 못 견디겠단 말이오. 한없이 오래오래 내쳐 웃고 싶단 말이오. 마치 웃음의 발작이라도 일어난 것처럼…… 아이쿠! 어머니가 돌아오셨군. 나는 어머니의 마차가 현관에 멎는 소리만 들어도 곧 알 수 있지.」
다샤는 그의 손을 잡았다.「하느님, 제발 악마로부터 이분을 지켜 주십시오……. 저를 불러 주세요, 조금이라도 빨리 불러 주세요!」
「흥 나의 악마는 어떤 것일까! 그저 자그마하고 더럽고 나력(瘰癧)을 앓는 새끼악마겠지. 게다가 코감기까지 들고 하여간 덜된 친구겠지. 그런데 다샤, 당신은 또 할 말이 있는 거지?」
그녀는 고통과 힐책의 표정으로 그를 바라본 뒤, 휙 돌아서서 문 있는 쪽으로 갔다.
 「이봐요.」 그는 독살스럽고 일그러진 미소를 띠면서 그녀의 뒤에다 대고 소리쳤다. 「만일…… 아니 저……. 한 마디로 말해서 만일…… 당신은 알겠지……. 즉, 만일 내가 선술집으로 나가서 말이야, 그 뒤에서 당신을 부른다면, 당신은 그래도 와주겠소, 선술집의 그 뒤에라도?」
 그녀는 뒤를 돌아다보지도 않고 대답하지도 않은 채 두 손으로 얼굴을 가리면서 나가 버렸다.
 「선술집 뒤에라도 올 거야!」 잠시 생각한 뒤에 그는 이렇게 중얼거렸다. 그러자 뭔가 형언할 수 없는, 경멸의 빛이 그의 얼굴에 나타났다.
 「간호원! 흥…… 하기야 내게도 그런 것이 필요할지도 몰라.」

제 4 장   모든 사람들의 기대

1

 결투의 전말은 **빠르게** 사교계에 전해졌다. 그러나 특히 주의할 일은 이 사건이 여러 사람에게 끼친 인상이었다. 사람들은 마치 미리 약속이라도 한듯이 하나에서 열까지 니콜라이에게 동정을 표하려고 했다. 원래 그의 적이었던 많은 사람들도 과단성있게, 나야말로 니콜라이의 친구라고 내세우기에 이르렀다. 사교계의 의견이 이처럼 뜻하지 않게 변화한 주요 원인은, 지금까지 한 번도 의견을 피력한 일이 없는 어느 귀부인이 공공연하게 표명한, 정곡을 찌른 몇 마디의 말 때문이다. 이 부인이 갑자기 마을의 상류 사교계에 이상한 흥미를 불러일으키는 심오한 해석을 내렸던 것이다. 그 전말을 이야기하자면 이렇다――마침 그 일이 일어났던 다음날은 현의 귀족단장 부인의 명명일(命名日)이었으므로 온 마을 사람들이 그 집으로 모였다. 율리아 부인도 그 자리에 참석했다. 참석했다기보다 오히려 그 자리를 석권했다 함이 옳을 것이다. 부인과 함께 리자베타도 와 있었는데, 그녀는 눈부신 아름다움과 유난히 들뜬 듯한 표정으로 빛나 보였다. 그러나 오늘 밤은 이것이 오히려 대부분의 귀부인들에게 의혹을 안겨 주었다. 내친 김에 말해 두지만, 그녀와 마브리키와의 약혼은 벌써 의심할 여지도 없었다. 비록 퇴역이긴 했지만 극히 세력이 당당했던 한 장군이(이 사람에 대한 얘기는 뒤로 미룬다) 그날 밤 농담 비슷이 물었을 때 당사자인 리자베타는 자기가 약혼한 여자라는 것을 서슴지 않고 긍정했을 정도였다. 그런데 어떻게 되었는가？ 마을의 귀부인들

중에선 이 약혼을 믿으려 드는 사람은 한 사람도 없었다. 모두 다 여전히 집요하게 어떤 로만스를 상상하고 있었다. 스위스에서 이루어졌다는 일종의 운명적인 가족의 비밀을 상상하고, 또 웬일인지 율리아 부인이 그에 관련되어 있다고 믿고 있었다. 왜 누구나가 다 이렇게 끈덕지게 그런 풍설, 아니 그렇다기보다 오히려 공상을 고집하고 있는지, 또 왜 구태여 이 사건에 율리아 부인을 결부시키려고 하는지는 설명하기 좀 어려운 일이다. 부인이 들어오자 사람들은 기대에 찬 기묘한 눈초리로 그녀 쪽으로 몸을 움직였다. 미리 말해 두지만, 사건이 너무 최근에 일어났고 그에 따른 어떤 사정 때문에, 그날 밤 사람들은 다소 조심스럽게 목소리를 죽여가며 말을 나누고 있었다. 게다가 관헌의 조치에 대해서도 아직 아무것도 아는 바 없었다. 그러나 항간에 알려지고 있는 바론, 결투한 당사자들은 양쪽이 다 경찰의 손을 비는 그런 소란스러운 일은 없었다. 이를테면 가가노프가 하등의 방해도 받지 않고 이른 아침에 두호보 영지로 떠났다는 일은 모두 다 알고 있는 사실이었다. 그렇다곤 하나 모든 사람들은 누가 먼저 말문을 열어 대중의 초조감을 만족시키는 사람은 없나하고 그것만을 애타게 기다리고 있었는데, 대상이 된 것은 앞서 말한 장군이었다. 과연 그것은 어긋나지 않았다.

이 장군은 마을의 클럽에서도 원로격이었다. 그다지 돈많은 지주는 아니었지만, 좀 색다른 사고방식을 가진 사람으로서 구식의 처녀 숭배주의자였다. 이 사람은 사람들이 아직 조심하면서 작은 목소리로 소곤소곤 얘기하고 있을 때 장군다운 품위를 지키면서 사람들이 많이 모인 자리에서 공공연히 한 마디하는 것을 특히 좋아했다. 즉 이 점이 사교계에서 이 사람의 특수한 역할처럼 되어 있었다. 이번에도 그는 유별나게 말꼬리를 질질 끌면서 달콤한 투로 늘어놓기 시작했다. 이 습관은 아마 외국을 여행하는 러시아 사람이 아니면 농노 해방 이후에 가장 심하게 영락한 옛 지주들로부터 닮은 것일 게다. 스체판 같은 사람은, 지주의 영락이 도가 심하면 심할수록 혀짧은 소리를 하거나 달콤하게 말꼬리를 질질 끌거나 한다고 말한 일도 있다. 특히 그 자신도 달콤하게 말꼬리를 끌거나 혀가 짧은 듯한 발음을 하면서도 자기 결점은 모르는 모양이었다.

장군은 자못 깊은 식견이 있는 것처럼 말하기 시작했다. 게다가 그는 가가노프와는 먼 친척 뻘이 될 뿐 아니라(서로 티격태격 소송까지 벌인 일이 있긴 하지만) 전에 그 자신도 두 번씩이나 결투를 하여 한 번은 직위를 박탈당해 코카사스로 좌천된 일까지 있었다. 누군가가 느닷없이, 바르바라 부인이 『앓고 난 후』 두 번씩이나 외출을 했다고 말했다. 그것도 직접 부인에 대한 말을 한 것이 아니라 스타브로긴 댁의 양마장(養馬場)에서 만든 회색 사두마차에 달려 있는 훌륭한 마구에 대한 소문이었다. 그때 장군은 갑자기 말문을 열더니 자기는 오늘 『젊은 스타브로긴』이 말타고 가는 것을 보았다고 말했다. 모두들 입을 꽉 다물었다. 장군은 혀를 한 번 차더니 하사받은 금제 담뱃갑을 손가락 끝으로 빙글빙글 돌리면서 갑자기 이렇게 말했다. 「나는 지난 삼 년간 이곳에 있지 않았던 게 유감이오! …… 아니 실은 카를스바드에 가 있었거든요, 흥…… 나는 이 청년에게 비상한 흥미를 느끼고 있단 말이야. 그 당시 여러 가지 소문이 있었으니까. 흥…… 도대체 그 사람이 미쳤다는 말은 사실인가요? 당사, 누군가가 그런 말을 했었지 않소. 그런데 갑자기 묘한 얘기가 귀에 들어오더란 말이오. 어느 대학생이 여기서 그 사나이를 사촌누나들이 보는 앞에서 모욕을 주었더니 그는 탁자 밑으로 도망쳤다는 소문이더군요. 그런데 어제 또 브이소츠키로부터 들은 바론 스타브로긴은 저…… 가가노프와 결투를 했다지 않소. 더구나 단지 상대방을 뿌리치기 위해 미친 사람이나 다름없는 사람의 총부리 앞에 이마를 내밀었다고 하더군. 흥…… 그것은 이십 년대의 근위 장교의 기풍이지. 그 사람은 이 마을 어디에 출입하고 있나요?」

장군은 대답을 기다리기라도 하듯이 입을 다물었다. 사람들의 초조감은 배출구를 찾게 된 것이다.

「이 이상 더 간단명료한 것이 어디 있겠어요?」 모두가 마치 명령이라도 받은 듯이 일제히 자기 쪽으로 시선을 돌렸기 때문에 율리아 부인은 초조해하며 갑자기 목소리를 높였다. 「스타브로긴이 가가노프와는 결투했는데 대학생의 모욕에는 보복하지 않았다는 게 그렇게 이상한 얘기일까요? 그렇다고 자기 집 노예였던 사람에게 결투를 신청할 수야 없지 않습니까!」

그것은 의미심장한 말이었다. 사실 간단명료한 생각이긴 했지만, 그것이 지금까지 누구의 머리에도 떠오르지 못했던 것이다. 이 말은 예사롭지 않은 결과를 야기시켰다. 온갖 추한 이야기, 온갖 수군대는 뒷소문, 온갖 하찮은 세상 이야기 등이 일시에 어딘가 구석 쪽으로 밀려 버리고, 새롭고 다른 의미가 떠올랐던 것이다. 지금까지 모든 사람에게서 오해를 받아온 인물의 새로운 일면이 밝혀졌던 것이다. 그것은 거의 이상적이며 엄정한 이해를 가진 인물이다. 한 사람의 대학생, 지금은 이제 노예도 아무것도 아닌 교육을 받은 인간으로부터 죽음에 비길 만한 모욕을 받으면서 그는 이 모욕을 멸시해 버렸다. 그것은 모욕을 준 당사자가 전에 내 집의 노예였기 때문이다. 항간에서는 소란을 피웠으며 험담을 늘어놓았다. 경솔한 세상에선 상관대기를 얻어맞은 사나이를 모멸의 눈초리로 바라보았다. 그러나 그는 진정한 이해를 얻기까지 하등의 노력도 하지 않고 오히려 이러쿵저러쿵 수다를 떠는 세상의 여론을 멸시하고 있는 것이다.

「그런데 말이오 이반 알렉산드로비치, 우리는 서로 입으로만 사물의 분별이 어쩌니저쩌니 하고 말할 뿐이오.」한 사람의 나이든 클럽 회원은 고결한 자책감의 충동에 사로잡혀 상대방에게 이렇게 말했다.

「그렇고말고요, 표트르 미하일로비치.」하고 상대방은 유쾌한 듯이 맞장구를 쳤다. 「그러면서도 요즈음의 젊은이들을 불평하고 있는 거죠.」

「이럴 경우는 젊은 사람이 문제가 아니란 말이오, 이반 알렉산드로비치.」다른 한 사람이 옆에서 말참견을 했다. 「이 경우는 젊은 사람이 문제가 아니라 하나의 샛별이오. 절대로 흔해빠진 젊은 패들하곤 다릅니다. 이 사실은 이렇게 해석해야 할 것이오.」

「또 그런 사람이 필요합니다. 인재가 부족하게 되었으니 말이오.」

그러나 무엇보다도 중요한 것은 이 신인(新人)이 그 밖에도 『진정한 귀족』 인데다 현 내에서 제일 가는 부유한 지주라는 사실이었다. 그러고 보니 의당 자기들의 장래의 희망을 짊어지고 나설 인물이 되지 않을 수 없을 것이다, 하는 점에 있었다. 더구나 나는 앞서 무슨 말 끝에 우리 나라 지주의 심지를 말한 바 있을 것이다.

사람들은 아주 열중해 버렸다.

「그 사람은 그 대학생에게 결투를 신청하지 않았을 뿐더러 오히려 손을 뒤로 감췄단 말입니다. 이 점을 특히 주의해야 합니다, 각하.」또 한 사람이 지적했다.

「또 신법률로 개정된 재판소에 제출하려 들지도 않았어요.」하고 다른 사람이 덧붙였다.

「개정 재판소가 귀족인 그 사람의 『개인적』 모욕에 대해 십오 루블리의 과료를 상대편에 선고해 줌에도 불구하고, 헤헤헤!」
「아니 그러면 내가 개정 재판소의 비밀을 가르쳐 드리죠.」하고 또 한 사람이 상기되어 말했다. 「만일, 누가 도둑질이나 사기를 해서 그것이 명백히 드러났다면 그 즉시 집으로 달려가서 어머니를 죽이는 것이 최상책입니다. 즉시 사람들은 모든 것을 변명해 주고, 방청석의 귀부인들은 무명 손수건을 흔들어댈 테니까요. 정말 틀림없습니다!」
「틀림없어! 틀림없어!」
동시에 갖가지 화제거리가 쏟아져 나오지 않을 수 없었다. 니콜라이와 K백작과의 관계도 사람들의 기억 속에 되살아났다. 이번 개혁에 대한 백작의 비공식적이긴 하나 준엄한 의견은 세상에 다 알려져 있었다. 또 최근에 와서는 좀 뜸해졌지만 그의 눈부신 정치적 활동도 주지의 사실이다. 그런데 별안간 니콜라이가 K백작의 한 따님과 약혼했다는 소문을 의심할 여지도 없는 사실처럼 세상에선 말하고 있었다. 그렇지만 아무도 이런 소문이 난 정확한 동기는 설명하지 못했다. 리자베타에 관한 그 기괴한 스위스의 사건에 대해선 부인들도 입을 딱 다물고 말았다. 말이 나온 김에 말해 두지만 드로즈도바 모녀도 지금까지 게을리했던 방문을 이때 완전히 이행해 버렸던 것이다. 그래서 리자베타의 일도 자신의 병적인 신경을 『일부러 과시하는』 극히 흔해빠진 아가씨로밖에 보지 않았다. 니콜라이가 도착한 날의 졸도 소동도 이젠 단지 그 대학생의 꼴사나운 행동에 놀라서 한 짓처럼 풀이되고 있었다. 전에는 서로 앞을 다투어 괴이한 색채를 가미하려고 애썼던 그날의 사건도, 지금은 무리하게 산문적인 것으로 취급하게끔 되었다. 묘한 절름발이 여자가 있었다는 것 등은 완전히 잊어버렸고, 입밖에 내는 일조차 수치스럽게 여기게까지 되었다.
「만일 절름발이 여자가 백 사람 있다고 해도 누구나 다 젊었을 땐 흔히 있는 일이니까!」하고 사람들은 생각했다.
또 어머니에 대한 니콜라이의 경건한 태도도 들춰내었다. 그 밖에 사람들은 여러 모로 그의 좋은 점을 찾아내어 사 년 전 독일의 여러 대학에서 획득한 그의 학식에 대해 진심으로 감동하면서 얘기를 주고받곤 했다. 가가노프의 행위에 대해선 마치 『적과 자기편의 구별도 모르는』 졸렬한 처신이라고 단정해 버린 것이다. 그래서 율리아 부인은 비상한 통찰력을 가진 사람이라는 단호한 정평을 내게 된 것이다.

　이러한 연유로 마침내 당사자인 니콜라이가 사교계에 모습을 나타냈을 때 모든 사람들은 더할 나위없이 순수하고 진지한 태도로 그를 맞이했다. 그에게 쏟아진 여러 사람의 눈 속에는 극히 성급한 기대가 엿보였던 것이다. 그러나 니콜라이는 곧 엄정한 침묵 속에 자신을 가둬 버렸다. 물론 그것은 여러 가지 얘기를 지껄여대는 것보다 훨씬 세상 사람들을 만족시켰을 것이다. 한마디로 말해 모든 것이 잘 되어갔다. 그는 마을의 유행아가 되었다. 이 현의 사교계에서는 누구든지 일단 얼굴을 내밀게 되면 절대로 이젠 도피할 수 없게 된다. 그래서 니콜라이도 전처럼 세련된 기교로 현 내의 온갖 관습을 준수하기 시작했다. 더구나 사람들은 그를 그다지 유쾌한 사람이라곤 생각하지 않았으나 「고생한 사람은 역시 어딘가 달라. 뭔가 생각하는 것도 있을 거야.」하고 말했다. 사 년 전 그처럼 미움받던 거만한 태도도, 옆에 다가설 수 없을 정도로 무뚝뚝한 모습도 지금은 오히려 세상 사람들의 마음에 들어 존경을 받게 되었다.

　누구보다도 득의양양해진 것은 바르바라 부인이다. 리자베타에 대해 품고 있던 공상이 무너졌기 때문에 부인이 몹시 낙담했는지는 좀 말하기 난처하다. 거기에는 물론 가문이란 긍지도 무시할 수 없었다. 다만 한 가지 기이한 것은, 니콜라스가 틀림없이 K백작의 집에서 누구를 『선택』했다고 부인이 갑자기 확신하게 된 점이다. 그러나 그보다 더 기괴한 것은, 부인이 세상 사람들과 마찬가지로 단순한 풍설을 믿고 이 소문을 곧이들은 점이다. 그러면서도 그녀는 직접 니콜라이에게 듣는 것은 어쩐지 두려웠다. 더구나 두어 번 참다못해 그가 어머니에게 충분히 털어놓지 않는다고 슬쩍 빗대어 놓고 나무랬더니 그는 히죽이 웃을 뿐 여전히 침묵을 지키고 있었다. 침묵은 동의의 표시로 해석되었다.

　그런데 어떻게 된 셈인지 이런 사정에도 불구하고 부인은 잠시도 그 절름발이를 잊을 수가 없었다. 그녀의 일이 마치 돌멩이나 악몽처럼 가슴에 걸려 기괴한 환영이 수수께끼처럼 부인을 괴롭혔다. 더구나 이것이 K백작의 따님에 대한 공상과 서로 범벅이 되어 부인의 마음에 파고드는 것이었다. 그러나 이 일에 대해선 나중에 얘기하기로 하자. 그야 어쨌든 사교계에서는 바르바라 부인에 대해 다시 각별히 조심스러운 존경을 표시하기 시작했다. 그러나 부인은 그다지 그것을 이용하려 들지 않고 어쩌다 가끔씩만 외출할 따름이었다.

그렇긴 했으나 그녀는 공공연히 지사 부인을 방문했다. 물론 율리아 부인이 귀족단장의 야회에서 진술한 의미심장한 말에 매혹되어 완전히 사로잡히게 된 점에 대해서 그녀를 능가한 사람은 없었을 것이다. 그 말은 부인의 가슴 속에서 많은 번민을 쫓아내고, 그 불길했던 일요일 이후 죽 그녀를 괴롭혔던 여러 가지 의문을 일시에 해결해 주었다.

「나는 그 여자를 오해하고 있었어요!」하고 부인은 말했다. 그리고 자기의 외골인 성질대로 갑자기 율리아 부인에게 맞대 놓고「난 당신에게 감사를 드리러 왔습니다.」하고 말했던 것이다. 율리아 부인은 몹시 기뻤지만 그래도 엄연한 태도는 무너뜨리지 않았다. 그녀는 그 무렵 자기 가치를 크게 인식하기 시작했던 것이다. 오히려 다소 정도가 지나칠 정도였다. 이를테면 그녀는 여러 가지 얘기 속에서 자기는 스체판 씨의 사업에 대해서도 또 학자로서의 명성에 대해서도 지금까지 조금도 들은 바 없다고 잘라말했다.

「더구나 저는 베르호벤스키 댁 아드님은 집에 드나들게도 하며, 귀여워 하기도 해요. 그분은 분별이 없긴 하나, 뭐 아직은 젊으니까요. 하지만 상당히 착실한 지식을 갖고 있어요. 뭐니뭐니해도, 시대에 뒤떨어진 구식 비평가와는 다르더군요.」

바르바라 부인은 금방 서둘러대며 스체판 씨는 지금까지 비평가 행세를 한 적은 없었고, 그뿐 아니라 일생을 자기 집에서 살았다고 변명했다. 다만 그 사람이 유명해진 것은 사회적 활동의 첫발을 내디뎠을 때의 주위 상황 때문이고 『이 상황은 온 세상에 알려질 대로 알려져』 있다, 근래에 와서는 스페인 역사에 관한 저서로도 알려져 있고, 지금도 독일 대학의 현황에 대하여 뭔가 쓰려고 하고 있으며, 그리고 또 드레스덴의 마돈나에 대해서도 뭔가 쓸 모양이라고 말했다. 한 마디로 말하면 율리아 부인에게 스체판 씨를 내리깎이고 싶지 않았던 것이다.「드레스덴의 마돈나라고요? 그건 시스티나의 마돈나를 말하는 겁니까? 바르바라 페트로브나, 나는 그 그림 앞에서 두 시간 가량이나 앉아서 구경했습니다만 결국 실망해서 돌아왔습니다. 난 도무지 알 수 없었어요. 그리고 정말 놀랐지요. 카르마지노프도 역시 모른다고 하시더군요. 지금은 러시아 사람이든 영국 사람이든 모두들 아무 값어치도 없는 작품이라고 말하고 있답니다. 그렇게 소란을 피운 건 노인들뿐이랍니다.」
「즉 유행이 바뀐 거겠죠.」
「하지만 나는 러시아의 젊은 사람들을 경멸해선 안 된다고 생각하고 있어요. 모두가 그들은 공산주의자라고 말하고 있지만, 내 생각으론 그들을 좀더 관대하게 대하고 좀더 그 사람들을 존중하지 않으면 안 된다고 생각합니다. 나는 지금 무엇이나 다 읽어요――어떤 잡지나, 혹은 선언문이나, 자연과학 책도――뭐든지 받아 보고 있습니다. 왜냐하면 우리들도 이젠 자기가 어디에서 살고 있고 누구를 상대하고 있다는 것쯤은 알아야 할 때가 되었으니까요. 일생을 자기 공상의 높은 꼭대기에서만 지낼 수야 없지 않습니까. 이러한 결론을 얻었기 때문에 나는 젊은 사람들을 다독거려서 그것으로 위험한 갈림길에서 붙잡아 둔다는 규칙을 세웠습니다. 바르바라 페트로브나, 우리 상류 사회의 사람만이 선량한 감화력과 부드러운 태도로써, 성급한 노인들로부터 끝없는 심연으로 쫓기고 있는 청년들을 위태로운 갈림길에서 붙잡아 줄 수 있는 것입니다. 마침 당신 덕분으로 스체판 씨에 대한 일을 알게 되어 대단히 기쁩니다. 당신은 좋은 일을 생각해 주셨습니다. 어쩌면 그분은 우리들의 문학회를 후원해 주실지도 모르겠군요. 실은 나는 회원제로 원유회 같은 모임을 계획하고 있답니다. 수입은 현 내의 가난한 보모들에게 기부할 참입니다. 그런 보모들은 러시아 전국에 걸쳐 흩어져 있지만 이 군 내만 해도 여섯 사람입니다. 그 밖에 전신기사로 있는 사람이 두 사람, 대학에 다니고 있는 사람이 두 사람 있습니다. 그 밖의 사람들도 공부는 하고 싶지만 학자금이 없는 실정입니다. 바르바라 페트로브나, 러시아 여성의 운명은 무서워요! 이것이 지금 대학제도문제로 거론되기도 하고 국회에서 토의된 일도 있습니다. 정말이지 이 기묘한 러시아라는 나라에선 무엇이나 하고 싶은 대로 할 수 있으니까요! 그렇기 때문에 역시 지금 말씀드린 상류 사회의 친절한 태도와 남의 손을 빌지 않는 직접적인 따뜻한 알선 하나만으로 이 위대한 사업에 올바른 방향을 제시해 줄 수 있는 것입니다. 아, 러시아에는 빛나는 인격의 소유자가 적을까요? 아니죠, 그렇진 않죠. 다만 그러한 사람이 이리저리 흩어져 있을 따름입니다. 그러니 모두 힘을 모아 좀더 강력한 힘을 만들어야 하지 않겠어요 ? 그래서 결국 이렇게 계획하고 있습니다. 처음에는 문학 강연회 같은 모임을 갖고 그 뒤에 가벼운 식사를 냅니다. 그리고 잠시 휴식을 취한 다음 밤에는 무도회를 열 작정입니다. 처음엔 활인화(活人畵)로써 야회의 막을 열어 볼까 했는데, 너무 비용이 많이 들 것 같아서 일반 관중의 마음에 들도록 카드리유(4인조 무도곡)을 한두 개쯤 삽입하기로 했습니다. 이것은 몇 개의 문학상의 유파를 상징한 특색있는 가면과 의상을 입고 춤을 추는 거지요. 이런 가벼운 식의 취향은 카르마지노프가 생각해낸 것입니다. 나는 여러 모로 그 사람의 도움을 받고 있습니다. 그런데 그 사람은 아직 아무에게도 알려지지 않은 최근의 작품을 이번 모임에서 낭독할 예정이에요. 앞으로는 붓을 놓고 아무것도 쓰지 않겠다고 말씀하신답니다. 그러니까 이 최후의 창작은 대중들에 대한 고별사가 되는 셈입니다. 이 뛰어난 작품은 《메르시》라는 제목이에요. 네, 프랑스 식 제목이지요. 그러나 그분은 그쪽이 애교가 있고, 우아하다고 말씀하십니다. ……나 역시 그렇게 생각하지요, 오히려 내 쪽에서 권하고 싶을 정도이니까요. 어떨까요, 스체판 선생도 뭔가 낭독해 주시겠지요……. 될 수 있는 한 너무 길지 않은 게 좋습니다. 그리고…… 너무 어려운 학술적인 것도 곤란하고요. 그 밖에 표트르 스체파노비치와 또 다른 한 분이 낭독해 주실 작정입니다. 하여간 표트르 스체파노비치가 댁에 들러서 프로그램을 전해 줄 겁니다. 아니 그것보다 내가 직접 그걸 가지고 댁으로 찾아갈지도 모릅니다.」

「저, 나도 그 명부에 기부 예약을 적어 주세요. 스체판 트로피모비치에게는 제가 전해 드리고 열심히 부탁해 보겠습니다.」

바르바라 부인은 완전히 매혹되어 집으로 돌아왔다. 그녀는 이제 확고부동한 율리아 부인의 편이 되었다. 그리고 웬일인지 스체판 씨에게 화를 내고 있었다. 그러나 그는 불쌍하게도 집에 처박혀 있는 채 아무것도 모르고 있었던 것이다.

「나는 그분에게 홀딱 반했어요. 정말이지 왜 지금까지 그분에 대해 오해를 했는지 나 자신도 납득이 안 갈 정도예요.」 저녁 무렵에 바쁘게 들른 표트르와 아들 니콜라이를 향해 부인은 이런 말을 꺼냈다.

「그래도 당신은 저희 아버지와 화해하셔야 합니다.」 표트르는 권했다. 「아버지는 몹시 낙담하고 계세요. 당신은 그 노인을 마치 부엌에라도 내쫓듯

하고 있어요. 어제만 해도 당신 마차를 만났을 때 공손히 인사를 했는데도 당신은 외면해 버렸지요. 실은 우리는 아버지를 끌어내리고 생각하고 있어요. 좀 생각이 있어서 그럽니다. 아버지도 무슨 도움이 되는 일이 있겠지요.」
「아, 정말 그분에게 뭔가 낭독을 시켜야 하겠어요.」
「저는 그 일만을 말씀드리는 게 아닙니다. 그런데 오늘 저는 아버지에게 들르려고 생각하는데, 그럼 그 일을 전해 드릴까요?」
「마음대로 하세요. 하지만 어떻게 하겠다는 것인지 모르겠군요.」 부인은 결심이 안 서는 듯 말했다.
「저 자신 그분과 의논할 일도 있고해서, 날짜와 장소를 정하면 어떨까 생각하는데요.」
부인은 심하게 눈살을 찌푸렸다.
「뭐 그런 일로 날짜를 정할 필요야 있겠어요. 내가 빨리 전해 드리지요.」
「그럼 그렇게 할까요. 하지만 그래도 역시 제가 서로 만날 날짜를 정하려고 하더라는 말 한 마디만 전해 주세요, 잊지 마시고요.」
표트르는 엷은 웃음을 띠고는 달려나갔다. 지금 내가 기억하는 바로는, 그 당시 그는 누구에게나 대체로 퉁명스럽고 초조해하는 그런 버릇없는 말버릇을 갖고 있었다. 하지만 이상하게도 다들 그것을 너그럽게 봐주는 것이었다. 게다가 대체로 이 사람에 대해서는 특별하게 보아야 한다는 의견이 공인되고 있었다. 여기서 잠깐 말해 두는데, 그는 니콜라이의 결투 사건에 대해서 대단한 울분을 나타냈던 것이다. 그에게는 이 사건은 청천벽력 같은 일이었다. 이 말을 들었을 때, 그는 새파래졌었다. 어쩌면 자존심이 손상되었다고 생각했는지도 모른다. 왜냐하면, 그가 이 사건을 처음으로 알게 된 것은 사건 다음 날이었고, 이미 그땐 온 마을에 소문이 쫙 퍼져 있었기 때문이다.
「당신은 결투할 권리가 없소.」
결국 닷새나 지나서 우연히 클럽에서 스타브로긴을 만났을 때, 그는 속삭이듯 말했다.
또 한 가지 기묘한 것은, 거의 매일처럼 바르바라 부인에게 들르던 표트르가 요 닷새 동안은 한 번도 스타브로긴을 만나지 않았다는 사실이다.
니콜라이는 『도대체 무슨 영문인지 모르겠다』는 듯한 관심없는 눈초리로 물끄러미 말도 없이 상대방을 쳐다보고 있더니 그대로 발을 멈출 생각도 않고 지나쳐 버렸다. 그는 클럽의 큰 홀을 가로질러 바가 있는 곳으로 가려고 했던 것이다.
「당신은 샤토프에게도 갔었지요……. 그리고 마리아의 일도 발표하려고 생각하고 있지요.」 그는 그의 뒤를 쫓아가며 이상하게 침착하지 못한 동작으로 상대방의 어깨에 손을 얹었다.
니콜라이는 갑자기 어깨에 얹힌 그의 손을 뿌리치고, 무섭게 눈살을 찌푸리면서 홱 뒤를 돌아다보았다. 표트르는 기묘하게 잡아당기는 듯한 미소를 띠면서 물끄러미 그의 얼굴을 지켜보았다. 그것은 불과 한 순간의 일이었다. 니콜라이는 총총히 저쪽으로 가버렸다.

                    2

그는 곧장 바르바라 부인 집에서 『아버지』가 있는 곳으로 달려갔다. 그가 이렇게 서두른 것은 다만 전에 받았던 어떤 모욕에 대해 앙갚음을 하기 위해서였다. 나는 바로 그날까지도 이 모욕적 사건에 대해 전혀 몰랐었는데, 실은 요전에 표트르가 찾아왔을 때(그건 지난 주 목요일이었다), 스체판 선생은 자기가 먼저 싸움을 벌여 놓고는 결국은 아들을 지팡이로 쫓아낸 것이다. 당시 그는 이 사실을 나에게 숨기고 있었다. 그러나 지금 표트르가 늘 하는 버릇대로 아이들과 같은 거만한 웃음을 띠며 두리번두리번 구석구석을 찾는 듯한 기분 나쁠 정도의 호기심에 찬 눈초리로 갑자기 방안으로 뛰어들어오자마자, 스체판 씨는 슬쩍 나에게 눈짓하여 이 방을 나가지 말라는 뜻을 전했다. 이리하여 이번에 나는 두 사람의 대화를 처음부터 끝까지 듣게 된 셈이다. 그래서 처음으로 이 부자간의 진정한 관계가 눈앞에서 폭로된 것이다.
스체판 씨는 소파 위에 비스듬히 앉아 있었다. 그 목요일 이후 꽤 수척해져 안색까지도 누르스름했다. 표트르는 용기를 내어 허물없는 태도로 아버지 옆에 가 앉았다. 더구나 예법상 자식으로서 아버지에 대해 요구할 수 있는 것보다는 훨씬 많은 장소를 차지하면서 양쪽 발을 포개어 소파 위에 털썩 앉았다. 스체판 씨는 말없이 위엄을 보이면서 약간 옆으로 다가앉았다.

탁자 위에는 한 권의 책이 펴진 채 놓여 있었다. 그것은 체르느이솁스키의 소설 《무엇을 할 것인가》라는 책이었다. 참으로 슬픈 일이다. 나는 여기서 이 친구의 기괴하고 도량이 좁은 태도를 시인하지 않을 수 없다. 다름이 아니라 자기는 이 은둔 생활을 탈피해서 최후의 일전(一戰)에 승부를 결정지어야 한다는 공상이 그의 매혹된 뇌리에 점점 강하게 뿌리를 박아왔다는 사실이다. 그가 이 소설을 입수하여 연구하고 있는 것은 오로지 『노호규환(怒號叫喚)하는』녀석들과의 충돌이 피치 못하게 되었을 때를 생각해서 미리 적의 태도와 논법을 그들 자신의 경전을 토대로 연구한 전투 준비로, 그 오합지졸들을 보기좋게 부인이 보는 앞에서 때려눕히자는 작전이다. 나는 그것을 알아차렸다. 아, 이 책이 얼마나 그를 괴롭혔을까! 그는 때때로 정신없이 그 책을 내동댕이치면서 의자에서 벌떡 일어나 전후를 잊은 듯 방안을 헤매는 것이었다.

「이 저자의 근본 사상이 진실하다는 것은 나도 시인한다.」그는 열에 들뜬 듯이 나에게 거듭 말했다.「그러나 그만큼 더 무서워지는 법이다. 사상은 마찬가지로 우리의 것이다. 틀림없는 우리의 것이다. 여보게, 우리들은 처음으로 그것을 심어 키운 거요. 우리가 준비한 거요,……그렇지, 그 녀석들은 우리보다 나중에 나온 주제에 무슨 힘으로 새로운 것을 말할 수 있단 말이오! 그러나 이것은 도대체 무슨 표현이란 말인가. 무슨 곡해며, 무슨 모독이란 말인가!」그는 손가락으로 책을 튕기면서 외쳤다.「도대체 우리는 이런 결과를 위해서 노력했단 말인가? 본래의 사상은 전혀 분별할 수도 없지 않은가!」

「문화의 공기를 호흡하고 있나요?」탁자에서 책을 집어들고 표제를 보면서 표트르는 싱긋이 웃었다.「진작부터 그랬어야 했어요. 원하신다면 제가 좀더 마음에 드는 책을 갖다 드리죠.」

스체판 씨는 또다시 위엄을 보이면서 침묵을 지키고 있었다. 나는 한쪽 구석에 있는 긴의자에 앉아 있었다.

표트르는 **빠른** 말씨로 찾아온 이유를 설명했다. 물론 스체판 씨는 한편 놀라면서 극도의 분노가 뒤섞인 경악의 표정으로 듣고 있었다.

「아니, 그 율리아 미하일로브나는 내가 나가서 낭독할 것으로 믿고 있단 말이야?」

「뭐 그렇다고 해서 그분들이 아버지를 그토록 필요로 하는 건 아녜요. 오히려 약간 아버지에게 애교를 보여 그것으로 바르바라 부인의 기분을 맞추려는 거지요. 그러나 물론 이 낭독을 거절하는 그런 실례되는 일은 할 수 없어요. 저도 한 번 해보고 싶은 생각이 드는데요.」 그는 빙긋이 웃었다. 「아버지 같은 노인네들에겐 누구나 지옥의 불길 같은 야심이 타고 있으니까. 그러나 어쨌든 지리하지 않도록 조심해 주셔야 해요. 아마 스페인 역사 같은 그런 거겠죠. 하여간 사흘쯤 전에 한 번 제가 읽게 해주세요. 그렇지 않으면 틀림없이 졸음이 오게 될 테니까요.」

너무도 노골적이고 난폭하고 더구나 성급하게 비꼬는 말투는 확실히 미리부터 계획한 일이었다. 그러면서도 스체판 씨에 대해서는 이것 이외에 더 완곡한 표현이나 관념을 갖고 말한다는 것은 도저히 불가능하다는 투였다. 스체판 씨는 여전히 모욕에 대해 무관심하려고 애쓰고 있었다. 그러나 계속해서 전해오는 사건은 점점 무서운 인상을 주는 것이었다.

「아니 그 여자까지, 그 여자까지도 이 말을 전하도록 자기 입으로 너에게 말하더란 말이냐?」 그는 얼굴빛이 새파래지며 물었다.

「아뇨, 사실은 두 분이 서로 잘 의논하기 위해 날짜와 장소를 정하겠다는 거예요. 두 분에게 있어선 감상극의 아쉬움이겠지요. 하여간 이십 년간이나 그 여자의 비위를 맞춰왔으니까 멋대로 그런 우스꽝스러운 버릇을 기른 셈이 되지요. 그러나 걱정 안 해도 됩니다. 지금은 이제 아주 달라졌으니까요. 그 여자도 자기 입으로 이제는 『사물을 투시하게』끔 되었다고 입버릇처럼 말하고 있으니까요. 저는 불쑥 그 여자에게 이렇게 말했지요. 당신네들의 우정은 별것이 아니고 오물을 토하는 내기와 같은 거라고요. 아버지, 그 여자는 별 얘기를 다 합디다. 정말이지 아버지는 오랫동안 그야말로 하인과 같은 봉사를 해오셨단 말입니다. 덕분에 나는 얼굴을 붉혔어요.」

「내가 하인과 같은 봉사를 했다고?」 스체판 선생은 더 이상 참을 수가 없었다.

「더 나쁜지도 모르죠. 아버지는 빌붙어 얻어먹는 존재였단 말예요. 즉 자진해서 한 하인이란 말이죠. 일하기는 싫고 돈은 누구든 아쉬워하니까요. 지금 그 여자는 그걸 다 알고 있단 말예요. 적어도 아버지에 대해 그 여자가 하는 말을 들으니 참으로 소름끼칩니다. 아버지가 그 여자에게 보낸 편지를 보고 전 정말 배꼽을 쥐고 웃었어요. 기분도 나쁘고 아니꼽기도 해서. 극단적으로 타락했어요. 은혜라는 놈 속에는 영원히 사람을 타락시키는 요소가 내포되어 있는데 아버지는 그 가장 좋은 본보기란 말입니다!」
「그 여자가 너에게 내 편지를 보여 줬다고?」
「하나도 남기지 않고 모두요. 물론 그런 것들을 일일이 읽을 틈이야 없죠. 하지만 아버지도 지독하게 많은 편지를 썼더군요. 아마 이천 통도 넘겠습디다……. 그런데 말입니다, 아버지, 제 생각으론 그 여자가 아버지와 결혼할 마음이 들었던 때가 잠깐 동안 있었던 모양이에요. 그것을 아버지가 바보 같은 짓을 해서 놓쳐 버린 거지요! 저는 물론 아버지의 입장에 서서 말하고 있답니다. 그래도 그땐 지금보다 좋았어요. 지금은 한낱 위안을 위한 어릿광대처럼 『타인의 죄업』과 결혼시키려 들고 있으니까요, 더구나 돈 때문에.」
「돈 때문에? 그 여자가 그 여자가, 돈 때문이라고 하더냐!」스체판 선생은 병적으로 외쳤다.
「그렇지 않다면 뭐란 말입니까. 도대체 아버지는 어떻게 된 거예요, 저는 오히려 아버지를 변호했잖아요. 사실 그것이 아버지껜 유일한 변명법이었으니까요. 그 여자는 자기 자신도 뻔히 알고 있어요. 아버지 역시 다른 사람과 마찬가지로 돈이 필요했을 테고 또 그 점으로 본다면 적당했으니까요. 저는 아버지와 그 여자가 상호간의 이익을 기초로 해서 살았다는 것을, 둘 곱하기 둘은 넷이라는 것보다도 훨씬 더 명백하게 증명해 줬어요. 즉 그 여자는 자본주고, 아버지는 옆에 따라다니는 감상적인 어릿광대였어요. 더구나 돈 문제라면 가령 아버지가 그 여자에게서 암염소처럼 젖을 짜냈다고 해도 결코 그 여자는 화를 내지 않을 겁니다. 다만 이십 년 동안 아버지를 신용했다는 것이 화가 치미는 거죠. 아버지가 고결하다는 것으로 그 여자를 속이고 그 오랜 세월 동안 거짓말만 하신 게 울화통이 터지는 거예요. 그 여자 자신이 거짓말을 한 것은 결코 자각하지 못하고 있습니다. 그러나 그 때문에 아버지는 갑절이나 심한 꼴을 당하게 되는 거죠. 그런데 어째서 아버지는 언젠가 총결산을 할 때가 온다는 것을 눈치채지 못했을까요? 도저히 저는 납득이 안 가는군요. 그래도 아버지에겐 어느 정도 지혜가 있었을 게 아녜요. 저는 어제 아버지를 양로원에 보내도록 그 여자에게 권했답니다. 걱정 마세요. 지내기 좋은 곳으로 보내 드릴 테니까요. 화내실 필요는 없겠죠. 그 여자도 아마 그렇게 할 겁니다. 아버지가 이 주일 전에 X현으로 저에게 보낸 제일 마지막 편지를 기억하고 계세요?」

「설마 넌 그 편지를 보여 주진 않았겠지?」 스체판 씨는 섬뜩해서 벌떡 일어났다.

「어떻게 안 보일 수가 있어요! 제일 먼저 보였습니다. 그 여자가 아버지의 재능을 부러워해서 아버지를 이용하려고 한다느니, 그 『타인의 죄업』에 대한 일을 전해 준 바로 그 편지입니다. 그러나 아버지, 아버지의 자제심이 강한 데도 놀랐어요! 전 배꼽을 쥐고 웃었습니다. 하여간 전체적으로 아버지의 편지는 지리하기 짝이 없더군요. 아버지의 문체는 정말 견딜 수 없어요. 전 늘 읽지도 않고 내팽개쳤어요. 한 통은 아직 봉한 채로 굴러다니고 있을 정도고 말씀이죠. 내일 돌려 드리죠. 하지만 그 가장 나중의 편지는 아주 완벽의 극치더군요! 정말 어찌나 우습던지 배를 안고 웃었어요.」

「악당, 이 악당놈아!」 하고 스체판 선생은 부르짖었다.

「쳇 어이가 없군요, 아버지와는 말도 할 수가 없군요. 아버지는 또 지난주 목요일처럼 화를 내실 건가요?」

스체판 선생은 얼굴빛이 달라지며 몸을 젖혔다.

「뭐라고, 감히 나에게 그런 말버릇을 쓸 수 있단 말이냐?」

「아니 무슨 말버릇이라는 겁니까. 간단명료한 말버릇 아녜요?」

「야, 이놈아, 도대체 너는 내 자식이냐 아니냐, 똑바로 말해 봐!」

「그런 일은 아버지가 더 잘 아실 텐데요. 물론 이런 경우 아버지들이란 눈이 멀기 쉬운 법이지만……」

「닥쳐, 닥치지 못해……」 스체판 선생은 온몸을 와들와들 떨었다.

「아버지는 또 지난 목요일처럼 고함을 지르고 욕설을 퍼붓고, 단장을 휘두를 것 같은 기세지만, 저는 아버지를 위해 증거 서류를 찾아냈습니다. 호기심에서 어제 밤새도록 가방 속을 뒤졌던 거예요. 사실 별로 신통한 것은 없으니까 안심하십시오. 그 폴란드 인에게 보낸 어머니의 편지뿐이었죠. 어머니의 성질로 판단해 보면……」

「한 마디만 더해 봐라, 네 귀싸대기를 갈겨 줄 테니!」

「바로 저렇단 말예요!」 갑자기 표트르는 내 쪽을 돌아보았다. 「보세요, 우리는 벌써 전주 목요일부터 이런 식이랍니다. 오늘은 그래도 당신이 입회해 주시니까 저는 정말 기쁩니다. 글쎄, 생각해 보세요. 우선 최초의 사실은 이렇답니다. 아버지는 내가 어머니에 대해 그렇게 말한다고 화를 내시지만 제가 그렇게 하게끔 만든 것은 아버지 자신이란 말입니다. 제가 아직 중학생이었을 때 아버지는 페체르부르그에서 하룻밤에 두 번씩이나 나를 흔들어 깨워가지고 열심히 끌어안았답니다. 그리곤 마치 썩어빠진 여자처럼 울면서 매일 밤 무슨 이야기를 하셨는지 당신은 상상할 수 있습니까? 즉 지금처럼 무례하기 짝이 없는 어머니에 대한 옛 얘기란 말입니다! 저는 아버지로부터 처음 듣는 얘기였습니다.」

「오, 난 그때 좀더 차원 높은 뜻으로 그런 얘기를 했던 거다! 넌 내 심정을 조금도 몰랐던 거야. 넌 조금도, 아주 요만큼도 몰랐어.」

「그러나 아버지의 얘기는 저보다 더 졸렬했잖아요. 사실 천했잖아요, 그럼 그렇다고 하십시오. 실은 그런 건 아무래도 상관없어요. 전 아버지 입장에서 말하고 있는 것이니까, 저 자신의 입장으로 돌아오면 이제 어머니를 나무랄 생각은 없어요. 그 점은 걱정 마세요. 아버지는 아버지고 폴란드 사람은 폴란드 사람이니까. 어느 쪽이든 마찬가지입니다. 아버지가 베를린에서 어리석은 일을 당했다 해도 제가 알 바 아니니까요. 그래도 아버지는 좀더 현명한 처신을 할 수 있었지 않습니까? 어디 도대체 이런 일만 하고서도 얼빠진 사람이 아니란 말인가요! 게다가 제가 아버지 자식이든 아니든 그런 일이야 아무래도 상관없지 않아요? 엄밀히 따지자면 말입니다.」 그는 또 내 쪽을 홱 돌아다보았다. 「아버지는 한평생 저를 위해 일 루블리의 돈도 쓰지 않았고, 제가 열여섯 살이 될 때까지 전혀 저를 몰랐을 뿐만 아니라, 그 뒤로 제 재산을 깡그리 횡령한 주제에 이제 와서 새삼스레 저의 일로 가슴아파했다느니 하고 떠들어대며 제 앞에서 어릿광대처럼 구시잖겠어요. 저는 바르바라 부인과는 다르단 말입니다. 어림도 없지!」

그는 일어서서 모자를 집었다.

「나는 이제부터 나의 이름으로 너를 저주하겠다!」 스체판 선생은 죽은 사람처럼 새파래져서 자기 자식의 머리 위에 손을 뻗쳤다.

「사람도 참, 어디까지 바보가 되는지 한도를 모르겠군!」 표트르는 기가 막히는 모양이었다. 「그럼 안녕히 계십시오, 고물 선생, 두 번 다시 여기는 찾아오지 않을 테니까요. 논문을 될 수 있는 대로 빨리 보내세요. 잊지 않도록요. 그리고 가능하면 쓸데없는 이론은 빼고 사실, 사실, 사실, 이런 식으로 부탁합니다. 그리고 무엇보다도 간단해야만 해요. 안녕히 계십시오!」

3

더구나 여기엔 다른 동기도 있었던 것이다. 사실 표트르는 아버지에 대해 약간의 꿍꿍이속이 있었던 것이다. 내가 생각하는 바로는 그는 노인을 아주 절망 상태로 이끌어가지고 어떤 종류의 소동을 일으키려고 계획하고 있는 모양이었다. 이것은 그에게 앞으로 닥칠 다른 목적에 필요한 것이었다. 그러나 이 일에 대해서는 또 나중에 얘기하기로 하겠다. 이러한 속셈과 계획은 당시 그의 머릿속에 산더미같이 쌓여 있었다. 그러나 물론 그것은 당치도 않는 환상적인 것뿐이었다. 그가 노리고 있는 희생은 스체판 선생 외에도 또 한 사람 있었다. 대체로 그의 희생은 한두 사람이 아니었다. 이것은 뒷날 판명된 일이다. 그러나 이 희생만은 그도 특별히 생각하고 있었다. 그것은 다름 아닌 폰 렘브케 씨였다.

안드레이 안토노비치 폰 렘브케는 자연의 은총을 원하는 대로 누리고 있는 종족(독일인을 가리킴)에 속해 있었다. 이 종족은 러시아에서는 연감을 들추어보면 몇십 만을 헤아리는 수를 이루고 있어 자기도 모르는 사이에 그 전체 인원으로써 엄격하게 조직화된 하나의 연맹을 형성하고 있는 것이다. 물론 이 동맹은 일부러 계획한 것도 아니며 인위적으로 고안해낸 것도 아니고, 하나의 종류 전체가 아무런 계약도 조문도 없이 일종의 정신적인 의무 단체라는 뜻에서 자연과 결합되어 있는 현존 상태의 것으로, 때와 장소와 상황에 구애됨이 없이 항상 연맹 가입자의 상호 부조를 목적으로 하고 있다. 렘브케는 다행히도 비교적 연줄이나 있고 재산깨나 있는 집의 자제들로 가득찬 러시아의 상류급 학교에서 교육을 받을 수가 있었다. 이 학교의 학생들은 졸업하면 곧 어느 국무 기관에 들어가 꽤 중요한 직책을 맡게 되었던 것이다. 렘브케는 공병 중령인 숙부 한 사람과 빵집을 경영하는 숙부가 한 사람 있었는데, 이 귀족적인 학교에 들어가 보니 자기와 비슷한 처지에 있는 같은 종족의 사람들을 적지않이 발견할 수 있었다.

그는 쾌활한 학생이었다. 성적은 약간 뒤지는 편이었으나 모든 사람에게 호감을 샀다. 벌써 상급반에서는 다수의 청년이(그것은 주로 러시아 사람이었다) 은연중에 대단히 중요한 현대의 여러 문제를 논하고, 이제 학교를 나가면 일체의 현안을 해결해 보이겠다고 그것만을 고대하고 있는 것 같이 보였으나, 렘브케는 여전히 태평스러운 장난만을 일삼고 있었다. 그는 여러 가지 엉뚱한 짓을 해서 사람들을 웃겼다. 사실 그 농담도 뭐 그리 대단한 재치를 가진 것도 아니고, 다만 외잡스런 것이었지만, 그는 그것을 자기 사명처럼 여기고 있었다. 이를테면 강의 석상에서 강사가 그에게 질문을 하면 뭔가 괴상한 소리를 내면서 코를 풀어 친구나 강사를 웃기기도 하고, 또는 공동 침실에서는 데데한 활인화의 흉내를 내어 일동의 갈채를 받기도 하고, 콧소리로 프라 디아볼로(19세기에 있었던 나폴리의 도적, 오페라 《오베르》의 주인공)의 개막 서곡을 꽤 능숙하게 연주하기도 하는, 모두가 이런 투의 것이었다. 또 그는 일부러 지저분한 차림으로 다니면서 웬일인지 오히려 그것을 일종의 자랑거리인 양 생각하는 버릇이 있었다.

졸업을 앞둔 일 년 전부터 그는 간간이 러시아 어의 시를 쓰기 시작했다. 자기 종족의 중요한 언어는 러시아에 있는 동족의 다수가 그렇듯이 극히 비문법적인 지식밖에 없었다. 이 시작(詩作)의 경향은 어느 침울하고 무엇에 억압당한 것 같은 한 급우를 그에게 접근시킨 동기가 되었다.

이 급우는 가난한 러시아 장군의 아들로서 학급에서는 장래의 문호로 간주되고 있었다. 미래의 대문호는 렘브케에 대해 보호자 같은 태도를 취했다. 그런데 학교를 졸업한 후 삼 년쯤 되었을 때였다. 이 침울한 급우는 러시아 문학을 위해 근무처를 버리고 너덜너덜 떨어진 구두를 자랑스러운 듯이 끌고 다니면서 가을도 다 저물어갈 무렵 여름 외투를 입고 추워서 달달 떨고 있었는데, 우연히 아니치코프 다리(네프스키 거리의 복판)에서 이전의 피보호자 렘브케를 만났던 것이다(당시 학교에서 그를 그렇게 불렀던 것이다). 그런데 어떻게 된 영문일까? 그는 첫눈에도 사람을 잘못 본 게 아닌가 했을 정도였다. 그는 어이가 없어서 우뚝 섰다. 눈앞에는 조금도 손색이 없는 옷차림을 한 청년이 서 있지 않은가. 훌륭하게 손질이 되어, 붉은 윤기가 도는 구레나룻, 코안경, 에나멜 구두, 새 장갑, 풍신한 샤르메르의 외투, 그리고 가방까지 겨드랑이에 끼고 있었다. 렘브케는 옛 친구에게 다정하게 말을 건네면서 주소를 일러 주고 아무 때든 밤이라도 좋으니 찾아오라고 했다. 알고보니 이름도 그냥 렘브케가 아니라 폰 렘브케라는 것이었다. 옛 친구는 당장 찾아갔다. 그러나 그것은 다만 어떤 외고집에서였는지도 모른다. 도저히 정면의 현관이라곤 할 수 없는 볼품없는 계단에는 그래도 붉은 나사천이 깔려 있었다. 현관지기가 나와 이름을 물었다. 위쪽에서 벨이 요란스럽게 울렸다. 손님은 호화찬란한 살림을 상상했었는데 들어가 보니 우리 렘브케는 옆에 있는 조그만 한 칸 방에 살고 있었다. 그것은 어둡고 낡은 방이었으며 침침한 큰 녹색 커튼으로 간막이가 되어 있었다. 의자들은 천을 씌우긴 했으나, 그 천이 침침한 녹색을 띤 아주 낡은 것이었다. 기다란 창문에도 역시 침침한 녹색 커튼이 드리워져 있었다. 폰 렘브케는 꽤 먼 친척뻘이 되는 자기의 보호자인 한 장교 밑에서 기거하고 있었다. 그는 상냥하게 손님을 맞았다. 그 태도는 정중하고도 세련되어 보였다. 문학에 대한 얘기도 나왔지만 도를 넘지 않는 범위 내에서 끊었다. 흰 넥타이를 맨 하인이 뭔지 이상하게 멀건 차에 작고 우툴두툴한 둥근 과자를 곁들여서 가지고 왔다. 옛 친구는 일부러 심술궂게 젤리체르 수(水)를 요구했다. 요구한 물건은 나왔지만 좀 시간이 걸렸다. 더구나 렘브케는 구태여 하인을 불러 지시하는 것이 부끄러운 듯한 투였다. 그는 식사를 좀 하라고 권했지만 손님이 사양하고 마침내 가버리자 아주 한시름 놓은 듯한 표정이었다. 간단히 말하면 렘브케는 출세의 첫발을 내디뎠고, 친척이라고는 하지만 지위가 높은 장군집의 식객이 되었던 것이다.

  그 무렵 그는 장군의 다섯째 딸이 마음에 들어 애태우고 있었다. 그리고 상대편도 역시 그를 싫어하진 않았던 모양이었다. 그러나 아말리아는 나이가 차자 결국 노장군의 옛 친구인 나이가 든 독일의 공장주에게 시집을 갔다. 렘브케는 과히 비관도 하지 않고 종이로 극장을 만들었다. 막이 오르면 배우들이 나와서 몸짓을 한다. 관람석에는 관객들이 앉아 있고, 오케스트라는 기계 장치로 해서 바이올린을 활로 문질러대고, 악장(樂長)은 지휘봉을 휘둘렀다. 관중석에서는 멋쟁이 남자들과 장교들이 박수 갈채를 보낸다…….이것이 모두 종이로 만들어졌던 것이다. 모두가 렘브케 자신의 고안이며 제작이었다. 그는 이 극장을 제작하는 데 육 개월이나 걸렸다. 장군은 일부러 친밀한 사람끼리의 야회(夜會)를 열어 이 극장을 구경시켰다. 신혼의 아말리아를 포함해서 장군의 딸 다섯 명, 신랑인 공장주와 게다가 많은 부인과 아가씨 들이 각각 상대자인 독일인 남자들을 데리고 참석했는데 다들 열심히 극장을 살펴보고 칭찬이 자자했다. 그 다음에 춤이 시작되었다. 렘브케는 아주 흡족해서 곧 슬픔을 잊어버렸다.

 몇 해가 지나 관계(官界)에서의 그의 지위도 정해졌다. 그는 여전히 자기 친척을 장관으로 모시고, 항상 유리한 위치에서 근무를 계속하게 되어 마침내 나이에 비해선 상당히 높은 관등에까지 오르게 되었다. 그는 벌써 오래 전부터 결혼을 하려고 주의깊게 눈여겨 보아왔다. 한 번 상관 몰래 자작 소설을 어느 잡지사의 편집국에 보낸 일이 있었으나 끝내 게재되지는 못했다. 그 대신 훌륭한 기차를 만들어 또 멋진 물건이 완성되었다. 군중들이 가방이나 자루를 들고, 어린애나 개를 데리고 정거장에서 나오기도 하고, 기차 속으로 들어가기도 한다. 차장과 역부들이 이리저리 서성이고 있는 중에 이윽고 벨 소리가 나고 신호가 떨어지면 기차가 서서히 움직이기 시작한다. 이 복잡한 세공 때문에 그는 꼬박 일 년을 소비했다.

 그러나 역시 결혼하지 않으면 안 되었다. 그의 교제 범위는 꽤 넓었다. 주로 독일인 친구들이었지만 러시아 인의 사교계에도 출입하고 있었다. 물론 상관의 계통을 밟아서였다. 이윽고 그가 서른여덟 살이라는 말을 들으면서는 유산까지 물려받게 되었다. 빵집을 경영하던 숙부가 죽으면서 그에게 일만 삼천 루블리의 재산을 유언으로 남겨 주었던 것이다. 이제 문제가 되는 것은 지위 하나뿐이었다. 특히 폰 렘브케 씨는 근무상 꽤 화려한 영달을 하였음에도 불구하고 극히 욕심이 없는 사람이었다. 그는 자기 권한에 맡겨진 관용 땔감의 접수라든가, 그 밖에 국물이 있을 것 같은 주임의 자리에서 일생 동안을 만족했을지도 모른다. 그런데 홀연히 지금까지 예기하고 있던 민나라든가, 에르네스틴(둘 다 흔해빠진 독일 처녀의 이름) 대신에 뜻하지 않게 율리아 미하일로브나라는 여자가 걸려든 것이다. 그의 영달은 일시에 한 단계의 향상을 보게 된 것이다. 의리있고 욕심없는 렘브케도 이젠 자기도 얄팍한 자존심쯤은 가져도 좋으리라고 느끼게끔 되었다.

 율리아 부인은 옛날식으로 계산하면 이백 명의 농노 외에도 어엿한 후견인을 가지고 있었다. 한편으로 보면 렘브케는 미남이고, 율리아는 사십 고개를 넘었다. 주의할 점은 자기가 율리아의 미래의 남편이라고 느낌에 따라 렘브케는 점점 그녀를 진심으로 사랑하게 되었다는 것이다. 결혼식날 아침 그는 율리아에게 시(詩)를 보냈다. 이런 일들이 모두 그녀의 마음을 흡족케 했던 것이다. 그리고 그 시까지도. 사실 여자나이 사십이라면 농담이 아니다. 마침내 그는 정해진 관등과 정해진 훈장을 받고 난 다음 이 현으로 부임해온 것이다.

 이 현에 부임할 때 율리아 부인은 자기 남편에 대해 정성껏 대책을 강구한 것이다. 그녀의 의견에 의하면 그도 전적으로 무능한 인물은 아니었다. 객실에 들어가는 방법도 알고 있었고 처음 대면할 때의 인사법도 알고 있었다. 심오한 사상이라도 되는 듯이 남이 말하는 것을 경청하고 자기는 말 한 마디 않고 묵묵히 있을 줄도, 극히 정중한 체하는 방법도 알고 있을 뿐 아니라 한 마디 정도의 연설도 할 수 있으며, 여러 가지 사상의 자투리나 조각들도 머릿속에 들어 있어 지금 세상에서 필요불가결한 최신의 자유사상의 광택도 갖고 있었다. 단지 아무래도 걱정되는 것은 어딘가 모르게 감수성이 무딘 것과 오랫동안 끊임없이 입신출세에 급급한 나머지 편안히 쉬고 싶다는 욕망을 느끼기 시작한 것이다. 부인은 자기의 명예심을 남편에게 쏟아붓고 싶어서 못 견뎌했다. 그런데 어찌된 셈인지 남편은 뜻밖에도 종이로 교회를 만들기 시작했다. 목사가 나와서 설교를 시작하면 사람들은 경건하게 손을 앞으로 모으고 기도를 드리면서 듣는다, 한 부인은 손수건으로 눈을 닦고, 노인은 코를 푼다, 그러다가 제일 나중에 풍금이 울린다는 취미였는데, 이것은 비용을 무릅쓰고 일부러 스위스에서 주문하여 사들인 것이다. 율리아 부인은 이 사실을 알게 되자마자 일종의 공포까지 느끼면서 그 세공 일체를 빼앗아다 자기 상자 속에 넣고 잠가 버렸다. 그 대신 그녀는 소설쓰기를 허용했지만, 그것도 비밀리에 하라는 조건부였다. 그로부터 부인은 다만 자기 혼자만을 염두에 두게 되었다. 그러나 슬프게도 그것이 너무 경솔했고 게다가 일정한 한도라는 것이 없었다. 운명은 너무 오랫동안 그녀를 늙은 처녀로 머물게 했으므로 지금은 여러 가지 생각이 꼬리에 꼬리를 물고 허영심이 강한, 더구나 어느 정도 초조한 그녀의 뇌리 속에 떠오르는 것이었다. 그녀에게는 여러 가지 생각이 있었다. 그녀는 무슨 일이 있더라도 현의 정치를 쥐고 흔들고 싶었다. 지금 당장이라도 많은 사람들에게 둘러싸여 있고 싶다는 것이 그녀의 공상이었다. 그녀는 곧 방침을 확정했다. 렘브케는 어느 정도 놀랐으나 금방 관리 특유의 직감으로 자신도 뭐 현지사의 직을 두려워할 것까지는 없다는 것을 깨달았다. 처음 이삼 개월 동안은 아주 잘 지나갔다. 그런데 거기에 표트르가 나타나 그만 이렇게 기묘한 상태가 된 것이다.

다름이 아니라 젊은 베르호벤스키는 애초부터 렘브케에 대해서 불손한 태도를 나타냈을 뿐 아니라, 뭔가 이상한 우월권까지 쥐고 있는 것 같았다. 그런데 항상 남편의 권세를 굉장히 소중하게 여기고 있는 율리아 부인도 전혀 이 사실에 신경쓰고 싶지 않다는 눈치였다. 적어도 그 점을 중요시하지 않았던 것이다. 결국 이 청년은 부인의 총아가 되어 침식 일체를 이 집에서 하게 되었다.

렘브케는 예방선을 치기 시작했다. 그는 타인 앞에서 표트르를 「이봐, 젊은이」하는 식으로 불렀고, 마치 보호자인 양 어깨를 탁 치기도 했으나 전혀 효력이 없어 보였다. 표트르는 여전히 맞대놓고 그를 냉소하는 듯한 태도를 버리지 않았다(그러면서도 겉으로 보기엔 아주 진지하게 말하는 것 같았지만). 그리고 남이 보는 앞에서 무례한 언사를 마구 쓰는 것이었다. 언젠가 렘브케가 밖에서 돌아와 보니『젊은이』는 자기가 없는 사이에 자기 서재에 들어가 허락도 없이 긴의자에 앉아 있었다. 그의 변명으로는 잠시 지나던 길에 들렀는데 아무도 없기에 그만 잠이 들고 말았다는 것이다. 렘브케는 화가 나서 또 한 번 부인에게 호소했다. 그러나 부인은 남편의 흥분하는 성질을 일소에 붙이고 비꼬는 투로 이렇게 말했다. 「아무래도 당신은 자기 지위에 알맞는 태도를 취하지 못하는 것 같군요. 적어도 나에게는 그 애송이도 그렇게 호락호락한 태도는 감히 취하지 않는데. 하여간 그 사람은 순박하고 청신한 데가 있어요. 사회의 궤도를 벗어나긴 했지만.」 렘브케는 뿌루퉁했지만, 부인은 즉시 두 사람을 화해시켰다. 표트르는 별로 미안해하는 기색도 없이 뭔가 농담으로 얼버무리며 얼렁뚱땅 때워넘겼다. 그 농담도 보통 때 같으면 또 다른 모욕으로 받아들였을지도 모르나 그때는 후회의 뜻이라고 해석되었다.

폰 렘브케는 시초부터 커다란 실책을 하여 뜻하지 않은 약점을 잡히고 말았다. 다름이 아니라 그 소설에 대한 일을 밝혔던 것이다. 진작부터 말벗을 그리워했던 렘브케는 표트르를 시정(詩情)이 풍부한 열렬한 청년으로 평하고 사귄 지 며칠 안 되던 어느 날 밤, 자작 소설의 일 절을 두어 장(章)쯤 읽어 주었던 것이다. 이쪽에서는 지리함을 감추려고도 하지 않고 거침없이 하품을 하면서 들었던 것이다. 그리고 한 번도 칭찬의 말은 하지 않았다. 다만 잠깐 원고를 빌려 주면 틈이 있을 때 감상을 정리해 보겠다고 돌아갈 때에 부탁했다. 그래서 렘브케는 빌려 주었다. 그 이후 그는 매일 수시로 들르면서도 원고는 전혀 돌려 줄 생각을 하지 않았다. 이쪽에서 물어 봐도 그저 웃을 뿐이었다. 마침내는 그것을 그날 곧 길거리에서 잃어버렸다고 말했다. 이 말을 들은 율리아 부인은 화가 나서 남편에게 고함을 쳤다.

「아니, 당신은 교회의 일도 그 사람에게 얘기해 버린 게 아녜요?」 겁이 덜컥 나는 듯 부인은 이렇게 외쳤다.

폰 렘브케는 골똘히 생각에 잠겼다. 그런데 생각에 골몰하는 일은 그의 몸에 해롭다는 이유로 의사가 엄하게 금하고 있었다. 게다가 현의 행정상 여러 가지 귀찮은 일이 생겼을 뿐 아니라(이 일은 나중에 얘기하자) 거기에 어떤 특별한 사정이 개재되어 있었다. 결국 단순히 장관으로서의 자존심에만 국한되지 않고 남편으로서의 감정마저 손상된 것이다. 렘브케는 결혼 생활을 시작함에 있어 장차 가정 안에 불화나 충돌이 일어나리라곤 상상조차 못했었다. 지금까지도 민나나 에르네스틴을 공상하면서 역시 그런 생각을 하고 있었던 것이다. 자기는 가정 내의 폭풍 뇌우를 견딜 수 없다고 그는 직감하고 있었다. 결국 율리야 부인은 속을 탁 털어놓고 말았다.

「여보, 그런 일로 화낼 건 없어요.」 그녀는 이렇게 말했다. 「당신은 그 사람보다 세 배나 분별이 있고 사회상의 지위로 보더라도 비교가 안 될 만큼 높은 위치에 계시단 말이에요. 그 도령에게는 이전의 자유사상의 잔재가 아직 많이 남아 있긴 하지만, 내 의견으로는 아주 어린애 같은 장난이라고 생각해요. 어쨌든 갑작스럽게 할 순 없지만 차차로 고쳐가는 거예요. 러시아의 새로운 세대를 존중하지 않으면 안 돼요. 난 사랑의 힘으로 감화를 시켜 위험한 고빗길에서 붙잡아 줄 참이에요.」

「그러나 그 녀석은 무슨 말을 할지 모른단 말이오.」 하고 렘브케는 반발했다. 「그 녀석은 뭇 사람들 앞에서, 더구나 나를 눈앞에 두고, 정부는 짐짓 국민을 우매하게 만들려고 보드카를 마시게 하고, 그로써 폭동을 방지하고 있다고 단언하는데는, 나도 그렇게 관대한 태도만을 취할 수 없지 않소. 다른 사람 앞에서 이런 소릴 듣지 않으면 안 되는 내 고충도 알아 줘야지.」

이렇게 말하면서 폰 렘브케는 근래에 표트르와 교환한 대화를 생각해냈다. 한낱 자유사상을 도구로 삼아서 상대방의 독기를 뽑아 보려는 실없는 목적에서 그는 1859년 이래 취미랄 수는 없지만 극히 유익한 호기심을 갖고 러시아뿐만 아니라 외국에까지도 손을 뻗쳐 정성껏 모은 온갖 격문의 비밀 수집품을 꺼내어 보였다. 표트르는 그의 목적을 알아차렸으므로 난폭하게 이렇게 말했다.「새로운 격문의 단 한 줄일지라도 흔해빠진 관청에 있는 모든 서류보다도 훨씬 많은 의의를 내포하고 있습니다. 아마 당신의 관청도 그 예를 벗어나지 않는지도 모르겠군요.」

렘브케는 가슴이 철렁하였다.

「그러나 이것은 러시아에서 너무 빨라요. 너무 빠르단 말이야.」하고 그는 격문을 가리키면서 거의 애원하다시피 말했다.

「아니 절대로 빠르지 않습니다. 지금 당신도 그처럼 두려워하고 있지 않습니까? 그러고 보면 별로 빠른 것도 아닙니다.」

「그러나 예를 들어 여기 있는 교회 파괴의 선동 같은 것은…….」

「왜 그것이 나쁘다는 건가요? 당신 역시 총명한 분이니까 물론 신앙 같은 건 안 갖고 있잖아요. 신앙이 필요한 것은 단순히 국민을 우매화하기 위해서라는 사실쯤은 당신도 잘 알고 있을 겁니다. 사실 진리는 허위보다 아름다우니까요.」

「그대로야, 그대로, 나는 전적으로 자네 말에 동의하지만, 그러나 그것은 러시아에선 시기상조란 말이야. 너무 이르단 말이야…….」렘브케는 얼굴을 찡그렸다.

「그럼 당신은 정말로 교회를 때려부순 다음 몽둥이를 들고 페체르부르그로 밀고들어가는 일에는 동의하나 다만 문제는 시기에 달렸다고 생각하는 거죠. 그러면서 정부의 관리로서 용케도 시치미를 떼고 있군요!」

렘브케는 이렇게까지 난폭하게 꼬리를 잡히자 이젠 완전히 흥분해 버렸다.

「그건 그렇지 않아, 그건 안 그렇다니까.」점점 자존심이 자극되면서 그는 이성을 잃어버렸다.「자네는 나이도 젊고 또 우리의 목적도 잘 몰라서 그런 오류에 빠지는 거야. 이봐 표트르 군, 자네는 우리를 정부의 관료라고 불렀지? 그건 그래. 게다가 자주적인 관료냐 되느냐고 핀잔했지? 그렇게도 말하고 싶겠지. 그러나 우리가 어떻게 활동하고 있는지 대체 자네는 알고 있기나 하나? 우리에겐 책임이 있네. 그러나 결과적으론 우리도 역시 자네들과 마찬가지로 공동 사업에 봉사하고 있는 거야. 다만 우리는 자네들이 우왕좌왕하고 있는 것을——우리가 없으면 사방팔방으로 흩어져 버릴 우려가 있는 것을 억제하고 있는 거야. 우리라고 해서 자네들의 적은 아니란 말이야. 절대로 안 그렇네. 우리는 자네들에게 그렇게 말해 두겠네——전진하라, 발전하라, 흔들어라——결국 당연히 개조해야 할 모든 낡은 것에 대한 일이니까……. 그러나 일단 그 필요성을 인정했을 때는 필요한 범위 내에서 자네들을 제지하고 그것에 의해서 자네들을 자기 자신으로부터 구제해 줘야만 하네. 왜냐하면 자네들만 있고 우리가 없다면 러시아라는 나라는 마구 흔들려서 나라의 체면을 잃고 말 테니까, 바로 이 체면을 걱정하는 것이 즉 우리들의 역할이란 말이야. 알겠나, 우리와 자네들은 서로가 없어서는 안 되는 거야. 그것을 명심해 두게나. 영국에서도 진보당과 보수당은 서로 필요불가결한 것이니까. 안 그런가, 우리는 보수당이고 자네들은 진보당이야. 나는 그저 이런 식으로 해석하고 있네.」

폰 렘브케는 벌써 벌겋게 달아 있었다. 그는 페체르부르그 시절부터 마음에 드는, 자유사상 같은 토론을 벌이기를 좋아했지만, 지금은 옆에서 듣는 이가 없으므로 더욱 신바람이 났다. 표트르는 말없이, 웬일인지 전과는 달리 진지한 태도를 취하고 있었다. 이것이 한층 변사(辯士)를 부추긴 것이다.

「여보게 나는 이 『현의 주인』이야.」하고 서재를 왔다갔다하면서 그는 말을 이었다. 「여보게, 나는 너무 임무가 많아서 거의 하나도 실행을 못 하고 있네. 그런데 한편으론 보면 나는 여기 있어도 뭣 하나 하는 일이 없다고 정확하게 말할 수 있다네. 이렇게 말하면 이상한 것 같지만, 실은 정부의 태도 하나에 달린 거라네. 가령 정부가 한 가지 정책을 위해서 또는 열렬한 요구를 무마시키기 위해서 공화국 같은 것을 세우고 아울러 한편으론 지사의 권력을 증대시켰다고 하세. 그렇게 하면 우리들은 현지사의 자리에 앉은 채 공화국을 통째로 삼켜 버리게 되네. 그래 공화국이 도대체 어떻다는 건가! 우리는 어쨌든 마음에 드는 것을 삼켜 버릴걸세. 적어도 나는……그만한 준비가 되었다고 생각하네. 만일 정부가 나에게 전보로 『헌신적인 활동』을 명령한다면, 나는 그 헌신적인 활동을 개시할걸세. 나는 이번에 여러 사람 앞에서 이렇게 말했네. 『여러분, 모든 현정 기관의 균형과 융성에 필요한 것은 단

한 가지밖에 없습니다. 즉 현지사의 권력을 확장하는 겁니다.』 여보게, 지방 단체든 재판 기관이든 모든 행정 사법청은 이중 생활의 방법을 취하지 않으면 안 되네. 즉 이 기관들은 존립해야 하지만(정말 그것은 필요하네) 또 한편 관찰하면 그들의 전멸도 필요하다네. 무엇이나 정부의 태도 하나에 달린 거라네. 일단 이러한 기관들의 필요성을 느낄 만한 풍조가 생기면 나는 그것을 즉각 눈 앞에 갖춰 보이겠네. 그러나 그 필요성이 사라져 버리면 나의 지배하에 있는 어느 곳을 찾아보더라도 그런 것은 절대로 발견할 수 없을걸세. 이런 식으로 『헌신적인 활동』을 해석하고 있다네. 그런데 이 활동은 현지사의 권력 확장을 제외하고는 절대로 구할 수 없는걸세. 우리는 이렇게 둘이 마주 앉아서 얘기하고 있네. 나는 말일세, 현지사 관사 문전에 특별 보조를 한 사람 세워 둘 필요가 있다는 것을 벌써 페체르부르그에 요청하고, 지금 그 회답을 기다리고 있는 참이네.」

「당신에게는 두 사람쯤 필요할 거예요.」 표트르는 말했다.

「왜 두 사람인가?」 폰 렘브케는 그의 앞에 멈춰 섰다.

「당신을 존경하기 위해선 아마 한 사람으로는 부족할 겁니다. 아무래도 두 사람은 있어야지.」

렘브케는 얼굴을 일그러뜨렸다.

「표트르 군, 자네는 아무 거리낌도 없이 잘 지껄이는군. 내가 호의를 베푸는 걸 기화로 말끝마다 빈정대는군. 마치 『꾀까다로운 자선가』의 역할을 하고 있단 말이야.」

「좋을 대로 생각하십시오.」 표트르는 말꼬리를 흐렸다. 「그러나 하여간 당신은 우리들을 위해 길을 닦고, 우리들의 성공의 터전을 마련해 주고 있는 겁니다.」

「우리들을 위해서라니 도대체 누구를 위해선가? 그리고 또 성공이란 무슨 말인가?」 렘브케는 깜짝 놀라서 상대방을 응시했다. 그러나 끝내 대답을 듣지 못했다.

율리아 부인은 이 얘기의 전말을 듣고 무척 불만스러운 태도였다.

「그러나 그런 말을 했다고」 폰 렘브케는 변명했다. 「당신이 그를 총애하고 있다 해서, 상관이라는 권위를 빙자하여 덮어놓고 후려칠 수야 없지 않소. 더구나 서로 마주보고 있으면서…… 나도 모르는 사이에 입을 뗄 때가 있다오……. 나야 사람이 워낙 좋아서 말이오.」

「너무 지나치게 사람이 좋아서 그래요. 당신이 격문의 수집품을 가지고 계실 줄은 전 통 몰랐어요. 부탁이니 좀 보여 주세요.」

「하지만…… 하지만 그 친구가 단 하루만 빌려 달라고 하며 억지로 가지고 가버렸다오.」

「어마, 당신은 또 빌려 주셨군요!」 율리아 부인은 화를 냈다. 「어쩌면 그렇게 어리석어요!」

「곧 찾으러 보내겠소.」

「돌려 주지 않을 거예요.」

「나는 무슨 일이 있어도 받아낼 테야!」 렘브케는 화가 벌컥 나서 자리를 걷어차고 일어났다. 「그렇게까지 그 녀석을 두려워해야 하다니, 도대체 그 녀석이 누구란 말이오? 또 이쪽에서 아무 일도 할 수 없다니 도대체 나는 누구란 말이오?」

「하여간 앉아서 마음을 안정시키세요.」 율리아 부인은 말렸다. 「당신의 첫번째 질문에 대해서 난 이렇게 대답하겠어요. 그 사람에 대해서 난 특별히 소개받았어요. 상당히 재치있는 사람으로 어떤 때는 대단히 재미있는 말을 한답니다. 카르마지노프도 나에게 단언했어요. 그분은 도처에 관계를 맺고 있으며, 도시의 청년층에서는 대단한 세력을 가지고 있대요. 만일 내가 그분을 통해 모든 청년층을 끌어들여 내 주위에 하나의 그룹을 만들면, 그 사람들의 공명심에 새로운 길을 제시하여 멸망의 심연에서 구출해 줄 수 있어요. 그 사람은 진심으로 나에게 복종하고 있어서 무엇이든 내가 하는 말은 다 들어 준답니다.」

「그러나 그렇게 귀여워해 주면 그 녀석들이 무슨 짓을 할지나 아오? 물론 그것은 훌륭한…… 생각이지만…….」 하고 렘브케는 애매한 투로 변명했다. 「그러나…… 그러나 내가 들은 바론, ○○군에 어떤 격문이 나타났다는 거요.」

「그렇지만 그건 여름에 있었던 소문이 아니예요? 격문이다, 위조 지폐다 하고 떠들어대지 않았어요? 그러나 지금까지 하나도 입수하지 못했지 뭐예요. 누가 그런 소릴 당신에게 하던가요?」

「난 폰 블룸으로부터 들었소.」

「아, 그런 사람은 딱 질색이에요. 그런 사람의 말을 하면 용서치 않겠어요!」

 율리아 부인은 발끈 화가 나서 한동안 말조차 못 할 정도였다. 폰 블룸은 지사 관청의 관리였지만 부인은 이 사람을 유난히 미워하고 있었다. 이 일에 대해선 나중에 얘기하기로 하자.「제발 베르호벤스키에 대해선 걱정하지 마세요.」그녀는 말을 맺었다.「가령 그 사람이 뭔가 그런 장난에 관계하고 있다면, 지금 당신을 비롯해서 다른 사람들에게 말하듯이 여러 가지로 지껄여 댈 수는 없을 거예요. 말 많은 사람치고 무서운 사람은 없습니다. 뿐만 아니라 나는 오히려 이렇게 단언해 둡니다. 만일 뭔가 그런 일이 일어났다면 내가 제일 먼저 그 사람의 입에서 확인하겠어요. 그는 정말로 나에게 전적으로 복종하고 있어요.」

 사건 묘사를 하기 전에 나는 여기서 잠깐 몇 마디 해두겠다. 만일 율리아 부인의 자부심과 허영심이 그렇게 격심하지 않았다면, 그 악당들이 이 마을에서 저질렀던 것 같은 일은 아마 일어나지도 않았을 것이다. 이에 대해선 그녀에게 대부분의 책임이 있었던 것이다.

제 5 장   축제를 앞두고

1

 율리아 부인이 현 내의 여성 가정 교사들을 위해 예약제로 계획한 축제의 날짜는 몇 번이나 변경되고 연기되었다. 늘 그렇듯이 부인의 주변에 얼씬거리고 있던 사람으로는 표트르 외에도 뛰어다니며 심부름을 하는 하급 관리 럄신(한때 스체판 선생이 있는 곳에 출입했지만 별안간 그 피아노 솜씨 때문에 지사댁의 마음에 들게 된 것이다), 리푸친(이 사람은 머지않아 발행될 현 내의 자주적인 신문의 편집계로 보내야겠다는 것이 율리아 부인의 의도였다), 몇몇 부인들과 아가씨들, 그리고 카르마지노프――등의 얼굴들이었다. 이 문호는 별로 부인 곁에 얼씬거렸다고 할 수 없지만, 문학 카드리유로써 모든 사람들을 깜짝 놀라게 하는 것이 유쾌하다고 자못 득의만면해서 허풍을 떨고 있었다. 예약 신청자와 기부하는 사람의 수는 엄청났다. 마을에서도 쟁쟁한 패들은 다들 여기 가담했다. 그러나 돈만 가져오면 비록 쟁쟁하지 못한 패들이라도 입장을 허용해 주었다. 율리아 부인의 주장에 의하면 때론 각 계급의 혼합도 허용해야 한다는 것이다.
 「그렇지 않으면 누가 그들을 계몽합니까?」
 비공식적인 비밀 위원회가 설립되었다. 그 회의 결과 축제는 민주주의적이라야 한다는 데 의견을 모았다. 굉장히 많은 신청자의 수는 자연히 여러 가지 지출의 원인이 되어 일동은 무엇인가 그럴 듯한 것을 만들었으면 하는 생각을 했다. 이런 이유로 자주 연기되었던 것이다. 또 회장을 어디로 할 것인가——이날 하루를 위해 광대한 저택을 제공하겠다는 귀족단장의 호의를 뿌리칠 것인가 아니면 스크보레쉬니키에 있는 바르바라 부인의 집으로 할 것인가, 이 문제도 아직 결정되지 않았다. 스크보레쉬니키는 좀 거리가 멀지만 위원의 대다수는 그쪽이 좀 자유스럽지 않느냐고 주장했다. 당사자인 바르바라 부인도 자기 집으로 결정되었으면 하고 몹시 바라고 있었다. 그 콧대 센 부인이 왜 그렇게 율리아 부인의 환심을 사려는지 통 납득이 안 갔지만, 아마 지사 부인 쪽에서도 니콜라이에게 허리를 굽혀 다른 사람은 알아차리지 못할 정도로 살짝 애교를 부리는 것이 바르바라 부인의 마음에 들었기 때문일 것이다. 다시 한 번 되풀이해 두지만, 표트르는 이러는 동안 줄곧 지사네 집안에다 눈에 띄지 않게 어떤 관념을 심어 두고 있었다. 즉 니콜라이는 어떤 극히 비밀스러운 관계를 갖고 있으며 이 마을에도 뭔가 사명을 띠고 왔으리라는 것이었다.

　당시 이 마을의 분위기는 어쩐지 묘하게 되어 있었다. 특히 부인 사회에서는 일종의 경박한 기분이 현저해졌다. 더구나 점차적으로 그렇게 되었다고는 말할 수 없다. 아주 방종한 여러 가지 사상이 마치 별안간 바람이라도 타고 온 것 같았다. 어딘가 모르게 어이가 없을 정도로 명랑하고 경솔한 기분이 마을을 휩쓸었다. 그러나 그것은 언제나 기분이 좋다고는 할 수 없다. 일종 인심의 혼란이라 할까 그런 것이 유행하기 시작했다. 나중에 모든 것이 일단락지어졌을 때 사람들은 율리아 부인에게 책임을 물었고, 부인의 주위와 그 영향을 책망했다. 하지만 모든 것이 율리아 부인 한 사람 때문에 일어났다고는 생각하기 어려웠다. 뿐만 아니라, 많은 사람들은 처음엔 서로 앞을 다투어 사회를 결합시키는 새 지사 부인의 솜씨를 찬미하고 갑자기 마을이 유쾌해졌다고 기뻐했던 것이다. 몇 가지 빈축을 살만한 사건도 일어났지만 (그것도 율리아 부인이 전혀 모르는 일이었다), 그래도 당시 사람들은 다만 껄껄 웃고 좋은 위안거리나 되는 듯이 여겼다. 그것을 막으려는 자는 한 사람도 없었다. 더구나 꽤 많은 사람들이 당시의 풍조에 대해 자기 나름의 독특한 견해를 가지고 방관적 태도를 취하고 있었다. 그래도 이들은 별로 불평을 토로하지도 않았고, 오히려 싱글싱글 웃고만 있었던 것이다.

　지금까지도 기억하고 있지만, 당시 꽤 큰 하나의 서클이 자연스럽게 형성됐다. 그 중심은 역시 율리아 부인의 객실에 있었던 것 같았다. 부인의 주위에 모이는 친밀한 서클 안에서는(물론 젊은 사람에 한정되었지만) 여러 가지 장난이 허용되어 있었다──그렇다기보다 마치 불문율처럼 되어 있었다. 그리고 개중에는 사실 단정치 못한 장난도 있었다. 서클 안에는 꽤 아름다운 부인들도 있었다. 젊은이들은 야유회를 갖기도 하고 야회를 열기도 하며, 때로는 마치 기마 행렬처럼 말이나 마차로 온 마을을 쏘다니는 일도 있었다. 그들은 좀 색다른 일을 찾아 헤맬 뿐더러, 오로지 유쾌한 애깃거리를 얻기 위해서 일부러 저희들끼리 꾸며대기도 하고 궁리하기도 했다. 그들은 우리 마을을 마치 『우인(愚人) 마을』(전설에 나오는 마을)처럼 취급하고 있었다. 사람들은 그들을 험담파·냉소파라고 부르고 있었다. 그것은 그들이 무엇이나 거리낌없이 해치웠기 때문이다.

이를테면 이런 일도 있었다. 이 지방의 어떤 육군 중위의 아내로서 남편의 봉급이 시원찮아 딸리기도 했지만, 아직 애송이인 브류네트가 어느 야회에서 경솔한 마음으로 큰 노름판에 가담했다. 그것은 어떻게든지 부인용 외투를 살 돈만이라도 따보려는 욕심에서였다. 그런데 따기는커녕 십오 루블리를 잃고 말았다. 그녀는 남편이 두려운데다가 우선 갚아 줄 돈도 없었으므로 본래의 용기를 내어 재빨리 그 야회석상에서 이 고장의 시장 아들에게 몰래 빌기로 결심했다. 시장 아들은 나이에 어울리지 않게 닳고닳은 형편없는 불량청년이었으므로 그 청을 거절했을 뿐만 아니라, 오히려 큰소리로 웃어대면서 남편에게 고해 바치러 갔다. 사실 봉급만으로 근근히 살아오던 남편인 중위는 아내를 집으로 데려오자 울고불고 무릎을 꿇고 용서를 빌거나말거나 실컷 기름을 짰다. 이 불쾌한 얘기는 온 마을 곳곳마다 한낱 웃음거리가 되어 퍼졌다. 더구나 이 불행한 중위 부인은 율리아 부인을 둘러싼 서클에 가담한 게 아니고 다만 이 기마대에 속해 있는 한 사람의 부인──유별나고 기운찬 성질의 여자──이 어떤 일로 이 중위 부인과 안면이 있어 그녀의 집으로 찾아가 자기집 손님으로 오라고 다짜고짜 끌어냈던 것이다. 그때 우리 장난꾸러기 악동들은 중위 부인을 둘러싸고 상냥한 말을 퍼붓기도 하고 여러 가지 선물 공세를 취하기도 해서 나흘 동안이나 남편에게 보내 주지 않고 잡아 두었다. 그녀는 활기찬 부인 집에서 살며 매일처럼 그 부인을 비롯해서 떠들썩한 패들과 어울려 온종일 마을을 쏘다니기도 하며 여러 가지 유쾌한 모임이나 무도회 등에 참가했다. 이들은 그 동안 내내 그녀를 부추겨서 남편을 법정으로 끌어내어 한바탕 소동을 벌이라고 권했다. 그리고 다들 그녀 편에 서서 증인이 되어 주겠다고 맹세하는 것이었다. 남편은 구태여 도전하려고도 하지 않았고 입을 봉한 채 잠자코 있었다. 결국 불쌍한 중위 부인은 당치도 않은 재난에 빠졌음을 깨닫고, 두려움에 살아 있는 것 같지도 않았으며 나흘째 되는 날 저녁 황혼을 틈타 보호자들의 손으로부터 남편에게로 도망쳐 나갔다. 부부 사이에 어떤 일이 일어났는지 자세한 것은 알 수 없지만, 중위가 빌어 살고 있는 낮은 목조 가옥의 두 창문은 이 주일 동안이나 덧문이 닫힌 채 열리지 않았다. 율리아 부인은 이 사건의 자초지종을 듣자 장난꾸러기 악동들에게 몹시 화를 냈다. 활기찬 부인이 중위의 아내를 유괴해내던 첫날 율리아 부인에게 소개했을 때, 그녀는 그 행위에 대해 꽤 불만스러워하는 것 같았으나 이 일은 곧 잊게 되었다.

또 그 다음에는 다른 군에서 찾아온 청년으로 하찮은 곳에서 일하고 있는 관리가, 이것도 역시 보잘것없는 관리이지만 보기에 꽤 품위있어 보이는 어느 집안의 주인에게서 열일곱 살 난 딸을 얻어 결혼했다. 그녀는 마을에서도 모르는 사람이 없을 정도의 미인이었다. 그런데 갑자기 이런 말이 사람들의 귀에 들어왔다. 다름이 아니라 결혼 첫날 밤에 신랑은 그 미인에 대해 자기 명예를 손상시킨 복수라고 해서, 우악스러운 짓을 했다는 것이다. 축배로 곤드레만드레가 되어 그 집에서 잤기 때문에 완전히 그 사건의 목격자가 된 럄신은 날이 밝기가 바쁘게 이 유쾌한 소식을 가지고 모든 사람들에게로 뛰어 돌아다녔다. 순식간에 열 사람 가량의 패거리가 조직되어 한 사람도 빠지지 않고 말을 타고 떠났다. 어떤 자는, 예를 들면 표트르나 리푸친 등은 카자크 말을 빌어 타고 갔다. 리푸친은 백발이 보이기 시작하는 나이인데도 마을의 경솔한 청년들이 꾸며대는 불쾌한 소동에는 거의 한 번도 빠지는 일이 없었다. 결혼 다음 날은 어떤 일이 있더라도 반드시 친지를 방문해야 하는 마을의 풍습에 따라 신혼 부부가 쌍두마차를 타고 길거리에 나타났을 때, 이 기마대는 갑자기 껄껄 웃어대며 젊은 부부의 마차를 둘러싸고 아침 내내 마을로 줄줄 따라다녔다. 집 안에까진 들어가지 않았지만 말을 탄 채 문 옆에서 기다리고 있었다. 신랑 신부에게 각별히 이렇다할 모욕을 준 것은 아니었지만 하여간 보기 흉한 광경을 드러내 보인 것은 사실이었다. 온 마을이 이 소문으로 자자했다. 말할 나위도 없이 다들 껄껄 웃었던 것이다. 그러나 이때 폰 렘브케는 무섭게 화를 내고 율리아 부인과 일장의 활극을 벌였다. 부인도 몹시 화를 내어, 앞으로는 이 장난꾸러기 악동들의 출입을 금해야 겠다고 생각했다. 그러나 다음날 표트르의 변명과 카르마지노프의 몇 마디 말로 결국 일동을 용서하게 되었다. 카르마지노프가 무척 재치있는 농담을 했던 것이다.

「그건 이곳 기풍입니다.」 하고 그는 말했다. 「적어도 기발한 생각입니다. 그리고…… 통쾌합니다. 보세요, 다들 웃고 있지 않아요. 불평을 하고 있는 것은 당신 한 사람뿐이에요.」

그러나 계속해서 그런 나쁜 성질을 띤, 이젠 더 참을 수 없는 장난이 일어났다.

우리 마을에 복음서를 팔고 다니는 여자 행상이 나타났다. 그녀는 소시민 출신이었지만, 존경할 만한 훌륭한 부인이었다. 그 무렵 수도의 신문에서도 이런 행상 여인에 대해 재미있는 비평이 실리기 시작했으므로 그것은 곧 사람들의 화제에 올랐다. 그런데 이번에도 또 건달 람신이 국민학교 선생 자리를 기다리면서 빈둥대는 신학생과 협력하여 이 부인의 책을 사는 척하고 외국제의 음탕하고 난잡한 사진 한 묶음을 슬쩍 가방 속에 넣었던 것이다. 나중에 들은 바에 의하면 이 사진은 목에 훌륭한 훈장을 하나 걸고 있을 만한 어떤 신분이 당당한 노인이(이름은 밝히지 않는다) 이 계획을 위해 일부러 기부한 것이라고 한다. 노인 자신의 말을 빌면 『건전한 웃음과 유쾌한 농담을 좋아하기 때문』이라고 한다. 그래서 이 불쌍한 부인이 마을의 공장 에서 성서를 끄집어내려고 하였을 때 그 사진이 우르르 쏟아졌다. 군중의 폭소, 이어 분개의 소리가 터졌다. 사람들은 마구 꾸짖으며 욕설을 퍼부었다. 만일 마침 경관이 뛰어오지 않았더라면 몰매를 면하지 못했을 것이다. 성서를 파는 여인은 유치장에 갇히게 되었다. 겨우 저녁 무렵에야 이 추잡한 사건의 내막을 자세히 들은 마브리키가 대단히 분개하여 여러 가지로 힘을 쓴 결과 간신히 석방되어 마을 밖으로 내보냈다. 이번만은 율리아 부인도 단연코 람신을 추방하려고 했으나, 그날 밤 그 패들이 한데 모여서 그를 부인에게로 데리고 왔다. 그리고 그가 어떤 특별한 피아노 곡 탄주를 연구한 것을 보 고하고 그저 듣기만이라도 하라고 간청했다. 그것은 《보불 전쟁》이라는 우 스꽝스러운 곡목으로, 정말 유쾌한 것이었다. 곡은 준엄한 《마르세예에즈》로 시작되고 있었다.

적(敵)의 선혈로 우리의 들판을 적셔라

 호화로운 도전을 하는 듯한 음률, 미래의 승리에 도취한 듯한 조화된 리듬이 울려퍼졌다. 그러나 뜻밖에도 교묘히 바꿔진 국가의 박자와 함께 어딘가 한 구석에서《내 사랑하는 아우구스틴》(독일의 속가)의 야비한 소리가 들려왔다. 그것은 깊은 바닥에서 들려왔지만, 아주 가까운 곳에서 들려오는 것 같았다. 그러나《마르세예에즈》는 그것을 알아차리지 못하고 자신의 웅장한 박자에 취한 듯했다. 그러나《아우구스틴》은 그에 굴하지 않고 점점 난폭한 가락을 발휘하고 있었다. 그러자 갑자기《아우구스틴》의 박자는 웬일인지《마르세예에즈》의 박자와 어울리기 시작했다. 이쪽은 화를 내기 시작한 것 같았다. 그제야 겨우《아우구스틴》의 존재를 깨닫고 마치 귀찮게 달라붙는 파리라도 쫓아내듯이 열심히 내쫓으려고 했으나《내 사랑하는 아우구스틴》은 힘껏 물고늘어졌다.
 그것은 마음이 달뜨고 의기양양했으며, 자못 기쁜 듯했고 더구나 오만했다.《마르세예에즈》는 웬일인지 갑자기 기가 죽어갔다.
 이젠 성이 나서 부어 있는 것도 감추려들지 않았다. 그것은 분개의 비명이었다. 신에게 두 손을 내밀어 죽도록 몸부림치며 내뱉는 저주의 말이며 눈물이었다.

우리 땅의 한 치도
우리 성(城)의 돌멩이 하나도

 그러나, 이미 그녀는《나의 사랑하는 아우구스틴》과 박자를 맞추어 노래를 부르지 않으면 안 되게 되었다. 그 소리는 어떻게 된 일인지 어리석게도《아우구스틴》의 가락에 휩쓸려 들어가 점점 힘이 약해지며 꺼져가고 있었다. 다만 간간히 돌발적으로『적의 선혈로』라는 가락만 들려오긴 했으나 곧 데데한 왈츠로 뒤바뀌는 것이었다.《마르세예에즈》는 이젠 완전히 체념해 버렸다. 그것은 마치 비스마르크의 품에 안기어 통곡하면서 모든 것을 팽개쳐 버린 프랑스 외상 쥴 파브르와 같았다(1870~71년의 보불 전쟁에서의 프랑스의 패배, 굴욕적인 대(對)독일 강화를 풍자한 것). ……이렇게 되자 《아우구스틴》은 점점 맹위를 떨쳤다. 목쉰 소리가 들려오고, 한량없이 마셔대는 맥주의 향연, 미쳐 날뛰는 자기 예찬과 수십 억의 배상금, 가느다란 여송연과 샴페인, 인질——이러한 것에 대한 요구가 음향 속에서 느껴졌다. 이윽고 《아우구스틴》은 맹렬한 울부짖음으로 옮겨간다……. 이리하여 보불 전쟁은 종말을 고했다.

같이 온 친구들은 박수 갈채를 보냈다. 율리아 부인은 미소를 지으면서 「참 어떻게 이 사람을 쫓아낼 수가 있담.」하고 말했다. 이것으로 강화 조약은 체결되었다. 이 비열한 인간은 사실 약간의 재능을 갖고 있었다. 스체판 선생은 언젠가 우리들에게 가장 예술적인 천재라도 가장 소름끼칠 만큼 비열할 수 있다고 했으며, 이 두 가지는 결코 서로 반발하는 것이 아니라고 극구 주장한 일이 있다. 그 후 사람들의 소문에 의하면 이 곡은 신이 어느 극히 겸손하고 재능있는 청년의 작품을 표절한 것이라 했다. 그는 람신과 아는 사이로 지나던 길에 잠깐 이 마을에서 머물렀지만 그대로 사람들에게 알려지지 않은 채 떠났다는 것이다. 그건 그렇다 하고, 지금까지 몇 년 동안 스체판 선생 집의 모임에서 요구하는대로 온갖 유대인의 흉내를 내기도 하고 귀머거리 할멈의 참회라든가 갓난아기가 태어나는 장면 등을 흉내내 보이며, 갖은 비위를 맞추고 있던 이 건달이 지금은 때때로 율리아 부인 집에서 당사자인 스체판 선생을 붙잡아다 『사십년대의 자유 사상가』라는 명칭 밑에서 우스꽝스런 회화(戱畵)를 보여 주는 것이었다. 일동은 그때마다 배를 쥐고 웃었다. 이리하여 종내는, 도무지 쫓아낼 수 없게 되었다. 쫓아내기에는 이제 너무 필요한 인물이 되어 버린 것이다. 게다가 그는 비굴할 만큼 표드르의 비위를 맞췄다. 표트르는 또 표트르대로 최근에 와서는 이상할 만큼 율리아 부인에게 세력을 휘두르게 되었다.

나는 결코 이런 비열한 인간을 두고 이러니저러니 할 생각은 없다. 이런 사람을 위해 시간을 허비할 값어치는 없다. 그런데 이때 화가 치미는 사건이 일어났다. 사람들의 말에 의하면 그도 그 사건에 관련되었다는 것이다. 그래서 또 나는 이 사건을 나의 기록에서 도저히 빼버릴 수 없는 것이다.

어느 날 아침 추하고 불쾌하기 짝이 없는 성물 모독 사건에 관한 소문이

온 마을에 퍼졌다. 마을의 큰 광장 입구에는 이 마을에서도 꽤 진귀한 고적으로 여기고 있는 성모탄생당이라는 오래된 교회가 있었다. 이 교회의 담벽 속에는 오래 전부터 성모 마리아의 큰 성상이 박혀 있었다. 성상 둘레에는 철망을 쳐놓았었다. 그런데 이 성상이 어느 날 밤중에 도난당한 것이다. 감실(龕室)의 유리는 깨어지고 철망은 찢기어 관(冠)과 옷에 붙어 있던 보석이나 진주를——얼마나 값비싼 것인지는 모르겠으나——여러 개 빼낸 것이다. 그러나 무엇보다도 지독한 것은 단순히 훔쳐간 것뿐만 아니라 한술 더 떠서 남을 비웃기나 하듯이 무슨 뜻인지 모를 신을 모독하는 짓을 해놓은 점이었다. 유리가 깨어진 감실 속에 생쥐가 들어가 있는 것을 아침에야 발견한 것이다. 사 개월이 지난 오늘날에 와서는 이 범죄를 저지른 자는 징역수 폐지카가 틀림없다고 확신하고 있지만, 아울러 또 웬일인지, 럄신도 이에 관련되었다고 부언하게끔 되었다. 그 당시만 해도 아무도 럄신을 입에 담는 사람이 없었는데 지금은 모두 입을 모아 그때 생쥐를 집어넣은 자는 럄신이 틀림없을 것이라고 단언하고 있다.

아직도 잊을 수 없지만, 당시 관헌도 상당히 충격을 받았던 모양이다. 군중은 아침부터 범죄현장으로 밀려갔다. 어떤 종류의 사람들인지는 모르겠으나 언제나 일백 명 가량의 군중들이 모여 있었다. 한 사람이 가버리면 또 한 사람이 들어서는 것이다. 다가선 사람들은 성호를 긋고 성상에 입맞추는 것이었다. 이윽고 회사하는 사람도 하나 둘 나타나 교회에서는 회사금을 받는 접시를 내놓고 그 옆에 수도승 한 사람을 세워 놓았다. 겨우 세 시가 다 되어서야 경찰 쪽에서도 사람들이 한군데 떼를 지어 서서 혼잡을 이루지 말고 기도드리고 입맞추고 회사를 했으면 빨리 돌아가도록 명령할 수 있음을 알게 되었다. 이 불행한 사건은 폰 렘브케에게 아주 어두운 인상을 주었다. 내가 사람들로부터 들은 바에 의하면 율리아 부인은 나중에 이렇게 말했다는 것이다. 그녀는 이 불길한 변이 일어난 아침부터 이상하게 의기소침한 빛이 남편의 얼굴에 감돌기 시작한 것을 알게 되었다는 것이다. 이 표정은 바로 두 달 전에 병으로 인해 마을을 떠날 때까지 줄곧 그의 얼굴을 떠나지 않았다. 지금 그는 이 현에서의 짧은 행정관 생활 후 스위스에서 휴양을 하고 있지만, 이 표정은 아마 거기서도 역시 붙어다니고 있을 것이다.

지금도 기억하고 있지만, 나도 낮 열두 시가 지나서 그 광장에 가보았다.

군중들은 거의 말이 없었고 사람들의 얼굴은 어딘가 모르게 가시가 돋혀 있고 괴로워 보였다. 기름지고 누르스름한 얼굴을 한 한 상인이 시골풍의 마차를 타고 다가왔는데 옆에까지 오더니 마차에서 내려, 이마가 땅에 닿도록 공손하게 절을 한 다음 성상에 입을 맞추고 일 루블리를 바쳤다. 그런 다음 탄식을 하면서 다시 마차를 타고 저쪽으로 사라져 버렸다. 또 한 대의 포장마차가 다가왔다. 거기에는 마을의 귀부인 두 사람이 그 말썽꾸러기 친구들을 두 사람 동반하고 있었다. 청년들은(단, 한 사람은 이제 청년이라고 할 수 없었다) 함께 마차에서 내리더니 마구 군중을 헤치면서 성상 쪽으로 밀고 나갔다. 둘이 다 모자도 벗지 않았을 뿐더러 한쪽은 일부러 코안경을 끼고 있었다. 군중 속에서 투덜대는 소리가 들렸다. 아주 낮은 소리였지만, 꽤 반감을 품고 있는 것 같았다. 코안경의 청년은 지폐가 잔뜩 들어 있는 지갑에서 일 코페이카의 동전을 꺼내어 접시 위에 내던졌다. 두 사람은 큰소리로 웃기도 하고 지껄이기도 하면서 마차가 있는 곳으로 되돌아갔다. 마침 그때 리자베타가 마브리키와 함께 달려왔다. 그녀는 말에서 뛰어내리자 마브리키에겐 말 위에 앉아 있으라고 말한 다음 고삐를 그의 손에 내던지곤 성상 옆으로 다가갔다. 바야흐로 동전이 내던져지는 순간이었다. 분노의 빛이 그녀의 볼을 스쳐갔다. 그녀는 둥근 모자와 장갑을 벗자마자 별안간 성상을 향해 더러운 보도 위에 무릎을 꿇고 정중히 세 차례나 이마를 땅에다 댔다. 그리고 자기 돈지갑을 끄집어냈는데, 그 속에는 십 코페이카짜리 은전이 두세 개밖에 없었으므로 재빨리 다이아몬드 귀고리를 풀어 접시 위에 올려 놓았다.

「괜찮을까요, 괜찮을까요? 옷을 장식하는 데?」 온몸을 와들와들 떨면서 그녀는 수도승에게 이렇게 물었다.

「좋고말고요.」 하고 이쪽은 대답했다. 「회사는 모두 공덕이 되니까요.」

군중은 비난의 말도 칭찬의 말도 던지지 않고 잠자코 서 있었다. 리자는 옷이 더러워진 채 말을 타곤 곧장 달려가 버렸다.

2

지금 말한 사건으로부터 이틀이 지난 후 말탄 사람들에 둘러싸인 세 대의 포장마차에 분승하여 어디론가 떠나는 많은 사람들의 무리 속에서 나는 리자베타를 발견했다. 그녀는 손짓하여 나를 부르며 마차를 세우더니 나도 이 단체에 가담하도록 간곡하게 부탁하기 시작했다. 마차 안에는 내가 앉을 만한 자리가 있었다. 그녀는 호화찬란하게 차려입은 동승한 부인네들에게 웃으면서 나를 소개한 다음, 앞으로 굉장히 재미있는 원정을 떠나는 길이라고 설명했다. 그녀는 큰소리로 깔깔대며 웃었고, 뭔가 도에 지나치게 행복한 것 같았다. 요즈음 그녀는 웬지 천박할 정도로 들떠 있었다.

사실 이 원정은 엉뚱한 것이었다. 일행은 강 건너에 있는 장사꾼 세바스치야노프의 집으로 몰려가는 길이었다. 그 집의 딴채에는 벌써 십 년 가까이 세묜 야코블레비치라는, 단지 이 마을뿐만 아니라 근처의 현은 물론 양쪽 수도에까지 알려져 있는 예언자인 성자가 조용하게 아무런 불편도 없이 자유롭게 하루하루를 보내고 있었다. 사람들은——특히 다른 곳에서 온 나그네들은 그의 기이한 한 마디 말을 듣기 위해 일부러 찾아와 빌기도 하고 회사도 하는 것이다. 회사금은 때로는 막대한 액수에 달하지만 그 자리에서 세묜 성자가 용도를 지정하지 않는 한, 경건하게 하느님의 신전으로 보내게 되어 있었다. 교회로는 마을의 성모탄생당에 주로 보내졌다. 그래서 성모탄생당에서는 이 목적을 위해 한 사람의 수도승이 와서 줄곧 세묜 성자를 지키고 있었다. 일행은 기발하고 유쾌한 사건을 기대하고 있었다. 일행 중에는 세묜 성자를 본 사람이 하나도 없었다. 다만 람신만이 언젠가 한 번 간 일이 있다고 하며, 지금 열심히 그 얘기를 하는 참이었다. 성자는 그를 빗자루로 쫓아내라고 이른 다음 커다란 익은 감자 두 개를 자기 손으로 등 뒤에서 내던졌다는 것이다. 말을 탄 사람들 가운데는 역시 세를 낸 카자크 말을 탄 표트르와(그는 굉장히 불안한 자세로 앉아 있었다) 니콜라이가 눈에 띄었다. 그는 때로 이렇게 소란스러운 일에 가담하는 일도 있었다. 그럴 때는 항상 사람들의 감정을 상하지 않도록 유쾌한 듯한 얼굴을 짓고 있지만 그래도 여전히 말수가 적었다.

이 원정대가 다리 쪽으로 내려와서 마을의 여인숙 옆에까지 왔을 때, 이제 방금 이 여인숙의 한 방에서 권총 자살을 한 나그네를 발견하고 경찰의 임검을 기다리고 있는 중이라고 갑자기 누군가가 말했다. 곧, 그 자살자를 보지 않겠느냐는 동의가 제출되었다. 이 제안은 곧 찬성자를 얻었다. 일행

중 부인들은 아직 한 번도 자살자를 본 일이 없었기 때문이다. 부인 한 사람이 즉시 큰소리로「이젠 만사에 싫증이 났으니 기분 전환이 되는 거라면 조금도 사양할 필요 없어요. 재미있기만 하면 되잖아요.」하고 말했던 것을 기억하고 있다. 다만 몇몇 소수의 사람들만이 현관 앞에서 기다리고 있었고, 다른 사람들은 일제히 우르르 더러운 복도로 몰려 들어갔다. 그 속에는 놀랍게도 리자베타의 모습도 보였다. 자살자의 방은 활짝 열려 있었고, 물론 우리를 제지하는 자도 없었다. 그는 이제 겨우 열아홉 살이 될까말까한, 결코 그 이상은 되어 보이지 않는 새파란 소년이었다. 틀림없이 아름다운 용모의 소유자인 것 같은데, 흰 머리털은 소담하게 자랐으며, 윤곽이 뚜렷한 계란형 얼굴이었고, 이마는 아름답도록 깨끗했다. 시체는 이미 경직되어, 하얀 얼굴은 대리석처럼 보였다. 탁자 위에는 유서가 놓여 있었는데, 자기 죽음에 대해서는 아무도 나무라지 말라, 이 자살의 원인은 사백 루블리의 돈을『탕진』했기 때문이라고 씌어 있었다.『탕진』이라는 말은 유서에 뚜렷이 실려 있었다. 그리고 넉 줄밖에 안 되는 글 속에 문법적으로 틀린 곳이 세 군데나 되었다. 그곳에 함께 있은 듯한 한 뚱뚱한 지주처럼 생긴 사나이가 유난히 동정하는 빛으로 한숨을 쉬고 있었다. 짐작건대 볼일이 있어 같은 숙소에 묵고 있는 이웃 사람인 것 같았다. 이 사람이 말하는 바에 의하면 청년은 가족들——과부인 어머니, 누이, 숙모 들이 시키는대로 이 마을의 친척뻘 부인 집으로 가서 부인의 지시에 따라 제일 큰 누이의 출가 준비에 필요한 물건을 골고루 사들여 집으로 가지고 돌아갈 작정으로 마을을 나선 것이라고 한다. 수십 년 간 애써 저축한 사백 루블리의 돈이 이때 그에게 맡겨졌던 것이다. 어른들은 걱정이 된 나머지 한숨을 쉬면서 간곡한 교훈과 기도와 성호를 긋고 그를 전송했다. 그는 그때까지는 아주 온순하고 믿음직스러운 소년이었다.

  사흘 전에 이 고장에 도착하자 그는 친척 뻘 되는 부인의 집에는 가지 않고 이 숙소에 들곤 곧장 클럽을 찾아갔다. 어느 구석방에 나그네 물주라든가 그렇잖으면 스투콜카(카드 놀이의 일종)쯤 있으리라 믿고 찾아갔던 것이다. 그런데 그날 밤에는 마침 스투콜카도 나그네 물주도 없었다. 벌써 밤은 깊었기에 숙소로 돌아온 그는 샴페인과 하바나 여송연을 청한 다음 여섯 접시가 일곱 접시의 밤참을 주문했다. 그러나 샴페인에 취한데다 여송연으로 가슴이 나빠졌기 때문에 가져온 음식엔 손도 대지 않고 거의 의식을 잃다시피해서 자리에 누운 것이다. 그 다음날 아침은 사과처럼 산뜻한 기분으로 잠을 깨었다. 그리고 즉시 어젯저녁 클럽에서 들었던 집시의 부락을 향해 강 건너 마을로 떠난 채 이틀 동안이나 숙소에는 돌아오지 않았다. 어제 저녁 다섯 시 쯤에야 곤드레만드레가 되어 돌아오자마자 쓰러진 채 밤 열시까지 홈씬 잤다. 잠이 깨자 그는 커틀렛에 샤토 드 이켐을 한 병, 그리고 포도 한 접시를 청하고, 종이와 잉크, 그리고 계산서를 가져오라고 했다. 아무도 그의 모습에서 달라진 점을 눈치챌 수 없었다. 그는 침착하고 조용하고 상냥스러웠다. 자살한 것은 열두 시 전후인 것 같은데, 이상하게도 아무도 권총 소리를 들은 사람이 없었다. 오후 한 시쯤에야 겨우 심상찮은 낌새를 느끼고 문을 두드렸는데, 아무리 두드려도 대답이 없어 문을 부수고 안으로 들어간 것이다. 샤토 드 이켐 병은 반쯤 비었고, 포도도 역시 반쯤 접시 위에 남아 있었다. 자살은 삼연발 소형 권총으로 행해져 총알은 직통으로 심장을 꿰뚫었다. 피는 극히 소량밖에 나오지 않았다. 권총은 손에서 떨어져 융단 위에 굴러 있고, 그 소년은 한쪽 구석에 있는 긴의자 위에 비스듬히 쓰러져 있었다. 찰나적으로 숨이 끊어진듯 죽음의 괴로운 흔적은 조금도 얼굴에 나타나 있지 않았다. 그 표정은 조용하고, 행복한 듯했으며, 마치 살아 있는 것 같았다.

우리 일행은 대단한 호기심을 갖고 정신없이 지켜보고 있었다. 대체로 모든 타인의 불행이란, 어떤 경우에라도 방관자의 눈을 즐겁게 해주는 것 같은 그 무엇이 내포되어 있다. 그 방관자가 누구든 간에 예외는 없다. 부인들은 말없이 두리번두리번 살피고 있었고, 함께 온 남자들은 원래 예리한 아이러니와 유별나게 대담한 태도로 정평이 난 터라 뻔한 노릇이었다. 과연 이것은 가장 그럴 듯한 방법이다, 이 소년도 이 이상 더 현명한 분별은 할 수 없었을 것이다라고 한 사람이 말하면, 불과 짧은 순간이었지만 보람있는 생활을 했다고 또 다른 사람이 결론을 지었다. 그러자 제삼의 사나이가 불쑥, 왜 러시아에는 이렇게 함부로 목을 매거나 권총 자살이 많아졌을까, 마치 다들 뿌리가 끊어졌거나 발치의 바닥이 옆으로 빠져나간 것 같단 말이야! 하고 내뱉었다. 사람들은 이 이치를 따지기 좋아하는 친구들의 얼굴을 못마땅하게 흘끔거렸다. 그 대신, 한패들을 위한 어릿광대 노릇을 무슨 명예처럼 여기고 있는 람신이 접시 위에서 포도 한 송이를 집어들었다. 이어서 또 한 사람이

웃으면서 그 흉내를 내니까, 세 번째 친구는 샤토 드 이켐 술병에 손을
내밀려고 했으나, 마침 그때 경찰서장이 나타나서, 그를 말렸다. 뿐만 아니라
이 방에서 물러가도록 부탁했다. 이제, 모두들 싫증이 나도록 보았으므로
군소리없이 곧 나가 버렸다. 그러나 람신은 뭔가 말을 붙이며 서장을 따
라다니고 있었다. 일행의 들뜬 기분과, 웃음소리와 분방한 대화는 나머지
절반의 노정에 한층 더 기운을 돋구어 주었다.

정각 오후 한 시에 우리는 세묜 성자가 있는 곳에 당도했다. 상당히 큰
상인 집의 문은 열려 있어 딴채로는 마음대로 드나들 수 있었다. 도착했을
때 세묜 성자는 식사중이었지만 면회가 가능하다는 것을 알았다. 우리 일행은
한꺼번에 우르르 안으로 들어갔다. 성자가 식사를 하고 찾아오는 사람들을
접견하는 방은 창문이 세 개 달린 꽤 넓은 방이었지만 허리 높이만한 나무
격자로 이쪽 벽에서 저쪽 벽으로 가로질러 꼭 한가운데를 간막이해 놓았다.
일반 내방자는 격자 밖에 서야 하지만 특별히 복받은 자만이 성자의 지시에
따라 격자로 만든 문을 통해 안으로 들어갈 수 있게 되었다. 게다가 그는
마음만 내키면 자기의 낡은 가죽 팔걸이 의자나 긴의자에 앉게 하는 것이었다.
성자 자신은 반드시 볼테르 식의 낡아빠진 안락의자에 앉는 것이 상례였다.
그는 나이가 쉰다섯 가량 되어 보이는 꽤 큰 몸집에 울룩불룩 부풀어오른
듯한 누런 얼굴을 한 사나이로서, 벗어진 대머리에는 흰 머리털이 조금 남아
있고 턱수염은 말끔히 깎았다. 오른쪽 볼이 부어서 입은 다소 비뚤어진 것처럼
보였는데, 왼쪽 콧구멍 옆에는 커다란 사마귀가 달려 있었다. 눈은 조그맣고
얼굴은 침착한 게 위엄있어 보였으나 졸린 듯한 표정을 짓고 있었다. 옷차림은
독일풍의 검은 프록코트였지만 조끼도 넥타이도 없었다. 프록코트 안으로는
바탕이 두꺼운, 더러운 흰 셔츠가 눈에 띄었다. 보기에 앓고 있는 듯한 발에는
슬리퍼를 신고 있었다. 내가 들은 바로는 그는 전에 관리 노릇을 한 적도
있어 관등(官等)도 갖고 있다는 것이다. 그는 막 생선 수프를 먹고 난 다음
두 번째 접시——껍질을 벗기지 않은 감자와 소금——를 먹으려는 참이었다.
이 이외의 음식은 절대로 입에 대지 않았다. 다만 그 대신 차는 많이 마셨다.
이것을 몹시 좋아하는 것이다. 주위에는 세 사람의 급사가 분주히 왔다갔
다하고 있었다. 이것은 주인인 상인이 급료를 내고 있기 때문이다. 한 사람은
연미복을 입은 하인이고 다른 한 사람은 직공 조합 같은 데서 온 모양이며,

또 한 사람은 사원에 있는 사동(使童)인 것 같았다. 그 밖에 아주 장난꾸러기 같은 열여섯 살 가량의 어린 중이 있었다. 하인들 외에도 좀 뚱뚱하긴 하지만 상당히 지위가 있어 보이는 백발이 희끗희끗한 수도승이 희사금을 받는 단지를 들고 있었다. 여러 개나 되는 탁자 가운데 하나엔 유별나게 큰 사모바르가 끓고 있었고, 그 옆에는 거의 두 다스 가량의 컵이 얹힌 쟁반이 있었다. 맞은편에 있는 탁자에는 신에게 바치는 희사품들──몇 개의 설탕 덩어리, 한 근씩 자루에 넣은 설탕, 두 근 가량의 차와 수놓은 슬리퍼, 비단 손수건, 그리고 나사천 조각들, 베 조각, 이러한 것들이 놓여 있다. 희사금은 대개 수도승이 들고 있는 단지 속으로 들어가는 모양이었다.

 방안은 많은 사람들로 붐볐으며, 적어도 한 다스 가량의 내방자가 있었다. 그 중 두 사람만은 격자문 안으로 들어가 세묜 성자 옆에 앉아 있었다. 그것은 백발이 성성한 평민 출신의 늙은 순례자와 또 한 사람은 작은 몸집에 깡마른, 타곳에서 온 수도승인 듯했는데, 눈을 내리깔고 얌전히 앉아 있었다. 그밖의 내방자들은 격자 이쪽에 서 있었다. 대개가 평민 계급의 사람들이 많았는데, 개중에는 다른 군에서 온 턱수염이 긴 순 러시아 식 몸차림을 한 백만장자라는 평판이 자자한 살찐 상인과 나이든 초라한 사족(士族) 출신의 부인, 한 사람의 지주가 섞여 있었다. 일행은 행운이 돌아오기를 기다리고 있었지만 감히 입밖에는 내지 않았다. 네 사람은 무릎을 꿇고 있었으나, 그 중에서도 가장 눈에 띄는 것은 마흔댓 살쯤 되어 보이는 뚱뚱한 지주였다. 그는 격자 바로 옆 제일 눈에 잘 띄는 곳에 무릎을 꿇고 세묜 성자의 인자한 시선이나 말이 걸려오기를 슬픈 듯이 기다리고 있었다. 그는 그럭저럭 한 시간 동안이나 그렇게 앉아 있었으나, 이쪽에선 여전히 그에게는 눈길을 돌리지 않았다.

 우리 일행의 부인들은 사뭇 즐겁고 조소하는 듯한 목소리로 소곤소곤 말을 나누며 격자 바로 옆으로 밀고 들어갔다. 무릎을 꿇고 있던 자들도 다른 모든 내방자들도 좁게 밀리거나 앞의 격자에 가로막혀 쩔쩔매었다. 다만 그 지주만은 끈기있게 눈에 띄는 장소에 버티고 앉은 채 두 손으로 격자를 꽉 붙잡고 있었다. 호기심에 빛나는 즐거운 눈길들이 일제히 세묜 성자에게 집중되었다. 그 중에는 손잡이가 달린 안경, 코안경, 쌍안경까지 빛났다. 적어도 세묜 성자는 조그만 눈으로 일동을 침착하고 귀찮은 듯이 물끄러미 둘러보았다.

「추파를 일삼는 패들이군! 추파는 일삼는!」 가볍게 탄식하듯이 그는 목쉰 저음으로 이렇게 중얼거렸다.

모두들 일제히 웃었다. 「추파라니, 무슨 소리지?」 그러나 세묜 성자는 다시 입을 다물고 감자를 먹기 시작했다. 이윽고 냅킨으로 입을 닦자 급사가 차를 가져왔다.

그는 대개 차를 혼자 마시지 않고 내방자들에게도 따라 주며 마시게 했다. 그러나 여간해서는 모든 사람에게 골고루 나누어 주는 일은 없었다. 보통 자기가 그 중 몇 사람을 지적해서 이 영광을 누리게 해주는 것이 상례였다. 그 지적하는 방법이 아주 별나서 늘 사람들을 놀라게 했다. 때로는 부호나 고관을 빼놓고 이끼가 낄 것 같은 노파나 농부에게 주라고 이르기도 하고, 또 때로는 가난한 사람들을 따돌리고 기름져 보이는 부자 상인에게 마시게 하는 일도 있었다. 차를 따라 주는 방법도 역시 가지가지여서 설탕을 컵 속에 넣어 주기도 하고 곁들어서 같이먹게도 하고, 전혀 설탕을 넣지 않고 마시게도 했다. 오늘 이 영광을 받을 사람들은 다른 곳에서 온 수도승——그의 컵 속엔 설탕을 넣어 주었다——과 늙은 순례자인데, 그에겐 설탕을 주지 않았다. 마을의 수도원에서 온 단지를 들고 있는 뚱뚱한 수도승은 지금까지 매일 한 잔씩 받아 마셔왔는데, 웬일인지 오늘은 그에게 전혀 차례가 오지 않았다.

「세묜 장로님, 뭔가 한 말씀 해주시지 않겠습니까. 저는 아주 오래 전부터 당신과 가까이 지내고 싶었답니다.」 일행 중에 화려한 차림을 한 부인이 눈웃음을 띠면서 노래하듯 이렇게 말했다. 이 사람이 바로 아까 『기분 전환이 되는 거라면 조금도 사양할 필요 없어요, 재미있기만 하면 되잖아요.』하고 말했던 본인이다.

세묜 성자는 그쪽으론 눈을 돌리려고도 하지 않았다. 무릎을 꿇고 있던 지주는 마치 커다란 풀무를 돌리는 것처럼 깊은 한숨을 쉬었다.

「저분에게 설탕을 넣은 것을!」

백만장자인 상인을 가리키면서 세묜 성자는 갑자기 그렇게 말했다.

백만장자는 앞으로 나아가 지주와 나란히 섰다.

「그분한테 설탕을 더 넣게!」 컵에 차를 따르자 세묜 성자는 말했다. 한 사람분의 설탕이 더 주어졌다. 「좀더, 좀더 넣으란 말이야!」 그래서 또 한 번 다시 또 한 번 설탕이 넣어졌다.

상인은 자못 황송한 듯 시럽과 같은 차를 마시기 시작했다.
「아, 하느님!」하고 중얼거리면서 군중들은 성호를 그렸다.
지주는 또 깊은 한숨을 소리나게 내쉬었다.
「장로님, 세폰 나리!」슬픈 듯한 그야말로 뜻하지 않은 날카로운 소리가 갑자기 울려퍼졌다. 그것은 우리 일행 때문에 벽에 떠밀려 있던 초라한 늙은 여인의 목소리였다. 「벌써 꼭 한 시간 동안이나 은총을 기다리고 있어요. 저에게 말씀을 내려 주십시오. 의지할 곳 없는 늙은이에게 지혜를 베풀어 주십시오.」
「물어 보게나.」하고 세폰 성자는 어린 중에게 말했다.
그는 격자 옆으로 다가갔다.
「당신은 요전에 세폰 나리께서 말씀하신 대로 하셨나요?」그는 나지막하고 부드러운 말로 과부에게 물어 보았다.
「오, 장로님, 세폰 나리, 무슨 일이 되겠습니까, 그놈들을 상대로 무슨 일이 된단 말입니까!」하고 과부는 울부짖었다. 「그 식인종 같은 놈들이 나를 재판소에 소송하겠다느니 원로원에 끌어내겠다느니 하고 협박하고 있습니다. 글쎄, 이 어미를!……」
「그 여자에게 주어라!」세폰 성자는 설탕 덩어리를 가리켰다.
어린 중이 뛰어나와 설탕 덩어리를 집더니 그것을 과부에게로 갖고 갔다.
「아, 장로님! 정말 감사합니다. 이렇게 받아서 어떻게 합니까!」과부는 울 듯한 목소리로 말했다.
「더! 더!」세폰 성자는 또 회사 물건을 가리켰다.
설탕 덩어리가 또 하나 주어졌다.「하나 더, 하나 더.」성자는 재차 말했다. 세 번째 덩어리에 이어 또 네 번째 덩어리가 주어졌다. 과부는 설탕으로 둘러싸였다. 성모사원에서 파견된 승려는 한숨을 내쉬었다. 이 정도의 설탕은 지금까지의 예로 보아 오늘도 사원으로 들어가야 할 것이었다.
「어마, 이렇게 많이 받아서 어쩌지요.」과부는 조심스럽게 한숨을 쉬었다. 「저 혼자 이렇게 많이 가져서…… 배탈이 나겠습니다! 이건 어떤 계시가 아닌가요, 장로님!」
「그야 뻔하지, 틀림없이 계시일 거야.」군중 속에서 누군가가 말했다.
「그 여자에게 한 근 더 줘라, 한 근만 더!」세폰 성자는 좀처럼 멈추려

하지 않았다.
 탁자 위에는 또 한 개의 큰 덩어리가 남아 있었는데, 성자는 한 근만 주라고 일렀다. 과부는 또 한 근을 받았다.
 「하느님, 하느님!」 군중은 한숨을 쉬기도 하고, 성호를 긋기도 했다. 「틀림없는 계시이다!」
 「그것은 우선 당신의 마음을 사랑과 자비로써 달게 하고, 그리고 나서 당신의 피를 나눈 자식들에 대해 호소하러 옴이 좋다는 교시라고 볼 수 있소.」 아까 차대접을 받지 못한 뚱뚱한 승려는 심술궂은 자존심의 발작에 못 이겨 손수 설명역을 떠맡아 나직하지만 득의만만한 목소리로 말했다.
 「아니 무슨 말씀을 하시는 겁니까?」 하고 과부는 갑자기 화를 냈다. 「하지만 그 녀석들은 베르히쉰 집이 탔을 때 나의 목에다 올가미를 씌워 불 속으로 끌어넣으려고 했단 말입니다. 그 녀석들은 나의 상자 속에 죽은 고양이를 처넣었단 말입니다. 어떤 난폭한 짓을 할는지 몰라요……」
 「쫓아내, 쫓아내 버려!」 갑자기 세폰 성자는 두 손을 흔들었다.
 어린 중과 소년은 격자 밖으로 뛰어나왔다. 어린 중이 과부의 손을 잡으니까 과부는 갑자기 얌전해져서 받은 설탕 덩어리를 자꾸 돌아다보면서 문쪽으로 나갔다. 소년이 설탕을 안고 뒤따라갔다.
 「하나는 도로 빼앗아, 빼앗아와!」 옆에 남아 있던 직공 조합에서 온 사람을 향하여 세폰 성자는 이렇게 명령했다.
 그는 쏜살같이 달려가서 방금 자리를 뜬 사람의 뒤를 쫓아갔다. 잠시 후 세 하인들은, 주었다가 다시 빼앗은 설탕 덩어리를 하나 들고 돌아왔다. 그래도 과부는 큰 것을 세 개나 가지고 간 것이다.
 「세폰 장로님.」 뒷문 바로 옆에서 누군가의 목소리가 들려왔다. 「저는 꿈에 새를 보았습니다. 까마귀가 물속에서 날아 나와 불속으로 들어갔습니다. 도대체 이건 무슨 꿈입니까?」
 「추위가 가까워졌다는 거야.」 성자는 대답했다.
 「세폰 장로님, 왜 당신은 저한테 아무 말씀도 해주시지 않습니까? 저는 벌써 오래 전부터 당신에게 흥미를 갖고 있었습니다.」 또다시 일행 중의 한 부인이 말했다.
 「물어 보게!」 그 말에는 귀도 기울이지 않고 무릎을 꿇고 있는 지주를 가리키면서 세몬 성자는 갑자기 말했다.
 물어 보는 역할을 맡은 승려는 거드럭거리면서 지주에게로 다가갔다.
「어떤 나쁜 일을 하셨습니까? 무엇을 하라고 말씀 들은 일이 있습니까?」
「싸움을 해서는 안 된다, 내 손을 제멋대로 놀리지 말라는 것이었습니다.」 하고 쉰 소리로 지주가 대답했다.
「그대로 지켰나요?」
「지킬 수 없습니다, 제가 제 힘에 지고 맙니다.」
「쫓아내, 쫓아내, 빗자루로 쫓아내. 빗자루로!」 세몬 성자는 두 손을 흔들기 시작했다.
 지주는 형벌이 가해지기를 기다리지 않고, 벌떡 일어나자 그대로 밖으로 뛰어나갔다.
「여기 금화를 남겨 놓고 갔습니다.」 마루 위에서 오 루블리짜리 금화를 집으면서 승려는 아뢰었다.
「그걸 이 사람에게 줘라!」 세몬 성자는 백만장자를 가리켰다.
 백만장자는 사양할 용기도 없어 그대로 받았다.
「돈에 돈을 보태 주다니.」 승려는 보다 못해 이렇게 말했다.
「그리고 이 사람에게 설탕 넣은 차를 줘라.」 갑자기 세몬 성자는 마브리키를 가리켰다. 하인은 차를 따라가지고 잘못 알아 코안경을 낀 멋쟁이에게로 가져가려 했다.
「키 큰 쪽이야, 키 큰 쪽.」 세몬 성자가 말했다.
 마브리키는 컵을 받아들자 군대식으로 가벼운 목례를 하고 마셨다. 웬일인지 모르나 우리들 일행은 킬킬거리며 웃어댔다.
「마브리키 니콜라예비치」 하고 갑자기 리자가 입을 열었다. 「지금까지 무릎을 꿇고 있던 사람이 가버렸으니 당신이 대신 무릎을 꿇으세요.」
 마브리키는 의아한 듯이 그녀를 바라보았다.
「제발 부탁이에요. 제가 말한 대로 해주세요, 마브리키.」 별안간 그녀는 집요하고 고집스럽게 열띤 말투로 재빨리 이렇게 말했다.
「싫으시더라도 꼭 무릎을 꿇어 줘요. 저는 당신이 무릎을 꿇고 있는 모습을 보고 싶으니까요. 만일 그것이 싫다면 다신 저에게 오지 마세요. 무슨 일이 생기는지 보고 싶어요, 무슨 일이 생기는지……」

어쩔 셈으로 그녀가 이렇게 말했는지 그것은 나도 알 수 없다. 그러나 하여간 무슨 발작이라도 일어난 듯 완고하고 일관된 어조로 고집을 피우는 것이었다. 이것은 나중에 또 얘기하겠지만, 요즈음 특히 심해진 리자의 이러한 변덕스러운 요구를 마브리키는 자기에 대한 맹목적인 증오의 솟구침이라고 해석하고 있었다. 그렇다고는 하나 결코 화낼 정도는 못 되었다. 오히려 그녀는 항상 그를 존경하고 애모해 왔으며, 그것은 그 자신도 알고 있었다. 즉, 뭔가 일종의 특별한 무의식적인 증오로 그녀 자신도 어떤 때에는 억제할 수 없어지는 모양이었다.

그는 자기가 들고 있던 컵을 뒤에 서 있는 어느 노파에게 말없이 건네주고 격자문을 열더니 허락도 받지 않고 세몬 성자의 거처인 간막이 안으로 들어갔다. 그리고 일동이 보는 앞에서 방 한복판에 서슴없이 무릎을 꿇었다. 짐작건대 그는 만인이 보는 앞에서 리자에게서 노골적으로 모욕적인 처사를 당해 그 순진하고 상냥한 마음에 너무도 강렬한 충격을 받은 것이리라. 혹은 자기가 강제로 고집은 피웠으나, 사실 이렇게 굴욕적인 남자의 모습을 보면 리자도 스스로 부끄러워질 것이다라고 생각했는지도 모른다. 물론 이런 정직하고 위험한 방법으로 여자의 마음을 뜯어고치려고 결심하는 자는 아마 그를 제외하고는 아무도 없을 것이다. 그는 자기 나름의 태연자약하고 엄숙한 표정을 얼굴에 띠면서, 모양없는 우스운 자세로 우두커니 무릎을 꿇고 있었다. 그러나 우리 일행도 웃지 않았다. 이런 유별한 행위가 거의 병적인 효과를 초래했던 것이다. 일동은 리자를 지켜보고 있었다.

「기름을, 기름을!」세몬 성자는 중얼거렸다.

리자는 갑자기 얼굴빛이 새파래지더니 앗 하고 소리를 지르며 격자 안으로 달려갔다. 이 순간 기이하고 히스테릭한 일장의 광경이 벌어졌다. 그녀는 열심히 마브리키를 일으키려고 두 손으로 그의 팔꿈치를 잡아 추켰다.

「일어나세요, 일어나세요!」그녀는 온 힘을 다해서 외쳤다.「일어나세요, 자 빨리! 용케 무릎을 꿇었네요!」

마브리키는 무릎을 일으켰다. 그녀는 두 손으로 팔꿈치 위를 꽉 잡은 채 뚫어져라 하고 상대방의 얼굴을 쳐다보고 있었다. 공포의 빛이 역력히 나타났다.

「추파를 일삼기 때문이야. 추파를 일삼기 때문이야!」다시 한 번 세몬 성자는 되풀이했다.
　그녀는 이윽고 마브리키를 격자 밖으로 끌어내었다. 일행들 속에서 심한 동요가 일어났다. 우리와 같이 온 그 부인은 이러한 불온한 분위기를 가라앉히려고 생각했는지 여전히 어색한 미소를 띠면서 낯간지러운 목소리로 세묜 성자를 향해 세 번이나 되풀이해서 이렇게 말했다.
　「어떻게 된 겁니까, 세묜 나리, 저에게 뭔가 『신의 말씀』을 들려 주시지 않겠어요? 전 꼭 그러시리라 믿었는데요.」
　「에잇, 이 몹쓸 계집년…….」 별안간 세묜 성자는 이 부인을 향해 극히 추잡한 욕설을 퍼부었다. 그러나 그 말은 무서울 만큼 뚜렷하고 격렬하게 튀어나왔다. 일행의 부인네들은 째지는 듯한 소리를 지르면서 밖으로 줄달음질쳐 나갔다. 남자들은 킬킬대며 웃었다. 이것으로써 우리들의 세묜 성자 방문도 끝이 난 것이다.
　그런데 여기 또 하나 극히 기괴한 수수께끼 같은 사건이 일어난 것이다. 고백하지만, 내가 이 원정을 이렇게 상세하게 쓴 것도 실은 그것 때문이다.
　사람들의 말에 의하면, 일동이 와르르 흩어져 뛰어나왔을 때 마브리키의 도움을 받아가며 나오던 리자가, 군중들이 밀쳐대고 있는 좁은 입구에서 뜻밖에도 니콜라이와 마주쳤다는 것이다. 말해 두지만 바로 그 일요일 아침의 졸도 소동 이래 두 사람은 가끔 얼굴을 마주 대하기는 했으나 아직 한 번도 가까이에서 말을 한 일은 없었다. 나는 두 사람이 문 앞에서 마주친 것을 보았다. 두 사람은 그때 잠시 멈춰서 뭔가 기묘한 눈초리로 서로 얼굴을 쳐다보는 것처럼 느껴졌다. 그러나 혼잡한 속이었으니 잘못 보았는지도 모른다. 어쩌면 사람들의 주장, 더구나 아주 진지하게 주장하는 바에 의하면 리자는 니콜라이의 얼굴을 물끄러미 쳐다보더니 갑자기 한 손을 번쩍 들어 상대방 얼굴과 평행되는 곳까지 가져갔다. 만일 니콜라이가 몸을 피하지 않았더라면 확실히 얼굴을 얻어맞았을 것이라고 한다. 어쩌면 그의 얼굴 표정이 마음에 들지 않았는지도 모르고, 또 방금 마브리키와 그러한 연극을 벌인 뒤라, 뭔가 냉소적인 빛이 눈에 감돌았는지도 모른다. 솔직히 말해 나는 아무것도 보지 못했다. 그러나 그 대신 너나할것없이 모두 보았다고 주장했다. 더구나 그 혼잡한 속에서 모두가 그런 것을 보았을 리 없다. 단지, 두세 사람에 불과했을 것이다. 그러나 당시 나는 그 얘기를 정말로 믿지 않았다. 다만 지금도 기억하고 있지만, 돌아가는 길에 니콜라이는 시종 약간 창백한 얼굴을 하고 있었다.

3

거의 그와 때를 같이하여, 아니 바로 그날 스체판 선생과 바르바라 부인의 회견이 마침내 실현되었다. 이것은 부인이 전부터 생각했던 일로, 원래 친구였던 스체판 선생에게도 벌써부터 통지해 두었는데, 웬일인지 지금까지 차일피일해 왔던 것이다. 이 회견은 스크보레쉬니키에서 이루어졌다. 바르바라 부인은 상기되어 허둥대며 교외에 있는 자기 집으로 왔다. 이번 축제는 귀족단장 부인 집에서 열기로 전날에야 최종적으로 결정되었으므로 부인은 곧 특별히 민활한 머리를 써서 이번 축제 뒤에 별도의 모임을 스크보레쉬니키에서 열어 다시 한 번 온 마을 사람들을 불러보자, 이에 대해선 아무도 반대하는 자는 없을 것이다, 그때야말로 누구네 집이 더 좋고 어느 쪽이 손님을 더 잘 대접하고 어느 편이 흥취있는 무도회를 개최할 수완을 갖고 있는지 실제로 확인할 수 있을 것이다. 이렇게 마음속으로 완전히 결정해 버린 것이다. 대체로 부인은 아주 사람이 변한 것 같았다. 전처럼 감히 가까이 할 수 없는 위엄을 갖춘 귀부인(이것은 스체판 선생의 표현이다)의 모습은 간 곳이 없고 흔히 볼 수 있는 극히 변덕스러운 사교계의 부인이 되어 버린 것이다. 그러나 그것은 단지 그렇게 생각되었을 뿐일지도 모른다.

텅 빈 집에 들어가자 부인은 예나 지금이나 조금도 변함없는 충복 알렉세이 예고르이치와 장식 전문가이자 상당한 고생도 겪은 포무쉬카를 대동하고 방마다 한바퀴 돌아보았다. 여러 가지 의논과 계획 등이 이루어졌다. 마을에 있는 본집으로부터는 어떤 가구를 가져올 것인가, 도구나 액자는 어떤 것으로 하고 어디에 놓을 것인가, 온실이나 꽃들은 어떻게 하면 가장 효과적일까, 새로운 커튼은 어디다 치고 바는 어디쯤 설치할 것인가, 그것도 하나면 될까, 둘을 해야 좋을까, 그러한 종류의 일이었다. 마침 그러한 골치 아픈 상담을 하다가 부인은 갑자기 생각이 나서 스체판 씨에게 마차를 보냈다.

이쪽은 벌써 오래 전부터 통지를 받고 있었으므로 길 떠날 각오가 다 되어 있었다. 그리고 이러한 갑작스런 초대를 매일처럼 기다리고 있었다. 그는 마차를 타면서 성호를 그었다. 이제야말로 자기 운명이 결정되려고 하는 것이다. 와보니 친구는 넓은 홀의 벽이 움푹 파인 속에 놓여 있는 작은 소파에 앉아 조그만 대리석 탁자를 앞에 놓고 연필과 종이를 준비하여 기다리고 있었다. 포무쉬카는 자를 가지고 벽 위의 회랑과 창 높이를 재고 있었다. 바르바라 부인은 수를 적어 놓고는 종이 끝에다 뭔가 메모를 하고 있었다. 그리고 일손을 멈추려 하지도 않고 스체판 선생에게 고개만 돌려 목례를 했다. 이쪽이 뭔가 인사의 말을 입속으로 중얼거렸을 때 바쁜 듯이 손을 내밀어 쳐다보지도 않고 옆의 의자를 가리켰다.

「나는 가만히 앉아서 『마음이 억눌리는 듯한 기분으로』 오 분 가량 기다리고 있었지.」 그는 훗날 이렇게 나에게 말해 주었다. 「그때의 부인은 이십 년간이나 보아온 부인과는 달랐다네. 이젠 모든 것이 끝났다는, 의심할 여지도 없는 확신이, 부인도 놀라게 할 만한 힘을 나에게 주더군. 사실 부인은 이 최후의 회견에서 나의 단호한 태도에 놀라움을 금치 못했다네.」

바르바라 부인은 별안간 연필을 탁자 위에 놓더니 스체판 선생 쪽으로 휙 돌아앉았다.

「스체판 트로피모비치, 우리는 진지하게 얘기를 해봐야겠어요. 당신은 틀림없이 그 능란한 말솜씨와 여러 가지 경구(警句)를 준비했으리라 생각합니다만, 직접 용건으로 옮기는 편이 좋지 않을까요. 안 그렇습니까?」

그는 깜짝 놀랐다. 부인은 너무도 성급하게 자기 태도를 표명하였으므로, 무슨 말이 나올 것인가는 들으나마나 뻔한 노릇이었다.

「좀 기다리세요, 우선 잠자코 제 말을 들어 주세요. 그 뒤에 당신도 하고 싶은 말씀을 하세요. 특히 당신이 어떤 대답을 할 수 있을지 좀 짐작이 안 갑니다만.」 그녀는 재빠르게 말을 이었다. 「천이백 루블리라는 당신의 연금은, 난 자신의 신성한 의무라고 생각하고 있습니다. 당신 생애의 마지막까지 말이에요. 더구나 신성한 의무니 뭐니 할 필요야 없겠지요. 다만 계약의 이행입니다. 그쪽이 훨씬 실제적이에요. 안 그렇습니까? 혹 원하신다면 한마디 써도 무방합니다. 내가 죽었을 때는 특별한 조치를 취하기로 하겠어요. 하지만, 그 밖에도 당신은 지금 나에게서 주택과 하인과 생활비 일체를 받고 계십니다. 이걸 돈으로 환산하면 천오백 루블리가 됩니다. 그렇죠? 게다가 또 임시비 삼백 루블리를 가산하면 꼭 삼천 루블리가 됩니다. 당신은 일 년분으론 이것만으로 충분하죠. 적지는 않겠죠? 특히 임시비인 경우에는 또 보태 드리겠어요. 그러니 돈을 받고 내 하인들을 돌려 주세요. 그리고 당신 마음대로 어디라도 좋으니 살아 보세요. 페체르부르그라도 좋고 모스크바라도 좋고, 아니면 또 여기라도 좋습니다만, 다만 우리 집만은 안 됩니다. 아시겠어요?」

「요 얼마 전에 바로 당신의 입으로 똑같이 집요하고 성급한 투로 전혀 다른 요구를 했던 일이 있습니다.」

침울한 듯하나 명철한 말투로 스체판 선생은 천천히 입을 열었다.

「그래서 난 체념하고…… 당신 마음에 들도록 카자크 춤을 추었습니다. 그렇습니다. 만일 비유가 허용된다면, 마치 자기 무덤 위에서 춤추는 돈 카자크와 같은 것입니다. 그런데 지금은…….」

「잠깐만, 스체판 트로피모비치. 참 당신은 말이 많군요. 당신은 춤을 추기는커녕, 오히려 새 넥타이에 새 셔츠를 입고 새 장갑을 끼고 머리에 기름을 바르고 향수 냄새를 풍기며 내가 있는 곳으로 왔습니다. 난 단언할 수 있어요. 당신은 그 결혼을 하고 싶어서 못 견디었던 거예요. 그것은 당신 얼굴에 씌어 있었습니다. 그리고 참으로 품위없는 표정이더군요. 내가 그때 금방 그 말을 하지 않았던 것은 단순히 감정을 상할까 봐 그랬던 겁니다. 그러나 어쨌든 당신은 결혼을 원하고 있었습니다. 네, 원했고말고요. 나에 대한 일이라든가 당신의 신부에 대한 일을 비밀 편지 속에다 듣기 거북한 문구로 잔뜩 썼으면서…… 이번에는 그런 것과는 전혀 다릅니다. 그 뭐예요, 무덤 위에서 춤추는 돈 카자크란 놈은 도대체 뭣 때문에 끄집어낸 거죠? 무슨 비유인지 통 모르겠군요. 뿐만 아니라 당신은 절대로 죽거나 하지 마시고 오래오래 사세요. 가능한 한 오래 사세요. 나는 그걸 기쁘게 생각해요.」

「양로원에서 말이죠?」

「양로원에서라뇨? 삼천 루블리의 수입을 갖고 양로원에 가는 사람은 그리 없나 보던데요. 아 참 생각이 나는군요.」 부인은 싱긋 웃었다. 「정말 언제든가 표트르 스체파노비치가 양로원에 대해 농담한 일이 있어요. 참 그것은 뭔가 특별한 양로원이었어요. 한 번 생각해 볼 만한 가치가 있는 것 같군요. 그건 아주 훌륭한 사람들을 위해 세운 것으로 육군 대령쯤 되는 사람도 있다고 하며, 어느 장군도 들어가려고 한다나 봐요. 만일 당신이 자기 재산을 몽땅 가지고 그곳으로 들어가신다면 여러 사람들과 어울리어 충분히 편안하고 만족스럽게 살아가실 수 있을 거예요. 거기서 당신은 과학의 연구도 할 수 있을 것이고, 마음 내킬 때 카드 놀이의 상대자들을 발견할 수도 있을 거예요……」

「이제 그만둡시다.」

「그만두자고요?」 바르바라 부인의 얼굴은 경련이 일 듯 일그러졌다. 「그렇다면 이제 이것으로 마지막입니다. 나는 통고는 해놓았으니까 앞으로 우리는 완전히 따로 살기로 합시다.」

「이것으로 마지막이라고? 이십 년 간의 생활에서 남은 것이 고작 그것뿐인가요? 그것이 당신의 마지막 고별사인가요?」

「당신은 정말 감동하시기를 굉장히 좋아하시는군요, 스체판 트로피모비치. 그런 것은 지금 유행이 아니예요. 그 사람들이 말하는 것은 천하지만 그 대신 아주 소박해요. 당신은 걸핏하면 금방 이십 년을 끄집어내더군요. 그것은 서로 자존심을 선동한 이십 년이에요, 오로지 그뿐이에요! 당신이 나에게 보낸 편지는 다 나에게 띄운 것이 아니라 자손 대대로 남길 작정으로 쓴 것입니다. 당신은 수사학자이지 친구는 아니예요. 우정이란 허울좋은 겉치레의 말이지, 사실은 구정물을 서로 끼얹었을 뿐이에요……」

「아, 이건 남의 말을 그대로 흉내내는군……. 제법 연습 잘 했구려! 그 녀석들은 이제 당신에게까지도 자기네 제복을 완전히 입혀 버렸군! 당신도 역시 의기양양합니까? 당신도 역시 태양 나라에 들어간 건가요? 당신도 참 그 보잘것없는 우거지국을 위해 존귀한 당신의 자유를 팔아 버린 거요?」

「난 다른 사람의 흉내를 내는 앵무새가 아녜요.」 바르바라 부인은 발칵 화를 냈다. 「정말이에요. 나에게도 나 자신의 말쯤은 잔뜩 쌓여 있답니다. 도대체 이 이십 년 동안에 당신은 나에게 무엇을 해줬단 말인가요? 내가 당신을 위해 주문한 책마저 당신은 싫어하고 보여 주지 않았잖아요? 그 책도 만일 제본소가 없었더라면 페이지도 자르지 않고 내버려 두었을 거예요. 또 처음 얼마 동안 나를 지도해 달라고 부탁했을 때 당신은 대관절 무엇을 읽어 주셨어요? 노상 카프피 그것밖에 모르잖았어요? 당신은 나의 발전에도 시기를 해서 갖은 수단을 다 썼습니다. 그런데 당신은 모든 사람들의 웃음거리가 돼버렸어요. 사실상 나도 그렇게 생각하고 있었어요. 당신은 한낱 비평가, 문학 비평가에 지나지 않는다고요. 내가 페체르부르그로 가는 도중 잡지 발행 계획을 누설하고 거기에 일생을 바칠 참이라고 말했더니, 당신은 금방 비웃는 듯한 눈초리로 나를 쳐다보곤 갑자기 아주 거만해지지 않았어요?」

「그것은 잘못 생각한 거요, 잘못 생각한 거란 말이오……. 우리는 그때 당국의 주시를 두려워했던 거요…….」

「아녜요, 바로 그대로예요. 페체르부르그에선 당국의 주시 따윈 두려워했을 리가 없었어요. 그 후 이월이 되어 해방령의 소식이 전해졌을 때, 당신은 별안간 얼굴빛이 새파래져서 나 있는 데로 달려와 증명서를 대신할 수 있는 편지를 써달라고 나를 조르지 않았던가요? 그래서 이번에 계획하고 있는 잡지는 전혀 당신과는 무관하다, 놀러오는 젊은 사람들은 내 손님이지 당신을 찾아오는 것이 아니다, 당신은 그저 가정 교사에 불과하고 봉급을 덜 받은 게 있어 우리 집에서 살고 있는 것이다라고 이렇게 써드렸지요. 기억하고 계시겠죠! 당신은 평생 동안 훌륭한 일만 하고 계셨어요, 스체판 트로피모비치.」

「그건 좀 갈피를 못 잡았을 때의 일이오. 단 둘이 마주앉았을 때의.」하고 그는 슬프게 외쳤다.「그러나 정말 그러한 자질구레한 감정 때문에 모든 것을 파기해 버려야 합니까? 도대체 그 오랫동안의 두 사람의 관계에서 남은 것이라고는 하나도 없단 말입니까?」

「당신은 상당히 계산이 빠르군요. 당신은 또 나에게 갚아야 할 빚이 있다고 우겨대는군요. 당신은 외국에서 돌아왔을 때 나를 한층 높은 데서 내려다보고 말도 제대로 하지 못하게 하지 않았어요? 그 후 내가 나가서 시스틴의 마돈나를 본 인상을 말했더니 당신은 들을 생각도 않고 자기 넥타이를 보며 거만하게 빙그레 웃었지요. 마치 나 따위는 당신과 똑같은 감정을 품을 수 없다는 듯이…….」

「그건 틀립니다, 아마 틀릴 거요……. 나는 잊어버렸지만서도.」

「아니 그대로예요. 게다가 나에게 뽐낼 것은 아무것도 없어요. 왜냐하면 그런 것은 하찮은 잠꼬대인걸요 뭐. 당신이 생각해낸 엉터리에 불과하니까요. 지금 사람은 누구를 막론하고 마돈나에게 열중하는 사람은 없습니다. 이런 일로 시간을 허비하는 것은 고집불통인 노인들뿐입니다. 이것은 훌륭히 입 증되고 있어요.」
「벌써 입증되었다고 ?」
「당신은 마돈나의 역할도 할 수 없어요. 이 컵은 유익한 겁니다. 왜냐하면 물을 따를 수 있으니까요. 이 연필도 유익합니다. 왜냐하면 무엇이든 쓸 수 있잖습니까. 그러나 이 그림 속의 여자는 사실 현존하는 여자 중에서도 가장 못생긴 얼굴이에요. 가령 사과를 하나 그리고 바로 그 옆에 진짜 사과를 나란히 놓아 보세요……. 당신은 어떤 것을 집겠습니까? 잘못 집는 일은 절대로 없을 거예요. 하여간 지금의 논리는 모두 이런 식으로 귀납되는 거예요. 자유 연구의 서광이 이론 위에도 비치기 시작한 겁니다.」
「그렇소, 그렇소.」
「당신은 비웃고 계시군요, 한 가지 더 예를 들어 보지요. 도대체 당신은 자선이란 것에 대해서 나보고 뭐라고 하셨습니까? 그런데 사실 자선의 즐거움이란, 거만한 비도덕적인 즐거움이에요. 부자가 자기의 부나 권력, 자기와 빈자(貧者)와의 가치의 비교, 이런 것에서 느끼는 즐거움입니다. 자선을 베풀어 주는 자도 또 받는 자도 다 타락시키는 겁니다. 더구나 빈곤을 조장시키는 게 되므로 목적을 달성할 수도 없는 거예요. 마치 노름꾼이 일확천금을 꿈꾸면서 노름판에 모이듯이, 일하기 싫어하는 게으름뱅이들이 자선가의 주위에 우글우글 모여드니까요. 그러나 자선가가 던져 주는 약간의 동전푼이야 전재산의 백분의 일도 안 되잖습니까? 당신은 일평생 동안 많은 시주를 한 일이 있나요? 팔십 코페이카를 넘은 일은 없을 거예요. 잘 생각해 보세요. 당신이 제일 나중에 시주를 한 게 이 년쯤 전이었지요. 아니 사 년 전이었는지도 모르겠군요. 당신은 큰소리만 치고 일을 방해만 해왔습니다. 자선 같은 것은 오늘날의 사회에서도 법률로 금지해야 합니다. 새로운 사회 조직에선 가난한 사람이라고는 전혀 있을 수 없으니까요.」
「아, 마치 남의 말을 통째로 삼켜 버린 셈이군요. 그럼 벌써 새로운 사회 조직에까지 이르고 만 거요? 아 하느님, 이 불행한 부인을 도와 주십시오!」
「네, 그곳까지 가버린 거예요, 스체판. 당신은 지금 누구나 다 알고 있는 모든 새로운 사상을 끈질기게 내 눈에서 감춰왔습니다. 더구나 그것은 내 마음을 지배했던 그 시기근성(猜忌根性)에서 나온 거예요. 지금은 그 율리아까지도 나보다 백 보나 앞섰어요. 하지만 이제야말로 나도 완전히 알게 되었어요. 나는 말예요, 스체판 트로피모비치, 가능한 한 당신을 변호했던 거예요. 당신은 정말이지 모든 사람으로부터 공격을 받고 있어요.」

「그만해 둬요!」그는 자리를 뜨려고 했다.「충분해요! 그래 난 이 이상 당신에게 무엇을 빌면 될까요? 뉘우치고 후회하는 마음인가요?」

「좀 앉아 계세요, 스체판. 난 아직 당신에게 물어 볼 게 있어요. 당신은 이번 문학회에서 뭔가 강연을 의뢰받으셨죠? 이건 내가 애써서 그렇게 된 겁니다. 그래 뭣을 강연하실 작정인가요?」

「말할 것도 없지요, 그 여왕 중의 여왕입니다. 그 인류의 이상이지요. 당신의 주장으로는 컵이나 연필만한 값어치도 없는 시스틴의 마돈나입니다.」

「그럼 당신은 역사 얘기를 하시는 게 아닌가요?」바르바라 부인은 슬픈 듯 놀라움을 나타냈다.「그런 걸 들을 사람은 없어요. 정말로 당신은 마돈나 하나밖에 모르는군요! 듣는 사람들이 모두 졸아 버린다면, 그건 좋은 성품이랄 수 없을 거예요. 스체판 트로피모비치, 정말로 난 당신의 입장에서 걱정하고 있는 겁니다. 만일 당신이 스페인 역사 속에서 뭔가 짤막하고 흥미있는 중세기의 궁정 생활에 대한 얘기를 하면 얼마나 좋겠어요? 얘기라기보다는 일화 같은 것 말예요. 게다가 또 다른 일화로 구색을 맞춘 다음 당신 자신이 연구한 경구라도 곁들여 보세요. 그 시절에는 궁정 생활도 화려했고, 여러 재미있는 귀부인도 있었고, 독살 사건도 있었으니까요. 카르마지노프도 그렇게 말하더군요. 스페인 역사 중에서 뭔가 흥미진진한 강연을 못 한다는 것은 좀 이상하다고요.」

「카르마지노프? 쓸 재간이 없어 붓을 놓은 그 바보녀석이 나를 위해 주제(主題)를 찾아 준다고!」

「카르마지노프, 그 사람은 거의 국가적 인물이라고 해도 무방할 사람이에요! 당신은 입이 너무 험해요, 스체판 트로피모비치.」

「당신의 카르마지노프 같은 그런 녀석은, 시대에 뒤떨어진, 쓸거리도 동이 난 심술궂고 썩어빠진 여자 같은 놈이란 말이오! 당신은 당신은, 어쩌자고 벌써 그런 놈들의 노예가 되었단 말이오, 오 웬일이람!」

「나는 지금도 그 사람의 잘난 체하는 꼴은 딱 질색이지만, 그래도 그 사람의 두뇌에는 당연히 경의를 표해야 해요. 거듭 말하지만 난 될 수 있는 한 당신을 변호해왔어요. 그렇게 구태여 자기를 우스꽝스럽고 재미없는 사람으로 과시해 봤자 무슨 이득이 있겠어요! 그러지 말고, 구시대의 대표자답게 품위있는 미소를 띠면서 유유히 연단에 올라가 일화를 세 가지 정도만 말해 보세요. 때때로, 당신이 아니면 할 수 없는 그런 식의 독특한 풍자를 마음껏 발휘하란 말이에요. 당신은 노인이라도 무방하고 전세기의 유물이라도 무방해요. 또 그 사람들로부터 따돌림을 받아도 상관없어요. 다만 이 사실만을 미리 자인해 두면 당신이 애교있고 재치있는 노인이란 것을 다들 알아 줄 테니까요……. 즉 당신은 구시대의 인물임에는 틀림없으나 남보다 앞선 인물인만큼 지금까지 더듬어온 어떤 종류의 사상의 추악한 점을 제대로 인식할 수 있는 두뇌를 지니고 있다……. 자, 제발 내 말을 들어 주세요. 부탁이에요.」

「그만해 두구료. 청에 못 이겨 억지로 하긴 싫으니까. 나는 할 수 없습니다. 나는 마돈나의 얘기를 할 거요. 한번 폭풍을 불러일으킬 참이오. 그 폭풍으로 놈들을 다 때려부수느냐 아니면 나 혼자 쓰러지느냐 그뿐입니다!」

「틀림없이 당신 혼자 쓰러집니다, 스체판.」

「그것이 나의 운명입니다. 나는 그 천한 노예의 얘기를 할 작정이오. 손에 가위를 들고 우선 사다리를 기어올라가 평등과 선망과 그리고 소화의 이름으로써 위대한 이상의 거룩한 표면을 찢으려고 하는 그 코를 둘 수 없는 방탕한 종놈에 대한 얘기를 할 겁니다. 나는 나에 대한 저주로 온 천하를 울려야 합니다. 그때야말로, 그때야말로…….」

「정신병원으로 갑니까?」

「어쩌면 그럴지도 모르죠. 그러나 어쨌든 내가 지느냐 승리자가 되느냐, 어느 하나입니다. 나는 그날 밤, 곧 자루를 들고…… 그 거지 같은 자루를 들고 나의 재산을 고스란히 놔두고 갑니다. 당신이 보내준 것도, 연금도, 미래의 행복의 약속도, 다 남겨 놓은 채로 도보로 터벅터벅 떠납니다. 그러고 나서 어느 장사꾼의 집에 가정 교사로 들어가서 일생을 끝마치든가, 아니면 어느 울타리 밑에서 굶어죽을 겁니다. 나는 이미 그렇게 말했습니다……. 『운명은 이미 결정되었다!』」

그는 다시 일어섰다.

「나도 그렇게 믿고 있었어요.」 눈을 번뜩이면서 바르바라 부인도 역시 일어났다. 「나도 벌써 오래 전부터 그렇게 믿고 있었어요……. 당신은 결국 나와 나의 집안을 중상해서 흠칠을 하기 위해, 다만 그것만을 목적으로 살아온 거예요! 당신이 말하는 장사꾼집의 가정 교사니, 담 밑에서의 아사(餓死)니 하는 것은 도대체 무슨 뜻이죠? 악의와 중상, 다만 그것뿐이죠.」

「당신은 항상 나를 경멸해 왔소. 하지만 나는 자기 색시를 위하는 기사(騎士)처럼 아름답게 생애를 마칠 작정입니다. 왜냐하면 나는 늘 당신의 의견을 가장 존중하고 있었기 때문입니다. 이제부터는 아무것도 받지 않고 사리사욕을 떠나 숭배하렵니다.」

「아니 무슨 바보 같은 짓이에요!」

「당신은 한 번도 나를 존경하지 않았소. 나에게는 수많은 약점이 있었는지도 모릅니다. 그럴 거요. 나는 당신에게 붙어 얻어먹고 사는 존재였습니다(이것은 허무주의적인 말투이겠죠). 그러나 기식자라는 것은 결코 나의 행위 중에서 최고의 주의가 아니었습니다. 그것은 자연히 그렇게 된 것이니까요. 왜 그렇게 되었는지는 나도 모르겠습니다……. 나는 항상 그렇게 생각하고 있었지요. 두 사람 사이에는 무언가 음식보다도 더 고상한 게 남을 것이라고, 그리고 한 번도 단 한 번이라도 비열한 생각을 품은 일은 없습니다. 그래서 사태를 바로잡기 위해 이제 마지막 여행길에 오르는 겁니다! 뒤늦은 여로에 오르는 거지요! 밖에는 가을도 저물어 안개는 들판에 자욱하고 얼어붙은 노인과 같은 서리가 내가 갈 길을 뒤덮고 있습니다. 그리고 바람은 무덤이 가까워짐을 알리듯 윙윙 불고…… 그러나 여로에 올라야 합니다. 새로운 여로에.

　　마음은 깨끗한 사랑으로 가득 차고,
　　달콤한 공상에 몸은 잠기네…….(푸시킨의 《가난한 기사》에서)

오, 잘 있거라, 나의 공상이여! 스무 해여!『운명은 이미 결정되었도다.』」
그의 얼굴은 갑자기 쏟아지는 눈물로 젖었다. 그는 모자를 집었다.

「나는 라틴 말을 전혀 몰라요.」열심히 마음을 굳게 먹으며 바르바라 부인은 그렇게 말했다.

사실 부인 자신도 울고 싶었는지 모른다. 그러나 분노와 변덕이 다시 마음 속을 차지했다.

「나는요, 단 한 가지만 알고 있는 게 있어요. 다름이 아니라, 그런 일은 모두가 어린애 같은 응석이란 거예요. 당신은 그런 이기주의에 가득찬 협박을 도저히 실행할 만한 기력이 없습니다. 당신은 결코 어느 장사꾼의 집에도 가지 못합니다. 역시 나에게서 연금을 받고, 그 건달 같은 친구들을 봐요 일마다 집에 모아 놓고, 편안하게 나의 손에 안겨 죽을 겁니다. 안녕히 가세요, 스체판 트로피모비치.」

「『운명은 이미 결정되었도다!』」

공손하게 부인에게 허리를 굽히고 나서 그는 흥분한 나머지 정신없이 자기 집으로 돌아갔다.

제6장 표트르의 동분서주

1

 축제의 날짜는 최종적으로 결정되었지만, 폰 렘브케는 점점 침울하고 수심에 찬 얼굴이 되었다. 그는 기묘하고도 불길한 예감에 잠겨 있었다. 그것이 한편 율리아 부인을 몹시 불안하게 하였다. 사실 만사가 순조롭지만은 못하였다. 마음 착한 전 지사로부터 인수받은 현의 행정 사무는 엉망인데다, 현재 콜레라가 만연하고 있으며, 또 어느 곳에서는 가축병이 발생하기 시작했다. 또 여름 내내 여러 도시와 시골에서 화재가 빈발하였다. 더욱이 사람들 사이에서는 고의적인 방화라는 소문이 점차 뿌리깊이 퍼지고 있었다. 강도 사건도 이전의 배로 증가하였다. 하기야 이런 일은 흔히 있을 수 있는 사건에 불과하지만, 단지 이 밖에 더 중대한 원인이 있어 지금까지 행복하게 살고 있던 렘브케의 평온한 생활을 깨뜨려 버린 것이다.
 무엇보다도 율리아 부인에게 의아한 마음을 품게 한 것은 그가 날이 갈수록 말수가 적어지고, 이상하게도 숨기는 일까지 생기게 된 사실이다. 도대체 무엇을 숨길 필요가 있을까? 사실이지 그는 부인에게 반대하는 일은 전혀 없었고, 웬만한 일은 그녀가 하자는 대로 하였다. 이를테면 그녀의 주장으로 지사의 권한을 강화하기 위하여 매우 모험적이며, 거의 위법에 가까운 시책도 몇 가지 강구된 바가 있었다. 또 같은 목적을 위해 몇 건의 불상사가 표면화되지 않고 유야무야로 끝난 일도 있었다. 예를 들면 당연히 재판에 회부되어 시베리아로 유형될 사람들까지도 부인의 주장 하나로써 포상까지

하게 되었다. 어떤 종류의 진정이나 질문에는 시종일관 회답을 하지 않기로 결정되어 있었다. 그런 일들은 모두 뒤에 발각된 일이다. 렘브케는 닥치는 대로 서명만 했을 뿐이지 자기 직무 이행에 있어서 아내가 어느 정도까지 관계했느냐 하는 문제조차도 강구하려고 하지 않았다. 그 대신 때때로『아주 하찮은 일』때문에 얼굴을 붉히고 화를 내는 데는 율리아 부인도 놀라지 않을 수 없었다. 물론 며칠 동안 복종하다 보면 잠시 동안이라도 반란을 일으켜 화풀이를 하려는 마음이 일었던 것이다. 유감스럽게도 율리아 부인은 그렇게도 명석한 두뇌를 가졌음에도 불구하고, 이 고결한 성격 속에 깃들어 있는 그런 미묘한 변화를 이해할 수가 없었던 것이다. 그녀는 그뿐이 아니었다. 이로 인해 많은 잘못이 생겼다고 할 수 있다.

어떤 종류의 일에 대해서는 나 같은 사람이 말할 성질의 것도 아니고, 또 나에게 그런 능력이 있다고도 생각지 않는다. 행정상의 실책을 운운하는 것도 나의 임무가 아니므로 이런 행정면의 일은 일체 도외시하고 싶다. 이 기록을 쓰기 시작함에 있어, 나로서도 별도로 목적한 바가 있었던 것이다. 게다가 특별히 이것 때문에 임명된 예심위원의 손에 의해서 여러 가지 많은 사실들이 폭로될 것이니까 잠시 때를 기다리면 될 것이다. 그러나 몇 가지 설명만은 아무래도 빼놓을 수 없을 것 같다.

그러나 좀더 율리아 부인의 얘기를 하기로 하자. 불행한 부인은(사실 나는 이 부인을 참 불쌍하게 생각하고 있다) 이 현으로 부임한 직후부터 각오했던 바와 같은 강력하고도 기발한 운동을 벌일 필요도 없이, 그처럼 오랜 동안 꿈꾸고 매혹을 느끼던 일체의 것(명예와 그 밖의 것)을 모조리 획득할 수 있었던 것이다. 그러나 시적(詩的)인 공상이 너무도 많았던 탓인지, 아니면 처녀 시절의 뼈저린 실패가 오래 계속된 탓인지, 하여간 그녀는 운명의 급변과 동시에, 갑자기 뭔가 특별히 뽑힌 사람처럼 자기를 느끼기 시작한 것이다. 마치『화염의 혓바닥이 머리 위에서 타오르는』기름을 바른 사람처럼 느껴진 것이다. 이 화염의 혓바닥이 화근인 것이다. 뭐니뭐니해도 이것은 가발과는 달라서, 어느 여자의 머리에나 마음대로 달 수는 없는 것이다. 그러나 이치를 부인에게 설득하기란 무엇보다도 어려운 일이다. 그러나 그와 반대로 여자에게 맞장구만 치는 자는 항상 성공을 하게 마련이다. 사람들은 앞을 다투어 부인에게 맞장구를 쳤었다. 불행한 부인은 곧 여러 가지 잡다한 영향의

놀림감이 되었다. 그러나 당사자는 어디까지나 자기를 독창성이 풍부한 사람이라고 자부하고 있었다.

　부인이 머무른 짧은 기간 동안에 교활한 패들이 그녀 주위에 우글우글 모여서 그 사람됨이 좋은 점을 이용하여 실속을 차렸던 것이다. 더구나 독립불기(獨立不羈)라는 미명 아래 어떤 혼란이 벌어졌는가! 대농 제도도, 귀족적인 요소도, 현지사의 권력 확장도, 민주적인 요소도, 새로운 시설과 새로운 질서도, 자유 사상도, 사회적인 이상도, 귀족 살롱에서의 엄정한 기풍도, 자기를 둘러싸는 젊은 패들의 선술집 같은 자유로운 태도도, 남김없이 부인의 마음에 들었던 것이다. 그녀는 인간에게 행복을 주고, 화해하기 어려운 것을 화해시키려고 했다. 아니 그랬다기보다 오히려 부인 자신의 인격 숭배라는 점에 모든 것을 결합시키려고 공상했던 것이다. 부인에겐 또 특별히 마음에 드는 자도 있었다. 그 중에서도 표트르는 아주 노골적인 아첨으로 비위를 맞춰 완전히 부인의 마음을 사로잡았다. 하지만 그는 또 다른 원인도 있어, 그녀의 마음에 들게 된 것이다. 그것은 극히 괴상한 점이지만, 동시에 이 불행한 부인의 성격을 여실히 보여 주는 일이었다. 다름이 아니라 그녀는 계속 마음속으로 표트르가 무엇인가 국가적인 일대 음모를 자기에게 밀고해 줄 것이라고 굳게 믿고 있었던 것이다! 참으로 상상하기도 어려운 얘기지만, 이것이 사실이니 어쩔 수 없다. 웬일인지 부인은 이 현 내에 반드시 국가적인 음모가 잠재해 있을 거라는 생각이 들었다.

　표트르는 때로는 침묵으로써, 때로는 암시로써 부인의 괴상한 상상을 조장시키는 데 노력했다. 그녀의 상상에 의하면 표트르는 러시아에 있는 모든 혁명 분자와 관계를 가지면서도 그와 동시에 숭배할 정도로 부인에게 믿음으로 복종하고 있는 청년이었다. 음모의 폭로, 중앙정부로부터의 찬사·승진, 일단 유사시의 갈림길에서 막기 위해 사랑으로써 새로운 세대에 감화를 주는 방법, 이런 것이 부인의 환상적인 머릿속에 완전히 자리를 차지해 버린 것이다. 사실 자기는 표트르를 구해 주고, 정복하지 않았는가(부인은 이 일을 웬일인지 굳게 믿고 있었다), 그런데 어째서 다른 사람들을 구할 수 없단 말인가? 그들은 아무도, 정말 한 사람도 타락하지 않았다. 모두 자기가 구해 보겠다. 자기는 그들을 일일이 분류해서 그것을 완전히 보고하겠다. 자기는 최고의 정의를 표준으로 하여 행동하는 것이다. 어쩌면 러시아의 역사, 러시아의 자유사상계가, 모두 자기 이름을 축복하게 될는지도 모른다. 하여간 그래도 음모는 폭로되는 것이다. 그러면 한꺼번에 온갖 이득을 얻게 되는 셈이다. 그러나 적어도 축제일 전만이라도 좋으니, 남편인 안드레이 안토노비치가 좀 명랑하게 굴어 줬으면 싶었다. 무슨 일이 있더라도 그의 마음을 기쁘게 하여 안심시켜야만 했다. 이 목적을 위해 부인은 남편에게 표트르를 보냈다. 뭔가 그의 독특한 진정제적인 효능을 지닌 방법으로 남편의 우울증을 풀어볼까 하는 희망에서였다. 어쩌면 직접 뭔가 진기한 소식이라도 있을지 모른다. 하여간 부인은 그의 수완을 끝까지 믿고 있었다. 표트르는 꽤 오랫동안 폰 렘브케 씨의 서재에 출입하고 있지 않았다. 그가 지사의 방에 뛰어든 것은 자기『환자』인 렘브케 씨가 특히 우울한 기분에 잠기고 있을 때였다.

2

실은 폰 렘브케 씨로선 도저히 해결할 수 없는 뒤얽힌 사정이 생긴 것이다. 어느 군에서(그건 요 얼마 전에 표트르가 장교들과 주연(酒宴)을 함께 했던 곳이다) 한 사람의 소위가 직속상관으로부터 구두로 견책을 받았다. 그것은 공교롭게도 중대 전부가 모인 자리에서 일어난 일이었다. 소위는 얼마 전에 페체르부르그에서 전임해 온 아직 젊은 청년으로서 늘 말이 없고, 까다로운 듯한 표정을 짓고 있었으므로 언뜻 보기에는 거만한 것 같았다. 게다가 몸집이 작고, 뚱뚱하며, 볼은 새빨갰다. 그는 이 견책을 참지 못하고 온 중대가 깜짝 놀랄 만큼 기묘한 소리를 지르며 마치 무슨 짐승처럼 고개를 갸웃하고 별안간 중대장에게 덤벼들었다. 그리고 실컷 두들겨패곤 힘껏 어깨를 물었다. 사람들은 간신히 그를 떼어 놓았다. 영락없이 미친 사람이었다. 적어도 최근에 와서는 도저히 있을 수 없는 해괴망측한 그의 행동을 보았다는 사람이 잇따라 나타났다. 예를 들면 자기가 사는 집에서 집에 있는 성상(聖像)을 두 개나 내동댕이치고는 그중 하나를 도끼로 부숴 버렸다고 하며, 또 자기 방에 독경대(讀經台) 같은 대를 세 개 만들어 놓고 그 위에다 포흐트(1817~95년. 독일의 다원주의자), 몰레쇼트(독일의 생리학자, 유물론자), 부흐너(의학자, 자연 철학자,

《힘과 물질》의 저자, 유물론자)의 저서를 나란히 얹어 놓고 그 위에 하나씩 교회용의 초를 켜두었다는 것이다. 그의 집에서 발견된 책의 수효로 보아 대단한 독서가라는 것을 상상할 수 있었다. 만일 그에게 오만 프랑의 돈이 있었다면 마치 게르첸의 유쾌한 유머가 가득찬 작품에 씌어 있는 사관후 보생과 같이 홀연히 마르키즈 섬으로 떠나 버렸을는지도 모른다. 그가 붙잡혔을 때는 호주머니 속과 하숙집에서 그야말로 격렬하기 그지없는 격문이 잔뜩 나왔다는 것이다.

격문 그 자체는 요컨대 하찮은 것으로 내가 보기에는 조금도 성가신 일은 아닌 것 같다. 그런 것은 아무데서나 흔히 볼 수 있기 때문이다. 게다가 그것은 새로 생긴 격문이 아니고, 소문에 의하면 그것과 똑같은 것이 최근에 H주(州)에서도 뿌려졌다고 하며, 달반 전에 이웃 N현으로 출장한 리푸친도 그쪽에서 똑같은 인쇄물을 보았다고 단언하고 있다. 무엇보다 폰 렘브케의 간담을 서늘하게 한 것은 마침 같은 때에 쉬피굴린 공장의 지배인이 밤중에 공장에 투입되었다고 하면서 소위에게서 발견한 것과 똑같은 인쇄물 두어 다발을 경찰에 신고했다는 하나의 사실이었다. 그러나 그 다발은 아직 봉을 뜯지 않았기 때문에 직공들은 한 사람도 읽어 볼 기회가 없었다. 하여간 아무렇지도 않은 사실임에도 렘브케는 깊은 생각에 잠기고 말았다. 웬일인지 이 사건이 불쾌하게 뒤엉킨 것처럼 생각되었던 것이다.

이 공장에서는 당시 소위『쉬피굴린 문제』가 대두되기 시작한 때였다. 이 일은 마을에서도 시끄럽게 떠들어댔으며, 수도의 신문에까지도 과장해서 발표되었던 것이다. 삼 주일쯤 전에 한 직공이 아시아 콜레라를 앓고 죽었다. 그러자 계속해서 몇 사람의 환자가 생겼다. 바로 그 무렵 이웃 현에서 콜레라가 만연되고 있었으므로 도시 사람들은 갑자기 무서워 떨기 시작했다. 사실 이 밀어닥치는 진격에 대비하기 위해선 도시에서도 될 수 있는 한 완전한 위생시설을 강구했지만 쉬피굴린 공장만은 공장주가 백만장자인 자산가로, 여러 유력한 연고자가 많았으므로 슬금슬쩍 검열을 넘겼던 것이다. 그런데 이번에는 갑자기 모두들 입을 모아 이 속에야말로 병균이 잠복하고 있다, 그곳이야말로 세균의 번식장이다, 그 공장, 특히 직공들의 기숙사는 이루 말할 수 없을 정도로 불결해서 가령 콜레라 따위는 전혀 유행하지 않았다 하더라도 반드시 이곳에서 발생하고 말았으리라는 아우성이 일기 시작했다. 물론 응급조치가 강구되었다. 렘브케는 지체말고 즉시 실시하도록 강력히 주장했다. 공장은 삼 주간이나 걸려 소독되었다. 그러나 쉬피굴린은 어찌 된 셈인지 공장을 폐쇄하고 말았다. 쉬피굴린 형제 중의 한 사람은 늘 페체르부르그에서 살고 있으며, 또 한 사람은 현청(縣廳)에서 소독 명령을 받자 모스크바로 떠나 버렸다. 지배인은 직공들의 노임 계산에 착수했으나 대담하기 이를 데 없는 속임수를 썼다는 것이 이제 와서야 밝혀졌다. 직공들은 정당한 계산을 요구하면서 많은 불평을 털어놓았다. 개중에는 바보 같은 소리를 하고, 경찰에 출두하는 자도 있었다. 더구나 크게 악을 쓰는 것도 아니고, 또 소문이 날 정도의 소란도 없었다. 바로 이 무렵 렘브케는 지배인으로부터 그 격문을 받았던 것이다.

표트르는 극히 친한 친구나 친척이 되는 것처럼 지사의 서재로 뛰어들었다. 게다가 오늘은 율리아 부인의 의뢰를 받았으므로 의기양양했다. 그를 보자 렘브케는 못마땅한 듯 얼굴을 찡그리며 무뚝뚝하게 테이블 옆에 우뚝 섰다. 그때까지 그는 서재를 돌아다니며 자기 관청의 관리인 블룸과 함께 뭔가 의논하고 있었다. 블룸은 부인의 맹렬한 반대에도 불구하고 일부러 페체르부르그에서 데리고 온 독일 사람으로 아주 멋없고 무뚝뚝한 사람이었다. 그는 표트르가 들어오자마자 문 쪽으로 물러섰으나 그래도 나갈 생각은 하지 않았다. 그뿐 아니라, 장관과 의미있는 눈길을 교환한 것처럼 표트르 눈에는 비쳤다.

「이제야 겨우 뵙겠군요. 언제나 행방이 묘연하셔서 각하!」표트르는 큰 소리로 웃으면서 손바닥으로 식탁 위에 있는 격문을 집었다. 「이것으로 또 당신의 수집이 불어나는 셈이군요. 안 그래요?」

렘브케는 화를 벌컥 냈다. 그의 안면 근육은 갑자기 경련을 일으킨 듯 씰룩거렸다.

「그만 입 닥쳐! 당장 닥치지 못해!」분노가 격한 나머지 몸을 떨면서 그는 이렇게 외쳤다. 「도대체 실례가 아닌가…… 자네는……」

「아니 왜 그러시죠? 화가 나신 모양이군요?」

「자네에게 미리 말해 두네만, 나는 앞으로 자네의 무례함을 그냥 묵과할 수는 도저히 없단 말일세. 잘 기억해 두게……」

「아니 정말 화가 났군요!」

「시끄러워, 입 닥치라는데!」 렘브케는 응단 위에서 쾅쾅 굴렀다. 「이건 너무 건방지지 않아······.」

 도대체 앞으로 어떤 사태가 일어날는지 걱정이 될 정도였다. 아, 여기에는 또 하나 다른 사정이 있었다. 더구나 표트르는 말할 나위도 없고 율리아 부인까지도 아직 모르고 있는 일이었다. 다름이 아니라, 불행한 렘브케는 너무도 머리가 산란한 나머지 요 이삼 일 동안 마음속으로 표트르와 율리아 부인과의 사이를 의심하고 질투하고 있었던 것이다. 홀로 있게 되었을 때, 특히 밤중에는 무척 불쾌한 감정을 견뎌내야만 했다.

 「나는 또 이렇게 생각했습니다. 사람이 이틀이나 계속하여, 한밤중까지 자작 소설을 읽어 주고 그에 관한 의견까지 요구하고 있는 이상, 적어도 그 사람 자체가 형식적인 예의는 초월한 것으로 해석하고 있었습니다······. 게다가 부인은 내게 극히 허물없이 대해 줬습니다. 이렇게 되면 전혀 당신의 마음을 모르겠습니다.」하고 일종의 위엄까지 나타내면서, 표트르는 말했다. 「아, 참 오는 길에 당신의 소설을 가지고 왔습니다.」둘둘 말아서 파란 종이로 단단히 싼 크고 묵직한 노트를 테이블 위에 놓았다. 렘브케는 얼굴을 붉히며 우물쭈물하면서「어디서 찾아냈지?」어쩔 줄 모르는 기쁨을 간신히 참으면서 그는 조심스럽게 물었다.

 「그게 말예요, 이렇게 둘둘 말려 있었으므로 그대로 장롱 뒤로 굴러 떨어진 겁니다. 아마 방에 들어서자마자 아무렇게나 장롱 위로 집어던진 모양입니다. 그저께야 마루를 닦다가 발견했어요. 그 바람에 당신은 나에게 아주 힘든 일을 시켰습니다!」

 렘브케는 굳은 표정으로 눈을 내리깔았다.

 「덕분에 이틀밤을 꼬박 새웠어요. 실은 그저께 찾았지만 돌려드리지 않고 다 읽어 버렸습니다. 낮에는 여가가 없어서 밤에만 읽었어요. 그런데······ 감동을 받지는 못했어요. 나와는 사상이 전혀 틀립니다. 그러나 그런 것은 아무래도 좋아요, 지금까지 비평가 노릇은 한 번도 한 일이 없으니까요. 하지만 감동을 받지는 못하면서도 도중에 그칠 수는 없었어요! 제4장과 제5장에서는 그······ 그······ 글쎄 뭐라고 말하면 좋을까요! 그리고 당신은 상당히 유머를 섞었더군요. 웃음이 터져나왔어요. 하여간 당신은 눈에 띄지 않도록 슬쩍 웃기는 재주가 있더군요! 그리고 그 제9장과 제10장은 온통 사랑 얘기더군요. 이건 내가 관여할 바가 못 되지만, 상당히 효과가 있었어요. 이그레네프의 편지에서는 자칫하면 울음이 터질 뻔했어요. 더구나 당신은 이 사나이를 극히 풍자적으로 묘사했지만…… 아니, 사실 감동을 받았어요. 그러나 그와 동시에 당신은 이 사나이를 거짓의 측면에서 묘사해 보려고 시도하고 있는 모양이더군요. 그렇죠? 맞았습니까? 어떻습니까? 그런데 결말에 이르러서는 정말로 당신을 두들겨 주고 싶은 기분이 들더군요. 도대체 당신은 어떤 결론으로 이끌어갈 셈인가요? 그것은 사실상 정해진 결혼의 행복에 대한 찬미가 아닙니까? 아들 딸 많이 낳고, 돈을 모으고, 무사히 잘 살았습니다 하는 식의 흔해빠진 얘기가 아닙니까! 당신은 독자를 매혹시키는 솜씨를 가지고 있어요. 그래서 나도 끝까지 읽어 보지 않을 수 없었지만, 그것이 오히려 좋지 않았어요. 독자들은 여전히 우둔하니까 현명한 사람들은 그들에게 충동을 줘야 하지 않을까요? 그런데 당신은…… 아니, 이젠 그만해 둡시다. 실례했습니다. 이것 때문에 화는 내지 마십쇼. 나는, 잠시 용건을 여쭈려고 왔었는데, 당신은 웬일인지 이상하게…….」

렘브케는 그동안 자기 소설을 집어다가 졸참나무 책장에 집어넣은 다음 자물쇠를 채웠다. 그리곤 블룸에게 눈짓을 해서 물러가도록 일렀다. 그는 떨떠름한 얼굴로 서서히 나가 버렸다.

「내가 어딘가 이상하다고, 아니, 난 다만…… 늘 불쾌한 일만 생겨서 말이야.」 하고 그는 눈살을 찌푸리고 있었지만, 이젠 별로 노한 기색도 없이 테이블을 향해 앉으면서 중얼거렸다.

「자, 앉아서 자네가 말하는 소위 그 간단한 용건이란 것을 들어 보기로 하세. 꽤 오랫동안 못 만났었군. 표트르 군, 그러나 앞으로는 자네 식으로 허락도 없이 뛰어드는 일만은 삼가해 줬으면 좋겠네,…… 때로 일을 하고 있을 때는 말일세…….」

「저의 버릇은 늘 똑같지요. 뭐…….」

「알고 있네. 자네에게 아무런 의도도 없다는 걸 나도 믿고 있네만, 어쩌다 보면 복잡할 때도 있으니까……. 자, 어서 앉게나.」

표트르는 긴의자에 넓게 자리를 차지하더니 대뜸 다리를 꼬았다.

3

「도대체 어떻게 복잡하단 말입니까? 설마 이러한 시시한 일은 아니겠지요?」그는 격문을 턱으로 가리켰다.「이런 삐라라면 얼마든지 갖고 올 수 있어요. H주에서도 보았으니까요.」
「그러니까 자네가 그곳에 있을 때의 일인가?」
「물론 내가 없을 때의 일은 아닙니다. 더구나 그건 그림까지 있었어요. 위쪽에 도끼가 그려져 있어요. 잠깐 실례」하고 그는 격문을 집어들었다.「역시 여기도 도끼가 있군. 바로 이거예요. 조금도 틀리지 않아요.」
「아, 도끼군. 보게……. 도끼지.」
「아니 왜 그러죠, 도끼에 놀란 겁니까?」
「아니 뭐 도끼 따위를 가지고……. 그걸 보고 놀란 건 아닐세. 그러나 이 사건은 뭐랄까, 여러 가지 사정이 있어서 말이야.」
「어떤 사정입니까? 그 공장에서 가져와서 그런가요? 헤헤. 알고 있는지요. 그 공장에선 머지않아 노동자들 자신이 격문을 쓴다는 말이 있는걸요.」
「뭐라고 그런 일이?」렘브케는 무서운 표정을 지으면서 놀란 빛을 보였다.
「네, 그렇죠. 그러기에 당신도 그 무리들을 조심해야 합니다. 당신은 너무 착해서 탈입니다. 지사 나리, 하여간 소설 같은 걸 쓰고 있으니 말입니다. 이런 경우엔 옛날 식으로 할 필요가 있습니다.」
「옛날 식이라니 대체 그건 무슨 충곤가? 그 공장은 소독했다네. 내가 명령해서 소독하게 했다네.」
「그런데 직공들 사이에서 폭동이 꾸며지고 있어요. 그놈들은 모조리 두들겨 줘야 합니다. 그렇게 하면 해결이 됩니다.」
「폭동? 쓸데없는 소리. 내가 명령했으니까 깨끗이 소독되지 않은가.」
「참 지사 나리, 당신은 너무 지나치게 착해요.」
「여보게 첫째로 나는 그렇게 착한 사람이 아닐세. 또 둘째로…….」렘브케는 또다시 불끈 화를 냈다. 이 젊은 녀석이 또 무엇인가 새로운 일을 말하지 않을까 하는 호기심에서 싫은 걸 억지로 참고 말하고 있는 것이었다.
「아, 여기 또 하나 낯익은 게 있군?」서진(書鎭) 밑에 있는 또 한 장의 삐라를 쳐다보며 표트르는 상대방의 말을 가로막았다.
 그것도 역시 일종의 격문으로 어쩐지 외국에서 인쇄된 것 같았다. 그러나 전부가 시(詩)의 형식을 갖추고 있었다.
「아 이거라면, 나는 외고 있어요. 《빛나는 인격》이라는 거죠! 어디 좀 볼까요. 역시 그렇군, 《빛나는 인격》이군. 이 인격은 외국에 있을 때부터 알고 있어요. 어디서 났지요?」
「외국에서 보았다고?」 렘브케는 깜짝 놀랐다.
「물론이죠. 사 개월이나 오 개월 전이었어요.」
「그건 그렇고, 자네는 외국에서 여러 가지를 보았군.」 렘브케는 비꼬는 눈초리였다.
 표트르는 그런 말에는 귀도 기울이지 않고, 종이 쪽지를 펴들고 소리를 내어 읽기 시작했다.

   빛나는 인격

그는 명문 출신이 아니며
대중과 더불어 자랐건만
황제의 비위에 거슬리고
간신들의 시샘에 쫓기어
온갖 고통과 형벌
또한 고문에 몸을 맡기며
사해 동포, 자유 평등의 복음을
인민에게 전하러 나섰노라.
이리하여 반란을 일으키고
감옥, 채찍, 뻘겋게 달아오른 부젓가락,
목을 잘리는 액운을 면하려고
낯선 나라로 달아났지만,
반역을 각오한 인민들은
준엄한 운명을 빠져나가려고
스몰렌스크에서 타시겐트에 이르기까지

그 대학생의 귀국을 고대하노라.

사람들은 모두 그를 기다렸노라.
──어떤 일이 있더라도
귀족의 무리들에게 죽음을 주고
황제의 족속도 뒤집어엎고
영지를 인민의 소유로 하여
교회, 결혼, 또한 가족제,
세상의 모든 낡은 폐습을 영원히
복수의 불길 속에 집어던지기 위해

「이건 틀림없이 그 장교로부터 입수한 거죠?」하고 표트르는 물었다.
「자네는 그 장교를 알고 있나?」
「물론이죠. 나는 거기서 이틀 동안이나 그들과 함께 술을 마셨거든요. 그 친구가 그렇게 발광하는 것도 오히려 당연한 결과라 할 수 있죠.」
「그러나 어쩌면 실성한 건지도 모르네.」
「그것은 사람을 물었기 때문인가요?」
「하여간 좀 들어 보게나. 자네가 이 시를 외국에서 보았다는데, 그 후, 여기서 그 장교가 가지고 있었다면······.」
「어쨌다는 거예요? 뭔가 잔재주를 부린 것 같은가요! 지사 나리, 보아하니 당신은 나를 시험하고 있는 것 같군요? 아시겠어요?」갑자기 위엄을 보이면서 그는 이렇게 말했다.「내가 외국에서 보았다는 데 대해서는 귀국 뒤 이미 여러 사람에게 설명해 두었던 겁니다. 그래서 내 설명은 이치가 닿는 것으로 인정되었습니다. 그렇지 않았다면 나는 이렇게 이곳에 머무르면서 영광을 베풀어 주지 못했을 거예요. 이런 뜻에서 나에 대한 일은 이미 정리되었다고 생각합니다. 따라서 누구에게나 변명할 의무는 없을 거예요. 그러나 내가 밀고자였기 때문에 일단락된 건 아닙니다. 달리 어떻게 할 도리가 없다는 데 불과합니다. 부인께 소개장을 써준 사람들은 뻔히 사정을 알고 있으므로 나를 결백한 인간으로 인정해 준답니다. 아니 그런 일은 아무래도 상관없어요. 나는 진지한 얘기가 있어 찾아온 것이니까요. 그러니까 그 굴뚝 청소부에게 자리를 뜨게 한 것은 참 잘한 일입니다. 이것은 나에게는 중대한 일입니다. 실은 당신에게 중대한 부탁이 한 가지 있습니다.」

「부탁? 흠…… 자 사양말고 어서 하게나, 나도 흥미를 갖고 듣겠네. 그러나 대체로 말해서 자네는 나를 무척 놀라게 하는군, 표트르 군.」 렘브케는 어느 정도 가슴을 설레고 있는 것 같았다. 표트르는 역시 한쪽 다리를 무릎 위에 올려 놓았다.

「페체르부르그에서」 하고 그는 입을 떼기 시작했다. 「나는 많은 점에서 개방주의를 갖고 왔습니다. 그러나 뭔가…… 결국 이런 일에 관해서는…….」 그는 《빛나는 인격》을 손가락으로 찔렀다. 「나는 침묵을 지키고 있었습니다. 그것은 첫째 얘기할 가치가 없기 때문이기도 하며, 둘째로는 물어 보는 일 이외에는 지껄이지 않기로 했기 때문이지요. 이런 뜻에서 앞장 서는 것은 좋아하지 않습니다. 나는 이런 데서 비열한 사람과 단순히 주위의 상황으로 어쩔 수 없이 된 결백한 사람, 이 양자간의 구별을 잘 알고 있습니다……. 아니, 그런 일은 차후로 미루고라도, 지금 현재…… 그런 바보녀석들이…… 글쎄 그런 사정이 폭로되어, 모든 것이 당신 수중에 들어간 오늘날에 와서 숨긴다 해도 헛된 일이라 생각합니다. 사실 당신은 안목과 식견이 있는 사람이라, 앞질러 당신의 마음속을 꿰뚫어보는 일은 도저히 불가능한 일이니까요. 그런데 그 바보녀석들은 아직도 계속해서 나는…… 아니 한마디로 말해서 나는 어떤 한 사람을 구해 주십사하고 이렇게 실례를 하는 것입니다. 그 사람 역시 바보입니다. 아니 미치광이인지도 모릅니다. 그러나 나이가 아직 젊고, 불행한 처지에 있어, 당신의 인도적인 인간성에 호소해서 이렇게 부탁을 하는 것입니다……. 당신 역시 자작 소설 안에서만, 그런 인도주의자로 자처하고 있는 건 아니겠죠!」 그는 노골적인 비꼬는 말투로 자못 초조한 듯 갑자기 말을 끊었다.

요컨대, 이 친구는 아주 정직한 사람이지만, 인도적인 감정이 너무 많은 데다가 미묘한 입장에 놓여 있기 때문에 서투르게 망설이고만 있어 극히 외교가 졸렬하고, 게다가 무엇보다도 지혜가 좀 모자라는 것 같다고 렘브케는 금방, 아주 예민한 판단을 내려 버렸다. 더구나 이 사실은 벌써 전부터 추측하고 있었다. 특히 최근 일주일 동안은, 매일 밤, 서재에 혼자 처박혀서 어떻게 해서 그 친구가 그렇게 율리아 부인의 마음에 꼭 들었을까, 참으로 이상한 노릇이라고 속으로 실컷 그에게 욕을 하고 있었을 때도, 더욱 그렇게 생각하고 있었다.

「도대체 자네는 누굴 부탁하고 있는 건가. 게다가 전체적으로 자네의 말은 무엇을 뜻하는 건가?」 자기 호기심을 숨기려고 애쓰면서 그는 거드름을 피우며 이렇게 물었다.

「그것은…… 그것은…… 참 난처하군……. 사실 내가 당신을 믿고 밝히려는 것은 뭐 잘못이 있어서 그러는 건 아니니까요. 내가 당신을 결백하고, 특히 사리를 아는, 즉 저…… 난처한데…… 무엇을 이해하는 능력 있는 사람이라 생각하는 것이 도대체 어디가 나쁘다는 겁니까?……」 가엾게도 그는 자기가 자기 처리를 어떻게 해야 할지 난처해하는 것 같았다.

「그쯤 하면 당신도 납득이 가실 텐데요.」하고 그는 말을 이었다. 「내가 그 사람의 이름을 대면 결국 그 사람을 당신에게 파는 셈이 됩니다. 그렇지 않겠어요? 파는 셈이 되겠죠, 그렇죠, 안 그렇습니까?」

「자네가 탁 털어놓고 말하지 않는데 내가 어떻게 짐작이 가겠나.」

「그, 그렇지. 당신은 항상 그 논법으로 남의 속을 떠보거든요. 참 곤란한데…… 이거 야단났는데……. 그 《빛나는 인격》은, 그 『대학생』이란, 다름 아닌 샤토프입니다……. 기어코 말해 버렸습니다!」

「샤토프라니? 즉 누가 샤토프란 말인가?」

「샤토프입니다. 여기 써 있는 대학생입니다. 현재 이곳에 살고 있습니다. 전의 농노 출신으로, 왜 전번에 따귀를 갈겼던…….」

「알았네, 알았어!」하고 렘브케는 눈을 가늘게 떴다. 「그러나 미안하지만 그 사람이 도대체 어떤 점에 죄가 있는 건가? 첫째 자네는 무엇을 청원하고 있는 건가?」

「그 사람을 구해주십사 하고 부탁드리고 있잖습니까! 나는 팔 년 전부터 그 사람을 알고 있어 친구라 해도 무방할 정도입니다.」 표트르는 초조해졌다. 「아니 나는 옛날의 생활을 당신에게 보고할 의무 따위는 갖고 있지 않습니다.」 그는 손을 흔들었다. 「그런 짓은 다 쓸데없는 일입니다. 그런 것은 모두 세 사람 반 가량의 인간이 하고 있는 짓입니다. 외국에서 하고 있는 일이란 열 사람도 모이지 않습니다. 하여간 나는 당신의 인도적인 감정과 총명한 두뇌에 희망을 걸고 있습니다. 당신은 이해해 주십니다. 당신은 일의 진상을 있는 대로 보여 주십니다. 결코 당치도 않은 망상은 하지도 않고, 정신 나간 자의 어리석은 꿈에 불과하다는 것을 환히 이해하고 있습니다. 정말이지 그 사나이는 불행 때문에…… 오랜 동안의 불행 때문에 머리가 이상해진 겁니다. 절대로 어떤 당치도 않은 국사범이라든가, 음모라든가 하는 그런 어마어마한 것은 아닙니다…….」 그는 거의 숨이 막힐 지경이었다.

「흠…… 그럼 그 사람은 도끼가 그려져 있는 격문에 관련되어, 뭔가 죄를 지은 모양이군.」 거의 장중하다 할 만큼 정중한 어조로 렘브케는 결론을 내렸다. 「그러나 이거 보게, 만일 그 사람이 혼자라면 어떻게 그렇게 여러 군데로 뿌릴 수 있었겠나? 이 고장이나 지방뿐 아니라 H현까지도…… 게다가 첫째 어디서 입수했을까?」

「아까부터 그렇게 말하지 않았습니까, 그 패들은 다 해서 다섯 사람 정도예요. 글쎄 열 사람쯤 될까, 그런 것은 내가 알 바가 아니니까요.」

「자네가 모른다고?」

「어떻게 내가 안단 말입니까, 턱도 없이!」

「하지만 샤토프가 공모자의 한 사람이라는 것을 알고 있지 않았던가?」

「네?」 하고 표트르는 힐문자의 압도적인 통찰력을 떨어 버리려는 듯 손을 흔들었다. 「자 들어 보세요. 나는 사실을 다 말해 버리겠어요. 격문에 대해선 아무것도 모릅니다. 정말로 아무것도 모릅니다. 턱도 없습니다. 당신은 『아무것도』라는 말의 뜻을 아시겠죠?…… 아니 그 중위는 물론 그렇습니다. 그리고 아직 이 거리에도 누군가 한 사람…… 아니, 샤토프인지도 모릅니다. 그 밖에도 또 누군가 있겠지요. 그 정도입니다. 참말로 쓸모없고, 비참한 겁니다. 그러나 나는 이 샤토프를 부탁하러온 겁니다. 그 사람을 구해 줘야 합니다. 왜냐하면 이 시는 그 사람의 자작시이고 인쇄도 그 사람의 손을 거쳐 외국에서 한 것입니다. 이 정도의 일은 나도 확실히 알고 있습니다. 그러나 격문에 대한 일은 전혀 모릅니다.」

「만일 이 시가 당사자의 작품이라면 격문도 확실히 그렇겠군. 그러나 어떤 사실을 근거로 샤토프 군을 의심하는가?」 표트르는 더 이상 참지 못하겠다는 표정으로 호주머니에서 종이쪽지를 꺼냈다. 그리고 그 속에서 한 통의 편지를 뽑았다.

「이것이 그 증거요!」 탁자 위에 편지를 내동댕이치면서 그는 이렇게 외쳤다.
 렘브케는 그것을 펴보았다. 보니 편지는 반 년 가량 전에 여기서 외국 어느 곳으로 보내기 위해 쓴 것으로 두 줄밖에 안 되는 극히 짧은 것이었다.
 『《빛나는 인격》의 인쇄가 여기에서는 불가능함, 그러므로 나는 아무 일도 할 수 없소. 외국에서 인쇄하여 주십시오. 이반 샤토프.』
 렘브케는 물끄러미 표트르를 주시했다. 바르바라 부인이 이 사람은 염소 같은 눈길을 갖고 있다고 평한 것은 정말로 적중한 말이었다. 가끔 그런 느낌이 특별히 들기도 했다.
「그건 이렇게 됐습니다.」 표트르 스체파노비치는 힘있게 말을 이었다. 「이를테면, 이 사람은 반 년 전에 이 시를 썼습니다. 그런데, 이곳의 소위 비밀출판소 같은 데서는 인쇄할 수 없어서 그래서 국외에서 인쇄해 달라고 부탁한 겁니다. 분명해졌지요?」
「그래, 분명해졌어. 그러나 누구에게 부탁한 건지 그것이 아직 분명치 못하네.」 극히 교활한 비꼬는 듯한 말투로 렘브케는 이렇게 말했다.
「키릴로프가 아닙니까, 정말 질려 버렸어. 이 편지는 외국에 있는 키릴로프에게 부친 거요……. 도대체 모르고 계셨어요? 정말 당신은 나에게 유감스러운 점이라도 있어요? 그렇게 시치미를 떼고 캄캄한 체하고 있으니 말이오. 사실은 이미 오래 전부터 이 시에 대한 모든 것을 다 알고 있었죠? 어째서 당신 테이블 위에 놓여 있단 말입니까? 설마 혼자서 걸어 들어온 건 아니겠지요? 만일 그렇다면, 무엇 때문에 당신은 나를 그렇게 못살게 구는 건가요?」
 그는 떨리는 손으로 이마의 땀을 수건으로 닦았다.
「나에게도 다소는 알려진 것이 있을지도 몰라…….」
 렘브케는 교묘하게 얼버무렸다. 「그런데 그 키릴로프라는 자는 누구지?」
「네, 그건 다른 곳에서 온 기사로서 바로 스타브로긴의 중개인을 했던 사람입니다. 어떤 일에 열중하는 미치광이 같은 사람입니다. 그 중위가 정말로 열에 들뜬 일시적인 정신착란이라면, 이 사람은 어김없는 철저한 미치광이입니다. 그 점은 내가 충분히 보증합니다. 지사 나리, 정부 측에서도 이 친구들이 사실 어떤 인간인가를 확인한다면 아마 그들에게 손을 쓸 생각은 하지 않을 겁니다. 그런 놈들은 몽땅 그대로 정신병원에다 보내면 좋을 겁니다. 나는 스위스에 있을 때도 여러 모임에서 그런 친구들을 지긋지긋할 정도로 봤습니다.」

「그쪽에서? 이곳의 운동을 지배하고 있는 본고장에서?」

「아니, 도대체 누가 지배한다는 거요? 세 사람 반 가량의 사람입니까? 사실 그 친구들을 보고 있으면 정말 한심해집니다. 게다가 이곳의 운동이라니, 대관절 어떤 운동이 있는 겁니까? 격문에 대한 걸 말하는 건가요? 게다가 어떤 인간들이 가입하고 있나요? 열에 들뜬 중위 나리에다 두세 사람의 대학생인가요? 당신은 총명한 분이니까 한 가지 질문을 하겠어요. 어째서 그 패들에게는 뛰어난 인물이 가입하지 않나요? 어째서 모두가 대학생이고 스물두엇 되는 애송이들뿐인가요? 게다가 그렇게 많은가요? 몇 백만이라는 개가 찾아 헤매는데도 불구하고 그리 걸려드는 일이 없잖습니까? 일곱 명 가량이나 되는지요? 정말 한심합니다.」

렘브케는 주의깊게 듣고 있더니 『배가 불러야 노래도 할 수 있잖나』 하는 투의 표정을 짓고 있었다.

「그러나 미안하네만 자네가 확신하는 바에 의하면 이 편지는 외국으로 부쳤다고 하지만, 여기 주소가 없지 않은가. 이 편지가 키릴로프 씨에게 보내는 것이며, 더구나 외국으로 보내졌다는 사실을 자네는 어떻게 알았나. 게다가…… 게다가…… 과연 샤토프 씨가 썼다는 것을…….」

「그럼, 당장 샤토프의 필적을 찾아보면 되잖아요. 뭔가 샤토프의 서명이 하나쯤은 당신 사무실에 있을 테니까요. 또 키릴로프에게 부쳤다는 것은 본인인 키릴로프가 당시 나에게 보여 주어서 알고 있는 겁니다.」

「그럼 자네가 직접…….」

「네, 그렇죠. 물론 내가 직접 보았지요. 그는 내게 여러 가지를 보여 주었어요. 그런데 이 시 말인데요, 이것은 고인이 된 게르첸이 아직 외국에서 방랑하고 있을 무렵에 해후의 기념인지, 칭찬을 위해선지, 아니면 소개할 참이었는지, 그런 건 모르겠습니다만, 하여간 샤토프에게 써줬답니다. 그래서 샤토프는 이것을 갖고 젊은 사람들 사이에서 나팔을 불고 다니는 것입니다. 이것이 게르첸 자신의 나에 관한 의견이라고 하며 말입니다.」

「으으음.」 그제야 렘브케는 완전히 납득이 갔다. 「그래서 나도 이상하게 생각했네. 격문…… 그것만은 알겠는데 시 같은 건 도대체 뭣 때문에 인쇄했나 하고 말일세.」

「아니 당신은 어째서 납득이 안 갈까요? 참 한심하군요, 도대체 내가 무엇 때문에 지금까지 당신에게 지껄였을까요! 제발 나에게 샤토프를 넘겨 주십쇼. 이렇게 되면 다른 놈들은 어떻게 되든 상관없습니다. 키릴로프도 마음대로 하세요. 그 친구는 샤토프가 살고 있는 필립포프네 집에 틀어박혀 숨어 있습니다. 그 사람은 나를 좋아하지 않습니다. 왜냐하면 내가 이곳에 돌아와서…… 하여간 샤토프만은 나에게 약속해 주세요. 그 대신 다른 녀석들은 한꺼번에 잡아다 당신 앞에 바치겠습니다. 나도 쓸모있을 때가 있습니다. 지사 나리! 내 생각으로는 그 비참한 패들은 모두 아홉 명인가, 열 명 정도라고 생각합니다. 나는 그 녀석들의 동태를 살피고 있습니다. 개인적으로 말입니다. 지금 현재로는 세 사람만을 알고 있습니다. 샤토프와 키릴로프와 그리고 그 중위입니다. 나머지 녀석들은 아직 살피고 있는 중입니다……. 나도 아주 근시안만은 아닙니다. 아마 그 H현과 똑같을 겁니다. 그곳에서 격문 사건으로 붙잡힌 사람은 대학생이 둘, 중학생이 하나, 스무 살 가량의 귀족이 하나, 국민학교 선생이 하나, 그리고 술 때문에 멍청해진 육십 세 가량의 퇴직 소령, 이것이 전부입니다. 정말 이것이 전부랍니다. 그러나 엿새라는 날짜가 필요합니다. 내가 벌써 수판을 놓아 보았더니 엿새는 걸릴 것 같습니다. 그보다 빨리는 안 됩니다. 만일 어떤 결과를 보고 싶다면 엿새 동안은 그 사람들을 그냥 내버려 둬야 합니다. 그렇게 하면 내가 일망타진해 보이겠습니다. 만일 그전에 손을 대면 모처럼의 소굴이 해산되어 버립니다. 그러나 샤토프는 나에게 넘겨 주십시오. 나는 샤토프를 위해서라면…… 가장 좋은 방법으로는 비밀리에 그 사람을 불러내어 친구의 입장에서 이 서재도 좋고, 아니면 다른 곳으로라도 안내해서 그들의 내막을 폭로해 보이고 한 번 시험해 보는 겁니다……. 그렇게 하면 틀림없이 당신 발 밑에 몸을 던지고 소리를 내어 울음을 터뜨릴 겁니다! 그놈은 신경질인데다가 불행한 놈입니다. 그 아내가 스타브로긴하고 놀아나고 있으니까요. 사실 조금만 부드럽게 대하면 그 친구는 자진해서 모든 것을 털어놓을 것입니다. 그러나 엿새간의 여유는 꼭 필요합니다……. 그런데 무엇보다도, 무엇보다도 중요한 것은 부인에게는 일언반구도 누설해서는 안 된다는 겁니다. 비밀을 지킬 수 있겠습니까?」
「뭐라고?」 렘브케는 눈을 크게 떴다. 「자네는 율리아에게 아직 아무것도……밝히지 않았던가?」
「부인께요? 천만에 말씀입니다! 지사 나리! 자, 들어 보세요. 나는 부인의 우정을 대단히 고맙게 여기고 마음속으로 부인을 존경하고 있습니다. 그건 사실이지만…… 그러나, 결코 사리에 어긋나는 일은 지껄이지 않습니다. 그렇다고 부인의 의견에 반대하는 건 아닙니다. 왜냐하면 부인에게 반대한다는 것은 당신도 아다시피 매우 위험하니까요. 아마 이런 말을 한 마디쯤 비쳤는지도 모릅니다. 그러는 것을 부인이 좋아하시니까요. 하지만 지금 당신에게 말했듯이 이름을 밝힌다거나, 그런 일은 천만에 말씀입니다! 사실 지금 내가 당신에게 이렇게 밝히는 것은 무엇 때문이겠어요. 다름이 아닙니다. 뭐니뭐니해도 당신은 남자이기 때문입니다. 옛날부터 착실한 근무상의 경험을 지닌 성실한 분이라고 생각하기 때문입니다. 당신은 쓴맛, 단맛 다 겪은 사람입니다. 당신은 페체르부르그의 예도 있으니까, 이런 일이라면 하나에서 열까지 알고 있을 겁니다. 하지만, 부인께 이 두 사람의 이름이라도 댄다면 그분은 금방 여기저기 소문을 퍼뜨리고 다닐 겁니다……. 부인께서는 이곳에서 페체르부르그를 깜짝 놀라게 하고 싶어서 못 견디니까요. 아니 정말로 열렬한 성격이니까요. 사실!」
「하긴 그래, 그 사람에게는 그런 습성이 좀 있기는 해.」 이 버릇없는 자가 자기 처에 대해 너무 거리낌없이 비평하는 데는 마음속으로 섭섭하게 느끼면서도, 한편 어느 정도 은근히 좋아하는 듯한 표정으로 렘브케는 이렇게 말했다.
표트르는 이것만으로는 아직 불충분하다, 좀더 적극적으로 비위를 맞춘 다음, 완전히 『렘브케』를 손아귀에 넣어야만 하겠다고 생각한 모양이었다.
「아니, 정말 습성입니다.」 하고 그는 맞장구를 쳤다. 「사실 그분은 천재적인 문학 취미가 있는 부인임에는 틀림없습니다만, 모처럼 모인 참새 떼를 쫓아 버리게 됩니다. 엿새는 고사하고, 여섯 시간도 못 참을 겁니다. 정말입니다. 지사 나리, 부인께 엿새라는 기한을 강요할 수는 없습니다! 내가 다소간의 경험을 갖고 있다는 것을 당신도 인정하시겠지요. 즉 이런 일에 대해서 말입니다. 나도 얼마간이나마 알고 있다는 것은 당신 자신도 인정하고 계실 겁니다. 내가 엿새 동안의 기한을 부탁하는 것은 결코 그들을 용서하려고 그러는 것은 아닙니다. 사실 필요하기 때문입니다.」

「나도 약간 들은 바는 있지만……」 렘브케는 확고한 의견을 말하기를 주저했다. 「자네가 외국에서 돌아왔을 때 그 계통에 대하여…… 그 참회라는 뜻에서 뭔가 진술했다는 것은 나도 들은 적이 있네만.」

「네, 그 정도의 일은 있었어요.」

「그것은 물론 나도 구태여 개입할 생각은 없네. 그러나 내가 보기에는 자네는 이곳에서 전혀 다른 성질의 의견을 지금까지 털어놓고 있는 것처럼 생각했는데. 예를 들면 그리스도교의 신앙이라든가, 사회적인 시설이라든가, 또는 정부에 대한 일이라든가…….」

「그야 나도 여러 가지 말을 했죠. 지금도 역시 말하고 있어요. 다만 그러한 사상을 저 바보녀석들처럼 실행하지 않는다는 것이 중요한 점입니다. 사람의 어깨를 물어 봐야 무슨 일이 된다는 겁니까? 당신도 내 의견에 동의해 주셨죠, 다만 시기상조라는 것만을.」

「나는 그런 일에 동의한 건 아닐세. 그런 뜻으로 시기상조라고 한 것은 아니란 말일세.」

「그러나 당신은 한마디 한마디를 저울에 달듯이 말하는군요. 허, 참! 굉장히 조심스러운 분이군!」 갑자기 표트르는 재미있다는 듯이 말했다. 「어쨌든 나는 당신이란 사람을 알아 둘 필요가 있었어요. 그러기에 나는 내 나름의 방법으로 말한 겁니다. 이것은 당신 한 사람뿐이 아닙니다. 여러 사람에 대하여 이런 식의 연구를 하는 겁니다. 나는 당신의 성격을 충분히 알고 싶었던 겁니다.」

「왜 내 성격이 자네에게 필요한 거지?」

「뭣 때문에 필요한지 그런 건 나는 모릅니다(그는 또 큰소리로 웃었다). 각하, 당신은 참말로 교활하군요, 그러나 거기까지는 미치지 못했어요. 또 그런 시기는 틀림없이 오지 않을 겁니다. 아시겠어요? 아마 아시겠지요, 나는 외국에서 돌아왔을 때 그 계통의 사람에게 말은 해놨지만, 어떤 신념을 가진 인간이 그 성실한 신념을 위해서 왜 행동하면 안 된다는 건가요, 정말 납득이 안 갑니다……. 어쨌든 나는 그쪽에서 누구에게서나 당신의 성격 진단을 요청받은 일도 없고, 또 그쪽으로부터 그런 요청을 받아들인 기억도 없습니다. 이것만은 납득해 주시기 바랍니다. 나는 지금 두 사람의 이름을 우선 당신에게 알리지 않고, 직접 저쪽으로——말하자면 내가 처음으로 말했던 곳——그쪽에 알릴 수도 있었던 것입니다. 이게 만일 경제적인 관계에서, 말하자면 이익을 염두에 두고 노력하고 있는 거라면, 그야 물론 나의 계산 착오라고도 할 수 있겠죠. 왜냐하면, 이번에는 감사를 받는 것은 당신뿐이지 절대로 나는 아니니까요. 나는 다만 샤토프를 위해 부탁하는 겁니다.」하고 표트르는 아무런 사심도 없는 듯이 덧붙였다.「나는 지난날의 우정을 생각해서 샤토프를 위해 부탁하는 겁니다……. 그런데 말입니다. 당신이 붓을 들고 저쪽으로 보고할 경우, 내게 대한 일도 칭찬해 주신다면…… 그런 때는 나도 구태여 다른 뜻을 내세우지는 않겠어요. 헤헤! 그럼 이제 일어서기로 하죠, 꽤 오래 앉아 있었습니다. 게다가 이렇게 지껄여댈 필요도 없었는데!」하고, 어느 정도 애교를 보이면서 말한 다음, 그는 긴의자에서 일어섰다.

「천만의 말씀, 나는 오히려 사건이 점점 명백해져서 매우 기쁘게 생각하네.」확실히 마지막 몇 마디가 효과를 본 듯 렘브케도 상냥한 얼굴로 자리에서 일어났다.「나는 감사한 마음을 표하며 자네의 노고를 받아들이겠네. 자네의 노고에 보답하는 점에서는 나도 힘 닿는 데까지 해볼 테니 안심하고 있게나.」

「엿새 동안입니다, 중요한 것은 엿새라는 기한입니다. 그 동안은 손을 대지 않도록 해주십시오. 이것이 나에게는 필요합니다.」

「좋아.」

「물론 나는 당신의 손을 묶으려는 것은 아닙니다. 당신이라고 해서 탐색을 하지 말라는 법은 없겠지만, 다만 기한 전에 놈들의 소굴을 위협해서는 안 됩니다. 이 점에 관해서는 나는 당신의 두뇌와 경험에 큰 기대를 걸고 있습니다. 참, 당신은 꽤 많은 사냥개를 기르고 있겠죠. 그 여러 가지 밀정을 말입니다. 헤헤!」표트르는 명랑하고 경박한 말투로(이건 젊은 사람들의 버릇이다), 정면으로 말했다.

「뭐, 그렇지도 않다네.」렘브케는 기분이 좋은 듯이 상대방의 화제를 피했다.「그것은 젊은이의 편견이라네, 그렇게 많이 기르고 있다는 것은……. 그런데 말이 나온 김에 한 가지 물어 보고 싶은 게 있는데, 만일 저 키릴로프가 스타브로긴의 중개인이 되었다면 스타브로긴 씨도 역시…….」

「스타브로긴이 어떻게 되었다고요?」

「말하자면 두 사람이 그렇게 다정한 사이라면.」
「원 천만에요, 그렇지 않아요! 당신도 상당히 교활한 사람이지만, 그건 예상 착오입니다. 난 놀랐습니다요. 이 일에 대해서는 당신도 상당히 사정을 잘 알고 있으리라 생각했어요……. 흠…… 스타브로긴…… 그는 전혀 정반대의 위치에 서 있어요. 결국, 전혀…… 좀 주의하십사 하고 말하는 겁니다.」
「설마! 그럴 수가…….」 렘브케는 의심스러운 듯이 말했다. 「나는 율리아에게서 들었지만 집사람이 페체르부르그에서 얻은 정보에 의하면 그는 어떤 지령을 받고 왔다고…….」
「나는 아무것도 모릅니다, 조금도 모릅니다. 전혀 조금도. 안녕히 계세요. 주의하십사 하고 말씀하는 겁니다.」 표트르는 갑자기 눈에 띄게 기피전술을 썼다.
그는 문 쪽으로 달려갔다.
「잠깐, 여보게. 표트르 군. 잠깐!」 렘브케는 소리쳤다. 「또 한 가지 용건이 있네. 하지만 더 이상 자네를 잡아 두진 않겠네.」
그는 책상 서랍에서 봉투 하나를 꺼냈다.
「역시 같은 종류에 속하는 건데, 이것을 자네에게 보여 주니 내가 얼마나 자네를 신용하고 있는지 알아 주기나 하게. 자, 자네 의견은 어떤가?」
봉투 속에는 한 통의 편지가 들어 있었다. 그것은 렘브케 앞으로 부친 이름없는 괴상한 편지로 바로 어제 받은 것이었다. 표트르는 무척 화가 난 듯한 태도로 다음과 같이 읽어 내려갔다.

각하!
사실 관등(官等)으로 말하면 당신은 각하이므로 이렇게 불러 둔다. 이 편지로써 나는 모든 현관 및 조국에 대한 음모를 통보한다. 이미 사태는 심각해졌다. 나는 직접 여러 해에 걸쳐 계속 격문을 뿌려왔다. 아울러 무신론도 선전했다. 폭동의 준비는 착착 진척되고 있다. 몇 천 장이 넘는 격문이 살포되었지만 만일 정부가 미리 몰수하지 않으면 백 명 가량의 사람이 숨을 헐떡이면서 한 장 한 장을 쫓아다녀야 할 것이다. 즉 그들은 막대한 보수를 약속받고 있기 때문이다. 하여간 일반 국민은 바보이다. 게다가 보드카라는 놈도 있다. 인민은 죄인을 존경하고, 죄인도 관헌도

다 파멸시키고 있다. 나는 어디를 보나 두려우므로 내가 관여하지 않은 사건에 대해서는 참회의 뜻을 표하고 있다. 왜냐하면 나의 사정이 그렇게 되었기 때문이다. 만일 조국과 교회와 성상(聖像)을 구하기 위해 밀고해 주기를 원한다면 그것을 할 수 있는 자는 나 이외에는 아무도 없다. 그러나 즉각 제3과에서 전보로 나를 용서해 준다는 명령을 발한다는 것을 조건부로 해주기 바란다. 그것은 나 혼자면 된다. 다른 놈들은 마음대로 죄를 다 스려도 좋다. 매일밤 일곱 시가 되면 문지기의 창문에 신호의 촛불을 켜주기 바란다. 그것을 볼 수 있으면 나는 수도에서 내려 준 자비의 손길을 믿고 거기에 입맞추러 가겠다. 그러나 연금을 하사한다는 조건부라야 한다. 그렇지 않으면 나는 생계의 방도가 막연하다. 당신은 절대로 후회할 일은 없다. 당신은 훈장을 받게 될 테니까 말이다. 그러나 하여간 비밀을 요한다. 아니면 목이 달아날 것이다.

      각하의 발 밑에 몸을 던진 절망의 사나이
        회오하는 자유사상가 무명씨

 렘브케의 설명에 의하면 편지는 어저께 문지기의 방으로, 사람이 없는 틈을 타서 집어던진 것이다.
 「그래 당신은 어떻게 생각하십니까?」 거의 무례하다 할 정도의 말투로 표트르는 이렇게 물었다.
 「내 생각으로는, 이것은 장난삼아 한 투서라고 보네.」
 「아마 그런 정도겠지요. 당신을 속일 수는 없을 테니까요.」
 「뭘, 너무도 하찮은 일이라 그렇게 생각하는 거지.」
 「당신은 이곳에 와서 또 이런 투서를 받은 일이 있습니까?」
 「두 번쯤 받았지, 무명의 편지를.」
 「그야 물론 서명 같은 건 하지 않아요. 다 다른 문체죠? 필적도 각각이고?」
 「그렇지, 다른 문체에 필적도 다르다네.」
 「역시 이것과 같이 장난삼아 한 건가요?」
 「그렇지 장난삼아 한 거야, 그리고 말일세……. 정말로 추악한 거라네.」
 「그래요. 전에도 그런 일이 있었다면 이번에도 역시 같은 것이겠지요.」

「결국 내가 너무 어리석어 보이니까……. 사실 그놈들은 교육이 있으니까 결코 이런 것을 쓰지는 않을걸세.」
「아무렴요, 그렇고말고요.」
「그러나 누가 정말 밀고하려고 생각하고 있다면 도대체 어떻게 되나?」
「그런 일이 있을라고요.」 표트르는 한 마디로 부정해 버렸다. 「도대체 제3과의 전보라든가 연금이라고 하는 것은 뭡니까! 뻔히 들여다보이는 장난입니다.」
「그렇지, 그래.」 렘브케는 얼굴을 붉혔다.
「지사 나리, 이 편지를 나에게 빌려 주세요. 내가 꼭 찾아 드리죠. 그 친구들보다 먼저 찾아 드리죠.」
「가져가게나.」 다소 주저하는 기미가 있었지만, 렘브케는 승낙했다.
「당신은 다른 사람에게 보여 준 일이 있습니까?」
「아냐 어떻게 그런 짓을! 아무에게도 보여 주지 않았네.」
「그렇다면 부인께도?」
「오, 당치도 않은 소리. 자네에게도 부탁이네만 그 사람에게 보여 주지 말게!」 렘브케는 겁에 질려서 소리쳤다.
「그런 짓을 했다가는 놀라자빠져서…… 나에게 무섭게 달려들걸세.」
「그렇군요, 당신이 먼저 당하겠군요. 이런 편지를 받은 이상 당신은 이런 편지에 적힌 만큼의 값어치밖에 없다고 하면서 말이죠. 부인의 논리는 다 미리 알고 있으니까요, 그럼 안녕히 계십시오. 나는 어쩌면 사흘 동안에 이 편지의 필자를 찾아낼지도 모릅니다. 그러나 무엇보다도 그 약속을 잊지 않도록 해주십시오.」

4

표트르는 사실 빈틈없는 사람이었는지 모른다. 그러나 유형수 페지카가 『그 사람은 스스로 남을 이렇다고 정해 버리고 그것으로 안심하고 있는 성질의 사나이다』라고 말한 것은 핵심을 찌른 말이다. 그는 렘브케 옆을 떠나면서 적어도 엿새 동안은 지사의 마음을 안정시켰다고 믿어 마지 않았다.

이 엿새라는 기한은 그에게 절대로 필요한 것이었다. 그러나 그의 계산은 빗나갔다. 모든 것이 그의 단독적인 속단을 기준으로 하였던 것이다. 그는 처음부터 렘브케를 아주 얼간이 같은 사람으로 단정해 버리고 덤벼든 것이다.

 병적으로 의심이 많은 사람은 다 그렇듯이 렘브케는, 뭔가 미지의 경지에서 한 발짝 벗어난 순간에는 늘 기쁨에 넘쳐 남을 지나치게 믿는 경향이 있었다. 어떤 국면이 급전되었을 경우에는 여러 가지 귀찮은 사정이 새로이 일어나기는 하지만 처음에는 그런 대로 잘 될 것같이 생각되었다. 적어도 이전의 의혹은 흔적도 없이 사라지는 것이다. 게다가 이 며칠 동안 그는 몹시 피로를 느끼고 있었다. 녹초가 되어 몸도 가눌 수 없는 심정이었으므로 그의 마음은 자연히 안정을 갈망하게 되었다. 그러나 슬프게도 그는 또 그 안정을 잃었던 것이다. 오랜 동안의 페체르부르그 생활은 그의 마음에 지울 수 없는 흔적을 남겼다.『새로운 세대』의 표면적인 추이도 그 비밀의 운동도, 그는 너무나 잘 알고 있었다.

 그는 매우 호기심이 강한 사람이었으므로 격문 같은 것도 꽤 많이 수집했었다. 그러나 그 운동의 뜻을 아무래도 알 수 없었다. 그런데 이번에는 마치 깊은 숲속으로 빠져들어간 것 같은 기분이 들었다. 그는 모든 직관력을 동원하여 이런 사실을 깨달았다. 표트르의 말 속에는 형식이나 약속을 무시한, 뭔가 모순된 점이 있는 것 같았다.『더욱이 이 새로운 세대 속에서 어떤 것이 튀어나올지 전혀 짐작이 안 가니 말이야. 게다가 그것이 어떻게 성장할지 알 도리가 있어야지!』이런 생각을 하다 보니, 생각이 뒤죽박죽이 되어 갈피를 잡을 수 없었다.

 바로 이때 이를 노리기나 한 듯, 또 블륨이 그의 방에 얼굴을 내밀었다. 표트르가 렘브케를 방문하고 있는 동안, 그는 그 근처에서 기다리고 있었던 것이다. 이 블륨은 렘브케의 먼 친척 뻘이 되지만, 그것은 일생 동안 세심한 주의하에 은폐되어왔다. 나는 이 변변치 못한 인물 때문에 여기서 독자들에게 몇 마디 말해 두어야 하겠다.

 블륨은『불행한 독일 사람』이라는 기묘한 종족에 속해 있었다. 그러나 그것은 결코 자신의 극도의 무능 탓이 아니고, 뭔가 알 수 없는 이유 때문이었다.『불행한 독일 사람』은 신화가 아니라 현실 세계에, 아니 러시아에도 존재하고 있었으며, 자신의 독특한 전형(典型)을 갖고 있는 것이다. 렘브케는 감탄할 정도로 그를 동정했고, 자신의 지위가 오름에 따라, 사정이 허락하는 한 어디서나 부하의 자리에 앉게 해주었다. 그러나 그는 어딜 가나 운이 나빴다. 때로는 그 자리가 정원에 들지 못하기도 했으며, 때로는 장관이 바뀌기도 했었다. 한 번은 동료 때문에 함께 휩쓸려 하마터면 재판소로 끌려갈 뻔했다.

그는 꼼꼼한 성격이었지만, 필요 이상으로 꼼꼼할 정도였고, 또 너무 우울한 성격 때문에 매사에 손해만 보고 있었다. 머리털이 붉고, 키가 크고, 허리가 구부정한 사람으로 무척 감상적인 성격이었다. 마음은 약한 주제에 고집이 세고, 마치 황소처럼 끈기가 있었지만 그 힘을 주는 방법이 늘 헛짚기 마련이었다. 그는 아내와 여러 아이들과 마찬가지로, 오랜 세월 동안 렘브케에 대하여 경건한 믿음과 복종의 정을 품고 있었다. 그를 좋아하는 사람은 렘브케를 제외하고는 아무도 없었다. 율리아 부인은 몹시 그를 싫어했지만 그러나 남편의 완고한 고집에 대항할 수는 없었다. 이것이 그들의 첫 부부 싸움의 원인이었다.

그것은 결혼 뒤의 달콤했던 신혼 시절, 난데없이 블륨이 부인 앞에 나타난 것이 발단이 되었다. 그때까지는 부인에게는 불길하게 느껴질 친척관계를 남몰래 숨기면서 부인의 눈을 피해왔던 것이다. 렘브케는 두 손을 모아 빌면서 감상적인 어조로 블륨의 신세와 어릴 때부터의 두 사람의 우정을 말했다. 그러나 율리아 부인은 자기가 영원히 씻을 수 없는 모욕을 받은 것처럼 느껴서 기절이라는 무기까지 응용해 보였다. 그래도 렘브케는 한 발짝도 양보하지 않았다. 그리고 무슨 일이 있더라도 블륨을 버리거나, 신변에서 멀리할 수 없다고 선언했다. 그러므로 결국은 부인도 어쩔 수 없이 블륨을 집에 두게끔 묵인할 수밖에 없었던 것이다. 다만 친척관계라는 것만은 지금보다 한층 더 조심해서 될 수 있는 대로 숨기도록 결정한 것이다. 블륨의 이름과 그 성(姓)까지도 바꾸게 되었다. 웬일인지 블륨도 똑같이 안드레이 안토노비치라고 불려왔기 때문이다.

블륨은 이 고장에 와서도 어느 독일인 약제사를 제외하고는 아무하고도 사귀려 하지 않았고, 어디를 방문할 생각도 하지 않았다. 다만 지금까지의 습관대로 인색하고 쓸쓸한 생활을 보내고 있었다. 그는 오래 전부터 렘브케의 문학 도락을 알고 있었다. 그는 정해 놓고 불려나가서 비밀리에 서로 마주앉아 자작 소설의 낭독을 들었던 것이다. 대개 계속 여섯 시간쯤 말뚝처럼 꼼짝 않고 앉아 있어야만 했다. 그리고 졸지 않고 미소를 띠기 위해 땀을 흘리며 혼신의 힘을 다 모았다. 집에 돌아가면 다리가 길고 말라빠진 아내와 함께 러시아 문학에 대한 은인의 한심한 약점을 서로 한탄하는 것이었다.

렘브케는 고통스러운 표정으로 들어오는 블륨을 보았다.

「블륨, 부탁이니 나를 그냥 내버려 두게.」 그는 불안스러운 듯 이렇게 빨리 말했다. 표트르의 방문으로 중단되었던 아까까지의 대화를 다시 시작하기를 피하려고 하는 모양이다.

「그렇지만 그것은 전혀 완곡한 방법으로, 조금도 세상에 알려지지 않도록 실행할 수 있습니다. 당신은 모든 권한을 지니고 있으니까요.」 허리를 굽혀 종종걸음으로 살며시 렘브케 쪽으로 다가서면서 공손하면서도 집요한 태도로 그는 뭔가를 계속 주장하고 있었다.

「블륨, 자네는 그렇게까지 나에게 복종하고 나를 위해 봉사해 주므로 나는 늘 자네를 볼 때마다 무서움에 간담이 서늘할 정도네.」

「당신은 언제나 그럴 듯한 말씀을 하십니다. 그리고 자신의 말에 만족하여 조용한 꿈을 꾸시는 겁니다. 그러나 그것이 당신을 해치는 것입니다.」

「블륨, 나는 이제 방금 충분히 확신을 얻었네. 그런 건 모두가 잘못 본 거야, 전혀 잘못 본 거란 말이야.」

「그것은 그 사기꾼 같은 놈의, 근성이 비뚤어진 젊은 놈의 말을 곧이들었기 때문이겠죠. 당신 자신도 그자를 의심하고 있잖습니까? 그놈은 당신의 문학상의 재능을 입에 침이 마르도록 추어올려 당신을 손아귀에 휘어잡은 겁니다.」

「블륨, 자네는 아무것도 모르는 거야. 자네의 계획은 어리석기 짝이 없는 짓이라고 내가 그러지 않았나. 그런 짓을 해봤자 무엇 하나 찾아내지도 못하고, 다만 무서운 소동만 일으킬 뿐일세. 그리고 계속해서 조소, 그 다음은 율리아…….」

「아뇨, 우리가 찾고 있는 것은 다 발견할 수 있을 것입니다.」 오른손을 가슴에 대면서 블륨은 단호한 발걸음으로 한 발짝 지사 쪽으로 내디뎠다. 「가택 수색은 갑자기 해치우는 것이 좋습니다. 아침 일찍 말입니다. 그리고 당사자에 대한 예의도, 법의 엄격한 형식도, 물론 충분히 지켜야 합니다.

럄신이라든가 첼랴트니코프 같은 젊은 친구들도 반드시 우리가 원하는 것을 다 발견할 수 있을 거라고 단언하고 있습니다. 그 친구들은 자주 그곳에 출입하고 있었으니까요. 베르호벤스키 씨에게 동정을 갖고 있는 사람은 아무도 없습니다. 스타브로긴 장군 부인도 공공연히 그 사람의 보호를 거절해 버렸습니다. 결백한 마음을 가진 사람은(이 속된 도시에 그런 사람이 있다고 하면 말입니다) 불신과 사회주의 논의의 근원이 항상 이곳에 숨겨져 있다고 믿습니다. 그 사람이 있는 곳에는 나라에서 금하고 있는 책들이 모두 보존되어 있습니다. 루일레예프(푸시킨의 친구, 12월당원, 사형에 처해짐)의 《회상》도 게르첸의 전집도……. 나는 만일의 경우를 위해 대강의 목록을 구비해 두었습니다.」

「여보게, 무슨 소릴 하고 있나. 그런 책은 누구나 갖고 있지 않은가, 자네는 아무래도 머리가 단순해서 큰일이야. 블룸!」

「게다가 격문도 많이 있습니다.」 상대방의 말은 들을 생각도 않고 블룸은 계속했다. 「그리고 이 조치에 의해 현재 이곳에 나돌고 있는 격문의 출처도 밝혀낼 수 있을 겁니다. 이 젊은 베르호벤스키도 아주 괴상한 인물이니까요.」

「그러나 자네는 아버지와 아들을 혼돈하고 있지 않은가. 그 두 사람은 사이가 나쁘단 말이야. 아들은 내놓고 아버지를 웃음거리로 삼고 있지 않은가 말이야.」

「그것은 단순한 가면입니다.」

「블룸, 자네는 나를 괴롭히려고 맹세라도 한 건가! 생각해 보게. 그분은 뭐니뭐니해도 이 고장의 명사란 말일세, 전에는 대학 교수였고. 그런데다 세상에 알려진 사람이어서 그 사람이 공공연히 세론에 호소해 보게나, 금방 온 거리가 웃음 바다가 될 것이며, 창피를 당할 게 아닌가……. 게다가 율리아가 어떻게 말하겠나 생각해 보란 말일세…….」

블룸은 점점 앞으로 다가서면서도 제대로 귀를 기울일 생각도 안 했다.

「그 사람은 한낱 조교수였답니다. 다만 조교수에 불과합니다. 관등으로 봐도 퇴직한 팔등관(八等官)입니다.」 그는 가슴을 쾅 쳤다. 「훈장 하나도 갖고 있지 않으며, 게다가 반정부적인 음모의 혐의로 면직당했습니다. 그 사람은 전에 비밀 감시를 받고 있었습니다. 지금도 아마 그럴 겁니다. 게다가 이번에 폭로된 불미한 사건을 봐서도, 당신은 그 정도의 일을 실행할 의무가 있습니다. 그런데 당신은 오히려 진범인에게 두둔하는 태도를 취하여 수훈을 세울 기회를 일부러 놓치고 있는 것입니다.」

「율리아다! 빨리 나가게, 블륨!」 옆방에서 아내의 목소리를 들은 렘브케는 다짜고짜로 이렇게 외쳤다.

블륨은 깜짝 놀랐으나 그래도 쉽사리 굴하지 않았다.

「자, 허가를 해주십시오, 허가를.」 한층 더 강하게 두 손을 가슴에 대며 그는 또 앞으로 밀고 나갔다.

「나가지 못하겠나!」하고 렘브케는 이를 악물었다.「멋대로 하게나…….나중에…… 아아, 하느님 맙소사!」

커튼이 활짝 올라가더니 율리아 부인이 모습을 나타냈다. 블륨의 모습이 눈에 띠자 그녀는 거만하게 멈춰 서더니 마치 이 사나이가 이곳에 있다는 사실 하나만으로도 그녀에겐 모욕이라는 듯이 오만하고 화가 난 눈초리로 홀끔 그를 노려보았다. 블륨은 묵묵히 그리고 공손하게 허리를 굽혀 부인에게 인사를 하고 존경의 뜻을 표하기 위해 몸을 굽힌 채 양 손을 약간 좌우로 벌려 발끝으로 문이 있는 쪽을 향해 걸어갔다.

마지막으로 렘브케가 히스테릭하게 외친 소리를 정말로 자네 소원대로 하라는 허락의 뜻으로 해석한 것인지, 아니면 결과의 성공을 지나치게 믿었음인지, 은인의 이익을 꾀할 작정으로 일부러 이 말의 뜻을 곡해한 것인지, 하여간 나중에 서술되는 바와 같이 이 장관과 부하의 대화에서 많은 사람들에게 조소거리가 된 뜻하지 않은 사건이 일어난 것이다. 이 사건은 세상에 쫙 퍼져, 율리아 부인의 맹렬한 분노를 일으켰을 뿐 아니라, 거기다 여러 가지 결과를 수반했기 때문에 완전히 렘브케를 어찌할 바 모르게 만들었으며 더군다나 다사다망한 때에 무엇보다 슬퍼하여야 할 우유부단한 심정으로 빠뜨리고 만 것이다.

5

표트르에게는 아주 바쁜 날이었다. 폰 렘브케의 곁을 떠나자, 그는 급하게 보고야블렌스카야 거리를 향해 달려갔다. 그러나 부이코바야 거리를 걷고 있는 동안에 문득 카르마지노프가 살고 있는 집 앞에 다다르게 되었다. 그는 갑자기 발을 멈추고 히죽 웃더니 집안으로 성큼성큼 들어갔다. 「기다리고 계십니다.」라고, 전해 주는 말은 그에게 대단한 호기심을 갖게 하였다. 왜냐하면 자신의 내방을 미리 알린 일이 없었기 때문이다.

그러나 대문호는 정말로 그를 기다리고 있었다. 더욱이 엊그제부터 기다리고 있었던 것이다. 나흘 전 그는 표트르에게 『감사(感謝)』라는 원고를 넘겨 주었다(그것은 율리아 부인의 그 축제일의 문학의 모임에서 낭독할 것이었다). 자기의 걸작을 발표 전에 보여 준다는 것은 듣는 사람의 자존심에 좋은 영향을 미칠 것이라고 믿었으므로 특별한 호의에서 한 일이었다. 표트르는 전부터 이런 일을 꿰뚫어보고 있었다. 다름이 아니라, 이 허영의 덩어리라고도 할 제멋대로의 떼쟁이, 『선택되지 못한』 계급의 사람에 대해서는 오만할 만큼 거만한 『국가적인 명사』가 솔직히 말해 표트르의 눈치만 살살 살피고 있었다. 더욱이 아주 열심이었다. 내가 보는 바로는 그는 이 청년을 러시아 전국에 걸친 비밀 혁명 운동의 괴수로 생각지는 않는다 하더라도, 적어도 러시아 혁명 운동의 비밀에 가장 밀접한 관계를 가지고 새로운 세대에 절대적인 세력을 지닌 한 인간으로 생각하고 있었다. 그것을 표트르도 틀림없이 깨달았을 것이다. 『러시아에서 가장 총명한 명사』의 이러한 기분은 그에게 대단한 흥미를 안겨 주었다. 그러나 그는 지금까지 어떤 사정 때문에 그 진상을 밝히기를 꺼려했던 것이다.

문호는 시종관의 아내이자 여지주이기도 한 자기 누이동생 집에 몸을 담고 있었다. 부부가 다 천하의 명사인 이 친척을 숭배하고 있었는데, 지금은 유감스럽게도 모스크바에 체재중이므로 시종관의 먼 친척간이 되는 가난한 노부인이 접대역의 영광을 담당하게 되었다. 이 노파는 벌써 오래 전부터 이 집에 살면서 모든 살림살이를 도맡아 해왔었다. 카르마지노프가 이 집에 도착한 이래, 이 집안 식구들은 전전긍긍하여 발끝으로 조용히 걷게 되었다. 노부인은 거의 매일처럼 모스크바에 편지를 띄워 어떻게 주무셨고 무엇을 드셨다든가 하는 자질구레한 일까지 보고했다. 한 번은 시장 댁 식사에 초대된 뒤 한 숟가락의 건위제를 잡숴야만 했다는 일을 전보로 보고했을 정도였다. 노부인에 대한 그의 응대는 공손하기는 했으나 아무 재미가 없는 것으로, 뭔가 볼일이 없으면 말도 하지 않았으므로 그녀는 좀처럼 문호의 방에 들어가지 않았다.
　표트르가 들어갔을 때, 그는 붉은 포도주를 컵에 반쯤 따라 놓고, 아침 식사인 커틀릿을 먹고 있었다. 표트르는 전에도 가끔 온 일이 있지만, 늘 이 커틀릿을 먹고 있는 그를 보게 되는 것이었다. 더욱이 그는 손님 앞에서 그것을 먹으면서도 한 번도 손님에게 권한 적이 없었다. 커틀릿을 먹은 다음 따로 커피를 조그만 찻잔에 가져왔다. 식사를 가져오는 하인은 연미복을 입은 데다 부드럽고 소리 안 나는 구두를 신고 장갑을 끼고 있었다.
　「아!」 냅킨으로 입을 닦으며 카르마지노프는 긴의자에서 일어나면서, 진정 기쁘다는 듯한 표정을 띠며 키스를 하기 시작했다. 이것은 특기할 만한 러시아 사람의 습관이지만 특히 유명한 사람에게만 국한되어 있다.
　그러나 표트르는 전의 경험으로 보아 이 사람은 키스하는 시늉만 할 따름이지 실은 뺨을 내미는 데 불과하다는 것을 알고 있으므로 이번에는 자기도 그렇게 했다. 두 사람의 볼이 살짝 닿았다. 카르마지노프는 그것을 눈치챈 듯한 표정을 보이지 않고 천천히 긴의자에 앉더니 자못 기분 좋은 듯한 표정으로 표트르에게 맞은편 안락의자를 가리켰다. 그는 곧 그 위에 털썩 앉았다.
　「자네, 참…… 아침은 어떻게 되었나?」 오늘은 종래의 습관을 깨뜨리고 이렇게 물었다. 그러나 물론 정중한 거절의 대답을 재촉하는 듯한 어조였다.
　표트르는 즉시 아침 식사를 청했다. 모욕받은 것 같은 놀라움의 그림자가 주인 얼굴을 흐리게 했다. 그러나 그것은 순간적인 일이었다. 그는 신경질적으로 벨을 울려 하인을 부르더니 인격에 어울리지 않는 화난 말투로 언성을 높여 한 사람 분의 식사를 가져오도록 명령했다.
　「자네 뭣을 좋아하지, 커틀릿인가, 커피인가?」 그는 다시 한 번 물었다.
　「커틀릿도 커피도 다, 그리고 포도주도 가지고 오도록 일러 주세요. 굉장히 배가 고파요.」 침착하고 주의깊게 주인의 옷차림을 바라보면서 표트르는 대답했다.
　카르마지노프 씨는 조개단추가 달린 자켓 모양의 솜을 둔 짧은 옷을 입고 있었지만 너무 지나치게 짧았으므로 꽤 불룩한 배나 통통한 넓적다리와는 전혀 어울리지 않았다. 그러나 사람의 취미는 가지가지이다. 방안은 꽤 따뜻한데도 무릎 위에는 털로 짠 격자무늬의 무릎덮개를 걸치고 있었다.

「어디 몸이라도 아프십니까?」 표트르는 물었다.
「아니, 아픈 것이 아냐. 날씨가 이러므로 혹시 병이라도 걸릴까 봐 그러는 거지.」 문호는 그 독특한 높은 목소리로 대답했다. 더구나 한 마디 한 마디 부드럽게 힘을 주고, 지주식으로 감미로운 말투로 대답했다. 「나는 어제부터 자네를 기다리고 있었다네.」
「왜요? 저는 아무 약속도 하지 않았을 텐데요.」
「그렇지. 그러나 자네에게 내 원고가 가 있으니까 말일세. 자네…… 읽어 보았나?」
「원고라니? 어떤?」
카르마지노프는 몹시 놀랐다.
「아니 농담은 그만하고, 그걸 가지고 왔나?」
그는 갑자기 안절부절 못 하고 마침내 식사도 제쳐 놓고 겁에 질린 듯한 얼굴로 표트르를 쳐다보았다.
「아아, 그건 저 『봉주르』(안녕하세요)에 대한 얘긴가요…….」
「『메르시』(감사합니다)에 대한 거라네.」
「하여간 아무래도 좋습니다. 깜박 잊어버리고 있었어요. 아직 읽지 못했습니다. 시간이 없어서요. 도대체 어떻게 된 걸까, 호주머니에도 없으니…… 아마 집의 책상 위에 있나봅니다. 걱정 마십쇼, 어디서 나오겠죠.」
「아니, 그보다 내가 이제 자네 집에 사람을 보내어 가져오도록 하지, 없어질 우려가 있으니까. 아니 어쩌면 도둑맞을는지도 몰라.」
「참, 그런 걸 누가 필요로 하겠습니까! 게다가 당신은 왜 그렇게 서둘러 댑니까? 율리아 부인의 말로는 당신은 항상 원고를 여러 부 만들어서 한 부는 외국의 공증인에게로, 한 부는 모스크바로, 한 부는 페체르부르그로, 그리고 또 한 부는 은행가 어딘가로 보내고 있으신 모양이던데요.」
「그러나, 모스크바라고 불나지 말라는 법이 있겠나. 그렇게 되면 내 원고도 같이 타버린다네. 아니 곧 사람을 보내야 해.」
「잠깐 기다리세요. 아, 여기 있었군!」 표트르는 뒷주머니에서 한 묶음의 편지지를 꺼냈다. 「좀 구겨졌습니다. 참 그때 당신에게서 받자마자 줄곧 콧수건과 함께 뒷주머니에 넣어둔 채였습니다. 까맣게 잊어버리고 있었군.」

카르마지노프는 달려들듯이 원고를 빼앗아, 열심히 점검하고 매수를 세어 보더니 옆에 있는 특별한 작은 책상 위에 정성스럽게 살짝 올려 놓았다. 그것도 언제든지 눈에 뜨일 수 있도록 위치를 조정하였다.

「자네는 그다지 책을 많이 읽지 않는 모양이군?」 그는 참지 못하고 이 사이로 내보내는 듯한 소리로 이렇게 말했다.

「네, 그다지 많이 읽지 않습니다.」

「그럼 러시아의 순문학은…… 전혀 읽지 않았는가?」

「러시아의 순문학 방면요? 잠깐, 뭔가 읽은 것 같은데요……. 《도상(途上)》…… 이든가, 《여로》……든가, 《갈림길》이든가, 뭔가 잘 생각이 안 나는데요. 벌써 오래 전에 읽었어요, 오 년 전이던가요. 시간이 없어서요.」

잠시 침묵이 흘렀다.

「나는 이곳에 오자마자, 모든 사람들을 붙잡고 자네가 뛰어나게 총명한 사람이라는 것을 애써 불어댔지만 지금 이곳 사람들은 사실 자네 일에 거의 열중하다시피 하는 모양이잖나.」

「고맙습니다.」 표트르는 침착하게 대답했다.

이윽고 아침식사가 들어왔다. 표트르는 대단한 식욕을 보이면서 커틀릿을 먹기 시작했다. 순식간에 다 먹어치우자, 술을 비우고 커피를 마셨다.

『이 무례한 놈.』 마지막 한 조각을 씹어삼키고 마지막 잔을 비우면서 카르마지노프는 생각에 잠기면서 상대방을 곁눈질해 보았다. 『이 무례한 놈. 아마, 방금 내가 한 말의 비웃는 뜻을 충분히 깨달았을 것이다……. 게다가 원고도 물론 열심히 읽었으면서 뭔가 생각이 있어 거짓말을 하고 있을 것이다. 그러나 어쩌면 거짓말을 하고 있는 게 아니라 정말 바보인지도 모른다. 나는 다소 모자란 듯한 천재를 좋아한다. 정말이지 이놈은 동료들 중에서도 일종의 천재인지도 모른다. 아냐, 하여간, 이런 놈이야 어떻게 되든 상관없어.』

그는 긴의자에서 일어서서 운동을 위해 방안을 이 구석에서 저 구석으로 돌아다녔다. 이것은 아침 식사 뒤에는 꼭 하는 일이었다.

「곧 이곳을 뜨실 겁니까?」 표트르는 담배를 피우면서 안락의자에 앉은 채 물었다.

「내가 이곳에 온 것은 다름이 아니라 영지를 팔려고 온 것이니까, 지금으로 봐서는 지배인 여하에 달렸지」

「그러나 당신이 이곳에 오신 이유는 저쪽에서 전쟁 뒤에 전염병이 유행할 우려가 있어서가 아닙니까?」

「아니 반드시 그런 것만도 아닐세.」 부드러운 말투로 한 마디 한 마디 액센트를 주면서 카르마지노프 씨는 말을 이었다. 그는 구석에서 구석으로 방향을 바꿀 때마다 보일락말락할 정도로 오른발을 힘차게 퉁기듯 했다.

「나는 사실」 그는 약간 빈정대는 듯한 투로, 엷은 웃음을 띠었다. 「될 수 있는 한 오래 살려고 생각하네. 러시아의 귀족사회는 모든 점에서 뭔지 모르게 묘하게 빨리 피폐하는 습성이 있단 말이야. 그러나 나는 될 수 있는 한 오랫동안 피폐하지 않기를 바라고 있다네. 그러므로 이번에는 아예 외국으로 옮겨 버릴 참일세. 그쪽은 기후도 좋고, 건물도 석조이고, 만사가 탄탄하니까. 내 한 세대쯤이야 유럽도 무사하리라 생각하는데, 자네 생각은 어떤가?」

「그걸 내가 어떻게 압니까.」

「흠…… 만일 그곳에서 바빌론 탑이 무너져, 그 무너지는 정도가 커진다면, 이 점에는 나도 자네들과 완전히 의견을 같이하네. 특히 내 대(代)는 무사하리라 생각하지만 우리 러시아에는 무너질래야 무너질 것이 없네. 단 비교해서 말하는걸세. 러시아에선 돌이 무너지는 게 아니라 모두가 진흙 속에 파묻혀 버리는걸세. 신성한 러시아는 저항력으로는 세계에서 가장 맥을 못 추는 나라야. 그래도 일반 대중은 이럭저럭 러시아의 신(神)에 의해 버티고 있는걸세. 그러나 최근의 정보에 의하면, 러시아의 신도 그다지 희망적이 못 된다는 거야. 농노 해방의 개혁에 대해서도 거의 저항을 안 하다시피 했으니까 이젠 크게 동요하기 시작한 거야. 게다가 철도가 생기고, 자네들과 같은 사람들이 나타나고…… 아니, 나는 이제 러시아의 신을 믿지 않는다네.」

「그럼, 유럽의 신은?」

「나는 어떤 신도 믿지 않네. 나를 러시아 청년의 적이라고 비방하는 자들이 있지만, 나는 늘 젊은이들의 운동에 일일이 동감하고 있다네. 나는 이곳의 격문도 보았네. 다들 외형에 놀라 일종의 의혹으로써 바라보고 있는 것 같지만, 그러나 한결같이 그 위력을 믿고 있지. 비록 자신은 그것을 자각하고 있진 않지만, 벌써 오래 전부터 너나할것없이 탁탁 쓰러지고 있네. 더구나 의지할 데도 없다는 것을 뻔히 알고 있단 말일세. 러시아는 어떠한 일이건 마음대로 아무 저항도 받지 않고 할 수 있다는 점에서, 지금은 세계에서 유일무이의 나라일걸세. 나도 이 사실을 기초로 하여 그런 비밀 운동의 성공을 믿고 있는 거라네. 재산이 있는 러시아 사람들이 왜 자꾸 외국으로 나가게 되는지, 또 어째서 그런 사람들이 계속 늘어만 가는지, 나는 그것을 알고도 남을 정도라네. 그것은 즉 본능이야. 배가 가라앉을 때는 제일 먼저 쥐들이 도망쳐서 보금자리를 옮기는걸세. 신성한 러시아는 목조로 된 비참한, 그리고…… 위험한 나라일세. 상류 계급에는 허영심이 강한 거지들이 들끓고, 대다수의 국민은 금방 쓰러질 듯한 오두막집에서 살고 있지. 그래 어떻게 해서라도 그런 상태를 벗어나는 일만도 기쁘니까 잠깐 말해서 들려 주기만 해도 된단 말일세. 다만 정부만은 아직도 저항하고 싶어서 어둠 속에서 막대기를 휘둘러대고 있는 격이니, 오히려 자기 편만 해치게 되는 셈이지. 이제 여기서는 모든 것이 운명이 결정되고 선고를 받은 거라네. 현재 있는 그대로의 러시아는 이미 미래가 없다네. 나는 독일인이 되었으며 그것을 스스로도 영광으로 생각하고 있는 바야.」

「그러나 당신은 지금 격문에 대한 말을 시작하셨는데, 그것에 대하여 어떤 의견을 갖고 계신지 어디 자세히 들려 주시지 않겠습니까?」

「다들 두려워하고 있는 것을 보니 격문이라는 놈은 위대한 힘을 갖고 있는 것만은 틀림없는 모양이야. 사실 모든 격문은 공공연히 거짓의 탈을 벗겨 주는걸세. 러시아에선 무엇 하나 매달릴 것도 없거니와 의존할 데도 없다는 사실을 증명해 주고 있네. 모든 사람들이 침묵을 지키고 있을 때 격문은 소리를 높여 외치고 있네. 특히 무엇보다도 강력한 것은(형식에는 감탄할 수 없지만) 그 전대미문의 용기란 말일세. 진실의 정면을 바라볼 수 있는 용기라네. 이 진실을 똑바로 바라볼 수 있는 용기는 단지 러시아 사람만이 가지고 있는 성질이지. 어쩐지 유럽에서는 아직 그렇게 대담하지는 못하다네. 그쪽은 돌의 왕국이므로 아직 의존할 곳이 있거든. 내가 보고 판단한 바로는 러시아 혁명 사상의 본질은 모두 명예의 부정이라는 점이 내포되어 있네. 나는 이 점을 대담하게 아무런 두려움도 없이 표현하고 있다는 것이 마음에 들었네. 하여간 유럽에서는 아직 이것을 이해하지 못한단 말일세. 그런데 여기서는 바로 이 점을 향해서 돌진하고 있단 말이야. 러시아 사람에겐 명예는 쓸데없는 부담에 불과하네. 그렇지, 항상 모든 역사를 통해서 부담스러운 짐이었다네.『불명예에 대한 공공연한 권리』를 미끼로 러시아 사람을 낚는다는 것은 참으로 쉬운 일이지. 나는 구시대의 인간이므로 까놓고 말하자면, 아직 명예를 편들고 있지만 그것은 습관에 지나지 않을 뿐이야. 내가 옛 형식을 사랑하는 것은 말하자면 마음이 좁은 탓이지. 하여간 어떻게든지 해서 여생을 보내야 할 테니까 말일세.」

그는 갑자기 입을 다물었다.

『그러나 내가 이렇게 지껄이고 또 지껄여대고 있는데』하고 그는 생각했다. 『이 자는 잠자코 모습만 살펴보고 있단 말이야. 이자가 찾아온 것은 나에게 정면으로 질문을 시키려는 목적이군. 좋아 그렇다면 해주지.』

「실은 율리아 부인께서 나에게 의뢰가 있었어요. 모레 있을 무도회에 당신이 어떤 뜻하지 않은 선물을 준비하고 계신지 슬쩍 알아다 달라는 부탁입니다.」갑자기 표트르가 이렇게 말했다.

「그렇지, 그것은 틀림없이 뜻하지 않은 것일 거야. 나는 사실 모든 사람들을 깜짝 놀라게 할 셈이거든……」하고 카르마지노프는 약간 가슴을 내밀어 보였다. 「그러나 비밀은 말할 수 없단 말일세.」

표트르도 구태여 강요하지는 않았다.

「이곳에 샤토프라는 사람이 있지?」문호는 물었다. 「어떤가, 난 아직 그 사람을 만나 본 일이 없어서.」

「상당히 훌륭한 인물입니다. 그런데 왜 그러죠?」

「아니, 그 사람이 뭐라고 말하고 있어서. 뭐 스타브로긴의 따귀를 때렸다던가?」

「그렇습니다.」

「자네는 스타브로긴에 대해 어떻게 생각하고 있나?」

「모르겠습니다. 글쎄요, 색마(色魔)라고나 할까요?」

카르마지노프는 스타브로긴을 미워하고 있었다. 그것은 그가 언제나 이 문호를 아예 거들떠보지도 않았기 때문이었다.

「그 색마 같은 건.」그는 낄낄 웃으면서 말했다. 「만일 그 격문에 선언되어 있는 일이 실현만 된다면, 그런 사람은 아마 제일 먼저 나뭇가지에 목을 매달게 될걸세.」

「어쩌면 좀더 빠를지도 모릅니다.」하고 별안간 표트르가 말했다.

「그것은 당연한 일이지.」이젠 웃지도 않고 무섭도록 진지한 어조로 카르마지노프가 맞장구를 쳤다.

「당신은 언젠가 한 번 그런 말을 한 적이 있었지요. 그래서 내가 그 친구에게 말해 줬었죠.」

「아니, 정말 말했단 말인가?」 카르마지노프는 또 웃었다.

「그러니까 그 친구 말이, 만일 내가 나뭇가지에 목을 매게 된다면, 카르마지노프 씨는 볼기를 맞는 일로 충분하겠지. 그러나 그것은 경의를 표해서가 아니라 마치 농사꾼을 때리듯이 마구 때려야 한다고 말하더군요.」

표트르는 모자를 집어들고 자리에서 일어났다. 카르마지노프는 작별의 인사로 두 손을 내밀었다.

「어떨까.」 그는 갑자기 아양을 떠는 달콤한 목소리로 어떤 독특한 억양까지 붙이면서 말했다. 여전히 상대방의 두 손을 잡은 채 「어떨까, 만일 지금 계획되고 있는 것 같은…… 음모가 완전히 실현된다면 그것은 언제쯤 돌발하는지?」

「내가 그것을 어떻게 압니까?」 표트르는 거칠게 대답했다.

양쪽이 다 서로 뚫어지게 노려보고 있었다.

「그렇지만 대강은.」 이번에는 좀더 낮간지러운 목소리로 카르마지노프가 말했다.

「당신이 영지를 팔아가지고 도망가실 여유는 있습니다.」 표트르는 한층 더 무뚝뚝하게 말했다. 두 사람은 더 날카롭게 노려보았다.

일 분 가량의 침묵이 흘렀다.

「금년 오월 초에 시작해서 성모제(10월 1일)까지는 끝이 납니다.」 표트르는 갑자기 이렇게 말했다.

「참 대단히 고맙네.」 상대방의 두 손을 꽉 잡으면서 카르마지노프는 곰곰이 생각하는 듯한 투로 말했다.

『쥐새끼 같은 놈, 배에서 도망칠 시간은 충분해!』 길거리로 나오면서 표트르는 생각했다. 『흥, 그 『국가적인 명사』가 저렇게 열심히 날짜와 시간까지 묻고, 저렇게 정중하게, 대답한 데 대한 예의를 지키는 것을 보니, 이제 우리도 우리 실력을 의심할 게 아니군(그는 히죽이 웃었다). 흠…… 그러나 저자는 그놈들 가운데서는 똑똑한 편이야. 하지만…… 요컨대 불붙기 전에 배에서 도망치는 쥐새끼에 불과해. 저런 놈에게 밀고할 수야 있겠나.』

그는 보고야블렌스카야 거리에 있는 필립포프네 집으로 달려갔다.

6

　표트르는 우선 키릴로프의 방으로 들어갔다. 이쪽은 언제나 다름없이 혼자지만 오늘은 방 한복판에서 체조를 하고 있었다. 즉 다리를 벌린 채 두 손을 일종의 특수한 방법으로 머리 위로 높이 휘둘러대고 있었다. 마루에는 공이 굴러 있었다. 아침에 마시던 차가 아직도 그대로 식탁 위에서 싸늘하게 식어 있었다. 표트르는 잠깐 동안 문간에 서 있었다.
　「자네는 굉장히 건강에 신경을 쓰는군.」 그는 방안으로 들어가면서 큰소리로 유쾌한 듯이 말했다. 「그것 참 멋있는 공인데. 아이구 잘 튀는군. 이것도 역시 체조용인가?」
　키릴로프는 프록코트를 입고 있었다.
　「응, 역시 건강을 위해서야.」 그는 무뚝뚝하게 말했다. 「앉게나.」
　「난 잠시 들렀을 뿐이네. 하지만 좀 앉아 볼까. 건강은 건강이고, 하여간 나는 그 약속을 명심해 달라고 온 거라네. 『어느 의미에선』 우리의 기한도 다 되어 가는 것 같으니까.」 하고 어색한 말투로 그는 말을 맺었다.
　「약속이라니?」
　「약속이라니? 그건 또 무슨 소린가?」 표트르는 깜짝 놀랐다. 그는 간담이 서늘해지기까지 했다.
　「그건 약속도 의무도 아닐세. 나는 나 자신을 묶어 버리는 그런 말은 하지 않았네. 그것은 자네가 잘못 생각한 거야.」
　「그럼 여보게, 어떻게 하겠다는 건가?」 표트르는 마침내 벌떡 일어났다.
　「내 의지대로.」
　「의지대로라니?」
　「그전처럼.」
　「그렇게 말하면 어떤 뜻으로 해석하면 좋단 말인가? 결국 자네가 그전대로의 생각을 갖고 있다는 말인가!」
　「말하자면 그렇지. 그러나 약속 같은 건 전혀 없네. 전에도 없었지만. 나는 나 자신을 묶는 그런 말을 하지 않았네. 다만 나 자신의 의지가 있었을 뿐이지. 그리고 지금도 역시 나 자신의 의지가 있을 뿐일세.」

키릴로프는 딱 잘라서 까다로운 듯한 투로 응대했다.

「알겠네, 알겠어. 자네의 의지만으로 되었네. 다만 그 의지가 변하는 일만 없다면.」 이해가 간다는 듯한 투로 표트르는 다시 자리에 앉았다. 「자네는 말끝마다 화를 내기 때문에. 자네는 요즘 이상하게 화를 잘 낸단 말이야. 그래서 나도 찾아오기를 피해왔던걸세. 그러나 절대로 배반하지는 않을 거라고 믿고는 있었네만.」

「나는 자네가 싫어 죽겠네. 하지만 믿어도 좋아! 특히 배반이니, 이행이니 하는 그런 것은 조금도 인정하지 않지만.」

「하지만 여보게」 하고 표트르는 또 당황하였다. 「잘 말해 둬야만 하겠네, 잘못이 없도록. 일은 정확을 요하는걸세. 하여간 자네는 나를 무척 놀라게 했네. 말해도 괜찮은가?」

「말하게.」 키릴로프는 한쪽 구석을 응시하면서 딱 잘라말했다.

「자네는 오래 전부터 자살하려고 결심했었지……. 말하자면 그런 생각을 품고 있었지. 어떤가, 내 말이 틀리는가? 무슨 잘못이라도 있는가?」

「나는 지금도 똑같은 생각을 하고 있네.」

「좋아, 그런데 한 가지 주의해 둘 것은 자네는 누구에게서도 이 결심을 강요당한 건 아닐세.」

「물론이지. 무슨 바보 같은 소리야.」

「좋아, 좋아. 난 아주 바보 같은 소릴 했네. 물론 그런 것을 강요한다는 자체가 바보 같은 짓이지. 계속해서 말하자면 자네는 아직 구 조직 시절 때 모임의 일원이었네. 그리고 자네는 이 사실을 곧 회원인 한 사람에게 고백했지…….」

「난 고백 같은 건 한 일 없네. 다만 말했을 뿐이지.」

「좋아, 참 그런 것을『고백』하다니 우스운 얘기야. 참회도 아닐 텐데. 자네는 그냥 말하기만 한걸세, 그것으로 됐네.」

「아니, 좋을 것도 없네. 하지만 자네의 말투는 도무지 미적지근하기만…… 해서 나는 자네에게 하등 설명할 의무를 지니고 있지 않네. 게다가 나의 사상을 자네는 알 수 없을걸세. 내가 자살하고 싶은 것은 그러한 사상이 내게 있기 때문일세. 죽음의 공포가 싫단 말이야. 그리고…… 자네는 알지도 못하는 일이기 때문이라네…… 자네, 뭘 그러나! 차를 들겠나? 다 식었지만, 한 잔 더 드리지.」

표트르는 사실 주전자에 손을 대고 빈 그릇을 찾고 있었다. 키릴로프는 찬장으로 가서 깨끗한 컵을 갖고 왔다.

「나는 지금 카르마지노프네 집에서 아침을 먹고 왔네.」 손님은 말했다. 「그리고 그 사람의 얘기를 듣고 땀을 흘렸는데, 이곳까지 뛰어오느라고 또 땀을 흘렸더니 목이 말라 못 견디겠는데.」

「마시게. 차가운 차는 좋다네.」

키릴로프는 또 의자에 앉아서, 다시 한쪽 구석을 응시하기 시작했다.

「그런데, 모임에서는 이런 생각을 하고 있는 거지.」 그는 아까와 같은 목소리로 말을 이었다. 「만일 내가 자살하면 혹시 그것이 무슨 도움이 되지 않나 하고. 자네들이 여기서 무슨 일을 저질러, 범인 수색이 시작되었을 때 갑자기 내가 권총 자살을 하여 모든 것이 내가 한 짓이라고 써놓기만 하면 아마, 일 년 가량은 자네들에게 혐의가 가지 않는다, 이런 주문이겠지.」

「다만 이삼 일이라도 좋다네. 하루가 아쉬운 판인데.」

「좋아. 이런 뜻에서 만일 내가 자살할 생각이 들면 좀 기다려 달라고 자네가 말했었지. 그래서 나는 모임에서 그 시기를 말할 때까지 기다리겠다고 대답했지. 나로선 어떻든간에 마찬가지니까.」

「그렇지. 그리고 잊어서는 안 될 일이 있네. 자네가 유서를 쓸 때는 반드시 나를 입회시켜야 한다는 거야. 그리고 러시아에 돌아와서도 나의…… 말하자면 나의 뜻에 맡긴다고 약속했었지. 물론 이 사건에 대한 범위 내에서만이고, 그 밖의 문제에 관해선 물론 자네 마음대로지만.」 거의 애교를 보이다시피 하며 표트르는 이렇게 덧붙였다.

「나는 약속하지 않았네. 다만 동의했을 뿐이야. 나로선 어느 쪽이나 마찬가지니까.」

「좋아, 그것으로 됐네. 난 자네 자존심을 상하게 할 생각은 조금도 없네, 그러나…….」

「뭐, 이런 일이 자존심과 관계가 있겠나.」

「그러나 기억해 두게나, 자네 여비로 백이십 탈레르를 거둔 거라네. 결국 자네는 그 돈을 받은 거란 말일세.」
「천만에」키릴로프는 화를 벌컥 냈다.「그 돈은 그런 일로 받은 건 아닐세. 누가 그런 짓을 하기 위해 돈을 받는단 말인가.」
「때론 받을 수도 있지.」
「엉터리 같은 소리는 하지 말게. 나는 페체르부르그에서 부친 편지로써 거절해 두었네. 그리고 페체르부르그에서 자네에게 백이십 탈레르를 돌려 주지 않았나, 자네에게 직접 말이야……. 만일 자네가 착복하지 않았다면 그쪽으로 보냈을 게 아닌가?」
「좋아, 좋아. 나는 뭐 잘못됐다는 건 아니야, 보냈네. 하여간 요점은 자네가 전과 같은 생각을 하고 있는지 어떤지 그것뿐이니까.」
「같은 생각이야. 자네가 찾아와서『지금이다』하고 말하면 나는 그대로 실행하는 거야. 그래 금방 될 것 같나?」
「그다지 오래 걸릴 것 같지 않아……. 하지만, 기억해 두게, 편지는 나와 둘이서 작성한다는 것을, 그날 밤에 말일세.」
「낮에라도 좋아. 자네 얘기는 격문의 책임을 떠맡으라는 거지?」
「그리고 그 밖에도 좀.」
「아무거나 무턱대고 떠맡는 건 아니야.」
「어떤 것을 떠맡지 않는다는 건가?」표트르는 또 당황했다.
「마음에 내키지 않는 일은. 이젠 그만, 난 더 이상 이런 얘기는 하고 싶지 않아.」
표트르는 꾹 참고 화제를 바꿨다.
「그럼, 다른 얘길 하세.」하고 그는 미리 선언해 놓고,「오늘 밤 모임에는 출석하겠는가? 비르긴스키의 명명일(命名日)인데, 그것을 구실로 모일 걸세.」
「싫어.」
「제발 부탁이니 와주게. 사람 수와 얼굴로 위협을 주어야지……. 자네 얼굴은…… 한 마디로 말해서 자네는 숙명적인 얼굴을 하고 있으니 말이야.」
「그렇게 생각하나?」하고 키릴로프는 웃었다.「좋아, 나가 보지. 단 얼굴 때문에 그러는 건 아니네. 몇 신가?」
「아, 좀 일찍이 여섯 시 반에, 그러나 자네는 그곳에 가도, 가만히 앉아 있기만 하고, 그곳에 몇 사람이 와 있든지 아무하고도 말을 하지 않아도 좋아. 다만 종이하고 연필을 갖고 오는 걸 잊지 않도록.」
「그건 또 뭣 때문에?」
「어떻든 자네는 마찬가지가 아닌가. 이것은 나의 특별한 부탁이니까. 자네는 정말 아무하고도 얘기하지 말고 가만히 앉아서 듣기만 하면 되네. 가끔 뭔가 적는 시늉만 내주게, 뭔가 그림이라도 그리고 있으면 되지 않겠나.」
「무슨 바보 같은 짓이야, 도대체 뭣 때문에 그러지?」
「쳇, 어떻게 하든 같을 바엔…… 하지만 자네는 항상 아무래도 매일반이라고 말하지 않았나.」
「아니, 왜 그러는지 듣고 싶네.」
「사실은 이렇다네. 회원의 한 사람이자 감독관을 하고 있는 친구가 당분간 모스크바에 머무르게 되었는데, 나는 오늘 밤, 어쩌면 감독관이 올지도 모른다고 몇몇 사람에게 말했단 말일세. 그러니까 놈들은 자네를 감독관이라고 생각한다 이거지. 게다가 자네가 이곳에 온 지도 벌써 삼 주일이나 되니까 놈들은 더 놀랄걸세.」
「속임수야. 모스크바의 서클에는 감독관 따위는 없어.」
「글쎄, 없으면 없는 대로 좋지 않은가. 그런 건 아무래도 괜찮네. 자네와 관계 없는 일이 아닌가. 그게 도대체 자네에게 얼마나 폐가 된단 말인가? 자네 자신이 모임의 일원이 아니냔 말일세.」
「그럼 그들에게, 내가 감독관이라고 말하게나. 나는 잠자코 앉아 있을 테니. 그러나 종이와 연필은 거절하네.」
「왜?」
「싫으니까.」
표트르는 화가 벌컥 나서 얼굴까지 새파래졌으나 다시 자신을 억제하며, 모자를 들고 일어섰다.
「그놈은 자네 집에 있나?」 갑자기 그는 조그만 목소리로 이렇게 말했다.
「우리 집에 있네.」
「그거 잘 됐군. 내 곧 끌어낼 테니 걱정하지 말게.」
「난 걱정 같은 건 하지 않네. 그 녀석은 밤에만 묵고 있으니까. 할멈은 병원에 있으므로(며느리가 죽었다네), 요 이틀 동안 나 혼자 있는 셈이지.

내가 울타리 판자 한 장이 떨어진 곳을 가르쳐 줬더니 그 녀석은 그곳으로 기어 들어온단 말일세. 그러나 아무에게도 발견되지 않는다네.」

「나는 머지않아 그놈을 잡을 테니까.」

「하지만 그 녀석은 잘 자리쯤은 얼마든지 있는 것처럼 말하던데.」

「거짓말이야. 그 녀석은 수배된 놈이지만, 이곳에 있으면 당분간 눈에 띄지 않지. 도대체 자네는 그놈하고 얘기를 하고 있는 건가?」

「아, 밤새도록. 자네를 몹시 나쁘게 말하더군. 내가 어느 날 밤 그 작자에게 묵시록을 읽어 주고 차 대접을 했더니, 그자는 열심히 듣고 있더군. 정말로 열심히 밤을 새워.」

「참, 어리석군. 그럼 자네는 그 녀석을 그리스도교에라도 집어넣을 작정인가!」

「그 녀석은 그러지 않아도 원래 기독교 신자라네. 걱정하지 말게, 그놈을 죽일 거니까. 도대체 자네는 누구를 죽일 작정인가?」

「아냐, 난 그럴 셈으로 뭐 하는 게 아니고 따로 목적이 있어서……. 그런데 샤토프는 그 페지카에 대한 일을 알고 있나?」

「난 샤토프와는 말하지도 않고 만나지도 않네.」

「화라도 내고 있는 건가?」

「아냐, 별로 화를 내고 있는 것도 아니고, 다만 등을 돌려대고 있을 뿐이지. 너무 오랫동안 미국에서 함께 뒹굴고 있었기 때문에.」

「나는 지금 곧 그 친구에게 들를 참일세.」

「마음대로.」

「나는 또 스타브로긴과 함께 그쪽에서 돌아오는 길에 이곳에 들를지도 모르네. 한 열 시쯤에.」

「들르게나.」

「난 그 친구와 함께 중대한 일을 의논해야 하니까……. 그런데 자네 공을 양보해 주지 않겠나. 이젠 자네에게는 필요치 않을 텐데? 나도 체조가 하고 싶어 그러네. 뭣하면 돈을 지불함세.」

「그냥 가져가게.」

표트르는 공을 뒷주머니에 넣었다.

「내가 스타브로긴을 위한 일이 아니라면 무슨 일이든 자네에게 시킬 리가 있겠나.」 손님을 보내면서 키릴로프는 이렇게 중얼거렸다.
　이쪽은 놀라서 그를 쳐다보았지만 별로 대꾸도 없었다.
　키릴로프의 마지막 말은 표트르를 몹시 당황케 만들었다. 그러나 그가 미처 그 뜻을 깨닫기도 전에 샤토프의 방으로 가는 계단에 서 있었다. 그는 자신의 불만스러운 얼굴을 애교있는 표정으로 바꾸려고 고심했다. 샤토프는 집에 있었으나 약간 불편한 듯했다. 그는 잠자리에 누워 있었는데 옷은 그대로 입은 채였다.
　「아니, 이거 안됐군!」 표트르는 문턱에서 소리쳤다. 「몹시 아픈가?」
　그의 애교 있는 얼굴 표정은 금방 사라져 버렸다. 뭔가 독살스러운 빛이 그의 눈에서 번쩍였다.
　「아니 괜찮네.」 샤토프는 신경질적으로 벌떡 일어났다. 「난, 아픈 게 아닐세. 머리가 조금……」 그는 허둥대는 기미마저 보였다. 이런 손님이 뜻밖에 찾아온 일이 그를 굉장히 당황케 한 모양이다.
　「병을 앓고 있어서는 안될 용건이 있어서 말일세.」 표트르는 재빠르게, 어딘가 모르게 위엄을 띤 말투로 입을 열었다. 「하여간 좀, 앉아야겠네(그는 앉았다). 그리고 자네도 그 침대에 앉게나. 아 참, 오늘은 비르긴스키의 생일이라는 명목으로 동지들이 그곳에 모인다네. 그렇다고 별로 이렇다 할 색채를 띠는 건 절대로 아닐세. 그렇게 하게끔 다 연락이 되어 있네. 난 니콜라이 스타브로긴과 함께 갈 참일세. 나도 현재의 당신 사상을 알고 있기 때문에, 구태여 그런 곳으로 끌고 갈 생각은 없었지만……. 특히 그것은 자네를 괴롭히지 않으려는 뜻이지, 결코 자네가 밀고할 거라고 생각해서가 아닐세. 그런데 결국 자네도 참석하여야 하게끔 되었다네. 그곳에 가거든, 자네가 동지들을 만나, 어떤 방법으로 탈회(脫會)할 것이며, 누구에게 자네의 짐을 인도할 것인가, 그러한 일을 깨끗이 결정하는 게 좋지 않겠나? 물론 남의 눈에 띄지 않게 하는걸세. 내가 자네를 어딘가 구석자리로 끌고 가겠네. 아무튼 사람들이 많으니까 모든 사람에게 알릴 필요는 없네. 사실 나는 자네 덕으로 한동안 입을 놀렸다네. 그러나 지금은 다들 동의한 것 같아. 단 말할 것도 없이, 자네가 인쇄 기계와 서류 일체를 인도한다는 조건부로 말일세. 그렇게 되면 자네는 이제 마음대로 활개치고 아무 데나 갈 수 있게 될걸세.」
　샤토프는 눈살을 찌푸리고 화가 잔뜩 나서 듣고 있었다. 아까까지의 신경절적인 경악은 이제 완전히 어디론가 자취를 감춰 버렸다.
 「나는, 어떤 놈인지도 모르는 자에게 변명할 의무는 조금도 없다고 생각하네.」 하고 그는 딱 잘라 말했다. 「누구든 간에 나를 자유롭게 하는 권리를 가진 자는 없단 말일세.」
 「그렇다고만도 볼 수 없네. 자네에게 많은 비밀을 털어놓은 이상 말일세. 자네는 그렇게 갑자기 손을 끊어 버리는 그런 권한을 갖고 있지는 않았네. 게다가 자네는 지금까지 한 번도 그 사실을 명백히 밝히지 않았으므로 다른 사람들을 모두 애매한 위치에 서게 한걸세.」
 「난 이곳으로 오자 즉시 명백하게 서면으로 진술하지 않았나.」
 「아니, 명백하지 않네.」 표트르는 반박했다. 「예를 들어 내가 자네에게 《빛나는 인격》과 그 밖에 두 종류의 격문을 보내어 이곳에서 인쇄한 다음 청구할 때까지 어딘가 자네가 있는 곳에 숨겨 두라고 부탁했을 때 자네는 아무런 뜻도 없는 애매한 편지와 함께 그것을 되돌려 보냈지 않았나.」
 「나는 똑바로 인쇄를 거절한걸세.」
 「그렇지. 그러나 명백하게 거절한 건 아니었네. 자네는 다만 『할 수 없다』고만 썼을 뿐이지 왜 그런지 원인을 설명하지 않았지 않은가? 『할 수 없다』는 『싫다』하곤 뜻이 다르단 말일세. 자네는 단순히 외부적인 원인 때문에 할 수 없었다고, 이렇게 생각할 수도 있네. 결국 우리는 이렇게 해석했으므로 자네 역시 모임과의 관계를 지속하는 데 동의했다고 간주하게 된걸세. 그러므로 앞으로 또 자네에게 뭔가를 밝혔다간 스스로를 위태롭게 만들 우려가 있었던 셈이지. 이곳 동지들은 이런 말을 하고 있다네. 자네는 뭔가 중요한 정보를 얻어 그것을 밀고하기 위해 우리를 기만하려 한다고 말일세. 나는 극구 자네를 변호하면서, 자네에게 유리한 증거물로 자네가 쓴 바로 그 두 줄 가량의 서면상의 답장을 보여 주었다네. 그러나 지금 다시 읽어 보니, 이 두 줄의 문구는 명백성이 결여되어 있고, 기만에 빠질 우려가 있다는 것을 나 자신도 인정하지 않을 수 없네.」
 「자네는 그 편지를 그렇게 소중하게 보관해 뒀단 말인가?」
 「보관이고 뭐고, 그런 게 문제겠나? 지금도 난 갖고 있네.」
 「젠장, 마음대로 하게나!……」 샤토프는 화가 머리끝까지 치밀어 고함을 질렀다. 「자네와 같은 바보녀석들은 내가 밀고했다고 생각하든지, 마음대로 하라고 해. 그런 걸 내가 알게 뭔가! 다만 자네들이 나에게 어느 만큼의 짓을 할 수 있나, 나는 그것을 보고 싶을 따름이니까!」
「자네는 어김없이 블랙리스트에 올라가서 혁명이 성공하자마자 일착으로 교수형일세.」
「그건 자네들이 최고의 권력을 획득하여 전 러시아를 정복했을 때의 일인가?」
「자네, 웃지는 말게. 되풀이 말하지만 나는 자네를 변호해 왔다네. 하여간 오늘은 참석하도록 권하겠네. 쓸데없는 자존심으로 공연한 입씨름을 해봐야 무슨 소용이 있겠나? 그보다 사이좋게 헤어지는 편이 좋지 않겠나. 그리고 뭐니뭐니해도, 그 인쇄기와 낡은 활자와 서류를 인계해야 할 텐데. 바로 이것을 말하자는걸세.」
「가겠네.」 생각에 잠기듯 고개를 떨어뜨리면서 샤토프는 신음하듯 말했다. 표트르는 자기 자리에서 그를 흘끔흘끔 쳐다보았다.
「스타브로긴도 오나?」 갑자기 고개를 들면서 샤토프는 물었다.
「틀림없이 올걸세.」
「흐음!」
두 사람은 또 잠시 말이 없었다. 샤토프는 심각한 듯, 초조한 모습으로 엷은 웃음을 지었다.
「저, 내가 여기서 인쇄를 거절한 자네의 그 메스꺼운《빛나는 인격》은 인쇄되었나?」
「되었지.」
「역시 게르첸 자신이 그걸 자네 앨범에다 썼다고 하며 중학생들을 속이고 있나?」
「게르첸 자신이 그랬지.」
또 다시 두 사람은 삼 분 가량 침묵을 지켰다. 이윽고 샤토프는 침대에서 일어섰다.
「자, 이제 내 방에서 나가 주게. 난 자네와 함께 앉아 있고 싶지 않네.」
「가겠네.」 오히려 유쾌한 듯 이렇게 말하곤 표트르는 곧 일어섰다.「그러나 단 한 가지 묻고 싶은 게 있네. 참 키릴로프는 저 딴채에서 하녀도 두지 않고 혼자 살고 있는 건가?」

「혼자라네. 자 가주게. 난 자네와 한방에 있을 수 없네.」
「흥. 네놈은 정말, 솔직해서 좋아!」 표트르는 길거리로 나오자 유쾌한 듯 이렇게 말했다. 「그리고 오늘 밤에도 솔직하게 있어 줬으면 좋겠어. 나에겐 지금 네놈 같은 그런 인간이 필요한 거다. 정말 더 바랄 순 없다. 최고다, 최고. 러시아 신의 가호란 말이야!」

7

아무래도 이날은 사방으로 뛰어다니며 무척 애를 썼던 모양이다. 더욱이 애쓴 보람도 있었던 것 같다. 그것은 그가 정각 저녁 여섯 시에 니콜라이 브세볼로도비치의 집에 왔을 때, 그의 의기양양한 얼굴 표정에도 역력히 나타나 있었다. 그러나 그는 곧 안내를 받을 수 없었다. 니콜라이는 방금 마브리키와 함께 서재에 들어갔던 것이다. 이 소식은 순식간에 그를 불안케 했다. 그는 손님이 돌아가기를 기다리기 위해 바로 문 옆에 앉았다. 말소리가 들리기는 했으나, 도저히 알아들을 수는 없었다. 이 방문은 그리 오래 걸리지는 않았다. 이윽고 소란한 소리가 들리고, 몹시 날카로운 말소리가 아주 크게 들리는가 했더니, 문이 활짝 열리고, 마브리키가 새파랗게 질린 얼굴로 나왔다. 그는 표트르가 있는 것도 모르고 급한 걸음으로 옆을 지나가 버렸다. 표트르는 곧 서재로 달려갔다.

두 『경쟁자』의 이상스러운 짧은 회견──지금까지의 경위로 보아 도저히 성립될 수 없으리라고 생각되었던 이 회견이 사실상 실현된 데 대해서는 상세한 설명을 하지 않을 수 없다.

그 일은 이렇게 된 것이었다. 식사 뒤에 니콜라이가 서재의 안락의자에서 꾸벅꾸벅 졸고 있는데, 알렉세이가 갑자기 들어와서 뜻하지 않은 손님의 내방을 전했다. 전하는 이름을 듣자 그는 자리에서 벌떡 일어날 정도로 도저히 믿을 수가 없었다. 그러나 곧 그의 입가에는 미소가 번졌다. 그것은 오만한 승리의 미소였으며 아울러 뭔가 막연한, 납득이 안 가는 듯한 경이의 미소이기도 했다. 들어온 마브리키는 이 미소에 찔끔한 듯한 표정이었다. 갑자기 방 한복판에 우뚝 선 채, 앞으로 나갈 것인지 뒤돌아설 것인지, 결정짓지 못하는 모양이었다. 주인은 곧 얼굴 표정을 바꾸고 진지하게 의혹의 빛을 띠며 상대방 쪽으로 한 걸음 다가섰다. 이쪽은 내민 손을 잡으려고도 하지 않고, 아무렇게나 의자를 잡아당기고는 앉으란 말도 없었는데 주인보다 먼저 의자에 앉아 버렸다. 니콜라이는 안락의자에 비스듬히 앉아 마브리키의 얼굴을 바라보면서 말없이 기다리고 있었다.

「가능하다면 리자베타 니콜라예브나와 결혼하십시오.」 갑자기 손님은 메어붙이듯 이렇게 말을 꺼냈다. 게다가 무엇보다도 이상한 것은 그 음성의 억양으로 보아 부탁하는 것인지, 추천하는 것인지, 양보하는 것인지, 아니면 명령하는 것인지, 통 분간할 수가 없었다.

니콜라이는 여전히 잠자코 있었다. 그러나 손님은 벌써 찾아온 목적인 용건을 다 말해 버린 듯이 대답을 기다리면서 상대방을 물끄러미 쳐다보고 있었다.

「그러나 내가 잘못 생각한 게 아니라면(특히 이것은 너무 정확한 얘기지만), 리자베타 니콜라예브나와 당신은 이미 약혼이 성립되어 있지 않습니까?」 하고 마침내 스타브로긴은 입을 열었다.

「약혼도 하고 약혼식도 올렸습니다.」 마브리키는 명백한 말투로 상대방의 말을 확인했다.

「당신네들은 다투기라도 한 겁니까?…… 실례되는 말을 묻는 것 같습니다만.」

「아닙니다. 그 여자는 나를 『사랑하며 존경하고』 있습니다. 이것은 그 여자 자신이 말한 겁니다. 그 여자의 말은 무엇보다도 정확하니까요.」

「그건 틀림없을 겁니다.」

「그런데, 그 여자는 결혼식의 성단 앞에 서서도, 만일 당신이 한 마디만 하면 나를 버리고, 아울러 모든 사람을 버리고 당신 곁으로 달려갈 것입니다.」

「결혼식에서?」

「결혼식 뒤에도.」

「잘못 생각한 게 아닙니까?」

「아닙니다. 당신에 대한 한없는 증오의 그늘에서, 강하고 진지한 증오의 그늘에서, 쉴새없이 사랑이 번뜩이고 있습니다……. 광기어린…… 속에서, 우러나는 깊고 깊은 사랑…… 즉 광기어린 사랑입니다! 그와 반대로 그 여자가 나에게 품고 있는 사랑은, 역시 사랑의 그늘에서 계속 증오의 감정이 번뜩이고 있습니다. 한없는 증오입니다. 전 같으면 난 이런…… 메타모르포즈를 이해할 수 없었습니다.」
「그건 그렇고 왜 당신이 리자베타 니콜라예브나의 일신상에 대하여 이래라저래라 하는 말을 여기 와서 하는지 그게 나는 이상합니다. 그럴 권리를 가지고 있습니까? 아니면 그 여자가 위임한 겁니까?」
마브리키는 얼굴을 찡그리고 약간 고개를 떨어뜨렸다.
「그것은 당신으로서 마지못해 응대하는 말에 불과합니다.」 그는 불쑥 이렇게 말했다.「잘 해치웠다고 하는 승리에 찬 말입니다. 당신은 내 말의 본뜻을 잘 이해할 수 있는 사람이라고 나는 믿고 있습니다. 도대체 이런 경우에 하찮은 허영심 따위가 파고들 여지가 있겠습니까? 당신은 이래도 만족할 수 없습니까? 또 이 이상 똥칠을 더 하라는 말입니까, 들으나마나 한 설명을 하라는 말입니까? 좋습니다. 그토록 나의 굴욕을 보고 싶다면 나는 똥칠을 해보이죠. 권리 같은 건 갖고 있지 않습니다. 위임도 있을 리 만무하죠. 리자베타 니콜라예브나는 아무것도 모릅니다. 그러나 그의 약혼자는 이제 이성마저 완전히 잃어버렸고, 정신병원에라도 가야 할 그런 꼴이 되었습니다. 그것도 모자라서 당신에게 그것을 보고하러 온 겁니다. 이 세상에서 그 여자를 행복하게 할 수 있는 사람은 당신밖에 없습니다. 그리고 또 그 여자를 불행하게 할 수 있는 사람은 나 한 사람뿐입니다. 당신은 그 여자를 차지하려고 계속 따라다니고 있습니다. 그러나 웬일인지 결혼하려고는 하지 않습니다. 만일 그것이 외국에서부터 시작된 애인끼리의 싸움이고, 그 끝을 맺기 위해 나를 희생시켜야겠다면 제발 그렇게 해주십시오. 그 여자가 너무나 불행하므로 나는 그것을 차마 볼 수 없습니다. 내 말은 허가도 아니고 명령도 아닙니다. 그러므로 당신의 자존심도 상하게 할 리가 없습니다. 당신이 나를 대신해서 성단 옆 자리를 차지하고 싶다면, 내 승낙 같은 건 받지 않고 그대로 하시면 됩니다. 그렇게 한다면, 내가 이런 미친 놈 같은 소리를 하기 위해 이곳에 올 필요도 없는 것입니다. 특히 내 결혼은 지금의 내 행위로 인해 아주 불가능하게 되었으니까요. 나는 비열한 놈이 되면서까지 그 여자를 제단(祭壇)으로 이끌 수는 없습니다. 내가 여기서 하고 있는 짓은, 내가 당신에게 그 여자를 팔아넘긴다는 것은, 그 여자에겐 불구대천의 원수가 되는 사람에게 판다는 것은 내 눈으로 보아 말하는 것조차가 어리석은 일이지만, 도저히 용납할 수 없는 비열한 행위이니까요.」
「당신은 우리가 결혼할 때 자살할 겁니까?」
「아뇨, 훨씬 나중입니다. 내 피로 그 여자의 깨끗한 옷을 더럽히면 뭐 하겠습니까. 어쩌면 자살하지 않을지도 모릅니다. 지금도 또 앞으로도.」
「당신은 그렇게 말해서 나를 안심시킬 참이죠?」
「당신을? 쓸데없는 피가 한 방울 튀었다고 해서 눈 하나 깜짝할 당신인가요?」
그는 새파래졌다. 그 눈은 번득였다. 잠깐 동안의 침묵이 계속되었다.
「실례되는 일을 물어 봐서 미안하게 되었습니다.」하고 스타브로긴은 다시 입을 열었다.「그 중에서도 몇 가지 사실은 전혀 물어 볼 권리가 없는 성질의 것이었습니다. 그러나 단 한 가지만은 충분히 물어 볼 권리가 있다고 봅니다. 다름이 아니라, 당신은 무슨 근거로 그렇게 결론을 지은 건가요? 즉 내가 말하고 싶은 것은 그 감정의 정도입니다. 그 점에 대해서 당신이 어떤 확신이 있었기에 이렇게 나를 찾아와서…… 그리고 그런 권고의 모험을 감히 한 것일까요?」
「뭐라고요?」마브리키는 속으로 깜짝 놀랐다.「도대체 당신은 그 여자를 손에 넣으려고 하지 않았던가요? 손에 넣으려고 노력하고 있는 건가요? 넣고 싶다고 생각하고 있는 게 아닙니까?」
「대체로 나는 여자들에 대한 내 감정을 그 당사자 이외에는 누구든간에 제삼자에게 말할 수 없습니다. 미안하지만 그것이 인간 기능의 이상한 특질이니까요. 그 대신 다른 일이라면 무엇이든 진심을 털어놓을 수 있습니다. 나는 아내가 있는 몸입니다. 그러므로 결혼을 하거나 여자를『얻으려 하거나』하는 일은 불가능합니다.」
마브리키는 하도 기가 막혀서 안락의자 등에 쓰러질 듯이 몸을 기댔다. 그리고 잠시 동안 꼼짝도 않고 스타브로긴의 얼굴을 바라보고 있었다.
「이것 참. 난 전혀 그런 생각은 하지도 못했군.」그는 중얼거렸다.「당신은 그때, 그날 아침에 결혼하지 않았다고 말했으므로 나는 그대로 믿고 있었습니다. 결혼은 하지 않았구나 하고…….」
그러고 나자 무섭도록 얼굴이 창백해졌다. 갑자기 그는 주먹을 불끈 쥐고 힘껏 책상을 내리쳤다.
 「만일, 자네가 이런 고백을 한 뒤에도 역시 리자베타 니콜라예브나를 쫓아다니며 그 여자를 불행하게 하는 일이 있다면 나는 자네를 담 밑에 있는 개처럼 몽둥이로 때려죽일 테다!」
 이렇게 말하자 그는 벌떡 일어나 재빨리 방을 나가 버렸다. 갑자기 뛰어든 표트르는 주인이 전혀 뜻하지 않은 기분에 잠겨 있는 걸 발견했다.
 「아, 당신이군!」 하고 스타브로긴은 큰소리로 껄껄 웃었다. 그것은 호기심에 못 이겨 뛰어든 표트르의 모습이 우스워서 웃은 모양이었다.
 「당신은 문 앞에서 엿들었군요? 잠깐, 자네는 무슨 일로 왔지요? 뭔가 당신에게 약속했을 텐데……. 아, 참 생각나는군.『동지들』에게 간다고 했지요! 가자고, 잘 되었소. 지금으로선 이보다 적당한 일은 당신도 생각해낼 수 없을 겁니다.」
 그는 모자를 집었다. 두 사람은 서둘러 집을 나섰다.
 「당신은『동지들』을 보게 된다고 벌써부터 웃고 있는 건가요.」 유쾌한 듯 종종걸음을 걸으면서 표트르는 이렇게 말했다. 그 뒤로, 때로는 벽돌이 깔린 좁은 보도를 둘이서 나란히 걸으려고 애쓰기도 하고, 때로는 차도 쪽으로 뛰어내려 진흙탕 속을 밟기도 했다. 그것은 동행하는 니콜라이가 자기 혼자 좁은 보도의 한복판을 걸어가면서도 그 길을 자기가 온통 독차지하고 있다는 것을 전혀 알아차리지 못했기 때문이다.
 「조금도 웃지 않았소.」 스타브로긴은 유쾌한 듯이 큰소리로 대답했다. 「뿐만 아니라, 그곳에 모인 당신 동지들이 누구보다도 제일 진실한 사람이라고 믿고 있소.」
 「『음침한 돌대가리들』이죠. 이것은 언젠가 당신이 평한 말입니다.」
 「하지만 사람에 따라선『음침한 돌대가리들』만큼 유쾌한 것은 없소.」
 「그건, 그 마브리키에 대해서 말한 거죠! 그 사람은 지금 당신에게 약혼녀를 양보하러 왔죠, 틀림없죠? 실은 내가 간접적으로 그 사람을 꼬드긴 겁니다. 놀랬죠. 그러나 그 사람이 양보해 주지 않으면 우리가 직접 그의 손에서 빼앗아오는 겁니다. 그렇죠?」
 이런 잔재주를 부리는 것이 위험하다는 것을 뻔히 알면서도 표트르는 늘 흥분하게 되면 만사를 다 희생해도 좋다, 미지의 경지에 있기보다는 차라리

낫다라는 기분이 드는 것이었다. 니콜라이는 그저 껄껄 웃었다.
「그럼 당신은 지금도 역시 나를 도와 줄 참인가요?」하고 그는 물었다.
「만일 당신이 요청하신다면. 그런데 여기 한 가지 좋은 방법이 있는데요.」
「당신 방법은 다 알고 있소.」
「그러나 이건 당분간 비밀입니다. 그냥 기억만 해두세요. 이 비밀은 돈이 듭니다.」
「얼마가 든다는 것까지 알고 있소.」하고 스타브로긴은 입 속으로 중얼댔지만 겨우 억누르고 입을 다물었다.
「얼마가 든다고요? 당신은 뭐라고 말했나요?」하고 표트르는 펄쩍 뛰었다.
「나는 말이오, 당신은 그런 비밀이나 가지고 당신 갈 데로 가는 게 좋을 거라고 말했소! 그것보다 그곳엔 어떤 사람들이 오는 건가요? 물론 명명일에 간다는 것쯤은 나도 알고 있지만, 도대체 누구누구가 오는 건가요?」
「아, 그야 별의별 잡동사니들이 다 모이죠! 키릴로프도 올 겁니다.」
「모두 각 지부의 회원들만?」
「당신도 참 성급하군요! 아직 지부 같은 것은 하나도 성립되지 않았어요.」
「하지만, 당신은 꽤 많은 격문을 뿌리지 않았소?」
「지금 우리가 가고 있는 곳에는 통틀어 네 사람의 회원만 있습니다. 나머지는 모두 뭔가를 기다리면서 서로 앞을 다투어 정탐해서는 그것을 나에게 보고하고 있습니다. 꽤 유망한 친구들이죠. 하여간 이 모든 것이 아직 재료에 불과하니까 이것을 조직하고 정리해야만 합니다. 더구나 당신은 손수 규약을 썼으니까 당신에게 설명할 필요는 없겠죠.」
「어떻소, 진행이 잘 되오? 답보 상태요?」
「진행요? 이보다 쉬운 일이 또 어디 있겠어요. 당신을 좀 웃겨 볼까요. 무엇보다도 그들에게 효과가 있는 것은 다름이 아닌 관료식(官僚式)입니다. 관료식 이상으로 효력이 있는 것은 없더군요. 나는 일부러 관등과 직책을 고안해냈답니다. 비서관도 있고 비밀 감시원도 있고, 회계원도 있고, 의장도 있고, 기록계도 있고, 그 조수도 있다는 식으로 말입니다. 그게 굉장히 마음에 들어 대환영을 받았어요. 그 다음으로 강력한 힘은 물론 감상주의입니다. 러시아에 사회주의가 퍼진 이유는 주로 감상주의 때문이니까요. 다만 곤란한 것은 그, 물어뜯는 소위 같은 작자들이 나오는 일입니다. 조금만 마음을 놓고 있으면 금방 사슬을 끊어 버리니까요. 그 다음은 정말 사기꾼들입니다. 이것들은 상당히 좋은 패들입니다. 때에 따라선 쓸모가 많습니다. 그러나 그 대신 이 녀석들에게는 시간이 많이 소비됩니다. 조금도 마음을 놓지 말고 감독하여야만 하니까요. 그런데 마지막으로 가장 중요한 힘은 다름이 아니라 자기 자신의 의견에 대한 수치(羞恥)입니다. 이것은 일체를 결합시키는 시멘트입니다. 참으로 근사한 힘이에요! 사실 어느 누구의 머리 속에도 자기의 사상이 조금도 남지 않았다는 사실은 도대체 누가 노력한 결과이겠어요? 도대체 어느 『기특한 녀석』의 행위이겠어요? 마치 치욕처럼 생각하고 있으니까요.」

「그렇다면 왜 당신은 그렇게 안절부절 못 합니까?」

「하지만 아무 일도 않고 태평하게 누워서 남이 하는 일을 멍청하게 입만 벌리고 보고 있는 놈들을 어찌 끌어내지 않을 수 있겠어요? 아무래도 당신은 성공의 가능성을 진심으로 믿지 않는 것 같군요. 아니 신념은 있습니다. 다만 욕망이 필요할 따름입니다. 결국 그런 녀석들이 상대니까 성공이 가능한 겁니다. 나는 분명히 말해 두지만, 그 녀석들이라면 불 속에라도 들어가게끔 할 수 있어요. 다만 너의 자유 사상은 아직 불충분하다라고 고함만 치면 되는 겁니다. 바보 같은 녀석들은 내가 중앙본부니, 『수없이 많은 지부』니 하고 엉터리 같은 거짓말을 하여 이 고장 녀석들을 속였다고 비난하고 있습니다. 사실 당신도 언젠가 그 일로 나를 나무랐죠. 그러나 도대체 거기에 무슨 거짓이 있다는 겁니까? 중앙본부는 나와 당신입니다. 지부 따윈 얼마든지 만들 수 있고요.」

「그게 너나 할것없이 그런 건달뿐이지!」

「재료입니다. 그놈들도 쓸모가 있답니다.」

「그래, 당신은 역시 나를 목표로 하고 있나요?」

「당신은 우두머리입니다. 힘입니다. 나는 다만 당신 옆에 있는 한낱 비서에 불과합니다. 우리는 저 작은 배에 타는 겁니다. 단풍나무 노를 저으며 비단 돛을 펄럭이고, 뱃머리엔 어여쁜 처녀 리자베타가 앉아 있고……. 아니 어떻게 하더라, 그 노래를…… 에라, 아무렇게나 해두자.」

「막혔군.」 스타브로긴은 큰소리로 웃었다. 「아니, 그보다도 더 좋은 얘기를 하지요. 당신은 지금 손가락을 꼽으며 모임을 성립시키는 힘을 세었소. 그 관료식이라든가, 감상주의라든가 하는 것도 물론 훌륭한 풀〔糊〕의 역할을 하는 것은 틀림없지만 하나 더 좋은 게 있소. 다름 아니라 네 사람의 회원을 선동하여 나머지 한 회원을 밀고할 우려가 있다고 말하여 죽여 버리는 거요, 그렇게 하면 당신은 금방, 그 흘린 피로써 네 사람을 꽁꽁 하나로 붙들어맬 수가 있소. 그들은 이제 완전히 자네의 노예가 되어 버려 반기를 들 수도 없거니와 설명을 요구할 수도 없게 된단 말일세. 하하하!」

『그러나 너는…… 너는 그 말을 내게서 다시 사가야 할걸.』하고 표트르는 속으로 생각했다.『오늘 밤 당장 그렇게 해줄 테니까. 너는 너무 무례하단 말이야.』

이렇게, 아니 거의 이런 식으로 표트르는 속으로 생각하지 않을 수 없었다. 그러다 보니 두 사람은 벌써 비르긴스키네 집에 가까이 와 있었다.

「당신은 물론 그 친구들에게 나를 외국이나 어디서 온 인터내셔널과 관계가 있는 회원처럼 말했겠지요. 감독관이니 뭐니 하고?」갑자기 스타브로긴은 이렇게 물었다.

「아니 감독관이 아닙니다. 감독관이 되는 건 당신이 아닙니다. 당신은 외국에서 온 창립위원으로 여러 가지 중대한 기밀을 알고 있다, 이것이 당신의 역할입니다. 당신은 물론 뭔가 말하겠죠?」

「그건 어떤 점에서 결정한 거요?」

「이제 이렇게 된 이상 말할 의무가 있습니다.」

스타브로긴은 놀란 나머지 가로등에서 그리 멀지 않은 한길 복판에 우뚝 멈춰 섰다. 표트르는 대담하게도 태연스럽게 상대방의 시선을 받고 있었다. 스타브로긴은 침을 탁 뱉고 또 부지런히 걷기 시작했다.

「그래, 당신은 무엇을 말할 거요?」갑자기 그는 표트르에게 물었다.

「아니 난 당신 얘기나 듣기로 하죠.」

「빌어먹을! 당신은 정말 나에게 암시를 주었소.」

「어떤?」하고 표트르는 펄쩍 뛰었다.

「아니 거기 가서 말하죠. 그러나 그 대신 나중에 당신에게 보복을 할 거요. 실컷 보복을 하겠단 말이오.」

「아아, 그러니까 생각나는데 나는 아까 카르마지노프에게 이렇게 말했어요.

즉 당신이 카르마지노프에 대해서 그런 놈은 흠씬 두들겨 줘야 한다고, 그것도 형식적인 것이 아니라 농사꾼을 때려 주듯이 따끔한 맛을 보여 줘야 한다고 말하더라고 말입니다.」

「하지만 난 그런 소릴 한 번도 한 일이 없소. 하하!」

「뭐 상관없어요. 사실이 아니더라도……」

「고맙소, 진정 감사하오.」

「그런데 말이죠, 카르마지노프가 또 이런 말을 하더군요. 우리 교의(敎義)는 본질상, 염치심(廉恥心)의 부정이다. 그리고 파렴치에 대한 공공연한 권리만큼 러시아 사람을 낚는 좋은 미끼는 없다고 말하는 겁니다.」

「명언이군! 금언이군!」 하고 스타브로긴은 외쳤다. 「그야말로 딱 들어맞는 말이군! 파렴치에 대한 권리, 과연 이렇게 되면 다 우리 편으로 귀순해서 한 사람도 남지 않겠지! 그런데, 베르호벤스키 군, 당신은 고등경찰의 끄나풀이 아닌가요?」

「그런 의심을 품고 있는 사람은 결코 그런 말을 입 밖에 내지 않습니다.」

「그야 그렇죠. 그러나 우린 서로 허물없는 사이가 아닌가요?」

「아닙니다. 지금 현재는 아직 고등 경찰의 앞잡이가 아닙니다. 이제 그만 다 왔습니다. 자 스타브로긴 나리, 어디 한 번 당신의 인상을 만들어 보세요. 나는 그놈들 앞에 나갈 땐 언제나 그렇게 한답니다. 될 수 있는 한 음침한 표정을 지으면 됩니다. 그 밖엔 아무것도 필요 없어요. 아주 간단한 일이죠.」

당신을 영원한 감동의 세계로 안내할

完訳版 世界 名作100選

번호	제목	저자	번호	제목	저자
1	누구를 위하여 종은 울리나	E. 헤밍웨이	25	백 경	허먼 멜빌
2	폭풍의 언덕	에밀리 브론테	26	죄와 벌	도스토예프스키
3	그리스 로마신화	T. 불핀치	27 28	안나 카레니나 I II	톨스토이
4	보바리 부인	플로베리	29	닥터 지바고	보리스파스테르나크
5	인간 조건	A. 말로	30 31	카라마조프가의 형제 I II	도스토예프스키
6	생의 한가운데	루이제 린저	32	마지막 잎새	O. 헨리
7	분노의 포도	존 스타인 백	33	채털리부인의 사랑	D. H. 로렌스
8	제인 에어	샤일럿 브론테	34	파우스트	괴 테
9	25時	게오르규	35	데카메론	보카치오
10	무기여 잘 있거라	E. 헤밍웨이	36	에덴의 동쪽	존 스타인 백
11	성	프란시스 카프카	37	신 곡	단 테
12	변신 / 심판	프란시스 카프카	38 39 40	장 크리스토프 I II III	R. 롤랑
13	지와 사랑	H. 헤세	41	마 음	나쓰메 소세키
14 15	인간의 굴레 I II	S. 모옴	42	전원교향곡·배덕자·좁은문	A. 지드
16	적과 흑	스탕달	43 44 45	레 미제라블	빅토르 위고
17	테 스	T. 하디	46	여자의 일생·목걸이	모파상
18	부 활	톨스토이	47 48	빙 점 (속)빙 점	미우라 아야꼬
19 20	바람과 함께 사라지다 I II	마가렛 미첼	49	크눌프·데미안	H. 헤세
21	개선문	레마르크	50	페스트·이방인	A. 카뮈
22 23 24	전쟁과 평화 I II III	톨스토이	51 52 53	대 지 I II III	펄 벅

일신서적출판사
121-110 서울·마포구 신수동 177-3호
공급처: ☎ 703-3001~6, FAX. 703-3009

당신을 영원한 감동의 세계로 안내할

完訳版 世界 名作100選

54 안네의 일기		안네 프랑크
55 달과 6펜스		서머셋 모음
56 나 나		에밀 졸라
57 목로주점		에밀 졸라
58 골짜기의 백합(外)		오노레 드 발자크
59 60 마의 산 I II		도스토예프스키
61 62 악 령 I II		도스토예프스키
63 64 백 치 I II		도스토예프스키
65 66 돈키호테 I II		세르반테스
67 미 성 년		도스토예프스키
68 69 70 몽테크리스토백작 I II III		알렉상드르 뒤마
71 인간의 대지(外)		생텍쥐페리
72 73 양철북 I II		G. 그라스
74 75 삼총사 I II		알렉상드르 뒤마
76 크리스마스 캐럴		찰스 디킨스
77 수레바퀴 밑에서(外)		헤르만 헤세
78 셰익스피어의 4대 비극		셰익스피어
79 80 쿠오 바디스 I II		솅키에비치
81 동물농장·1984년		조지 오웰
82 도리안 그레이의 초상		오스카 와일드
83 오만과 편견		제인 오스틴
84 설 국		가와바타야스나리
85 일리아드		호메로스
86 오디세이아		호메로스
87 실락원		J. 밀턴
88 나의 라임오렌지나무		바스콘셀로스
89 서부전선 이상없다		E. 레마르크
90 주홍글씨		A. 호돈
91 92 93 아라비안 나이트		
94 말테의 수기(外)		R. M. 릴케
95 춘 희		알렉상드르 뒤마
96 사랑의 기술		에리히 프롬
97 타인의 피		시몬느 보브와르
98 전락·추방과 왕국		A. 카뮈
99 첫사랑·아버지와 아들		투르게네프
100 아Q정전·광인일기		루 쉰
101 102 아메리카의 비극		드라이저
103 어머니		고리키
104 금색야차(장한몽)		오자키 고요
105 106 암병동 I II		솔제니친

일신서적출판사

121-110 서울·마포구 신수동 177-3호
공급처: ☎ 703-3001~6. FAX. 703-3009

한국남북문학 100선

1	소나기·이리도	황순원	29	세화의 성	손장순
2	무녀도·역마	김동리	30	절망 뒤에 오는 것	전병순
3	사랑손님과 어머니	주요섭	31	청동기	장용학
4	삼 대	염상섭	32	수라도	김정한
5	표본실의 청개구리	염상섭	33	신과의 약속	한말숙
6	농 민	이무영	34	때까치	최일남
7	을지문덕	안수길	35	서울 1964년 겨울	김승옥
8	고향 없는 사람들	박화성	36	청산을 기다리며	백시종
9	남풍북풍	이호철	37	가사자의 꿈	최창학
10	감자·붉은 산	김동인	38	토비아의 집	김의정
11	운현궁의 봄	김동인	39	비	박경수
12	무영탑	현진건	40	디데이의 병촌	홍성원
13	고향·운수좋은 날	현진건	41	핏 들	이동희
14	상록수	심 훈	42	수난이대	하근찬
15	물레방아	나도향	43	여름사냥	김주영
16	탁 류	채만식	44	아테나이의 비명	정을병
17	레디 메이드 인생	채만식	45	무 정	이광수
18	메밀꽃 필 무렵	이효석	46	흙	이광수
19	동백꽃	김유정	47	유정·꿈	이광수
20	날 개	이 상	48	사 랑	이광수
21	순애보	박계주	49	단종애사	이광수
22	한밤의 목소리	최상규	50	무명(단편집)	이광수
23	화요일의 사내들	김병총	51	이차돈의 사	이광수
24	그날의 초록	천승세	52	마의 태자	이광수
25	이상한 토요일	김문수	53	소설 이순신	이광수
26	광상곡	구혜영	54	원효대사	이광수
27	농 지	유승규			
28	메아리 메아리	조정래			

일신서적출판사

〒121-1110 서울 마포구 신수동 177-3호
공급처 TEL. 703-3001~6 FAX. 703-3009

악 령 I

■ 저　자 / 도스토예프스키
■ 역　자 / 구　　자　　운
■ 발행자 / 남　　　　용
■ 발행소 / 一信書籍出版社

주소 : 121-110 서울 마포구 신수동 177-3
등록 : 1969. 9. 12. NO. 10-70
전화 : 영업부 703-3001~6
　　　 편집부 703-3007~8
　　　 FAX　 703-3009
대체구좌 / 012245-31-2133577

© ILSIN PUBLISHING Co. 1990.　　값 12,000원